KB022431

앙리 브륄라르의 생애

Vie de Henry Brulard

세계문학전집 389

앙리 브륄라르의 생애

Vie de Henry Brulard

스탕달

원윤수 옮김

민음사

일러두기

1. 이 책의 번역은 프랑스 갈리마르(Gallimard) 출판사에서 1973년 펴낸 Stendhal, *Vie de Henry Brulard*(Édition de Béatrice Didier, folio classique)를 저본으로 하고, Union Générale D'Éditions의 Le monde en 1018 판본을 참조했다.

2. 본문에 나오는 고유 명사 표기는 모두 개정된 외래어 표기법을 따르는 것을 원칙으로 하되, 음역 표기로 인해 의미가 혼동될 여지가 있는 경우 등, 몇몇 예외를 허용했다. (예: 본 문(門) → 본느 문)

3. 원문에 영어, 라틴어 등 프랑스 외 언어가 직접 등장하는 경우, 고딕체로 구분했다.

차례

벨 집안

피에르 뒤페롱
(1669~1745)

도미니크 베라르

?에 결혼
3명의 딸을 둠

도미니크
프랑수아 피종
뒤 갈랑(1717~1801)과
결혼

카트린
(1702~1750)
앙투안 드리에와
결혼

잔
(1708~1795)

조제프 베일
(1653~1739)

엘레오노르 코프
(1674~1763)

?에 결혼
6명의 자녀를 둠

피에르
(1699~1764)

조제프
(1701~1764)

셰뤼뱅 조제프
(1709~1781)

카트린
1696년에
알라르 뒤
플랑티에와
결혼

잔
1716년에
장 올라그와
결혼

1734년 9월 14일 결혼
13명의 자녀를 둠

10명의 딸

3명의 아들, 이중 1명
셰뤼뱅 벨(1747~1819)만 생존해
스탕달의 어머니인
앙리에트 가뇽과 결혼함

앙리에트 가뇽 집안

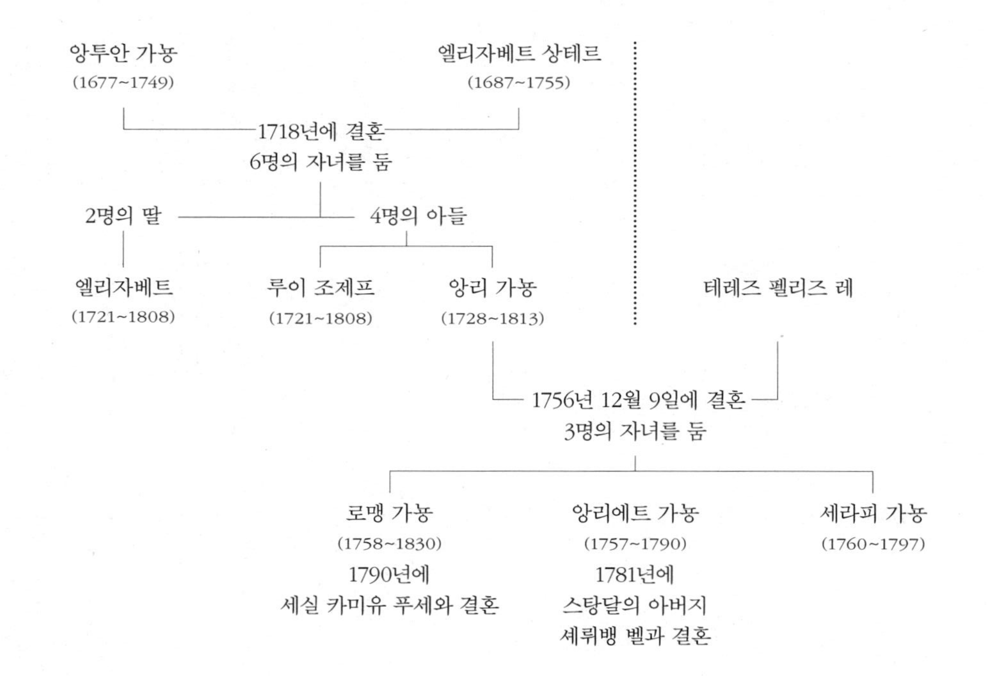

* 노트: 엘리자베트 상테르의 할머니는 1686년에 사망한 브누아 다뤼의 딸이었다.

1장

1832년 10월 16일 아침나절에, 나는 로마 자니콜로 언덕 위 산피에트로 인 몬토리오 성당에 있었다. 햇살이 매우 아름다웠다. 거의 느껴지지 않는 시로코[1]가 몇 조각의 작은 구름들을 알바노산 위에 떠 있게 했다. 상쾌한 따스함이 대기를 지배했고, 나는 살아 있는 것이 행복했다. 여기서 16킬로미터 떨어진 프라스카티[2]와 카스텔간돌포,[3] 그리고 도메니키노가 그린 저 뛰어난 유디트의 프레스코가 있는 빌라 알도브란디니[4]를

1) 덥고 건조한 지중해의 동남풍.

2) 로마 남동쪽에 있는 마을.

3) 알바노 호숫가에 있는 도시로 교황의 궁전이 있는 곳.

4) 프라스카티에 있는 알도브란디니 가문의 저택. 스탕달은 이 저택에 있는 유디트의 프레스코화를 다른 작품에서도 자주 언급하는데, 사실 도메니키노가 그린 유디트의 프레스코화는 로마의 산실베스트로 성당에 있다.

완벽하게 분간할 수 있었다. 프란체스코 보르게세 공작이 마무리한 복원 작업을 뜻하는 흰 벽이 내 눈에 또렷이 보였다. 보르게세 공작은 장갑 기병 연대의 대령으로, 내 친구 드 누씨가 한쪽 다리를 잃은 그날 내가 바그람에서 만나 본 바로 그 사람이다. 좀 더 멀리에 팔레스트리나 바위산과 옛날에 그 요새였던 카스텔 산피에트로의 하얀 집이 보인다. 내가 기대어 있는 벽 아래에는 성 프란체스코파 카푸친회 수도원 과수원의 큰 오렌지 나무들이 있다. 그리고 티베르강과 말테 수도원이 있고, 오른쪽 조금 뒤편에는 체칠리아 메텔라, 성 바울의 무덤, 그리고 세스티우스[5]의 피라미드가 있다. 내 맞은편에는 산타 마리아 마조레 성당[6] 그리고 몬테 카발로 궁전이 이루는 긴 선들이 보인다. 고대 및 근대의 온 로마가 무덤과 수로(水路)의 유적들이 있는 고대의 아피아 가도로부터, 프랑스인들이 만들어 놓은 핀초의 화려한 정원[7]에 이르기까지 눈앞에 펼쳐진다.

나는 몽상에 잠기며 세상에 이와 같은 곳이 또 있을까, 하고 혼자 중얼거렸다. 이윽고 고대 로마가 내 뜻에 반해 근대 로마를 이기고, 티투스 리비우스[8]의 모든 회상이 떼를 지어 내 마음속에 몰려왔다. 내가 알바노산 위 수도원 왼쪽에 있는 한니발의 목장을 알아본 것이다.

---

5) 로마의 법무관. 그의 무덤은 커다란 대리석 피라미드로 되어 있다.
6) 로마의 일곱 언덕 중 한 곳에 위치한 성당. 아름다운 종탑으로 유명하다.
7) 나폴레옹 시대에 프랑스 건축가가 만든 정원.
8) 로마의 역사가. 『로마 건국사』를 썼다.

참으로 기가 막힌 전망이다! 라파엘로의 「그리스도의 현성용(顯聖容)」이 두 세기 반 동안 찬미된 곳이 바로 여기이다. 얼마나 다른가, 오늘날 그 그림이 깊숙이 묻혀 있는, 바티칸 궁전의 저 회색빛 대리석으로 된 음산한 화랑과 말이다! 그러니 250년 동안 그 걸작이 이곳에 있었다는 것이다, 250년……! 아! 삼 개월 후에 나는 쉰 살이 되리라, 가능한 일이다! 그럴 수가 있겠어! 1783, 1793, 1803, 나는 손가락으로 전부 세어 본다…… 그리고 1833, 쉰이다. 오십! 나는 오십 대가 될 참이다. 그래서 나는 그레트리의 노래를 불렀다.

오십 대가 되면.[9]

이 뜻밖의 발견은 나를 화나게 하지 않았다. 나는 한니발과 로마 사람들을 막 생각한 참이었다. 나보다 더 위대한 사람들도 죽었다……! 요컨대, 하고 나는 속으로 생각했다, 나는 내 삶을 헛되게 보내 버리진 않았어, 헛되게 보내 버리다! 아! 말하자면 우연은 나에게 지나치게 많은 불행을 주지 않았다. 사실 내 생활을 최소한의 방향으로 이끌려고 했기 때문일까?

그리스하임 양[10]을 사랑하게 되다니! 귀족의 딸, 두 달 전에나 전투 전까지는 평판이 좋았던 장군의 딸에게서 내가 무

---

9) 그레트리는 벨기에의 작곡가이다. 이 구절은 그가 작곡하고 마르몽텔이 작사한 오페라 코믹 「가짜 마술」에 나오는 구절로, 원래는 "육십 대가 되면"이다.
10) Mlle de Grisheim(1786~1861). 프랑스군의 침입 전 브라운슈바이크의 지사였던 독일 장교의 딸.

엇을 바랄 수 있었겠는가? 브리샤르[11]가 평소에 늘 하는 짓궂은 말투로 나에게 다음과 같이 말한 것은 틀리지 않았다.

"여자를 사랑하게 되면, 난 저 여자를 어떻게 할 참인가? 하고 자신에게 물어야 해."

나는 산피에트로 성당 계단 위에 앉았다. 그리고 한두 시간 동안 생각에 잠겼다. — 나는 곧 쉰 살이 된다, 이제 나를 알게 될 때이다. 나는 무엇이었나? 나는 무엇인가? 사실 이것을 이야기하는 것은 나를 퍽 난감하게 만들 것이다.

나는 재치가 넘치지만 극히 무감각하고 영악스럽기까지 한 인간으로 통하고 있다. 한데 사실 나는 불행한 사랑에 끊임없이 빠져 있었다. 나는 퀴블리 부인,[12] 그리스하임 양, 디폴츠 부인,[13] 메틸드[14]를 미친 듯이 사랑했다. 그리고 그 여성들을 손에 넣지 못했는데, 그 사랑 중 몇몇은 삼사 년 동안 지속되었다. 메틸드는 1818년부터 1824년까지 내 생활을 절대적으로 지배했다. 아직도 그 상처가 아물지 않고 있어, 한 십오 분 동안 그 여자 생각에만 잠겨 있던 끝에 나는 다음과 같이 중얼거렸다. 그 여자는 나를 사랑하고 있었는지?

나는 감상적이 되어 있었으나 황홀경에 빠지지는 않았다.

---

11) 브라운슈바이크 시절 스탕달의 동료.

12) Kubly(1778~1835). 스탕달이 어렸을 때 그의 고향 그르노블에 와서 공연을 한 젊은 여배우로, 그의 어린 시절 연모의 대상이었다.

13) 스탕달의 외가 쪽 친척인 피에르 다뤼의 부인이라고 추측되고 있다.

14) 마틸드 뎀보스키(Mathilde Dembowski, 1790~1825). 나폴레옹의 몰락 후 스탕달이 실직 상태에서 밀라노에서 만난 인생의 연인. 스탕달은 그녀를 메틸드라고 불렀다.

망티[15]가 나를 버리고 떠났을 때, 내가 얼마나 큰 슬픔에 빠져버렸는지! 거기서 나는 1826년 9월 15일 산레모[16]에서 있었던 일, 내가 영국에서 돌아왔을 때의 일을 생각하며 몸서리 쳤다. 1826년 9월 15일부터 1827년 9월 15일까지 내가 얼마나 대단한 일 년을 보냈는지! 그 가공할 1주년의 날에 나는 이스키아섬[17]에 있었다. 그리고 내가 한결 나은 상태에 있다는 것을 알아차렸다. 나는 몇 개월 전처럼 직접적으로 내 불행에 대해 생각하는 대신, 이제는 이를테면 1826년 10월에 내가 빠져 있던 불행한 상태의 추억만을 생각할 따름이었다. 이와 같은 관찰은 나를 크게 위로해 주었다.

그래서 나는 어떤 인간이었나? 나는 그것을 알 수 없을 것 같다. 비록 분별을 갖춘 친구라 하더라도, 내가 어떤 친구에게 그것을 물을 수 있겠는가? 디 피오르[18]도 나에게 그것에 대한 의견을 말하지 못할 것이다. 일찍이 내가 어떤 친구에게 내 슬픈 사랑의 사연을 한마디라도 한 적이 있었던가?

오늘 아침 나는 기묘하기도 하고 또한 아주 불행한 일은, 하고 중얼거렸다. 내 승리들(당시 내 머릿속은 군사적인 일들로 가득 차 있었기 때문에 나는 그렇게 불렀다.)은 패배들이 나에게 안겨

---

15) 퀴리알 백작 부인 클레망틴 퀴리알(1788~1840)을 뜻한다. 스탕달이 밀라노를 떠나 파리에서 사교계 인사이자 문필가로 지내던 시절(1824~1826)의 애인.

16) 지중해에 있는 휴양지.

17) 나폴리만 인근의 섬.

18) 도미니코 피오레(Dominico Fiore, 1769~1848). 스탕달은 이 친구를 디 피오르라고 불렀다.

준 심각하고 깊은 불행의 절반만큼의 즐거움도 나에게 가져다주지 않았다는 것이다.

망티에 대한 놀라운 승리도, 그녀가 나를 버리고 로스피에[19] 씨에게 가면서 나에게 준 고통의 백분의 일만큼의 즐거움도 가져다주지 않았다.

그렇다면 나는 침울한 성격을 지녔던가?

……그리고 나는 뭐라고 말해야 할지 모른 채, 그것에 대한 생각도 없이, 로마의 유적들과 근대 로마의 위대함이 지닌 숭고한 모습에 또다시 감탄하기 시작했다. 콜로세움이 내 맞은편에 있고, 발밑에는 여러 개의 아치로 열린 카를로 마데르나[20]의 아름다운 회랑이 있는 파르네제 궁전[21]과 코르시니 궁전[22]이 있었다.

나는 재치 있는 인간이었나? 무엇인가에 재능을 갖고 있었나? 다뤼[23] 씨는 내가 아무것도 모르는 바보라고 말했다. 그렇

---

19) 프랑스의 군인. 망티의 남편 퀴리알 장군 밑에 있던 대령.

20) 실제로는 카를로 마데르나가 파르네제 궁전 건축에 참여하지 않았다고 한다.

21) 훗날 교황이 된 알레산드로 파르네제(Alessandro Farnese, 1468~1549)의 궁전. 그의 파란만장한 생애는 스탕달로 하여금 이탈리아의 고문서 「파르네제 가문의 기원」을 통해 『파르마의 수도원』을 쓰게 했다.

22) 고대 로마의 대표적인 건물로 1732년에 재건되었다.

23) 피에르 다뤼 백작(1767~1829). 스탕달의 외가 쪽 친척이다. 나폴레옹군의 고위층으로, 제멋대로인 스탕달에게 화를 내면서도 그를 육군성에 넣어주고 잘 돌봐 주었다. 스탕달의 외할아버지 앙리 가뇽의 모친이 다뤼 집안 출신으로, 그와 피에르 다뤼의 부친 노엘 다뤼는 외사촌 지간이다.

다. 하지만 그 말을 나에게 전한 사람은 브장송[24]이고, 내 성격의 쾌활함이 그 브장송 전(前) 사무국장의 침울한 성격에 몹시 질투심을 느끼게 했다. 하지만 나는 쾌활한 성격을 지녔던가?

마침내 옅은 저녁 안개가 끼여, 이 고장에서 해가 진 후 이내 찾아오는 갑작스럽고 아주 불쾌하고 몸에 해로운 냉기에 내가 곧 휩싸일 거라는 경고를 해 주었다. 그제야 나는 자니콜로 언덕에서 내려왔다. 나는 서둘러서 팔라초 콘티(미네르바 광장)[25]로 돌아왔다. 몹시 피로했다. 나는 영국제인 하얀 면바지를 입고 있었는데, 바지 벨트 안쪽에 다음과 같이 써 놓았다. 1832년 10월 16일에 나는 오십 대가 된다. 이 말을 남들이 알아보지 못하도록 다음과 같이 축약해서 적었다. J. vaisa voirla 5.

저녁에는 대사의 파티에서 몹시 지겨운 기분으로 돌아오면서 이렇게 중얼거렸다. 나 자신의 생애를 써야 하리라. 이삼 년 걸려 그것을 마쳤을 때 아마도 나는 마침내 알게 되리라, 내가 어떤 사람이었는지를, 쾌활했는지, 음울했는지, 재치 있는 인간이었는지, 용기 있는 인간이었는지 또는 겁 많은 인간이었는지. 그리고 요컨대 전체적으로 보아 행복했는지 또는 불행했는지. 나는 그 원고를 디 피오르에게 읽게 하리라.

이런 생각은 내 마음에 들었다. 그렇다. 그러나 나는(Je)과 나(moi)의 저 끔찍하리만큼 수많은 양! 여기에 가장 호의적인

---

24) 스탕달의 친구로 스탕달과 같은 중앙학교 출신인 아돌프 드 마레스트 남작(1784~1867)을 가리킨다. 처음에는 군인이었으나 후에 관청에 들어가 브장송현의 사무국장이 되었고 나중에는 파리 경찰청의 여권국장이 되었다.
25) 당시 스탕달이 묵었던 주소지.

독자까지 기분 나쁘게 하는 뭔가가 있는 것이다. 나는과 나, 그것은 재능이라는 것을 제외하면 드 샤토브리앙[26] 씨와 다를 것이 없을 것이다, 저 에고티스트(égotiste)들의 왕 말이다.

나에 나는을 덧붙여 너는 중복어법을 저지른다…….[27]

나는 그의 글을 한 페이지라도 읽을 때마다 늘 이 시구를 속으로 혼자 중얼거린다.

사실 3인칭을 써서 그는(il) 했다. 그는(il) 말했다, 라고 쓸 수도 있을 것이다. 그렇다, 하지만 마음속의 움직임들을 어떻게 전달할 수 있단 말인가? 내가 디 피오르에게 상담하고 싶은 것이 바로 이 점이다.

나는 1835년 11월 23일에야 계속하게 되었다. 내 생애(my life)를 쓰겠다는 생각은 최근 라벤나 여행을 하는 동안 머리에 떠올랐다. 사실을 말하자면 나는 1832년 이후 여러 번 그런 생각을 했는데, 늘 나는(je)과 나(moi)의 끔찍스러운 난점 때문에 의욕이 꺾이고 말았다. 이와 같은 글쓰기는 필자에게 혐오감을 느끼게 할 테고, 나는 그것을 피할 수 있는 재능을

---

26) M. de Chateaubriand(1768~1848). 프랑스 문호이자 정치가. 『그리스도교의 정수』 등 여러 저서를 남겼다. 왕당파에 미문가(美文家)였던 그는 정치관이나 문학관에서 스탕달과 반대 입장에 있었다.

27) De je mis avec moi tu fais la récidive. 17세기의 프랑스 희곡 작가 몰리에르의 「유식한 여인들(Les Femmes savantes)」에 나오는 대사로 학자연하는 여주인공이 중복어법을 쓰는 하녀를 나무라는 내용.

갖고 있다고 생각하지 않는다. 사실을 말하면, 내가 쓴 것을 읽게 하는 재능을 가졌다는 확신이 전혀 없는 것이다. 나는 때때로 글을 쓰는 데서 크나큰 즐거움을 얻는다. 그것이 전부다. (이런 끝없는 수많은 수다를 떨기보다는, 아마도 다음과 같이 말하는 것으로 충분할 것이다. 브륄라르(마리-앙리)는 1786년[28] 그르노블에서 태어났다. 귀족으로 자칭하는 상류 시민 계급 가정에서 태어났으며, 구 년 뒤인 1792년에는 그처럼 자만심 강한 귀족주의자는 없었다. B는 일찍부터 몇몇 사람들의 악의와 위선을 목격했다. 거기서 종교에 대한 그의 본능적인 증오가 비롯되었다. 일곱 살 때 어머니가 돌아가시기 전까지 그는 행복했다. 이후 신부들이 그의 어린 시절을 지옥으로 만들어 버렸다. 그는 그 지옥에서 빠져나오기 위해 열정적으로 수학을 공부해서, 1797년 또는 1798년에 1등상을 탔다. 반면 두 달 뒤 이공과 학교[29]에 입학하게 된 다섯 명의 다른 학생들은 2등상을 탔을 뿐이다. 그는 무월(霧月) 18일의 다음 날(1799년 11월 9일) 파리에 도착했다. 그러나 이공과 학교의 입학시험을 치르지 않았다. 그는 지원병으로 예비군과 함께 출발하여 제1집정[30]보다 이틀 뒤에 생-베르나르 고개를 넘었다. 밀라노에 도착하자, 그의 친척이며 당시 나폴레옹군 열병 사열관이었던 다뤼가 그를 중사로, 곧이

---

28) 스탕달은 1783년에 태어났다. 이어지는 문장에서 1792년을 구 년 뒤로 표현 것을 보면 이것은 1783년의 오기인 듯하다.

29) 에콜 폴리테크니크(École polytechnique). 1794년 수학자 몽주와 군사 기술자이며 정치인인 카르노의 제안으로 설립된 이공과 계열 최고의 학교이다. 나폴레옹 시대에는 포병, 공병 등 기술 장교를 많이 양성했다. 현재도 유수한 이공계 대학으로 많은 인재를 배출하고 있다.

30) 나폴레옹을 뜻한다.

어 소위로 용기병(龍騎兵) 제6연대에 입대시켜 주었다. 다뤼의 친구인 르 바롱 씨가 연대장이었다. 그 연대에서 B는 월 150프랑의 수당을 받으며 자신이 부자라고 생각했지만, 십칠 세 나이에 사람들에게 시샘을 받았을 뿐 그리 환영받지 못했다. 그렇기는 했지만 그는 군 행정 위원회로부터 훌륭한 증명서를 받아 가지고 있었다. 일 년 후 그는 용감한 미쇼 중장[31]의 부관이 되어 벨가르드 장군에 대항하는 민치오 전투에 참전하여, 브륀 장군의 어리석음에 대해 판단을 내리고 브레시아와 베르가모에 모범적으로 주둔했다. 얼마 뒤 그는 미쇼 장군에게서 떠나지 않을 수 없게 되었는데, 부관의 직책을 완수하려면 적어도 중위 직함을 달아야 했기 때문이다. 그래서 그는 피에몬테의 알바와 사빌리아노에서 용기병 제6연대에 다시 합류했으며, 살루초에서 치명적인 병[32]에 걸렸다. 열네 번의 사혈과 어떤 상류층 부인과의 우스꽝스러운 연애 사건이 있었다.

B는 노병(老兵)인 전우들이 지긋지긋해서 그르노블로 돌아와 빅토린 무니에 양[33]을 사랑하게 된다. 그리고 잠시 동안의 평화를 활용해 사표를 내고 파리로 간다. 그곳에서 고독 속에 이 년을 지냈다. 그는 『페르시아인의 편지』,[34] 몽테뉴, 카바니스,[35] 트라시[36] 등을

---

31) Général Michaud(1751~1835). 나폴레옹군의 장군으로 남작이었다.

32) 매독 초기 증상과 향수병.

33) Victorine Mounier(1783~1822). 그르노블 출신의 유력 정치가 조제프 무니에의 딸.

34) 몽테스키외의 대표작 중 하나.

35) 피에르 장 조르주 카바니스(Pierre Jean Georges Cabanis, 1757~1808). 프랑스의 철학가. 유물론 생리학의 창시자로 의사이기도 했다.

36) 앙투안 데스튀트 드 트라시(Antoire Louis Claude Destutt de Tracy,

읽으며 즐기고 소일할 생각을 했으나, 사실은 자신의 교육을 완성한 것이다.)

만약 내세가 있다면, 나는 틀림없이 몽테스키외를 보러 가리라. 그가 나에게 "이봐요, 안됐지만 당신은 전혀 재능이 없었어."라고 말한다면, 나는 화가 치밀 테지만 조금도 놀라지 않았을 것이다. 자주 느끼는 바이지만, 어떤 눈이 자기 자신을 제대로 볼 수 있단 말인가? 내가 왜 그런지를 발견한 지는 삼 년이 채 안 된다.

내가 분명히 아는데, 평판이 매우 좋은 작가들은 대부분 졸렬하다. 오늘날 드 샤토브리앙(발자크[37] 부류의 사람) 씨에 대해 하는 모독적인 말이 1880년에는 자명한 이치가 될 것이다. 그 발자크에 대한 나의 의견은 결코 달라지지 않았다. 『기독교 정수』[38]는 내가 보기에는 우스꽝스럽다. 크로제는 데리앙 씨와 함께[39] 몽스니 고개에 매혹되었다. 하지만 다른 사람

1754~1836). 프랑스의 철학가. 감각론의 입장을 권장하며 관념의 발생 및 발전을 연구했다.

37) Balzac(1597~1654). 유명한 소설가 발자크가 아니라 서간문 작가이자 미문가인 동명이인으로 스탕달이 크게 평가하지 않은 작가다.

38) 존재하는 모든 종교 중에서 기독교가 가장 시적이고 인간적이며 자유와 예술 및 문학에 크게 공헌했다고 예찬한 샤토브리앙의 대표적 저서.

39) 크로제는 스탕달의 고향 친구 루이 크로제(1784~1858)를 뜻한다. 중앙 학교에서 이공과 학교에 들어가 토목 학교를 거쳐 나폴레옹군의 공병대위로 근무하고 나중에는 그르노블 시장이 되었다. 나폴레옹의 대토목 공사인 알프스를 넘는 몽스니 도로 공사에 견습 기사로 참여했고 샤토브리앙의 『기독교 정수』의 찬미자였다. 데리앙은 크로제와 같은 자격으로 이 도로 공

의 결점을 잘 알아채는 것은 재능이 있다는 뜻일까? 아주 서투른 화가들도 서로의 결점을 무척 잘 가려낸다는 것을 나는 알고 있다. 즉 앵그르 씨가 그로 씨에게 반대하고 그로 씨가 앵그르 씨에게 반대하는 충분한 이유가 있다.[40](나는 1935년에도 틀림없이 화제에 오를 화가들을 고른다.)

그것이 이 회고록에 대해 나를 안심시키는 논리인 것이다. 내가 이 원고를 계속 쓰고, 쓰고 난 뒤 태워 버리지 않을 거라고 가정하자. 나는 원고를 친구에게 유증하지 않겠다. 친구가 저 비열한 토머스 무어[41]처럼 신앙심 깊은 척하는 사람이 되거나 당파에 매수될지 모르니까. 나는 그것을 서적상, 이를테면 르바바쇠르[42] 씨(파리, 방돔 광장)에게 유증할 것이다.

그리하여 내가 죽은 다음 어느 서적상이 악필로 된 두꺼운 원고 한 묶음을 받게 될 것이다. 그는 그것을 조금 필사하게 해서 읽을 것이다. 만일 그가 그 원고를 지루하게 생각하고 아무도 드 스탕달[43] 씨에 대해 더 이상 이야기하지 않으면, 그는 그 너절한 원고를 그대로 방치할 것이다. 그리고 아마도 벤베

사에 참여한 사람이다.

40) 스탕달과 동시대에 활동한 화가들이다. 두 사람 다 고전파 화가이나 그로는 근대의 옷을 입은 고전파이고 앵그르는 정통 고전파이다.

41) 바이런으로부터 『회고록』을 유증받은 뒤 시인의 적들의 압력에 굴하여 그것을 태워 버리고, 『바이런 경의 회고록』이라는 제목의 책을 제멋대로 냈다.

42) 스탕달의 『적과 흑』을 출판한 사람.

43) de는 귀족의 성(姓) 앞에 쓰는데, 스탕달은 귀족이 아니었다. 남작이 되고자 했지만 성공하지 못했다. 그러나 자신을 가끔 드 스탕달이라고 칭했다.

누토 첼리니[44]의 회고록처럼 200년 뒤에 발견되리라.

만일 그 원고가 출판되고 지루한 것으로 여겨지면, 삼십 년 후에는 저 스파이 에스메나르[45]의 시(詩) 「항해」가 오늘날 화제가 되듯 사람들의 입에 오르내릴 것이다. 그 시도 1802년에는 다뤼 씨 댁의 점심 식사 때 자주 화제가 되곤 했지만 말이다. 게다가 그 스파이는 온갖 신문들의 검열관 또는 감독관이었기 때문에 신문들이 매주 그를 과장되게 칭찬했다고 생각한다. 그것은 그 시대의 살방디[46]라고 할 수 있는데, 훨씬 더 뻔뻔스럽지만 사상은 더 풍부했다.

따라서 내 고백은, 만일 나는(je)과 나(moi)가 독자들을 너무 질리게 하면, 출판되고 삼십 년 후에는 더 이상 세상에 존재하지 않으리라는 것이다. 그렇기는 하지만, 나는 그 원고를 쓰는 데서, 또 철저하게 자기 성찰을 하는 데서 즐거움을 느낄 것이다. 게다가 만일 성공을 거둔다면, 1900년에 내가 사랑하는

---

44) Benvenuto Cellini(1500~1571). 이탈리아의 조각가이자 문인. 그의 회고록은 1730년 완전치 못한 상태로 세상에 나왔으나 19세기 초에 그가 구술한 원고가 피렌체의 고물상에서 발견되어, 비로소 완전한 회고록이 출판되었다.

45) 조제프 에티엔 에스메나르(Joseph Étienne Esmenard, 1769~1811). 평범한 작가로 교육시 「항해」가 1805년에 출판되었다. 1800년 이후 연극계 및 출판계의 검열관이자 경시청 국장으로 활동했으며 작품에 대해 좋은 평을 듣지 못했다.

46) 나르시스 아실드 살방디(Narcisse-Achile de Salvandy, 1795~1856). 프랑스의 정치가이자 문인. 스탕달은 그를 표현만 요란하고 내용이 빈약하며, 책략 부리는 작가의 전형이라고 생각했다.

사람들인 롤랑 부인[47]이나 멜라니 길베르[48]...... 같은 사람들에게 읽히는 기회를 얻게 될 것이다.

예컨대 1835년 11월 24일 오늘 나는 시스티나 소성당에서 돌아왔는데, 그곳의 둥근 천장과 미켈란젤로의 「최후의 심판」을 보기 위해 좋은 망원경을 지니고 갔는데도 불구하고 아무런 즐거움도 느끼지 못했다. 그리고 그저께 카에타니 댁에서, 미켈란젤로가 런던에서 가지고 온 기계[49]의 실패 때문에 너무 진한 커피를 마신 탓에 신경통에 걸렸다. 너무나 완전한 기계, 너무나 훌륭한 커피, 지금 이 순간을 위해 미래의 행복을 희생하고 발행된 환어음, 그것이 내 신경통을 재발시켰다. 그래서 내가 시스티나 소성당에 갔을 때 마치 양처럼, 요컨대(id est) 아무런 즐거움도 없이, 상상력이 전혀 비상하지 못했다. 나는 옥좌, 즉 교황이 앉는 호두나무로 된 긴 안락의자

---

47) Mme Roland(1754~1793). 프랑스의 정치가 롤랑 드 라 플라티에르의 부인. 파리에 살롱을 갖고 있었으며 정치적 영향력이 컸다. 혁명 당시 자코뱅파에 체포되어 당당하게 자신을 옹호했으며, 사형당하기 전 "자유여, 너의 이름으로 얼마나 많은 범죄가 저질러졌는지."라고 말한 것으로 유명하다. 그녀가 감옥에서 쓴 회고록이 사후에 출판되었다. 스탕달은 이 영웅적인 여인을 숭배했으며, 그의 글에는 롤랑 부인에 대한 이야기가 자주 나온다.

48) Mélanie Guilbert. 연극배우이자 스탕달의 연인. 1805년부터 육 년간 마르세유에서 같이 살았다.

49) 카에타니 댁의 주인 미켈란젤로 카에타니가 영국 여행에서 사온 최신형의 커피 기계를 말한다. 카에타니는 화가 미켈란젤로와 이름이 같았는데 스탕달은 그로 인해 혼동을 일으키는 것을 재미있어했다. 스탕달은 로마에 머무를 때 카에타니 댁에 자주 들렀고, 커피를 좋아해 너무 많이 마셔 신경통의 고통을 겪었다고 한다.

옆 벽화에 그려진 황금 실로 수놓은 의상의 표현에 감탄했다. 그 그림에는 교황 식스투스 4세(Sixtus IV papa)의 이름이 붙어 있지만, 손으로 직접 만질 수 있을 것 같다. 눈에서 2피트 거리에 있는데, 250년 뒤에도 환각을 일으킨다.

뭔가를 할 의욕이 생기지 않고, 내 생업을 위해 공문서를 쓰는 것조차 할 수 없어서, 나는 불을 지피고 이것을 쓰고 있다. 바라건대 거짓말을 하지 않고, 자신에 대해 착각하지 않으며, 즐거운 마음으로, 마치 친구에게 편지를 쓰듯이 말이다. 그 친구는 1880년에 어떤 생각을 할까? 지금 우리들의 생각과 얼마나 다를까! 오늘날 다음의 두 가지 생각은 내가 아는 사람들 중 4분의 3에게 터무니없는 실수, 엄청난 무분별함이 된다. 왕들 중 최고의 사기꾼 그리고 위선적인 타타르인이라는 표현을 내가 감히 적지 못하는 두 개의 이름 앞에 갖다 붙이는 것 말이다.[50] 1880년에는 이와 같은 판단이 자명한 이치가 되어, 그 시대의 케라트리[51] 같은 사람조차 감히 여러 번 되풀이하지 않을 것이다. 정신의 경향도, 교육의 종류도, 선입견도, 종교도 전혀 모르는 사람들에게 이야기하는 것은 내게는 새로운 일이다! 그것은 진실하고자 하는 것, 단순히 진실하고자 하는 것에 대한 대단한 격려인 것이다. 오래가는 것은 그것뿐이다. 벤베누토는 진실했다. 그래서 그의 글은 마치 어제 쓰인 글처럼

50) 왕들 중의 최고의 사기꾼은 프랑스 왕 루이 필립, 위선적인 타타르인은 러시아 황제 니콜라이 1세를 가리킨다.

51) 에밀 케라트리(Emile Kératry, 1832~1904). 프랑스의 정치가이자 소설가. 스탕달이 높이 평가하지 않던 인물 중 하나이다.

즐겁게 읽힌다. 반면 저 예수회 교도 마르몽텔[52]의 책은 페이지를 건너뛰어 읽게 된다. 그는 참된 아카데미 회원으로서, 사람의 기분을 상하게 하지 않으려고 가능한 한 조심했는데도 말이다. 그런 종류의 작품을 매우 좋아하는 나도 리보르노에서 권당 20수 하는 그의 회고록을 사지 않았다.

하지만 거짓말을 하지 않기 위해서는 얼마나 많은 조심을 해야 하는가!

예를 들어 1장 시작 부분에 허풍으로 보일 만한 것이 하나 있다. 독자 여러분, 사실을 말하자면 나는 1809년 바그람에서 병사가 아니었다.

다만 여러분이 알아 둬야 할 것은, 사십오 년 전에는 나폴레옹 밑에서 병사 노릇하는 것이 유행이었다는 사실이다. 따라서 1835년 오늘날에는 바그람에서 병사였다는 것을 간접적으로 그리고 전적인 거짓 없이(jesuitico more) 말하는 것은 마땅히 써둘 값어치가 있는 거짓이 되는 것이다.

사실은 이렇다. 1800년 5월로 생각되는데, 나는 용기병 제6연대가 이탈리아에 도착했을 때 그 연대의 중사, 이어서 소위가 되었다. 그리고 1803년 짧은 평화의 시기에 군인을 그만두었다. 나는 전우들이 너무도 지겨워, 그 당시 내가 나 자신

52) 장 프랑수아 마르몽텔(Jean-François Marmontel, 1723~1799). 프랑스의 문인이자 극작가로 예수회 교도였다. 프랑스 대혁명 때 숨어서 쓴 『회상록』으로 유명하다. 여기서 스탕달은 그를 과소평가하지만 작품을 많이 읽었다.

만을 위해 쓰던 말이지만, 아버지가 보내 주는 월 150프랑으로 파리에서 철학가로서 사는 것보다 더 즐거운 일은 없다고 생각했다. 아버지가 세상을 떠나면 그 두 배 또는 네 배의 돈을 받을 것으로 추측했지만, 당시 나는 지식에 대한 열의에 불타고 있었기 때문에, 그것만으로도 과분할 지경이었다.

나는 대령이 되지 못했다. 집안 친척인 다뤼 백작의 강력한 비호 아래 그렇게 될 수도 있었다. 그러나 나는 한층 더 행복해졌다고 생각한다. 얼마 지나지 않아 나는 드 튀렌[53] 씨를 연구하고 모방하려는 생각을 더 이상 하지 않게 되었다. 그것은 용기병이었던 삼 년간 나의 확고한 목표였다. 때로는 그 생각이 몰리에르처럼 희극을 쓰고 여배우와 함께 살고 싶다는 생각에 뒤질 때도 있었다. 그것은 당시 나는 정숙한 여자들, 그리고 그런 여자들에게 필수적인 위선에 대해 이미 지독한 혐오감을 품고 있었다. 내 엄청난 게으름이 승리를 거두었다. 일단 파리에 오자, 나는 집안 친척(다뤼 집안의 여러 사람들, 르 브룅 부인, 드 보르 부부)을 찾아가지 않고 육 개월을 보냈다.[54] 늘 내일이야말로 찾아가야지 하고 생각했다. 그렇게 나는 루브르 궁전의 아름다운 주랑이 바라보이는 앙지빌리에 거리 6층에서 라브뤼예르,[55] 몽테뉴, J.-J. 루소(그 과장이 이내 내 감정

53) 앙리 드 라 투르 도베르뉴(Henry de la Tour d'Auvergne, 1611~1675). 프랑스의 원수로서 대단한 전략가였다고 한다.

54) 르 브룅 부인은 피에르 다뤼의 누이동생이고, 드 보르는 피에르 다뤼의 비서로서 스탕달을 많이 보살펴 준 사람이다.

55) 장 드 라브뤼예르(Jean de La Bruyère, 1645~1696). 프랑스의 모럴리스

을 상하게 했다)의 책들을 읽으며 이 년을 보냈다. 그때 내 성격이 많이 형성되었다. 또한 나는 알피에리[56]의 비극들을 많이 읽고 거기서 즐거움을 찾아내고자 노력했으며, 카바니스, 트라시, 그리고 J. B. 세[57]를 존경했다. 카바니스를 자주 읽었는데 그의 애매한 문체가 나를 난처하게 했다. 나는 에스파냐 사람처럼 현실생활에서 4000킬로미터나 떨어져 고독하고 광적인 생활을 했다. 아일랜드 사람인 선량한 제키 신부가 나에게 영어를 가르쳐 주었다. 하지만 전혀 진척을 보지 못했다. 나는 『햄릿』에 홀딱 빠져 있었다.

하지만 나는 흥분해서 이야기에서 벗어나 빗나가고 있다. 시간의 순서에 따르지 않으면 내 글은 이해할 수 없는 것이 될 것이고, 설상가상으로 여러 가지 상황이 머릿속에 잘 떠오르지 않게 될 것이다.

다시 말해 1809년 바그람에서 나는 군인이 아니었고, 육군 경리관 보좌였다. 우리 가족이 이야기하는 방식에 따르면, 친척인 다뤼 씨가 나를 악덕에서 건져내기 위해 그 자리를 구해 준 것이다. 내가 앙지빌리에 거리에서의 고독 탓에 마침내 어느 매력적인 여배우[58]와 마르세유에서 일 년을 함께 살았

트(인간성 탐구자). 저서 『성격론』이 유명하다.

56) 비트리오 알피에리(Vittorio Alfieri, 1749~1803). 이탈리아 작가. 비극을 많이 썼다.

57) J. B. Say(1769~1832). 프랑스의 경제학자. 아담 스미스의 『국부론』을 체계화했다.

58) 멜라니 길베르.

기 때문이다. 그 여자는 매우 고상한 감정의 소유자여서 나는 그녀에게 한 푼의 돈도 주지 않았다. 가장 우선적인 이유는 나는 아버지가 보내 주는 월 150프랑으로 생활해야 했는데, 1805년 마르세유에서 지낼 때는 그 돈이 무척 부정확하게 송금되었던 것이다.

내 이야기는 또 옆길로 새어 빗나가고 있다. 1806년 이예나 전투 후에 나는 병사들로부터 멸시받는 자리인 육군 경리관 보좌였다. 1810년 8월 3일에는 참사원 심의관이 되었고, 며칠 후에는 황실 비품 감독관이 되었다. 나는 총애를 받았는데, 군주의 총애는 아니었다. 나폴레옹은 나처럼 미친 자들에게는 말을 걸지 않았다. 그러나 인간들 중 최고의 사람인 프리울(뒤로크) 공작[59]에게는 잘 보였다. 내 이야기가 또다시 옆길로 새어 빗나가고 있다.

---

59) 미셸 뒤로크(Michel Duroc, 1772~1813). 나폴레옹의 신뢰가 두터웠던 프랑스 장군.

2장

1814년 4월, 나는 나폴레옹과 함께 몰락했다. 나는 앙지빌리에 거리에서처럼 생활하려고 이탈리아로 갔다. 그리고 1821년, 메틸드 때문에 마음에 절망을 안고 머리에 권총을 쏴 버릴까 진지하게 고민하면서 밀라노를 떠났다. 처음에는 파리에 도착하니 모든 것이 지겨웠다. 시간이 조금 흐른 뒤, 무료함을 달래기 위해 글을 썼다. 메틸드는 죽었다, 따라서 밀라노로 돌아갈 필요가 없었다. 나는 완전히 행복해졌다, 라고 말하면 너무 지나친 말일 것이다. 하지만 요컨대 꽤 행복했다, 1830년 『적과 흑』을 쓰는 동안에는.

7월 혁명의 며칠 동안 나는 몹시 기뻤다. 나는 테아트르-프랑세의 기둥들 밑에서 총탄이 튀는 것을 보았다. 내가 있는 쪽에는 위험이 거의 없었다. 나는 그 아름다운 태양과, 29일인가

30일인가 코망되르 훈장 수훈자인 핀토[60] 씨 집에서 밤을 지내고 난 아침 — 그의 조카딸은 겁을 먹고 있었지만 — 8시경 처음으로 삼색기를 본 일을 결코 잊지 못할 것이다. 그리고 9월 25일, 나는 한 번도 만난 적이 없는 몰레[61] 씨에 의해 트리에스테 영사로 임명되었다. 1831년, 나는 트리에스테에서 치비타베키아와 로마로 와서 그 곳에 머무르며 사람들과 생각을 주고받지 못해 지루해하고 있다. 나는 때때로 저녁 시간에 재치 있는 사람들과 이야기를 나눠야 한다. 그러지 못하면 숨이 막힌다.

따라서 내 이야기의 큰 줄거리는 다음과 같다. 1783년 출생, 1800년 용기병이 됨. 1803년부터 1806년까지 대학생. 1806년 육군 경리관 보좌, 브라운슈바이크의 경리관으로 일함. 1809년 에슬링 또는 바그람에서 부상자를 수용하며 다뉴브강을 따라 눈 덮인 강의 양 기슭 린츠와 파소에서 임무를 수행함, 프티 백작부인[62]에게 연정을 품고 부인을 다시 보기 위해 에스파냐로 갈 것을 청함. 1810년 8월 3일, 거의 부인의 힘에 의해 참사원 심의관으로 임명됨. 이렇듯 높은 우대를 받고 사치스러운 생활을 하다가 모스크바까지 가게 되었고, 실레지아의 사강에서 경리관이 되었으며 마침내 1815년 4월에

60) 파리 주재 토스카나 공국(公國) 공사 다니엘로 베를링기에리(Daniello Berlinghieri, 1761~1838). 그의 조카딸은 1827년 스탕달에게 사랑을 고백한 줄리아 리니에리이다.

61) 루이 마티외 몰레(Louis Mathieu Molé, 1781~1855). 여러 부처의 장관을 지냈으며 스탕달의 친지들과 가까웠던 사람. 스탕달에게 호의적이었다고 한다.

62) 다뤼 백작의 부인.

몰락했다. 누가 그것을 믿겠는가마는, 나 개인으로서는 그 몰락이 즐거웠다.

몰락한 후, 공부하는 사람, 저술가, 사랑에 푹 빠진 사람으로 1817년 『이탈리아 회화사』를 출판했다. 나의 아버지는 과격론자가 되었고, 파산했고, 내 기억으로는 1819년에 사망했다. 나는 1821년 6월에 파리로 돌아왔다. 그리고 메틸드 때문에 절망에 빠졌다. 그녀는 세상을 떠났는데, 나는 부정(不貞)한 그녀보다는 죽어 버린 그녀를 더 사랑했다. 나는 글을 썼고, 스스로를 위로했으며, 행복했다. 1830년 9월 틀에 박힌 행정적 인습으로 돌아와 지금도 그 생활에 머물러 있지만, 리슐리외 거리 71번지 오텔 드 발루아 4층에서 했던 그때의 작가 생활을 그리워한다.

1826년 겨울 이후 나는 재치 있는 사람이었다. 그 전에는 태만해서 입을 다물고 있었다. 그 시절 나는 가장 명랑하고 가장 무감동한 남자로 여겨졌다고 생각한다. 사실 나는 내가 사랑했던 여인네들에 대해 한마디도 한 적이 없다. 그 점에서 나는 카바니스가 기술한 침울한 기질의 사람들이 지니는 모든 징후를 뚜렷하게 느꼈던 것이다. 나는 아주 작은 성공을 거두었을 뿐이다.

하지만 전날 알바노 호수 위 쓸쓸한 길에서 인생사를 곰곰이 생각했을 때, 나는 내 일생이 다음의 이름들에 의해 요약될 수 있다는 것을 깨달았다. 그리고 자디그[63]가 그랬듯이,

63) 볼테르의 소설 『자디그』의 주인공. 그러나 모래 위에 사랑하는 사람의

그 두 머리글자들을 내 지팡이로 먼지 위에 썼다. 작고 둥근 벽에 둘러싸인 저 멋진 두 그루의 나무 곁, 우르바누스 3세의 형제 바르베리니가 세운, 미노리 오세르반티파의 그리스도가 십자가에 못박힌 상이 있는 휴게소 뒤 작은 벤치에 앉아서 말이다.

비르지니(퀴블리),

안젤라(피에트라그뤼아),

아델(르뷔펠),

멜라니(길베르),

미나(드그리스하임),

알렉상드린(프티),

앙젤린(베레테르) — 나는 결코 그녀를 사랑한 적이 없다.

안젤라(피에트라그뤼아),

메틸드(뎀보스키),

클레망틴,

줄리아,[64]

그리고 마지막으로 고작 한 달 동안 사랑했던 하늘빛(azur)

이름을 쓴 인물은 그의 아내 아스다르테이다.

64) 비르지니, 멜라니, 미나, 메틸드, 클레망틴, 줄리아 등은 앞에서 설명이 되었고, 알렉상드린은 앞에 나온 다뤼 백작 부인을 가리킨다. 안젤라는 1800년과 1811년에 스탕달과 만났던 이탈리아 여성. 그녀의 이름이 두 번이나 거론된 것은 그 때문이다. 아델은 가농 집안과 다뤼 집안의 친척인 바티스트 르뷔펠의 딸. 앙젤린은 스탕달이 참사원 심의관, 황실 비품 감독관을 하던 시절 연인이었던 희극 여배우.

부인, 그녀의 세례명은 잊어버렸다.[65] 그리고 조심성 없게도 아말리아(베티니).[66]

이 매력적인 여성들은 대부분 나에게 호의를 베풀려고 하지 않았다. 하지만 그녀들은 말 그대로 내 생애를 온통 차지했다. 그녀들의 뒤를 이어 내 작품들이 왔다. 실제로 나는 야심가였던 적이 결코 없다. 하지만 1811년에는 자신이 야심가라고 믿고 있었다.

내 삶의 평범한 상태는 음악과 그림을 사랑하는 불행한 연인의 상태였다. 다시 말해 그런 예술작품들을 즐기는 삶이지, 스스로 서툴게 그것을 해 보려고 시도하는 삶이 아니었다. 나는 섬세한 감수성으로 아름다운 풍경을 보고자 했다. 여행을 한 것은 오직 그 때문이다. 풍경은 내 영혼 위에 연주되는 바이올린의 활과 같았다. 아무도 칭찬하고 내세우지 않는 경치도 그랬다.(아르부아 가까운 곳이라고 생각되는데, 큰길을 따라 올라가는 암벽의 선이 나에게는 메틸드의 영혼이 지닌 감각적이고 분명한 이미지 같았다.) 내가 몽상을 그 무엇보다 좋아했다는 것을, 재치가 있는 사람으로 여겨지는 것보다 더 좋아했다는 것을 나는 안다. 그런데 내가 사교계를 드나들면서 애써 재치 있는 사람처럼 굴고 대화에서 즉흥적으로 말을 꾸며낼 수 있었던 것은 1826년, 그 숙명적인 해의 첫 몇 개월 동안 내가 겪은 절망 때

---

65) 알베르틴 드 뤼방프레. 1829년에 스탕달의 연인이었다.

66) 이탈리아의 여배우. 1835년 영사 스탕달은 오십이 세였고 그 여배우는 이십육 세였다. 스탕달은 그녀와 사랑의 대화를 나누면서도 그것이 분별이 없는 짓이라고 생각했다.

문이다.

최근 나는 어느 책(인도인 빅토르 자크몽[67]의 서간집)을 읽으면서 나를 재치 넘친다고 생각하는 사람이 있다는 것을 알게 되었다. 수년 전 인기 있던 모건 부인[68]의 책에서도 비슷한 이야기를 발견했다. 나는 그렇게도 많은 적이 생기게 한 그 훌륭한 자질을 내가 갖고 있다는 것을 잊고 있었다. 아마도 그들은 그 자질의 외양만 보았을 것이다. 게다가 그들은 재치의 번득임 같은 것을 판단하기엔 너무나 평범한 인간들이다. 예컨대 다르구 백작[69] 같은 사람이 재치의 번득임을 어떻게 판단할 수 있겠는가? 하녀를 위한 12절 판본의 소설을 매일 두세 권 읽는 데서 행복을 찾는 인간이 말이다! 드 라마르틴[70] 씨가 어떻게 재치를 판단할 수 있겠는가? 첫째, 그는 재치가 없다. 둘째, 그는 매우 평범한 작품을 하루에 두 권 탐독한다.(1824년인가 1826년에 피렌체에서 본 일.)

재치 있다는 것의 큰 불편함은 당신 주위에 있는 반멍청이

---

67) Victor Jacquemont(1801~1832). 프랑스의 자연과학자이자 여행가. 1833년에 서간집이 출판되었다.

68) Lady Morgan(1783~1859). 영국의 여성 작가. 스탕달은 그녀와 편지를 교환했고, 그녀가 프랑스에 왔을 때 라파예트, 트라시 등의 살롱에서 만나곤 했다. 그녀는 『1829~1830년의 프랑스』라는 책에 스탕달이 재치 넘치는 사람이라고 썼다.

69) comte d'Argout(1782~1858). 도피네 지방 출신의 정치가로 해군 장관을 지냈다.

70) de Lamartine(1790~1869). 프랑스 낭만주의 시인이자 외교관. 정치가. 스탕달은 그를 혹평했다.

들을 응시하고 그들의 평범한 감각에 젖어 들어야만 한다는 것이다. 내 결점은 가장 상상력이 풍부한 사람에게 애착을 느끼고, 아마도 그러는 것이 더 만족스럽다고 생각하는 다른 사람들에게 난해한 자가 되는 것이다.

로마에 온 이래 나는 일주일에 한 번, 그것도 오 분만 재치를 부린다. 그보다는 몽상하는 것을 더 좋아한다. 이곳 사람들은 프랑스어의 미묘함을 충분히 이해하지 못해서, 내 관찰의 미묘함도 느끼지 못한다. 그들에게는 멜로드라마[71)]씨처럼 그들을 열광케 하고(예를 들어 미켈란젤로 카에타니) 그날그날의 진짜 양식을 그들에게 주는 외판원 같은 조잡스러운 재치가 필요한 것이다. 나는 그런 것이 성공을 거두는 것을 보면 소름이 끼쳐서 멜로드라마 씨에게 갈채를 보내는 사람들에게 더 이상 말을 걸지 않았다. 허영심의 허망함이 내 눈에는 너무도 잘 보이는 것이다.

그래서 두 달 전인 1835년 9월 이 회상록을 쓰겠다고 꿈꾸면서 알바노 호숫가(호수 위 200피트)에서 자디그처럼 먼지 위에 다음과 같은 머리글자들을 썼다.

나는 그 이름들과 그 이름들이 나에게 하도록 한 놀라운 바보짓과 어리석은 짓들에 대해 깊은 몽상에 빠지곤 했다.(놀라운 짓이라고 한 것은 나 스스로에게 말한 것이지 독자에게 말한 것은 아니다. 게다가 난 그것을 후회하지 않는다.)

---

71) 당시 로마 주재 프랑스 대사관 서기관이었던 뵈뇨(Beugnot) 자작을 가리킨다.

사실 나는 내가 사랑했던 그 여자들 중 여섯 명만을 손에 넣었을 뿐이다.

가장 큰 정열은 멜라니 2, 알렉상드린, 메틸드 그리고 클레망틴 4와의 사랑에서 논의되어야 한다.

클레망틴은 내게서 떠나며 가장 큰 괴로움을 안겨 준 여자이다. 하지만 그 괴로움을 나에게 사랑한다고 말을 해 주려고 하지 않던 메틸드가 안겨 준 괴로움에 비교할 수 있을까?

그 모든 여자들 그리고 그 외의 다른 많은 여자들에게 나는 늘 어린아이였다. 따라서 거의 성공을 거두지 못했다. 반면 그녀들은 무척 그리고 정열적으로 내 마음을 사로잡았고 매혹적인 추억을 나에게 남겨 주었다.(1811년 바레세의 마돈나 델 몬테의 추억과 같은 몇몇 추억은 이십사 년이 흐른 지금도 나를 매혹시킨다.) 나는 여자들에게 충분히 친절한 남자가 아니었다. 사랑하는 여자에게만 마음을 썼고, 사랑하지 않을 때는 인간사의 광경들을 꿈꾸든가 몽테스키외나 월터 스콧의 책들을 더없는 즐거움을 느끼며 읽곤 했다.

따라서 나는 어린아이들이 말하듯 여자들의 농간과 자질구레한 아양에 무뎌진 것이 아니다. 그래서 쉰두 살이 되어서도 이런 글을 쓰면서, 어제저녁 발레 극장에서 아말리아와 함께한 긴 수다(chiacchierata)에 여전히 온통 매혹되어 있다.

그녀들을 가능한 한 가장 철학적으로 고찰하고, 그럼으로써 내 눈을 어지럽게 하고 나를 현혹시키며 분명히 보는 능력을 빼어 버리는 후광을 그녀들로부터 걷어 내기 위해, 나는 그녀들을 서로 다른 성질에 따라 정돈(수학적 용어)할 것이다.

다시 말해 여자들이 늘 갖는 정열, 즉 허영으로부터 시작해 말을 할 것이다. 그녀들 중 둘은 백작부인, 한 사람은 남작 부인이었다.

가장 부자는 알렉상드린 프티로, 그녀는 남편과 함께 연 8만 프랑을 쓰고 있었다. 가장 가난한 사람은 미나 드 그리스하임이었는데, 그녀는 몰락한 군주의 전 총신이었던 아무런 재산도 없는 장군의 막내딸로, 장군의 월급으로 일가가 살고 있었다. 아니면 오페라 뷔파의 여배우 베레테르가 가난했는지도 모르겠다.

나는 이처럼 군대식으로 고찰함으로써, 사건의 매력과 눈부심을 파괴하려고 애쓴다. 그것이 어느 누구와도 이야기 나눌 수 없는 주제에서 진실에 도달할 수 있는 유일한 수단이다. 우울한 기질(카바니스)의 수줍음 때문에 나는 늘 그 점에 관해서는 믿을 수 없을 만큼, 터무니없을 정도로 조심스러웠다. 재치에서는 클레망틴이 다른 모든 여자들보다 우세했다. 메틸드는 고귀한 에스파냐식 감정으로 우세했고, 쥘리아는 성격의 강렬함으로 우세했다고 생각되는데 최초의 순간에는 제일 약해 보였다. 앙젤라 피에트라그뤼아는 이탈리아식, 루크레치아 보르자식의 숭고한 창녀였고, 하늘빛 부인은 뒤 바리식[72]의 숭고하지 못한 창녀였다.

돈이 나에게 싸움을 걸어온 것은 딱 두 번이다. 1805년 말 그리고 1806년 8월까지. 그때 아버지는 돈을 부쳐 주지 않았

72) 루이 15세의 사랑을 받은 여인.

다. 나에게 미리 알리지도 않고 말이다. 그것은 좋지 않은 일이었다. 한때는 다섯 달 동안 150프랑을 송금해주지 않았다. 그래서 자작[73]과 우리는 몹시 궁핍했다. 그는 정확하게 송금을 받았지만, 받은 날 항상 도박을 했던 것이다.

1829년과 1830년에는 정말로 돈이 없다기보다는 부주의와 태평함 때문에 궁색한 처지에 놓였다. 1821년에서 1830년 사이에 나는 이탈리아, 영국, 바르셀로나를 서너 번 여행했다. 그리고 그 시기가 끝났을 때 400프랑의 빚이 있을 뿐이었다.

돈이 없어 몹시 궁핍했을 때, 나는 브장송[74]씨에게 100프랑, 때로는 200프랑을 꾸는 유쾌하지 못한 행동을 했다. 한두 달 후에 갚았지만. 그리고 결국 1830년 9월에 양복점 주인 미셸에게 400프랑의 빚을 졌다. 그 시기 젊은이들의 생활을 아는 사람들은 그것을 매우 절제된 일로 생각할 것이다. 1800년부터 1830년까지는 양복점 주인 레제에게도, 그 후계자인 미셸(비비엔 가 22번지)에게도 단 한 푼도 빚을 지지 않았다.

1830년 당시의 내가 친하게 지내던 드 마레스트 씨, 콜롱[75] 씨는 특이한 종류의 친구들이다. 그들은 내가 큰 위험에 처하면 나를 구하기 위해 틀림없이 적극적으로 움직여 주었을 테지만, 내가 새 옷을 입고 외출하면 더러운 물 한 컵을 나에게

---

73) 스탕달의 친구였던 루이 드 바랄(Louis de Barral).

74) 알퐁스 드 마레스트.

75) 로망 콜롱. 스탕달 외할아버지 쪽으로 인척 관계가 있는 친구로서 중앙학교의 동창생. 평생 동안 서로 사귄 사이로 스탕달이 죽은 다음 최초의 전집을 출판해 준 사람.

끼얹어 버리는 것을 시키려고 그들은, 특히 드 마레스트는 20프랑을 내주었을 것이다.(드 바랄 자작과 비질리옹(드 생티스미에)을 제외하고. 내 평생 친구들은 그런 종류의 사람들뿐이었다.)

그들은 매우 신중하고 선량한 사람들로, 근면한 일 또는 솜씨로 1만 2000프랑에서 1만 5000프랑 사이의 봉급 또는 연금을 받았다. 내가 백지 노트 한 권과 펜 하나를 가지고 4000프랑에서 5000프랑이 넘지 않는 돈으로 생활하면서 쾌활하고 태평스러우며 행복하게 사는 모습을 눈감아 줄 수 없는 사람들이었다. 내가 자기들 수입의 반 내지 3분의 1밖에 못 가져 비탄에 잠기고 불행해하는 모습을 보았다면 그들은 다들 나를 백배는 더 사랑했으리라. 전에 마부, 말 두 필, 사륜마차와 이륜마차를 부리며 아마도 그들의 감정을 상하게 했을 이 나를 말이다. 황제 시대에는 내 사치스러움이 그 정도 높이까지 다다랐었다. 당시 나는 야심가였다. 또는 그렇게 생각했다. 그렇게 생각한 경우 당혹스러웠던 것은, 내가 무엇을 욕구해야 하는가를 알지 못했다는 것이다. 나는 알렉상드린 프티 백작 부인을 사랑하는 것을 창피스러워했고, 오페라 뷔파의 여배우 A. 베레테르 양을 정부(情婦)로 거느리며 카페 아르디에서 아침을 먹는 등 놀라운 생활을 했다. 또한 오데옹 극장에서 「비밀 결혼(Matrimonio Segreto)」[76]의 1막(바릴리 부인, 바릴리, 타시나르디, 페스타 부인, 베레테르 양)을 보기 위해 일부러 생클루

---

76) 이탈리아 오페라 작가 도메니코 치마로사의 대표작. 치마로사는 하이든, 모차르트와 함께 스탕달이 좋아한 작곡가이다.

에서 파리로 왔다. 나는 내 이륜마차를 카페 아르디 입구에서 기다리게 했는데, 내 매부는 그것을 결코 용서하지 않았다.

그 모든 것이 거만한 언동으로 보일 수도 있었으나 그렇지는 않았다. 나는 즐기며 행동하려고 했지만 결코 실제 이상으로 즐기며 행동하는 것처럼 보이려고 애쓰지는 않았다. 프뤼넬 씨는 의사이자 재치 있는 사람으로 그 이성이 퍽 내 맘에 들었으나 끔찍하게 못생긴 사람이었다. 나중에 그는 매수된 국회 의원으로, 1833년경에는 리옹 시장으로 유명해졌는데, 그 당시 그는 나와 아는 사이로서 나에 대해 다음과 같이 말했다. "그는 자부심이 무척 강한 친구지." 그런 판단이 나를 아는 사람들 사이에 울려 퍼졌다. 아마 그들 생각이 옳았는지도 모른다.

사람 좋고 진짜 부르주아인 나의 매부 페리에-라그랑주 씨(라 투르뒤팽 근처에서 농업을 하다가 이유도 모르게 파산한 옛 상인)는, 카페 아르디에서 나와 점심을 들면서 내가 식당 웨이터들에게 단호하게 명령하는 것 — 내가 해야 할 일이 많아서 자주 서둘러야 했기 때문이었지만 — 을 보고 몹시 기뻐했다. 그 웨이터들이 자기들끼리 내가 거만하고 거드름 피우는 인간이라는 것을 암시하는 일종의 농담을 했기 때문이다. 그런데 나는 그것을 조금도 불쾌하게 여기지 않았다. (이후에 두 의회에서 충분히 증명된 일이지만) 나는 늘 그리고 본능적으로 부르주아를 깊이 경멸했다.

하지만 또한 나는 부르주아들 속에만 정력적인 인간들이 존재함을 간파했다. 이를테면 내 사촌 르뷔펠(생드니 거리의 상인), 그르노블시의 도서관 사서인 뒤크로 영감, 비길 데 없는 그로[77](생로랑 거리의)가 그렇다. 그로는 훌륭한 기하학자로 내 가족 중 남자들이 아무도 모르는 내 선생님이었다. 그가 자코뱅이고 내 가족은 완고한 극우파였기 때문이다. 위의 세 사람은 내 모든 존경을 받고 내 마음속을 온통 차지했다. 존경심과 나이 차이가 사람을 사랑하게 하는 마음의 소통을 허용하는 범위 안에서 말이다. 그런데 나중에 내가 너무도 사랑하는 사람들에게 그랬던 것과 마찬가지로, 나는 말도 하지 못하고 움직이지도 못했으며, 망연자실한 채 상냥스러움은 조금도 보여주지 못했다. 너무 헌신적이고 자기를 망각한 나머지 때론 무례하기까지 했다. 사랑하는 사람 앞에서는 내 자존심, 이해관계, 자아는 사라지고, 사랑하는 사람만 보이는 것이다. 그런데 그 사랑하는 상대가 피에트라그뤄아 부인 같은 방탕한 여자라면 어떻겠는가? 나는 늘 미리 앞지른다. 이 고백록을 알기 쉽게 쓸 용기가 내게 있을까? 이야기해야만 한다. 그런데 나는 매우 사소한 사건에 관한 고찰을 쓰고 있다. 매우 사소한 사건이지만, 바로 그 작은 규모 때문에 분명하게 이야기할 필요가 있는 것이다. 독자여, 앞으로 여러분에게 얼마나 많은 인내가 필요할지!

아무튼 내 생각에는, 내 눈에조차도(1811년에) 에너지는 진짜로 궁핍과 싸우고 있는 계급 속에만 보였다.

---

77) 루이 가브리엘 그로(1765~1812). 스탕달은 평생 이 기하학자를 찬양했다.

내 귀족 친구들, 레몽 드 베랑제(뤼첸 전투에서 전사), 드 생 페레올, 드 시나르(젊어서 죽은 독신자), 가브리엘 뒤 부샤주(일종의 협잡꾼 혹은 성의 없이 돈 빌리는 인간, 오늘날엔 귀족원 의원이고 이전엔 극우파 수다쟁이), 드 몽발 형제는 나에게 늘 뭔가 이상한 것, 즉 체면상의 예의범절에 대한 끔찍한 존경심을 지닌 것처럼 보였다.(예를 들면 시나르가 그랬다.) 그들은 1793년 그르노블에서 이야기했던 것처럼 점잖은 사람 또는 더할 나위 없이 훌륭한 사람이 되고자 늘 애를 썼다. 그러나 나는 그런 관념을 명확히 이해할 수가 없었다. 고귀함에 관한 내 관념이 마침내 완전해진 것은 일 년밖에 안 된다. 내 정신활동은 본능적으로 대여섯 개의 중요한 관념을 면밀하게 고찰하고 그것들에 관한 진실을 알아보려고 노력하는 데 쓰였다.

레몽 드 베랑제는 "신분이 높아지면 의무도 커진다."라는 격언의 훌륭하고 참된 예였다. 반면 몽발(1829년경 그르노블에서 많은 사람으로부터 경멸을 당했고 대령으로 죽었다.)은 이상적인 중도파 국회의원이었다. 그 모든 것은 1798년경 그들이 열다섯 살이었을 때 이미 잘 나타나 있었다.

그것들 대부분에 관한 진실을 명확히 보게 되었다. 그만큼 여태껏 그것들은 젊음의 후광에서 나오는 감각의 극단적 격렬함에 감싸여 있었던 것이다.

철학적인 방법을 너무 많이 사용한 덕택에, 나는 마치 아드리앵 드 쥐시외[78]가 (식물학에서) 식물들에 대해 했듯이, 이를

78) Adrien de Jussieu(1797~1853). 프랑스의 식물학자.

테면 내 젊은 시절의 친구들을 종류별로 분류해 나에게 잡히지 않는 진리에 다다르고자 노력했다. 그리고 1800년에 높은 산이라고 생각했던 것이 대부분은 두더지 흙 둔덕이었다는 것을 깨달았다. 그러나 이것조차 한참 후에나 이룬 발견이었다.

내가 제 그림자에 겁먹고 놀라는 말과 같았다는 것을 안다. 그리고 내가 그와 같은 발견을 하게 된 것은 드 트라시 씨(유명한 데스튀 드 트라시 백작, 프랑스 귀족원 의원이자 아카데미 프랑세즈 회원, 중앙학교[79]에 관한 목월(牧月) 3일의 법률을 기초한 사람)가 나에게 한 말 덕분이다.

여기 하나의 사례가 필요하다. 예를 들어 나는 아무것도 아닌 것 때문에, 밤에 문이 반쯤 열려 있던 일 때문에 무장한 두 남자가 나를 염탐하며 내가 연인이 있는 복도를 내려다볼 수 있는 창에 다가가는 것을 막으려 한다고 상상했다. 그것은 환각으로, 내 친구 아브라함 콩스탕탱[80]처럼 현명한 사람이라면 결코 품지 않았을 것이다. 하지만 수초(기껏해야 사 초 내지 오 초) 뒤 생명을 희생할 결심이 완전하게 서자 나는 두 남자 앞으로 영웅처럼 달려들었고, 그들은 반쯤 닫힌 문으로 바뀌어 버렸다.

그로부터 아직 이 개월도 되지 않았는데 그와 똑같은, 적어

---

79) Les École Centrale. 프랑스 대혁명 후 1795년에 새로운 교육 이념에 의해 세워진 중등 교육 기관. 구체제 시대의 교육이 문학에 치중한 것과 달리, 현대어, 역사, 자연과학, 논리학, 수학 등을 중요시했다. 나폴레옹 집권 이후인 1802년에 폐지되고 리세(lycée)로 대치되었다. 프랑스의 대문호 중 중앙학교에서 공부한 사람은 스탕달뿐이다.

80) Abraham Constantin(1785~1855). 주네브 출신의 도예화가로 스탕달 만년의 친구.

도 정신적으로는 똑같은 일이 또 일어났다. 희생을 치른 다음 이십사 시간 만에 필요한 모든 용기를 냈고, 에라르[81] 씨의 편지를 다시 읽으면서 내가 편지를 잘못 읽었고 그것이 환각이었음을 깨달았다. 나는 글을 너무 빨리 읽는 버릇이 있고, 그것이 나를 난감하게 하는 것이다.

그러므로 식물 채집처럼 내 일생을 분류하면 다음과 같다.

1786년부터 1800년까지 유년기 및 학창 시절 십오 년. 1800년에서 1803년까지 병역 삼 년.

1803년부터 1805년까지 제2의 학창 시절, 아델 클로젤[82] 양 및 딸의 연인을 가로챈 그녀 어머니와의 어처구니없는 사랑, 앙지빌리에 거리에서의 생활, 마지막으로 마르세유에서 멜라니와의 즐거운 체류 이 년.

파리로 돌아옴, 학창시절의 마지막 일 년.

1806년부터 1814년 말까지(1806년 10월부터 1814년 황제 퇴위까지) 나폴레옹 밑에서 군 복무 칠 년 반.

1814년 4월 나폴레옹의 퇴위 기사가 실린 관보에 참여, 여행 몇 번과 크고 끔찍한 사랑, 책을 쓰면서 위로받은 1814년부터 1830년까지 십오 년 반.

1830년 9월 15일부터 현재까지 제2의 관직 오 년.

---

81) 파리의 은행가.

82) 아델 뤼뷔펠.

나는 드 발세르 부인의 살롱을 통해 사교계에 데뷔했다. 부인은 턱이 없는 이상한 얼굴을 지닌 신앙심 깊은 여인으로, 데 자드레 남작의 따님이자 내 어머니의 친구였다. 아마도 1794년의 일이었을 것이다. 나는 카바니스가 묘사했듯이 불같은 기질과 소심함을 지니고 있었다. 아마 본느 드 생발리에 양이라고 생각되는데, 나는 그녀가 가진 팔의 아름다움에 극도로 감동했다. 얼굴과 아름다운 팔은 지금도 눈앞에 떠오르는데, 이름은 확실치 않다. 혹시 드 라발레트 양이었는지도 모른다. 드 생페레올 씨에 대해서는 그 후 이야기를 들은 바 없지만, 그는 내 적이자 연적이었고 우리 공동의 친구인 드 시나르 씨가 우리 두 사람 사이를 진정시켜 주었다. 이 모든 일은 그르노블의 뇌브 거리, 데 자드레 저택의 정원으로 면한 화려한 아래층에서 일어났다. 현재 그 저택은 헐리고 시민의 집으로 바뀌었다. 같은 시기에 뒤크로 영감님(성 프란체스코 파의 환속한 수도승이자 최고로 유능한 인물, 적어도 나는 그렇게 생각한다.)에 대한 나의 열정적인 찬미가 시작되었다. 나의 내밀한 벗은 내 할아버지이자 의학박사인 앙리 가뇽 씨였다.

이러한 수많은 일반적 고찰 뒤에, 나는 태어날 참이다.

3장

나의 첫 기억은, 친척 여인이며, 재치 있는 제헌 의회 의원의 아내인 피종 뒤 갈랑 부인의 뺨 또는 이마를 물어 버린 일이다. 지금도 그녀의 모습이 눈에 선하다. 당시 그녀는 스물다섯 살이었는데 통통하고 루주를 진하게 바르고 있었다. 십중팔구 그 루주가 나를 언짢게 했던 것 같다. 게다가 우리는 본느 문(門)의 비탈이라고 불리는 풀밭 한가운데 앉아 있었고, 그녀의 뺨이 내 키 높이에 있었다.

그녀는 "뽀뽀해 줘, 앙리."라고 말했다. 내가 싫다고 하자 그녀는 화를 냈고, 나는 그녀를 꽉 물었다. 그 장면이 지금도 눈에 선하다. 그 자리에서 즉시 야단을 맞고 끊임없이 그 일에 대해 이야기를 들었기 때문이다.

본느 문의 비탈은 데이지로 덮여 있었다. 나는 그 작고 귀여운 꽃으로 꽃다발을 만들었다. 1786년에 그 초원은 아마도 오늘날엔 시내 한가운데가 된 학교 예배당 남쪽에 있었을 것이다.

나의 이모 세라피는 내가 괴물이며, 잔인한 성격을 가졌다고 공언했다. 세라피 이모는 결혼하지 못한 신앙심 깊은 처녀가 지니는 온갖 독살스러움을 다 갖고 있었다. 전에 그녀에게 무슨 일이 있었던가? 나는 그것을 끝내 알아내지 못했다. 우리는 집안사람들의 수치스럽고 추한 연대기를 결코 깊이 알 수 없는 것이다. 게다가 나는 열여섯 살에 그 도시를 영원히 떠나 버렸다. 나를 완전한 고독 속으로 몰아넣은 매우 강렬했던 삼 년간의 정열 뒤에 말이다.[83)]

내 성격의 둘째 특징은 몹시 침울하다는 것이다.

나는 본느 문의 비탈에서 늘 등심초를 따 모았다. 등심초는 길이 1피트에 영계의 깃털처럼 생긴 원통형의 풀로 식물학 학명(學名)이 궁금했다.

세라피 이모는 나를 집으로 데려다 주었는데, 그 집 2층의 창 하나가 그르네트 광장의 모퉁이에서 그랑드 거리 쪽으로 나 있었다. 나는 등심초를 2인치 길이로 자른 뒤 그것을 발코니와 유리창의 배수구 사이에 놓아 정원을 만들었다. 내가 등심초를 자르는 데 쓰던 부엌칼이 내 손에서 벗어나 길거리로, 즉 12피트 아래 있던 슈느바 부인이라고 하는 여인 가까운 곳 또는 그 부인 위로 떨어졌다. 그녀는 시내 전체에서 가장 성미가 고약한 여인이었다.(그녀는 캉디드 슈느바의 어머니이다. 캉디드는

83) 수학에 대한 정열.

젊었을 때 리처드슨의 클라리사 할로를 찬미했으나, 나중에는 드 비엘[84] 씨가 거느린 300명 중의 한 사람이 되었고, 그 보상으로 그르노블 왕립재판소장이 되었다. 사람들에게 냉대를 받으며 리옹에서 죽었다.)

세라피 이모는 내가 슈느바 부인을 죽이려 했다고 말했다. 나는 잔인한 성격을 가진 아이가 되었고, 선량한 가뇽 할아버지에게 야단을 맞았다. 할아버지는 자기 딸 세라피를 두려워했다. 그녀는 시내에서 제일 신용 있고 믿음 깊은 사람이었으니까. 나는 고귀하고 에스파냐적 성격을 가진 훌륭한 엘리자베트 가뇽 왕이모에게까지 꾸중을 들었다.

나는 반항했다. 그때 내 나이가 네 살쯤 되었을 것이다. 내가 종교를 싫어한 것은 그때부터이다. 나는 이성을 추스르고 그 혐오감을 정당한 범위로 억제하는 것이 몹시 힘들었다. 그럴 수 있게 된 것도 아주 최근의 일로, 육 년도 채 되지 않는다. 혐오감과 거의 동시에 처음으로 탄생한 것이 공화제에 대한 사랑, 자식이 부모에게 느끼는 것과 같은 본능적인 사랑으로, 그 사랑은 당시엔 매우 열렬했다.

나는 다섯 살 이상은 아니었다. (가뇽 할아버지는 이웃 마르네 부인의 집을 사서 방들의 모양을 바꿨다. 나는 꺾쇠에 칠을 한 석회 위 사방에 "1789년, 앙리 벨."이라고 썼다. 그 아름다운 글씨가 지금도 눈에 선하다. 그 글씨는 할아버지를 감탄하게 했다. 그러니까 내

84) 프랑스의 정치가. 샤를 10세 밑에서 총리대신을 지낸 극우 왕정주의자이다.

가 슈느바 부인의 생명을 위태롭게 한 것은 1789년 이전의 일이다.)

세라피 이모는 어린 시절 내내 나에게 나쁜 영향을 주었다. 집안에서는 그녀를 몹시들 싫어했지만 신뢰도는 높았다. 상상컨대 나중에 나의 아버지는 그녀를 사랑했던 것 같다. 어쨌든 그들은 성벽 아래 습지에 있는 그랑주를 오랫동안 산책했는데, 그때 나는 걸리적대는 유일한 제삼자였고, 나 역시 그 시간이 몹시도 지긋지긋했다. 나는 그들이 산책을 떠날 때면 몸을 숨기곤 했다. 내가 아버지에 대해 가졌던 아주 작은 애정이 그때 무너져 버렸다.

사실 선량한 앙리 가뇽 할아버지가 나를 전적으로 키웠다. 보기 드물게 뛰어난 사람이었던 할아버지는 볼테르를 만나기 위해 페르네[85]를 순례하고 특별한 대우를 받았다. 주먹만 한 크기의 볼테르 흉상이 높이 6인치의 흑단(黑檀) 받침대 위에 올려져 있었다.(그것은 이상한 취미였다. 미술은 볼테르에게도 나의 선량한 할아버지에게도 강한 부분은 아니었으니까.)

그 흉상은 할아버지가 글을 쓰는 서재 책상 앞에 놓여 있었다. 서재는 꽃으로 장식된 우아한 테라스에 면한 아주 넓은 방 안쪽에 있었다. 그곳에 들어가는 것은 나에게 허용된 매우 귀하고 특별한 혜택이었으며, 볼테르의 흉상을 보고 만지는 것은 한층 더 희귀한 혜택이었다.

그런데 그와 같은 사정에도 불구하고, 내가 기억하는 먼 옛

---

85) 볼테르는 만년에 스위스 국경 부근 페르네에 살았다. 그곳에서 유럽 전체에 사상적으로 막대한 영향력을 발휘했다.

날부터, 나는 볼테르의 글이 늘 더할 바 없이 마음에 들지 않고 어린애 같은 말처럼 생각되었다. 그 위대한 사람이 쓴 어떤 것도 내 마음에 들지 않았다고 말할 수 있다. 당시 그가 프랑스의 입법자이고 사도(使徒)였으며 프랑스의 마르틴 루터였다는 것은 알 수가 없었다.

앙리 가뇽 씨는 둥글고 세 층으로 컬이 지고 분칠한 가발을 쓰고 있었다. 그는 의학박사였다. 게다가 귀부인들 사이에 인기가 있던 의사로, 많은 귀부인들, 그중에서도 특히 테세르 부인의 애인이었던 일로 비난을 받았다. 그 부인은 시내에서 가장 아름다운 여인이었다는데, 나는 한 번도 만나 본 기억이 없다. 당시 그 집안사람과 사이가 나빠졌기 때문인데, 나중에 그는 나에게 이상한 방법으로 그것을 알게 해 주었다. 나의 선량한 할아버지는 가발 때문에 나에겐 늘 팔십 세 정도 된 사람으로 보였다. 그는 우울증(불쌍한 나처럼), 류머티즘 등이 있어서 걷는 데 힘이 들었으나, 정해놓은 원칙에 따라 결코 마차를 타지 않았고 모자도 쓰지 않았다. 할아버지의 모자는 팔 밑에 끼는 작은 삼각모로, 나는 그것을 교묘하게 손에 넣어 내 머리에 쓰며 즐거워했는데 온 집안사람들이 그런 행동을 존경심이 없는 짓이라고 보았다. 나는 할아버지를 존경했다. 나는 그 존경심 때문에 그 삼각모와 거북 등딱지 테를 두른 회양목 뿌리로 된 손잡이가 달린 할아버지의 짧은 지팡이를 가지고 노는 일을 그만두었다. 할아버지는 히포크라테스의 가짜 서한집을 몹시 좋아해서, 그것을 라틴어로 읽었다(그리스어를 조금 아는데도 불구하고). 몹시 작은 활자로 인쇄된 조아네스 본드 판의 호라티우스도. 그는 자신의 두 가지 정열을, 사실은 취미의 거의 전부를 나에게 전해 주었다. 그러나 뒤에 가서 설명하겠지만, 그가 그랬으면 하고 바란 대로는 아니었다.

언젠가 내가 그르노블에 가면, 그 훌륭한 분의 출생 및 사망 증명서를 찾아봐야만 한다. 그는 나를 몹시 사랑했지만, 자신의 아들 로맹 가뇽 씨, 즉 오롱스 가뇽 씨의 부친은 조금도 사랑하지 않았다. 오롱스 씨는 용기병(龍騎兵)의 중령으로 삼 년 전 결투에서 자기 부하를 죽여 버렸다. 그 일은 내 마음에 들었다. 아마 그는 바보는 아닐 것이다. 나는 삼십삼 년간 그를 만난 적이 없다. 아마 그는 서른다섯 살쯤 됐으리라.

내가 독일에 있을 때 할아버지가 돌아가셨는데, 1807년인지 1813년인지 확실한 기억이 없다. 할아버지가 보고 싶어서 그르노블을 여행한 생각이 난다. 할아버지는 퍽 슬픈 표정을 짓고 있었다. 너무나도 상냥하고 밤 모임의 중심 인물이었던 그가 이제는 말을 거의 하지 않았다. 그는 나에게 이렇게 말했다. "고별을 하러 왔구나." 그러고는 다른 것들에 대해 이야기했다. 그는 가족 사이의 어리석은 감동을 몹시 싫어했던 것이다.

추억 하나가 떠오른다. 1807년경 알렉상드린 프티 부인의 초상화를 무리하게 그리게 하려고 내 초상화도 그리게 했는데, 여러 번 포즈를 취해야 한다는 이유로 초상화 그리기에 반대한 탓에 나는 그녀를 디오라마 분수 맞은편에 있는 화가의 집으로 안내했다. 그 화가는 120프랑을 받고 단 한 번 포즈를 취하게 한 뒤 유화 초상화를 그려 주었다. 내 기억에 나는 그것을 갖고 있기 싫어서 누이동생에게 보내 버린 것 같다. 반면 할아버지는 이미 판단력이 많이 약해져 있었는데도, 그 초상화를 보고 "이건 진짜로구나."라고 말했다. 그러고는 다시 쇠약하고 우울한 상태로 돌아갔다. 그 후 얼마 안 되어 돌아가셨는데, 연세가 팔십이 세였던 것으로 생각된다.

만일 그 연월일이 정확하다면 그는 1789년에 육십일 세였고 1728년경에 탄생한 것이 틀림없다. 때때로 그는 아시에트 전투에 대해 이야기했다. 1742년에 기사 벨-일이 알프스 산중에서 시도했다가 실패한 공격을 말하는 것이다. 할아버지의 부친은 단호하고 정력과 명예심이 가득했던 인물로, 성품을 단련시키기 위해 아들을 군의로 그 전투에 보냈다. 당시 할아버지는 의학 공부를 막 시작한 참이었으니 십팔 세에서 이십 세쯤 되었을 것이다. 그렇다면 그의 출생 연도는 1724년이 되는 셈이다.

그는 오래된 집을 소유하고 있었는데, 그 집은 시내에서 가장 좋은 위치에 그랑드 거리 모퉁이로, 정남향에 시내에서 제일 아름다운 그르네트 광장을 면하고 서로 경쟁하는 카페 두 곳과 상류 사회의 중심을 면전에 두고 있었다. 할아버지는 그곳의, 천장은 무척 낮지만 감탄할 만큼 밝은 2층에서 1789년까지 살았다.

당시 할아버지는 부자였음에 틀림없다. 자신의 집 뒤에 있는 마르네 부인 소유의 집을 샀으니 말이다. 할아버지는 그르네트 광장의 자기 집 3층과 마르네 부인 집의 같은 층을 점유하고 서로 통하게 하여 시내에서 가장 훌륭한 저택을 만들었다. 거기에는 그 당시로선 으리으리했던 계단과 길이 35피트, 폭 28피트 정도의 살롱이 있었다.

그르네트 광장으로 면한 그 저택의 방 두 개에 여러 가지의 수리가 이루어졌다. 특히 가뇽 씨의 따님인 저 무시무시한 세라피 이모의 방과 할아버지의 누님인 왕이모 엘리자베트의 방을 분리하기 위해 칸막이(벽돌의 좁은 측면을 앞으로 해서 차곡차곡 쌓고 석회를 바른 칸막이 벽)가 세워졌다. 그 칸막이 속에 철로 된 꺾쇠가 박혔는데, 그 꺾쇠마다 바른 회칠 위에 나는 이렇게 썼다. "1789년, 앙리 벨." 할아버지를 놀라게 한 그 아름다운 글자가 지금도 눈에 선하다.

"너는 글자를 이렇게 훌륭하게 쓰니, 라틴어를 시작할 자격이 있어." 할아버지는 나에게 말했다.

그 말은 나에게 일종의 공포감을 불러일으켰다. 그리고 소름 끼치는 모습을 한 현학자, 키가 크고 여위었으며 얼굴이 창백하고 짧은 지팡이에 몸을 의지한 주베르 씨가 mura, la mûre(오디나무)를 나에게 보여주고 가르치기 위해 왔다. 우리는 에르브 광장에 면한 안뜰 속에 있는 지루 씨의 서점으로 입문서를 사러 갔다. 그곳에서 나에게 얼마나 해로운 도구를 사주었는지를 그 당시엔 나는 짐작도 하지 못했다.

거기서 내 불행이 시작되는 것이다.

나는 오래전부터 꼭 해야 할 이야기 하나를 미루고 있다. 언젠가 이 회상록을 불에 던져버리게 할지도 모를 두 개인가 세 개의 이야기 중 하나이다.

나의 어머니 앙리에트 가뇽 부인은 매력적인 여성으로, 나는 어머니에게 폭 빠져 있었다.

서둘러서 덧붙여 말하건대 나는 일곱 살 때 어머니를 잃었다.

1789년 여섯 살의 나이로 어머니를 사랑했을 때, 나는 1828년 알베르트 뤼방프레를 열렬히 사랑하던 때와 전적으로 같은 성격을 갖고 있었다. 행복 추구에 나서는 나의 방법은 근본적으로 조금도 바뀌지 않았고 단지 하나의 예외가 있을 뿐이었다. 즉 연애에서 육체적인 부분을 구성하는 데 있어서는 카이사르가 이 세상에 돌아온다면 대포라든가 소화기(小火器) 사용에 대해 그랬을 만한 것과 마찬가지였다. 나는 그것을 너무 빠르게 터득했던 것인지 모르지만, 그것은 근본적으로 내 전술을 전혀 바꾸지 못했을 것이다.

나는 어머니에게 입맞춤을 퍼붓고 싶어 했고, 어머니가 옷을 입지 않았으면 했다. 어머니는 나를 열렬히 사랑했고 내게 자주 입맞춤을 해 줬는데, 내가 너무나 열렬한 입맞춤으로 응답해서 어머니는 도망치지 않으면 안 되었다. 아버지가 와서 우리의 입맞춤을 중단시켰을 때, 나는 아버지를 몹시 증오했다. 나는 늘 어머니의 가슴에 입맞춤을 하고 싶어 했다. 잊지 말아 주길 바라는 바인데, 그런 내가 겨우 일곱 살 때 산욕으로 어머니를 잃은 것이다.

어머니는 통통했고, 더할 나위 없이 생기가 있었으며, 매우 아담한 여인이었다. 다만 키는 별로 크지 않았다고 생각한다. 그녀의 얼굴에는 고귀함과 완벽한 차분함이 스며 있었다. 활발한 성격이어서 세 명의 하녀에게 일을 시키는 대신 스스로 달려가서 하는 것을 더 좋아했다. 그리고 단테의 『신곡』을 자주 원전으로 읽었는데, 나는 시간이 많이 흐른 뒤에야, 어머니가 세상을 떠난 뒤 닫혀 있던 어머니의 방에서 그 책의 다양한 판본 대여섯 권을 발견했다.

그녀는 젊음과 아름다움이 한창이었던 1790년에 세상을 떠났다. 아마 스물여덟 살이나 서른 살이었으리라.

거기서 나의 정신생활이 시작된다.

세라피 이모는 한껏 울지 않는다고 나를 나무랐다. 그때 내 고뇌가 어떠했을 것이며 내가 무엇을 느꼈을 것인가를 부디 판단해 주길! 나는 다음날이 되면 어머니와 만날 수 있을 줄 알았다. 죽음이라는 것을 이해하지 못했던 것이다. 지금으로부터 사십오 년 전에 나는 세상에서 가장 사랑하는 사람을 잃은 것이다.

어머니는 내가 자기를 사랑했던 것과 그 일을 멋대로 폭로하는 것에 대해 화낼 수 없다. 언젠가 어머니를 다시 만난다면, 나는 같은 이야기를 하리라. 게다가 어머니는 그 사랑에 전혀 협력을 하지 않았다. 벤초니 부인이 「넬라」의 작가에 대해 한 것처럼 베네치아식으로 행동하지 않았다.[86] 내 경우는 더할 나위 없이 죄가 깊었고, 어머니의 매력에 대한 광적인 사랑에 빠져 있었다.

어느 날 밤, 어찌 된 일인지 뜻밖에도 나를 어머니 침실의 바닥에 깔린 매트 위에서 자게 했다. 암사슴처럼 활발하고 경

---

86) 벤초니 백작부인은 베네치아의 명사였고 그녀의 살롱에 프랑스인들이 많이 출입했는데, 스탕달도 그중 하나였다. 그녀의 아들 빗토리아가 바이런풍의 장시(長詩) 「넬라」를 썼다고 한다.

쾌했던 어머니는 더 빨리 침대로 가려고 내 매트 위를 뛰어넘었다.

어머니가 세상을 떠난 후 그 침실은 십 년간 잠겨 있었다. 그리고 1798년 아버지는 내가 밀랍을 입힌 천으로 된 흑판을 그 방에 놓고 수학 공부 하는 것을 어렵게 허락했다. 그러나 고용인들은 아무도 그 방에 못 들어가게 했다. 그 명령을 어겼다면 크게 야단을 맞았을 것이다. 오직 나만 그 방 열쇠를 갖고 있었다. 아버지의 그런 감정은 이제 와서 곰곰이 생각해 보면, 그를 아주 훌륭한 사람으로 보게 해 준다.

그러니까 어머니는 비외-제쥣트 로의 그랑드 로로부터 와서 왼쪽으로 다섯 번째 혹은 여섯 번째의 테세르 씨 집 맞은편에 있는 집의 자기 침실에서 세상을 떠났다. 바로 내가 태어난 방이다. 그 집은 아버지 소유였으나 아버지가 새로운 거리를 만들고 터무니없는 짓을 시작했을 때 다른 사람에게 팔았다. 그를 파산으로 몰아간 그 거리는 황태자 로로 불렸고(아버지는 극단적인 과격파 왕정주의자로서, 신부 및 귀족들과 한편이었다.) 지금은 라파예트 로라고 불린다.

나는 할아버지 집에서 살았다. 할아버지 집은 우리 집에서 겨우 100보쯤 되는 곳에 있었다.

4장

어머니와 함께 또는 그 시절에 내가 경험한 매혹적인 추억을 묘사하려 한다면 여러 권의 책이 될 것이다.[87)]

다시 말하면, 나는 어머니의 죽음과 관련해 세세한 점은 전혀 모르고 있다. 어머니는 십중팔구 해산 중 에로라는 외과 의사의 실수로 사망한 것이다. 그 바보 같은 의사는 또 다른 재치 있고 유능한 산부인과 의사에 대한 반감 때문에 선택된 모양인데, 1814년에 프티 부인이 사망한 것도 거의 비슷한 경우이다. 내가 자세히 묘사할 수 있는 것은 오직 내 감정뿐인데, 그런 감정은 소설(피일딩에 대해 이야기하는 것은 아니다.)에 나오는 거짓된 인간성 또는 파리 사람들의 심정으로 구성된

87) 처음엔 이 부분을 다음과 같이 썼다고 한다. '그다지도 사랑스러운 사람의 죽음 전후 상황에 관해 쓰면 한 권의 책이 될 것이다.'

소설의 허약한 인간성에 익숙해진 관객들에겐 아마도 과장되고 믿기지 않는 것으로 여겨지리라.

독자들에게 알려 주겠다. 도피네 지방에는 독특하고 격렬하며 고집 센, 따지기 좋아하는 방식이 있다. 나는 다른 어떤 지방에서도 그런 방식을 만난 적이 없다. 통찰력 있는 사람의 눈에는 위도가 3도 바뀔 때마다 음악도 풍경도 그리고 소설도 바뀌리라. 이를테면 론강 위 발랑스에서 프로방스 기질이 끝나고, 부르고뉴 기질은 발랑스에서 시작되며, 디종과 트루아 사이에서는 파리 기질로 대체된다. 파리 기질이란 예의 바르고 재치가 있지만 깊이는 없는, 한마디로 말해서 남을 너무 의식하는 기질이다.

도피네 기질에는 일종의 집요함, 깊이, 재치, 교활함이 있는데, 그런 것을 이웃의 프로방스나 부르고뉴 지방에서 찾아봐야 소용 없을 것이다. 프로방스 사람이 폭발해서 지독한 욕설을 할 때 도피네 사람은 반성하고 자신의 마음과 이야기를 한다.

누구나 알듯이, 도피네는 1349년까지 프랑스로부터 분리되어 있었고 정책에 있어서도 절반은 이탈리아인 하나의 국가였다. 루이 11세가 황태자이던 시절 부왕과 사이가 벌어지자 이 지방을 ……년 동안 통치했다. 그래서 심오하고 몹시 조심스러우며 마음의 첫 충동에 따르는 것을 싫어했던 그 천재가 도피네 지방에 자기 성격의 흔적을 남겨 주었다고 나는 믿고 싶은 것이다. 할아버지 또는 우리 집안의 정력적이고 고매한 감정의 참된 전형이었던 엘리자베트 왕이모의 믿음에 따르면, 파리는 본보기가 아니고, 그 영향을 두려워해야 하는 멀리 떨어진, 꺼려야 할 도시였다.

감수성이 예민하지 않은 독자들 마음에 들도록 본 이야기에서 벗어났으나, 이젠 본 이야기로 돌아가자. 어머니가 세상 떠나기 전날, 여동생 폴린과 나를 몽토르주 로로 산책을 시켰는데 그 거리 좌측(북쪽)의 집들을 따라 걸어서 돌아왔다. 우리는 그르네트 광장에 면한 할아버지 집에 옮겨 와 있었다. 나는 들창과 벽난로 사이 마룻바닥에 깐 매트 위에서 잠을 잤는데, 새벽 2시 무렵에 온 가족이 흐느껴 울면서 돌아왔다.

"어떻게 의사들이 약을 찾아내지 못하지?" 내가 마리옹 할멈에게 물었다.(마리옹 할멈은 몰리에르의 희곡에 나올 듯한 하녀로, 주인네들의 벗이지만 그들에게 할 말은 다 하는 사람이었다. 그녀는 어머니를 아주 젊을 때부터 알고 있었고 십 년 전인 1780년에 어머니가 결혼하는 것을 보았으며, 나를 퍽 사랑했다.)

마리 토마세는 비네[88] 출신으로 도피네 기질의 전형이고 애칭으로 마리옹이라고 불렸다. 그녀는 내 매트 옆에 앉아 뜨거운 눈물을 흘리며 밤을 새웠다. 필경 내 슬픔을 가라앉혀 주는 역할을 맡은 모양이었다. 나는 절망했다기보다는 굉장히 놀라고 있었다. 당시 나는 죽음이라는 것을 알지 못했으며 믿지도 않았다.

"뭐라고! 엄마를 다시 볼 수 없다고?" 내가 마리옹에게 말했다.

"묘지로 가는데 어떻게 다시 보겠어요?"

---

88) 그르노블에서 40킬로미터 떨어진 고장.

"그 묘지는 어디 있는데?"

"뮈리에 로에요. 노트르담 교구에 있는 묘지예요."

그날 밤의 대화가 아직도 내 귀에 생생하다. 그러니 그 대화를 여기에 옮겨 쓰는 것은 오직 나 자신의 기분에 달려 있는 것이다. 바로 그때부터 내 정신활동이 시작되었다. 당시 내 나이는 여섯 살 반이었다. 그 날짜도 호적부에서 쉽게 확인할 수 있다.

나는 잠이 들었다. 다음 날 잠에서 깨자 마리옹이 나에게 말했다.

"아버지에게 키스하러 가야 돼요."

"뭐라고, 사랑스러운 내 엄마가 죽었다고! 도대체 왜? 이제 엄마를 볼 수 없다고?"

"조용히 해요. 아버지가 듣고 계세요. 저기 왕이모님 침대에 계세요."

나는 마지못해 그 침대와 벽 사이로 갔다. 커튼이 쳐져 있어서 어두웠다. 나는 아버지에게 거리감을 갖고 있었으며, 아버지에게 키스하는 것에도 혐오감을 느꼈다.

곧 레 신부가 왔다. 레 신부는 키가 꽤 크고 차가우며 천연두 자국으로 얽어 있었다. 재치는 없는 선량한 모습에 콧소리로 말하는 사람이었다. 그는 우리 집안의 친구였고 얼마 안 돼 보좌 신부가 되었다.

이런 것을 사람들이 믿어 줄까? 나는 신부라는 직책 때문에 그에게 반감을 품었다.

레 신부는 창가에 자리를 잡았다. 아버지가 일어나서 실내용 가운을 입고, 녹색 사지 커튼으로 닫혀 있던 알코브[89]에서 나왔다. 거기에는 흰 돋을무늬를 넣은 아름다운 장밋빛 타프타 커튼이 두 개 있었는데, 낮에는 그것이 다른 커튼들을 가리고 있었다.

레 신부가 아버지를 조용히 포옹했다. 아버지는 몹시 추해 보였다. 두 눈이 퉁퉁 부었고 눈물이 쉴 새 없이 흐르고 있었다. 나는 컴컴한 알코브에 머물러 있어서 그 모습을 분명하게 볼 수 있었다.

"이것 또한 하느님의 뜻이랍니다." 마침내 신부가 말했다. 내가 증오하는 사람이 내가 별로 사랑하지도 않는 사람에게 한 그 말은 나를 깊은 생각에 잠기게 했다.

아마도 여러분은 내가 감수성이 부족했다고 생각할 것이다. 하지만 나는 어머니의 죽음에 대해 놀라고 있었을 뿐이다. 나는 죽음이라는 말을 이해하지 못했다. 그후 마리옹이 비난의 형태로 나에게 여러 번 한 말을 내가 감히 쓸 것인가? 나는 하느님을 나쁘게 말하기 시작한 것이다.

게다가 내가 땅을 뚫고 나오는 정신의 뾰족한 새싹들에 대해 거짓말을 한다고 가정해도, 다른 모든 것에 대해서는 분명 거짓말을 하고 있지 않다. 만일 내가 거짓말을 한다면 그것은 훨씬 뒤의 일로, 나중에 일어난 몇몇 큰 실수가 문제 되었을 때일 것이다. 나는 탁월한 인물임을 미리 알려주는 어린아이의 비범한 정신 같은 것을 믿지 않는다. 착각하는 일이 보다 적은

---

89) 벽면을 움푹하게 파서 침대를 들여놓은 곳.

예술 장르에서는 그렇다. 요컨대 불후의 작품들은 영원히 남기 때문이다. 내가 아는 졸렬한 화가들은 모두 여덟 살에서 열 살 사이에 천재성을 미리 알리는 놀라운 일을 해냈다.

아아! 사실 아무것도 천재성을 미리 알리지 않는다. 아마도 완고함이 그것의 한 징조일지도 모르겠다.

그다음 날, 어머니의 장례식을 치르게 되었다. 얼굴 모습이 완전히 변한 아버지는 검은 모직으로 된 일종의 망토를 나에게 입히고 목 부분을 여며 주었다. 그 일은 비외-제쥣트 로의 아버지 서재에서 이루어졌다. 아버지는 기운이 빠져 있었고, 서재의 모든 벽은 보기에도 끔찍할 정도로 침울한 2절판 책들로 덮여 있었다. 가제본된 달랑베르와 디드로의 하늘색 백과사전만이 전체적인 추함 속에서 예외를 이루었다.

그곳은 드 발세르 부인의 남편이며 고등법원의 심의관이었던 드 브르니에 씨의 소유였다. 드 발세르 부인은 과부가 된 다음 그의 재산을 상속받고 이름을 바꿨다. 드 발세르라는 이름이 드 브르니에보다 더 고귀하고 훌륭했기 때문이다. 그 뒤에 그녀는 수녀가 되었다.

친척과 친지들이 모두 아버지의 서재에 모였다.

나는 검은 망토 차림으로 1의 장소에서 아버지의 무릎 사이에 있었다. 피종 아저씨는 우리의 친척이며 진지한 사람, 그것도 법조인다운 진지함이 있고 품행이 방정한 사람으로 가족들로부터 대단한 존경을 받았는데(쉰다섯 살인 그는 마른 체격에 매우 품위 있는 풍채를 지니고 있었다.), 그가 들어와 3의 장소에 자리를 잡았다.

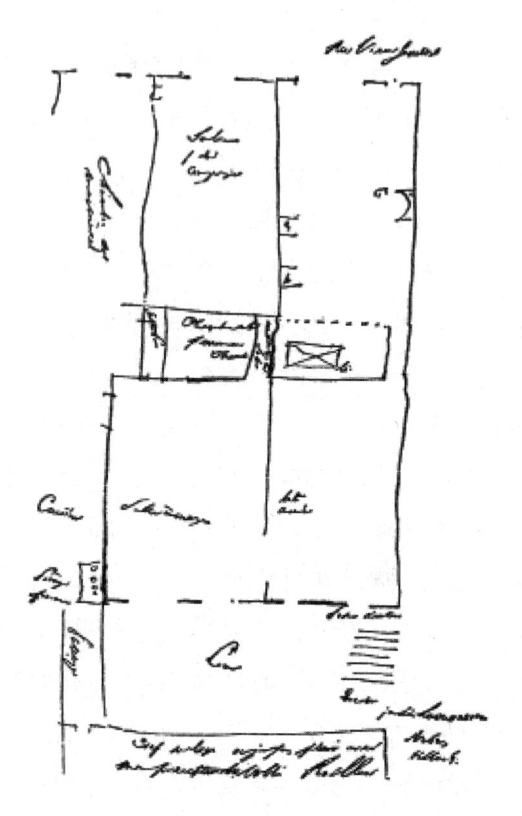

그림 1. 비외-제쥐트 거리에 있던 아버지의 집 평면도.

울거나 슬퍼하는 대신, 그는 여느 때처럼 대화를 시작했다. 쿠르(Cour)에 관한 이야기였다.(아마 고등법원의 법정 이야기였을 것이다. 매우 그럼직한 일이다.) 하지만 나는 그가 외국의 궁정들에 관해 이야기하는 줄 알고 참 무감각한 사람이라 생각해 무척 화가 났다.[90]

90) Cour라는 단어는 '궁정'이라는 뜻과 '법정'이라는 뜻을 다 갖고 있다.

이윽고 외삼촌이 들어왔다. 어머니의 동생으로, 더할 나위 없이 멋지고 더할 나위 없이 느낌이 좋으며 최고로 우아한 복장을 한 젊은이였다. 시내에서 여자들에게 인기도 많았다. 외삼촌 역시 여느 때처럼 피종 씨와 이야기를 나누기 시작했다. 그는 4의 장소에 자리를 잡았다. 나는 몹시 분개했고, 아버지가 외삼촌을 바람둥이라고 말하던 것이 생각났다. 그러는 동안, 외삼촌의 눈이 빨개져 있는 것과 얼굴이 더할 나위 없이 잘생긴 것이 눈에 띄었다. 그러자 내 기분이 좀 가라앉았다.

그는 최고로 우아한 가발을 쓰고 향기로운 분을 바르고 있었다. 검은 타프타 천으로 된 네모난 머리쓰개에는 개의 귀(육년 후에는 그렇게 불렸다.) 모양의 커다란 장식이 달린 것으로, 오늘날 탈레랑 공작[91]이 쓰는 것과 같았다.

잠시 후 요란한 소리가 들려왔다. 불쌍한 어머니의 관을 나르기 위해 응접실에서 들어낸 것이다.

피종 씨가 일어서면서 "아! 나는 이런 의식의 순서는 잘 모르겠지만." 하고 무관심한 투로 말했고, 나는 몹시 화가 났다. 그것이 나의 최후의 사회적 감각이었다. 응접실에 들어서서 어머니가 들어 있는 검은 천으로 덮인 관을 봤을 때 나는 극도로 격렬한 절망에 사로잡혔고, 마침내 죽음이 무엇인가를 알게 되었다.

---

91) 변신에 능했던 프랑스 정치가. 프랑스 대혁명 당시 종교계 대표로 선출되어 교회 재산의 국유화를 제안하고 혁명 정부의 사절로서 외교적 수완을 발휘했다. 나폴레옹 시대에는 외무대신을 지냈다. 나폴레옹이 실각하자 왕정복고 정부의 대표로서 국제 회의에 참석했다.

세라피 이모는 정이 없는 아이라고 벌써 나를 비난하고 있었다.

생-튀그 소교구 성당에서 느낀 내 절망의 진행 과정을 상세히 이야기하는 것은 독자를 위해 삼가겠다. 나는 숨이 막힐 것 같았다. 내가 하도 소란스럽게 슬퍼해서 나를 밖으로 데리고 나오지 않으면 안 되었던 모양이다. 그 이후 나는 생-튀그 성당과 그 바로 옆에 있는 대성당을 냉정하게 바라볼 수가 없었다. 1828년 그르노블을 다시 방문했을 때도 대성당의 종소리를 듣는 것만으로 음울하고 메마르며 감동이 없는, 분노에 가까운 슬픔을 느꼈다.

뮈리에 로 옆 보루 안(지금은, 적어도 1828년에, 공병대의 창고인 큰 건물이 들어서 있는 곳.)에 있는 묘지에 도착했을 때, 나는 무분별한 짓을 했다. 나중에 마리옹이 나에게 해준 이야기이다. 사람들이 어머니의 관 위에 흙을 던졌을 때 내가 엄마가 아플 거라며 못 하게 했던 모양이다. 그러나

> 그처럼 슬픈 그림의 검은 색채는 해면(海綿)으로 닦아 지워버리거나 커튼을 쳐서 가려야 한다.[92]

가족들이 가진 여러 성격의 복잡한 작용의 결과 어머니와 함께 내 어린 시절의 즐거움은 모두 끝이 나고 말았다.

---

92) 코르네유의 비극 『로도귄』 2막 3장의 대사.

5장

어린 시절의 자그마한 추억들

내가 그르네트 광장 2층에 살 때, 그러니까 1790년 이전 또는 정확하게 말하면 1789년 중반까지 젊은 변호사인 외삼촌은 그르네트 광장과 그랑드 거리가 만나는 모퉁이에 면한 3층에 아담한 방 하나를 차지하고 있었다. 그는 나와 함께 웃어 댔으며, 9시에 밤참을 먹기 전에 훌륭한 옷을 벗고 실내용 가운으로 갈아입는 모습을 내가 보도록 허용해 주었다. 나에게 그것은 감미로운 순간이었다. 그래서 나는 은 촛대를 손에 들고 아주 즐거운 마음으로 그보다 먼저 2층으로 내려가곤 했다. 귀족적인 우리 집에선 촛대가 은이 아니라면 굴욕감을 느꼈을 것이다. 사실 그 촛대에 귀한 밀랍 양초를 꽂지는 않았다. 당시에는 그냥 양초를 쓰는 것이 관례였다. 그러나 브리앙송 부근에서 매우 정성 들여 케이스에 넣어 보내온 양초였다.

산양 기름으로 만든 양초여야 한다고 해서, 그곳 산에 사는 친지에게 적당한 때에 편지를 보내곤 했다. 거기서 보내온 양초 꾸러미를 푸는 모습을 보면서 은으로 된 대접에 담긴 우유와 빵을 먹던 일이 지금도 눈에 선하다. 우유가 담긴 대접 바닥에 숟가락이 부딪쳐서 나는 소리가 이상하게도 나에게 큰 인상을 주었던 것이다. 우리 집안과 브리앙송의 그 친지와의 관계는 세상에 흔히 존재하는 의혹과 야만스러움의 자연스러운 결과로서, 호메로스의 작품 속에 나오는 것처럼 거의 주인과 손님의 관계와 같은 것이었다.(자그마한 추억들은 어머니의 죽음 이야기 뒤에(after the recit of my mother's death) 놓을 것. 발델미 도르반. 로망으로 출발. 큰 눈. 비질에로 출발. 세라피의 바르나브 아가씨들에 대한 혐오. 그들 별장 앞에서 우리는 생로베르로 갔음. 자그마한 추억들. 1791년경의 순서에 따라 쓸 것. 왼쪽에 순서에 따라 베낄 것.)

외삼촌(문체. 사상의 순서. 최초의 몇 장(章) 속에 (1) 랑베르에 관한 일, (2) 외삼촌에 관한 일을 말하는 김에 몇 마디 하는 것으로 주의력을 마련할 것. 1835년 12월 17일. 문체. 말과 사상의 관계 아카데미사전, 생-마르그-지라르뎅, 악당 왕(König von Jean Foutre)의 훈장 수훈자, 「토론」)[93]은 젊고 뛰어나고 민첩한 사람으로 시내에서 가장 사랑받는 남자였다. 그래서 여러 해 뒤의 일이기는 하지만, 여러 번 처신을 잘못한 전력이 있는 들로네 부인이 자

93) 당시 유명한 프랑스의 문인으로 스탕달이 좋아하지 않았다고 한다. 그 훈장은 국왕 루이 필립이 수여한 훈장.

신의 정숙한 몸가짐을 증명하기 위해, "그래도 가뇽 씨 아들에게는 한 번도 몸을 맡기지 않았어."라고 말하기도 했다.

외삼촌은 자기 아버지의 근엄한 성격을 전혀 아랑곳하지 않았고, 외할아버지는 자신이 돈을 치러 주지도 않은 호사스러운 옷을 입은 아들을 사교계에서 보고 몹시 놀랐다. "나는 될 수 있는 대로 빠르게 사라져 버렸지." 외삼촌은 그때 일을 나에게 이야기해 주며 덧붙였다.

어느 날 저녁, 외삼촌은 사람들이 모두 반대하는데도 불구하고(하지만 1790년 이전의 반대자들이란 무엇이었던가?) 나를 연극 공연에 데리고 갔다. 「르 시드」[94]가 상연되고 있었다.

"이 애가 아주 푹 빠졌구나." 연극을 보고 돌아오자 외할아버지는 그렇게 말했다. 그 훌륭한 분은 문학을 사랑했기 때문에, 내가 극장에 가서 연극 보는 것을 본심으로는 반대할 수가 없었던 것이다. 나는 그래서 「르 시드」 공연을 보았는데, 배우가 하늘색 새틴 옷에 흰색 새틴 신을 신었던 것으로 기억된다.

르 시드는 절(節)로 된 시(詩) 혹은 다른 곳의 대사를 말하면서 너무 열중해 검을 휘두르다가 자신의 오른쪽 눈에 상처를 입혔다.

"조금만 더 세게 했다면 눈에 구멍이 났을 거야." 내 주위에 있던 사람이 말했다. 나는 오른쪽 두 번째 칸막이 좌석에 있었다.

---

94) 코르네유의 대표적 비극.

그다음에는 외삼촌은 고맙게도 「카이로의 대상(隊商)」에 나를 데리고 갔다. (나는 외삼촌이 부인네들과 일을 진전시키는 데 방해가 되었고, 그것을 나는 잘 눈치채고 있었다.) 낙타들이 등장해 내 혼을 쏙 빼 놓았다. 자모라의 공주, 겁쟁이, 혹은 요리사가 쥐를 꼭대기 장식으로 한 투구를 쓰고 아리에타를 불렀는데, 그 모습은 내가 열광에 빠질 만큼 매력적이었다. 그 작품은 나에겐 진짜 희극이었다.

지금 여기에 쓰는 것처럼 명확하지는 않지만, 나는 아주 어렴풋이, 이렇게 생각했다. '외삼촌은 매 순간 내가 연극에서 즐기는 것과 같은 즐거운 삶을 살고 있다. 따라서 세상에서 가장 훌륭한 일은 외삼촌처럼 사랑스러운 남자가 되는 것이다.' 다섯 살 먹은 내 머리엔, 외삼촌이 대상의 낙타가 열을 지어 나아가는 모습을 보고 있는 나만큼 행복하진 않았다는 것이 들어오진 않았다.

그러나 나는 도가 지나쳤다. 여자에게 친절한 남자가 되는 대신, 사랑하는 여자들에 대해서만 정열적이 되었고, 다른 여자들에겐 거의 무관심했다. 특히 아무런 허영심도 품지 않았다. 바로 그래서 성공을 거두지 못하고 실패한 것이다. 황제의 궁정에 있는 남자라면 누구나 총리대신 아내의 애인으로 통하던 나보다 많은 여자를 거느렸으리라.

연극과 장중하고 아름다운 종소리(1800년 5월 생-베르나르 고개로 향하는 도중에 롤 위쪽, ……성당에서 났던 것과 같은……)는 내 마음에 늘 깊은 효과를 주었고 지금도 주고 있다. 나는 그런 것을 거의 믿지 않았지만, 미사 자체도 장중한 느낌을 안겨 주었다. 열 살 이전 아직 퍽 어렸을 때 그러니까 가르동 신부의 편지[95] 사건 전부터 나는 하느님은 그런 협잡꾼들을 경멸한다고 믿고 있었다. (그리고 사십이 년의 반성 뒤에도, 그런 속임수는 그것을 행하는 인간들에겐 너무나 유익해서 늘 후계자들이 있게 마련이라고 믿고 있다. 그저께 ……이 말한 메달 이야기처럼, 1835년 12월.)

나는 외할아버지가 쓰던 분칠한 둥근 가발에 대해 명확하고 분명한 기억을 간직하고 있다. 그것은 컬이 세 층으로 져 있었다. 할아버지는 결코 모자를 쓰지 않았다.

그런 복장이 그를 평민에게 알리고 존경받게 하는 데 기여한 모양이었다. 그는 평민들에게는 치료비를 결코 받지 않았다.

그는 대부분의 귀족 가문의 의사이자 친구였다. 드 샬레옹 씨가 죽었을 때 생루이 성당에서 울렸던 성직자의 종소리를 나는 아직도 기억한다. 라 프레트의 테르프루아드에서 뇌일혈로 쓰러진 드 라코스트 씨. 증서에 의하면 상류 귀족이라고 하는 드 랑공 씨. 옴에 걸려 외할아버지의 방에서 자신의 망토를 마룻바닥에 내던져 버린 드 락시스 씨. 그때의 광경을 이야기한 다음, 내가 그 사람의 이름을 음절로 나눠 명확히 발음하자, 외할아버지는 나무랄 데 없이 절도 있는 태도로 나를 야단쳤다. 데 자드레 씨 부부, 그들의 딸 드 발세르 부인, 나는

95) 앙투안 가르동. 대혁명 중이던 1793년에 성직을 버리고 그르노블에서 중요한 역할을 한 인물. 소년 스탕달은 가르동의 편지를 위조해 소년병이 되려고 했다.

그들의 살롱에서 처음으로 사교계를 경험했다. 그녀의 동생인 드 마레스트 부인은 나에게는 퍽 예뻐 보였는데, 품행이 방정치 못한 여자라는 소문이 있었다.

외할아버지는 내가 그를 안 시기에 모든 유익한 사업, 정치적 요람기였던 당시(1760)로서는 자유주의적이라고 할 수 있던 모든 유익한 사업의 발기인이었다. 이십오 년에 걸쳐 그래 왔다. 도서관도 외할아버지 덕분에 건립되었다. 그것은 작은 일이 아니었다. 우선 돈을 내서 부지를 사고, 설계와 공사를 하고, 사서를 고용해야 했다.

그는 학문에 애정을 보이는 모든 젊은이들을 그들의 부모로부터 지켜 주었고, 이어서 더 효과적인 방법으로 보호해 주었다. 말을 듣지 않는 부모들은 보캉송[96]을 예로 들어 설득했다.

의학 박사가 되어 몽펠리에에서 그르노블로 돌아왔을 때, 외할아버지는 매우 아름다운 머리칼을 갖고 있었다. 그러나 1760년의 여론은 만일 그가 가발을 쓰지 않으면 아무도 그를 신뢰하지 않을 거라고 거역할 수 없는 방식으로 분명히 말했다. 1788년경 그와 엘리자베트 왕이모를 함께 상속인으로 지정하고 세상을 떠난 친척 디디에 할머니도 같은 의견이었다. 사람 좋은 그 친척 할머니는 생로랑 축일에 내가 놀러 가면 (사프란이 들어간) 노란색 빵을 먹게 해 줬다. 그녀는 생로랑 성

96) Jacques de Vaucanson(1709~1782). 그르노블 출신의 기술자이자 발명가.

당 근처에 살았다. 같은 거리에 내가 늘 좋아하던 예전의 하녀 프랑수아즈가 식료품점을 하고 있었다. 프랑수아즈는 결혼하면서 어머니 곁을 떠났다. 그녀 대신 그녀의 동생인 아름다운 주느비에브가 왔는데, 아버지가 그 아가씨의 환심을 사려고 했다는 것이다.

그르네트 광장에 면한 2층의 외할아버지 방은 짙은 녹색으로 칠해져 있었다. 그래서 아버지는 나에게 이렇게 말하곤 했다.

"네 외할아버지는 지성이 대단히 뛰어난 분이지만, 미술에서는 좋은 취향을 갖지 못했어."

프랑스인들은 소심한 성격 탓에 녹색, 적색, 청색, 선명한 황색 같은 원색을 좀처럼 쓰지 않는다. 원색보다는 분명치 않은 색조를 좋아하는 것이다. 그런 점을 제외하면, 나는 외할아버지의 선택에서 비난할 점을 찾지 못하겠다. 할아버지의 방은 정남향이었고, 할아버지는 책을 엄청나게 많이 읽었기 때문에 눈을 보호하려 했다. 때때로 눈이 불편하다고 하소연을 하곤 했다.

그러나 독자들은, 이런 하찮은 글에도 언젠가 독자가 생긴다면 말이지만, 내가 말하는 이유와 설명들이 모두 알쏭달쏭하고 확실치 않다는 것을 쉽게 알 수 있을 것이다. 내가 갖고 있는 것은 또렷한 이미지뿐이다. 내가 하는 설명은 모두 그 일이 일어나고 사십오 년이 흐른 지금 이 글을 쓰면서 나에게 떠오른 것들이다.

1796년경 내가 수학(數學)을 통해 그르노블에서 빠져나오기로 결심할 때까지, 나의 훌륭한 외할아버지는 사실상 나의 아버지이자 친구였다. 할아버지는 자주 나에게 놀라운 이야기를 해 주곤 했다.

내가 한 살이 되던 1784년 1월 23일, 어머니는 나를 외할아버지 방(녹색의)으로 달려오게 한 다음, 창가에 서 있도록 나를 잡아 주었다. 침대 쪽에 있던 외할아버지가 나를 불렀다. 나는 걷기로 결심했고, 할아버지가 있는 데까지 걸어갔다.

그 당시 나는 조금 말을 했고 인사말로 아퇴(hateur)97)라고 했다. 외삼촌은 내 못생긴 외모에 대해 누이 앙리에트(나의 어머니)를 놀려 댔다. 어린 내가 머리가 크고, 머리칼이 없고, 브륄라르 신부를 닮았던 모양이다. 브륄라르 신부는 재주 있는 수도사이자 쾌활한 인물로 자신의 수도원에서 큰 영향력을 갖고 있었다. 내가 태어나기 전에 죽은 나의 삼촌 또는 할아버지 뻘 되는 사람이다.98)

나는 몹시 대담했다. 그런 탓에 두 건의 사고가 일어났는데, 외할아버지는 두려움과 후회를 느끼며 그 사건들에 대해 이야기했다. 나는 프랑스 문99)의 바위 부근에서 칼로 뾰족하게 깎은 나뭇가지 끝으로 노새를 찔렀다. 그러자 노새는 방약

---

97) 스탕달 연구자인 델 리토 교수는 이 말이 아듀(adieu, 안녕히 계세요)의 어린아이 발음이라고 주장했다.

98) 스탕달 연구가 마르티노의 주장에 따르면, 브륄라르 신부는 그의 친할아버지 피에르 벨의 형제로 수도사였고 1781년에 죽은 셰뤼뱅 조제프 벨을 뜻한다고 한다. 다른 한편 델 리토 교수는 가뇽 집안의 선조 중 브륄라르 집안과 혼인 관계를 맺은 사람이 있다고 주장했다.

99) 그르노블시 북쪽에 있는 문.

무인하게도 두 개의 편자로 내 가슴을 차서 나를 넘어뜨렸다. "조금만 더 셌으면, 이 아이는 죽을 수도 있었어." 하고 외할아버지는 말하곤 했다.

나는 그 사건을 떠올려 생각하고 있다. 그러나 아마도 그것은 직접적인 기억은 아닐 것이다. 아주 오래된 옛날에 그 사건에 관해 사람들이 나에게 처음 들려 주었을 때 내가 그것에 대해 만들어 낸 이미지의 기억에 불과할 것이다.

두 번째의 비극적인 사건은 내가 어머니와 외할아버지 사이에서 의자 모서리에 엎어져 앞니 두 개가 부러진 일이다. 착한 외할아버지는 충격에서 벗어나지 못했다. "제 어미와 나 사이에서 말이야!" 그는 숙명의 힘을 통탄하듯 되풀이해서 말했다.

내가 기억하는 2층 방의 특색은 철봉 막대기 삐걱거리는 소리가 희미하게 들리던 것이다. 그 막대기를 이용해서 우물물을 길었다. 귀에 거슬리지 않고 길게 울리던 그 삐걱거리는 소리가 나는 퍽 맘에 들었다.

도피네의 분별력 있는 사람들은 궁정에 대해 거의 반감을 갖고 있었다. 외할아버지가 로망의 삼부회(三部會)로 떠난 일을 나는 잘 기억하고 있다. 당시 그는 크게 존경받는 애국자였지만 대단한 온건파였다. 민중의 호민관이 된 퐁트넬[100]을 상상해도 좋다.

---

100) Bernard Le Bovier de Fontenelle(1657~1757). 프랑스 사상가이자 문인. 온건하고 우아한 기지를 갖고 계몽사상을 펼쳤다.

할아버지가 출발하던 날은 돌이 갈라질 정도로 매섭게 추웠는데[1789년에서 1790년으로 넘어가는 한겨울(확인할 것)이었고], 그르네트 광장엔 눈이 1피트나 쌓여 있었다.

외할아버지의 방 벽난로에는 불이 활활 타고 있었다. 방에는 그가 마차에 오르는 것을 보러 온 친구들이 가득 모였다. 시내에서 제일 유명한 고문 변호사 고등법원이 있는 도시에선 훌륭한 지위를 지닌 사람으로, 법률에 관해서는 권위자인 바르텔레미 도르반 씨가 와 있었다. 그는 우리 집안의 내밀한 친구로, 탁탁 튀기며 타는 난롯불 앞에 있었고, 나는 그 옆에 있었다. 나는 그 순간의 주인공이었다. 외할아버지가 그르노블에서 보고 싶어 하는 사람은 나뿐이고 할아버지가 나만을 사랑한다고 확신했기 때문이다.

그 위치에서 바르텔레미 도르반 씨는 나에게 오만 가지 표정 짓는 법을 가르쳐 주었다. 아직도 당시 그와 나 자신의 모습이 눈에 선하다. 나는 그 기술에 매우 빠른 진보를 보였다. 다른 사람들을 웃게 하려고 지은 얼굴 표정에 나 자신도 웃었다. 오만 가지 표정 짓기 취미에 점점 빠져드는 것에 대해 집안 식구들의 반대가 있었지만 소용없었다. 그 취미는 지금도 계속되고 있다. 혼자 있을 때 나는 여러 가지 얼굴 표정을 지으며 자주 웃는다.

한길에 거드름 피우는 남자가 젠체하는 표정으로 지나간다(이를테면 리지마크 씨나 델몽트 부인의 애인인 ……백작님). 나는 그 남자의 얼굴 표정을 흉내 내고 웃는다. 내 본능은 몸의 움직임보다는 얼굴의 움직임 또는 얼굴의 젠체하는 모습을 흉

내 내는 것이다. 참사원에서도 나는 무의식적으로 그리고 위험하게도 나로부터 세 발자국 앞에 있는 유명한 르뉴 드 생-장-당젤리 백작의 거만스러운 모습을 모방했다. 특히 백작이 홀 반대쪽에 그를 마주 보고 자리 잡은 성미 급한 루이 신부의 말을 잘 듣기 위해 터무니없이 높은 자신의 셔츠 깃을 낮출 때 말이다.

도르반 씨 덕분에 갖게 된 그 본능 또는 기술은 나에게 많은 적을 만들어 주었다. 현명한 디 피오리는 지금도 내 오른쪽 입가에 감춰진, 아니, 잘못 감춰진, 그리고 내 뜻에 반해서 드러나고 마는 빈정거림을 비난한다.

외할아버지는 로망에서 단지 다섯 표 차이로 의원에 선출되지 못했다. "그 일을 했다면 나는 죽었을 거야." 외할아버지는 자기를 신뢰했기 때문에 그날 아침 자신에게 의논하러 왔던 많은 시골 부르주아들의 표를 거절한 것을 자축하면서 이 말을 자주 되풀이했다.

그의 퐁트넬식 신중함은 그가 진지한 야심을 갖지 못하도록 방해했다. 그러나 그는 선출된 사람들의 모임에 가는 것, 예컨대 도서관 같은 데서 연설하는 것을 아주 좋아했다. 사람들로 가득 찬, 그리고 내 눈엔 한없이 크게 보였던 제일 홀에서, 그의 연설을 듣던 내 모습이 지금도 눈에 선하다. 그런데 무엇 때문에 그 사람들이 모였었지? 무슨 일로? 이미지는 나에게 그것을 말해 주지 않는다. 이미지는 이미지에 불과한 것이다.

외할아버지가 우리에게 자주 말한 바에 따르면, 로망에서는 불을 지핀 벽난로 위에 놓인 잉크도 펜촉 끝에서 얼었다고 했다. 외할아버지 그 자신은 선출되지 않았지만, 한 두 사람을 의원으로 임명되게 해 주었다. 나는 그들의 이름을 잊어버렸으나, 외할아버지는 자신이 그들을 도운 일을 잊지 않고 의회에서 그들이 하는 행동을 눈을 떼지 않고 지켜보았다. 거기서 그들이 보이는 격렬한 태도를 비난했다.

나는 도르반 씨와 그의 동생인 뚱뚱한 수도참사회원을 무척 좋아했다. 나는 그들을 만나러 티윌 광장 혹은 그 수도참사회원이 성가를 부르는 노트르담 성당 바로 옆에 있는, 노트르담 광장에서 티윌 광장에 이르는 둥근 천장 밑으로 가곤 했다. 아버지 혹은 외할아버지가 크리스마스 때 그 유명한 변호사에게 살찐 칠면조를 보냈다.

또한 나는 환속한 성 프란체스코회 수도사인 뒤크로 신부(시립 공원과 프랑키에르 저택 사이에 있던 그 수도원 건물은 내 기억으로는 르네상스 양식이었던 것 같다.)를 퍽 좋아했다.

나는 또한 상냥한 셸랑 신부를 좋아했다. 그는 클레 부근 리세의 사제로 작고 여위었지만 기력이 넘치고 퍽 열정적이며 재기 발랄했다. 당시에 이미 상당한 연배에 들어선 사람으로 나에겐 늙은이로 보였지만 실은 마흔에서 마흔다섯 살 밖에 안 되었을 것이다. 식탁에서의 그가 하는 이야기는 한없이 재미있었다. 그는 그르노블에 오면 반드시 외할아버지를 찾아와 저녁을 들었다. 그럴 때의 저녁 식사는 여느 때보다 훨씬 즐거웠다.

어느 날 밤참을 먹는데, 그가 딸기 한 숟가락 분량을 손에 든 채 사십오 분간 계속 이야기를 했다. 마침내 그가 딸기를 먹으려고 했다.

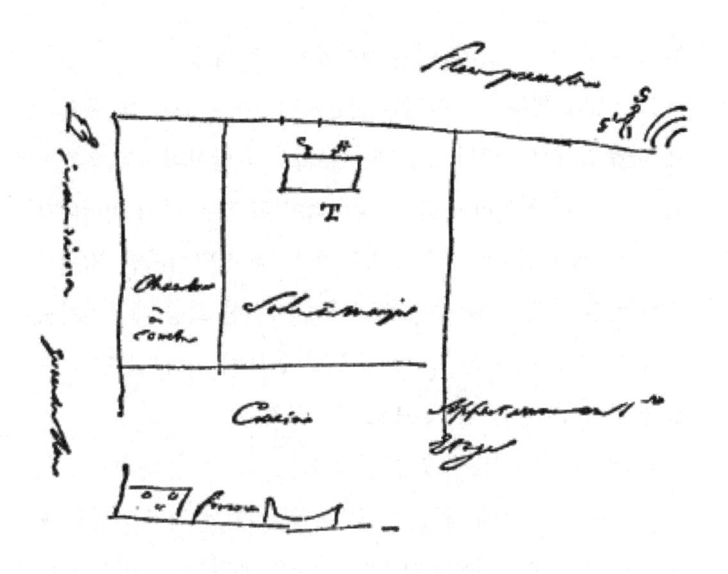

그림 2. 그르네트 광장 옆 외할아버지의 집 평면도.

"신부님, 내일은 미사를 못 올리시겠네요."라고 외할아버지가 말했다.

셸랑 신부가 대꾸했다. "죄송하지만 내일은 미사를 올리겠습니다. 오늘 미사를 올리지 못할 거예요. 이미 자정이 넘었으니까요."

그 대화는 한 달 동안 나를 즐겁게 해 주었다. 재기 발랄한 것이라고 생각되었다. 민중이나 젊은이에게 재기란 그런 것이다. 감동은 그들 안에 있다 — 보카치오 또는 바사리[101]가 감

101) 보카치오(Giovanni Boccaccio, 1313~1375)는 이탈리아의 문인이고 바사리(Giorgio Vasari, 1511~1574)는 이탈리아 화가·건축가·전기 작가이다. 그 두 사람 모두 시대 풍속을 충실하게 묘사해 높은 평가를 받았다.

탄한 재기 있는 답변이 어떤 것이었는지 보라.

그때처럼 행복했던 시절엔 외할아버지는 종교를 퍽 쾌활하게 다루었다. 다른 여러 남자 어른들도 외할아버지와 의견이 같았다. 그가 침울하고 좀 더 종교적이 된 것은 나의 어머니가 죽은(1790년) 뒤부터이다. 그리고 이건 내 생각이지만, 저세상에서 딸을 다시 만날 수 있으리라는 막연한 희망 때문이기도 했다. 열세 살에 죽은 사랑스러운 딸에 대해 이야기하면서 다음과 같이 중얼거리던 드 브로글리 씨처럼.

"내 딸이 아메리카에 있는 것 같아."

기왓장의 날[102]에 셸랑 신부가 우리 집에서 저녁을 들었다. 그날 나는 프랑스 대혁명에 의해 최초의 피가 흐르는 것을 보았다. 모자 제조 공장 직공 S가 S'의 총검에 등 밑을 찔려 부상을 입고 죽은 것이다.

한참 식사를 하던 도중 모두들 식당 T를 떠났다. 나는 H 위치에, 셸랑 신부는 C 위치에 있었다. 연보에서 그 날짜를 찾아 봐야겠다. 그 이미지는 내 머릿속에 매우 명확하게 남아 있다. 그때로부터 사십삼 년은 흘렀는데 말이다.

드 클레르몽-토네르 씨라는 도피네 지방 사령관이 관사에

---

102) 프랑스 대혁명 직전 국고가 파산 지경에 이르자, 귀족들에게도 과세를 하는 세제 개혁안이 제출되었다. 귀족들이 이에 반대했고, 정부는 귀족의 아성인 고등법원의 축소를 기도했다. 그러자 귀족들은 삼부회를 소집하여 세제 심의를 할 것을 요구했다. 도피네 지방에서 부르주아들이 고등 법원을 지지하여 그르노블 고등법원이 그 법안을 거부하자, 국왕의 군대가 고등법원을 제압하려 했다. 그르노블 시민들은 무니에와 바르나브의 지휘하에 군대에 기왓장을 던져 저항하고 격퇴했다. 이날을 '기왓장의 날'이라고 부른다.

살았다. 그 관사는 성벽 쪽으로 나 있는 외딴 단독 가옥으로, 작은 에방 언덕이 바라보이는 눈부시게 아름다운 전망을 갖고 있었다. 조용하고 아름다운, 클로드 로랭[103]에 걸맞은 전망이었다. 그리고 뮈리에 로 부근 뇌브 로에 관사의 아름다운 안뜰로 통하는 입구가 있었다. 드 클레르몽-토네르 씨가 군중을 해산시키려 했던 것 같다. 그는 2개 연대를 갖고 있었는데, 민중은 그 부대에 대항해 기왓장을 던지며 저항했다. 지붕 꼭대기에서 기왓장을 던졌다. 여기서 '기왓장의 날'이라는 명칭이 생긴다.(르 루아 씨가 이 폭동의 모습을 수채화로 그렸는데, 나는 그 그림을 그르노블에 두고 왔다.)

그 연대의 하사관 한 명이 현 스웨덴 국왕인 베르나도트[104]였다. 그는 나폴리 왕 뮈라[105]와 마찬가지로 고귀한 마음을 가진 사람이지만, 훨씬 더 능란했다. 가발 제조 상인이자 아버지의 친구인 르페브르는 자신이 통로 깊숙한 곳에서 맹렬한 공격을 받고 있던 베르나도트 장군(1804년에 그는 이렇게 불렸다.)의 생명을 구했다고 우리에게 자주 말했다. 르페브르는 용감한 미남자였고, 베르나도트 원수는 그에게 선물을 보내 주었다.

하지만 이 모든 것은 목격자들이 이야기한 역사로 내가 직접 보지는 못했다. 앞으로 나는 러시아에 대해서도, 그 외 다

---

103) Claude Lorrain(1600~1682). 프랑스의 화가.

104) Bernadotte(1763~1844). 나폴레옹 시대의 장군으로, 나중에 스웨덴 국왕 카를 14세가 되었다.

105) 조아킴 뮈라(Joachim Murat, 1767~1814). 프랑스 군인으로 나폴레옹 1세의 누이동생과 결혼한 후 나폴리 왕이 되었다.

그림 3. 그르네트 광장에서 그랑드 거리로 가고 있는 노파.

른 곳에 대해서도 내가 본 것만 이야기하고 싶다.

집안 식구들은 저녁 식사가 끝나기 전에 나가 버렸기 때문에, 나는 혼자 남아 식당 창가, 아니, 그보다는 그랑드 거리에 면한 방의 창가에 있었는데, 한 노파가 손에 낡은 신을 든 채 힘껏 외치는 모습이 보였다. "난 저항할 거야! 저항할 거라고!"

그 노파는 그르네트 광장에서 그랑드 거리 쪽으로 가고 있었다. R' 쪽에서 와서 R에 있었다. 그 터무니없는 저항이 나에게 강한 인상을 주었다. 한 노파 대 1개 연대라니! 그날 밤 외할아버지는 피로스의 죽음에 대해[106] 나에게 이야기해 주었다.

아직도 노파의 일을 생각하던 중 나는 O에서 일어난 비극적인 사건에 마음이 사로잡혔다. 사람들 말에 따르면, 한 모자 제조 공장 직공이 총검에 등을 찔려 부상을 입은 채 두 남자의 어깨에 팔을 걸치고 힘겹게 걷고 있었다. 그는 겉옷을 입지

---

106) 그리스 북서부 에페이로스의 왕. 로마군과의 전투에서 용맹을 떨쳤으며, 기원전 273년 펠로폰네소스 원정 때 아르고스 시가전에서 전사했다.

않았으며 셔츠와 미색 남경 무명 혹은 흰색 바지에 피가 잔뜩 묻어 있었다. 아직도 그 모습이 눈에 선한데, 피가 철철 흘러내리는 상처는 등 아래쪽, 거의 배꼽 반대편쯤 되는 곳이었다.

사람들은 그를 자기 방으로 데려다 주려고 힘들여 걷게 했다. 그의 집은 페리예 주택 7층이었는데, 그는 그곳에 도착하자 죽어 버렸다.

식구들은 내가 그 끔찍한 광경을 보지 못하도록 나를 야단치고 외할아버지 방의 창가에서 멀어지게 했지만, 나는 다시 그곳으로 갔다. 그 창은 천장이 매우 낮은 2층에 붙어 있었다.

그렇게 나는 그 불행한 남자의 모습을 페리예 주택 각층의 계단에서 보았다. 광장으로 면한 큰 창들 때문에 계단들이 환히 밝혀져 있었던 것이다.

당연한 일이지만 이 추억은 그 시기의 내 추억 중 가장 명확하게 남아 있다.

반대로 퐁타닐(그르노블에서 보레프로 가는 도로)에서 라무아뇽[107]의 허수아비를 화형하고 난 다음 피웠던 즐거운 화톳불에 대한 추억은 단편적으로 생각해 내는데도 꽤 힘이 든다. 나는 짚으로 만들고 옷을 잘 입힌 그 커다란 허수아비 인형을 못 본 것을 퍽 애석하게 생각했다. 사실 온건한 사상을 갖고 있고 질서(1832년경 "세바스티아니 장군은 질서가 바르샤바를 지배하고 있다."라고 말했다.)[108]에서 벗어나는 모든 것에 반대했

---

107) 세제 개혁안 추진을 위해 고등법원 축소를 계획한 법무대신.

108) 세바스티아니 장군은 프랑스의 외무대신이었고, 1831년 러시아군이 폴란드의 수도 바르샤바를 제압했다.

던 나의 가족들은 민중의 분노와 힘을 입증하는 그와 같은 것들에 내가 강한 인상을 받는 것을 원하지 않았다. 그러나 나는 그 나이부터 벌써 반대 의견을 갖고 있었다. 혹은 여덟 살 때 내 의견은 열 살 무렵 내가 가졌던 결정적인 의견에 의해 숨겨져 있었는지도 모른다.

한번은 바르텔레미 도르반 씨, 수도참사회원 바르텔레미 씨, 레 신부, 부비에 씨가 외할아버지 집에서 보 원수[109]의 도착이 가까웠다는 이야기를 하고 있었다.

"그 사람은 발레의 앙트레[110]와 같은 것을 하러 오는 거야." 외할아버지가 말했다. 이해할 수 없는 그 말은 나에게 많은 생각을 하게 했다. '늙은 원수와 빗자루[111]가 무슨 공통점이 있지?'라고 나는 생각했다.

원수는 죽었고, 장엄한 종소리가 나를 깊이 감동시켰다. 어른들이 나를 휘황한 영구 안치소로 데려갔다.(뮈리에 로 가까이에 있는 사령부 건물 안이었다고 생각한다. 기억이 거의 사라졌다.) 대낮인데 창문을 닫아 놔서 깜깜하고 수많은 촛불을 밝혀 놓은 그 무덤의 광경은 나를 놀라게 했다. 죽음이라는 개념이 처음으로 머릿속에 등장한다. 랑베르가 나를 데리고 갔다. 그는 외할아버지의 사환(방 담당)으로, 나의 절친한 친구였다. 랑

109) 프랑스의 장군. 기왓장의 날 직후 도피네 지방 사령관으로 임명되었으나 곧 병으로 사망했다.

110) '입장'이라는 뜻. 무용수가 정해진 위치에 입장하는 것을 말한다.

111) 빗자루를 의미하는 발레(balai)와 무용 발레(ballet)는 비슷한 발음으로 혼동을 일으킨다.

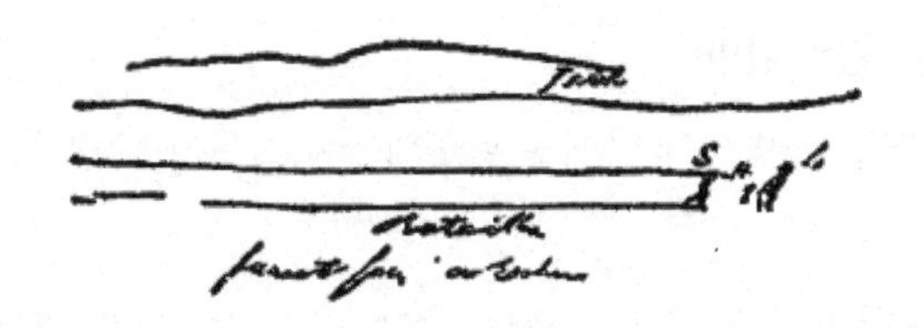

그림 4. 이제르강.

베르는 젊고 빈틈없는 미남이었다.

그의 친구 한 사람이 그에게 와서 말했다. "원수의 딸은 인색한 여자야. 북 치는 고수들에게 북을 덮으라고 검은 모직물을 주었는데, 그 양이 반바지 하나 만들기도 힘들어. 그래서 북 치는 고수들이 불평을 많이 하고 있어. 보통은 반바지 하나 만들 만한 양을 주는 것이 관례지." 집에 돌아오니 우리 집 사람들도 그 원수 딸의 인색함에 대해 말하고 있었다.

다음 날은 나에겐 전투의 날이었다. 랑베르와 함께 그 장례 행렬을 보러 가는 허락받는 것이 퍽 어려웠다고 생각된다. 사람들이 엄청나게 많이 모였다. 나는 프랑스 문 동쪽, 이쪽으로 200보쯤 떨어진 석회 태우는 가마 옆, 가도와 이제르강 사이 H지점에 있었다.

반바지 한 벌 만드는 데도 모자라는 작은 모직물 조각으로 덮어 둔중한 소리를 내는 북소리는 나에게 퍽 감동을 주었다. 그런데 거기서 전혀 다른 일이 벌어졌다. 나는 오스트라지 연대 소속이라고 생각되는, 검은 소매가 달린 흰 제복을 입은 대대의 왼쪽 끝 H지점에 있었다. L은 랑베르로, H인 내 손을 잡고 있었다. 나는 S 연대의 가장 끝에 있는 병사로부터 6인치 떨어진 곳에 있었다.

갑자기 그 병사가 나에게 말했다. "좀 떨어져, 총을 쏠 때 다치지 않도록."

그렇다면 총을 쏘려고 한단 말인가! 이렇게 많은 병사들이! 그들은 총을 거꾸로 메고 있었다.

겁이 나서 죽을 지경이었다. 나는 여섯 마리인지 일곱 마리인지의 말에 이끌려 다리를 건너 서서히 전진해 오는 검은 마차를 멀리서부터 곁눈질하고 있었다.

나는 부들부들 떨면서 사격을 기다렸다. 마침내 장교가 발포하라고 외치자, 즉시 일제 사격이 이어졌다. 나는 무거운 짐을 벗어 놓은 것처럼 마음이 가라앉았다. 그 순간 군중이 모직물로 덮인 마차 쪽으로 뛰어갔다. 나는 굉장히 즐거운 마음으로 그 마차를 보고 있었는데, 거기에 큰 양초들이 있었던 것 같다.

이어서 두 번째, 아마도 세 번째의 사격이 프랑스 문 밖에서 행해졌지만 나는 이미 그것에 익숙해져 있었다.

비질에로의 출발도 조금 기억난다.[112] 외할아버지는 옛것을 대단히 좋아했고 그 성관의 숭고한 모습에 대해 말해 주었기 때문에 나 또한 그렇게 생각했다. 그래서 나는 귀족에 대해 존경심을 품을 참이었는데, 내 친구들인 드 생페레올과 드 시나르가 그렇게 되지 않도록 해 주었다.

두 개의 매트가 (이륜) 역마차 뒤에 붙어 있었다.

---

112) 레디기에르 원수가 세운 비질 성관에서 삼부회가 개최되었다.

무니에의 아들(외할아버지는 늘 그렇게 불렀다.)이 집에 왔다. 나중에 그의 딸과 내가 서로 격렬한 정열을 품지 않게 된 것은 너무나 난폭한 이별의 결과였다. 1803년 혹은 1804년 무니에 씨가 도지사 직무를 수행하기 위해 렌으로 떠났을 때, 나는 소나기가 내리는 가운데 마차가 드나드는 몽마르트르의 큰 거리의 대문 밑에서 반 시간을 보냈다.(그의 아들 에두아르에게 보내는 내 편지들, 빅토린이 나에게 부친 편지. 재미있는 일이지만, 에두아르는 내가 렌에 갔다고 믿고 있는 것 같다.)

그르노블 공공 도서관 옆에 있는 어느 방에서 서투르게 그려지고 굳어진 작은 초상화를 볼 수 있다. 도지사 옷을 입은 무니에 씨를 그린 초상화인데, 내 생각이 틀리지 않는다면 그 초상화는 본모습과 유사하다. 단호한 얼굴에 비좁은 머리. 나는 그의 아들과 1803년에 그리고 1812년에 러시아에서(비아스마-쉬르-트리프[113]) 친하게 지냈는데, 그는 평범하지만 요령이 좋고 교묘하게 엉큼한 인간으로, 카지미르-페리에[114]처럼 도피네 사람의 전형이었다. 하지만 후자가 그보다는 더 도피네적이었다. 에두아르 무니에는 바이마르에서 자랐는데도 질질 끄는 말투로 말을 했다. 현재 그는 남작이자 귀족원 의원으로, 귀족원 법정에서 훌륭한 재판을 하고 있다(1835년 12월). 나는 지난날의 내 친구들로서 현재 귀족원 의원인 펠릭스 포

113) 러시아 스몰렌스크 근처. 1812년 11월 3일 나폴레옹군의 모스크바 퇴각 작전 때 처참한 전투가 벌어졌던 곳.

114) Casimir-Perier(1777~1832). 파리에서 큰 은행을 경영한 정치가로, 1831년 총리대신으로 활동했다.

르[115] 씨나 무니에 씨와 같은 지위에 있고 싶지 않다고 덧붙여 말한다면 독자들이 과연 나를 믿어 줄까?

외할아버지는 공부하기 좋아하는 모든 청년들의 다정하고 열성적인 친구로, 무니에 씨에게 책을 빌려주고 그 아버지의 꾸지람에서 그를 옹호해 주었다. 그랑드 거리를 지나갈 때, 외할아버지는 그의 아버지의 상점으로 들어가 아들에 대한 이야기를 하곤 했다. 그 늙은 모직물점 주인은 자식들이 많은 탓에 돈이 되는 유익한 것만 생각해서, 아들이 책을 읽는 데 시간을 낭비하는 것을 견딜 수 없는 슬픈 심정으로 바라보고 있었던 것이다.

아들 무니에 씨의 장점은 그 성격에 있었지만, 지혜가 단호한 성격에 부응하지 못했다. 몇 년 뒤 외할아버지가 웃으면서 우리에게 말해 주었는데, 장차 무니에 씨의 장모가 될 보렐 부인이 모직물을 사러 왔을 때, 아버지의 상점에서 일하던 무니에 씨가 모직 천을 펼쳐 만져 보게 하면서 이렇게 말했다.

"이 모직은 1온스에 27프랑입니다."

"그래요! 그럼 25프랑 드리죠."라고 보렐 부인이 말했다.

그러자 무니에 씨는 펼쳤던 모직 천을 다시 접더니, 쌀쌀맞은 태도로 상자 속에 집어넣었다.

"아니, 이봐요! 이봐요!" 놀란 보렐 부인이 말했다. "25프랑 10수까지 낼게요."

---

115) Félix Faure(1780~1859). 그르노블 출신의 정치가. 스탕달의 중앙학교 동창생이고 평생 친구 사이였다.

그러자 무니에 씨가 대꾸했다.

"부인, 정직한 사람은 한번 말한 것을 바꾸지 않는답니다."

그 중산층 부인은 몹시 분노했다.

젊은이들의 향학열에 대한 외할아버지의 그런 애정은 오늘날 같으면 많은 비난을 받을 수도 있겠지만, 아무튼 젊은 바르나브[116]를 보호해 주었다.

바르나브는 시골에서 우리 이웃이었다. 그는 생-로베르, 우리는 생-뱅상(그르노블에서 보레프와 리옹으로 이어지는 가도)에 살았다. 세라피 이모는 그를 싫어했고, 얼마 안 가 그가 죽은 것에 대해 그리고 그가 누이동생들에게 남긴 재산이 얼마 안 되는 것에 대해 박수를 쳤다. 그 누이동생들 중 한 사람은 생-제르맹 부인으로 불렸다. 세라피 이모는 생-로베르를 지날 때마다 "아! 여기가 바르나브의 집이지."라고 말하곤 했다.

또한 세라피 이모는 감정이 상한 신앙심 깊은 여자답게 그를 대했다. 외할아버지는 귀족들로부터 크게 환영받았고, 부르주아 계급에게는 신탁(神託)의 권위자였다. 그래서 저 불후의 바르나브의 어머니가 아들이 마블리[117]와 몽테스키외를 위한 소송을 소홀히 하는 것을 보고 고통스러워할 때 외할아버지가 진정시켜 주었다고 생각한다. 그 당시 우리의 동향인인 마블리는 대단한 인물로 여겨졌고, 이 년 뒤엔 클레르 로에 그

116) Antoine Barnave(1761~1793). 프랑스의 혁명가. 처음엔 부르주아 급진파였으나 나중에는 군주제를 지지했다.

117) Gabriel de Mably(1709~1785). 국제법에 정통했던 외교관. 나중에는 경제적 평등과 더불어 평등사상을 주장했다.

의 이름이 붙여졌다.(기입할 것. 1835년 12월 23일. 도미니크[118]가 고찰한 로칠드 일가의 재산 축적 비결. 그들은 모든 사람들이 갖고 싶어 하는 연금을 팔고 그 돈으로 스스로 제조업자가 되었다(다시 말해 빚을 내서).

그르노블의 지도를 하나 사서 붙여 놔야겠다. 내 친족들의 사망증명서를 떼어 와야겠다. 그것이 나에게 정확한 날짜를 알려 줄 것이다. 내가 지극히 사랑하는 어머니(my dearest mother)와 나의 훌륭한 외할아버지의 출생증명서도.

1835년 12월. 오늘날 나 말고 누가 그들에 대해 생각할 것인가, 사십육 년 전에 세상을 떠난 어머니에 대해 크나큰 애정을 지니고 말이다! 따라서 나는 그들의 결점에 대해서도 자유롭게 말할 수 있다. 바르코프 남작부인,[119] 알렉상드린 프티 부인, 뎀보스키 남작부인(내가 이 이름을 쓰지 않은 뒤 얼마의 세월이 흘렀는지!) 비르지니, 두 명의 빅토린, 앙젤라, 멜라니, 알렉상드린, 메틸드, 클레망틴, 쥘리아, 알베르트 드 뤼방프레 — 딱 한 달 동안 열렬히 사랑했던 — .

V. 2 V. A. M. A. M. C. I. A.

+ +   + + +

실증적인 사람이라면 다음과 같이 썼을 것이다.

A. M. C. I. A.

내가 이 회상록을 쓸 권리. 어떤 인간이 자신에 대해 회상하는 것

---

118) 스탕달 자신을 가리키는 이름. 그는 여러 개의 이름을 갖고 있었는데, 도미니크는 그가 좋아하던 이름이다.

119) 멜라니 길베르.

을 좋아하지 않겠는가!

잊어버리지 않도록 여기에 적어 둔 이 사실들을 적당한 곳에 놓을 것. 왜 나는 로마가 지겨운지.

그것은 사교계가 없어서 저녁에 아침에 했던 생각을 다른 데로 돌릴 수가 없기 때문이다. 파리에서 작품을 쓸 때는 현기증이 나고 머리가 멍해서 움직이지 못할 때까지 일을 했다. 그러나 6시를 알리는 소리가 나면 저녁을 먹으러 가야 했다. 그러지 않으면 3프랑 50상팀 하는 저녁 식사 때문에 식당의 웨이터들을 성가시게 만들게 된다. 그런 일이 자주 있어서 나는 얼굴을 붉히곤 했다. 살롱에 가면 보잘것없는 살롱이 아닌 한 아침의 일에서 완전히 벗어날 수 있었다. 새벽 1시 내 방으로 돌아왔을 때는 일의 주제까지 잊어버릴 지경이었다.

1835년 12월 20일. 아침의 피로. 로마에서 나에게 결핍된 것. 사교계는 무척 따분하다.(마리에타의 어머니 상드르 부인, 코벤 백작부인, 다 공작부인 등의 살롱은 수고스럽게 마차를 탈 값어치도 없다.)

그 모든 것이 나로 하여금 아침의 생각으로부터 벗어나지 못하게 한다. 그래서 다음 날 다시 일을 하게 되면 힘이 나고 홀가분해지기는커녕 망가지고 기진맥진해 버리는 것이다.

그런 생활을 사오 일 하고 나면, 일에 싫증이 나고 그 일을 너무 계속해서 생각한 나머지 정말로 생각이 고갈되고 만다. 나는 치비타-베키아 또는 라벤나(1835년 10월)로 보름간 여행을 했다. 그 시간의 간격이 너무 길어, 일 생각을 잊어버렸다. 녹색 사냥꾼[120]이 부

---

120) 스탕달의 미완성 장편 소설 『뤼시앵 뢰벤(Lucien Leuwen)』을 뜻한다.

진한 이유도 거기에 있고, 좋은 음악이 전혀 없다는 것과 함께 내가 로마에서 지루해하는 이유도 바로 거기에 있는 것이다.)

6장

어머니가 세상을 떠난 후 외할아버지는 절망에 빠졌다. 오늘날에 와서야 이해가 되지만, 외할아버지는 퐁트넬과 같은 성격을 지닌 사람이었다. 겸손하고 신중하며 사려 깊은 사람, 사랑하는 딸이 죽기 전까지는 더할 나위 없이 싹싹하고 재미있는 사람이었다. 그러나 딸이 세상을 떠난 후에는 눈에 띄지 않는 침묵에 잠기곤 했다. 그는 세상에서 그 딸만을 사랑했던 것이다.

또 다른 딸인 세라피는 그를 귀찮게 하고 난처하게 했다. 그는 무엇보다 평화로운 것을 좋아했는데, 그녀는 싸움질만 하며 살아갔다. 선량한 외할아버지는 아버지로서의 권위를 생각하며 이빨을 드러내지 않은 것을 몹시 자책했다. 이것은 우리 고장의 표현인데, 나중에 파리 프랑스어로 번역할 가능성이 있을지 모르겠지만 지금은 그냥 이대로 놓아 두겠다. 떼를 지어 떠오르는 세세한 일들을 더 잘 회상하기 위해 지금은 그대로 놓아 두겠다. 가농 씨는 자기 누나를 존경하고 두려워했다. 그런데 그녀는 젊었을 때 파리에서 죽은 또 다른 남동생을 그보다 더 사랑했다. 그것은 살아남은 동생으로서는 결코 용서할 수 없는 일이었지만, 상냥하고 평화를 추구하며 퐁트넬적인 성격 때문에 그런 마음을 전혀 겉으로 내보이지 않았다. 나는 그것을 나중에 가서야 알아차렸다.

가농 씨는 자신의 자식이며 나의 외삼촌인 로맹 가농 씨에 대해 일종의 혐오감을 품고 있었다. 로맹 가농 씨는 재치가 있고 더할 나위 없이 상냥한 청년이었다.

그런 자질이 부자간의 불화를 만든 것이라고 나는 생각한다. 그들 둘 다 시내에서 가장 상냥한 사람들이었는데, 태도는 서로 달랐다. 외할아버지는 농담을 할 때도 절도가 있어서, 섬세하고 차가운 기지가 눈에 띄지 않고 넘어갈 수 있었다. 게다가 그는 그 당시(당시에는 참으로 묘한 무지가 번성하고 있었다.)로서는 경이로운 학식의 소유자였다. 바보들과 샘이 많은 사람들[샹펠, 투르뉘스(오쟁이 진 남편), 투르트 씨들]은 그것을 얼버무리기 위해 늘 외할아버지의 기억력을 치하하곤 했다. 외할아버지가 가지각색의 문제들에 관해 세상에서 인정받는 저자들의 글을 알고 있었으며, 그것을 인용했던 것이다.

"우리 아이는 아무것도 읽지 않아." 때때로 외할아버지는 언짢은 기분으로 말했다. 그것은 틀림없는 사실이지만, 외할아버지의 아들 가농 씨가 속한 사교계 내에서 싫증이 난다는 것은 있을 수 없는 일이었다. 그의 부친은 자기 집의 매력적인 방을 그에게 주었고, 그를 변호사로 만들어 주었다. 고등법원이 있는 도회지에서는 누구나 소송하기를 좋아하고, 소송으로 생활하며, 소송에 대해 재치를 부리곤 했다. 나는 부동산 회복 소송과 점유권 반환 소송에 관한 수많은 농담을 아직도 기억한다.

외할아버지는 거처와 식사를 아들에게 제공하고 월 100프랑의 용돈까지 얹어 주었다. 그것은 1789년 이전 그르노블에선 대단한 금액이었다. 외삼촌은 1000에퀴[121]나 되는 수놓인 옷을 샀고 여배우들을 거느렸다.

나는 그런 일들을 어렴풋이 엿보고 외할아버지의 암시만으로 통찰했을 뿐이다. 외삼촌은 돈 많은 정부(情婦)로부터 선물을 받아 그 돈으로 화려하게 차려입고 가난한 정부들을 거느렸던 것 같다. 여기서 알아 둬야 할 것은, 그 당시 우리 고장에서는 뒬로롱 부인, 마르시외 부인 혹은 드 사스나주 부인 등에게서 돈을 받는 것이, 그 돈을 즉시(hic et nunc) 써 버리고 축재하지 않는다면 조금도 나쁜 일이 아니었다는 것이다. 즉시라는 표현도 고등법원 덕분에 그르노블 사람들이 알게 된 것이다.

외할아버지는 드 캥소나 씨 집 또는 다른 모임에 갔다가 모두가 호화롭게 차려입은 어느 청년의 이야기를 듣고 있는 광경을 여러 번 목격했는데, 그 청년은 다름 아닌 자기 아들이었다.

---

121) 옛 금(은)화로 1에퀴는 5프랑에 해당한다.

“아버지는 내가 입은 그런 옷을 알아보지 못했어.” 외삼촌은 말했다. “나는 할 수 있는 한 빠르게 사라져 허름한 연미복을 다시 입고 돌아왔지. 아버지가 ‘그런 옷을 맞출 돈이 어디서 생겼는지 내게 말해 주면 좋겠구나.’라고 말하면, 나는 대답을 했다. ‘도박을 했는데 운이 좋았어요.’ ‘그럼 왜 빚은 안 갚지?’ ‘아무개 부인이 저에게 멋진 옷을 사 주고 그 옷을 입은 제 모습을 보고 싶어 한답니다!’ 같은 허튼소리를 하며 곤경에서 벗어났어.” 그렇게 외삼촌은 이야기를 계속했다.

1880년의 내 독자가 오늘날에도 무척 유명한 이 소설을 알는지 모르겠다. 포병 장교 쇼데를로 드 라클로가 그르노블에서 쓴 『위험한 관계』라는 소설로, 그르노블의 풍속을 묘사하고 있다.

나는 게다가 메르퇴유 부인[122]도 알고 있었다. 그녀는 설탕에 절인 호두를 나에게 준 드 몽모르 부인으로, 절름발이이며 퐁타닐과 보레프 사이, 그러나 퐁타닐에 더 가까운 생-뱅상 성당 근처 슈발롱에, 드르봉 주택을 갖고 있었다. 드 몽모르 부인의(혹은 드 몽모르 부인이 빌린) 땅과 가뇽 씨의 땅은 도로 너비만큼 떨어져 있었다. 수도원에 몸을 의탁할 수밖에 없었던 그 돈 많은 젊은 부인은, 보레프의 블라콩 집안의 따님이었음이 틀림없다. 그 집안은 쓸쓸함, 신앙심, 규칙적인 생활 그리고 과격한 왕정복고주의 같은 것의 본보기이고 적어도 1814년경엔 모범적인 집안이었다. 그해에 황제가 나를 늙은 원로원 의원

122) 『위험한 관계』의 여주인공.

인 생-바예 백작과 함께 제7사단에 경리관으로 파견했다. 그 사람은 외삼촌 시대의 방탕아 중 한 사람으로, 정확한 이름은 잊어버렸지만 N.과 N.부인들에게, 엄청나게 미친 짓을 저지르게 했다면서 외삼촌에 관한 이야기를 나에게 많이 들려 주었다. 당시 나는 숭고한 열정에 불타고 있었고, 오스트리아군을 격퇴하거나 적어도 그들이 빨리 침입해 오는 것을 막을 생각밖에 없었다.

그래서 나는 메르퇴유 부인의 행실의 결말을 보았지만, 정열적인 기질에 사로잡혀 있던 아홉 살 내지 열 살배기 어린아이가 모든 사람들이 그에게 비밀을 드러내지 않으려고 하는 것들을 꿰뚫어보는 정도로밖에 볼 수 없었다.

7장

따라서 어머니가 돌아가신 1790년경, 우리 가족은 다음과 같이 구성되어 있었다. 아버지 가뇽 예순 살. 아들 로맹 가뇽 스물다섯 살. 딸 세라피 스물네 살. 누님 엘리자베트 예순네 살. 사위 셰뤼뱅 벨 마흔세 살. 외손자 앙리 일곱 살. 외손녀 폴린 네 살. 외손녀 제나이드 두 살.

이상이 고통과 깊은 정신적 불만만을 나에게 환기하는 내 소년 시대의 슬픈 드라마에 나오는 등장인물들이다. 그 등장인물들의 성격을 좀 살펴보기로 하자.

외할아버지 앙리 가뇽, 예순 살. 그의 딸 세라피, 이 악마 같은 여자의 나이를 나는 전혀 몰랐는데, 아마 스물두 살 내지 스물네 살이었을 것이다. 외할아버지의 누님인 엘리자베트 가뇽 왕이모는 예순네 살인데, 이탈리아 풍의 아름다운 얼굴에 키가 크고 야윈 여인이었다. 매우 고귀한 성격이었으나, 에스파냐식의 세련미와 세심한 양심을 지닌 고귀함이었다. 그녀의 그런 면이 나의 성격을 형성해 주었다. 생애의 최초 삼십 년 동안 내가 빠져 있던 에스파냐식 고귀함의 끔찍한 속음은 엘리자베트 왕이모 덕분이다. 추측건대 엘리자베트 왕이모는 부자였고(그르노블에선), 불행한 열정을 겪은 뒤 독신으로 살아간 것이다. 나는 아주 어렸을 때 세라피 이모의 입을 통해 그런 이야기를 들었다.

가족의 마지막 구성원은 나의 아버지였다.

조제프 셰뤼뱅 벨. 고등법원 변호사, 극우 왕당파로서 레종 도뇌르 5등 훈장 수훈자, 그르노블 시 부시장, 1819년 사망. 당시 나이는 칠십이 세였다고 한다. 이것으로 보아 그는 1747년생으로 추측된다. 따라서 1790년엔 사십삼 세였다.

그는 사랑스러운 점이 별로 없는 사람으로, 늘 토지 매매에 관한 생각뿐이었다. 극도로 교활하며 농부들에게 땅을 팔고 사들이는 데 익숙한, 으뜸가는 도피네 사람이었다. 그의 영혼보다 더 에스파냐적인 것이 없고, 또한 미친 듯이 고귀함이 적은 것은 없었다. 그는 엘리자베트 왕이모에게 반감을 갖고 있었다. 게다가 그는 주름투성이에 못생긴 남자였다. 그는 여자들 앞에선 어쩔 줄 몰라 침묵을 지켰다. 하지만 여자가 필요한 사람이었다.

그와 같은 마지막 품성은 『신엘로이즈』[123]와 루소가 쓴 작

---

123) 루소의 작품.

품들을 이해할 수 있게 해 주어서 루소에 대해 찬탄의 말을 했지만, 신앙심이 없는 것에 대해선 루소를 저주했다. 어머니의 죽음이 그를 아주 깊고 터무니없는 신앙심에 빠지게 했기 때문이다. 그는 사제가 미사 드리고 기도할 때 하는 모든 것을 자신도 한다는 의무를 스스로에게 과했고 삼사 년 동안 성직자가 되려고 생각하기까지 했다. 그러나 그 생각을 억제한 것은 아마도 자신의 변호사 자리를 나에게 남겨 주려는 욕망 때문이었을 것이다. 그는 상급 변호사[124]가 되려는 참이었고, 그것은 변호사 사이에서 고귀한 명예로 되어 있었는데, 마치 젊은 근위병 중위가 십자 훈장에 관해 말하듯 그것에 대해 말했다. 그는 나를 개인으로서가 아니라 자신의 가문을 이어야 할 후손으로서 사랑했다.

그가 나를 사랑하기란 무척 어려웠을 것이다. 무엇보다 그는 내가 자기를 전혀 사랑하지 않는다는 것을 분명히 알고 있었다. 나는 필요할 때가 아니면 결코 그에게 말을 하지 않았다. 내가 외할아버지에게 하는 질문, 그리고 그 사랑스러운 노인의 훌륭한 답변의 기초가 되는 모든 아름다운 문학적, 철학적 사상과 아무 관계가 없는 사람이었기 때문이다. 나는 그와 마주하는 일이 무척 드물었다. 아버지를 뜻하는 그르노블을 떠나고 싶어 하는 나의 열망, 그리고 수학에 대한 정열, 나는 내가 몹시 싫어하며 아직도 싫어하는 그 도시에서 인간에 대

124) 고등법원 변호사단 중 호선으로 뽑는 우수한 인물 사십 명으로, 변호사단을 지도하는 특권적인 지위를 가졌다.

해 배웠지만, 수학에 대한 정열이 그 도시를 떠날 수 있는 유일한 방법이었다. 이 1797년에서 1799년까지 나를 깊은 고독 속에 던져 버렸다. 그 이 년 동안, 그리고 1796년의 한동안 나는 마치 미켈란젤로가 시스티나 성당에서 일한 것처럼 공부를 했다.

1799년 10월 말 그곳을 떠난 이래로, 나는 그 날짜를 기억하고 있다. 무월 18일인 11월 9일에 내가 느무르에 있었기 때문이다. 나는 아버지에게 돈을 요구하는 인간으로만 보일 뿐이었다. 그의 쌀쌀맞은 태도는 끊임없이 증가해서, 내 기분을 상하게 하지 않을 말은 한마디도 하지 못했다. 나는 그가 농부에게 밭을 팔아 300프랑을 벌기 위해 일주일 동안 간계를 꾸미는 것을 무척 싫어했는데, 그것이 바로 그의 정열이었던 것이다.

그 이상 자연스러운 일은 없다. 그의 부친은 피에르 벨이라는 훌륭한 이름을 갖고 있었는데, 예순세 살에 클레에서 급사했다. 당시 아버지는 열여덟 살이었는데(그러니까 1765년경이다.), 클레에서 800프랑 혹은 1800프랑, 그 둘 중의 하나가 되는 연 수입을 올리는 소유지와 대소인(代訴人)이라는 직책, 결혼 안 한 자매 열 명, 돈 많은 상속인인 어머니를 물려받았다. 그 어머니는 아마 6만 프랑의 재산을 가진 상속인이라는 자격이 있는 무시무시한 여인이었다. 게다가 어린 내가 그녀의 개 아조르(길고 하얀 명주실 같은 털을 가진 볼로냐 개)의 꼬리를 잡아당겼을 때, 내 따귀를 때릴 만큼 정정했다. 어쨌든 이치에 맞는 일이기도 하지만, 돈은 아버지의 최대 관심사였다. 반면 나는 돈에 대해 생각할 때마다 혐오감을 느꼈다. 돈에 대한 생각은 나에게 잔인한 고통을 환기한다. 돈을 손에 넣어도 그리 즐겁지 않고, 돈이 없으면 고약하게 불행하기 때문이다.

우연이 아버지와 나처럼 근본적으로 상극인 두 사람을 한데 모은 적은 아마도 결코 없었을 것이다.

그래서 1790년에서 1799년에 걸쳐 내 어린 시절에 모든 즐거움이 부재한 것이다. 인생 중 진정으로 즐거운 시절이라고 누구나 말하는 그 시절이 아버지 탓에 나에게는 쓰라린 고통과 혐오감의 연속에 불과했다. 두 악마가 불쌍한 나의 어린 시절에 맹위를 떨쳤는데, 바로 세라피 이모와 1791년에 그녀의 노예가 되어 버린 나의 아버지였다.

독자들은 내 불행 이야기에 대해 안심해도 좋다. 우선 독자 여러분은 몇 페이지 건너뛸 수 있으며, 나는 여러분이 그런 방침을 취하길 부탁하는 바이다. 이 이야기는 내가 분별없이 쓰는 바람에 어쩌면 1835년에도 굉장히 지루하게 느껴질 수 있기 때문이다. 그러니 도대체 1880년엔 어떨까?

두 번째로, 나는 1790년부터 1795년까지의 음울한 시기에 대한 기억이 거의 없다. 그 기간 동안 나는 끊임없이 야단맞고 박해를 받는 불쌍한 어린아이로, 퐁트넬적인 현자의 보호만 받았지만, 그는 나를 위해 싸움을 하려고 하지는 않았다. 논쟁이 벌어질 경우, 모든 것에 탁월한 그의 권위는 그가 한층 더 목소리를 높이도록 명령했다. 그런데 사실 그것은 그가 가장 끔찍하게 여기는 것이다. 또한 세라피 이모는, 이유는 알 수 없으나 나를 미워했는데, 그와 같은 사정 역시 잘 알고 있었다.

어머니가 세상을 떠나고 보름인가 이십 일 후에, 아버지와 나는 음산한 우리 집으로 돌아와 자게 되었다. 나는 아버지의 알코브에 놓인, 마치 짐승 우리처럼 생긴 니스칠한 작은 침대에서 잤다. 아버지는 하인들을 내보내고 외할아버지 집에서 식사를 하기로 했는데, 외할아버지는 식사비에 관한 이야기는 결코 들으려 하지 않았다. 외할아버지가 자신과는 상반되는 성격을 가진 내 아버지와 그렇게 매일 만난 것은 나에 대한 관심 때문이었다고 생각한다.

외할아버지와 아버지는 오직 깊은 고뇌의 감정에 의해 결합되었다. 어머니의 죽음을 계기로 우리 가족은 모든 교제를 끊어 버렸다. 나에게 그것은 지루함의 극치였다. 그때 이래 우리 가족은 계속 세상에서 떨어져 살았다.

침울한 산사람[그르노블에서는 베(Bet)라고 부르는데, 가프산에서 태어난 거친 남자를 말한다.] 주베르 씨가 나에게 라틴어를 가르쳤는데, 그 방법이 매우 우둔했다. 기본 규칙을 무조건 암기시켰다. 그런 방법은 내 지성(사람들은 내가 뛰어난 지능의 소유자라고들 했다.)이 질색하는 것이었다. 그런데 그 주베르 씨가 죽었다. 나는 노트르담 소광장으로 그에게 라틴어를 배우러 가곤 했다. 나는 어머니 그리고 어머니가 살아 있을 때의 더할 나위 없이 명랑했던 내 생활을 회상하지 않고는 한 번도 그곳을 지나간 적이 없다. 지금 생각해 보니 외할아버지가 나를 껴안아 주는 것조차 나에게 혐오감을 불러일으켰던 것 같다.

무시무시한 얼굴을 가졌던 그 주베르 선생은 퀸투스 크루티우스의 프랑스어본 책 제2권을 나에게 유증으로 남겨 주었다. 크루티우스는 알렉산더 대왕의 생애를 쓴 저 평범한 로마 사람이다.

그 끔찍한 교사는 5피트 6인치의 키에 몸이 야윈 사람으로, 더럽고 찢어진 검은 프록코트를 입고 있었지만 본심은 그리 악독한 사람이 아니었다.

그러나 그의 후임자인 라얀느 신부는 말로 표현할 수 있는 최대의 의미로 사악한 악당이었다. 그가 범죄를 저질렀다고 말하지는 않겠지만, 그보다 더 메마르고, 모든 훌륭한 것에 대해 더 큰 적의를 품고, 모든 인간 감정에서 더 멀리 이탈한 영혼을 지니기는 어려운 일이다. 그 신부는 프로방스의 어느 시골에서 태어났다. 왜소하고 야위고 무척 쌀쌀한 사람으로, 안색이 푸르스름하고 고약한 미소를 띤 교활한 눈초리를 갖고 있었다.

그는 카지미르와 오귀스탱 페리에 및 그들의 넷 또는 여섯 형제의 교육을 막 마친 참이었다.

카지미르는 대신을 지낸 훌륭한 사람이나, 내가 보기엔 루이 필립에게 속았다. 오귀스탱은 가장 허풍이 심한 사람이었는데, 귀족원 의원으로 죽었다. 시피옹은 1806년경에 약간 미쳐서 죽었다. 카미유는 평범한 도지사였으나 최근 돈 많은 여자와 재혼했는데, 그도 다른 모든 형제들처럼 약간 돌았다. 조제프는 극도로 태깔스럽게 굴면서 수많은 연애 사건을 일으킨 아름다운 여자의 남편으로, 아마도 형제들 중 가장 현명한 사람이었다. 그리고 또 한 사람은 아메데라는 이름이었는데, 1815년경 도박으로 돈을 날려 버리고 그것을 갚기보다는 생트-펠라지[125]에서 오 년을 보내는 것이 낫다고 생각한 사람이다.

5월엔 그들 형제는 모두 유별났다. 그렇다! 그들의 그와 같은 성공의 일부는 우리들 공동의 가정 교사였던 라얀느 신부 덕분이 틀림없다고 난 생각한다.

라얀느 신부는 교묘한 재주 때문인지, 교양에 의해선지, 혹은 신부의 본능 때문인지, 논리 및 모든 올바른 추론에 대한 불구대천의 원수였다.

나의 아버지는 십중팔구 허영심 때문에 그를 선택했다. 대신 및 카지미르의 아버지이자 부호인 페리에 씨는 우리 고장에서 제일가는 부자로 통했다. 사실 그에게는 열 명 또는 열한 명의 자식이 있었으며, 그들에게 각각 35만 프랑씩 남겨 주었다. 그런 페리에 씨 댁에서 나온 가정 교사를 고등법원의 일개 변호사가 자기 아들을 위해 고용한다는 것은 대단한 명예였으리라!

당시 라얀느 씨는 뭔가 비행을 저질러 쫓겨난 것이 틀림없다. 오늘날 내가 그와 같은 의심을 품는 것은, 그때 페리에 씨 집에는 아직 어린 아이가 세 명이나 있었기 때문이다. 카미유가 나와 동갑이었고, 조제프와 아메데는 훨씬 더 어렸다고 생각한다.

아버지와 라얀느 신부 사이에 체결된 재정상의 계약에 대

125) 파리의 감옥.

해 나는 아무것도 모른다. 우리 집에선 금전 문제에 주의를 기울이는 것은 가장 치사스럽고 천한 것으로 여겨졌다. 집에서 금전에 대해 이야기하는 것은 말하자면 정숙함에 배치되는 일이었다. 금전이란 슬프게도 인생에 필요 불가결한 것으로, 불행하게도 화장실처럼 없어서는 안 되는 것이지만, 그것에 대해 결코 말을 해선 안 되었다. 하지만 예외적으로 부동산의 값을 매기는 데 딱 들어 맞는 금액에 대해서는 이야기를 했고, 부동산이라는 단어도 경건하게 발음했다.

벨리에 씨는 보레프에 있는 그의 소유지에 2만 에퀴를 치렀다. 파리제는 우리 친척 콜롱에게 1만 2000에퀴[126] 이상을 치르게 했다.

파리의 풍습과는 정반대되는, 돈 이야기를 혐오하는 습관은 어디서 왔는지는 모르겠으나 내 성격 속에 완전히 자리를 잡아 버렸다. 거액의 금화를 보면 내 마음속에는 그것을 도둑으로부터 지켜야 한다는 근심걱정 말고는 아무런 생각도 들지 않았다. 그리고 그런 태도는 자주 부자연스러운 외면치레로 오해를 받았다. 그런 이야기는 이제 그만하자.

우리 집안의 자랑거리인 고상하고 유별난 정서는 모두 엘리자베트 왕이모에게서 온 것이다. 그런 정서가 전제군주처럼 집안을 지배했다. 그렇지만 왕이모가 자기 입으로 그런 말을 하는 일은 극히 드물었다. 아마도 이 년에 한 번 정도였을 것이다. 대체로 자신의 아버지를 찬양하는 기회에 그렇게 했다. 나

---

126) 1에퀴는 3프랑.

는 보기 드문 고귀한 성격을 지닌 그 부인을 몹시 사랑했는데, 당시 그녀의 나이는 예순다섯 살[127]쯤이었다고 생각된다. 그녀는 늘 옷차림이 퍽 깨끗했고, 그 아주 조촐한 옷은 값진 천으로 된 것이었다. 하지만 오늘에 와서야, 그것도 그것에 대해 생각해 본 뒤에야 그랬다고 깨달을 뿐이다. 예를 들어 나는 집안 식구 중 어느 누구의 얼굴도 기억나지 않는다. 그러면서도 그들 얼굴의 특징은 아주 작은 것까지 생각이 난다. 내가 훌륭한 외할아버지의 얼굴을 조금이나마 상상할 수 있는 것은 참사원 서기관 때 혹은 육군 경리관 보좌였을 때 외할아버지를 찾아갔었기 때문이다. 정확한 방문 시기는 완전히 잊어버렸다. 외관을 기억하는 능력에 있어선 나는 무척 늦깎이였다. 얼굴 모습에 대한 그와 같은 기억의 결핍을 오늘날 나는 그것으로 설명한다. 스물다섯 살까지, 아니, 현재까지도 나는 대상에 의해 생겨난 감각에 푹 빠지지 않고 내 경험에 따라 대상을 이성적으로 판단하기 위해 자주 나 자신을 억제해야만 했다. 하지만 그런 것이 독자에게 무슨 소용이 있단 말인가? 이 책 전체가 독자에게 무슨 도움이 되겠는가? 그렇지만 만일 내가 나 자신도 몹시 알기 어려운 앙리의 성격, 그 성격을 깊이 파고들지 않는다면, 자신의 주제에 관해 알 수 있는 모든 것을 이야기하는 정직한 저자로서 행동을 하지 않는 셈이 된다. 언젠가 이 책을 내주겠다는 출판업자가 나타난다면, 그 출판업자가 이 장황한 이야기를 잘라내 주길 바란다.

---

127) 실제로는 칠십구 세였다.

어느 날 엘리자베트 가농 왕이모는 젊은 나이에 파리에서 죽은 자기 동생의 추억에 잠겨 있었다. 우리는 둘이서 점심을 먹은 후, 그르네트에 면한 그녀 방에 있었다. 고귀한 영혼을 지닌 그 여인은 자신의 생각에 스스로 답하고 있었지만, 나를 사랑했기 때문에 형식상으론 나에게 말을 했다.

"…… 성격이 대단했지!(의지력이 대단했다는 뜻이다.) 활동력이 대단했지! 아! 차이가 참 컸어(저 사람, 말하자면 나의 외할아버지 앙리 가농과는 대단함에서 차이가 있다는 뜻이다.)!" 그러나 그녀는 침착해지더니 자신이 누구에게 말하고 있는가를 생각해 내고는 덧붙여 말했다. "나는 그 일에 대해 이처럼 많이 말한 적이 한 번도 없단다."

나는 "몇 살에 돌아가셨어요?" 하고 물었다.

그러자 마드무아젤 엘리자베트는 다음과 같이 말했다. "스물세 살에."

대화는 오랫동안 이어졌다. 마침내 그녀가 자신의 아버지에 대해 말했다. 내가 잊어버린 수많은 세세한 이야기들 중 그녀는 다음과 같은 이야기를 했다.

"어느 시기에 그분은 적이 툴롱에 다가오고 있다는 사실을 알고 격분해서 울었어."

(하지만 언제 적이 툴롱에 다가왔던가? 아마 1736년경, 아시에트 전투로 유명한 전쟁 때일 것이다. 나는 [18]34년에 그 진실함 때문에 흥미를 끄는 전쟁 판화 한 점을 본 참이다.)

그는 의용병의 진군을 원했을 것이다. 그런데 세상에서 그것만큼 내 외할아버지의 감정에 반대 되는 일이 없었다. 그는 참된 퐁트넬적 인물로, 내가 일찍이 알고 있는 사람들 중 가장 기지 넘치고 비애국적인 인물이다. 애국심은 천하게도 나의 외할아버지의 관심을 그분의 우아하고 문학적인 사상으로부터 딴 데로 돌리게 했을 것이다. 내 아버지의 경우엔 거기서 얻어낼 수 있는 것이 무엇인가를 계산했을 것이다. 외삼촌 로맹이라면 겁먹은 얼굴로 이렇게 말했을 것이다. "제기랄! 그런 일이 생기면 내가 위험한 일을 당할 수도 있지." 늙은 왕이모와 나는 흥미를 느끼며 심장을 두근거렸을 것이다.

어쩌면 내가 나 자신에 관한 일들을 조금씩 앞당겨 생각하는지도 모른다. 그래서 아홉 살이나 열 살 때 느꼈던 감정을 일곱 살 또는 여덟 살 때의 감정으로 착각하는지도. 동일한 사람들에 관해 근접해 있는 두 시기의 감정들을 구별한다는 것이 나에게는 불가능하다.

확실한 것은 반 피트 폭의 큰 장미꽃 모양 장식이 있는 금박 액자 안에 들어 있는 외증조할아버지의 진지하고 무뚝뚝한 초상화가 나를 거의 겁먹게 했지만, 적들이 툴롱으로 다가온다는 소식에 그가 품은 용감하고 의협심 넘치는 감정에 대해 알고 나자 그것이 나에게 소중하고 성스러운 것이 되었다는 사실이다.

8장

그 기회를 빌려 엘리자베트 왕이모는 외증조할아버지가 프로방스의 도시인 아비뇽에서 태어났다고 나에게 말해 주었다. 그녀는 아쉬워하며 그 고장은 "오렌지가 자라는" 곳으로, 그르노블보다 툴롱에 훨씬 더 가까운 곳이라고 말했다. 여기서 알아 둬야 할 것은, 나무 상자 속에 심은 60그루 내지 80그루의 오렌지 나무가 그르노블시를 화려하게 장식하는데, 도피네 지방에서 나온 최후의 위대한 인물인 레디기에르 원수로부터 유래된 것으로, 여름이 다가오면 그것들이 저 멋진 마로니에 가로수길 둘레에 매우 화려하게 놓였다는 점이다. 그 가로수길의 나무들도 레디기에르가 심었다고 나는 생각한다. 나는 "그럼 오렌지 나무가 땅에서 그냥 자라는 나라도 있나요?"라고 왕이모에게 물었다. 이제 와서야 알겠는데, 그때 나는 부지불

식간에 왕이모의 영원한 아쉬움의 대상을 환기시켜준 것이다.

그러자 그녀는 나에게 말해 주었다. 우리는(우리란 가뇽 집안 사람들을 말한다.) 프로방스보다 더 아름다운 어느 고장 출신이라는 것이다. 그녀 할아버지의 할아버지가 무척 불길한 어떤 상황 때문에 교황을 따라 아비뇽에 몸을 숨기러 와 그곳에서 이름을 바꾸고 숨어 살았다는 것이며, 당시 그는 외과의사로 일하며 생활했다고 한다.

오늘날 내가 이탈리아에 대해 알고 있는 바에 따라 그 이야기를 다음과 같이 번역할 수 있을 것이다. 과다니(Guadagni) 혹은 과다니아모(Guadagniamo)라는 인물, 이탈리아에서 작은 살인사건을 저지르고, 1650년경 교황의 사절을 따라 아비뇽에 온 것이다. 그 당시 나에게 큰 감명을 준 것은 우리가(우리라 한 것은, 나는 자신을 가뇽 집안 사람으로 보고 있었고 1835년인 지금도 계속되는 혐오감 없이는 벨 집안 사람들을 생각해 본 적이 없기 때문이다.) 오렌지 나무가 영토 한복판에 자라나는 곳에서 왔다는 사실이다. '얼마나 즐거운 나라인가!' 나는 생각했다.

이탈리아 출신이라는 생각을 나에게 확고하게 심어 준 것은 1780년의 부르주아 가정에선 매우 신기한 일이지만, 그 나라의 언어가 우리 집안에서 크게 존중되었다는 점이다. 외할아버지는 이탈리아어를 할 줄 알았고 그 말을 높이 평가했으며, 어머니는 단테를 읽었는데, 그것은 오늘날에도 쉽지 않은 일이다. 아르토 씨는 이탈리아에서 이십 년을 산 뒤 최근에 단테의 책을 번역 출판했는데, 한 페이지마다 둘 이상의 오역과 하나 이상의 터무니없는 실수를 저지르고 있다. 내가 아는 프랑스 사람 중 단 두 사람, 나에게 아라비아의 연애 이야기 책을 준 포리엘 씨와 《데바(Déblats)》 지의 들레클뤼즈 씨만 단테를 이해하고 있다. 파리의 삼류 엉터리 작가들은 모두 그 위대한 이름을 인용하거나 해석한다고 주장하면서, 그 이름을 끊임없이 망가뜨리고 있다. 그것 이상으로 내 화를 치밀게 하는 일은 없다.

단테에 대한 나의 존경심은 오래되었다. 불쌍한 어머니의 책들이 꽂혀 있던 아버지 책꽂이에서 본 책, 라얀느의 압제를 받는 동안 유일한 위로가 되어 주었던 책이 바로 그의 책이다.

라얀느라는 사람의 직업 그리고 그가 직업으로서 가르치는 것에 대한 나의 혐오감은 편집증에 가까운 지경에 도달했다.

사람들이 믿어 줄지 모르겠으나, 1835년 12월 4일이었던 어제, 나는 로마에서 치비타-베키아로 오면서, 한 젊은 여성에게 거리낌 없이 큰 친절을 베풀어 줄 기회가 있었다. 그 여자가 크게 견디기 어려운 여자라고 생각하지는 않는다. 그런데 도중에 그녀는 내 뜻과는 다르게 내 이름을 알아차렸다. 그녀는 내 비서 앞으로 된 소개장을 갖고 있었다. 그녀는 여행의 마지막 32킬로미터를 가는 동안 매우 아름다운 눈으로 나를 바라보았다. 그녀의 그런 행동이 귀찮지는 않았다. 그녀는 비싸지 않은 숙소를 구해 달라고 나에게 부탁했다. 요컨대 그녀로부터 잘 대접받는 것은 나 하기에 달려 있었던 것 같다. 그러나 나는 팔 일 전부터 이 글을 쓰고 있었기 때문에, 라얀느 신부에 대한 고약한 추억이 되살아나 있었다. 그 귀여운 리옹 여인…… 부인의 지나치게 작은 매부리코가 나에게 라얀느 신부의 코를 떠올리게 했다. 그때부터는 그 여자를 보는 것조차 불가능해져서, 나는 마차 안에서 자는 체했다. 게다가 그녀를 25에퀴 대신 특별히 8에퀴에 배를 태워 주었던 뒤라 나는 그녀와 다시 마주쳐 고맙다는 인사를 받는 처지에 놓이지 않기 위해 새로운 검역소를 보러 가는 일을 주저했다.

라얀느 신부에 대한 추억은 아무런 위로도 없고 추악하고 더러운 것뿐이어서, 적어도 나는 지난 이십 년 동안 그 끔찍했던 시기의 추억에 혐오감을 갖고 눈을 돌렸다. 그 사람은 나를 악당으로 만들었는지도 모른다. 이제 와서 생각해 보면 그는 완전한 위선자였다. 이제르강을 따라 그라유 문부터 드라크강과의 합류 지점까지 함께 산책했을 때, 혹은 단순히 섬 맞은편의 작은 숲으로 산책을 했을 때, 그는 나를 따로 데리고 가서 내가 경솔하게 말한다는 것을 설명해 주었다. "하지만 선생님." 나는 말을 바꾸어 이렇게 말했다. "그것은 사실이고, 내가 느끼고 있는 점인걸요."

그러자 그가 대꾸했다. "얘야, 그런 건 아무래도 상관없어. 어쨌든 그런 말을 해선 안 돼. 그것은 적절하질 않아요." 만일 내가 그 교훈을 받아들였다면 오늘날 나는 부자가 되어 있을 것이다. 왜 그런가 하면, 행운이 서너 번이나 내 문을 두드렸기 때문이다. [1814년 5월 나는 뵈뇨 백작이 지휘하는, 파리 양식(밀) 담당 총감독 자리를 거절했다. 그 사람의 아내가 나에게 열렬한 애정을 품고 있었다. 아마도 그녀는 내 친구이자 그녀의 애인이었던 페팽 드 벨-일 씨 다음으로 나를 사랑했을 것이다.] 따라서 원하기만 했으면 부자가 되었을 것이다. 그러나 또한 무뢰한이 되었을 것이고, 쉰두 살 나이에도 자주 내 머리를 채우는 아름다운 것에 대한 매혹적인 환영을 갖는 일은 없었을 것이다.

독자들은 아마도 내가 라얀느 신부 이야기를 할 수밖에 없는 저 숙명적인 구분에서 멀어지려고 한다고 생각할 것이다.

그에게는 그랑드 로 끝자락 클라베종 광장 근처에서 양복점을 하는 동생이 있었는데, 참 천한 사람이었다. 그 예수회 수도사에게도 단 하나이긴 하지만 추하지 않은 점이 있었다. 그는 더럽지 않았고, 오히려 몸치장에 굉장히 신경을 쓰고 대단히 깔끔했다. 하지만 카나리아섬의 카나리아 새를 좋아해서 그 새들이 둥지를 짓게 하고는 나름대로 깨끗하게 관리했으나 내 침대 곁에 놓았다. 아버지가 어떻게 그처럼 위생에 좋지 않은 것을 견디고 허락했는지 나는 이해가 안 된다.

외할아버지는 딸이 죽은 뒤 한 번도 우리 집에 오지 않았다. 외할아버지라면 그런 것을 용인하지 않았을 것이다. 내 아버지 셰뤼뱅 벨은 앞에 말했듯이 나를 집안의 대를 잇는 존재로서 사랑했지, 아들로서는 조금도 사랑하지 않았던 것이다.

철사로 만든 카나리아 새장을 나무로 된 기둥에 붙여 놓았는데, 그 기둥도 석고로 굳힌 꺽쇠에 의해 벽에 붙여져 있었다. 기둥은 길이 9피트, 높이 6피트, 두께가 4피트 정도 되었을 것이다. 갖가지 색의 불쌍한 삼십 여 마리의 카나리아가 구슬프게, 햇빛도 보지 못한 채 그 공간 속을 팔락팔락 날아다녔다. 새들이 보금자리를 만들자, 신부는 새들에게 양식으로 달걀 노른자를 주었다. 그가 하는 모든 일 중 오직 그것만이 내 흥미를 끌었다. 그러나 그 고약한 새들은 새벽부터 나를 깨웠다. 그리고 시간이 흐른 뒤에야 그것이 예수회 수사들의 독특한 규칙이라는 것을 알게 됐지만, 정성스럽게 불길을 조절하는 신부의 부삽 소리를 들었다. 그 새장은 지독한 냄새를 풍겼다. 햇빛이라곤 전혀 들지 않는 습하고 어두운 방, 내 침대로부터 2피트 떨어진 곳에서 말이다. 우리는 라무루 정원 쪽으로는 창문이 나 있지 않았고, 살창(jour de souffrance)[128](고등법원이 있는 도시엔 법률 용어들이 넘쳐난다.) 하나만 있어 그것이 계단에 번쩍이는 빛을 비추었다. 계단은 지상으로부터 적어도 40피트 되는 곳에 있었지만, 멋진 보리수나무 한 그루가 그늘을 드리웠다. 그 보리수는 대단히 큰 것이었음에 틀림없다.

내가 간식으로 그의 오렌지 나무들 곁에서 아무것도 안바른 빵을 먹고 있자 그 신부는 침착한 외교관처럼 조용하고 침울하며 심술궂은 노여움을 보였다. 그는 그 오렌지 나무들에 전적으로 미쳐 있었는데, 그것은 새들에게 미쳐 있는 것보다 한층 더 불쾌감을 주었다. 그 나무들 중 어떤 것은 높이가 3인치, 다른 것은 1피트로 창문 위에 놓여 있었는데, 여름 두 달 동안 햇볕이 그곳을 조금 비추었다. 그 밉살스러운 신부는 흑빵에서 떨어지는 빵부스러기가 파리들을 꼬이게 하고, 그 파리들이 오렌지를 먹어 버린다고 우겼다. 그 신부는 부르주아 중에서 가장 부르주아적인 인간, 시내에서 가장 patet한 인간들에게 옹졸함의 교훈을 주었을 것이다. [Patet는 파테(patais)라고 발음하도록. 사소한 이해관계에 극단적으로 마음을 쓰는 성향을

128) 이웃집 또는 이웃 터로 면하여 내는 것을 양해받은 살창.

뜻한다.]

내 친구들인 샤젤과 레티에는 나만큼 불행하지는 않았다. 샤젤은 다 자란 선량한 소년으로, 그의 아버지는 남프랑스 사람이라고 생각되는데, 그것은 솔직하고 통명스러우며 거친 사람이라는 의미다. 그는 페리에 집안의 위탁 판매 대리인으로, 라틴어에 그다지 집착하지 않았다. 샤젤은 혼자(하인을 대동하지 않고) 10시쯤 와서 라틴어 숙제를 서투르게 끝내고는 12시 30분에 도망쳐 버렸다. 그리고 저녁에는 오지 않을 때가 많았다.

레티에는 블론드 머리의 무척 귀여운 소년이었는데, 아가씨처럼 수줍음을 타서 무시무시한 라얀느 신부를 감히 마주 보지도 못했다. 그는 남자들 중 가장 소심하고 종교적인 아버지의 외아들이었다. 레티에는 8시가 되자마자 하인의 엄중한 감시를 받으며 공부하러 왔고, 생-탕드레에서 정오의 종소리가 울리면 하인이 데리러 왔다.(생-탕드레는 시내 근처에 있는 성당으로, 종소리가 아주 잘 들렸다.) 그리고 2시가 되면 그 하인이 간식 바구니를 가지고 그를 다시 데려왔다. 여름이면 라얀느 신부는 5시경에 우리를 산책에 데리고 나갔다. 겨울에는 산책하는 일이 드물었고, 3시경에 했다. 샤젤은 다 커서 그런 산책을 귀찮아해 곧 우리와 헤어지곤 했다.

우리는 이제르섬 쪽으로 몹시 가고 싶었다. 무엇보다 그 섬에서 보이는 산의 풍경이 상쾌했다. 나의 아버지와 라얀느 씨의 문학적 결점은 자연의 아름다움을 끊임없이 과장하는 것이었다.(그 대단하신 영혼들은 자연의 아름다움을 거의 느끼지 못했을 것이 틀림없다. 왜냐하면 돈 버는 것 외엔 다른 관심이 전혀 없었기 때문이다.) 라얀느 신부는 뷔스라트 암벽의 아름다움에 대해 우리에게 애써 이야기해서, 우리로 하여금 머리를 쳐들게 했다. 하지만 우리가 그 섬 부근의 기슭을 사랑한 것은 전혀 다른 이유 때문이었다. 불쌍한 포로들인 우리가 거기서 본 것은 소년들이 자유를 즐기며 자기들끼리만 왔다 갔다 하고 뛰어어 이제르강 그리고 비올이라 불리는 지류의 개울에서 멱을 감는 모습이었다. 우리는 아주 멀리 떨어진 곳에서 그 가능성조차 생각하지 못했던 행복의 극치였다.

라얀느 씨는 마치 오늘날의 진짜 어용 신문처럼, 우리에게 자유의 위험을 강조했다. 그는 수영하는 아이를 보면 반드시 그 아이가 물에 빠져 익사할 거라고 예언했다. 그런 수고를 함으로써 우리를 겁쟁이로 만들었는데, 그 수고는 나에 대해서는 완전히 성공을 거두었다. 나는 끝내 수영을 배우지 못했다. 이 년 후, 그러니까 1795년경이라고 생각되는데, 나는 자유로워져서 집안 식구들을 속이고 매일 새로운 거짓말을 꾸며 대며 무슨 대가를 치르고라도 그르노블을 떠나려고 이미 마음을 먹고 있었다. 그때는 퀴블리 부인을 사랑하고 있어서 수영은 배우고 싶은 충분한 흥밋거리가 되지 못했다. 그런 사정 탓에 물에 들어갈 때마다 롤랑(알퐁스) 또는 다른 힘센 친구가 나에게 물을 먹게 했다.

나는 라얀느의 압제를 받던 그 끔찍한 날짜들을 전혀 기억하지 못한다. 나는 침울해졌고 모든 사람을 증오했다. 내 큰 불행은 다른 아이들과 놀 수 없다는 것이었다. 아버지는 아들에게 가정 교사를 붙여 준 것을 매우 자랑스럽게 생각했고, 내가 서민층 아이들과 함께 나다니는 것을 무엇보다 두려워했다. 그 당시 귀족들의 어법이 그랬다. 날짜가 기억나는 사건이 딱 하나 있다. 마린 페리예 양(대신을 지낸 카지미르 페리예의 누나)이 자신의 고해 신부인 라얀느 씨를 보러 왔다. 저 분별없는 카미유 테세르와 결혼하기 직전이었다.(그 남자는 나중에 자신이 갖고 있는 볼테르와 루소의 책을 태워 버린 과격한 애국자였다.) 그는 1811년에 자기 사촌 크레테 씨 덕분에 군수가 되었는데, 내가 다뤼 백작부인의 살롱에서 총애를 받는 것을 보고 너무나 놀라워했다.(생도미니크 거리의 맨 끝집, 앵발리드 대로 모퉁이에 있는 비롱 저택이라고 생각하는데, 황실비(皇室費) 관리소 정원에 면해 있는 아래층.) 그 남자의 부러워하던 얼굴 표정과 나에게 정중하게 대하려 하던 서툰 짓이 지금도 눈에 선하다. 카미유 테세르는 부자였다, 아니, 그보다는 그의 아버지가 버찌 과실주를 제조해서 부자가 되었다. 그리고 그는 그 일을 퍽 수치스러워했다.

그르노블(루이 18세는 그르리브르라고 불렀다.)의 호적 증서들 속에서 카미유 테세르(주소는 비외-제쥣트 로 혹은 그르네트 광장이다. 그의 집이 커서 입구가 두 개나 있었기 때문이다.)와 마린 페리예의 결혼 증명서를 찾아보면 라얀느의 압제를 받던 시기를 알아낼 수 있을 것이다.

나는 침울했고 엉큼했으며 불만에 차 있었다. 당시 나는 베르길리우스를 번역하고 있었다. 라얀느 신부는 그 시인이 쓴 시들의 아름다움을 나에게 과장했다. 그래서 나는 오늘날 불쌍한 폴란드 사람들이 자기 나라의 매수된 신문들이 하는 러시아인들의 친절에 관한 찬사를 받아들이는 것과 마찬가지로 베르길리우스에 대한 라얀느 신부의 찬사를 받아들였다. 나는 그 신부를 증오했고, 그 신부가 가진 권력의 원천인 나의 아버지를 증오했으며, 그들이 그 이름으로 나를 괴롭히는 종교를 더 한층 증오했다. 나는 나와 함께 사슬에 묶인 친구인 저 소심한 레티에에게 우리들에게 가르치는 모든 것은 지어낸 이야기라는 것을 증명해 주었다. 내가 그런 생각을 어디서 알아냈을까? 그것은 잘 모르겠다. 우리들은 녹색 장정에 판화가 인쇄된 큰 성서를 갖고 있었다. 그 목판화는 본문 사이에 삽입되어 있었는데, 아이들에게 그보다 더 좋은 것은 없었다. 내가 그 가엾은 성서 속에서 우스꽝스러운 것을 끊임없이 찾아내던 것이 생각난다. 꽤나 소심하고 한층 신앙심 깊었던 레티에는 자기 아버지 그리고 예전에 미인이었던, 짙은 화장을 한 자기 어머니에게서 사랑을 받았는데, 내 환심을 사기 위해 나의 회의심에도 찬동했다.

우리들은 매우 힘들게 베르길리우스를 번역하고 있었는데 그때 내가 아버지 서가에서 베르길리우스의 번역서 한 권을 발견했다. 저 악당 데퐁텐 신부가 번역한 것으로 아주 잘 제본된 총 네 권의 8절본 책이었다. 나는 제오르그에서, 우리가 부정확하게 번역하던(실제로 우리는 라틴어를 전혀 모르고 있었다.) 제2권에 해당하는 책을 발견했다. 나는 지극히 고마운 그 책을 화장실 안, 집에서 잡아먹은 거세된 수탉의 깃털을 넣어두는 장 속에 숨겨 놓았다. 그런 다음 우리는 괴로운 번역을 하는 동안 그곳으로 두세 번 데퐁텐의 번역을 참조하러 갔다. 레티에의 나약한 마음 때문에 라얀느 신부가 그 사실을 알아차렸다고 생각하는데, 그것은 아주 고약한 한바탕의 사건이었다. 나는 더욱더 침울해지고, 심술궂어지고, 불행해졌다. 나는 모든 사람들을, 특히 세라피 이모를 최고로 증오했다.

어머니가 돌아가시고 일 년쯤 지난 1791년 또는 1792년경, 지금에 와서 그렇게 생각되는 것이지만, 아버지는 이모를 사랑하게 되었다. 거기에서 그랑주로 향하는 긴 산책이 생겨났고 그 산책에 제삼자로 나를 데리고 갔는데, 본느 문을 지나자마자 나를 사십 보 앞으로 걷게 하도록 조심을 했다. 세라피 이모는 이유는 알 수 없으나 나에게 반감을 품고 있었으며, 늘 아버지에게 나를 야단치게 했다. 나는 그들을 증오했고, 그런 감정이 겉으로 나타났을 것임에 틀림없다. 오늘날에도 내가 누군가에게 반감을 품으면, 그 자리에 있는 사람들이 곧 그것을 알아차리기 때문이다. 나는 막내 여동생 제나이드(오늘날엔 알렉상드르 말랭 부인)를 미워했는데, 제나이드가 아버지로부터 귀여움을 받았고, 아버지가 매일 밤 자기 무릎 위에서 그애를 재웠고, 게다가 세라피 이모에게서 공공연히 그애는 보호를 받았기 때문이다. 나는 집 석회 벽에 고자질꾼 제나이드에 대한 풍자화를 잔뜩 그려 놓았다. 또 다른 누이동생 폴린(지금은 페리에-라그랑주 미망인)과 나는 제나이드가 우리에 대해 스파이 짓을 하고 있다고 비난했다. 그렇게 추측할 만한 일이 있었다고 생각한다. 나는 늘 외할아버지 집에서 점심을 먹었는데, 생-탕드레 성당에서 1시 15분 종이 울릴 때 식사가 끝나 버려서, 2시에는 그르네트 광장의 아름다운 햇빛을 떠나 비외-제쥣트 로의 아버지 집 안마당에 면한, 라얀느 신부가 차지하고 있는 춥고 축축한 방으로 가지 않으면 안 되었다. 나에게 그 이상 고통스러운 일은 없었다. 나는 침울하고 엉큼한 어린아이답게 도망갈 계획을 세웠다. 하지만 어디에서 돈을 손에 넣는단 말인가?

어느 날 외할아버지가 라얀느 신부에게 말했다.

"그런데 선생님, 어째서 이 아이에게 프톨레마이오스의 천체설(天體說)을 가르치시나요, 그것이 틀렸다는 것을 아시면서?"

"하지만 그것은 모든 것을 설명해 주고, 교회의 공인을 받았답니다."

외할아버지는 그런 대답을 납득할 수 없어서, 이 이야기를 자주 되풀이하곤 했다. 웃으면서 말이다. 외할아버지는 다른 사람들에게 속한 일에 관해선 결코 분개하지 않았다. 그런데 내 교육은 나의 아버지 소관이었고, 외할아버지는 내 아버지의 지식에 대해선 높이 평가하지 않은 반면, 그의 아버지로서의 권한은 무척 존중했다.

아무튼 내가 매우 좋아하던 외할아버지가 자주 되풀이해 말한 그 신부의 대답은 나를 맹렬한 무신앙자이자 최고로 침울한 인간으로 만들어 버리고 말았다. 외할아버지는 계산에 대해선 아무것도 몰랐지만, 천문학에 관해서는 박식했다. 나는 외할아버지 방의 훌륭한 테라스에서 여름 저녁들을 보냈고, 거기서 그는 나에게 큰곰자리와 작은곰자리를 보여 주었고, 칼데아의 양치기들과 아브라함에 대해 시적(詩的)으로 이야기해 주었다. 그리하여 나는 아브라함에 대해 존경심을 갖게 되었고, 레티에에게 이렇게 말했다. "그는 성경에 나오는 다른 인물들처럼 악당이 아니야."

외할아버지는, 자기 것이었는지 혹은 그가 설립 발기인이었던 공립 도서관에서 빌린 것인지 몰라도 브루스[129]의 『누비아와 아비시니아 여행기』라는 4절본 책을 갖고 있었다. 그 여행기에는 삽화가 들어 있었는데, 거기에서 내 교육에 무한한 영향이 생긴 것이다.

나는 아버지 그리고 라얀느 신부가 가르치는 모든 것을 증오했다. 아버지는 라크루아[130]의 지리학을 나에게 암기시켰고, 라얀느 신부도 그렇게 했다. 나는 억지로 외웠지만 그것을 혐오했다.

훌륭한 외할아버지는 브루스가 스코틀랜드 왕손이라고 말했고, 그가 말하는 모든 학문이 나에게 강렬한 흥미를 불러일으켰다. 바로 거기서 수학에 대한 나의 애정이, 그리고 마침내는 내가 감히 천재적이라고 말하는 다음과 같은 생각이 생겨난 것이다. 수학이 나를 그르노블로부터 빠져나가게 할 수 있다는.

---

129) James Bruce(1730~1794). 영국의 여행가. 인기 작가이기도 해서 책이 나오자마자 곧 프랑스어로 번역 출판되었다.

130) Lacroix(1704~1760). 프랑스의 지리학자로 1747년 『근대 지리』라는 책을 내 큰 성공을 거두었다.

9장

내 아버지 셰뤼뱅 벨은 어디까지나 도피네적 교활함을 갖고 있었으나 열정적인 인간이었다. 부르달루와 마시용[131]에 대한 열정에 뒤이어, 농업에 대한 열정이 생겼는데, 이 열정은 나중에는 그가 늘 품고 있던 흙손(또는 건축)에 대한 애정에 의해 그리고 마침내는 과격 왕정복고주의와 부르봉 왕조를 위해 그르노블시를 통치하고자 하는 열정에 의해 뒤집혔다. 아버지는 자신의 열정의 대상에 대해 밤낮으로 몽상했다. 그는 대단한 교활함과 다른 도피네 사람들의 간계에 대한 경험을 아주 많이 갖고 있었다. 그런 모든 것으로 미루어 그가 재능 있는 사람이라는 결론을 내릴 수 있을 것이다. 그러나 나는 그

131) 두 사람 다 유명한 설교가였다.

의 얼굴 생김새 이상으로 그런 것에 대해서 분명한 생각을 갖고 있지 않다.

아버지는 일주일에 두 번 클레에 가기 시작했다. 그곳에 150아르팡쯤 되는 소유지(domaine, 작은 땅을 뜻하는 지방어)를 갖고 있었는데, 시내에서 남쪽 드라크강을 넘어, 산의 경사면에 위치해 있었다. 클레와 퓌로니에르의 땅은 모두 건조했으며, 석회질에 돌투성이의 땅이었다. 1750년경 어느 자유분방한 신부가 클레 다리 서쪽에 있는 늪지를 가꿀 것을 생각해냈다. 이후 그 늪지는 이 지방의 자산이 되었다.

아버지의 집은 그르노블에서 8킬로미터 떨어진 곳에 있었다. 아마도 나는 그 길을 천 번은 걸어서 갔을 것이다. 아버지가 칠십이 세까지 살면서 더할 나위 없이 건강했던 것도 틀림없이 그 운동 덕분이었을 것이다. 그르노블에서 부르주아는 자기 땅을 갖고 있어야만 존경을 받는다. 아버지의 가발사 르페브르는 코랑크에 땅을 갖고 있어서, 코랑크에 가느라 자주 가게를 쉬었는데도 그 해명이 늘 좋게 받아들여졌다. 때때로 우리는 세생의 나루터에서 드라크강을 건너가면서 거리를 줄이곤 했다.

아버지는 새로운 열정에 아주 가득 차 있어서 나에게 끊임없이 그것에 대해 이야기하곤 했다. 십중팔구 그는 파리나 리옹으로부터 농업 또는 경제 총서들을 가져오게 했는데(아마 지방 용어), 그 책들에는 판화가 들어 있었다. 나는 그 책들을 많이 훑어보았다. 그것이 휴일인 목요일에 자주 클레(말하자면 퓌로니에르의 우리 집)로 갈 만한 이유가 되었다. 나는 아버지와 함께 들판속에서 산보를 하곤 했다. 그런 다음 아버지의 계획에 대한 설명을 마지못해 들었다. 그렇지만 장래의 계책이라고 일컫는 그런 소설을 누군가에게 들려주는 아버지의 즐거움은 때로 나로 하여금 금요일에야 시내로 돌아오게 했고, 또 때로는 수요일 저녁부터 그곳으로 떠나게 했다.

나는 클레가 마음에 들지 않았는데, 늘 그곳에서 농업 계획으로 시달림을 받았기 때문이다. 그러나 얼마 안 가 큰 보상을 발견했다. 그후 곧 내가 볼테르의 책을 훔쳤기 때문이다. 그것은 아버지가 클레(자기 토지)에 갖고 있던 상자 속에 든 사십 권의 전집으로, 대리석 모방을 한 송아지 가죽으로 장정되어 있었다. 총 사십 권이었다고 생각하는데, 아주 촘촘히 세워져 있어서 내가 그중 두 권을 꺼낸 뒤 다른 책들의 틈을 조금씩 터 놓자 표가 나지 않았다. 게다가 그 위험한 책은 벚나무와 유리로 된 멋진 책장의 맨 꼭대기 칸에 놓여 있었고 대개 열쇠로 잠겨 있었다.

하느님 덕분에 나는 그 나이에도 판화들이 우스꽝스럽게 보였다. 하지만 놀라운 판화였다! 잔 다르크의 판화.

그 기적은 나로 하여금 하느님이 나에게 좋은 취미를 갖게 해 주었고 앞으로 언젠가 「이탈리아 회화사」를 쓰도록 운명지어 주었다고 거의 믿고 싶게 했다.

우리는 휴가, 즉 8월과 9월을 늘 클레에서 보냈다. 나의 선생들은 내가 휴가를 맞아 즐겁게 보내는 동안 라틴어를 전부 잊어버리고 말 거라고 개탄했다. 아버지가 클레에서 한 우리의 산책을 우리들의 즐거움이라고 부르는 것만큼 싫은 일은 없었다. 마치 도형수가 다른 쇠사슬보다 좀 가벼운 쇠사슬을 자신의 즐거움이라고 부르도록 강요받는 것 같았다.

나는 격분했고, 아버지와 라얀느 신부에게 너무 짓궂고 불공정했다고 생각한다. 고백하건대, 그리고 1835년인 지금에 와서조차, 대단한 이성적 노력을 기울이는 데도 나는 그 두 사람을 제대로 판단할 수가 없다. 그들은 해독(害毒)이라는 말이 지니는 온갖 강력한 힘을 발휘해 나의 소년 시절에 해를 입혔다. 그들은 준엄한 얼굴을 하고, 내가 내 나이 또래 아이들과는 말 한마디 나누지 못하게 했다. 나는 중앙학교(드 트라시 씨의 훌륭한 업적)에서 처음으로 내 나이 또래 아이들의 사회에 첫발을 내디뎠다. 그러나 어린애다운 명랑하고 태평스러운 태도로 그런 것은 아니었다. 나는 엉큼하고 아주 고약했다. 사소한 주먹다짐이라도 당하면, 나는 마치 성인들 사이에서 따귀라도 맞은 경우처럼 복수하겠다는 생각으로 가득 차서, 요컨대 배신자가 되는 것 외의 모든 고약스러움을 품고서 학교에 갔던 것이다.

라얀느의 압제의 크나큰 불행, 그것은 내가 여러모로 불행하다고 느꼈다는 것이다. 나는 내 나이 또래 아이들이 그르네트 광장에서 함께 산보하거나 놀러 뛰어가는 모습을 늘 보곤 했다. 그것은 나에겐 단 한 번도 허용되지 않는 일이었다. 내가 가슴에 사무치는 슬픔을 어렴풋이 내보이자 사람들은 나에게 "너를 마차를 태워 주마."라고 말했다. 그래서 매우 서글픈 얼굴을 한 페리예-라그랑주 부인(고인이 된 내 매부의 어머

그림 5. 『돈 키호테』 속 삽화를 보고 그린 산초 판사.

니)이 건강을 위해 산책하러 갈 때 자기 마차에 나를 태워 주었다. 그녀는 적어도 라얀느 신부만큼 나를 꾸짖었으나, 무뚝뚝하고 신앙심 깊은 여인이었다. 라얀느 신부와 마찬가지로 웃는 일이 결코 없는 엄격한 얼굴을 하고 있었다. 그러니 그것이 내 또래의 어린 장난꾸러기들과 함께 산보하는 것과 어떻게 대등한 것이 되겠는가! 누가 그런 것을 믿겠는가, 나는 한 번도 고비유(구슬치기) 놀이를 해 본 적이 없었고, 팽이도 외할아버지의 주선으로만 손에 넣을 수 있었는데, 외할아버지는 그것 때문에 딸 세라피와 한바탕 싸움을 벌였다.

따라서 그때 나는 매우 엉큼하고 고약스러웠으며, 클레의 훌륭한 책장 속에서 프랑스어로 번역된 『돈 키호테』를 발견했다. 그 책에는 판화가 들어 있었고 오래되어 늙어 보였다. 그런데 나는 늙은 것은 무엇이건 증오했다. 내가 어린아이들과 만나는 것을 방해하는 우리 집 식구들이 내게는 몹시 늙어 보였기 때문이다. 그러나 마침내 나는 그 판화를 이해하게 되고, 그것이 재미있어 보였다. 즉 산초 판사가 길마에 올라타 있고, 네 개의 말뚝이 그 안장을 떠받치고 있었다. 히네스 드 파사몬테가 당나귀를 훔쳐갔기 때문이다.

돈키호테는 나를 견딜 수 없을 만큼 웃겨 주었다. 불쌍한 어머니가 돌아가신 뒤 내가 한 번도 웃은 일이 없었다는 것, 나는 철저하게 귀족적이고 종교적인 교육의 희생자였다는 것을 생각해 주어야 할 것이다. 나의 폭군들은 자기들이 앞서 한 말을 번복하는 법이 절대 없었던 것이다. 그 어떤 초대도 받아들이질 않았다. 내가 뜻밖의 논쟁을 일으키는 경우가 자주 있었는데, 외할아버지는 내가 친구를 데려와도 된다는 의견이었고, 세라피 이모는 나에게 부당한 언사를 쓰면서 반대했다. 아버지는 세라피 이모에게 종속되어 장인에게 위선적인 답변을 했다. 그 답변이 아무런 의무도 속박도 부과하지 않는다는 것을 나는 잘 알고 있었다. 엘리자베트 왕이모는 어깨를 으쓱했다. 그런 토론 때문에 산책을 하려던 계획이 어려워지면, 아버지는 숙제 문제를 꺼내 라얀느 신부로 하여금 간섭을 하게 했다. 전날 저녁 끝내지 않은 숙제를 산책하러 가는 바로 그 순간에 해야만 하는 것이었다.

그런 끔찍한 쓸쓸함 한가운데에서 『돈키호테』가 가져다준 효과를 판단해 보라! 그 책의 발견 — 나는 그 책을 가로수길 화단 쪽의 두 번째 보리수 밑에서 읽었는데, 그곳의 지면이 1피트 정도 가라앉아 있어서 그곳에 자리를 잡았다 — 그 발견은 아마도 내 일생 중 가장 위대한 시기였다.

이런 이야기를 누가 믿겠는가? 아버지는 내가 웃음을 터뜨리는 모습을 보고는 야단치며 책을 빼어 버리겠다고 위협했다. 그런 일이 여러 번 있었다. 그러고는 나를 밭으로 데리고 가, 손봐야 할 자신의 계획(개선, 개량)을 설명해 주었다.

『돈 키호테』를 읽는 것조차 방해 받은 나는 푸른 초목으로 덮인 정자 안에 몸을 숨겼다. 밭(작은 정원)의 동쪽 끝에 있는, 벽으로 둘러싸인 작은 녹색 정자였다.

나는 판화가 들어 있는 몰리에르의 작품을 발견했다. 판화는 나에게 우스꽝스러워 보였다. 나는 「수전노」만을 이해했다. 나는 데투슈[132)]의 희극들을 발견했다. 그중 제일 우스꽝스러운 것을 읽고 눈물이 날 만큼 감동했다. 그 작품은 고결함이 섞인 사랑 이야기였는데, 나는 바로 그런 것에 약했던 것이다. 기억을 뒤져 그 희극의 제목을 찾아도 헛된 일이다. 그 평범한 외교관이 쓴 많은 무명의 희극 중에서조차 알려지지 않은 작품이니까. 「밤의 북」은 영국을 모방한 착상이 있지만 퍽 재미가 있었다.

그렇게 나는 일곱 살 때부터 몰리에르처럼 희곡을 쓰겠다고 결심했고 그것이 내 머릿속에 확실한 사실로 되어 있다. 어떻게 그런 결심을 하게 되었는가 하는 것을 십 년이 되기 전까지 아직 기억하고 있었다.

내가 『돈 키호테』에 열중하고 있다고 말하자, 외할아버지는 기뻐했다. 내가 그에게 거의 모든 것을 다 이야기했으며, 예순다섯 살의 그 훌륭한 인물이 사실상 나의 유일한 친구였기 때

---

132) Destouches(1680~1754). 프랑스의 희극 작가.

문이다.

외할아버지는 딸 세라피 모르게 나에게 『광란의 오를란도』[133]를 빌려 주었다. 그 책은 번역이라기보다 차라리 드 트레상[134] 씨에 의한 아리오스트의 모방이었다고 생각한다.(드 트레상 씨의 아들은 오늘날 여단장으로 1820년에 평범한 과격 왕정주의자가 되었지만, 1788년에는 매력적인 젊은이였다. 그는 그림이 잔뜩 들어 있는 소책자를 주겠다고 나에게 약속하며 내가 책 읽는 습관을 들이는 데 큰 공헌을 했다. 그런데 사실 그는 그 책을 나에게 주지 않았다. 그런 약속 불이행이 나에게 큰 충격을 주었다.)

아리오스트는 내 성격을 형성해 주었다. 나는 브라다만테[135]에게 푹 빠졌다. 그녀를 눈부실 만큼 새하얀 매력을 지닌 스물네 살의 뚱뚱한 아가씨로 상상했다.

몰리에르가 자기 사상을 알려 주기 위해 사용한 부르주아적이고 저속한 잡다한 일들을 모두 나는 몹시 싫어한다. 그 잡다한 일들이 나의 불행했던 생활을 생생히 떠올리게 했던 것이다. 사흘이 채 안 되는 일인데(1835년 12월), 내가 아는 부르주아 두 명이 딴전을 부리고 반쯤 말다툼을 하며 희극적인 장면을 벌이려 했다. 나는 그들의 말다툼을 듣지 않으려고 열 발자국 멀리 떨어졌다. 나는 그런 일을 몹시 싫어했는데, 그것은 경험을 얻는 것을 방해했다. 그것은 작은 불행이 아니었다.

---

133) 루도비코 아리오스트가 지은 이탈리아 르네상스기의 서사시.

134) M. de Tressan(1705~1783). 프랑스 아카데미 회원. 문필가이자 번역가. 『광란의 오를란도』를 번역했다.

135) 『광란의 오를란도』의 여주인공.

저속하고 평범하며 부르주아적인 모든 것은 나에게 그르노블을 생각나게 한다. 그르노블을 생각나게 하는 모든 것은 몹시 불쾌한 기분이 들게 한다. 아니, 몹시 불쾌한 기분이라고 하면 너무 고상한 표현이고, 구역질이 난다.

그르노블은 나에게 고약한 소화불량을 연상시킨다. 위험하진 않으나 끔찍한 불쾌감을 갖게 한다. 아무 보상 없이 저속하고 평범한 모든 것, 조금이라도 아량 있는 움직임엔 적의를 지니는 모든 것, 조국을 사랑하고 너그러운 마음을 지닌 사람의 불행을 기뻐하는 모든 것, 나에게 있어 그르노블은 그런 것이다.

여행 중 나는 내가 아는 장교들이 그르노블은 매력 있고 재기발랄한 도시로, 그곳의 귀여운 여인들이 특히 잊히지 않는다고 말하는 것을 듣고 무척이나 놀랐다. 나는 1802년 밀라노 또는 크레모나의 몽세 장군[지금은 원수(元帥)인 드 코넬리아노 공작] 집 식탁에서 그런 이야기를 처음 들었다. 그때 나는 너무 놀라서 식탁의 한쪽 끝에서 맞은편 끝에 있는 사람들에게 그것에 대해 자세히 물어보았다. 당시 월 150프랑을 받는 부유한 소위였던 나는 아무 두려움이 없었고, 방금 느낀 토하고 싶은 기분과 계속되는 소화불량 상태에 대한 증오심이 절정에 달해 있었다. 참모부 장교는 자신의 발언을 매우 교묘하게 옹호했다. 그는 그르노블에서 15~18개월을 지냈는데, 그곳이 지방에서 가장 기분 좋은 도시라고 주장했다. 그는 알망뒬로롱, 피아-데비알, 투르뉘, 뒤샹, 드 몽모르 등의 여러 부인들, 리비에르 집안 아가씨들(몽토르주 로 식당 겸 여인숙 집

딸들), 외삼촌의 여자 친구들인 모자 가게 바이 집안 아가씨들, 드르봉 형제, 즉 형 드르봉과 드르봉 라 파레유, 프랑스 문의 돌 씨, 그리고 귀족 사회(1800년의 용어로 과격 왕정주의자라는 뜻이다. 나중에는 정통 왕조파라는 말로 대체되었다.) 사람들로는 슈발리에 드 마르시외 씨, 드 바이 씨 등 여러 사람의 이름을 댔다.

맙소사! 나는 그런 사랑스러운 이름들이 발음되는 것을 거의 들은 적이 없다. 우리 집 식구들은 그 사람들이 한 미친 짓들을 한탄하기 위해서만 그들의 이름을 환기했다. 우리 집 식구들은 모든 것을 비난했다. 속이 뒤집혀 있었던 것이다. 내 불행을 이치에 맞게 설명하기 위해서는 이 이야기를 되풀이해야만 한다. 어머니가 돌아가시자, 우리 집 식구들은 절망에 빠져 사교계와 모든 관계를 끊어버리고 말았다. 어머니는 우리 가족의 영혼이자 즐거움의 원천이었다. 아버지는 침울하고 내성적이며 원한을 잘 품는 사람인 데다 싹싹하지 못한 제네바적 성격(돈 계산은 잘하지만 절대로 웃지 않는)을 갖고 있어서, 내가 보기에는 어머니에 의해서만 가족의 사교 관계가 성립되었다. 외할아버지는 사랑스럽고 사교적인 사람이고 화술이 좋아서, 장인(匠人)에서 지체 높은 사람에게 이르기까지, 재치 있는 구두장이 바르텔레미 부인에서 데 자드레 남작님에 이르기까지 시내의 모든 사람들로부터 환영을 받았다. 외할아버지는 자신이 사랑하던 유일한 사람의 죽음으로 마음 깊이 상심했고 예순이라는 나이에 다다르자 삶에 싫증을 느껴 사교계와 절연했지만, 한 달에 한 번 그 남작의 집에 저녁 식사 하러 가는 것은 멈추지 않았다. 딱 한 분뿐인 나의 왕이모 엘리자베트는 집에서 독립된 존재이고 부자이기까지 해서(1789년 그르노블에서 볼 때는), 몇 집에서 열리는 저녁 파티(7시부터 9시까지 간단하게 저녁을 먹는)에 가곤 했다. 그래서 일주일에 두세 번 외출을 했다. 엘리자베트 왕이모는 내 아버지로서의 권한에 대해 충분히 존경심을 품고 있었음에도 불구하고 나를 불쌍히 여겨, 아버지가 클레에 가 있을 때는 내가 없으면 안 된다면서 나를 마치 기사(騎士)처럼 대동하고 자코뱅 거리에 있는 시몽 양의 새 집으로 데리고 갔다. 시몽 양은 짙은 화장을 하고 있었다. 왕이모는 시몽 양이 주최하는 큰 만찬 모임에 나를 참석시켜 주기도 했다. 그 찬란한 불빛과 화려했던 음식들이 지금도 기억난다. 식탁 한가운데에 은으로 된 조그만 조각상(像)이 달린 장식 그릇이 놓여 있었다. 그다음 날 세라피 이모가 그 일을 아버지에게 밀고했고, 언쟁이 일어났다. 그런 말다툼은 외형적으로는 굉장히 정중했으나 결코 잊힐 수 없는 신랄한 말들이 오갔는데, 그런 것이 우울했던 우리 가정의 유일한 기분풀이였다. 내 악운이 나를 거기에 던져버린 것이다. 구두장이 바르텔레미 부인의 조카를 내가 얼마나 부러워했던지!

나는 괴로웠지만, 그 모든것의 원인을 알지는 못했다. 그저 모든 게 아버지와 세라피 이모의 심술궂음 때문이라고 여겼다. 상황을 공정하게 판단하려면, 자부심에 부풀어오른 부르주아가 자기들의 유일한 아들 — 그들은 나를 그렇게 부르곤 했다 — 을 귀족적으로 교육하려 한다고 생각해야 했다. 하지만 이런 것은 당시 내 나이로는 헤아릴 수 없는 일이었다. 게다가 누가 그것에 대해 나에게 알려줄 수 있었겠는가? 나의 친구는 요리사 마리옹과 외할아버지의 사환인 랑베르뿐이었는데, 세라피 이모는 내가 부엌에서 그들과 함께 웃고 있는 것을 들으면 끊임없이 나를 불러냈다. 우리 집 식구들은 언짢은 기분 속에서 오직 나에게만 관심이 있었으며 나를 괴롭히는 것을 교육이라는 이름으로 미화시켰는데, 물론 그것은 분명 진심이었을 것이다. 그 끊임없는 접촉 속에서 외할아버지는 문학에 대한 존경심을 나에게 전달해 주었다. 호라티우스와 히포크라테스는 내 눈에는 로물루스, 알렉산더 대왕, 누마[136]와는 무척 다른 인물들이었다. 드 볼테르 씨는 그가 조롱했던 저능한 루이 16세나 그가 그 더러운 품행을 비난했던 방탕한 루이 15세 같은 사람과는 아주 판이한 인간이었다. 외할아버지는 혐오감을 풍기며 뒤 바리라는 이름을 입에 올렸는데, 나는 언제나 무척 예의 바른 우리 집에서 부인이라는 말이 빠졌다는 사실에 너무나 놀랐고 그런 사람들이 싫었다. 반면 볼테르는 늘 드 볼테르 씨라고 불렀고, 외할아버지는 그 이름을 입에 올릴 때 존경과 애정 어린 미소를 띠지 않는 일이 없었다.

오래지 않아 정치가 찾아왔다. 우리 가족은 시내에서 가장 귀족적인 사람들이었다. 그와 같은 일은 나를 곧장 열광적인 공화주의자로 느끼게 했다. 나는 이탈리아로 가는 아름다운 용기병 연대가 계속해서 지나가는 모습을 바라보았다. 늘

136) 로물루스는 로마의 전설적인 건설자, 알렉산더 대왕은 마케도니아의 10대 왕, 누마는 로마의 2대 왕이다.

누군가 우리 집에 묵었는데, 나는 그들을 탐욕스럽게 바라다보았고 우리 집 식구들은 그들을 증오했다. 곧 신부들이 몸을 숨기게 되었다. 우리 집엔 늘 한두 명의 신부가 숨어 있었다. 맨 처음 찾아온 신부들 중 한 사람은 눈이 튀어나온 얼굴의 뚱뚱한 사람으로, 나는 그가 소금에 절인 돼지고기를 게걸스럽게 먹는 모습에 충격을 받고 혐오감을 느꼈다(우리 집에는 기막히게 맛 좋은 소금에 절인 돼지고기가 있어서, 내가 하인 랑베르와 함께 지하 저장고로 그것을 가지러 갔다. 그것은 양푼 모양으로 파낸 돌 속에 저장되어 있었다). 우리 집에서는 식사가 보기 드문 청결함과 세심한 배려 속에 이루어졌다. 예를 들면 나는 먹을 때 입에서 아무 소리도 내지 말라는 주의를 받고 있었다. 그런데 대부분 서민 출신인 그 신부들은 혀를 입천장에 대어 소리를 냈고, 빵을 지저분하게 자르곤 했다. 그들의 자리는 내 왼쪽이었는데, 그 사람들은 그런 짓을 하지 않았다 해도 나에게 혐오감을 일으키기에 충분했다. 리옹의 우리 사촌 한 사람(상테르 씨)이 단두대(기요틴)에서 처형을 당했다. 그러자 가족의 침울함과 모든 것에 대한 증오와 불만이 배가되었다.

예전에는 어린 시절의 천진난만함과 그 나이 때의 덤벙거림, 인생에서 유일한 행복인 어린 시절의 환희에 관한 이야기를 들으면 가슴이 찢어질 듯 아팠다. 나는 그런 것을 전혀 몰랐던 것이다. 그뿐만 아니라, 나에게 어린 시절은 오히려 불행과 증오 그리고 무력한 복수의 욕망 같은 것이 연속되던 시기였다. 내 모든 불행은 두 가지 원인으로 요약될 수 있다. 나에게는 내 또래 아이와 이야기하는 것이 절대로 허용되지 않았다. 또 우리 집 식구들은 사교 생활을 단절한 탓에 몹시 지루했기 때문에 나에게 끊임없이 주의를 기울였다. 이 두 가지 원인 때문에 나는 다른 아이들이 너무나도 명랑하게 보내는 인생의 시절에 고약스럽고 침울하고, 상궤에서 벗어난 시간을 보냈다. 한마디로 말해 최악의 의미로 노예였다. 그리고 조금씩 그런 신분의 사람이 가질 만한 감정을 갖게 되었다. 내가 요행히 얻어낼 수 있었던 작은 행복조차 거짓에 의해 보존되었다. 다른 관점에서 보면, 나는 현재의 유럽 민중과 전적으로 같았다. 폭군들은 항상 무척 다정하고 감미로운 말로 나에게 정성을 다한다고 말하곤 했다. 그들의 가장 확실한 동맹자는 종교였다. 덕분에 나는 부성애(父性愛)와 어린이의 의무에 관한 지루한 설교를 끊임없이 듣지 않으면 안 되었다. 어느 날 나는 아버지의 과장된 허튼소리가 지긋지긋해서 이렇게 말했다. "그렇게 나를 사랑한다면, 하루에 5수씩 주고 내가 마음대로 지내도록 내버려둬요. 그리고 한 가지만은 확실하다고 생각하세요, 나이가 차면 내가 즉시 군대에 지원할 거라는 사실요."

그러자 아버지는 나를 없애버리려는 듯 나를 향해 돌진해 왔다. 그는 극도로 흥분해서 "너는 신앙심 없는 상스러운 놈일 뿐이야"라고 말했다. 내가 이 글을 쓰고 있는 지금(1835년 12월 7일, 치비타-베키아)도 그토록 사람들 사이에 이야기되는, 니콜라이 황제와 바르샤바의 관계[137]와 같다고나 할까. 사실 모든 압제는 서로 닮았다.

137) 러시아의 황제 니콜라이 1세가 바르샤바를 압제한 일을 뜻한다.

크나큰 우연 덕분에 심술궂은 인간으로 남진 않은 것 같지만, 그 뒤 평생 살아오는 동안 나는 부르주아, 예수회 수도사, 그리고 모든 종류의 위선자들에게 혐오감을 느꼈다. 아마도 나는 1797년, 1798년, 1799년에 걸친 성공과 내 힘에 대한 자각 덕분에 심술궂음에서 벗어난 것 같다. 나는 다른 훌륭한 자질들 외에, 참을 수 없는 자존심을 갖고 있었다.〔나는 중앙학교에 들어간(혁명 5년이라고 생각된다.) 이듬해에 일등상을 탔다. 현청(나중에는 도청이 되었다.)의 서류에 아마 그것에 관한 기록이 있을 것이다. 중앙학교에 들어갔을 때 나는 온갖 악덕을 갖고 있었는데, 주먹으로 얻어맞고 고쳤다. 다행스럽게도 그 뒤에 심술이 없어진 것 같다.〕

사실 잘 생각해보면 나는 그르노블에 대한 이치에 맞지 않는 증오심에서 벗어나지 못하고 있다. 정확히 표현하면 그것을 망각하고 있다. 이탈리아의, 밀라노의 현란한 추억이 모든 것을 지워버린 것이다.

인간과 사물을 인식하는 데 있어 나에게는 뚜렷한 결함 하나가 유일하게 남았다.

「아내들의 학교(L'École des femmes)」에 나오는 크리잘의 생활을 이루는 모든 자질구레한 세부들 말이다.

나에게 가슴 장식을 걸치게 하는 두꺼운 플루타르코스를 제외하고[138)]

---

138) 이 대사는 「아내들의 학교」가 아니라 「여학자들」 2막 7장에 나오는 대

그런 것들은 나를 소름 끼치게 한다. 내가 느끼는 메스꺼운 이미지를 말해보라고 한다면, 그것은 굴을 먹고 소화불량을 경험한 사람이 맡는 굴 냄새와 비슷할 것이다.

크리잘의 생활을 이루는 모든 사실들은 내 경우 소설적인 것으로 대체되어 있다. 내 망원경에 있는 그 얼룩이 내 소설의 인물들에게 유리했다고 나는 믿는다. 그들이 가질 수 없는 일종의 부르주아적 상스러움이 존재한다. 그런 것을 묘사하는 일은 저자에게는 알지도 못하는 중국어를 말하는 격이 될 것이다. 부르주아적 상스러움이란 하나의 뉘앙스일 따름이고, 1880년에 그것은 아마도 무척 애매한 것이 될 것이다. 신문들 덕분에 시골 부르주아는 드물어졌고, 이젠 신분적인 풍습 같은 것은 존재하지 않는다. 나는 어떤 즐거운 모임에서 멋쟁이 파리 청년을 만났는데, 그는 옷차림이 매우 훌륭했고 허식이 없었으며, 8000~1만 프랑을 썼다. 어느 날 나는 물었다.

"저 사람은 무슨 일을 하나요?"

"무척 바쁜 소송대리인이랍니다." 사람들이 알려주었다.

따라서 나는 부르주아적 상스러움의 예로 나의 훌륭한 친구 포리엘 씨(학사원의)가 1834년 《파리 평론》지에 발표한 훌륭한 『단테의 생애』 속 문체를 인용하리라. 그러나 슬프다! 1880년에 그와 같은 것이 어디에 있겠는가? 글 잘 쓰는 어느 재치 있는 사람이 훌륭한 포리엘의 심오한 연구를 가로채버리

사로, 전형적 부르주아인 크리잘이 자기 누이인 여학자 벨리즈에게 하는 말이다.

고, 선량하고 양심적인 그 부르주아의 연구 업적은 완전히 잊히고 말 것이다. 그는 파리 최고의 미남이었다. 그 방면의 전문가인 콩도르세 부인(소피 그루시)이 그를 손에 넣었다. 부르주아 포리엘은 그녀를 사랑하는 어리석은 짓을 했고, 그래서, 아마도 1820년경이라고 생각하는데, 그녀는 죽어가면서 마치 하인에게 하듯 그에게 1200프랑의 연금을 남겨주었다. 그는 심한 굴욕감을 느꼈다. 그가 「연애론」을 위해 나에게 아라비아의 연애 사건에 관한 십 페이지의 자료를 제공했을 때, 나는 그에게 이렇게 말했다. "공작부인이나 돈이 너무 많은 여자를 상대할 땐 두들겨패야 해. 그러지 않으면 사랑이 꺼져버리지." 이런 이야기는 그를 소름이 끼치게 했다. 아마도 그는 작은 클라크 양에게 이 이야기를 했을 것이다. 그녀는 포프[139]처럼 의문부호(?)와 같은 신체를 갖고 있었다. 그래서 얼마 뒤 그녀가 자기 친구 중 한 사람인 멍청한 인물 오귀스탱 티에리[140] 씨(학사원 회원)로 하여금 나를 꾸짖게 했다. 나는 그녀를 상대하지 않았다. 그 사교계에는 아름다운 여성이 한 명 있었다. 벨로크 부인이었는데, 그녀는 검고 굽은 또 다른 의문부호 드 몽골피에 양과 사랑하고 있었다. 사실 나는 그 불쌍한 부인들을 인정한다.

---

139) 알렉산더 포프(Alexander Pope, 1688~1744). 영국의 시인. 몸이 허약했고 곱사등이였다.

140) Augustin Thierry(1795~1856). 프랑스의 사학자. 자유주의적 부르주아 입장에서 근대 사학의 실증적 연구 방법 확립에 기여했다.

10장

뒤랑 선생

라얀느의 압제로부터 어떻게 해방이 되었는지에 대해서는 기억이 전혀 없다. 그 악당은 나를 아버지의 뒤를 잇기에 적합한 훌륭한 예수회 수도사나 창녀 집 또는 술집 언저리를 노상 들락거리는 방탕한 병사로 만들어놓았을 것이다. 피일딩의 경우처럼, 기질이 상스러움을 전적으로 덮어 가려 주었을 것이다. 다시 말해, 훌륭한 외할아버지가 없었다면 나는 기막힌 그 둘 중 하나가 되었을 것이다. 외할아버지는 자신도 모르는 사이에 호라티우스, 소포클레스, 에우리피데스, 그리고 우아한 문학에 대한 예찬을 나에게 전달했다. 다행스럽게도 그가 동시대의 평범한 작가들을 모두 경멸한 바람에 나는 마르몽텔, 도라, 그 외 너절한 족속들의 해악을 전혀 입지 않았다. 이유는 알 수 없으나 외할아버지는 늘 신부들을 존경해야 한다고 주장했는데, 사실 신부들은 외할아버지에게 뭔가 더러운 혐오감을 불러일으켰다. 딸 세라피와 사위인 나의 아버지 때문에 신부들이 자신의 살롱에서 주인 행세를 하는 것을 보고도, 그는 모든 사람에게 그러듯 그들에게도 더할 나위 없이 정중히 대해주었다. 뭔가 이야기해야 할 경우에는 문학, 이를테면 종교적인 작가들에 대해 이야기했다. 그런 것을 전혀 좋아하지 않으면서도 말이다. 그러나 매우 정중한 외할아버지도 그들의 무지를 보고 느낀 깊은 혐오감을 감추느라 많이 힘들어했다. "뭐라고! 플뢰리 신부라면 자기네 역사가인데 그들이 그를 모르다니!" 어느 날 나는 뜻하지 않게 이런 말을 들었고, 외할아버지에 대한 나의 신뢰감은 더욱 배가되었다.

그후 얼마 지나지 않아 깨달았는데, 외할아버지는 고해를 하는 일이 무척 드물었다. 신자라기보다는 종교에 대해 더할 나위 없이 정중했던 것이다. 만약 외할아버지가 딸 앙리에트를 천국에서 다시 만날 수 있다고 믿었다면 독실한 신앙인이 되었을 것이다.(브로글리 공작은 이렇게 말했다. "마치 내 딸이 아메리카에 있는 것 같소.") 그러나 외할아버지는 그저 슬픔에 잠기고 침묵할 따름이었다. 누가 찾아오면 예의를 차리느라 말을 하고 일화를 이야기했다.

아마도 라얀느 씨는 성직자 시민 조직에 선서하기를 거부했기 때문에 몸을 숨기지 않으면 안 되었던 것 같다. 아무튼 그가 멀어져간 것은 나에게 있을 수 있는 가장 큰 사건이었건만, 나는 그 사건에 대해 아무런 기억도 없다.

바로 이런 것이 내 두뇌의 결점 중 하나로, 비슷한 사례가 여럿 있다. 삼 년 전 산피에트로인 몬토리오(자니콜로) 전망대 앞에서, 나는 이제 쉰 살이 되려는 참이고 따라서 떠나는 것에 대해 생각할 때이지만 그러기 전에 잠시 뒤를 돌아보는 즐거움을 가져도 좋겠지 하는 훌륭한 생각이 떠오른 이래 그런 사례들을 발견했다. 나는 지나치게 강렬한 느낌을 받은 시절 또는 순간들에 대해서는 전혀 기억하지 못한다. 예를 들어, 내가 스스로 용감하다고 생각하는 이유 중 하나인데, 나는 내가 말려든 결투의 털끝만 한 정황까지도 뚜렷이 기억한다. 군대에서 비가 내릴 때 진창 속에서 진군할 때는 용감하다는 것만으로 충분했다. 그러나 전날 밤 몸이 비에 젖지 않고 내가 탄 말이 미끄러지지 않았을 때, 나에게는 가장 위험한 무모함이 글자 그대로 진짜 즐거움이었다. 분별 있는 내 전우들은 진지해지고 창백해졌으며 또는 얼굴이 새빨개졌다. 마티스는 더 명랑해지고 파린은 더 분별력을 발휘했다. 그것은 지금도 마찬가지로, 나는 1000프랑에 대한 욕구의 가능성을 한 번도 생각해 보지 않았다. 나와는 상관없는 것이지만, 안락한 생활을 하는 내 또래의 친구들(이를테면 브장송, 콜롱 등등)에게는 지배적 관념이고 중요한 사상이라는 생각이 든다. 하지만 나는 빗나가고 있다. 이런 회고록을 쓸 때 크나큰 어려움은 내가 그 머리채를 잡고 있는 시기와 연관된 추억밖에 갖지 못하고 또한 그것밖에 쓸 수 없다는 점이다. 이를테면 지금 문제가 되는 시기는 분명히 그전보다 불행하지 않던 때로, 내가 뒤랑 선생 밑에서 보낸 시기인 것이다.

당시 뒤랑 선생은 마흔다섯 살 정도의 모든 행동거지가 원만하고 몸집이 뚱뚱한 호인으로 십팔 세의 퍽 상냥한 아들을 두었는데, 나는 멀리서 그 아들에게 감탄하고 있었다. 그는 나중에 내 누이동생을 사랑했다고 생각한다. 그런데 그 사랑스러운 뒤랑 선생만큼 위선적인 것이 없고 또한 엉큼하지 않은 사람은 없었다. 그는 예의 바르고 매우 검소한 옷차림을 했으나 결코 불결하지 않았다. 사실 그는 라틴어를 한마디도 몰랐다. 나 또한 마찬가지였다. 그래서 우리 사이는 틀어질 수가 없었다.

나는 속세(俗世)의 문필가로부터 추려낸 『역사 선집(Selecta e profanis)』[141]과 앙드로클레스와 그의 사자 이야기를 암기하고 있었고 구약 성서 그리고 아마도 베르길리우스와 코르넬리우스 네포스[142]를 조금 암기하고 있었다. 그러나 팔 일 동안의 휴가를 허가한다는 라틴어 글을 받았다 해도 나는 무슨 뜻인지 몰랐을 것이다. 근대인들이 만들어낸 보잘것없는 서툰 라틴어로 된 『명인전(De Viris illustribus)』에는 내가 무척 좋아하는 로물루스에 대한 이야기가 있었는데, 나로서는 그 내용을 이해할 수가 없었다. 그런데! 뒤랑 씨도 마찬가지였다. 그는 이십 년 동안 설명하고 가르쳐온 저자들의 이름을 암기하고 있었다. 하지만 외할아버지가 자신의 호라티우스 책 속에서 장 봉(Jean Bond)[Jambon(햄)을 연상시키는 이 이름은 무척 지루한 일상 가운데서 나를 웃게 하고 즐겁게 해주었다!]이 해설하지

141) 프랑스의 라틴어 학자 장 위제가 만든 라틴어·라틴사 교과서.
142) 로마의 전기 작가.

않은 난해한 부분 몇 곳에 대해 그의 의견을 들으려고 한두 번 시도했을 때, 뒤랑 씨는 무엇이 문제인지조차 알지 못했다.

마찬가지로 그의 교수법은 딱하기 짝이 없었다. 만일 내가 그렇게 하려 했다면 보통 머리를 가진 아이에게 십팔 개월이면 라틴어를 가르쳤을 것이다. 아침에 두 시간, 저녁에 세 시간 동안 라틴어를 공부하느라 괴로움을 겪는 데 익숙해지는 일이 아무것도 아니었겠는가? 그것은 큰 문제이다.(나는 1819년경 밀라노의 안토니오 클레리케티 씨에게 이십육 일 동안 영어를 가르쳤다. 그 사람은 인색한 아버지 밑에서 괴로워하고 있었다. 삼십 일째 되던 날, 그는 웨일스 공비(公妃)〔카롤린 드 브라운슈바이크〕의 신문 조서(訊問詔書) 번역을 어느 서점에 팔았다. 웨일스 공비는 그녀의 남편이며 왕이었던 인물이 수백만의 돈을 아낌없이 쓰고서도 이 세상 남편들 95퍼센트가 하는 일을 했다고 아내를 설득하지 못했던, 창부 같기로 소문난 여성이다.)

그래서 나는 라얀느 씨와 헤어지게 된 사건에 대해 아무런 추억도 없는 것이다.

그 고약한 예수회 수도사의 압제로 끊임없는 고통을 겪은 뒤, 나는 훌륭한 외할아버지 집에 갑자기 자리를 잡고 외할아버지 방 옆 조그만 사다리꼴의 방에서 잠을 자게 되었고, 호인인 뒤랑 선생에게서 라틴어 수업을 받았다. 그는 하루에 두 번, 10시부터 11시까지 그리고 2시부터 3시까지 왔던 것으로 기억된다. 우리 집 식구들은 내가 서민층 아이들과 교제하도록 내버려둬서는 안 된다는 원칙을 늘 엄수하고 있었다. 그러나 뒤랑 씨의 수업은 훌륭한 외할아버지 앞에서, 겨울에는 그의 방에서, 여름에는 테라스 옆의 큰 살롱에서, 때로는 사람이 거의 지나다니지 않는 곁방에서 이루어졌다.

라얀느의 압제에 대한 기억은 1814년까지 나로 하여금 증오심을 품게 했다. 그리고 그해에 나는 그것을 잊었다. 왕정복고의 여러 사건들이 내 증오심과 혐오감을 다 소모시켜버린 것이다. 집에서 함께 공부한 뒤랑 선생에 대한 기억이 나에게 환기하는 것은 오직 혐오의 감정뿐이다. 집에서라고 말한 것은 내가 중앙학교에서도 그의 강의를 들었기 때문인데, 그때 나는 행복했다, 비교적 말이다. 나는 에방과 에시롤 언덕의 전망과 본느 문 비탈의 멋진 목장에 의해 형성된 아름다운 풍경을 느끼기 시작했다. 교실이 다행스럽게도 옛 학교의 4층이어서, 창문이 이 경치 위쪽에 위치해 있었다. 나머지 부분은 수리 중이었다.

겨울엔 뒤랑 씨가 저녁 7시부터 8시까지 나를 가르치러 왔던 것 같다. 나는 적어도 촛불 한 개로 밝힌 작은 테이블 앞에 앉았고, 뒤랑 씨는 외할아버지의 난로 앞에 우리 집 식구들과 함께 마치 양파의 결 모양처럼 나란히 있어, 오른쪽 반편을 내가 앉아 있는 작은 테이블을 마주하고 앉아 있던 모습이 눈앞에 떠오른다.

바로 거기서 뒤랑 씨가 나에게 오비디우스의 『변신(變身) 이야기』를 해석하기 시작했다. 뒤랑 씨 그리고 노란색 또는 회양목 뿌리 색깔의 그 책이 지금도 눈에 선하다. 주제가 지나치게 명랑해서 세라피 이모가 전보다 더 지칠 줄 모르게 날뛰었고, 그래서 그녀와 외할아버지 사이에 논쟁이 벌어졌던 것 같다. 문학에 대한 사랑 때문에 외할아버지가 단호하게 버텨주어서, 나는 구약 성서의 우중충하고 전율을 일으키는 이야기 대신 피라모스와 티스베의 사랑 이야기, 그리고 특히 월계수 나무로 변한 다프네의 이야기를 들을 수 있었다. 그 이야기들만큼 내가 재미있어한 것은 없다. 여러 해 동안 형벌이었던 라틴어 배우는 일이 즐거운 일이 될 수도 있다는 것을 그때 난생처음 깨달았다.

하지만 이 대목에서 이 중요한 이야기의 연대기는 묻는다.

"몇 년 전부터지?"

사실 나는 아무것도 모른다. 1790년, 그러니까 일곱 살 때부터 나는 라틴어를 시작했다. 공화력 7년은 1799년에 해당한다고 추정되는데, 그것은

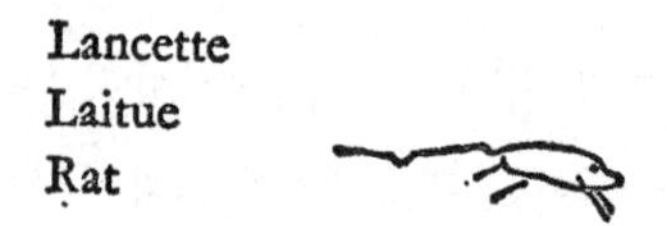

이러한 수수께끼 그림[143]이 5집정관 정부를 빗대어 뤽상부르 궁전에 붙여졌기 때문이다.

나는 공화력 5년에 중앙학교에 들어갔던 것 같다.

나는 일 년 전부터 그 학교에 있었다. 우리가 2층에 있는 수학을 가르치는 대형 교실을 차지했기 때문이다. 그때 라슈

143) Lancette(의사의 메스), Laitue(상추), Rat(쥐). 이 단어들을 이어서 발음하면 'L'an sept les tuera(공화력 7년은 그들을 죽일 것이다)'가 된다. '그들'은 5집정관 정부의 실권자들을 뜻한다.

타트에서 로베르조 암살사건이 일어났다.[144] 내가 오비디우스의 『변신 이야기』 해석을 들은 것은 아마 1794년이었을 것이다. 외할아버지는 이따금 내가 뒤부아-퐁타넬 씨의 번역을 읽도록 허락해주었다. 나중에 뒤부아-퐁타넬 씨는 나의 선생님이 되었다.

1793년 1월 21일 루이 16세가 죽었는데, 그때 나는 라얀느의 압제를 받던 중이었던 것 같다. 재미있는 것은, 그리고 후세 사람들은 거의 믿을 수 없겠지만, 부르주아면서도 귀족의 언저리에 있다고 믿었던 우리 가족, 특히 자신을 몰락한 귀족으로 여기던 나의 아버지가 모든 신문기사를 샅샅이 읽으며 국왕의 재판을 마치 가까운 친구나 친척의 재판을 지켜보듯 주시했다는 사실이다.

유죄 판결 소식이 들려오자 우리 가족은 무척 절망했다. "하지만 그자들이 그 치욕스러운 판결을 감히 실행에 옮기지는 못할 걸." 하고 가족들은 말했다. 나는 생각했다. '왜 그러면 안 된다는 거지? 그 사람이 배반 행위를 했다면 말이야.'

나는 비외-제쥐트 거리의 아버지 서재에 있었다. 밤 7시경이었는데 밖이 무척 깜깜해서, 램프 불빛 아래에서 책을 읽었다. 아버지와는 커다란 테이블을 사이에 두고 서로 떨어져 있었다. 나는 공부를 하는 체했으나 실은 아베 프레보의 『은퇴

---

144) 클로드 로베르조는 프랑스 3인 전권 위원회 위원 중 한 사람이었다. 1799년 4월 28일 라슈타트에서 열린 회의가 결렬되고 돌아오는 도중, 그들에게서 비밀 서류를 찾아내려는 오스트리아군에게 습격을 당해 로베르조와 또 한 사람이 죽었다. 이 일로 프랑스 국민은 매우 분노했다.

한 어느 귀족의 「회상록」[145]을 읽고 있었다. 오래돼서 온통 망가진 그 책을 내가 찾아낸 것이다. 그때 리옹과 파리로부터 온 우편마차 때문에 집이 뒤흔들렸다.

“저 잔인무도한 것들이 무슨 짓을 했는지 가서 알아봐야겠어.” 아버지가 일어나며 말했다.

‘난 배반자가 처형됐기를 바라는데.’라고 나는 생각했다. 그런 다음 내가 느끼는 감정과 아버지가 느끼는 감정이 극단적으로 다른 것에 대해 생각했다. 나는 외할아버지 집 창가에서 그르네트 광장을 지나가는 모습이 보이는 우리의 연대를 다정스럽게 보았다. 나는 국왕이 그 연대를 오스트리아 사람들이 부숴 버리게 할 거라고 상상했다.(당시 내 나이는 겨우 열 살밖에 안 됐지만, 내 상상이 진실에서 그리 멀리 떨어져 있지는 않았다는 것을 알 것이다.) 그러나 고백하건대, 우리 집안의 친구였던 레이 부주교 및 다른 신부들이 루이 16세의 운명에 관심을 기울이고 있다는 것만으로도 내가 그의 죽음을 바라기에 충분했다. 아버지나 세라피 이모에게 들릴 위험이 없을 때 내가 부르곤 했던 노래의 구절 덕분에, 나는 필요할 때는 조국을 위해 죽는 것이 엄격한 의무라고 생각하고 있었다. 비밀 편지를 보내 그르네트 광장을 지나가는 모습을 내가 보곤 하던 훌륭한 연대 하나를 참살하려 한 그 배반자의 목숨이 도대체 뭐가 중요하단 말인가? 내가 그렇게 우리 가족과 나의 입장

145) 소설 『마농 레스코(Manon Lescaut)』는 총 일곱 권으로 이루어진 이 회상록의 마지막 권이다.

차이에 대해 판단을 내리고 있는데, 아버지가 돌아왔다. 흰 플란넬 천으로 된 프록코트를 입은 그의 모습이 지금도 눈에 선하다. 아버지는 두 걸음이면 가는 역참(驛站)에 가기 위해 그 프록코트를 벗지 않았다.

아버지가 깊은 한숨을 내쉬며 말했다. "이제 끝장이야. 그자들이 국왕을 암살해버렸어."

나는 평생 느낀 중 가장 열렬한 즐거움에 사로잡혔다. 독자 여러분은 아마 내가 잔인하다고 생각할 것이다. 그러나 나는 열 살 때나 쉰두 살인 지금이나 마찬가지로 그러하다.

1830년 12월, 저 불손한 악당 페로네와 그 외 칙령에 서명한 자들[146]을 사형에 처해 벌주지 않았을 때, 나는 파리의 부르주아들에 대해 이렇게 생각했다. 그들은 자기 영혼의 나약함을 문명이나 관용으로 착각하고 있다. 그런 나약함을 보인 후에 단순한 살인범을 감히 사형에 처할 수 있겠는가?

1835년에 일어나고 있는 일[147]이 1830년의 내 예상을 정당화해주는 것 같다.

나는 국민적 정의가 이루어낸 그 위대한 행위에 하도 감격해서, 세상에 존재하는 가장 감동적인 것 중 하나인 내가 읽

---

146) 악당 페로네는 루이 18세 밑에서 대신을 지내며 왕정복고 후기의 반동 정책을 주관한 페로네 백작을 말한다. 그리고 여기서 말하는 칙령이란 샤를 10세가 내놓은 것으로, 출판의 자유를 정지시키고 의회를 해산하고 선거 방식을 바꾸고자 한 것이었다. 이 칙령이 7월 혁명의 직접적 원인이 되었다.

147) 7월 혁명.

던 소설을 계속해서 읽을 수가 없었다. 나는 그 소설을 숨기고, 아마도 롤랭의 소설이라고 생각되는데, 아버지가 나에게 읽으라고 한 그 얌전한 책을 앞에 놓고는, 그 중대한 사건을 조용히 음미하기 위해 눈을 감았다. 오늘날이라고 해도 아마 똑같이 할 것이다. 다만 덧붙이고 싶은 것은, 거역할 수 없는 의무가 아닌 한, 조국의 이익을 배반한 그 배신자가 극형에 처해지는 모습을 내가 보러 가도록 하진 못할 것이다. 그날 밤의 이야기를 세세히 전하려면 열 페이지는 쓸 수 있지만, 1880년의 독자들이 1835년의 상류사회 사람들과 마찬가지로 허약해져 있다면, 그 사건의 장면이나 주인공은 그들에게 깊은 반감, 그리고 창백한 정신들이 혐오감이라고 부르는 감정에까지 이르게 할 것이다. 나로서는, 충분한 증거도 없이 사형에 처해진 살인자 쪽에, 같은 처지에 놓인 국왕에게 보다 더 많은 동정을 느낄 것이다. 죄가 있는 국왕의 죽음은 절대 권력에서 생기는 최악의 광기가 저지르게 하는 야릇한 악습들을 공포로서 막아내는 데 늘 유효한 것이다.(루이 15세가 베르사유 근교를 산보할 때 마차 안에서 언뜻 본, 최근 흙을 덮은 시골 묘지의 묘혈에 대해 표현한 사랑을 보도록.[148] 포르투갈 여왕 도나 마리아가 현재 저지르는 미친 짓을 보도록.[149])

내가 지금 쓴 페이지는 1835년의 내 친구들조차 굉장히 분개해 눈살을 찌푸릴 것이다. 나는 1829년에 오베르농 부인 집

---

148) 새 묘지에 대한 루이 15세의 호기심은 오세 부인의 회상록에 서술되어 있는데, 스탕달은 그 책에 대한 서평을 쓴 바 있다.
149) 마리아 2세. 비만한 대식가에 무지하고 우둔한 여왕으로 전해지고 있다.

에서 블라카스 공작의 죽음을 원했다고 대단히 멸시를 받았다. 미녜 씨(지금은 참사원 의원이 된)도 나를 몹시 싫어했고, 세르반테스와 닮아서 내가 좋아했던 그 집 여주인도 나를 결코 용서하지 않았다. 그녀는 내가 더할 나위 없이 부도덕하다고 말했고, 1833년 엑스의 온천에서 퀴리알 백작부인이 나를 옹호한 것에 대해 분개했다. 내가 나약한 자들이라고 생각하는 인간들의 동의 같은 것은 나에게 전혀 상관이 없다. 그런 인간들은 어리석고, 문제를 이해하지 못하는 것이 확실하다.

요컨대 내가 잔인하다고 가정하자. 그래, 좋다, 그렇다고 하자, 나는 잔인하다. 내가 계속 글을 써나가면 그 점에 관해 나의 많은 것을 알게 되리라.

지금도 눈에 아주 선한 그 추억으로부터 내가 결론을 내리는데, 사십이 년 전인 1793년에도 나는 오늘날과 같은 태도로 행복 추구에 나섰다. 더 흔한 다른 표현으로 말하자면, 내 성격은 오늘날과 전적으로 똑같았다. 조국이 문제가 될 때, 신중함은 나에게 여전히 유치하게 보인다.

나로서는 범죄적이라고 말하고 싶은 나약한 자들에 대한 나의 무한한 경멸이 없다면 말이다.[예를 들어 귀족원 의원이며 재판소장인 펠릭스 포르 씨는 1828년 여름 생-티스미에[150]에서 루이 16세의 죽음에 대해 자기 아들에게 이렇게 말했다. "그는 악한들에 의해 처형을 당했어." 오늘날 귀족원에서 4월

150) 이곳에 있는 그의 별장은 당시 그 지방에서 가장 아름다운 별장의 하나였다고 한다.

의 음모자[151]라고 말하며 젊고 존경스러운 미치광이들을 처벌하고 있는 바로 그 사람 말이다. 나라면 그들에게 신시내티(아메리카)에 일 년 거주하는 벌을 주고, 그 기간 동안 월 200프랑을 주었을 것이다.]

내 첫 영성체만큼 어린 시절의 추억 중 내가 가장 확실하게 기억하는 것은 없다. 아버지는 1795년경 클레에서 코세의 신앙심 깊은 목수 샤르보노가 보는 앞에서 나에게 그 의식을 받게 했다.

1793년에는 파리에서 그르노블까지 우편물이 도착하는 데 온통 닷새 내지 엿새는 걸렸으니, 앞에서 말한 아버지 서재에서의 장면은 아마 1월 28일 또는 29일 저녁 7시였을 것이다. 저녁 식사를 할 때 세라피 이모가 나의 잔인한 영혼과 그 외의 것들에 대해 나에게 싸움을 걸었다. 나는 아버지를 바라보았지만, 아버지는 입을 열지 않았다. 자신 또는 내가 극도로 흥분할까 봐 겁이 난 것이다. 아무리 잔혹하고 흉악하더라도, 적어도 나는 집안에서 비겁한 놈으로 통하진 않았다. 그리고 내 아버지는 무척 도피네적이고 꾀바른 사람이었기 때문에, 자기 서재에서(7시에) 열 살 먹은 아이의 기분을 꿰뚫어보지 못할 리 없었다.

열두 살 때 그 나이 아이로서는 경이로운 학식을 가지고 있

151) 1834년 4월, 공화주의자들이 루이 필립 왕조의 체제에 반대해 리옹, 파리 등에서 반란을 일으켰다. 파리에서는 군대가 출동해 반도들을 소탕하고, 체포된 사람들을 장기 금고형에 처했다. 펠릭스 포르는 귀족원 의원으로 그 재판에 관여했다.

던 나는 훌륭한 외할아버지에게 끊임없이 질문을 했고, 외할아버지에게는 그 질문에 답해주는 것이 큰 즐거움이었다. 나는 외할아버지가 세상을 떠난 딸에 대해 스스로 이야기를 해주는 유일한 존재였다. 우리 집안에서는 외할아버지가 사랑했던 그 사람에 대해 그에게 감히 말하려는 사람이 없었다. 그리하여 열두 살 때 경이로운 학식을 가졌던 내가 스무 살이 되어서는 경이로운 무지를 갖게 되었다.

1796년에서 1799년까지 나는 그르노블에서 탈출할 수단을 나에게 제공해줄 수 있는 것, 즉 수학에만 온통 주의를 기울였다. 불안한 마음으로 하루에 반 시간 더 공부할 계획을 세웠다. 게다가 나는 내가 혐오하는 짐승 같은 두 가지 못된 것인 위선과 애매함을 허용하지 않는 것으로서 수학 그 자체를 사랑했다. 지금도 그렇게 사랑하고 있다.

그런 정신 상태에서, 훌륭한 외할아버지의 분별 있고 상세한 설명이 나에게 어떤 영향을 미쳤겠는가? 외할아버지의 답변에는 산쿠니아돈[152]에 대한 주석과 쿠르 드 제블랭[153]의 작품에 대한 평가가 포함되어 있었는데, 이유는 알 수 없으나 아버지는 후자의 훌륭한 4절판 책(아마 12절판 책은 없었던 것 같다)을 갖고 있었고, 거기에 인간의 발성기관을 보여주는 훌륭한 판화가 들어 있었다.

---

152) 기원전 14세기의 페니키아 학자.

153) Court de Gébelin(1725~1784). 프랑스의 문필가. 저서로 『원시 세계 분석 및 근대 세계와의 비교』가 있다.

열 살 때, 나는 비밀리에 산문극[154] 한 편, 아니, 산문극의 1막을 썼다. 나는 그다지 열심히 작업하지 않았는데, 그것은 내가 영감의 순간을, 다시 말해 당시 한 달에 두 번가량 나를 사로잡곤 했던 저 열광 상태를 기다렸기 때문이다. 그 작업은 큰 비밀이었다. 내가 쓴 작품은 연애나 마찬가지로 나로 하여금 늘 부끄럼을 타게 했다. 사람들이 그것에 대해 이야기하는 것을 듣는 것보다 더 괴로운 일은 없었을 것이다. 1830년에 빅토르 드 트라시 부인이 나에게 『적과 흑』(두 권으로 된 소설)에 대해 이야기했을 때도 그런 감정을 강하게 느꼈다.

154) 스탕달의 희곡 습작 첫 시도였던 「셀므르」를 말한다.

11장

아마르와 메를리노

그 두 사람은 인민의 대표들로, 어느 날 그르노블에 나타나 얼마 후 분명한 용의자(공화국, 다시 말해 정부와 조국을 사랑하지 않는) 152명과 단순한 용의자 350명의 명부를 공표했다. 분명한 용의자는 감금해야 할 자들이고, 단순한 용의자는 감시받아야 할 자들이었다.

나는 그 모든 상황을 어린아이답게 밑에서 올려다보고 있었다. 그 시대에도 현의 공보(公報) 같은 것이 있었다면 또는 공문서를 조사해본다면 시기에 관해 정반대의 사실을 발견할 수 있을지 모르겠으나, 그 사건이 나와 우리 집안에 미친 효과는 분명했다. 하여튼 내 아버지는 분명한 용의자였고 앙리 가뇽 씨는 단순한 용의자였다.

그 두 가지 명부의 공표는 우리 가족에게는 청천벽력이었다. 서둘러 말해야겠는데, 내 아버지는 테르미도르[열월(熱月)] 6일이 되어서야 석방되었다(아! 그 날짜를 살펴보라. 테르미도르 6일, 그러니까 로베스피에르가 죽기 사흘 전에 석방된 것이다). 이십이 개월 동안 명부에 올라 있었던 셈이다.

그 중대한 사건은 그러니까 ****년까지 거슬러 올라간다. 마침내 생각이 났는데, 내 아버지는 이십이 개월간 명부에 올라 있었고 실제로 감금된 기간은 32일 또는 42일이었다.

이때 세라피 이모는 대단한 용기와 활동력을 보여주었다. 그녀는 현의 위원, 다시 말해 현의 행정위원을 만나러 갔고, 인민의 대표자들도 만나러 가서는 15일 또는 22일, 때로는 50일 동안의 집행 유예를 얻어냈다.

아버지는 자기 이름이 그 운명적인 명부에 오른 것은 예전에 자신과 아마르 사이에 경쟁이 있었기 때문이라고 말했다. 그 사람도 변호사였던 것 같다.

그와 같은 굴욕을 당하고 두세 달 뒤, 우리 집안에선 저녁에 늘 그 사건에 대한 이야기가 나오곤 했는데, 나는 생각 없이 고지식함을 드러내며 이야기해서 가족들에게 내 잔인한 성격을 확인해주었다. 모두들 아마르라는 이름이 환기하는 증오심을 매우 우아한 말로 표현했다.

"하지만" 나는 아버지에게 말했다. "아마르가 아빠를 공화국을 사랑하지 않는 분명한 용의자로 그 명부에 올렸는데, 난 아빠가 공화국을 사랑하지 않는 것은 확실하다고 생각해요."

이 말을 듣고 식구들 모두가 분노해서 얼굴이 붉어졌고, 나를 내 방에 감금시키려 했다. 곧이어 저녁 식사를 알려 주었는데, 저녁 식사를 하는 동안 아무도 나에게 말을 건네지 않았다. 나는 이렇게 생각했다. '내가 한 말만큼 진실된 것은 없어. 아버지는 **새로운 체제**(당시 귀족들 사이에 유행하던 말)를 증오하는 것을 자랑으로 여겼지. 그런 우리 식구들은 도대체 무슨 권리가 있어서 화를 내는 거지?'

'무슨 권리가 있어서'라는 추론의 형식은 어머니의 죽음 뒤 나에게 생긴 최초의 멋대로의 행동 이후 나에게 습관적인 것이 되었고, 내 성격을 까다롭게 했으며, 또한 나를 오늘날의 나로 만들어버렸다.

아마 독자 여러분은 알아차리겠지만, 이와 같은 형태의 추론은 재빠르고 강렬한 분노를 갖게 했다.

내 아버지 셰뤼뱅 벨은 외삼촌 방이라고 불리던 방에 거처하게 되었다.(나의 사랑하는 외삼촌 로맹 가뇽은 사부아 지방의 레제셸에서 결혼을 했다. 그래서 옛 여자 친구들을 만나러 두세 달마다 한 번씩 그르노블에 올 때면, 무늬를 짜넣은 붉은 다마스크 천으로 화려하게 장식된 그 방에서 묵곤 했다 — 1793년 그르노블의 화려함.)

여기서 도피네 정신의 사려 깊은 분별을 알아볼 수 있을 것이다. 내 아버지는 이삼 년 전부터 거기서 점심과 저녁을 먹는다는 것이 알려져 있는 장인 댁으로 길을 건너 묵으러 가는 것을 몸을 숨긴다고 말했다. 그러니까 그르노블에서 〈공포정치〉는 매우 온화했고, 아주 과감하게 덧붙여 말하겠는데, 아주 이성적이었다. 이십이 년간의 발전에도 불구하고, 〈1815년의 공포정치〉 또는 내 아버지 당파의 반발은 나에게 한층 더 잔인했던 것으로 보인다. 그러나 1815년이 나에게 갖게 한 극단적 혐오감은 나로 하여금 사실들을 잊어버리게 했다. 공평한 역사가라면 아마도 다른 의견을 가질 수 있을 것이다. 독자 여러분에게 — 언젠가 만난다면 — 간곡히 부탁하는데, 나는 내 감정에 관계되는 것에만 자부심을 가질 뿐이며 사실들에 관해서는 거의 기억이 없다는 것을 잊지 말기를 바란다. 여담이지만, 그 유명한 조르주 퀴비에[155]가 1827년에서 1830년까지 토요일마다 자신의 살롱에서 나와 토론을 해주었는데, 나의 그런 특성 때문에 늘 나를 이길 수 있었다.

아버지는 끔찍한 박해를 면하기 위해 외삼촌의 방에 와서 잠을 잤다. 그때는 겨울이었다. 그가 이렇게 말했기 때문이다. "여기는 얼음 창고야."

나는 아버지 옆에 있는, 새장처럼 만들어져 굴러떨어질 위험이 없는 귀여운 침대에서 잤다. 그러나 그런 상황은 오래가지 못했다. 곧 나는 외할아버지 방 옆 사다리꼴 방안에 있는 자신을 보는 것이다.

지금에 와서 생각해보면, 내가 사다리꼴 방에 묵게 된 것은 아마르와 메를리노의 시대가 되어서였던 것 같다. 그 방에서 나는 레보 씨의 음식 냄새 때문에 몹시 거북했다. 그는 프로방스 출신의 식료품상으로, 사투리 말투가 나를 웃게 했다.

155) Georges Cuvier(1769~1832). 프랑스의 박물학자. 파리 대학 총장을 지냈으며 실증주의적 생물학의 기초를 세웠다.

나는 그가 자기 딸에게 투덜대는 것을 자주 들었는데, 그 딸아이는 끔찍하게 못생겼다. 그렇지 않았다면 틀림없이 그녀를 내 마음속의 여인으로 품었을 것이다. 오랫동안 계속된 분별없는 습관이지만, 나는 늘 비밀을 완벽하게 지키곤 했다. 나는 카바니스가 멜랑콜리한 기질이라고 하는 것에서 그런 경향을 찾아내었다.

나는 외삼촌 방에서 아버지를 한층 더 가까이 보게 되었고, 이제는 아버지가 부르달루, 마시용 그리고 스물두 권으로 된 사시(Sacy)의 성서를 더 이상 읽지 않는 것을 보고 대단히 놀랐다. 루이 16세의 죽음은 다른 많은 사람들에게 그랬던 것처럼 그를 흄이 쓴 『찰스 1세의 역사』에 빠지게 했다. 아버지는 영어를 몰랐기 때문에 블로 여사 혹은 재판장 블로가 번역한 당시의 유일한 번역본을 읽었다. 쉽게 취미가 바뀌는 동시에 절대적인 아버지는 이윽고 정치적 관심사에 몰두했다. 어렸을 때 나는 그 변화의 우스꽝스러운 면만 눈에 들어왔지만, 오늘날에 와서는 그 이유를 알 것 같다. 아버지는 다른 생각들을 모두 버리고 자신의 정열(또는 취미)을 추구한 덕분에 속된 인간보다 조금 위로 올라갈 수 있었으리라.

그렇게 흄과 스몰렛[156]에 푹 빠진 아버지는 이 년 전 나에게 부르달루를 찬양하게 했던 것처럼 그 책들을 좋아하게 만들고 싶어했다. 그런 제안이 아버지의 절친한 친구이자 나의

---

156) 흄과 동시대에 활동한 영국 소설가. 흄과 마찬가지로 영국사를 썼다.

적이었던 세라피 이모에게 어떻게 받아들여졌을지 상상이 될 것이다.

내가 자기 아버지 집에 와서 귀염둥이로 사는 걸 보자, 그 까다로운 독실한 신자의 증오는 한층 더 심해졌다. 세라피 이모는 나와 끔찍한 싸움판을 여러 번 벌였다. 내가 그녀에게 정면으로 대항하고 이치를 따졌기 때문이다. 그런 점이 그녀를 격분하게 한 것이다.

로마니에 부인과 콜롱 부인은 내가 다정하게 사랑했던 친척 여성들로, 당시 서른여섯 살에서 마흔 살가량 된 또래들이었다. 후자는 나의 가장 좋은 친구 로맹 콜롱(이 친구는 브로스의 서문 건으로 어제인 1835년 12월 **일자 편지를 보내 나에게 시비를 걸어왔다. 하지만 그런 일은 문제 될 것이 없다.)의 어머니다. 그 부인들이 엘리자베트 왕이모를 보러 왔다. 그녀들은 내가 세라피 이모와 싸움을 벌이는 것을 보고 놀랐다고 한다. 그 싸움 때문에 보스턴 카드놀이가 중단되는 일이 자주 있었던 것이다. 하지만 나는 그 부인들이 미친 짓을 하는 세라피 이모가 아니라 내가 옳다고 여길 것이 틀림없다고 생각했다.

그때가 1793년이라고 생각되는데, 그런 싸움판이 벌어진 그때 이후를 진지하게 생각해보면 이렇게 설명이 될 것 같다. 즉 제법 예쁜 세라피 이모는 내 아버지와 사랑하는 관계(이탈리아 정신은 제거된)가 되었는데, 그들은 나의 존재를 자기들의 결혼에 도덕적 또는 법적 방해가 되는 대상으로 보고 몹시 증오했던 것이다. 1793년에 교회 당국이 형부와 처제 사이의 결혼을 허락했는지 어떤지는 모르겠다. 나는 허락했다고 생각한다. 세라피 이모는 그녀의 친구 비농 부인과 함께 그르노블 시내에서 최고의 독실한 신자 법정을 이루고 있었기 때문이다.

일주일에 한두 번 그런 싸움판이 되풀이해 벌어질 때, 외할아버지는 한마디도 하지 않았다. 앞에서 이미 말했지만, 외할아버지는 퐁트넬적인 성격을 갖고 있었다. 하지만 사실 외할아버지가 내 편이었다는 것을 나는 알아채고 있었다. 이성적으로 생각할 때, 스물여섯 살에서 서른 살 사이의 노처녀와 열 살 내지 열두 살 된 아이 사이에 어떤 공통점이 있었겠는가?

집의 하인들, 즉 마리옹, 누구보다도 랑베르, 그리고 그의 뒤를 이은 남자, 그들은 내 편이었다. 내 누이동생 폴린은 나보다 서너 살 아래의 귀여운 소녀로 내 편이었다. 그 밑의 누이동생 제나이드(현재는 알렉상드르 말랭 부인)는 세라피 이모 편이어서, 폴린과 나로부터 세라피 이모의 스파이라고 비난을 받았다.

나는 외할아버지의 옛집 식당으로부터 그르네트 광장에 면한 방에 이르는 긴 복도의 석회벽에 흑연으로 풍자화를 그렸다. 제 나이드는 높이가 2피트나 되는, 소위 초상화라고 일컬어지는 것에 의해 표현이 되었다. 그 그림 밑에 다음과 같이 썼다.

"카롤린 제나이드 B., 고자질쟁이."

그 하찮은 짓거리가 고약스러운 싸움판의 계기가 되었는데, 나는 그 싸움의 세세한 자초지종을 지금도 기억하고 있다. 세라피 이모가 노발대발해서 카드놀이가 중단되었다. 그때 세라피 이모가 로마니에 부인과 콜롱 부인을 비난했던 것 같다. 벌써 저녁 8시였다. 당연한 일이지만, 그 부인들은 그 미친 여자의 과격한 언동에 모욕감을 느꼈으며, 그녀의 아버지(앙리 가농 씨)도 그녀의 고모(엘리자베트 왕이모)도 그녀에게 입 다물라고 하지도 못하고 과감하게 그렇게 하지도 않는 것을 보고는 떠나버리기로 결심했다. 그녀들이 떠난 것은 폭풍우의 소란을 한층 더 심하게 하는 신호가 되었다. 외할아버지인지 이모인지 정확히 기억은 안 나는데, 아무튼 누군가가 뭔가 통렬한 말을 했다. 나는 나에게 돌진해오려는 세라피 이모를 막아내기 위해, 짚으로 된 쿠션이 달린 의자를 우리 사이에 가로질러놓았다. 그런 다음 부엌으로 도망갔다. 그곳에서 나를 무척 좋아하고 세라피 이모를 혐오하는 사람 좋은 마리옹이 나를 보호해줄 거라고 확신했던 것이다.

그 추억 속 가장 명확한 이미지 곁에 몇 개의 공백이 있다. 마치 큰 조각 몇 개가 떨어져나간 벽화처럼. 세라피 이모가 부엌에서 물러서던 모습과 내가 복도를 따라 적을 전송하던 모습이 눈앞에 떠오른다. 엘리자베트 왕이모 방에서 일어난 장면이다.

내 모습이 눈에 보이고, 세라피 이모의 모습이 보인다. 나는 내 친구들인 랑베르와 마리옹 그리고 아버지의 하녀가 차지하고 있는 부엌을 무척 좋아했는데, 그들에게는 내 윗사람이 아니라는 큰 이점이 있어서, 나는 오직 거기서만 흐뭇한 평등과 자유를 누릴 수 있었다. 나는 싸움을 핑계 삼아 저녁 식사 때까지 모습을 보이지 않기로 했다. 세라피 이모가 나에게 퍼부은 잔인한 욕지거리(무신앙자, 악당 등등) 때문에 화가 치밀어 눈물을 흘렸던 것 같다. 하지만 나는 그 눈물에 대해 씁쓸한 수치심을 느꼈다.

나는 한 시간 전부터 나 자신에게 묻고 있다. 그 장면이 여러 해 동안의 망각을 거친 다음 어둠 속에서 환기되어 다시 조금 나타나는 다른 수많은 장면들처럼 정말로 존재했던 일인가 하고 말이다. 암, 그렇고말고, 그 일은 실제로 있었다. 비록 다른 가정에서는 그와 같은 일을 일찍이 본 적이 없지만 말이다. 사실 나는 부르주아 집안의 내부를 거의 본 적이 없다. 혐오감이 나로 하여금 그런 것을 멀리하게 했고, 내 지위와 재치가 그들이 겁먹게 해서(이런 자만심을 용서하시라), 아마도 그런 일이 내 면전에서 일어나지 않았을 것이다. 요컨대 나는 제나이드를 그린 풍자화 및 그 외 다른 장면들의 진실성을 의심할 수가 없다. 특히 아버지가 클레에 가 있을 때 나는 기고만장했다. 적이 하나 없어졌기 때문이다. 정말로 강력하고 유일한 적 말이다.

어느 날 아버지가 화가 나서 "너는 비열한 자식이야, 널 잡아먹겠어!"라며 나에게 달려들었다. 그러나 나를 심하게 때리지는 않았다. 기껏해야 두세 번 건드린 정도였다. 비열한 자식이라는 말은 어느 날 내가 폴린을 때려서 그애가 울고 그 소리가 집 안에 울려 퍼졌을 때 나에게 외친 말이었다.

아버지의 눈엔 내가 잔인한 성격을 갖고 있는 것으로 비쳤고, 그것은 세라피 이모에 의해 사실을 토대로 입증된 진실이었다. 슈느바 부인을 죽이려 한 일, 피종-뒤갈랑 부인의 얼굴을 물어뜯은 일, 아마르에 관해 한 말 등이다. 이윽고 가르동이라고 서명된 어처구니없는 익명의 편지가 당도했다. 그러나 그 큰 범죄를 이해하려면 설명이 필요하다. 실제로 그것은 고약스러운 장난으로, 내 소년 시절을 떠올릴 때 그 일로 인해 여러 해 동안 창피를 느꼈다. 그것은 내가 멜라니에게 열정을 품기 전의 일이었고, 그 열정은 내가 스물두 살 때이던 1805년에 끝이 났다. 자신의 생애를 글로 쓴다는 행위로 인해 그 생애의 커다란 단편들이 눈앞에 떠오르는 지금, 가르동 사건은 매우 뚜렷하게 기억난다.

12장

가르동의 편지

〈희망〉 대대 혹은 〈희망〉 군[157](이상하게도 어린 시절 내가 그토록 흥분했던 것의 이름이 정확하게 생각나지 않는다.)이라는 것이 편성되었다. 나는 그 대대가 분열행진하는 것을 보고 거기에 참여하기를 열망했다. 지금에 와서 생각해보니, 그것은 프랑스에서 사제정치(司祭政治)를 근절할 수 있는 유일한 훌륭한 제도였다. 어린이들이 소성당에서 노는 대신 전쟁을 생각하고, 이어 위험에 익숙해지는 것이다. 그리하여 스무 살이 되어 조국이 그들을 소집할 때 그들은 교련을 알고 있을 터이며, 미지(未知)의 것 앞에서 몸을 떠는 대신 어린 시절에 하던

157) 그르노블의 자코뱅 클럽이 조직한 준군사조직. 주로 청소년들로 구성되었다.

놀이를 회상하게 되는 것이다.

〈공포정치〉는 그르노블에서 거의 공포정치가 아니었기 때문에, 귀족들은 자기 자식들을 거기에 참여시키지 않았다.

가르동이라 불리는 환속한 신부가 〈희망군〉을 지휘했다. 나는 가짜 편지를 만들었다. 길이보다 폭이 넓은 환어음 형태의 종잇조각으로. 지금도 기억나는데, 나는 글씨체를 바꾸어 시민 가뇽 앞으로 손자 앙리 벨을 생-탕드레에 보내 〈희망〉 대대에 편입되게 하도록 요청했다. 그 편지는 이렇게 끝이 났다.

"축복과 우애를 담아,
가르동."

생-탕드레에 간다는 생각만으로도 지고의 행복감이 느껴졌다. 우리 집 식구들은 스스로 지혜롭지 못하다는 것을 증명했다. 진짜라고 믿기에는 수많은 결함이 있었을 것이 틀림없는 어린아이의 편지에 걸려든 것이다. 그들은 투르트라는 이름의 작은 곱사등이에게 상담을 하지 않을 수 없었다. 그는 진짜 아첨꾼으로, 그와 같은 천한 일로 우리 집에 교묘하게 들어온 것이다. 하지만 1880년에 그런 일이 이해가 될까?

투르트 씨는 심한 곱사등이로 현의 등본계원이었다. 그는 무슨 일이 일어나도 화를 내지 않고 모든 사람에게 아첨하는 말단 관리로서, 우리 집안과 교묘하게 가깝게 지냈다. 나는 내가 쓴 가짜 편지를 나선형 계단이 바라보이는 대기실 문의 중간 지점인 A에 놓아두었다.

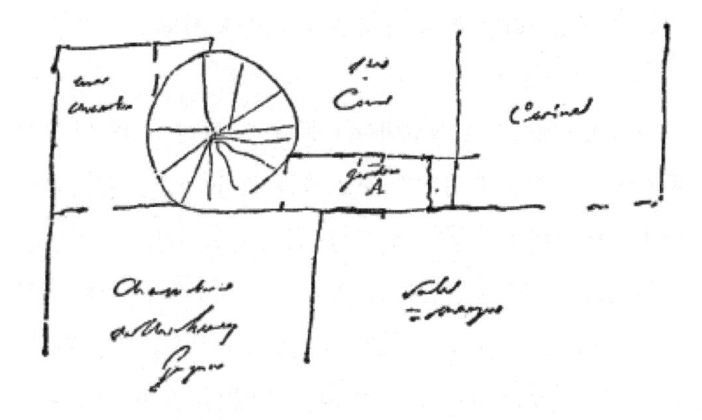

그림 6. 외할아버지 앙리 가뇽의 집 평면도.
'내 방', '부엌', '할아버지의 방', '식당' 등이 표시되어 있다.

우리 집 식구들은 그것을 보고 굉장히 놀라서, 하찮은 투르트 씨의 의견을 들으려고 불렀다. 그는 관청의 서기라는 자격 때문에 가르동 씨의 서명을 분명히 알고 있었다. 그가 내 필적을 달라고 하더니, 등본계원답게 면밀히 비교했다. 그런 바람에 감옥에서 빠져나가려던 내 애처로운 책략이 발각되고 말았다. 내 운명이 논의되는 동안, 나는 우리 집의 훌륭한 테라스의 입구이기도 한 외할아버지의 박물학실에 처박혀 있었다. 그곳에서 막 빚어낸 붉고 동그란 찰흙 덩어리를 공중에 튀게 하며(지방의 독특한 표현) 놀았다. 나는 곧 총살될 탈주병과 같은 정신 상태였다. 가짜 편지를 만들었으니 좀 걱정이 되었다.

그 테라스 입구에는 폭 4피트의 멋진 도피네 지방 지도가 걸려 있었다. 내가 던진 찰흙 덩어리가 높은 천장에서 떨어지면서 외할아버지가 무척 칭찬하던 귀중한 지도에 부딪쳤다.

그리고 흙덩어리가 몹시 축축했기 때문에 지도에 기다란 붉은 줄이 생기고 말았다.

'아! 이번에야말로 끝장이야.' 나는 생각했다. '이번 일은 경우가 달라. 나는 내 유일한 보호자를 화나게 만들었어.' 외할아버지가 불쾌해할 일을 저질러서 몹시 슬프기도 했다.

그 순간, 나는 재판관들 앞으로 불려 나갔다. 세라피 이모가 선두에 있고, 그녀 옆에는 보기 흉한 투르트가 있었다. 나는 로마인답게 대답하기로 작정하고 있었다. 즉 나는 조국에 봉사하기를 바라고 있다는 것, 그것은 나의 즐거움인 동시에 의무이기도 하다는 것, 등등. 그러나 가르동의 서명이 된 편지 때문에 겁이 나서 창백해져 있는 외할아버지를 보자, 내 잘못(지도에 더러운 얼룩을 만든 일)이 의식되고 마음이 약해졌다. 아마도 그래서 나는 비참한 모습이었다고 생각한다. 나는 나를 극도로 화나게 해서 바보로 여기고 무시하려는(et tentatum contemni) 사람들이 조금이라도 굴복하는 말을 하면 바보처럼 마음이 약해져 감동해버리고 마는 결점이 늘 있었다. 나중에 나는 티투스 리비우스의 반성을 사방에 썼지만 소용없는 일이었다. 내 분노를 계속 간직할 자신이 결코 없었다.

나는 불행하게도 마음이 약해져서(성격은 아니었다) 아주 훌륭한 입장을 잃고 말았다. 조국에 봉사하겠다는 결심을 내 발로 가르동 사제에게 가서 선언하겠다고 위협할 계획이였다. 그리고 실제로 그렇게 선언했지만 약하고 머뭇거리는 목소리로 말했다. 내 생각은 겁을 주었지만 내가 힘이 빠져 있다는 것을 들키고 말았다. 외할아버지조차 나에게 유죄 선고를 내렸고, 벌로 사흘 동안 식탁에서 식사를 하지 못할 것이라는 것이였다. 죄가 선고되자마자 유순한 마음이 사라지고, 나는 다시 영웅이 되었다.

"맨날 야단만 치는 폭군들과 함께 먹느니, 혼자 먹는 것이 훨씬 좋아." 나는 그들에게 말했다.

그러자 난쟁이 투르트는 자신의 역할을 다하려고 했다.

"하지만 앙리 도련님, 제 생각에는……."

"당신은 창피하게 생각하고 입 다물고 있어야 하지 않나요." 나는 그의 말을 자르고 이야기했다. "그렇게 말하는 당신은 우리 가족이라도 되나요?" 등등.

"하지만 도련님." 그는 안경 너머의 코가 온통 붉어져서 말했다. "집안의 친지로서……."

"난 당신 같은 사람한테 야단맞고 싶지 않단 말이에요."

내가 그렇게 그의 심한 곱사등을 암시하자, 그는 찍소리도 못했다.

이 사건이 일어난 외할아버지의 방을 나와 혼자 라틴어를 공부하러 큰 살롱으로 갈 때, 나는 어둡고 우울한 기분이었다. 내가 약자라는 것을 막연히 느꼈다. 생각할수록 후회가 되었다.

계속 집행 유예를 받는 방법으로 감옥에 가는 일을 면한 특별 감시 대상 아들이 가르동 사제에게 가서 조국에 봉사하겠다고 청한다면, 일요일마다 팔십 명의 사람들을 모아 미사를 올리는 우리 집 사람들이 뭐라고 대답하겠는가?

그래서 그다음 날부터 모두들 내 환심을 사려고 애썼다. 그러나 이후로 세라피 이모는 나와 싸움을 시작하면 반드시 이

번 사건에 대해 비난했고, 이번 사건은 우리 집 식구들과 나 사이에 벽 같은 것을 세워놓고 말았다. 말하기 괴롭지만, 나는 전보다 외할아버지를 덜 사랑하게 되었고, 그러자 이내 외할아버지의 결점이 눈에 들어왔다. '외할아버지는 자기 딸에게 겁을 먹고 있어, 세라피 이모를 무서워하고 있어!" 엘리자베트 왕이모만이 충실하게 내 편으로 남아 있었다. 따라서 왕이모에 대한 내 애정은 더욱더 커졌다.

기억나는데, 왕이모는 아버지에 대한 나의 증오를 비난하고 공격했다. 한번은 그녀가 내가 아버지 이야기를 하면서 그 남자라고 말했다고 나를 호되게 야단쳤다.

그 일에 관해 나는 두 가지 고찰을 말하고 싶다.(이런 이야기가 너무 길다는 것을 나는 잘 알고 있다. 하지만 나는 비록 불행한 것이긴 해도 이런 어린 시절 이야기를 떠올리는 것이 즐거운 것이다. 그래서 르바바쇠르 씨에게 부탁하는데, 인쇄를 하게 되면 이 부분은 단호하게 생략하시도록. H. 벨.)

1. 아버지와 내가 서로에게 느끼는 증오는 내 머릿속에 하도 깊이 박혀 있어서, 나의 기억력은 그 끔찍한 가르동 편지 사건이 일어났을 때 아버지가 해야 했던 역할을 기억해두지 않았다.

2. 엘리자베트 왕이모는 에스파냐적 영혼의 소유자였다. 그녀의 성격은 명예의 진수(眞髓)였다. 그리고 그녀는 나에게 그와 같이 느끼는 것을 전적으로 전달했다. 그래서 나는 섬세함과 영혼의 고귀함에서 나오는 어리석은 짓을 우스꽝스러울 정도로 되풀이했다. 1810년 파리에서 프티 부인[158]을 사랑하게 되었을 때에야 그런 어리석은 짓을 겨우 조금 고치게 되었다.

하지만 요즘도 저 훌륭한 인물 피오리(1800년 나폴리에서 사형 선고를 받은)는 나에게 이렇게 말한다. "당신은 그물을 지나치게 높이 치고 있다오."(투키디데스.)

엘리자베트 왕이모는 뭔가를 몹시 찬미할 때 자주 이렇게 말했다. "그것은 르 시드처럼 아름다워."

그녀는 동생(내 외할아버지 앙리 가뇽)의 퐁트넬주의를 매우 경멸했지만, 절대 말로 표현하지는 않았다. 또한 내 어머니를 대단히 사랑했지만 그녀에 대해 이야기할 때 외할아버지처럼 감상에 젖지 않았다. 나는 엘리자베트 왕이모가 우는 것을 본 적이 없는 것 같다. 내가 아버지를 그 남자라고 부르지만 않았다면, 그녀는 모든 것을 용서해주었을 것이다.

"하지만 그런 사람을 어떻게 사랑해요?" 내가 말했다. "머리 버짐이 생겼을 때 내 머리를 빗겨준 것 말고 그 사람이 나에게 해준 게 뭐죠?"

"너를 산책에 데리고 가지 않느냐."

"나는 집에 있는 것이 훨씬 더 좋아요. 그랑주 거리로 산책 가는 건 질색이에요."

[생-조제프 성당 부근과 그 성당의 동남쪽은 지금은 악소 장군이 구축한 그르노블 요새에 속해 있지만, 1794년에만 해도 대마 밭과 누추한 루투아르(대마를 물에 적시기 위해 물을 반쯤 채운 구멍)가 온통 차지하고 있었다. 그 구멍에는 끈적거리는 개구리 알들이 두드러지게 눈에 띄었는데, 그 모습이 나를

---

158) 다뤼 백작부인.

소름 끼치게 했다. 소름 끼친다는 것은 적절한 표현으로, 지금도 그것을 생각하면 오한이 느껴진다.]

어느 날 왕이모는 나에게 내 어머니 이야기를 하다가 무심코 내 어머니가 아버지를 사랑하지 않았다는 말을 해버리고 말았다. 그 말은 나에게 굉장한 영향을 미쳤다. 그때까지도 마음속 깊이 아버지에게 질투를 느끼고 있었던 것이다.

나는 그 말을 해주려고 마리옹에게 갔는데, 그녀는 내 어머니가 결혼 무렵인 1780년경 어느 날 환심을 사려고 애쓰는 내 아버지에게 "그만 좀 해요, 못생긴 사람아."라고 말했다는 이야기를 들려주어 나를 무척 기분 좋게 해주었다.

당시 나는 그런 말이 상스럽다는 것과 그런 말을 쓰일수도 없다는 것을 느끼지 못하고 그 뜻만 알았을 뿐이지만 그것에 매혹되었다.

압제자들은 서투른 짓을 흔하게 저질렀다. 평생 동안 나를 가장 웃긴 것이 아마도 그것일 것이다.

우리에게는 상테르라는 친척이 있었다. 그는 지나치게 바람둥이이고 지나치게 명랑했는데, 그래서 내 외할아버지에게 꽤나 미움을 받았다. 외할아버지는 상테르보다 훨씬 신중했지만, 그 불쌍한 상테르-이제는 나이가 들고 매우 가난해진-에게 시기심이 전혀 없지는 않았던 것 같다. 외할아버지는 과거 그 사람의 품행이 고약했기 때문에 그를 경멸한다고 주장했다. 불쌍한 상테르는 키가 크고 얼굴에 천연두 자국이 있었으며(표가 났다), 눈 가장자리가 붉고 시력이 무척 나빠 안경을 썼고, 챙이 넓은 모자를 내리 꺾어 쓰고 있었다.

격일로 그랬던 것 같은데, 그는 파리에서 우편물이 도착하면, 다른 사람들 앞으로 가는 대여섯 종류의 신문을 외할아버지에게 가지고 왔다. 그래서 우리는 그 신문들을 수신인들보다 먼저 읽곤 했다.

상테르 씨는 아침 11시경에 와서 포도주 반 잔과 빵을 점심으로 제공받았다. 그런 탓에 그를 향한 외할아버지의 미움이 내 면전에서 매미와 개미의 우화를 생각하게 하는 데까지 이르는 일이 여러 번 있었다. 다시 말해, 불쌍한 상테르 씨가 약간의 포도주와 빵 한 조각 때문에 우리 집에 온다는 뜻이었다.

엘리자베트 왕이모는 그 상스러운 질책에 반감을 느꼈고, 나는 한층 더 반감을 느꼈다. 그러나 압제자들의 어리석음이 본질적으로 그렇듯이, 외할아버지는 안경을 끼고 그 모든 신문기사들을 집안 식구들에게 읽어주었다. 나는 그중 한 마디도 흘려듣지 않았다.

그러나 마음속으로는 들려오는 논평과 완전히 반대되는 논평을 하고 있었다.

세라피 이모는 미친 사람 같은 편협한 신앙심의 소유자였으며, 이 낭독회에 불참하는 일이 잦았던 나의 아버지는 극단적 귀족주의자였고, 외할아버지는 귀족주의자였지만 아버지보다는 훨씬 온화했다. 외할아버지는 옷차림이 단정치 못하고 품위 없는 인간들이라며 자코뱅들을 특히 싫어했다.

"피슈그뤼[159]라니, 뭐 그런 성이 다 있어!" 그가 말했다. 이

159) 샤를 피슈그뤼(Charles Pichegru, 1761~1804). 프랑스의 군인. 라인,

말은 네덜란드를 정복한 저 유명한 변절자에 대한 그의 크나큰 항의였었다. 반면 엘리자베트 왕이모는 사형이 많아지는 것을 몹시 싫어할 뿐이었다.

내가 주의 깊게 귀 기울인 것은 《자유인의 신문(Le journal des hommes libres)》이었다.

《페를레(Perlet)》도 눈에 선한데, 표제 끝에 다음과 같이 페를레의 서명을 모방한 것을 넣어 찍어냈다.

《토론(Le Journal des Débats)》

《조국 수호자 신문(Le Journal des Défenseurs de la Patrie)》

얼마 뒤에는 이 신문들이 특별편으로 파리에서 출발해 이십사 시간 전에 출발한 우편마차를 따라잡았던 것 같다.

읽어야 했던 신문의 수로 따져보면 상테르 씨는 매일 오지는 않았던 것 같다. 아마도 같은 신문이 여러 부 있었던 것이 아니고, 신문의 종류가 많았던 것 같다.

가끔 외할아버지가 감기에 걸리면 신문 읽는 일이 나에게 맡겨졌다. 내 압제자들은 얼마나 서투르단 말인가! 그것은 교

모젤 방면의 사령관이었고 네덜란드 정복전쟁에 종군했다. 유서 깊은 집안 출신은 아니다.

황들(The Papes)이 오마르[160]처럼 모든 책을 태워버리는(그의 이 고약한 행위의 진실에 이의를 제기하는 사람도 있지만) 대신 도서관을 세운 것과 같다.

이런 낭독회는 로베스피에르 사망 후 일 년 동안 계속되었고 매일 아침 꼬박 두 시간이 걸렸는데, 나는 이 낭독회 때 우리 집 식구들이 표명하는 의견에 단 한 번도 찬성한 기억이 없다. 미리 조심해 말을 삼갔던 것이다. 이따금 내가 말을 하려고 하면, 식구들은 나의 말에 반박하는 대신 내가 입을 다물게 했다. 이제 와서 생각해보면, 그 낭독은 우리 가족이 삼 년 전 내 어머니가 죽은 후 세상과 교제를 완전히 끊고 잠겨 있던 끔찍한 지루함을 이겨내는 하나의 수단이었다.

작은 남자 투르트는 우리 집안의 친척인 한 여자와 자신의 사랑을 털어놓고 이야기할 상대로 나의 훌륭한 외할아버지를 택했다. 그 여자는 가난했고 우리의 점잖음을 잃게 한다고 우리의 경멸을 받고 있었다. 투르트는 안색이 누렇고 보기 흉한 남자였으며 병들어 보였다. 그는 내 여동생 폴린에게 글씨 쓰는 법을 가르쳐주기 시작했는데, 그 짐승같은 자는 폴린을 좋아했던 것 같다. 그는 우리 집에 자신의 형제인 투르트 신부를 데리고 왔는데, 투르트 신부는 연주창으로 얼굴이 망가진 사람이었다. 외할아버지가 그 신부를 식사에 초대하고는 역겨웠다고 말해서, 나의 같은 감정도 극에 달했다.

---

160) 마호메트의 1대 후계자로 이슬람 제국의 기초를 세운 사람. 시리아와 이라크를 정복하고 이집트를 정복했을 때 알렉산드리아 도서관을 불태웠다.

뒤랑 씨가 계속해서 하루에 한두 번 우리 집에 왔다. 두 번이었던 것 같다. 그 사연은 이렇다. 라틴어를 배우는 학생에게 시를 짓게 하는, 그 믿을 수 없는 어리석은 시기에 내가 이미 도달해 있었기 때문이다. 학생에게 시적 재능이 있는지 없는지를 시험해보는 것으로, 시에 대한 내 반감은 그 시절부터 시작되었다. 나는 무척 웅변적이라고 생각되는 라신에게서조차 아무 뜻 없는 낱말을 수없이 발견했던 것이다.

뒤랑 씨는 내 시적 재능을 발전시키기 위해 커다란 12절판 책 한 권을 가져왔는데, 검은색으로 장정된 그 책은 기름때가 묻었고 지독하게 더러웠다.

더러움은 내가 열렬히 좋아하던 트레상 씨의 아리오스트에 대해서도 혐오감을 느끼게 했을 것이다. 그 자신의 몸가짐도 별로 깨끗하지 못했던 뒤랑 씨의 검은 책이 어떠했을지 상상해 보도록. 그 책 속에는 어느 예수회 수사가 쓴, 파리가 우유 사발 속에 빠지는 모습을 묘사한 시가 있었다. 우유의 흰색과 파리 몸뚱이의 검은색, 파리가 우유 속에서 추구하는 부드러움과 죽음의 쓰라림에서 생기는 대립에 온통 의도를 둔 시였다.

선생은 그 시구의 형용사를 삭제하고 나에게 받아쓰기를 시켰다. 예를 들면 다음과 같다.

Musca(형용사) duxerit annos(형용사) multos(동의어).

……한 파리는 ……많은 ……한 햇수를 셀 것이다.

나는 『파르나소스 입문(Gradus ad Parnassum)』[161]을 펼치

고 파리에 관한 모든 형용사를 읽었다. volucris(하늘을 나는), acris(격렬한), nigra(검은). 그리고 내가 쓸 6각운 시와 5각운 시를 운율에 맞추기 위해, 예를 들면 musca(파리)를 위해 nigra(검은)를, annos(해)를 위해 felices(행복한)를 골랐다.

나는 그 책의 더러움과 사상의 진부함에 무척 싫증이 났다. 그래서 나를 도와준다는 미명 아래 외할아버지가 매일 2시경 규칙적으로 내 시를 대신 지어주었다.

뒤랑 씨는 저녁 6시에 다시 와서 내 시구와 예수회 신부의 시구 사이의 상이함을 지적하고 그것을 찬양했다.

그런 어리석은 짓을 삼켜버리려면 경쟁심이 절대적으로 필요하다. 외할아버지는 자신이 학교 다닐 때 이뤄낸 뛰어난 성과를 나에게 이야기해주었다. 그래서 나는 학교에 가기를 열망했다. 그곳에 가면 적어도 내 나이 또래 아이들과 이야기를 나눌 수 있다고 여겼기 때문이다.

이윽고 그런 즐거움을 갖게 되었다. 중앙학교가 창설되었고, 외할아버지가 창립위원이 되어 뒤랑 씨를 교수로 임명하게 했다.

---

161) 라틴어 입문서.

13장

레 제셸로의 첫 여행

이제 외삼촌 이야기를 해야 한다. 그 사랑스러운 남자는 결혼 후 레 제셸(사부아 지방)에 살고 있었는데, 가끔 그르노블에 올 경우 우리 집안에 즐거움을 가져다주었다.

1835년에 내 생애에 관해 쓰기 시작하면서 나는 많은 발견을 한다. 그 발견은 두 가지다. 우선 첫째, 벽에 그려진 벽화의 큰 조각들로서, 오랫동안 잊고 있던 그것들이 갑자기 모습을 드러낸다. 그리고 그 잘 보존된 조각들 곁에는, 내가 여러 번 되풀이해 말했듯이, 벽의 벽돌만 보이는 큰 공간이 있다. 그 위에 벽화를 그렸던 초벽이 떨어져나가서 벽화는 영원히 잃어버리고 말았다. 보존된 벽화 조각 옆에 날짜가 없어서, 1835년인 지금 날짜를 찾아보지 않으면 안 되는 것이다. 다행히 시대착오나 일 년 또는 이 년 정도의 혼란은 대수롭지 않다. 1799년 파리에 온 뒤로는 내 생활이 신문지상의 사건들과 얽혀 있기 때문에 날짜가 모두 정확하다.

둘째, 1835년에 옛 사건들의 모습과 이유를 발견한다. 외삼촌(로맹 가뇽)이 1795년 혹은 1796년에 그르노블에 온 것은 아마 옛 연인들을 만나고 자신이 군림하고 살고 있는 레 제셸로부터 떠나 피로를 풀기 위해서였을 것이다. 당시 레 제셸은 밀수와 경작으로 돈을 번 시골뜨기들로 이루어진 큰 마을이었고, 그곳에서는 사냥이 유일한 즐거움이었다. 생활의 멋이라든가, 명랑하고 경박하며 곱게 꾸민 여자들은 그르노블에서만 만날 수 있었던 것이다.

나는 레 제셸로 여행을 갔는데, 마치 천국에 머무르는 것 같고 모든 것에 넋을 빼앗겼다. 외삼촌 집 창문 앞에서 200보 떨어진 곳에 기에강[162]이 흘렀는데, 그 강물 소리가 나에게는 신성한 소리가 되어 나를 즉시 천국으로 데려갔다.

여기부터 글이 막힌다. 얼마 뒤의 밀라노 체류에 관해서도 일어난 일이지만, 단편적인 부분을 문장을 잘 다듬어 옮겨써야만 할 것이다. 망연자실하고 광기에 이를 만큼 다감한 영혼이 더없는 즐거움 속에서 싫증 없이 맛본 완전한 행복을 묘사하는 말을 어디서 찾아낸단 말인가?

이 일을 포기할지 어떨지 나는 모르겠다. 넋을 빼앗는 이 순수하고 신선하며 완전무결한 행복을 묘사하기 위해서는 거기에선 전적으로 부재했던 여러 가지 악과 권태 같은 것을 열

162) 도피네 지방과 사부아 지방 사이를 흐르는 강.

거하는 것 외에 다른 방법은 없는 것 같다고 나는 생각한다. 하지만 그것은 행복을 묘사하는 서글픈 방법임이 틀림없다.

경쾌한 이륜마차가 보레프, 플라세트 그리고 생-로랑-뒤-퐁을 지나 일곱 시간을 달려 기에강에 나를 데려다주었다. 그 강은 그 당시 프랑스와 사부아를 분리하는 경계였다. 그러니까 사부아는 아직 몽테스키우 장군[163]에게 정복되지 않고 있었다. 그 장군 군모의 깃털 장식이 지금도 눈에 선하다. 내 기억에 그곳은 1792년에 점령되었다고 생각한다. 따라서 내가 레 제셸에서 멋진 체류를 한 것은 1790년 또는 1791년이었다. 내 나이 일곱 살 또는 여덟 살 때였다.

환경의 변화가 한순간에 가져다준 갑작스럽고 완전하며 더할 나위 없는 행복이었다. 일곱 시간의 즐거운 여행은 세라피 이모, 아버지, 초급 교과서, 라틴어 교사, 그르노블의 침울한 가뇽 가문의 집, 그리고 훨씬 더 침울한 비외-제쥣트 로의 집을 내 기억에서 완전히 쫓아버렸다.

세라피 이모, 성직자들, 그르노블에서 그다지도 무섭고 강력했던 그 모든 것이 레 제셸에서는 사라져버렸다. 가뇽 외삼촌과 결혼한 카미유 퐁세 외숙모는 키가 크고 아름다운 여자로, 선량함과 명랑함 그 자체였다. 그 여행을 하기 한 해 혹은 두 해 전 나는 클레 옆 퐁-드-클레 근처에서 그녀가 우리의 덮개 덮인 짐수레에서 내릴 때, 그녀의 무릎 조금 위쪽 하얀 피부를 한순간 엿보았다. 생각해보면 그녀는 나에게 가장 강

163) Général Montesquiou(1741~1798), 프랑스 대혁명 시대의 장군.

렬한 갈망의 대상이었다(그녀는 아직 살아 있다. 나는 지난 삼십 년 내지 삼십삼 년 동안 그녀를 만나지 못했지만, 그녀는 늘 더할 나위 없이 선량한 여인이었다). 그녀는 젊었기 때문에, 참된 감수성의 소유자였다. 그녀는 J.-J. 루소가 너무나 잘 묘사한 샹베리(그녀 집에서 20킬로미터 떨어진 곳으로, 그녀는 자주 그곳에 갔다)의 저 매력적인 여성들과 많이 닮았다. 그녀에게는 매우 섬세한 아름다움과 정말로 순수한 안색을 지닌 여동생이 있었는데, 외삼촌은 그녀와 약간 애정 관계가 있었던 것 같다. 또 외삼촌이 귀엽지는 않지만 무척 선량하고 참으로 명랑한 아가씨였던 하녀 라 팡숑에게 눈길을 주지 않았다고 단언할 수는 없다.

어쨌든 그 여행은 모든 것이 행복하고 흐뭇하고 가슴에 와 닿는 느낌이었다. 그 여행에 관해서만 최상급으로 이십 페이지는 쓸 수 있으리라.

어려운 처지, 서투르게 묘사를 해서 주제가 너무나도 말하는 사람을 초월하고 있는 이 세상 것이 아닌 최고의 추억을 망쳐버리게 했다는 깊은 후회의 일을 생각하면, 글을 쓴다는 것은 즐거움은커녕 오히려 진짜 고통스러운 일이다. 앞으로 나는 예비군과 함께 생-베르나르 고개를 넘은 일(1800년 5월 16일~18일)과 밀라노에서 카사 카스텔바르코 또는 카사 보바라에서 묵은 일 같은 일화를 전혀 묘사하지 못할지도 모른다.

요컨대 레 제셸 여행을 공백으로 남겨두지 않기 위해 나는 몇 가지 추억을 기록할 생각이지만, 그 기록은 그 원인이었던 대상들에 대해 틀림없이 매우 불확실한 관념을 제공할 것이다. 내가 그 천국의 모습을 본 것은 여덟 살 때였다.

한 가지 생각이 내 머릿속에 떠오른다. 1790년에서 1799년까지 그르노블에서 내가 경험한 그 끔찍한 모든 불행이 어쩌면 행복이 아니었을까 하는 생각 말이다. 그 경험이 무엇에도 비견할 수 없는 레 제셸 체류와 마렝고 시대[164)]의 밀라노 체류라는 행복을 나에게 가져다주었으니 말이다.

레 제셸에 도착하자 나는 모든 사람과 친해졌고, 모두들 재치 넘치는 어린아이를 대하듯 나에게 미소를 지었다. 사교계 사람이었던 외할아버지는 나에게 이렇게 말해준 바 있다. "너는 밉상이야, 하지만 아무도 결코 밉다고 너를 나무라지는 않을 거다."

십 년쯤 전에 안 일이지만, 나를 가장 많이 혹은 가장 오래 사랑해준 여성 중 한 사람인 빅토린 비질리옹이 나와 헤어지고 이십오 년 후에 나에 관해 똑같은 이야기를 했다는 것이다.

레 제셸에서 나는 라 팡숑이라는 그 여자와 가까운 친구가 되었다. 나는 아줌마 카미유 외숙모의 아름다움 앞에서 꼼짝 못했다. 거의 말도 못 붙이고 뚫어지게 바라보기만 했다. 사람들은 나를 본느 또는 드 본느 씨 집에 데리고 갔다. 그 집 사람들이 자기들이 귀족이라고 하도 주장해서 그렇게 부른 것이다. 자기들 스스로 이 레디기에르의 친척이라고까지 말했는지 모르겠다.

몇 년 뒤, 나는 루소의 『고백록』의 샹베리 항목에서 그 선

---

164) 나폴레옹은 1800년 6월 14일 이탈리아 마렝고에서 오스트리아군을 대파했다.

량한 사람들의 모습을 정확히 그대로 다시 발견했다.

형 본느는 레 제셸에서 십 분 떨어진 곳인 베를랑데 소유 토지를 갖고 경작을 했는데, 그곳에서 과자와 우유로 멋진 잔치를 벌여주었다. 나는 그곳에서 아들 그뤼비용이 끄는 나귀를 탔는데, 그뤼비용은 매우 선량한 사람이었다. 그의 형제인 공증인 블레즈 씨는 아주 멍청한 사람이었다. 모두들 하루 종일 그를 놀려댔지만, 블레즈 씨는 다른 사람들과 함께 웃었다. 그 두 사람의 형제인 본느-사바르댕은 마르세유의 상인이었는데, 대단히 우아한 사람이었다. 그러나 그는 집안의 아첨꾼이었고, 모두가 인정하는 방탕아였으며, 토리노 왕을 섬기고 있었다. 나는 그를 흘끗 보기만 했을 뿐이다.

나는 현재 카미유 가뇽 부인이 그르노블의 자기 방에 갖고 있는 초상화를 통해 그를 회상할 뿐이다.(돌아가신 내 외할아버지의 방이다. 집안사람들 모두가 자랑으로 삼는 붉은 십자가로 장식된 그 초상화는 그 방의 벽난로와 작은 서재 사이에 놓여 있다.)

레 제셸에는 키 크고 아름다운 아가씨가 있었다. 리옹에서 피난 온 코셰라는 아가씨였다.('공포정치'는 리옹에서 이미 시작되고 있었다. 그것은 나에게 확실한 날짜를 찾아낼 수 있게 할 것이다. 내가 그 감미로운 여행을 한 것은 당시의 표현대로 말하면 몽테스키우 장군이 사부아를 정복하기 이전이고 왕당파들이 리옹에서 도망친 후다.)

코셰 양은 자기 어머니의 감독 밑에 있었지만 애인이 동행했다. 그 애인은 M****라는 아름다운 청년으로, 갈색 머리에 매우 침울한 표정을 하고 있었다. 당시 그들은 리옹에서 막 도

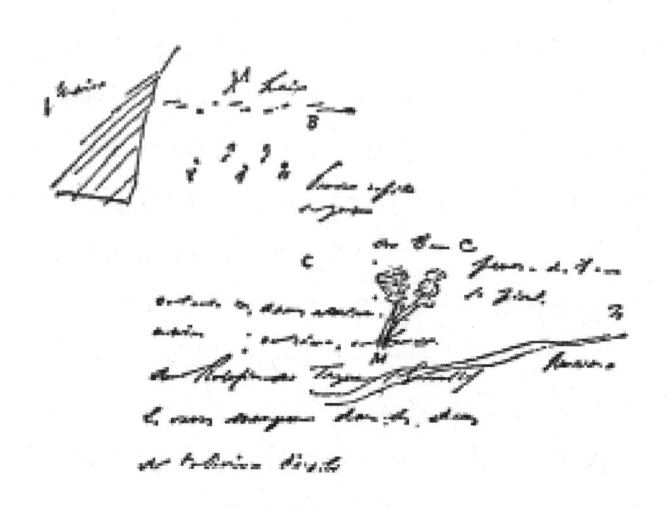

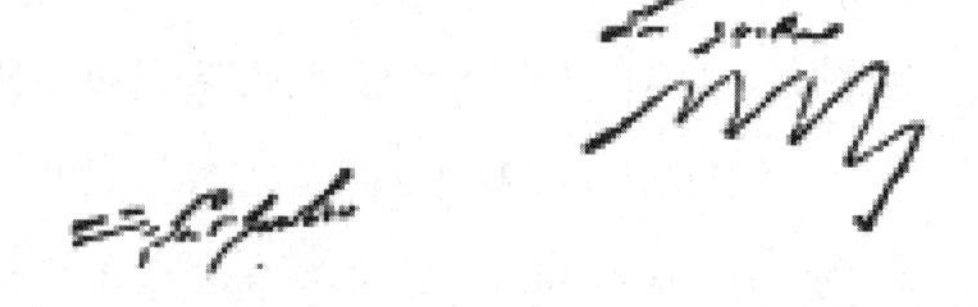

그림 7. 회랑 같은 숲이 둘러싸고 있던 퐁세 부인의 집.
'집', '울타리' 등이 표시되어 있다.

착한 참이었던 것 같다. 그후 코셰 양은 나와 친척 사이인 잘 생겼지만 바보 같은 남자와 결혼했다. (테라스의 두아야 씨, 그리고 그녀에게는 이공과 학교에 다니는 아들이 하나 있다. 또 그녀는 잠깐 내 아버지의 정부였던 것 같다.) 그녀는 키가 크고 선량했으며, 꽤 예쁜 여자였다. 내가 레 제셸에서 그녀를 처음 알았을 때는 무척 명랑했다. 베를랑데의 파티에서도 그녀는 매력적이었다. 하지만 카미유 외숙모의 동생인 퐁세 양(지금의 블랑셰 미망인)은 그보다 더 섬세한 아름다움을 가졌고 말수가 아주 적었다.

카미유 외숙모와 그 여동생 마리 양의 어머니 퐁세 부인은 본느 형제 그리고 지루 부인과 남매 사이이고 내 외삼촌의 장모인데, 더할 나위 없이 좋은 여성이었다. 나는 그녀의 집에 머물렀는데, 그 집은 즐거움의 참모 본부였다.

그 즐거운 집은 회랑처럼 숲에 둘러싸여 있고 기에강 급류 쪽에 정원이 있었다. 기에 강의 제방이 그 정원을 비스듬히 가로질렀다.

베를랑데에서 열린 두 번째 파티에 갔을 때, 나는 질투가 나서 반항을 했다. 내가 좋아했던 한 아가씨가 스물에서 스물다섯 살 쯤 된 내 경쟁자를 친절하게 대해주었기 때문이다. 하지만 내 사랑의 대상이 누구였지? 아마도 곧 머릿속에 되살아날 것이다. 글을 쓰면서 많은 것이 머릿속에 되살아나니까. 그 장면은 그림처럼 눈앞에 떠오른다. 마치 일주일 전에 그곳을 떠난 것처럼 또렷하게. 하지만 그 아가씨의 생김새는 생각이 나지 않는다.

질투가 나서 반항을 한 다음, 나는 A지점에서 그 부인들에게 돌을 던졌다. 그러자 키가 큰 코르보(육 개월 휴가 중인 장교)가 나를 붙잡아 M지점에 있는 사과나무인가 뽕나무 위 나뭇가지들 사이 O지점에 나를 데려다 놓았는데, 나는 감히 거기서 내려가지 못했다. 그러다 마침내 뛰어내려, 상처를 입고 Z지점 쪽으로 도망쳤다.

발을 조금 접질려서 나는 절뚝거리며 도망갔다. 그러자 마음씨 좋은 코르보는 뒤쫓아와 나를 잡고 레 제셸까지 무등을 태워 데리고 갔다.

그는 약간 파티토[165] 같은 남자의 역할을 해내면서 나의 외숙모 카미유 퐁세 양을 사랑했지만, 외숙모는 토리노 망명에서 돌아온 그르노블의 젊고 뛰어난 변호사 로맹 가뇽이 더 마음에 들어서 그를 선택했던 것이다.

나는 그 여행에서 테레지나 메스트르 양을 슬쩍 보았는데, 그녀는 방스(그리고 1832년경에는 로마에서 미라처럼 검고 깡마른 그를 보았다. 『내 방 주위의 여행(Voyage autour de ma chambre)』의 저자인 바로 그 방스이다. 당시 그는 퍽 예의 바른 극우 왕당파에 불과했고, 러시아 여자에게 눌려 지내며 그림에 흥미를 갖고 있었다. 재능과 쾌활함은 사라지고 선량함만 남아 있었다.)라는 별명으로 불린 메스트르 백작[166]의 누이동생이었다.

〈동굴〉로 여행을 갔던 일에 대해서는 무슨 이야기를 하면 좋을까? 커다란 바위에서 길로 물방울이 조용히 떨어지던 소리가 내 귀에 아직도 들린다. 그 부인들과 함께 모두 동굴 속으로 몇 발자국 들어갔다. 퐁세 양은 겁을 먹었지만, 코셰 양은 큰 용기를 보여주었다. 돌아올 때 우리는 장-리우 다리(진짜 이름은 무엇인지 잘 모르겠다.)를 건넜다.

기에강 왼쪽 기슭, 장-리우 다리 부근의 베를랑 숲속에서 사냥한 일에 대해서는 무슨 이야기를 하면 좋을까?

---

165) patito. 이탈리아어로 여성의 비위를 잘 맞추는 남자.

166) 조제프 드 메스트르 백작(1753~1821). 프랑스 사부아 지방 출신 문인으로 러시아에 망명했다.

나는 커다란 너도밤나무 밑에서 자주 미끄러지곤 했다. 코셰 양의 애인 M****은 ****(이름과 생김새가 기억나지 않는다)와 함께 사냥을 했다. 외삼촌은 내 아버지에게 큰 개 한 마리를 주었다. 베를랑이라는 이름의 거무스름한 개였다. 유쾌한 그 고장의 추억거리가 되어준 그 개는 일 년인가 이 년 후에 병으로 죽었다. 지금도 그 개의 모습이 눈에 선하다.

나는 베를랑 숲에 아리오스트의 작품에 나오는 여러 장면을 설정해놓았다.

베를랑 숲과 생-로랑-뒤-퐁 도로 곁에서 숲을 가로막고 있는 해안의 절벽 형태 낭떠러지는 나에게 친밀하고 신성한 풍경이 되었다. 나는 거기에 「예루살렘의 해방」[167]에 나오는 이스멘의 모든 마법 장면을 설정해놓았다. 내가 그르노블로 돌아오자, 외할아버지는 세라피 이모의 온갖 잔소리와 반대에도 불구하고 나에게 미라보[168]의 「예루살렘」 번역본을 읽게 해주었다.

가장 멋없고 가장 농간을 잘 부리고 가장 정치적인, 한마디로 말해 가장 도피네적이었던 내 아버지는 외삼촌의 상냥함, 명랑함, 신체와 정신의 우아함에 대해 질투를 느끼지 않을 수 없었다.

아버지는 외삼촌이 과장해서 꾸며댄다고(거짓말을 한다고) 비난했다. 하지만 나는 레 제셸 여행에서 외삼촌처럼 상냥스러

---

167) 이탈리아 시인 토르콰토 타소(Torquato Tasso, 1544~1595)의 작품으로 서사시의 걸작으로 꼽힌다.

168) 프랑스 신부이자 교육자.

워지고 싶어서 그의 흉내를 내기 위해 과장해서 꾸며대려고 했다.

나는 내 초급 교과서로 어떤 이야깃거리를 만들어냈는데 [라틴어 선생이 — 주베르 씨였던가, 뒤랑 씨였던가? — 레 제 셸에서 습득해야 할 단원에 (손톱으로) 표시하지 못하도록 침대 밑에 숨겨놓았던 책의 일이다].

외삼촌은 8~9세 아이가 하는 거짓말을 어렵지 않게 알아냈다. 그리고 나는 그에게 "나도 상냥한 사람이 되고 싶었어요, 외삼촌처럼!"이라고 침착하게 말할 수가 없었다. 외삼촌을 사랑했기 때문에 마음이 꺾였고, 그 교훈은 나에게 깊은 인상을 남겼다.

그렇게 이치에 맞고 올바르게 꾸짖었다면(나무랐다면) 나는 무엇이든 되었을 것이다. 그 생각을 하면 소름이 끼친다. 다시 말해 세라피 이모가 자기 오빠처럼 예의 바르고 기지가 있었다면, 그녀는 나를 예수회 수도사로 만들 수도 있었을 것이다.

[오늘날 나는 온통 경멸감에 빠져 있다. 제정 시대의 장군들은 얼마나 비열하고 비겁했는지! 그것이야말로 나폴레옹 같은 천재가 가진 진짜 결점인 것이다. 용감하고 군대를 지휘하는 재능이 있다는 이유로 어떤 사람을 최고위직에 올리는 것 말이다. 최근 육 개월 징역감이나 될 만한 잘못 때문에 하사관 토마[169]를 퐁디셰리[170]의 태양 아래 무기 징역에 처한 귀

169) 1834년 4월 뤼내빌 사건의 음모자로 유형에 처해진 기병 중사.
170) 인도에 있는 프랑스 식민지.

족원 의원들은 정신의 비열함과 비겁함이 얼마나 깊고 깊은가! 그리고 그 불쌍한 여섯 명의 청년들은 이미 이십 개월 동안 복역을 하고 있다.(1835년 12월 18일!)]

티에르 씨[171]의 『프랑스 혁명사(Histoire de la Révolution)』를 받으면 곧바로 1793년에 대해 다룬 페이지 여백에 최근 토마 씨를 단죄한 귀족원 의원인 장군들의 이름을 모두 적어놓아야겠다. 1793년경 그들의 이름을 알린 훌륭한 행동[172]에 관해 읽고 동시에 그들을 경멸하기 위해서 말이다. 그 고약한 인간들은 대부분 지금 65~70세다. 나의 평범한 친구 펠릭스 포르는 훌륭한 행동을 한 적도 없이 치사한 비열함을 지니고 있다. 그리고 두드토 씨! 그리고 디종![173] 나는 쥘리앵[174]처럼 이렇게 외치고 싶다, 너절한 놈! 너절한 놈! 너절한 놈!

본론에서 벗어난 이런 기나긴 탈선을 용서하시라! 오오, 1880년의 독자여! 내가 지금 말하는 모든 것이 그 시대에는 잊혔을 것이다. 그러니 내 심장을 뛰게 하고 더 이상 글을 쓰지 못하게 하는 이 고결한 분개심은 웃음거리가 되리라. 만약 1880년에 사람이 견딜 만큼 웬만한 정부가 세워진다면, 거기

---

171) 아돌프 티에르(Adolphe Thiers, 1797~1877). 열 권으로 이루어진 『프랑스 혁명사』를 집필했다.

172) 프랑스 혁명의 파급을 두려워한 유럽의 여러 나라는 1793년 1차로 프랑스에 대항하는 동맹을 결성했다. 한편 프랑스 국내에서는 반혁명의 움직임이 격화되었는데, 혁명 정부의 여러 장군들이 사방에서 분전하여 공화국을 방어했다.

173) 몰레 백작을 가리킨다.

174) 스탕달의 소설 『적과 흑』의 주인공.

에 도달하기 위해 프랑스가 거쳤을 폭포, 급류, 불안 같은 것들은 이미 잊혀 있으리라. 역사는 '루이-필립'의 이름 옆에 다음과 같은 한마디의 말밖에 쓰지 못할 것이다. 국왕(Kings) 중 가장 사기꾼 같은 자.

코르보 씨는 베를랑데에서 레 제셸까지 나를 등에 태워서 데리고 온 이후 나의 친구가 되어, 나를 기에강의 송어 낚시 하는 곳에 데리고 갔다. 그는 샤유 협곡의 절벽 밑, 샤유 협로와 레 제셸 다리 사이, 때로는 장-리우 다리 쪽에서 낚시를 했다. 샤유 근처에서 그가 힘차게 낚싯줄을 걷어올리면, 그의 흰 낚싯줄이 나무 위를 지나고 4분의 3파운드 무게의 송어(대단한 무게다)가 지상 20피트 높이의 잎사귀 없는 나무 꼭대기에 걸렸다. 그것은 나에게 대단한 즐거움이었다!

14장

가엾은 랑베르의 죽음

잃어버리지 않기 위해, 오늘 아침 친구 R. 콜롱에게 쓴 편지에 그려넣은 약도를 여기에도 넣어둔다. 콜롱은 조심스러운 남자인데도 그 나이에 작시벽(作詩癖)이란 고약한 병에 걸려

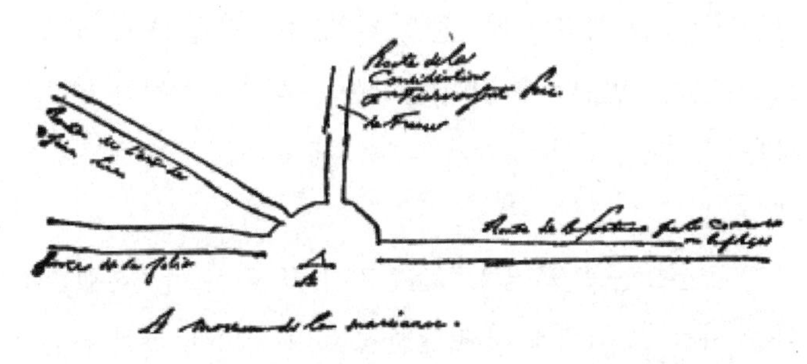

그림 8. 콜롱에게 쓴 편지에 그려 넣은 약도. '광기의 길', '문예의 길', '출생' 등이 표시되어 있고 '페릭스 포트는 귀족원이 되다', '장사 또는 자리를 차지해서 재산을 일군다' 등의 메모가 쓰여 있다.

들어서, 내가 드 브로스의 책 신판에 서문을 썼다고 나를 비난하기에 이르렀다. 그런데 그 역시 서문을 쓴 바 있다.

이 약도는 콜롱에게 대답하기 위해 만들어졌고, 앞으로 내가 그를 경멸할 것임을 뜻한다.

덧붙여 말하는데, 만일 저세상이 있다면 나는 그곳에 가서 몽테스키외에게 경의를 표할 것이다. 그러면 그는 이렇게 말하리라. "안됐지만, 당신은 여기 오기 전 세상에서 아무런 재능도 갖지 못했었소." 나는 그 말에 화가 날 테지만 놀라지는 않을 것이다. 눈은 눈 자신을 스스로 보지 못하는 것이다.

그러나 내 친구 콜롱에게 보내는 편지는 돈만 아는 모든 사람들의 누명을 벗겨주는 역할만 할 것이다. 그런 사람들은 유복해지면 대중에게 읽히는 작가들을 증오하기 시작한다. 반면 외무부의 사무직원들은 내 직업 일로 나에게 조금 짓궂은 말을 할 수 있으면 그것으로 만족스러워할 것이다. 그런데 돈만 아는 사람이 쉰 살에 이르러 작가가 되겠다는 괴벽에 빠지면 그런 병은 한층 더 악성이 된다. 마치 1820년경 제정 시대의 장군들이 왕정복고가 자기들을 원치 않는 것을 보고, 정열적으로, 말하자면, 할 수 없이 음악을 사랑하기 시작한 경우와 같은 것이다.

1794년 또는 1795년으로 돌아가자. 또 다시 확언하겠는데, 나는 사물 그 자체에 대해 말하는 것이 아니라, 그것들이 나에게 미친 효과만을 묘사하고 있다. 그러니 다음과 같은 단순한 고찰만으로도 그런 진실을 내가 어떻게 믿지 않을 수 있겠는가? 즉 나는 우리 집안 식구들의 얼굴 생김새를 기억하지 못한다. 이를테면 외할아버지의 얼굴 모습을, 나는 그를 그처럼 자주 그리고 야심 찬 아이로서 할 수 있는 온 애정을 가지고 그 얼굴을 바라보았을 텐데 말이다.

아버지와 세라피 이모가 사용한 야만적인 방법 때문에, 나에게는 내 또래의 벗 또는 친구가 없었기 때문에, 나의 사교성(모든 것에 대해 자유롭게 말하는 경향)은 두 갈래로 갈라져 있었다.

외할아버지는 나에게 진지하고 존경스러운 친구였다.

내가 무엇이든 털어놓았던 벗은 랑베르라는 머리가 무척 좋은 청년으로, 외할아버지의 사환이었다. 그러나 나의 속내 이야기는 랑베르를 귀찮게 하는 경우가 많았고, 내가 너무 가까이 달라붙으면 그는 내 나이에 걸맞게 아주 가볍고 빠르게 내 뺨을 때려주곤 했다. 그래서 나는 그를 더욱 좋아했다. 그가 주로 하는 일은, 그가 무척 싫어한 일이지만, 르 퐁타닐 부근의 생-뱅상(외할아버지의 소유지)으로 복숭아를 가지러 가는 것이었다. 내가 좋아하는 초가집 옆에 아주 양지 바른 과수장(果樹墻)이 있었고 그곳에서 썩 좋은 복숭아가 나왔다. 거기에는 훌륭한 라르당(백포도의 일종. 퐁텐블로에서 나는 라르당은 이것의 모방품에 불과하다.)이 생산되는 포도 덩굴도 있었다. 그 모든 것이 평평한 막대기의 끝에 매단 두 개의 바구니 속에 담겨 그르노블로 왔다. 그 막대기는 랑베르의 어깨 위에서 흔들거렸고, 그는 그렇게 과일을 잔뜩 짊어지고 생-뱅상과 그르노블 사이의 4마일 길을 걷지 않으면 안 되었다.

랑베르는 야심이 있었다. 그는 자신의 처지에 대해 불만스러워 했다. 상황을 타개하기 위해 세라피 이모를 본받아 누에를 키우려 했다. 세라피 이모는 생-뱅상에서 양잠을 하느라 폐가 나빠졌다.(그동안 나는 안도의 숨을 내쉬었다. 덕분에 외할아버지와 현명한 엘리자베트 왕이모가 그르노블의 집을 관할해서 집이 나에게 유쾌한 곳이 되었던 것이다. 때때로 나는 랑베르라는 필수적인 동행 없이 위험을 무릅쓰고 외출을 하곤 했다.)

나의 가장 절친한 벗이었던 랑베르는 뽕나무 한 그루를 사서 (생-조제프 부근) 정부(情婦)의 방에서 누에를 키웠다.

그는 자신이 뽕나무 잎을 주워 모으다가(따다가) 나무에서 떨어져, 사다리에 얹혀 우리에게 실려왔다. 외할아버지는 그를 자식처럼 돌봐주었다. 그러나 그는 뇌진탕을 일으켜서 빛을 비춰도 눈동자에 반응을 보이지 않다가 사흘 뒤에 죽고 말았다. 그는 마지막까지 정신착란 상태에서 벗어나지 못한 채 비통한 외침을 토해냈는데, 그 소리에 내 가슴이 찢어졌다.

나는 난생처음으로 고통이라는 것을 알았고 죽음에 대해 생각했다.

어머니를 잃었을 때 느낀 가슴을 찢는 듯한 괴로움은 광기에 속하는 것으로, 거기에는 애정 같은 것이 많이 섞여 있었다고 생각한다. 반면 랑베르의 죽음으로 인한 고통은 내가 후에 인생을 통해 체험한 것과 같은, 심사숙고된 메마르고 눈물이 없는, 위로가 않되는 고통이었다. 나는 몹시 가슴이 아파서 랑베르의 방에 하루에 열 번이나 들어가 넘어질 뻔했다.(그래서 세라피 이모에게 호되게 야단을 맞았다.) 그가 임종으로 마지막 숨을 거둘 때, 나는 그의 아름다운 얼굴을 하염없이 바라보았다. 그의 아름다운 검은 눈썹, 그리고 정신착란이 오히려 증대시킨 그의 힘차고 건강한 모습을 나는 결코 잊지 못할 것이다. 나는 그의 몸에서 피를 뽑는 것을 보았다. 피를 뽑을 때마다 의사가 그의 눈앞에 빛을 비추었다.(1809년 란츠후트 전투 날 저녁, 그때 그 느낌이 되살아났다.)

전에 이탈리아에서, 자신의 벗이며 하느님인 사람이 십자가에 못 박혀 죽는 모습을 바라보는 성 요한의 얼굴을 그린 그림을 본 적이 있는데, 그때 나는 이십오 년 전 불쌍한 랑베르가 죽었을 때의 기억에 갑자기 사로잡혔다. 그가 죽은 뒤 우리 집에서는 그를 그렇게 불렀다. 내 마음속에 남아 있는 그 크나큰 고통에 관한 뚜렷한 기억들로 5~6페이지는 더 채울 수 있으리라. 사람들은 그를 관에 넣고 못을 박아 실어갔다…….

> 우리가 불행하기 때문에 눈물이 존재한다(Sunt lacrimae-rerum).[175)]

「돈 조반니」에 나오는 모차르트의 어느 반주를 들을 때, 내 심장의 같은 곳이 감동에 휩싸였다.

불쌍한 랑베르의 방은 큰 계단 맞은편 리쾨르 술을 넣어두는 찬장 옆에 있었다.

그가 죽고 팔 일 뒤, 세라피 이모는 사혈할 때 랑베르의 피

---

175) 베르길리우스의 「아이네이스」에 나오는 유명한 구절.

를 받기 위해 사용했던 이 빠진 도기 사발에 무슨 포타주(그르노블에서는 수프라고 한다)를 넣어 먹게 했다며(사십 년이 지난 지금도 그 일이 눈에 선하다) 곧바로 꽤나 화를 냈다. 갑자기 와락 울음이 터져 눈물이 나고 흐느껴우는 바람에 나는 숨이 막힐 지경이었었다. 어머니가 돌아가셨을 때는 한 번도 울지 못했다. 그 뒤 일 년이 넘게 지나 처음으로 밤에 침대 속에서 혼자 울기 시작한 것이다. 내가 랑베르 때문에 우는 것을 보고, 세라피 이모는 나에게 한바탕 퍼부었다. 나는 부엌으로 도망가 마치 복수라도 하듯 작은 소리로 되풀이해 중얼거렸다. 비열한 인간! 비열한 인간!

내가 랑베르와 가장 감미로운 감정을 나눈 것은 그가 장작 넣는 광에서 톱으로 나무를 켤 때였다. 공원의 난간처럼 호두나무 지주(支柱)들로 만들어지고 도르래가 달린, 빛이 새어드는 칸막이를 사이에 두고 안뜰과 떨어져 있었다.

그가 죽은 뒤 3층의 낭하에 서 있으면 그 지주들이 뚜렷이 보였는데, 나는 그것으로 팽이를 만들면 좋을 거라고 생각했다.

그때 내 나이가 몇 살이었을까? 팽이 생각을 했다면, 적어도 어느 정도 철이 든 나이가 아닐까. 한 가지 생각이 떠올랐다. 불쌍한 랑베르의 사망계 초본을 찾아보면 되지 않을까 하는. 하지만 랑베르는 세례명일까, 아니면 성일까? 그의 형제가 병영에서 가까운 곳인 본느 로에 점잖지 못한 작은 카페를 운영했는데, 그 역시 랑베르라고 불렸던 것 같다. 하지만 그 두 사람이 서로 얼마나 달랐던지! 때때로 랑베르는 나를 그 카페에 데려갔는데, 당시 나는 그 형제만큼 상스러운 자는 없다고 생각했다. 왜냐하면, 이것은 시인하지 않을 수 없는데, 나는 전적으로 마음속에 매우 공화주의적인 의견을 갖고 있었는데도 불구하고, 우리 가족이 귀족주의적이고 점잖은 자신들의 취미를 나에게 완전히 전해주었기 때문이다. 그 결점이 지금도 남아 있어서, 이를테면 채 열흘도 되지 않은 일인데, 행운을 얻는 길을 스스로 막아버렸다. 나는 천민(그들과 교섭하는 것)을 몹시 싫어하지만, 동시에 민중의 이름 아래 그들의 행복을 열정적으로 바라고, 또한 그런 행복을 획득하기 위해서는 중요한 주제에 관해 민중에게 묻는 방법 밖에 없다고 믿는다. 즉 그들에게 국회의원이 되라고 권유하는 것이다.

그리고 내 친구들, 아니, 내 친구라고 자칭하는 사람들은 그런 관점에서 출발해 나의 진지한 자유주의를 의심한다. 나는 더러운 것을 무척 싫어한다. 그런데 민중은 내가 보기에 늘 더럽다. 로마만이 유일한 예외다. 하지만 그곳에선 잔인성이 더러움을 감추고 있다[예컨대 사르데냐[176]의 신분 낮은 신부 크로브라스의 독특한 더러움. 하지만 나는 그의 정력을 무한히 존경한다. 그는 자기 상급자에 대한 오 년에 걸친 소송을 진행했다. 미사가 있는 곳에 식탁이 있다(Ubi missa, ibi mensa). 그런 힘을 지닌 남자는 매우 드물다. 카에타니 공작 집안사람들은, 나는 사르데냐로 생각하는데, 사르테나[177]의 크로브라스 씨에 관한 그 이야기를 잘 알고 있다.]

---

176) 이탈리아 코르시카섬 남쪽에 있는 섬.
177) 코르시카섬의 지명.

내가 느낀 애정은 믿을 수 없을 정도로 컸다. 내 혈관이 터질 정도였다. 적어도 사십 년은 지난 일이지만, 그 당시의 몸짓을 다시 해보니 마음이 좋지 않다. 오늘날 누가 랑베르를 기억하겠는가, 그의 벗의 마음을 제외하고!

좀 더 가보자. 이십 년 전인 1815년 1월에 죽은 알렉상드린을 누가 기억하겠는가?

1825년에 죽은 메틸드를 누가 기억하겠는가?

그녀들은 내 연인이 아니었는가? 나는 이 세상의 다른 모든 것들보다 그녀들을 더 사랑하지 않았는가? 일주일에 두 번, 그리고 두 시간 동안이나 그녀들을 열정적으로 생각하는 사람은 바로 이 내가 아니겠는가?(착상. 그르노블에 가서 사흘 동안 지낸다. 그리고 사흘째 되는 날 크로제를 만난다. 혼자 아무도 모르게 클레, 바스티유, 트롱슈[178]에 간다.)

---

178) 바스티유, 트롱슈 둘 다 그르노블 인근의 지명이다.

15장

우리 집안에서는 내 어머니가 그림에 보기 드문 재능을 타고났다고들 자주 말했다. "슬픈 일이지! 못하는 것이 뭐가 있었어?" 집안사람들은 깊은 한숨을 쉬며 이렇게 덧붙여 말했다. 그 뒤엔 길고 슬픈 침묵이 흘렀다. 사실은 이렇다. 프랑스 대혁명은 그 외진 지방에까지 영향을 미쳐 모든 것을 바꿔놓았지만, 그전에 그르노블에서는 라틴어와 마찬가지로 그림을 우스꽝스럽게나마 가르치고 있었다. 당시 그림을 그린다는 것은 판화를 모방해 붉은 연필로 평행을 이루는 가는 선을 긋는 것을 뜻했다. 윤곽에는 별로 주의를 기울이지 않았다.

나는 어머니가 붉은 연필로 그린 커다란 얼굴 몇 개를 자주 보았다.

외할아버지는 그런 예, 그와 같은 전능(全能)한 선례를 구실로 내세웠다. 그래서 나는 세라피 이모의 반대에도 불구하고 르 루아 씨에게 가서 그림을 배우게 되었다. 그것은 나에게는 크나큰 이득이 되는 일이었다. 르 루아 씨가 자코뱅 대문[179] 바로 앞에 있는 테세르네 집에 살았기 때문에 차차 나 혼자 그 집에 갈 수 있게 되었고, 뭣보다도 돌아올 때도 그렇게 했다.

그것은 나에게는 대단한 일이었다. 내 압제자들 — 나는 다른 아이들이 자유롭게 뛰어노는 것을 보면 그들을 그렇게 불러댔다 — 내가 P지점에서 R지점까지 가는 것을 묵인한 것이다. 아주 빨리 간다면 — 그것은 시간이 정확히 재어졌고, 바로 세라피 이모의 방 창문이 그르네트 광장에 면해 있기 때문이지만, 나는 L지점의 큰 정문으로 들어가 시장 광장을 한 바퀴 돌 수 있다는 사실을 알았다. R지점에서 L지점으로 갈 때만 내 모습이 드러났다.

시내의 표준 시간 역할을 하는 생-탕드레의 큰 시계가 십오 분마다 울렸고, 나는 3시 30분 또는 4시(둘 중 무엇이 맞는지 잘 기억나지 않는다)에 르 루아 씨 집에서 나와 오 분 뒤에 집에 도착해야만 됐다. 르 루아 씨, 아니, 정확히 말해 르 루아 부인은 서른다섯 살의 고약한 여인으로 신랄하고 매력적인 눈매를 갖고 있었는데, 나를 3시 15분이 넘은 뒤에나 밖으로 나가게 하라는 특별한 부탁을 받고 있어, 내 생각에는 그렇게 하

179) 그르네트 광장 부근에 있는 반원형의 큰 문으로, 도미니크회 수도사들이 종교 전쟁 때 파괴된 수도원을 재건하면서 세운 것이다. 옛날에 도미니크회 수도사들을 자코뱅이라고 불렀기 때문에 이런 이름이 붙은 것이며 프랑스 대혁명 때의 자코뱅과는 상관이 없다.

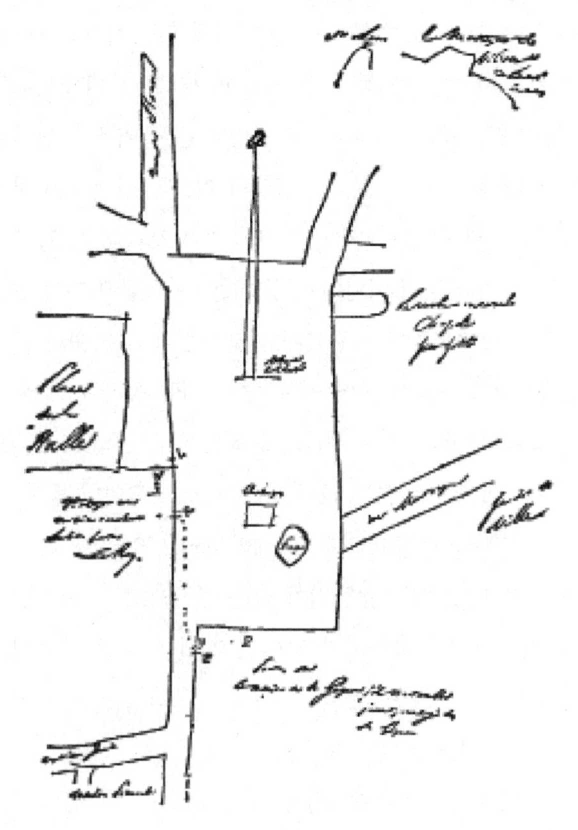

그림 9. 그르네트 광장 약도.
'시장 광장', '자유의 나무', '그르네트 광장', '펌프' 등이 표시되어 있다.

지 않으면 수업료를 잘 내는 학생 하나를 잃을지도 모른다는 위협을 느꼈던 것 같다. 때때로 나는 그 집으로 올라가면서 몇십 분간 멈춰 서서 F지점의 계단 창문으로 바깥을 내다보았다. 오로지 내가 자유롭다는 즐거움을 느끼기 위해서였다. 드물게 찾아오는 그런 시간이면, 나는 압제자들의 행동을 따져보지 않고 모든 것을 즐기는 데 내 상상력을 온전히 활용했다.

당시 나에게 중요한 문제는, 내가 집에 오는 시간인 3시 30분경에 세라피 이모가 집에 있느냐 아니냐를 알아내는 일이었다. 내 벗인 마리옹(비네의 마리 토마세)은 몰리에르 연극에 나오는 하녀 같은 여자였는데, 세라피 이모를 몹시 싫어하고 나를 많이 도와주었다. 어느 날 마리옹이 세라피 이모가 다정한 척하는 위선적인 여자인 친구 비뇽 부인 집에 가기 위해 커피를 마시고 3시경에 외출했다고 알려주어, 나는 용기를 내서 장난꾸러기(개구쟁이)들이 잔뜩 있는 시립 공원에 가려 했다. 그러기 위해, 밤을 파는 가건물과 펌프 뒤를 지나 그르네트 광장을 가로질러 공원의 둥근 천장 밑으로 슬그머니 들어갔다.

그리고 결국 들키고 말았다. 세라피 이모의 친구 혹은 그녀의 도움을 받고 있는 누군가가 나를 저버리고 그 사실을 폭로했다. 저녁에 외할아버지와 왕이모 앞에서 한판 싸움이 벌어졌다. 세라피 이모가 물었다.

"너 오늘 시립 공원에 갔었지?"

나는 당연히 거짓말을 했다.

그러자 외할아버지는 그 거짓말에 대해 부드럽고 정중하지만 단호하게 나를 야단쳤다. 당시 나는 말로 표현하지는 못했지만 깊이 느끼는 바가 있었다. 거짓말을 하는 것은 노예가 지닌 유일한 수단이 아닌가? 불쌍한 랑베르의 뒤를 이어 외할아버지의 일을 맡은 늙은 하인은 라 랑퀸[180] 같은 인간으로, 집

180) 17세기의 프랑스 소설가 스카롱의 작품에 나오는 인물로 '원한, 앙심'을 뜻하는 보통명사를 의인화한 것.

안사람들의 명령을 충실하게 이행하며, 자신에 대해서는 우울한 어조로 "저는 요강의 암살자랍니다."라고 말했는데, 그 남자가 나를 르 루아 씨 집에 데리고 가는 일을 맡고 있었다. 그가 과일을 가지러 생-뱅상에 가는 날에는 나는 자유였다.

자유의 그런 어렴풋한 빛은 나를 몹시 화나게 만들었다. "도대체 나를 어떻게 하려는 거야. 내 나이에 혼자 바깥에 다니지 못하는 애가 어디 있어?"

나는 여러 번 시립 공원에 갔다. 들킬 경우 야단을 맞았지만, 나는 대꾸하지 않았다. 그러면 그림 배우러 다니는 걸 그만두게 하겠다고 위협을 받았지만, 나는 계속 뛰어다니는 것을 멈추지 않았다. 약간의 자유에 유혹되어 사나워졌던 것이다. 아버지는 농업에 대단한 열정을 느끼기 시작해서 클레에 자주 갔다. 나는 아버지가 집을 비울 때 내가 세라피 이모를 겁먹게 하기 시작했다는 것을 알아차렸다. 엘리자베트 왕이모는 합당한 권위가 없었고 에스파냐식 자존심 때문에 중립의 입장에 머물러 있었다. 또 외할아버지는 퐁트넬 스타일의 성격 때문에 소리 지르고 법석 떠는 것을 싫어했다. 마리옹과 누이동생 폴린은 공공연히 내 편을 들어주었다. 많은 사람들, 예를 들면 우리와 인척지간인 콜롱 부인이나 로마니에 부인 같은 훌륭한 부인들도 세라피 이모를 미친 여자로 여겼다.(시간이 흘러 철이 들고 얼마간의 인생 경험을 겪고 난 뒤 나는 그녀들의 훌륭한 점을 알게 되었다.) 그 시기에 콜롱 부인의 한마디가 나를 반성하게 해주었다. 그런 일들로 미루어 추측해볼 때, 당시 사람들이 나를 다정한 태도로 다루었더라면 나는 무엇이라도 될 수 있었을 것이다. 매우 교활하고 평범한 도피네 사람으로 만들 수도 있었으리라. 나는 세라피 이모에게 저항하기 시작했다. 마침내 나는 끔찍한 분노를 폭발시킨 것이다.

"너 이제 르 루아 씨 집에 가지 않게 됐어." 세라피 이모가 말했다.

잘 생각해보면 세라피 이모가 하나의 승리를 얻어낸 것 같다. 그 결과 내 그림 공부가 중단되었다.

그르노블에서는 〈공포정치〉의 위세가 약한 편이어서, 아버지는 때때로 비외-제쥣트 로의 집에 가서 지낼 수가 있었다. 그 집 아버지 서재 안의 커다란 검은색 사무용 테이블에서 르 루아 씨가 수업을 하고, 수업이 끝날 무렵 나에게 다음과 같이 말하던 모습이 지금도 눈에 선하다.

"이 사람아, 사랑하는 아버지께 말씀드리도록. 나는 이제 더 이상 한 달에 35프랑(또는 45프랑)을 받고 여기에 올 수가 없다고."

당시 아시냐[181]의 가치가 크게 폭락한 일이 문제였던 것이다. 하지만 갑자기 내 기억 속에 떠오른 이 뚜렷한 장면에 어떤 날짜를 매겨야 할까? 아마도 이 장면은 훨씬 뒤, 내가 고무 수채화법으로 그림을 그릴 때였으리라.

르 루아 씨에게 배우는 그림 공부 같은 것은 당시 나에게 대단치 않았다. 그 선생은 옆 모습으로, 정면으로 눈을 그리게 하고, 다른 판화들을 본떠 연필로 그리는 것과 같은 방법으로

---

181) 프랑스 대혁명 기간인 1789년에서 1797년까지 사용된 지폐.

적갈색의 분필을 사용해 귀를 그리게 했던 것 같다.

르 루아 씨는 매우 세련된 파리 사람으로, 정감과 기력 없이 매우 극단적인 방종으로 인해 늙어버린(이것이 내가 받은 인상이지만, 매우 극단적이라는 말을 내가 어떻게 증명할 수 있겠는가?) 사람이었다. 게다가 무척 예의 바르고, 파리 사람들이 대개 그렇듯이 문화적이었다. 그런 면이 나에게는 매우 극단적으로 상냥하다는 느낌을 받게 했다. 교활한 도피네 사람들의 얼굴에 대개 떠올라 있는 차갑고 불만스러우며 문화적인 면이 전혀 없는 표정에 익숙해 있는 나에게는 말이다[『적과 흑』에 나오는 소렐 영감의 성격을 보도록. 하지만 1880년에 『적과 흑』은 도대체 어디에 가 있을까? 황천에라도 가 있을 것이다.]

어느 날 저녁 해가 질 무렵, 나는 날이 추웠지만 엘리자베트 왕이모가 콜롱 부인 집에 가는데 동행하는 척하면서 대담하게 집에서 빠져나와 생-탕드레 성당에서 열리는 자코뱅 집회에 참석하려 했다. 당시 나는 로마 역사에 나오는 영웅들의 모습으로 머릿속이 꽉 차 있어서, 언젠가 카밀루스나 또는 킨키나투스,[182] 혹은 동시에 그 두 사람처럼 되는 나 자신의 모습을 상상하고 있었던 것이다. 만일 세라피 이모의 스파이(이것이 당시의 내 생각이었다) 같은 자가 그곳에 있는 나를 본다면, 나는 어떤 벌을 받을 것인가? 하는 생각을 했다. 의장은 P지점에, 옷차림이 고약한 여자들은 F지점에, 나는 H지점에

---

182) 카밀루스는 로물루스의 뒤를 이은 로마 제2의 건설자고 킨키나투스는 기원전 5세기의 전설적인 로마 군인이자 정치가다.

있었다.

사람들이 발언권을 요구했는데, 그들이 하는 이야기들은 무척 혼란스러웠다. 외할아버지는 늘, 그리고 재미있는 방식으로 그들의 말투를 비웃었다. 나는 곧 외할아버지가 그럴 만하다고 생각했다. 그들은 호감이 가지 않았다. 좋아할 수 있었으면 했던 그 사람들은 끔찍하게 저속해 보였다. 그 성당은 비좁고 천장이 높고 조명 시설이 좋지 않았는데, 그곳에서 나는 최하층민 여자들을 많이 보았다. 그때나 지금이나 나는 마찬가지다. 즉 나는 민중을 사랑하고 그들을 압제하는 자들을 증오한다. 그러나 민중과 함께 산다는 것은 나에게 매 순간 심한 고통을 안겨줄 것이다.

당분간 카바니스의 표현을 빌리도록 하겠다. 나는 너무나 섬세한 피부, 여성 같은 피부를 갖고 있다.[한 시간 동안 군도(軍刀)를 잡고 나면 늘 손에 물집이 생겼다.] 또 나는 모양새 좋은 손가락을 갖고 있었는데, 아무것도 아닌 일에 손가락 피부가 벗겨졌다. 요컨대 내 신체의 표면은 여성적인 특성을 지닌 것이다. 아마도 이런 특성에서 더럽거나 축축하거나 거무스름한 것에 대한 억누를 수 없는 혐오감이 생기는 것 같다. 그리고 이러한 많은 특성이 생-탕드레의 자코뱅들에게 있었던 것이다.

한 시간 뒤 내가 콜롱 부인 집으로 돌아가자, 에스파냐적 성격을 지닌 엘리자베트 왕이모는 매우 진지한 표정으로 나를 바라보았다. 우리는 밖으로 나왔다. 한길에 단둘이 남자, 그녀는 나에게 말했다.

"네가 그렇게 도망쳐 나오면, 네 아버지가 곧 알아차릴 거야……."

"절대 그럴 리 없어요, 세라피 이모가 일러바치지만 않는다면."

"내 이야기 좀 들어봐라……. 난 너의 일로 네 아버지와 말다툼을 벌이고 싶지 않아. 이제 널 콜롱 부인 집에 데리고 가지 않을 거다."

그와 같은 말은 매우 솔직하게 이야기 되었는데, 그것은 나에게 감동을 주었다. 자코뱅들의 추함에 내가 충격을 받고 있던 터였다. 그다음 날 그리고 뒤이은 여러 날 동안 나는 생각에 잠겼다. 말하자면 내가 우상으로 삼고 있던 대상이 흔들리고 만 것이다. 만일 외할아버지가 내가 느낀 것을 알아차리고, 둘이서 발코니의 꽃에 물을 줄 때 외할아버지가 그것을 나에게 말해주었다면 나는 그에게 모든 것을 털어놓았을 것이고, 그랬다면 외할아버지는 자코뱅들을 영원히 웃음거리로 만들었을 것이며, 나를 귀족파(오늘날의 정통 왕조파 또는 보수파를 당시에는 이렇게 불렀다)의 품으로 돌아오게 했을 것이다. 내 상상력은 자코뱅들을 신격화하는 대신 생-탕드레의 그들 모임 장소가 지닌 불결함을 상상하고 그것을 과장하는 데 쓰였으리라.

그 불결함의 문제는 그대로 남아 있었는데, 우리 집 식구들로 하여금 신음 소리를 내게 한, 우리가 이긴 어느 전투 이야기로 인해 곧 사라져버렸다.

당시에는 미술이 내 상상력을 사로잡고 있었다. 설교가라면 감각을 거쳐서, 라고 말하리라. 르 루아 씨의 화실에는 크고 아름다운 풍경화 한 점이 있었다. 시선이 닿는 아주 가까운 곳에 가파른 산이 하나 있는데, 그 산은 큰 나무들로 덮여 있었다. 그 산기슭에는 깊지는 않으나 폭이 넓고 투명한 개울이 왼쪽에서 오른쪽으로 맨 아래에 있는 나무들 밑으로 흘렀다. 거기서 거의 혹은 완전히 옷을 벗은 세 여자가 즐겁게 멱을 감고 있었다. 폭 3피트 반, 높이 2피트 반의 그 그림에서 그곳이 거의 유일하게 밝은 지점이었다.

매력적인 그 녹색의 풍경화가 『펠리시아(Félicia)』[183]에 의해 준비되어 있는 상상력을 만나자, 나에게는 행복의 이상이 되어버렸다. 그것은 온화한 감정과 감미로운 육감의 혼합물이었다. 저렇게 사랑스러운 여자들과 함께 멱을 감는다면!

그 그림 속 물은 투명해서, 개구리가 잔뜩 있고 녹색 부패물로 뒤덮여 있는 그랑주의 냄새 나는 개울물과는 매우 대조적이었다. 나는 그 더러운 개울물의 수면에 자라는 녹색식물을 부패물로 여겼다. 만약 외할아버지가 "그것은 식물이야. 빵을 부풀리는 데 쓰는 곰팡이 그것도 식물이란다"라고 나에게 말해줬다면, 내 혐오감은 곧 사라졌을 것이다. 내가 그런 혐오감을 완전히 이겨낸 것은 아드리앵 드 쥐시외 씨(매우 자연스럽고 현명하며 이성적인, 정말로 사랑받아 마땅한 인물)와 함께 나폴리 여행을 했을 때(1832년) 막연히 식물이라고 알고는 있었지만 내 눈엔 늘 좀 부패한 상태로 보였던 작은 식물들에 대해 그가 길게

183) 앙드레 네르시아(André Nerciat, 1739~1800)의 소설. 원제는 『펠리시아 혹은 젊은 시절의 실수』.

설명을 해준 뒤였다.(오늘날 나는 몹시 싫어했던 벌레와 풍뎅이의 박물학을 연구해야 할 것이다. 1810년경에 그런 의도로 뒤메릴 씨의 책 두 권을 샀다. 하지만 러시아 원정, 1813년의 전투, 제7사단에서 이행해야 했던 직무가 그것을 방해했다. 하지만 그르노블에서 그 주제에 대해 고티에 부인에게 이야기하기 위해 그 책들을 조금 읽었다.)

내 상상력이 나를 골탕 먹이지 않게 하려면 한 가지 방법밖에 없다. 대상을 향해 직진하는 것이다. 대포 두 개를 향해 돌진할 때, 그것을 잘 알 수 있었다.〔이 일은 미쇼 장군의 증명서(콜롱 씨가 틀림없이 이 증명서를 갖고 있다.)에 적혀 있다.〕

나중에, 그것은 1805년경이라는 뜻인데, 나는 마르세유에서 자태가 무척 멋진 내 애인이 (레 부인의 작은 별장에 있는) 큰 나무들에 뒤덮인 위본느 개울에서 멱 감는 모습을 보는 즐거움을 누렸다.

나는 사오 년 동안 나에게 육감적 행복의 이상이었던 르루아 씨의 풍경화를 뚜렷하게 떠올렸다. 그리하여 1832년의 어느 소설에 나오는 바보처럼 다음과 같이 외칠 수가 있었다. 이것이야말로 내 이상이다!

느끼고들 있겠지만, 그 모든 것은 그 풍경화의 가치와는 아무 상관 없다. 아마도 그 그림은 원근법도 무시한 채 녹색을 되는대로 마구 칠한 평범한 그림이었을 것이다.

나중에 가보(Gaveaux)의 오페라 「무효가 된 계약」이 나에게는 열정의 시작이었지만, 그 열정은 이브레에서 만난 「비밀 결혼」(1800년 5월 말)과 「돈 조반니」에서 멈춰 서게 되었다.

16장

나는 이탈리아풍의 대살롱 안 두 번째 창문 옆의 작은 책상에서 공부를 하고 있었다. 베르길리우스 또는 오비디우스의 『변신 이야기』를 번역하고 있었다. 그때, 그르네트 광장에 모인 엄청난 군중의 침울한 중얼거림이 방금 신부 두 명이 기요틴에서 참수형을 당했다는 것을 알려주었다.

그것이 1793년의 〈공포정치〉가 그르노블에서 흘리게 한 유일한 피였다.

여기에 내가 저지른 큰 잘못이 하나 있다. 1880년의 독자는 당파의 열광과 진지함에서 멀리 벗어나 있기 때문에 내가 이런 고백을 하면 나에게 반감을 느낄 테지만, 그 죽음은 외할아버지를 공포로 소름 끼치게 했고, 세라피 이모를 격노하게 했으며, 엘리자베트 왕이모의 고결한 에스파냐풍 침묵을 심화시켰는데, 나에게는 그런 상황에 즐거움(pleasure)을 주었다. 엄청난 말을 쓰고 말았다.

이 이상의 것이 있다. 한층 더 나쁜 것이 있다. 나는 1835년에도 아직 1794년의 인간인 것이다.

(여기에도 정확한 날짜를 알아낼 수 있는 방법이 하나 있다. 지금은 왕립재판소인 생-탕드레 광장의 형사재판소, 현재의 왕립 재산소의 기록을 찾아보면 르브나 씨와 기야베르 씨의 사망 날짜를 알 수 있을 것이다.)

나의 고해신부인 부르두아장의 뒤몰라르 씨(애꾸눈에 겉으로는 매우 선량해 보이는 남자, 1815년 이래 열광적인 예수회 수도사가 되었다.)는 내 눈에는 우스꽝스러워 보이는 몸짓을 해가며 르브나 씨와 기야베르 씨가 쓴 설교 또는 라틴어 시구를 나에게 보여주고, 그들이 마치 여단장이나 되는 듯 무슨 수를 써서라도 내가 그들을 존경하게 만들려고 애를 썼다.

나는 거만스럽게 대답했다.

"파파(할아버지)께서 그러시는데, 이십 년 전에는 같은 장소에서 프로테스탄트 목사 두 명이 교수형을 당했다는데요."

"아! 그것은 전혀 다른 이야기지!"

"최고 법원은 그 두 목사를 그들의 종교 때문에 사형에 처했고, 이번에 형사재판소는 그 두 신부가 조국을 배반했기 때문에 사형에 처한 거지요."

그렇게 이야기되지 않았는지는 모르겠으나 적어도 뜻은 그랬다.

그러나 나는 압제자와 토론하는 것이 위험하다는 것을 아직 알지 못했고, 사람들은 내 눈에서 내가 조국을 배반한 그 두 사람을 거의 동정하지 않는다는 것을 틀림없이 읽어냈을 것이다.(1795년에 그것과 비교할 만한 범죄는 없었고, 내가 보기에는 1835년에도 없다.)

모두들 나에게 고약한 싸움을 걸어왔다. 아버지는 내가 기억하고 있는 것 중에서 가장 격렬한 분노를 보이며 나와 대립했던 것 같다. 세라피 이모는 의기양양했다. 엘리자베트 왕이모는 단둘이 있을 때 나에게 훈계를 했다. 하지만 나는, 하느님께서 용서해주시길, 그것은 피해자와 같은 정도의 고통을 가해자에게 가하는 동죄(同罪)의 형벌이라고 그녀를 납득시켰다.

나에게 다행스러운 것은, 외할아버지가 내 적들과 합류하지 않고, 특히 두 프로테스탄트 목사를 사형에 처한 일도 이번 일 못지않게 부당하다는 의견에 전적으로 찬성했다는 사실이었다.

"게다가 압제자 루이 15세 시대에는 우리나라가 위험에 처해 있진 않았으니까요."

나는 압제자라는 말은 하지 않았지만, 얼굴 표정으로는 분명 그렇게 말했을 것이다.

외할아버지는 가르동 신부 사건 때 내 반대편에 섰는데, 만약 이 사건에서도 외할아버지가 같은 입장에 섰다면 모든 것이 틀어지고 끝장이 나서 나는 더 이상 외할아버지를 사랑하지 않았을 것이다. 호라티우스, 드 볼테르 씨, 『벨리사리우스』[184] 15장,

184) 프랑스의 문인 마르몽텔이 동로마 제국의 군인 벨리사리우스에 관해

『텔레마크』의 훌륭한 여러 대목들[185], 『세토스』,[186] 그것들은 내 정신을 형성해 주었는데, 문예에 대한 그 같은 우리의 대화도 중단되고 말았을 것이며, 두 불행한 신부의 죽음에서 수학에 대한 나의 배타적 열정, 다시 말해 1797년 봄 또는 여름에 이르기까지 전 기간 동안 나는 무척 불행했을 것이다.

겨울철 오후면 나는 늘 그르네트 광장에 면한 엘리자베트 왕이모의 방에서 두 다리에 햇볕을 쪼이며 시간을 보냈다. 생-루이 성당 위쪽, 더 정확히 말하면 그 옆 빌라르-드-랑산의 사다리꼴이 보였다. 내 상상력이 그곳에 날개를 펴고 있었는데, 드 트레상 씨의 아리오스트에 영향을 받고 있던 그 상상력은 높은 산들 한가운데에서 하나의 목장밖에 꿈꾸지 못했다. 당시 내가 휘갈겨쓴 글씨는 여기에 첨부한 유명한 내 고향 사람[187]의 서체와 무척 비슷하다.

외할아버지는 오후 2시경 최상급 커피를 마시며 두 다리에 햇볕을 쬐면서 이렇게 말하곤 했다. "이런 풍토에선 2월 보름에 햇볕을 쬐는 것이 좋아."

외할아버지는 지질학적 사상을 무척 애호했으므로, 지금

쓴 책. 자신의 도덕적·철학적 관점을 반영한 것으로 15장에서는 특히 정치적·종교적 불관용에 대해 비판하고 있다.

185) 루이 14세의 손자인 부르고뉴 공의 선생이었던 페늘롱이 쓴 교육서. 페늘롱은 이 책에 쓴 정치 비판 때문에 루이 14세의 은총을 잃었다.

186) 테라송 신부가 1731년에 펴낸 고대 이집트의 역사서. 17세기에서 19세기 초에 많이 읽혔다.

187) 바르나브를 가리킨다.

나를 매혹하고 있는 엘리 드 보몽[188]의 지각융기설을 접했다면 지지자 또는 반대자가 되었을 것이다. 외할아버지는 게타르 씨라는 사람의 지질학적 사상에 대해 열정을 갖고-그것이 중요한 점이다-나에게 말했는데, 아마도 그 사람을 알고 있었던 것으로 여겨진다.

내 편이었던 여동생 폴린과 함께 알아차린 것인데, 하루 중 가장 즐거운 시간에 커피를 마시며 나누는 담화에서도 늘 탄식뿐이었다. 모두가 모든 것에 대해 탄식을 했다.

나는 사실들의 현실을 보여줄 수가 없다. 단지 그것의 그림자만 보여줄 수 있을 뿐이다.

우리는 여름 저녁나절 7시부터 9시 30분까지 함께 시간을 보냈다(9시가 되면 생-탕드레에서 폐문을 알리는 종소리가 울렸는데, 그 아름다운 소리가 나에게 강렬한 감동을 주었다). 별들의 아름다움에 거의 무감각했던 아버지는(나는 외할아버지와 별자리에 대해 끊임없이 이야기했다) 감기에 걸렸다며 곁방으로 세라피 이모와 대화를 나누러 갔다.

그 테라스는, 사라센 성벽이라고 불리는 15~18피트 두께의 벽 위에 만들어져서 사스나주산이 바라다보이는 기막힌 전망을 갖고 있었다. 겨울이면 그 산에서 해가 지고, 여름에는 보레프 암벽 위, 바스티유 북서쪽에 해가 졌다. 모든 집들 위에 그리고 라보 탑 위에 바스티유산(지금은 악소 장군에 의해 형태가 바뀌었지만)이 솟아 있었다. 그 탑은 프랑스 문의 바위가 잘

188) Élie de Beaumont(1798~1874). 프랑스의 지질학자.

리기 전까지 시내로 들어오는 문이었던 것 같다.

외할아버지는 그 테라스를 위해 돈을 많이 썼다. 목수 퐁세가 일 년 동안 박물실에 자리를 잡고 흰 나무로 장롱을 만들었다. 이어서 그는 밤나무로 폭 18인치 높이 2피트의 나무 상자 들을 만들어 좋은 흙과 포도나무 그리고 꽃들로 가득 채웠다. 우리의 이웃이었던 사람 좋은 얼간이 페리에-라그랑주 씨[189]의 정원에서 포도나무 두 그루가 올라와 있었다.

외할아버지는 밤나무 막대기로 받쳐진 주랑을 만들 게 했다. 그것은 대단한 공사로, 퐁세라고 불리는 매우 명랑한 서른 살 된 술꾼 목수에게 맡겨졌다. 이후 퐁세는 내 친구가 되었는데, 그 이유는 그와 함께 있으면 기분 좋은 평등감을 느꼈기 때문이다.

외할아버지는 매일 한두 번 자신의 꽃들에 물을 주었다. 세라피 이모는 그 테라스에 오는 일이 결코 없었으므로, 그것은 한숨 돌리는 순간이었다. 나는 외할아버지가 꽃에 물을 줄 때마다 도와주었고, 외할아버지는 의무감에서가 아니라 정말로 즐겁게 린네와 플리니우스[190]에 관해 나에게 이야기해주었다.

그것이야말로 그 훌륭한 분에게 크게 그리고 더할 나위 없이 감사드려야 할 일이다. 게다가 더 행복했던 것은 외할아버지가 유식한 체 하는 학자들(오늘날의 레르미니에, 살방디 등등 같은 자들)을 매우 무시하고, 멤논을 왕좌에서 끌어내린 르트

189) 훗날 폴린의 남편이 된 페리예-라그랑주의 부친.

190) 칼 폰 린네(Carl van Linné, 1707~1778)는 스웨덴의 박물학자, 플리니우스(Plinius, 23~79)는 로마의 저술가로 박물학에 관한 저술을 많이 남겼다.

론 씨와 같은 에스프리를 갖고 있었다는 점이다.[191] 더도 덜도 말고 있는 그대로의 멤논의 입상처럼[192] 말이다. 외할아버지는 그것에 뒤지지 않는 관심을 갖고 나에게 이집트에 관해 이야기해주었으며, 자신이 영향력을 발휘해 공공 도서관이 구입하게 한 미라를 나에게 보여주었다. 저 훌륭한 뒤크로 신부(내가 태어나서 이야기를 할 수 있었던 최초의 우수한 인물)가 공공 도서관에서 나에게 여러 가지 호의를 자주 베풀어주었다. 외할아버지는 내 아버지의 무언의 지지를 받고 있는 세라피이모로부터 무척 비난을 받으면서도 나에게 『세토스』(테라송 신부의 묵중한 소설)를 읽게 했는데, 그 당시 나에게 그 소설은 기막히게 훌륭한 것이었다. 소설은 바이올린의 활과 같고, 소리를 내는 바이올린의 몸통은 독자의 영혼이다. 당시 나의 영혼은 미치광이 같았다. 지금부터 그 이유를 이야기하겠다.

외할아버지가 D지점의 팔걸이 의자에 앉아 V지점에 있는 볼테르의 흉상을 향해 책을 읽는 동안, 나는 B지점에 있는 외할아버지의 서가를 바라보며 텍스트와 번역이 함께 있는 플리니우스의 4절판 책을 펼쳐보았다. 거기서 여성의 박물학을 찾고 있었다.

---

191) 멤논은 에티오피아의 전설적인 왕으로 트로이 전쟁 때 그리스의 영웅 아킬레스에게 패해 죽었다. 햇살이 비치면 티바이에 있는 그의 거대한 입상(立像)이 조화로운 소리를 낸다는 전설이 있다. 르트론(Letronne, 1787~1848)은 프랑스의 고고학자로, 멤논의 입상이 내는 소리가 밤의 냉기와 낮의 태양열에 의한 물리적 현상임을 증명하는 책을 발간했다.
192) 몰리에르의 희곡 「상상병 환자」에 나오는, 의사의 아들이 앙젤리크를 아침 해에 비유한 대사를 빗대어 쓴 구절.

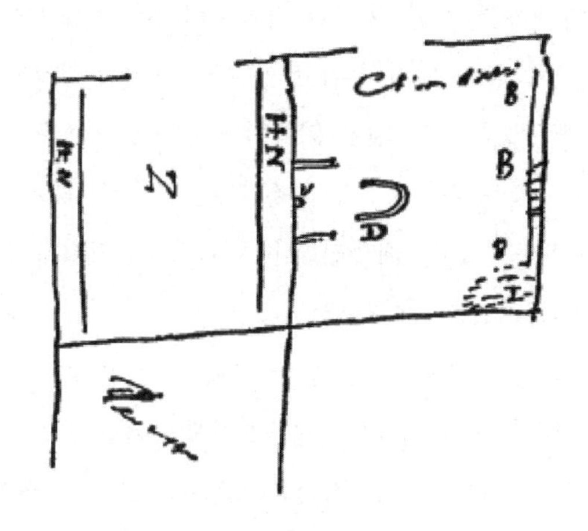

그림 10. 테라스와 박물실의 약도.

훌륭한 향기는 용연향 또는 사향이다.(십육 년 전부터 나를 기분 나쁘게 하는 것도 같은 용연향과 사향이다.) 요컨대 나는 가제본 책들이 어수선하게 쌓여 있는 L지점 쪽으로 이끌렸다. 거기 쌓여 있는 책은 외삼촌이 레 제셸(사부아 지방 퐁드보부아쟁 부근)에 정착하려고 떠날 때 그르노블에 남겨둔, 제본이 제대로 안 된 좋지 않은 소설들이었다. 그 발견은 내 성격에 결정적인 영향을 미쳤다. 나는 그 책들 중 몇 권을 펼쳐보았는데, 1780년의 평범한 소설들이었지만 나에게는 관능적 쾌락의 정수였다.

외할아버지는 내가 그 책들에 손대지 못하게 했다. 그러나 나는 외할아버지가 팔걸이 의자에 앉아, 어떻게 입수했는지는 모르지만 늘 많이 가지고 있던 신간 서적들을 읽느라 정신이 팔린 순간을 엿보고 있었다. 그렇게 해서 외삼촌의 책 한 권을 훔쳐낸 것이다. 외할아버지는 분명 내 도둑질을 알아차렸을 것이다. 왜냐하면, 환자가 외할아버지를 보러 오는 순간을 엿보면서 박물실에 자리 잡고 있던 내 모습이 지금도 눈에 선하기 때문이다. 그런 경우 외할아버지는 소중한 공부 시간을 빼앗기는 것을 탄식하면서 거실 또는 큰 방의 대기실로 환자를 보러 가곤 했다. 재빨리! 나는 서재의 L지점에 달려가 책 한 권을 훔쳐냈던 것이다.

그런 책들을 읽을 때 내가 느끼는 열정은 말로 표현할 수 없을 정도였다. 한두 달 뒤, 나는 『펠리시아 혹은 젊은 시절의 실수』를 발견했다. 그리고 거의 미치광이처럼 되어버렸다. 당시 내 모든 바람의 대상은 현실에서 하나의 정부(情婦)를 손에 넣는 것이었다. 하지만 설령 그렇게 되었다 해도, 나를 그 책만큼 관능적 쾌락의 격류 속으로 몰아넣지는 못했을 것이다.

그때부터 내 장래 희망이 결정되었다. 몰리에르처럼 희곡을 쓰면서 파리에서 사는 것.

그것이야말로 나의 고정 관념이었는데, 나는 그것을 마음속 깊이 숨기고 있었다. 세라피 이모의 압제가 나에게 노예근성을 갖게 한 것이다.

나는 내가 무척 좋아하는 것에 대해 결코 이야기하지 않았다. 그런 것을 입에 올리는 일 자체가 나에게는 모독으로 여겨졌을 것이다.

1835년인 지금도 나는 그 일을 1794년에 느낀 것과 마찬가지로 생생하게 느끼고 있다.

외삼촌의 그 책들에는 팔콩 씨의 주소가 적혀 있었다. 팔콩 씨는 당시 그르노블에서 유일한 문학 서적 대여점을 운영하는 열렬한 애국자였는데, 외할아버지로부터 몹시 멸시당했고 세라피 이모와 아버지로부터는 전적인 미움을 받고 있었다.

그래서 나는 그를 좋아하기 시작했다. 아마도 그는 내가 가장 존경한 그르노블 사람이었을 것이다. 드 브리종 부인의 하인[혹은 뇌브 로(路)에 살던 다른 부인의 하인이었는지도 모르겠는데, 외할아버지는 그 부인 집에서 식사하며 그의 시중을 받은 적이 있었다.]이었던 그 하인의 내면에는 외할아버지나 외삼촌의 영혼보다 스무 배는 더 고귀한 영혼이 있었다. 아버지나 위선자 세라피 이모에 대해서는 이야기하지 않겠다. 어쩌면 엘리자베트 왕이모만이 그와 비교될 수 있었을 것이다. 가난하고, 돈을 거의 벌지 못하며, 돈 버는 것을 소홀히 하는 팔콩 씨는 군대가 승리를 거둘 때마다 그리고 공화국의 명절마다 자신의 대여점 밖에 삼색기를 걸어놓곤 했다.

그는 공화국을 나폴레옹 시대에도 부르봉 왕가의 지배하에 있을 때와 마찬가지로 열렬히 사랑했고, 1820년경 팔십이 세 나이로 죽었는데, 늘 가난했지만 극도로 세세한 부분까지 성실한 사람이었다.

나는 지나가면서 팔콩의 대여점을 곁눈질로 보았는데, 그는 그가 사랑하는 공화국에 행운이 있는 날이면 왕조풍의 새가 달린 가발을 완벽하게 분을 뿌려 쓰고, 당시에 유행하던 커다란 강철 단추를 단 붉은 예복을 보란 듯이 입고 있었다. 그것이야말로 도피네적 성격의 가장 훌륭한 본보기였다. 그의 대여점은 생 탕드레 광장 쪽을 향해 있었다. 그가 궁전 쪽으로 이사한 일을 지금도 기억한다. 팔콩은 그 당시 고등법원이 있었고 나중에는 왕립 재판소가 된 옛 황태자 궁전 안 점포를 차지했다. 나는 그를 보려고 일부러 통로를 지나갔다. 그에게는 무척 못생긴 딸이 하나 있었는데, 늘 세라피 이모의 빈정거림의 대상이 되었다. 세라피 이모는 그 딸이 자기 아버지의 책 대여점에 신문을 읽으러 온 애국자들과 육체관계를 갖는다고 비난했다.

얼마 뒤 팔콩은 다른 지점에 다시 자리를 잡았다. 그러자 나는 대담하게 그의 대여점으로 책을 읽으러 갔다. 외삼촌의 책을 훔칠 무렵에도 내가 팔콩의 대여점에서 책을 예약하는 대담함을 가졌었는지 잘 모르겠다. 아무튼 나는 어떻게 해서든 그 점포의 책들을 손에 넣었던 것 같다.

나의 몽상은 『드 **** 부인의 생애와 연애사건』[193]에 의해 크게 이끌렸다. 그 책은 극도로 감동적인 소설이었는데, 어쩌면 퍽 우스꽝스럽기도 했을 것이, 여주인공이 야만인들에게 잡히는 내용이었기 때문이다. 나는 그 소설을 친구 로맹 콜롱에게 빌려주었던 것 같고, 그가 오늘날까지도 그 일을 기억하고 있을 것이다.

오래지 않아 나는 『신(新)엘로이즈(La Nouvelle Héloïse)』를 손에 넣었다. 클레의 아버지 책장 가장 높은 꼭대기 칸에서 끄집어냈던 것 같다.

나는 그르노블의 사다리꼴 방에서 문을 열쇠로 조심스럽

---

193) 이 책의 원제는 『어느 여성의 생애, 과실, 후회』로, 나는 습기가 가득한 이 책을 가지고 있다. — 로맹 콜롱의 주.

게 잠근 다음 침대 위에 누워서 그 책을 읽었다. 필설로 표현할 수 없는 행복과 육감적인 쾌락의 열광 속에서 말이다. 오늘날 나는 이 작품이 현학적이라고 생각하며, 1819년 가장 미친 듯한 사랑의 열광[194] 속에 있을 때도 그 책을 이십 페이지 이상 계속해서 읽을 수가 없었다. 어쨌든 이때부터 책을 훔치는 것이 나의 큰 일거리가 되었다.

나는 비외-제쥐트 로 집에 있는 아버지의 사무용 책상 옆 한 모퉁이, 사람들의 눈에 띄지 않는 곳에 내가 좋아하는 책들을 놓아두었다. 기묘한 목판화가 들어 있는 단테의 책, 페로 다블랑쿠르가 번역한 루키아노스[195]의 시집,[196] 아르장스 후작의 『온 눈 경과 온 귀 경의 서한집(Correspondance de Milord All-eye avec Milord All-ear)』,[197] 그리고 마지막으로 『은퇴한 어느 귀인의 회상록』[198]이었다.

나는 내 나름대로 아버지의 서재를 여는 방법을 찾아냈다. 그 서재는 아마르와 메를리노의 그 숙명적인 명부 사건 이래 텅 비어 있었다. 그래서 나는 그곳에 있는 모든 책들을 정확히 점검했다. 아버지는 엘제비르판의 훌륭한 총서를 갖고 있었는데, 불행하게도 나는 『라틴어 문선』을 암기하고 있

194) 메틸드 뎀보스키에 대한 사랑을 뜻한다.

195) Lucianus(125~180). 그리스의 시인.

196) 페로 다블랑쿠르는 아카데미 회원이자 번역가였다. 그의 번역은 우아했지만, 사람들은 그의 번역을 "원전에 불성실한 미녀들"이라고 했다.

197) 스탕달의 오류로 저자는 마티유-프랑스와 드 메로베르의 작품이라 한다.

198) 아베 프레보의 『마농 레스코』.

었음에도 불구하고 라틴어를 전혀 이해하지 못했다. 나는 살롱으로 이어지는 조그만 문 위에서 12절판 책 몇 권을 발견했고, 『백과전서』의 몇몇 항목을 읽어보려고 시도했다. 그러나 『펠리시아』와 『신엘로이즈』에 비하면 그 모든 것들은 무엇이었던지?

외할아버지에 대한 나의 문학상의 신뢰는 지극했기 때문에, 나는 외할아버지가 세라피 이모나 아버지에게 나를 배반하지는 않으리라 여기고 있었다. 그래서 『신엘로이즈』를 읽었다고 고백하지는 않고, 나는 맘먹고 그 책에 관해 찬양을 했다. 외할아버지가 예수회 교의(教義)로 전향한 지 그리 오래되지 않았음이 틀림없었다. 외할아버지는 나를 엄하게 심문하는 대신, 데 자드레 남작님(엄마가 세상을 떠난 뒤에도 외할아버지가 한 달에 두세 번 저녁을 먹으러 방문하는 유일한 친구) 이야기를 해주었다. 『신엘로이즈』가 출판된 즈음(아마도 1770년이 아니었을까?) 어느 날, 남작은 자기 집 저녁 식사 자리에 나타나지 않고 사람들을 기다리게 했다. 데 자드레 부인이 두 번이나 알리자, 그 냉정한 사람이 그제야 눈물을 한 없이 흘리면서 나타났다.

데 자드레 부인은 몹시 놀라서 물었다. "대체 무슨 일이에요, 여보?"

"아! 부인, 쥘리가 세상을 떠났다오!" 남작은 이렇게 대답했다. 그러고는 거의 먹지를 못했다.

나는 신문과 함께 도착한 책 판매 광고들을 탐독했다. 그 당시 우리 집은 누군가와 공동으로 신문을 받아 보고 있었다고 여겨진다.

나는 『곤살로 데 코르도바』, 『에스텔』 등과 같은 제목으로 미루어보아 플로리앙[199]은 십중팔구 훌륭한 작가가 틀림없을 거라 여겼다.

나는 편지봉투 속에 돈 1에퀴(3프랑)를 넣어 플로리앙의 어떤 책을 보내달라고 파리의 서점으로 편지를 보냈다. 대담한 행위였다. 소포가 도착했다면 세라피 이모가 뭐라고 말했을까?

그러나 결국 소포는 도착하지 않았다. 나는 연초에 외할아버지가 준 1루이의 돈으로 플로리앙의 책 한 권을 구입했다. 내가 쓴 최초의 희곡의 재료는 이 위대한 사람의 작품 속에서 얻어 낸 것이다.

---

199) Florian(1755~1794). 프랑스의 시인이자 우화 작가.

17장

세라피 이모는 시내에서 첫째가는 보암인 비농 부인을 친구로 삼고 있었다.(보암-Boime-이란 그르노블에서 다정스런 티를 내는 위선자나 여성 예수회 수사를 뜻하는 말이다.) 비농 부인은 생 탕드레 광장에 있는 건물 4층에 살았다. 그녀는 검사를 남편으로 두었던 것 같은데, 성당의 어머니로 존경받으며 신부들의 지위를 좌우하고, 잠시 체류하는 신부들을 늘 집에 유숙시켰다. 그녀가 나와 관련이 있었던 것은 열다섯 살 난 딸을 두고 있었다는 점이다. 그 딸은 흰 토끼와 매우 흡사했으며 부리부리하고 붉은 두 눈을 갖고 있었다. 우리가 클레에서 일이주 동안 함께 여행할 때 나는 그녀의 애인이 되고자 시도했으나 헛일이었다. 클레에서는 아버지가 전혀 몸을 숨기려 하지 않고 항상 집에 있었다. 그곳은 그 구역에서 가장 훌륭한 집이었다.

세라피 이모, 비농 부인과 그 딸, 내 여동생 폴린, 나 그리고 아마도 세생의 블랑 씨라는 사람이 그 여행을 함께했다. 그 사람은 우스꽝스러운 인물로, 세라피 이모의 맨다리에 굉장히 감탄을 했다. 세라피 이모는 양말도 신지 않은 맨다리로 매일 아침 울타리가 쳐진 채마밭으로 가곤 했다.

그런데 나는 너무 조숙했던 나머지, 매정하기 짝이 없는 내 적의 다리에도 마음이 이끌렸다. 할 수만 있었다면 기꺼이 세라피 이모의 애인이 되었으리라. 실제로 나는 그 악착스러운 적을 내 두 팔로 껴안는 감미로운 즐거움을 상상하기도 했다.

세라피 이모는 결혼해야 할 아가씨라는 신분에도 불구하고, 그르네트 광장의 계단이 내다보이는 자기 방의 폐쇄된 큰 문을 열게 했다. 그때 그녀의 얼굴이 지금도 눈에 선하다. 세라피 이모는 한바탕 고약한 언쟁을 벌인 끝에 그 문의 열쇠를 만들게 했다. 필경 외할아버지가 그 문의 열쇠를 만드는 것을 반대했던 모양이다.

그녀는 그 문을 통해 자기 친구들, 그중에서도 특히 여자 타르튀프[200]인 비농 부인을 데려왔다. 그 여자는 성인(聖人)들을 위한 특별한 기도문을 갖고 있었는데, 선량한 외할아버지도 그것을 무척 싫어했으리라. 그의 퐁트넬적 성격이 두 가지를 그에게 허용했다면 말이다.

첫째, 증오를 느끼는 것.

---

200) 몰리에르의 희곡 「타르튀프」의 주인공으로 위선자의 표본.

둘째. 그것을 표명하는 것.

외할아버지는 비농 부인에게 다음과 같은 엄청난 욕설을 했다. "악마가 자네 엉덩이에 침을 뱉었으면!"

아버지는 그르노블에서 늘 숨어 있었다. 즉 외할아버지 집에서 살면서 낮에 외출을 하지 않았다. 정치에 관한 열정은 십팔 개월밖에 지속되지 않았다. 아버지 심부름으로 아시냐 50프랑을 가지고 생-탕드레 광장의 알리에 서점에 푸르크루아[201]의 화학책을 사러 갔던 내 모습이 지금도 눈앞에 어린다. 그 책이 아버지를 농업에 대한 열정으로 이끌었다. 나는 아버지에게 그런 취미가 생긴 것을 이해할 수 있다. 그는 클레에서만 산보를 할 수 있었던 것이다.

그러나 세라피 이모와의 애정 관계가 모든 것의 원인이 아니었을까? 애정 관계가 정말로 있었다면 말이다. 나는 외적 상황을 세세히 그려볼 수가 없고, 당시의 상황에 대해 어린아이로서의 기억만 가지고 있다. 나는 여러 가지 이미지를 보고, 마음에 미친 여러 효과를 기억한다. 그러나 그 원인과 외형에 대해서는 무(無)이다. 그것은 피사의 캄포-산토에 있는 벽화와도 같다. 거기에는 팔 하나가 매우 뚜렷하게 보이는데, 그 옆, 머리 자리의 벽화 조각이 떨어져나간 것이다. 매우 명확한 일련의 이미지들이 눈앞에 떠오르지만, 그것들이 나에게 남긴 외형 외에 다른 외형은 기억나지 않는다. 게다가 그런 외형도 그

---

201) 앙투안 프랑수아 푸르크루아(Antoine François Fourcoy, 1755~1809). 프랑스의 화학자. 많은 저서를 집필해 프랑스에 화학을 보급하는 데 기여했다.

것이 나에게 발휘한 효과의 추억으로만 눈에 떠오를 뿐이다.

얼마 안 가 아버지는 압제자의 마음에 걸맞은 느낌 하나를 경험했다. 나는 잘 길들인 티티새 한 마리를 갖고 있었는데, 그 새는 대개 식당 의자 밑에 있었다. 그 티티새는 싸움에서 한쪽 다리를 잃어서 다른 한쪽 발로 뛰면서 걸었다. 그 새는 고양이와 개에 맞서 자신을 지키기 위해 싸웠고 모두들 새 편을 들어주었는데, 그것은 나에게는 무척 고마운 일이었다. 왜냐하면 그 티티새가 마룻바닥을 깔끔하지 못한 흰 얼룩투성이로 만들었기 때문이다. 또 별로 깨끗하지 못한 방법이지만, 나는 그 새를 부엌의 양동이 속에 빠져 죽은 샤플랑(설거지통에 빠져 죽은 바퀴벌레)을 먹여 키우고 있었다.

내 또래 아이들로부터 엄격하게 격리된 채 노인들하고만 지내던 나에게는 그런 유치한 짓도 매력적이었다.

어느 날 갑자기 티티새가 사라져버렸는데, 아무도 그 이유를 나에게 말해주지 않았다. 알고 보니 누군가 부주의하게 문을 열다가 그 새를 짓눌러 으스러뜨린 것이다. 나는 아버지가 악의로 그 새를 죽여버렸다고 생각했다. 아버지가 그것을 알아차렸고, 그 생각은 아버지를 괴롭혔다. 어느 날 아버지는 말을 빙 돌려서 꽤나 미묘한 표현으로 나에게 그 일에 대해 이야기했다.

나는 숭고할 정도로 의젓했으며 눈의 흰자위까지 붉어졌지만 입을 열지 않았다. 내가 대꾸하도록 아버지가 압력을 가했지만 계속 침묵을 지켰다. 그러나 나이에 비해 무척 표정이 풍부했던 내 눈은 뭔가 이야기를 하고 있었음이 틀림없다.

압제자여, 그대가 심야 수레로 비료(인분을 건조해서 가공한 가루 비료)를 뿌린 밭 한가운데에 있는 그랑주 거리로 그 고약한 산책을 가자고 나에게 여러 번 강요했지만, 나는 그때 그대의 부드럽고 자애로웠던 어버이 같은 태도에 바야흐로 복수를 한 것이다!

나는 한 달 이상 그 복수를 자랑스럽게 생각했다. 나는 어린아이가 지닌 그런 면을 좋아한다.(1835년 12월 20일, 적당한 시기에 각각 삽입해야 할 사실을 잊어버리지 않도록 여기에 적어놓는다. 즉 1811년에 내가 어떻게 황실 집기 검사관이 되었는가를.

황제로부터 이의가 제기된 뒤 나는 첫째, 내 출생증명서, 둘째, 미쇼의 증명서, 셋째, 내 이름의 추가를 통해 황실 집기 검사관이 되었다. 브륄라르 드 라 조마트(조마트는 우리 집안의 영지였다.)를 써넣지 않은 것이 실수였다. 드 보르 씨-피에르 다뤼 백작의 비서-는 18세기 말의 더할 나위 없이 현명하고 세련된 사법관이었다. 그는 성실하고 곧바른 것을 좋아했으므로, 필요에 몰려 최후의 순간에야 마지못해 나쁜 일을 저질렀을 것이다. 게다가 그는 기지가 있고 말씨가 점잖고 달변이었으며 작가들에 대한 지식이 커서, 드 보세 추기경과 (대학의) 주교 드 빌라레의 특별한 친구였다. 드 빌라레 주교는 키가 크고 말랐으며, 영리해 보이는 작은 두 눈과 엄청나게 큰 코를 가진 위엄 있는 인물이었다. 그는 훌륭하고 매우 존경받을 만한 대주교가 되었을 것이다. 그(드 보르 씨)는 돈 때문에 나라면 절대 견디지 못했을 일, 즉 다뤼 백작님에게 멸시당하는 것을 견뎌냈다. 그는 백작의 사무총장이었다. 프티 부인을 즐겁게 하기 위해 온 힘을 다했다.(왜냐하면 나는 경솔한 언동과 높고 자유로운 미덕에 대한 이상으로 인해 하루에도 여러 번 그 사람의 감정을 상하게 했을 것이기 때문이다.) 황제가 이의를 제기한 뒤에도 그는 나를 그 자리에 임명시켰다. 나는 1811년 9월 또는 11월 **일 암스테르담에서 그 직위에 임명되었다.)

아버지가 클레에 있는 토지와 농업에 쏟는 열정은 극단적이 되었다. 그는 토지를 대대적으로 개량하려 했다. 이를테면 땅을 2피트 반 깊이로 갈게 하고, 달걀보다 큰 돌은 모조리 밭 한 모퉁이로 옮기게 했다. 우리 집 정원사 장 비알, 샤리에르, 메이우스, 노병(老兵)인 *** 영감이 오래전부터의 정해진 돈을 받고 그런 일들을 하고 있었다. 예컨대 두 줄의 버팀나무로 받쳐놓은 포도나무 또는 포도나무를 받쳐주는 두 줄의 단풍나무 사이의 땅 1티에르를 가는 데 20에퀴(60프랑)를 주었다.

아버지는 그랑드 바레에, 뒤이어 조마트에 농작물을 심었다. 조마트에서는 키 작은 포도나무들을 뽑아냈다. 그는 병원과 교환해 몰라르의 포도밭(과수원 그리고 이미 우리 것이었던 몰라르 사이에 있던)을 손에 넣고(포목점 주인 귀탱 씨의 유언에 따라 손에 넣었다고 생각된다.), 그곳의 포도나무를 뽑아낸 뒤 땅을 파고 뮈르제(높이 7~10피트의 돌더미)를 묻은 다음 다시 포도나무를 심었다.

아버지는 그 모든 계획에 대해 나에게 길게 이야기해주었다. 진짜 남프랑스의 지주다운 사람이 되어간 것이다.

그것은 리옹과 투르 남부에서 흔히 볼 수 있는 일종의 미친 짓이다. 1~2퍼센트의 이익을 남겨주는 밭을 사려고 5~6퍼센트 이율로 빌려준 돈을 회수하고, 때로는 2퍼센트의 수익을 남겨주는 밭 몇 개를 사려고 — 그런 사람들이 쓰는 용어대로 말하면 '재산을 불리려고' — 5퍼센트 이자로 돈을 꾸는 것 말이다. 자신의 직무가 무엇인지 아는 내무대신이라면, 그런 미친 짓에 대한 반대 운동을 벌이는 것을 사명으로 삼으리라. 그런 미친 짓이 투르와 리옹 남쪽의 20여 개 현(縣)에서 편안함과 금전과 관련된 행복의 모든 부분을 파괴해버렸다.

그리고 내 아버지는 탐욕과 자만심 그리고 귀족이 되고자 하는 열망에서 비롯된 그 미친 짓의 표본으로 기억될 만한 인물이었다.

18장

첫 영성체

그 미친 짓이 아버지를 완전히 파산시켜서, 내 재산은 모두 합쳐 어머니 지참금의 3분의 1수준으로 줄어들었으나, 그 정도 재산이면 1794년경에는 충분히 편안하게 지낼 수 있는 금액이었다.

이야기가 더 진행되기 전에, 1794년 7월 21일 이전에 있었다고 생각되는 나의 첫 영성체에 대해 서둘러 말해야 되겠다.

나는(je)과 나(moi)라는 표현을 이렇게 많이 쓰는 당치 않은 짓에 관해 다소 위로가 되는 것은 19세기의 지극히 평범한 많은 인간들이 나와 같은 일을 하고 있다고 상상하기 때문이다. 1880년경에는 회상록이나 일기들이 홍수처럼 넘쳐흐를 것이다. 따라서 나는 나는과 나라는 표현을 사용하는 데 있어서 세상 모든 사람들과 마찬가지가 될 것이다. 드 탈레랑 씨와 몰레 씨도 자신들의 회상록을 쓰고 있다. 들레클뤼즈 씨도 마찬가지이다.

내 첫 영성체가 대단한 일이 된 것은 당시 신앙심 깊은 독신자였던 아버지가 그 의식을 무척 중시했기 때문이다. 그 의식을 맡은 사람은 라얀느 신부에 비해 악당다운 점이 적은 신부였다. 이 사실은 시인해야만 한다. 라얀느 신부의 예수회 교리는 아버지까지 겁을 먹게 했던 것이다. 마찬가지로 여기서는 쿠쟁 씨가 예수회 신자들까지 겁먹게 했다.

그 선량한 사제는 매우 순박한 외모를 가진 사람으로 뒤몰라르라고 불렸다. 단순함이 넘치는 시골 사람으로, 부르-두아장 부근의 마테진 혹은 라 뮈르 인근에서 태어났다. 나중에 그는 훌륭한 예수회 수사가 되었고, 그르노블에서 십 분 떨어진 라 트롱슈의 괜찮은 사제관을 얻어냈다.(그것은 수족처럼 굴면서 대신에게 맹종하는 인간 또는 대신의 사생아와 결혼한 군수가 소오의 군수 자리 하나를 얻어낸 것이나 마찬가지였다.)

당시 뒤몰라르 씨는 너무도 순박해서, 내가 네 권짜리 아리오스트의 소형 이탈리아어본 18절판 책을 그에게 빌려줄 정도였다. 하지만 어쩌면 내가 그에게 그 책을 빌려준 것은 1803년에 이르러서였는지도 모른다.

늘 감겨 있는 한쪽 눈을 제외하면 뒤몰라르 씨의 얼굴은 나쁘지 않았다. 말하지 않으면 안 되어서 이야기하지만, 사실 그는 애꾸눈이었다. 그러나 그의 얼굴 모습은 좋았다. 순박함을 보여줄 뿐만 아니라, 무엇보다 재미있는 것은, 명랑하고 더할 나위 없는 솔직함도 나타내고 있었다는 점이다. 실제로 그 시기에 그는 악당이 아니었다. 또는 깊이 생각해서 더 정확하게 말하면, 완전한 고독에 의해 단련된 열두 살 난 나의 통찰력은 그에게 완전히 속았다. 왜 그런가 하면, 나중에 그는 시내에서 가장 대단한 예수회 수사 중 한 사람이 되었기 때문이다. 게다가 시내의 신앙심 깊은 여신도들의 손이 미치는 곳에 있는 그의 사제관은 그에게는 유리하지만 열두 살 난 나의 어리석음에는 불리한 증거였기 때문이다.

1816년경이라고 생각되는데, 마음이 가장 너그럽고 가장 교양 있는 사람인 바랄 재판소장이 라 트롱슈의 사제관 근처에 있는 자신의 큰 정원에서 나와 함께 산책하면서 말했다.

"뒤몰라르라는 자는 그 무리 중 가장 소문난 악당이지."

"그럼 라얀느 씨는요?" 내가 그에게 물었다.

"오오! 라얀느는 그 패거리 중 누구보다도 고약하지. 자네 부친은 어떻게 해서 그런 인간을 골라냈지?"

"사실 저는 아무것도 모릅니다. 저는 희생자지 공범이 아니에요."

이삼 년 전부터 뒤몰라르 씨는 우리 집 외할아버지의 이탈리아풍 살롱에서 자주 미사를 올렸다. 공포정치, 물론 도피네에서는 결코 공포정치가 아니었지만, 공포정치는 매주 일요일 정오에 80~100명의 신앙심 깊은 독신자 여성들이 외할아버지 집에서 나오는 것을 전혀 알아차리지 못했다. 잊어버리고 지금까지 말하지 않았는데, 나는 아주 어려서부터 그런 미사에서 봉사했고, 그 일을 아주 잘 해냈다. 나는 퍽 단정하고 매우 성실한 모습을 하고 있었다. 지금껏 살아오면서 종교 의식은 나를 극도로 감동시켰다. 나는 악당 라얀느 신부의 미사에서 오랫동안 봉사를 했는데, 그는 생-자크 로 끄트머리 왼쪽에 있는 선교소에 미사를 드리러 갔다. 그곳은 일종의 수도원으로, 우리는 제단에서 미사를 드렸다.

레티에와 나는 무척 어렸고, 어느 날 큰 사건이 일어났다. 레티에가 내가 미사에 봉사하는 동안 소심한 탓에 전나무 기도대 위에서 오줌을 싸고 만 것이다. 그 불쌍한 녀석은 자신의 무릎을 기도대의 수평 널판에 비벼대어 몹시도 창피스럽게 흘러나온 그 축축한 습기를 닦아내고 흡수하려고 애썼다. 그것은 대단한 볼거리였다. 우리는 젊은 수녀들이 있는 곳으로 자주 가곤 했다. 그중 한 수녀가 키가 크고 보기 좋게 생겨서 내 마음에 들었다. 그 수녀는 틀림없이 그것을 알아차렸을 것이다. 내가 그런 일에 늘 무척 서툴렀기 때문이다. 이후 나는 그 수녀를 한 번도 보지 못했다. 내가 주목했던 것은 그곳 수녀원장의 코끝에 검은 점이 많이 있었다는 사실이다. 나는 그것이 매우 끔찍하다고 생각했다.

정부는 신부들을 박해하는 타기할 어리석은 짓 속에서 몰락했다. 그르노블의 양식(良識)과 파리에 대한 불신이 그 어리석은 짓이 지나치게 극심해지는 것을 막아주었다.

신부들은 몹시 박해를 받았다고 말했지만, 육십 명이나 되는 신앙심 깊은 여인들이 아침 11시에 외할아버지의 살롱에 미사를 드리러 오곤 했던 것이다. 경찰은 그것을 모르는 척할 수조차 없었다. 미사가 끝나고 우리 집에서 나가면 그랑드 로가 사람들로 가득 찼으니까.

19장

아버지는 1794년 7월 21일 용의자 명단에서 제외되었다.(그것은 우리 집 식구들이 이십일 개월 동안 유일하게 갈망하던 일이었다.) 우리 집안의 미인인 조제핀 마르탱의 아름다운 눈 덕분이었다.

당시 아버지는 클레(즉 퀴로니에르)에 오랫동안 머물러 있었다. 나의 독립은 8세기경 이탈리아 여러 도시들이 자유를 얻었을 때처럼 내 압제자들의 나약함에서 생겨났다.

아버지의 부재중에 나는 비외-제쥐트 로의 우리 집 살롱에 가서 공부해야겠다는 생각을 해냈다. 지난 사 년 동안 그곳에 발을 들여놓은 사람은 아무도 없었다.

그런 생각은 역학(力學) 상의 모든 발명이 그렇듯이 당시의 필요에 의해 생겨났지만, 나에게 무한한 이익이 되었다. 첫째, 나는 가뇽 주택에서 200보 떨어진 곳에 있는 비외-제쥣트 로의 집으로 혼자 가곤 했다. 둘째, 그곳에서 세라피 이모의 침입을 피할 수 있었다. 그녀가 외할아버지 집에서 보통 때보다 더 미친 듯이 날뛸 때면, 그곳으로 내 책들을 조사하고 내가 쓴 글들을 마구 뒤섞어 놓으러 오곤 했던 것이다.

나는 어머니가 수를 놓아 아름답게 꾸민 가구가 놓인 살롱에서 편안한 마음으로 작업을 하기 시작했다. 그리고 「피클라르 씨」[202]라는 제목의 희곡을 썼다.

나는 늘 글을 쓰기 위해 천재적인 영감이 떠오르는 순간을 기다리고 있었다.

내가 그런 괴벽에서 벗어난 것은 한참 뒤의 일이었다. 좀 더 빨리 그 괴벽을 떨쳐 버렸다면, 희곡 「르틀리에와 생-베르나르」[203]를 완성해 놓았을 것이다. 나는 그 원고들을 모스크바로 가져갔으며, 게다가 가지고 돌아왔다.(그것은 파리에, 내 서류들 속에 있다.) 어쨌든 그런 어리석은 생각 때문에 내가 하는 작업의 양이 큰 타격을 입었다. 1806년에도 나는 글을 쓰기 위해 천재적 영감이 찾아오는 순간을 기다리고 있었다. 생애의 전 과정을 통해 나는 내가 열광하고 있는 것에 대해 결

---

202) 스탕달이 최초로 쓴 희곡 습작품은 「셀므르」이므로, 기억의 착오로 보인다.

203) 「르틀리에와 생-베르나르」는 스탕달의 희곡 습작 제목. 생-베르나르는 샤토브리앙을 모델로 한 문인이다. 스탕달은 「르틀리에와 생-베르나르」 원고를 모스크바 원정 때 가지고 가서 소설과 희곡에 관한 메모를 했는데, 거기에 르틀리에와 생-베르나르에 관해 언급하고 있다.

코 말한 적이 없다. 아주 작은 반박의 말을 들어도 가슴을 도려내는 듯한 괴로움을 느꼈을 테니까. 그래서 나는 결코 문학에 대해 이야기하지 않았다. 당시 나의 친밀한 친구였던 아돌프 드 마레스트 씨(1782년경 그르노블에서 태어났다.)는 밀라노에 있는 나에게 편지를 써 보내 『하이든, 모차르트, 메타스타시오의 생애』에 대한 자신의 의견을 말했다. 그는 내가 그 책의 저자라는 것을 전혀 알아채지 못했던 것이다.

만약 1795년경에 내가 글을 쓴다는 나의 계획을 이야기했다면, 양식 있는 누군가가 나에게 이렇게 이야기해 주었을 것이다.

"매일 두 시간씩 글을 쓰도록 해, 천재적 영감이 있건 없건 간에."

그 말은 천재적 영감을 기다리느라 어리석게 낭비한 내 생애의 십 년을 내가 보람 있게 사용하도록 해 주었으리라.

나의 상상력은 압제자들이 나에게 하는 악한 짓을 예측하고 그들을 저주하는 데 쓰였다. 나는 시간이 나면 어머니의 살롱 안에서 뭔가 취미 활동을 하는 여유가 생겼다. 내가 열중한 것은 거푸집 또는 유황으로 된 주형에 석고를 부어 메달을 만들어 내는 것이었다. 그전에는 자잘한 취미들이 있었다. 다시 말해, 아마도 산사나무 울타리에서 가져온 마디가 많은 가시나무 막대기를 좋아했던 것 같다. 그리고 사냥도.

아버지와 세라피 이모는 나의 그 두 가지 취미를 억눌렀다. 가시나무에 대한 열정은 외삼촌의 희롱 때문에 사라졌다. 사냥에 대한 정열은 르 루아 씨의 풍경화 때문에 품게 된 몽상과 쾌락 그리고 아리오스트를 읽으면서 내 상상력이 만들어 낸 강렬한 이미지의 뒷받침을 받아 열광적인 것이 되어 나로 하여금 『시골집』과 뷔퐁[204)]을 열렬히 사랑하게 했고, 동물들에 대해 글을 쓰게 했으며, 마침내는 싫증이 나서 사그라져 버렸다. 나는 1808년 브라운슈바이크에서 시골 사람들을 몰이꾼으로 써서 토끼 50~60마리를 죽인 사냥의 우두머리 중 한 사람이었다. 나는 암사슴을 죽이는 것이 몹시 싫었다. 그런 혐오감이 더욱 커졌다. 오늘날 나는 귀여운 새 한 마리를 4온스의 고기로 바꾸는 것만큼 멋없는 일은 없다는 생각이 든다.

만약 아버지가 부르주아적 공포심 때문에 내가 사냥하러 가는 것을 허락했다면, 나는 좀 더 행동이 민첩해졌을 것이다. 그랬다면 전쟁터에서도 도움이 되었을 것이다. 하지만 나는 오직 전쟁터에서만 무력에 의해 마지못해 민첩하게 행동했다.

사냥에 대해서는 다음에 다시 이야기하기로 하고 메달 이야기로 돌아가자.(12월 26일, 아버지의 성격에 셰뤼뱅 B의 성격을 넣을 것. 그는 전혀 구두쇠가 아니고 매우 열정적인 사람이었을 뿐이다. 지배적인 열정을 만족시키기 위해서라면 아무리 비용이 들어도 상관하지 않았다. 그래서 땅 1티에르를 갈기 위해, 파리에 있는 나에게 월 150프랑을 보내지 않은 것이다. 그 돈이 없으면 나는 살아갈 수가 없었는데 말이다. 그는 농업과 클레에 열정을 갖고 있었다. 그리고 이어서 건축에 일이 년 동안 열정을 쏟았다.(본느 로의 집

---

204) 조르주루이 르클레르 뷔퐁(Georges-Louis Leclerc Buffon, 1707~1788). 프랑스의 박물학자이자 철학가. 『박물지』가 대표작이다.

을 짓는 건축. 어리석게도 나는 망트와 함께 그 집의 설계를 했다.) 그는 언젠가 자신에게 6퍼센트의 이익을 가져다줄 집을 완성하기 위해 8~10퍼센트 이자로 돈을 빌린 것이다. 집 짓는 일에 싫증이 나자, 그는 부르봉 왕가를 위한 처리에 열정을 쏟았다. 시내에서 8킬로미터 떨어진 클레에 십칠 개월 동안이나 가지 않는 믿을 수 없는 행동을 할 정도였다. 그는 사망할 무렵인 1814년에서 1819년 사이에 파산을 했다. 그는 여자들을 과도하게 좋아하면서도 열두 살짜리 어린아이처럼 수줍음을 탔다. 파스칼 집안 태생인 아브람 말랭 부인은 그런 점 때문에 그를 단호하게 멸시했다.〕

20장

가장 심오하고 가장 맥 빠지게 불행했던 사오 년 뒤, 나는 그때까지 몹시 싫어했던 비외-제쥣트 로의 집에서 방문을 잠그고 혼자 있으면서 그제야 비로소 숨을 내쉴 수 있었다. 그 사오 년 동안 내 마음은 무기력한 증오의 감정으로 가득 차 있었다. 만일 나에게 쾌락에 대한 취미가 없었다면, 교육한 사람들 자신도 알아차리지 못한 그 교육의 결과로, 나는 아마도 속 검은 간악한 인간 또는 상냥하고 교묘하게 환심을 사는 악당, 다시 말해 진짜 예수회 수도사가 되어 버렸을 것이다. 그리고 틀림없이 부자가 되었을 것이다. 『신엘로이즈』를 읽은 일 그리고 생-프뢰[205]의 양심의 거리낌 같은 것이 나를 마음속 깊

205) 『신엘로이즈』의 주인공.

이 정직한 사람으로 만들어 주었다. 눈물을 흘리며 미덕에 대한 열정에 관해 읽고 난 뒤에도 악한 짓을 할 수 있었겠지만, 그때에는 나 자신이 악당이라는 것을 느꼈을 것이다. 이렇듯 집안 식구들의 뜻을 어기고 몰래 읽은 책 덕분에 나는 정직한 인간이 되었던 것이다.

문체에 힘이 없는 롤랭의 『로마사』는 그 평범한 고찰에도 불구하고 내 머릿속을 단단한 도덕의 실례들로 가득 차게 해주었다.(그 도덕은 유용성에 근거를 두었지, 군주제의 허영에 싸인 명예심에 근거를 둔 것이 아니었다. 생-시몽[206]은 명예심을 군주제의 기초로 하는 몽테스키외의 원칙을 증명하는 훌륭한 증거다. 『페르시아인의 편지』[207]의 시기였던 1734년, 프랑스인의 이성이 아직 어린아이 상태였던 시대에 그것을 알아본 것은 대단한 일이다.)

롤랭의 책에서 배우고 훌륭한 외할아버지와의 계속적인 대화를 통해 확인되고 설명되고 해설된 많은 사실들 그리고 생-프뢰의 여러 가지 이론들, 그것들 덕분에 내가 신부들이 설명하는 신과 교회의 계율에 대해 품은 혐오감과 깊은 경멸감은 비길 만한 것이 아무것도 없었다. 나는 그 신부들이 조국의 승리를 몹시 애통해하고 프랑스군의 패배를 바라는 모습을 매일같이 보았던 것이다.

훌륭한 외할아버지 — 나는 모든 분야에서 그의 덕을 보았

---

206) 앙리 드 루브루아 생시몽(Henri de Rouvroy Saint-Simon, 1760~1825). 『회상록』의 저자.
207) 몽테스키외의 책.

는데 — 와의 대화, 기독교의 이상과는 매우 상반되지만 인류에게 혜택을 가져다준 은인들에 대한 그의 숭배, 그것은 의식(儀式)에 대한 존경심으로 인해 내가 마치 파리처럼 거미줄에 걸리는 일을 막아 주었다.(그것이 음악, 그림, 비가노[208]의 예술에 대한 나의 사랑의 최초의 형태였음을 이제야 알겠다.) 나는 외할아버지가 1793년에 다시 신자가 되었다고 믿고 싶다. 어쩌면 그는 나의 어머니가 죽었을 때(1790년) 신자가 되었을 것이다. 아마 의사라는 직업상 신부들의 지원이 필요해서, 세 층으로 컬이 진 가발과 함께 위선이라는 가벼운 걸치레가 요구되었던 것이리라. 나는 차라리 후자의 이유를 믿고 싶다. 왜냐하면 그가 생-루이(그의 교구)의 사제인 사댕 신부, 교회 참사원 레 씨와 그의 누이동생 레 양, 우리는 그들 집에 자주 가곤 했는데(엘리자베트 왕이모가 그 집에서 카드놀이를 했다.), 그 집은 나중에 현청 로가 된 생-탕드레 뒤의 좁은 거리에 있었다. 그리고 생-튀그의 사제인 상냥한, 아니, 지나치게 상냥한 엘리 신부와도 친구이고 오래전부터 친한 사이였다는 것을 나는 알고 있기 때문이다. 엘리 신부는 나에게 세례를 준 사람인데, 앙지빌리에 로에서 내가 자신의 진정한 교육을 받던 1803년경 점심을 들곤 했던 파리의 카페 드 라 레장스에서 나에게 그 사실을 환기해 주었다.

주목해야 할 사실이 있는데, 1790년에 신부들은 이론의 결과를 문제 삼지 않았고, 1835년인 지금 우리의 눈에 띄는 너그

208) 이탈리아의 무용가.

럽지 못하고 사리에 어긋나는 신부들과는 크게 달랐다는 것이다. 외할아버지가 볼테르의 작은 흉상을 앞에 놓고 일하는 것도, 그가 하는 이야기들이 단 하나의 주제만 제외하면 볼테르의 살롱에서 오갔을 법한 이야기들이라는 것도 충분히 받아들여졌다. 또한 그는 볼테르의 살롱에서 보낸 사흘은 자신의 생애에서 최고의 날들이었다고 기회 있을 때마다 화제로 삼았다. 그는 신부들에 대한 비판적인 이야기를 하거나 빈축을 살 만한 일화를 말하는 것을 조금도 삼가지 않았다. 그 현명하고 냉철한 정신의 소유자는 오랜 세월에 걸쳐 관찰을 하면서 그런 일화들을 수백 개나 모아 놓았던 것이다. 그는 결코 과장을 한 적이 없고, 거짓말을 한 적도 없다. 덕분에 오늘날에 와서 그가 정신 면에서는 부르주아가 아니었다고 내가 주장할 수 있게 해 준다는 생각이 든다. 그러나 그는 아주 사소한 잘못도 잊지 못하고 증오심을 품기 일쑤였으므로, 나는 부르주아라는 비난으로부터 그를 깨끗이 벗어나게 해 줄 수는 없다.

나는 로마에서도 120 씨[209]와 그 가족들 집에서 그런 부르주아들을 만났다. 특히 부아 씨, 벼락부자인 처남 시모네티 씨가 그렇다.

외할아버지는 저명인사들에게 존경심과 애정을 갖고 있었는데, 그들은 현재 생-루이의 주임사제 또는 현재 그르노블 주교구의 주교 총대리인의 감정을 상하게 했다. 나는 후자가

209) 변호사 치아바타 씨를 가리킨다. 그는 로마의 비냐차 120번지에 살고 있었다.

그르노블의 원로로서 도지사를 방문하지 않는 것을 명예에 관한 일로 여기고 있다고 생각한다.(1835년 1월 치비타-베키아에서 뤼비숑 씨가 그렇게 말하고 시인한 바다.)

내가 천재라고 추측하는 성프란체스코회 수도사 뒤크로 신부는 독약을 사용해 새들을 박제로 만드느라 건강을 해치고 말았다. 그는 위중한 내장병으로 고통을 받았는데, 외삼촌이 농담으로 그가 음경 강직증에 걸렸다고 나에게 알려 주었다. 나는 그 병이 무엇인지는 몰랐지만, 매우 자연스러운 것으로 생각되었다. 뒤크로 신부는 자신의 주치의인 나의 외할아버지를 무척 사랑했으며, 또 어느 정도는 외할아버지 덕분에 도서관 사서 지위를 얻었지만, 외할아버지의 나약한 성격을 약간은 경멸했다. 그의 딸인 세라피 이모의 과격한 언동을 용서할 수 없었던 것이다. 그런 짓은 사람들의 대화를 중단시키고, 모임을 혼란하게 만들며, 손님으로 온 친구들을 돌아가게 하곤 했던 것이다.(비난에 대한 답변. 사람들은 어떻게 나에게 잘 쓰라고 요구할 수가 있단 말인가. 생각난 것을 잊어버리지 않도록 이렇듯 불가피하게 빨리 쓰지 않으면 안 되는 나에게 말이다. 1835년 12월 27일, 콜롱과 그 외 여러 사람에게 하는 답변.)

퐁트넬 형(型) 성격은 겉으로 표현되지 않는 그런 경멸의 뉘앙스에 대해 매우 민감하다. 따라서 외할아버지는 뒤크로 신부에 대한 나의 열광에 자주 제동을 걸었다. 다시 말해, 뒤크로 신부가 뭔가 흥미로운 이야기를 가지고 집에 오면, 나는 때때로 부엌으로 쫓겨났다. 나는 그것을 결코 언짢게 여기진 않았지만, 신기한 이야기를 듣지 못하게 된 것이 화가 났다. 그 철학자는 나의 열성과 내가 자기에게 보이는 분명한 호의 — 그래서 그가 방에 와 있으면 나는 그 방을 떠나려 하지 않았다 — 에 민감했다.

그는 2.5피트×3피트 크기의 금칠로 테두리를 장식한 유리 액자를 남겨 친구들에게 선물했다. 유리판 뒤에는 직경 1.8인치의 석고 메달 6~8다스가 세워져 있었다. 로마 황제와 황후들이 새겨진 메달이었다. 또 하나의 액자 안에는 클레망 마로에서 볼테르, 디드로, 그리고 달랑베르에 이르는 프랑스의 온갖 위인들의 모습을 새긴 메달들이 들어 있었다. 그런 것을 보면 오늘날 레 씨는 뭐라고 말할까?

그 메달들은 황금빛으로 칠한 판지로 아주 우아하게 둘러싸여 있었고, 같은 재료로 만든 소용돌이 모양의 장식이 메달과 메달 사이를 메꾸고 있었다. 당시 그런 종류의 장식은 극히 드물었다. 사실을 말하건대, 메달 속 인물의 얼굴을 나타내는 우아하고 미묘하며 잘 표출된 무딘 흰색의 음영(陰影)과 판지의 황금빛 단면 사이의 대조가 매우 우아한 효과를 자아내고 있었다.

비엔, 로망, 라투르뒤팽, 부아롱 등의 부르주아들은 외할아버지 집에 저녁을 들러 와서는 그 액자들을 보고 감탄해 마지않았다. 나 역시 의자 위에 올라가, 그 생애를 모방하고 그 작품들을 읽고 싶어 했던 명사들의 얼굴 모습을 싫증 내지 않고 들여다보며 연구를 했다.

뒤크로 신부는 금빛으로 칠한 액자 최상단에 다음과 같이 써 놓았다.

프랑스의 명사들

또는

황제와 황후들

부아롱에서는 이를테면 나의 사촌 알라르 뒤 플랑티에(역사학자이며 고고학자인 알라르의 자손)의 집에서 그 액자들을 마치 고대의 메달을 보듯 감탄스럽게 바라보았다. 그 사촌은 신통치 못한 인물인데, 그가 그것을 고대의 메달로 보았는지 어떤지 그것까지는 알 수가 없다.(그는 루이 14세가 왕세자에게 그렇게 했듯이, 기지 넘치는 부친에 의해 허약해져 버린 아들이었다.)

어느 날 뒤크로 신부가 나에게 말했다.

"나에게 메달 만드는 법을 배우겠니?"

그 제안은 나로서는 너무나 기뻐서 마치 하늘에 올라간 기분이 들게 하는 것이었다.

그리하여 나는 그의 거처에 갔는데, 그곳은 생각하는 것을 좋아하는 사람에게는 정말 상쾌한 곳으로, 나도 그런 거처를 가지고 그곳에서 생애를 마치고 싶은 기분이 들게 하는 곳이었다.

높이 10피트의 작은 방 네 개가 남쪽과 서쪽으로 면해 있고, 생-조제프 교회당, 에방 언덕, 클레 다리 그리고 가프 쪽으로 끝없이 펼쳐진 산들이 바라다보이는 아주 아름다운 조망을 가진 곳이었다.

방들에는 얕은 돋을새김 조각품과 고대 또는 근대의 괜찮은 작품들을 본뜬 메달들로 가득 차 있었다.

메달들은 대부분 진사(辰砂)를 섞은 붉은 유황으로 되어 있어서 아름답고 위엄이 있었다. 요컨대 그 집에서는 1평방피트라도 무엇인가 생각할 거리를 주지 않는 곳이 없었다. 그곳에는 또한 그림들이 있었다. "하지만 나는 내 마음에 드는 그림을 살 만큼 부자가 아니란다."라고 뒤크로 신부는 나에게 말했다. 가장 중요한 그림은 눈[雪]을 그린 것이었는데, 결코 나쁘지 않았다.

외할아버지는 그 매력적인 곳에 나를 여러 번 데리고 갔다. 외할아버지와 단둘이 집에서 나와 아버지와 세라피 이모의 힘이 미치지 않는 곳으로 가자마자 나는 완전히 명랑해졌다. 나는 아주 천천히 걸었다. 선량한 외할아버지가 류머티즘에 걸려 있었기 때문이다. 지금에 와서 생각해보면 통풍으로 추측된다.(그의 외손자로서 비슷한 체질을 가진 내가 1835년 5월 치비타-베키아에서 통풍을 진단받았으니 말이다.)

뒤크로 신부는 유복했다. 왜 그런가 하면, 전에 가죽 공장을 운영하던 생-로랑의 나비제 씨를 상속인으로 삼을 정도였으니 말이다. 뒤크로 신부는 도서관의 사환이었던 키 크고 살찐 하인과 사람 좋은 하녀에게서 극진히 시중을 받고 있었다. 나는 엘리자베트 왕이모의 뜻에 따라 그들에게 새해 선물을 하곤 했다.

나는 저 가증스러운 혼자서 하는 교육과 가여운 한 어린아이를 순종하게 만들기 위해 온 가족이 매달리는 악착스러움, 그런 기적에 의해 가능한 한 세상 모르는 풋내기 상태에 머물러 있었다. 그 교육 방법은 아주 훌륭하게 실행되었다. 가족의 고뇌가 그 방법을 가족의 취미와 합치해 주었기 때문이다.

그리고 매우 단순한 사실들에 대한 그와 같은 무지는 1799년 11월부터 1800년 5월까지 나로 하여금 다뤼 씨 부친 집에서 수많은 서투른 짓을 저지르게 했다.

메달 이야기로 돌아가자. 뒤크로 신부는, 어떻게 했는지는 모르겠으나, 석고 메달을 상당히 많이 갖고 있었다. 그는 거기에 기름을 스며들게 한 뒤, 잘 마른 석판석 가루를 섞은 유황을 그 위에 붓는 것이었다.

거푸집이 식으면, 그는 거기에 기름을 조금 붓고, 높이가 3리뉴[210] 정도 되는 기름종이로 거푸집을 바닥에 두고 그것을 둘러쌌다.

그는 방금 만든 액체 상태의 석고를 그 거푸집에 붓고는, 즉시 그보다 좀 더 거칠고 강한 석고를 흘려 넣어 석고 메달에 4리뉴의 두께를 주었다. 나는 이 과정을 도저히 잘 해낼 수 없었다. 나는 석고를 충분히 빨리 반죽하지 못했다. 그렇다기보다는 그것을 공기 중에 놓아두었다. 늙은 하인 생***이 가루 상태의 석고를 가져다주어도 소용없었다. 나는 유황으로 된 거푸집 위에 석고를 놓고 난 다음 대여섯 시간 후에 젤리 상태의 석고를 발견했다.

그러나 가장 어려운 거푸집은 즉시, 그리고 아주 잘 만들어 냈다. 단지 너무 두꺼웠을 뿐이다. 내가 재료를 아끼지 않았던 것이다.

---

210) 옛날의 계량 단위로 1리뉴는 2.256밀리미터에 해당한다.

나는 어머니의 화장실 안에 석고 작업실을 설치했다. 지난 오 년 동안 아무도 들어가지 않은 방이었다. 나는 일종의 종교적 감정을 갖지 않고는 그 방 안에 들어가지 않았다. 침대 쪽을 보는 일은 피했다. 무늬를 짜 넣은 붉은 피륙을 교묘하게 모방한 리옹 벽지로 도배된 그 방에서 나는 결코 웃을 수가 없었다.

뒤크로 신부처럼 메달을 넣은 액자를 만들 수는 없었음에도, 나는 유황 거푸집을 많이 만들어(부엌에서) 뒤크로 신부처럼 유명해지려고 끊임없이 마음의 준비를 하고 있었다.

높이 3인치의 서랍이 열두 개 내지 열다섯 개 달린 큰 장롱을 하나 사서, 그 속에 내 보물들을 모아 두었다.

1799년, 나는 그 모든 것을 그르노블에 놔두었다. 1796년이 되자 그것들을 더 이상 소중히 여기지 않게 된 것이다. 석판석 색깔을 한 유황으로 된 그 귀중한 거푸집(혹은 옴푹한 홈)은 성냥이 되어 버렸을 것이다.

나는 『체계적 대백과사전』에서 메달 항목을 찾아 읽었다.

만약 능숙한 선생님이 있어서 그런 취미를 활용하게 했다면, 나를 고대사 공부에 열중하게 했었을 것이다. 그 선생님은 수에토니우스[211] 그리고 뒤이어 나의 미숙한 머리가 어려운 사상을 받아들이는 여부에 따라 할리카르나소스의 디오니시오스[212]를 읽게 했을 것이다.

---

211) Suetonius(69~130). 로마의 문인. 『황제전』과 『명사록』를 썼다.

212) Dionysios(기원전 170~기원전 90). 기원전 1세기의 그리스 역사학자이자 수사학자. 『고대 로마사』를 썼다.

하지만 당시 그르노블을 지배하고 있던 드 보나르[213] 씨라는 사람의 서간체 시를 읽고 인용하게 하는 것이었다. 그것은 작은 도라라고 생각한다.(사람들이 작은 마콩이라고 말하듯이.) 외할아버지는 몽테스키외의 『로마인 흥망사』를 존경심을 갖고 언급했는데, 나는 이해할 수가 없었다. 당연한 일로서, 몽테스키외가 훌륭하게 고찰한 여러 사건들을 내가 전혀 모르고 있었기 때문이다.

적어도 나에게 티투스 리비우스[214]를 읽혀야 했다. 그런데 나에게 상퇴유의 성가(聖歌)[215]를 읽게 하고 그것을 찬미하게 했다. "Ecce sede tonantes……(보라, 천둥의 신이 멈춘 곳을……)"[216] 그러니 내가 내 압제자들의 종교를 어떤 태도로 받아들였는지 상상할 수 있을 것이다.

우리 집에 식사하러 오는 신부들은 우리 집 사람들의 환대에 감사하기 위해 나에게 로요몽의 성서[217]에 바탕을 둔 감상적인 이야기를 해 주었는데, 그 번드르르하고 달콤한 말투가

---

213) De Bonnard(1744~1784), 1775년 그르노블에 주둔했던 군대의 군인이자 시인.

214) Titus Livius Patavinus(기원전 59~기원후 17), 고대 로마의 역사가. 『로마사』의 저자이다.

215) 상퇴유는 궁정의 어용 시인으로, 교회의 요구에 따라 라틴어로 성가를 작사했다. 그의 성가 제1집이 1686년에 출판되었다.

216) 스탕달의 기억이 정확하지 못했던 듯하다. 원래의 시구는 "Ecce sedes hic Tonantis.(보라, 저기 천둥의 신의 옥좌가 있도다.)"이다.

217) 사시의 비서 니콜라 퐁텐이 로요몽이라는 필명으로 초역한, 해설을 붙이고 그림을 넣은 통속 성서.

나에게 더할 나위 없이 깊은 혐오감을 주었다. 나는 라틴어로 된 신약 성서가 백배는 더 좋아서, 18절판의 신약 성서를 모조리 암기하고 있었다. 우리 집 식구들은 오늘날의 국왕들처럼 종교를 통해 나를 비열한 상태에 머무르게 하고 싶어했지만, 나는 반항만을 갈망했다.

나는 알로브로주 군단[218]의 행진을 보고 있었는데(내 기억에 그 군단은 1835년 11월 또는 12월 나중에 팔십오 세의 나이로 엥바리드에서 사망한 가프 씨의 지휘를 받고 있었다.), 내 머릿속에는 다음과 같은 생각이 가득 차 있었다. 저 군단에 들어가는 것이 옳은 일 아닐까?

나는 자주 혼자 외출하고, 공원에 가곤 했다. 그러나 다른 아이들은 너무 거침없어 보였다. 멀리서 볼 때는 그들과 몹시 놀고 싶었으나, 가까이 다가가면 그들이 거칠어 보였다.

나는 극장에 가는 것까지 시작했다고 생각한다. 그리고 재미가 최고조에 다다랐을 즈음, 여름날 9시 문을 닫는 종소리가 들려올 때 돌아왔다.

압제로 보이는 모든 것이 나로 하여금 반감을 갖게 했다. 나는 권력을 좋아하지 않았다. 나는 이탈리아풍(風) 대살롱의 곁방 안 작고 귀여운 호두나무 테이블에서 숙제(라틴어 작문, 번역, 우유 사발에 빠진 파리에 관한 시)를 했다. 대계단으로 이어지는 문은 집에서 미사가 열리는 일요일을 제외하고는 늘 닫

218) 프랑스 대혁명 때 조직된 국민 의용군으로, 국내에서 활약하고 제1차 이탈리아 원정에도 참가했다. 그러나 가프 장군은 이 군단에 속하지 않았다고 한다.

혀 있었다. 나는 그 테이블의 나무판에 군주를 암살한 사람들의 이름을 모두 적어 놓을 생각을 했다. 이를테면 폴트로,[219) 기즈 공작 등. 1563년 ****에서. 외할아버지가 내가 시 쓰는 것을 도와주다가, 아니, 그보다는 스스로 시를 쓰다가 그 명단을 보고 말았다. 그것은 모든 폭력을 증오하는 온화하고 조용한 그의 심정을 몹시 아프게 했고, 세라피 이모가 나를 잔인한 영혼을 가진 아이라고 말한 것이 옳았다는 결론에 거의 도달할 지경에 이르렀다. 아마도 나는 샤를로트 코르데[220)]가 1793년 7월 11일 또는 12일에 저지른 행동 때문에 암살자들의 명단을 만들기에 이르렀던 것 같다. 나는 그녀에게 열광해 있었다. 그 당시 나는 우티카의 카토[221)]를 열렬히 찬미했기 때문에, 외할아버지가 말하는 선량한 롤랭의 감미롭고 기독교적인 고찰 같은 것은 어리석은 짓의 절정이라고 생각했다.

그와 동시에 나는 무척 어려서, 롤랭의 『고대사』에 나오는 아리스토크라트라는 인물을 발견하고는 그 주변 상황에 감탄하고 누이동생 폴린과 그 감격을 나누었다. 폴린은 자유주의자였고, 제나이드-카롤린에 반대하는 내 쪽 당파였다. 제나이드-카롤린은 세라피 이모 파에 속해 있어서 우리가 스파이라고 불렀다.

---

219) 프랑수아 1세의 장군으로 기즈 공작을 암살하고 사형을 당했다.
220) 코르데 다르몽(Corday d'Armont, 1768~1793)을 가리킨다. 혁명가 마라를 조국의 적으로 여겨 목욕탕에서 칼로 찔러 죽였다.
221) 마르쿠스 포르키우스 카토(Marcus Porcius Cato, 기원전 95~기원전 46). 로마의 정치가. 원로원을 지지하고 카이사르에 항거한 고매한 인물.

그 전인가 그 후인가에 나는 광학(光學)에 열렬한 취미를 갖게 되어, 도서관에서 스미스[222]의 『광학』을 읽기에 이르렀다. 나는 앞을 바라보는 것처럼 보이지만 옆에 있는 사람을 볼 수 있는 안경을 만들었다. 그것을 더 능란하게 잘했으면, 그런 식으로 아주 쉽게 광학이라는 학문에 뛰어들고 수학도 잘 해치울 수 있었을 것이다. 그러나 그저 천문학으로의 한걸음이 있었을 뿐이다.

222) 로버트 스미스(Rovert Smith, 1689~1768). 영국의 물리학자. 그의 책이 1767년에 번역되어 출판되었다.

21장

내가 정당한 이유를 대고, 이를테면 아버지가 주기로 약속을 했으니까 돈을 달라고 하면, 아버지는 화를 내고 중얼대면서, 약속한 대로 6프랑을 주는 대신 3프랑을 줬다. 그런 일이 나를 분통 터지게 했다. 어째서? 약속을 지키지 않는단 말인가?

엘리자베트 왕이모를 통해 물려받은 에스파냐풍의 감정이 나를 하늘 위에 올려놓아서, 나는 명예에 관한 것, 영웅적 행위에 관한 것밖에 생각하지 않았다. 나는 아주 작은 꾀바른 짓도 하지 못했고, 일말의 임기응변 기술도 갖추지 못했으며, 조금이라도 아양을 떨거나 (또는 예수회 수도사처럼) 위선을 부리지도 못했다.

이런 결점은 경험을 통해서도, 추론에 의해서도, 에스파냐 정신 때문에 속아 넘어간 일에 대한 무수한 뉘우침에 의해서도 고쳐지지 않았다.

나는 아직도 이런 부족한 수완을 메우지 못하고 있어서, 매일 그 에스파냐 정신 때문에 보잘것없는 물건을 살 때 1~2파올로[223] 정도를 속아서 사곤 한다. 그런 다음 한 시간이 지나면 후회스러운 기분이 들어서 마침내 물건을 되도록 사지 않는 습관이 들고 말았다. 12프랑을 내면 살 수 있는 작은 가구를, 속아서 사게 될까 두려워 일 년 동안 사지 못하고 지내는 것이다. 속는 것은 나를 불쾌하게 한다. 그 불쾌함이 작은 가구를 손에 넣는 즐거움보다 더 큰 것이다.

나는 이 글을 일어선 채로 트롱솅풍의 사무용 책상[224] 위에서 쓰고 있는데, 이 책상을 만든 목수는 일찍이 그런 책상을 본 적이 없는 사람이었다. 나는 속는 것이 싫어서 일 년 동안 그 책상 없이 지냈다. 그러다가 마침내 신중을 기해 오전 11시 카페에서 돌아오는 시간을 피해 목수에게 이야기하러 갔다. 그 시간은 내가 격정에 빠져 있는 때이기 때문에(1803년 그르넬 로 혹은 오를레앙 로의 모퉁이 생-토노레 로에서 타는 듯 뜨거운 커피를 마셨을 때와 매우 비슷하게) 피로해 있는 때를 선택했다. 그런데 트롱솅풍의 그 책상을 만드는 데는 4에퀴 반(또는 4.5×5.45=24.52)밖에 들지 않았다.

성격이 이러하니, 오십일 세 아버지와 십오 세 아들 사이에서는 참으로 까다로운 일이지만, 돈 문제로 상담을 하면 늘 내 쪽에서 깊은 경멸과 억제된 분노의 발작을 느끼며 끝나는 것이었다.

---

223) 당시 로마의 화폐 단위.

224) 상판을 자유롭게 조절할 수 있는 사무용 책상.

때로는 내가 일부러 능란한 솜씨를 발휘한 게 아니라 우연 때문에 내가 사고 싶은 물건에 대해 아버지에게 웅변적으로 말해서 나도 모르게 아버지를 열중시킬 때가 있었는데(나 자신의 열정을 아버지에게 얼마간 옮겨 준 것이다.), 그럴 때면 아버지는 즐거운 기색까지 보이며 필요한 모든 돈을 어렵지 않게 나에게 주었다. 어느 날 그르네트 광장에 장이 섰다. 그가 몸을 숨기고 지낼 때였는데, 나는 그에게 트럼프 카드 크기의 놋쇠판에 새겨진 분리 활자를 갖고 싶다고 말했다. 그러자 그는 15수짜리 아시냐 지폐 6~7장을 나에게 주었는데, 집으로 돌아갈 때쯤 나는 그 돈을 다 써 버리고 말았다.

"너는 내가 주는 돈을 늘 다 써 버리는구나."

사실 15수짜리 아시냐 지폐 몇 장을 나에게 준 것은 그리도 무뚝뚝한 성격을 지닌 아버지로서는 상냥한 행동을 한 것이어서, 그가 나를 비난하는 것도 무리가 아니라고 생각했다. 우리 집 식구들이 나를 지도하는 방법을 터득했더라면, 그들은 나를 지방에서 수없이 많이 볼 수 있는 바보들 중 하나로 만들어 놓았을 것이다. 에스파냐적 감정 때문에 내가 소년 시절부터, 그것도 가장 크게 느껴온 분노가 그들의 뜻을 어기고 오늘날 나의 성격을 만들어 내고 말았다. 그런데 그 성격이란 어떤 것인가? 이 질문에 대답하기는 힘들 것이다. 아마도 육십오 세가 되면 그 진실을 알게 되리라. 내가 그때까지 산다면 말이다.(내 성격에 관해서, 사람들은 나에게 다음과 같이 말할지도 모른다. 당신은 왕자인가 아니면 에밀 같은 사람인가? 장자크 루소 같은 사람이 당신의 성격을 연구하거나 지도하는 수고를 할 만큼? 그러면 나는 이렇게 대답할 것이다. 우리 집안 사람들 모두가 내 교육에 참견을 했다. 내 어머니가 사망하자 사회적 관계를 모두 끊어 버리는 극심하게 무분별한 짓을 하고 난 뒤, 나는 우리 가족들을 갑갑증에서 벗어나게 해 준 유일한 구제책이었던 것이다. 그런데 내가 그들에게 면해 준 그 갑갑증을 이번에는 그들이 나에게 주었다. 나는 내 또래의 어느 누구에게도 말을 걸어서는 안 되었다!

문체, 즉 사상이 나를 급하게 달리도록 몰아 댔다. 재빨리 그것을 적어 두지 않으면 그것을 잃어버릴 것만 같았다. 어떻게 해서 내가 그렇게 빨리 쓰느냐고? 콜롱 씨여, 내가 이런 악필을 갖게 된 이유가 바로 거기에 있다오. 로마, 1835년 12월 30일, 산그레고리오와 포로 보아리오에서 돌아오면서.)

가난한 사람이 나에게 말을 걸 때, 로마에서처럼 비극적 스타일로 하든 프랑스에서처럼 희극적 스타일로 하든 나는 화가 난다. 첫째, 내 몽상을 어지럽히는 것이 몹시 싫고, 둘째, 나는 그가 하는 말을 한마디도 믿지 않는다.

어제 큰길을 지나가는데, 마흔 살쯤 된 꽤 참해 보이는 서민층 여성이 자기와 함께 걷고 있는 남자에게 이렇게 말하는 것이었다. "그렇지만 살아야 돼요(Bisogna campar)." 그 말에 거짓된 기색이 전혀 없어서, 나는 눈물이 날 정도로 감동했다. 나는 돈을 요구하는 가난한 사람에게 돈을 준 적이 없다. 인색하기 때문은 아니라고 생각한다. 12월 11일 치비타-베키아에서 살찐 검역관이 하루에 6파뇨트[225]를 요구하는 검역소의 불쌍

225) 둥그스름한 덩어리 빵.

한 포르투갈인에 대해 나에게 이야기했을 때, 나는 즉시 현금으로 6~8파올로를 주었다. 그는 자기 상관(피우미나타에서 온 로마넬리라고 불리는 거친 촌사람)과의 관계가 위태로워질까봐 겁이 나서 그것을 거절했는데, 나는 현직 영사로서 1에퀴를 주는 것이 해야 마땅한 일이라고 생각했다. 그래서 그렇게 했다. 참된 인간애로 6파올로, 그리고 제복에 수놓은 자수 때문에 4파올로.

아버지와 자식 사이의 금전상의 대화에 관해서, 피렌체의 토리자니 후작(젊은 시절 대단한 도박꾼이었고, 옳지 않은 방법으로 돈을 땄다고 몹시 비난을 받는)은 아들 셋이 때때로 노름에서 10~15루이를 잃는 것을 보고, 그들이 자기에게 그 돈을 요구하는 난처함을 면해 주기 위해 충직한 늙은 문지기에게 3000프랑을 내주고는, 자기 자식들이 돈을 잃으면 거기서 돈을 내주고 그 3000프랑을 다 내주고 나면 다시 자기에게 돈을 청하라고 했다.

그것은 그 자체로 매우 좋은 일이었고, 게다가 자식들을 감동시켰다. 그들은 절제를 지키게 되었다. 그 후작은 레종도뇌르 훈장 수훈자로서 파치 부인의 아버지인데, 파치 부인의 아름다운 눈은 1817년 나에게 실로 강렬한 감탄의 감정을 불러일으켰다. 내가 1817년에 도박에 관한 그녀 아버지의 일화를 들었다면, 조금 전에 개탄한 바 있는 나의 저주스러운 에스파냐적 취향 때문에 큰 고통을 느꼈을 것이다. 그 에스파냐적 취향은 내가 희극적 재능을 갖는 것을 막았다. 말하자면, 첫째, 나는 모든 저속한 것으로부터 시선과 기억력을 돌린다. 둘째, 나는 아리오스트를 읽던 열 살 때와 마찬가지로, 모든 연애 이야기, 숲(삼림과 그 한없는 정적), 너그러움 같은 것에 공감한다.

신기하지 않고 흔해빠진 에스파냐의 콩트도 너그러움 같은 것이 담겨 있으면 내 눈에 눈물이 고이게 하지만, 나는 몰리에르의 등장인물 크리잘[226]의 성격으로부터 눈을 돌리고, 더 나아가 『자디그(Zadig)』, 『캉디드(Candide)』, 『불쌍한 악마(Pauvre Diable)』 등 볼테르의 다른 작품들의 고약한 바탕에 대해서는 한층 더 그렇게 한다. 내가 좋아하는 볼테르의 글은 다음의 구절뿐이다.

> 그대야말로, 하고 그는 말했다.
> 꾸밈없고 순수한 실체의
> 존재이고 본질이다.

바랄(폴 드 바랄 백작, 1785년경 그르노블에서 출생)이 아주 어렸을 때 이 시구(詩句)에 대한 자신의 애정을 나에게 전해 주었는데, 그는 재판장이었던 자기 아버지에게서 이 시를 배웠다.

엘리자베트 왕이모로부터 물려받은 에스파냐 취향은 지금 이 나이에 이르러서도 나를 경험 없는 아이, 그 어떤 진지한 일에 대해서도 매우 무능력한, 상궤를 벗어난 사람으로 보이게 한다. 진정한 부르주아인 내 친척 콜롱의 눈에는 말이다.(이것은 그가 한 말을 그대로 적은 것이다.)

---

226) 몰리에르의 희곡 「여학자들」에 나오는 전형적인 부르주아 기질의 인물.

인생과 인간들에 관한 진짜 부르주아의 대화는 추악하고 자질구레한 일들을 주워 모은 것에 불과하지만, 내가 예의상 그런 이야기를 좀 오랫동안 들어야만 할 때면, 나를 깊은 우울증에 빠지게 한다.

이것이 1816년경 내가 그르노블에 대해 공포를 느낀 비밀스러운 이유인데, 그 당시 나는 이것을 이해하지 못했다.

쉰두 살이 된 오늘날도 나는 일요일이 되면 왜 내가 불행한 기분이 드는지를 여전히 이해하지 못한다. 그냥 다음과 같은 정도에 그칠 뿐이다. 나는 명랑하고 만족해하고 있는데, 거리로 나가 200보쯤 걸어간 끝에 상점들이 닫혀 있는 것을 알아차린다. 나는 중얼댄다. "아아! 오늘이 일요일이구먼."

그 순간 행복했던 내적 마음가짐이 온통 사라져 버린다.

일요일을 맞아 나들이옷을 차려입은 노동자나 부르주아들의 만족스러운 모습에 대한 질투일까?

나는 스스로에게 다음과 같이 말하지만 소용없는 일이다. "나는 이렇게 1년에 쉰두 번의 일요일과 열 번의 명절을 잃고 마는 거야." 그런 사태는 나로서는 어쩔 수 없는 노릇이다. 집요하게 일하는 것 말고 나에게는 방책이 없다.

크리잘에 대한 혐오감 같은 것이 어쩌면 나로 하여금 젊음을 갖게 했는지도 모른다. 그러므로 그것은 몇 명의 여자들밖에 손에 넣지 못한 불행처럼 행복한 불행이라 해야 할 것이다.(비앙카 밀레지 같은 여자들 말이다. 1829년경 어느 날 아침 파리에서, 나는 밀회를 하기에 알맞은 때라는 것을 알아차리지 못한 탓에 그녀를 놓쳐 버리고 말았다. 그날 그녀는 엘데르 로 혹은 몽-블랑 로 부근에서 검은 비로드 옷을 입고 있었다.)

나는 그런 여자들(진짜 부르주아 여인들)을 손에 넣은 적이 없어서, 오십의 나이에도 전혀 무뎌지지 않았다. 정신적 의미에서 그렇다는 뜻이다. 당연한 일이지만 육체적으로는 대단히 쇠약해져서 보름 또는 삼 주 동안 여자 없이 충분히 지낼 수 있기 때문이다. 이런 금욕도 최초의 일주일이 힘들 뿐이다.

내가 하는 어리석은 짓들의 대부분은 동 자페 다르메니가 말했듯이[227] 뒤쪽이 대머리인 기회의 신이 지나갈 때 낚아채지 못하는 어리석음, 물건을 살 때 늘 속는 것 등등 엘리자베트 왕이모로부터 물려받은 에스파냐 취향에 원인이 있다. 나는 그 왕이모에게 늘 큰 존경심을 품고 있었는데, 그 존경심이 너무나 대단해서 친구들과의 우정이 다정한 것이 되지 못할 정도였다. 또한 그런 취향은 꽤 어렸을 때 아주 즐겁게 읽은 아리오스트의 책에서도 온 것 같다.[오늘날 나는 아리오스트의 주인공들이 힘만을 유일한 가치로 여기는 마부(馬夫)들이라고 생각하는데, 이런 생각은 타소보다 아리오스트를 훨씬 선호하는 재치 있는 사람들(이곳에서는 본타도시 씨, 돈 필리포 카에타니)과 논쟁을 하게 만든다. 반면 내 눈에는 타소가 다행스럽게도 베르길리우스나 호메로스를 모방하는 것을 잊어버렸을 때 시인들 중 가장 감동적인 시인이 되는 것이다.]

나는 방금 한 시간이 채 안 되는 동안 열두 페이지나 되는

---

227) 스카롱의 4막 4장의 운문극 제목이며, 극의 주인공을 가리키고 있다. "찬스는 대머리이다.(어지간히 잡기 힘들다.)"라는 말은 그 인물의 대사 중에 있다.

이 글을 써 냈다. 나중에 지워야하지 않도록 분명하지 않은 것을 쓰지 않고 때때로 쓰는 것을 멈추면서 말이다.

콜롱 씨여, 글을 깨끗이 잘 쓰는 것이 어떻게 육체적으로 나에게 가능할까? 나의 벗 콜롱은 어제의 편지 그리고 이전의 편지에서도 그런 비난을 나에게 퍼부었다. 그는 자신이 한 말로 인해, 그리고 나로 인해 어떠한 형벌도 무릅쓸 인물이다.(그는 1785년경 리옹에서 태어났다. 그의 아버지는 매우 정직한 상인이었고 1788년경 그르노블에서 은퇴했다. 로맹 콜롱 씨는 2만~2만 5000프랑의 연수입과 세 딸이 있다. 파리, 고도 드 모루아 로.)

22장

1793년 여름, 리옹 공략전

나는 1806~1809년에 브라운슈바이크에서 그 유명한 리옹 공략전[228]을 지휘한 프레시[229] 씨를 잘 알게 되었다. 그는 내가 아주 어렸을 때 그렇다고 생각한 드 트레상 씨의 뒤를 이어

---

228) 프랑스 대혁명 때, 상층 부르주아 계급을 대표한 지롱드당은 소부르주아 계급을 대표한 자코뱅당의 과격한 정책을 억제하고 혁명이 나아가는 방향을 고치려고 했다. 루이 16세 처형 문제를 놓고 패배한 지롱드파는 자코뱅파가 주도하는 혁명의 중심지 파리에 대항하기 위해 리옹, 마르세유, 보르도 등과 연합하여 지방 대도시들의 지방자치제에 의한 연합주의를 내세우고 파리의 혁명정부에 반격을 도모했다. 한편 파리의 혁명정부(공안위원회)는 의용군을 모아 혁명을 저지하려는 유럽 연합군을 각지에서 격파하고, 국내 연합주의자들의 반란을 진압했다. 혁명군의 리옹 공략전은 1793년 8월 10일에 시작됐고, 리옹은 10월 9일에 항복했다.

229) 왕당파로 리옹 반란군의 지도자였다. 리옹 해방 후 많은 왕당파가 살해되었으나, 그는 브라운슈바이크로 망명해 목숨을 부지했다.

사귀기 좋은 교육받은 사람의 첫 모델이었다. 리옹 공략전은 남프랑스 전체를 동요시켰다. 나는 켈레르만과 공화주의자들 편이었고, 우리 집 식구들은 공격받는 농성군과 프레시 편이었다.(우리 집 식구들은 그 사람을 부를 때 '씨(monsieur)'를 붙이지 않았다.)

우리의 친척인 상테르는 우체국 직원으로, 그의 사촌인지 조카가 리옹에서 싸우고 있었는데, 하루에 두 번씩 우리 집에 들르곤 했다. 여름철이었기 때문에 우리는 아침에 테라스에 면한 박물실 안에서 카페오레를 마셨다.

내가 조국에 대한 감동적인 사랑과 조국의 적인 귀족(1835년의 정통파) 및 신부들에 대한 가장 격렬한 증오의 감정을 느낀 것은 그 테라스에서다.

우체국 직원인 상테르 씨는 6~7종의 신문을 구독자들에게서 몰래 빼돌려 우리에게 가져오곤 했다. 그런 바람에 구독자들은 우리의 호기심 때문에 두 시간이나 늦게 신문을 받아 보았다. 상태르 씨는 약간의 빵과 포도주를 먹으며 신문 읽는 소리를 들었다. 또 자주 리옹 소식도 가져와 알려 주곤 했다.

나는 저녁에 혼자 테라스에 가서 리옹에서 나는 대포 소리를 들어 보려고 했다. 연표, 이것은 내가 로마에서 갖고 있는 유일한 것인데, 그것을 보면, 리옹은 1793년 10월 9일에 점령되었다. 따라서 내가 리옹에서 나는 포성을 들으려 한 것은 1793년 여름, 열 살 때였었다. 나는 한 번도 포성을 듣지 못했다. 그저 선망을 갖고 메오도르(미우드르라고 발음할 것) 산을 바라다 보았다. 그 산에서는 포성이 들렸던 것이다. 우리의 친척이자 정직한 사람인 로마니에(블랑셰 양과 결혼해서 친척이 되었다. 블랑셰 양은 외할아버지 처가 쪽의 친척이었던 것 같다.)는 미우드르 사람으로, 자신의 부친을 보러 두 달에 한 번씩 그곳에 가곤 했다. 돌아와서는 다음과 같은 말을 해서 내 가슴을 설레게 했다.

"리옹에서 나는 포성이 아주 잘 들렸어. 특히 저녁에 해가 질 무렵에, 그리고 서북풍이 불 때 말이야."

나는 그곳에 가고 싶다는 더할 나위 없이 강렬한 욕망을 느끼며 박물실을 응시했다. 그러나 그것은 절대 입 밖에 내어서는 안 되는 욕망이었다.

어쩌면 나는 이런 상세한 이야기를 훨씬 더 앞에 써야 했을 것이다. 그러나 되풀이해 말하지만, 나는 어린 시절에 관해 아주 명확한 이미지들만 갖고 있을 뿐, 날짜나 외형을 정확히 알지 못한다.

가끔 기억이 떠오르면 조금씩 적어 놓는다.

나는 책 한 권 갖고 있지 않고, 어떤 책도 읽고 싶지 않다. 뢰브-베마르 씨라는 교활하고 무미건조한 사람의 이름이 붙은 얼빠진 연표에서 나는 거의 아무런 도움도 받지 못한다. 마렝고 전투(1800년), 1809년의 전투, 모스크바 전투, 내가 사강(슐레지엔 보베르 강변의)에서 보급관으로 일했던 1813년의 전투에 대해서 마찬가지로 그럴 것이다. 나는 역사에 관해 쓴다는 자부심 같은 것은 조금도 없다. 그저 아주 단순하게 내 추억에 관해 쓰면서 내가 어떤 인간인가를 알아내려고 한다. 바보인가 아니면 재치 있는 인간인가, 겁쟁이인가 아니면 용감한가 등등 말이다. 그것이 저 위대한 말 "너 자신을 알라.(Gnoti seauton.)[230]"에 대한 답변인 것이다.

1793년의 그 여름 동안, 툴롱 포위 공격은 나를 퍽 흥분시켰다. 말할 것도 없이 우리 집 식구들은 그 도시를 넘겨준 배신자들이 옳다고 했다. 그렇기는 했지만, 엘리자베트 왕이모는 에스파냐풍의 긍지를 갖고 나에게 그 말을 했다…….

나는 카르토 장군이 출정하는 모습을 보았다. 그는 그르네트 광장에서 열병을 했다. 툴롱을 향해 가느라 큰 소리를 내며 천천히 몽토르주 로의 포장도로 위를 열을 지어 행진해 가는 군수물자 수송 마차 위에 쓰여 있던 그의 이름이 지금도 눈에 선하다.

큰 사건 하나가 나에게 준비되고 있었다. 당시 나는 그 일에 대단히 민감했지만, 너무 늦은 상황이었다. 아버지와 나 사이의 모든 애정의 끈은 영구히 끊어져 버렸고, 부르주아적인 자질구레한 것들과 그르노블에 대한 나의 혐오감은 이제는 어찌할 수 없는 것이 되어 버렸다.

세라피 이모는 오래전부터 몸이 아팠고, 마침내 위험하다는 말이 나오기에 이르렀다. 그 중대한 발언을 한 사람은 내 벗인 사람 좋은 마리옹(마리 토마세)이었다. 위험은 절박했으며, 신부들이 몰려왔다.

겨울 저녁 7시경이었던 것 같은데, 나는 부엌 안 마리옹의 장롱 맞은편에 있었다. 누군가 와서 말했다. "숨을 거두었어

230) 그리스 델포이 신전 정면 합각에 새겨져 있는 격언.

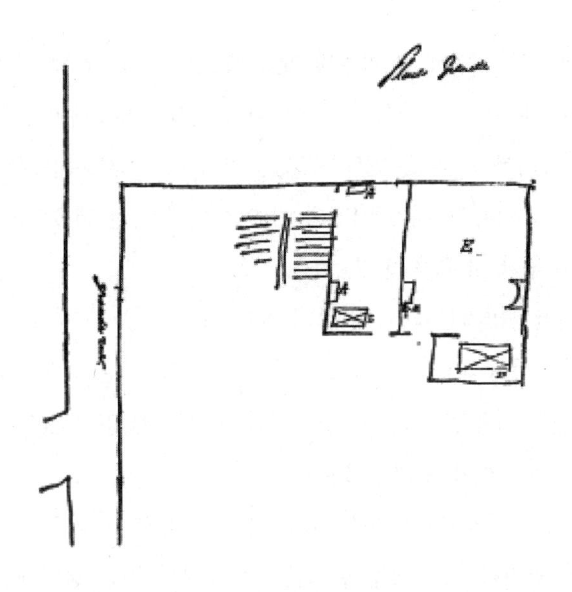

그림 11. 세라피 이모의 방. 그르네트 광장과 면해 있다.

요." 나는 그곳에서 무릎을 꿇고 그런 크나큰 해방을 안겨 준 것에 대해 하느님께 감사했다.

1880년에도 1835년과 마찬가지로 파리 사람들이 바보 멍청이라면, 어머니 여동생의 죽음을 그렇게 받아들이는 것을 보고 나를 야만스럽고 잔혹하며 잔인한 인간으로 여길 것이다.

어쨌든 그것은 진실이었다. 죽은 사람에 대한 미사와 기도를 드리면서 일주일이 지나자, 집안 사람들 모두 훨씬 마음이 가벼워지고 자유로워졌다. 나는 아버지조차도 그 악마 같은 애인 — 그녀가 아버지의 애인이었다는 가정하에서이지만 — 또는 악마 같은 여자 친구로부터 해방된 것에 대해 매우 만족스러워했다고 생각한다.

세라피 이모가 한 마지막 행동 중 하나는 어느 날 밤 내가 엘리자베트 왕이모의 서랍장 위에서 외할아버지가 방금 빌려준 『앙리아드』 혹은 『벨리제르』를 읽고 있을 때 다음과 같이 외친 것이다. "도대체 어떻게 이 아이에게 저런 책을 줄 수가 있어! 누가 저 책을 줬지?"

외할아버지는 내가 귀찮게 졸라 대는 바람에 친절하게도 날씨가 추운데도 불구하고 나와 함께 집의 다른 쪽 끝 테라스에 면한 사무실로 가서 그날 저녁 내가 몹시 읽고 싶어 하던 그 책을 나에게 주었던 것이다.

집안 식구 모두가 난로 앞에 양파 모양의 둥근 열을 지어 앉아 있었다. 그르노블에서는 양파 모양의 둥근 열이라는 말을 자주 썼다. 어쨌든 외할아버지는 딸의 그런 무례한 질책에 어깨를 으쓱 치켜올리며 이렇게 대꾸할 뿐이었다. "저 애는 환자니까."

나는 세라피 이모의 사망 날짜를 전혀 모른다. 그르노블의 호적부를 조사해 알아보게 할 수는 있을 것이다.

그 후 얼마 지나지 않아 내가 중앙학교에 입학했다고 생각되는데, 세라피 이모가 살아 있었다면 결코 허용하지 않았을 것이다.[231)]

그때가 1797년경으로, 중앙학교는 겨우 삼 년 정도 다녔다고 나는 생각한다.

---

231) 사실 세라피 가뇽이 죽었을 때 앙리 벨은 중앙학교에 다닌 지 한 달 반이 된 상태였다.

23장

중앙학교

여러 해가 흐른 1817년경, 나는 트라시 씨로부터 중앙학교에 관한 훌륭한 법을 대부분 그가 만들었다는 것을 그의 이야기를 듣고 알았다.

외할아버지는 교수들의 명단을 현(縣) 행정부에 제시하고 학교를 조직하는 임무도 맡은 조직 위원회의 매우 유능한 위원장이었다. 외할아버지는 문예와 교육을 몹시도 좋아해서, 사십 년 동안 그르노블에서 행해지는 문학적이고 자유주의적인 모든 사업의 선두에 있었다.

세라피 이모는 외할아버지가 조직 위원회의 심사위원이라는 직책을 받아들인 것을 심하게 비난했다. 그러나 그는 공공도서관의 창립자였고, 사람들의 존경을 받아 중앙학교의 우두머리가 되었다.

우리 집에 와서 나를 가르치던 뒤랑 선생이 라틴어 교수가 되었다. 그러니 어떻게 중앙학교에 가서 그의 강의를 듣지 않겠다고 말할 수 있겠는가? 세라피 이모가 살아 있었다면, 뭔가 구실을 찾아냈었으리라. 그러나 나의 아버지는 그런 상황에서 나쁜 교제가 품행에 미칠 위험에 대해 심각하고 진지하게 두어 마디 하는 것으로 그쳤다. 나는 즐거움을 느끼지는 않았다. 도서관 홀에서 중앙학교의 개교식이 열렸고, 외할아버지가 연설을 했다.

아주 많은 사람이 참석한 그 개교식은 아마도 제1홀에서 열렸던 것 같은데, 나는 그 광경을 머릿속에 떠올릴 수 있다.

교수진은 다음과 같았다. 뒤랑이 라틴어, 가텔은 일반 문법 그리고 논리학도 맡았던 것 같다. 비극 「에리시 혹은 무녀(巫女)」의 저자로 이십이 년간 《두 교량 신문》의 편집인을 지낸 뒤부아-퐁타넬이 문학을 맡았고, 외할아버지의 보호를 받고 있던 젊은 의사로 그의 제자라 할 수 있는 트루세가 화학을 맡았다. 그리고 키 5피트 6인치의 허풍쟁이로 재능이라곤 조금도 없지만 사람들을 열광시키는(아이들을 흥분하게 하는) 데 능숙한 제에가 미술을 맡았다. 그는 이내 300명의 제자를 만들어 냈다. 젊고 가난한 방탕아이자 정말 무능한 작가인 샬베(피에르-뱅상)은 역사를 맡았다. 그는 역사 외에도 입학금 수납을 담당했는데, 그 돈의 일부를 세 명의 자매와 함께 탕진해 버리고 말았다. 그녀들의 직업은 고약한 매춘으로, 그에게 새로운 고질병을 옮겨 주어 그는 얼마 후 그 병 때문에 죽었다. 마지막으로 뒤퓌. 그는 그때껏 내가 본 사람들 중 가장 허풍쟁이이자 가장 온정 넘치는 티를 내는 부르주아였는데, 그가 수학 교수가 되었다. 그는 재능의 어렴풋한 그림자조차 없는 사람이었다. 게다가 측량사라고 부르기조차 어려운 처지였는데, 그런 사람이 그로(기하학자)가 있는 도시에서 수학 교수에 임명된 것이다! 하지만 외할아버지는 수학을 전혀 모르고 또 싫어했다. 게다가 뒤퓌 영감(우리는 그를 이렇게 불렀고, 그는 우리를 '얘들아'라고 불렀다.)의 허풍은 그르노블에서 일반적인 존경을 얻어 내기에 안성맞춤이었다. 알고 보면 속이 텅 빈 남자가 그럴듯한 말을 했던 것이다. "얘야, 콩디야크의 논리학을 공부하도록 해라. 그것이 모든 것의 기초니까."

오늘날에도 그 이상의 좋은 말은 할 수 없을 것이다. 하긴, 콩디야크의 이름을 트라시의 그것으로 바꿔서 말이겠지만.

재미있는 것은, 뒤퓌 씨 자신은 자기가 우리에게 권하는 콩디야크 논리학의 첫 마디조차 이해하지 못하는 것 같았다는 점이다. 그것은 소형 12절판의 아주 얇은 책이었다. 그런데 나는 너무 앞서 나가고 있다. 그것은 내 결점이다. 지금까지 쓴 글을 다시 읽으면서 연대순에 위배되는 구절들을 모두 지워야만 하리라.

중앙학교 교수 지위에 걸맞은 유일한 인물은 가텔 신부였다. 그는 멋지고 깔끔하며 늘 부인들의 모임에 끼어드는 진짜 17세기풍의 신부였다. 하지만 강의를 할 때는 대단히 진지했으며, 여러 민족이 자기들의 언어를 형성하면서 따랐던 습관 — 본능적이고 또한 두 번째론 능란하지만 유추적인 움직임의 원리 — 에 관해 당시 사람들에게 알려져 있던 모든 것을 파악하고 있었다고 생각한다.

가텔 씨는 아주 좋은 사전을 만들었는데, 거기에 작정하고 발음까지 적어 넣었다. 나는 늘 그 사전을 사용했다. 또한 그는 매일 대여섯 시간 동안 공부하는 인물이었는데, 그것은 하루 종일 어슬렁거리며 할 일 없이 지내는 것밖에 모르는 시골에서는 참 대단한 일이었다.

파리의 바보들은 그가 했듯이 건전하고 자연스러운 발음을 묘사하는 것을 비난한다. 그런데 그것은 비겁함과 무지 때문이다. 그들은 Anvers(도시), cours, vers 등의 발음을 해서 우스꽝스러워질까 봐 겁을 먹고 있다. 이를테면 그르노블에서 '나는 쿠르스(경마)에 갔다 왔어', 또는 '나는 앙베르스와 칼레스에 관한 베르스를 읽었어.'라고 발음하는[232] 것을 모른다. 재치 많은 도시이며 언어에 관해서는 남프랑스를 압도하는 북부 지방과 아직도 관계가 있는 그르노블에 그처럼 발음이 되고 있다면, 툴루즈, 바자스, 페즈나, 디뉴에선 어떨까? 이곳들은 성당 입구에 올바른 프랑스어 발음을 붙여 놓아야만 하는 고장이다.

내무장관은 자신의 직책에 충실하기 위해, 기조[233]처럼 국왕 옆이나 의회에서 책동을 꾀하는 대신 연 200만의 예산을 요청해 보르도, 바욘느, 발랑스 사이에 펼쳐져 있는 숙명적인 삼각 지대에 사는 민중의 교육 수준을 다른 프랑스인들의 교

232) Cours, Anvers, Calais, vers 등에 나오는 마지막 s를 발음한다는 뜻.
233) 프랑수아 기조(François Guizot, 1787~1874). 프랑스의 정치가이자 역사학자.

육 수준만큼 끌어 올려놓아야만 할 것이다. 그 지방에서는 주술사들을 믿고, 글을 읽을 줄 모르며, 프랑스 말을 하지 않는다. 물론 그런 지방에서 우연찮게 란느나 술트[234] 같은 우수한 인물을 배출할 수도 있지만……. 장군은 믿을 수 없을 정도로 무식하다. 내 생각에는 풍토의 영향과 그 풍토가 인간의 몸에 부여하는 애정과 에너지 때문에, 그 삼각 지대에서 프랑스의 걸출한 인물들을 배출하는 것 같다. 코르시카가 나로 하여금 그런 생각을 하게 만든다.

인구 18만의 그 조그만 섬은 프랑스 대혁명 때 8~10명의 가치 있는 인물을 배출했는데, 노르 현은 인구가 90만 명인데도 겨우 한 명 배출했다. 하지만 나는 그 한 명의 이름을 모른다. 그 숙명적인 삼각 지대에서는 신부들이 절대적 권력을 행사한다는 것은 말할 나위도 없다. 문화는 릴에서 렌까지이고, 오를레앙과 투르 부근에서 멈춘다. 남동부에서는 그르노블이 그 화려한 한계이다.(1835년 12월 31일. 로마. 이 책을 쓰기 시작해서, 지금 바야흐로 325페이지에 다다랐다. 앞으로 100페이지를 더해, 모두 400페이지가 되리라.)

중앙학교의 교수를 임명하는 것, 가텔, 뒤부아-퐁타넬, 트루세, 빌라르(오트-잘프의 시골 사람) 제에, 뒤랑, 뒤퓌, 샬베제 씨로, 그것은 학생들에게 유익한 순서대로 따른 것인데, 앞의 셋은 능력 있는 사람들이었다. 그것은 돈이 거의 들지 않는 일

---

234) 두 사람 다 나폴레옹 시대에 요직에 있던 군인들. 후에 정치가로 활동했다.

이어서 이내 이루어졌지만, 학교 건물은 큰 수리가 필요했다. 그 시절은 전쟁 중인데도 불구하고 에너지가 넘쳐서 모든 것이 완성되었다. 외할아버지가 현 행정부에 끊임없이 자금을 요청했던 것이다.

중앙학교 강의는 봄에 임시 교사(校舍)에서 시작되었던 것 같다.

뒤랑 씨의 교실은 전망이 좋은 곳에 있었고, 마침내 한 달 뒤에 나는 그것을 실감하게 되었다. 어느 화창한 여름날, 부드러운 미풍이 우리의 눈 아래 60~80피트 떨어진 곳에서 본느 문 비탈면의 건초들을 흔들어 주고 있었다.

우리 집안 식구들은 들판이라든가 푸른 초목이라든가 미나리아재비 꽃 등등의 아름다움에 대해 끊임없이, 구역질이 날 정도로 나에게 칭찬을 늘어놓곤 했다.

그런 맥 빠진 말들이 나로 하여금 꽃이나 화단에 대해 지금까지도 계속되는 혐오감을 갖게 했다.

다행스럽게도, 내가 학교의 라틴어 교실 근처 창가에서 혼자 발견한 그 기막힌 전망, 홀로 그곳에 꿈꾸러 가곤 했던 그 전망이 아버지와 그의 친구들인 신부들의 말 때문에 생긴 깊은 혐오감을 이겨 내게 했다.

그리하여 수많은 세월이 흐른 뒤, 샤토브리앙 씨나 살방디 씨의 운율적이고 과장되게 멋을 부린 문장이 나로 하여금 매우 짤막짤막한 문체로 『적과 흑』을 쓰게 했다. 크게 어리석은 짓들이었다. 이십 년 후에 누가 그 사람들의 위선적이고 모호한 글 같은 것을 생각하겠는가? 그리하여 내가 그 복권의 일

등에 당첨된다는 것은 다음과 같은 것으로 귀착된다. 1935년에 읽힌다는 것.

세라피 이모가 황홀해하던 풍경에 대해 내 눈을 감게 한 것도 똑같은 마음가짐 때문이었다. 1794년의 나는 1835년의 밀라노 민중과 비슷했다. 민중의 증오를 사던 독일의 권력자가 그들에게 쉴러를 억지로 맛보게 하려 했으나, 평범한 괴테의 영혼과는 매우 다른 쉴러의 아름다운 영혼은 자신의 영광을 위해 그러한 사도(使徒)를 갖게 된 데 대해 크게 화가 났을 것이 틀림없다.

1794년 또는 1795년 봄, 열한 살 또는 열두 살에 10~12명의 친구가 있는 학교에 첫발을 내디딘 것은 나에게는 굉장히 생소한 일이었다.

나는 현실이 내가 상상으로 그려낸 터무니없는 이미지에는 훨씬 못 미치는 보잘것없는 것임을 깨달았다. 그 친구들은 그다지 명랑하지 않았고 그다지 열광적이지도 않았다. 그리고 행동거지가 매우 상스러웠다.

뒤랑 씨는 중앙학교 교수가 된 것에 무척 우쭐했으나 늘 변함없는 호인이었다. 그가 나에게 살루스티우스[235]의 『유그루타 전기(戰記)』를 번역하게 했던 것 같다. 자유가 최초의 결실을 만들어 내어, 나는 화내는 성질을 버리고 양식(良識)으로 되돌아와 살루스티우스를 크게 음미했다.

---

235) Sallustius(기원전 86~기원전 34). 로마의 역사학자이자 정치가. 그의 역사 저술은 후세에 많은 영향을 미쳤다.

학교는 공사하는 일꾼들로 가득했고, 4층의 많은 방들이 열려 있었다. 나는 그곳으로 혼자 몽상을 하러 가곤 했다.

그토록 바라고 마침내 다다른 자유 속에서 모든 것이 나를 놀라게 했다. 내가 거기서 발견한 매력은 일찍이 내가 꿈꾸었던 그것이 아니었다. 내가 몽상했던 매우 명랑하고 상냥하며 고상한 친구들은 발견하지 못했고, 그 대신 극히 이기적인 장난꾸러기들을 발견한 것이다.

그런 실망감을 나는 거의 평생을 통해 경험했다. 1811년 내가 참사원 서기관이 되고 이 주 후 황실 집기 검사관이 되었을 때, 야심이 이루어졌다는 기쁨만이 나를 그런 실망감에서 벗어나게 해 주었다. 삼 개월 동안 나는 이제 더 이상 육군 경리관이 아니니까 이예나 나 바그람 전쟁터에서 황제의 일꾼에 불과한 너무나도 교양 없고 거친 영웅들의 질시와 학대에 몸을 맡기지 않아도 된다는 만족감에 도취해 있었다. 후세 사람들은 그런 자들이 전쟁터가 아닌 곳에서 저지르는 거칠고 어리석은 짓에 관해 결코 알지 못하리라. 게다가 전쟁터에서도 얼마나 용의주도하게 행동하는지! 그들은 나폴리의 영웅인 넬슨 제독과 같은 인간들로서(콜레타 그리고 디 피오리 씨가 나에게 한 이야기를 볼 것.[236]) 넬슨이 그런 것처럼 부상을 한 번 당할 때마다 그것이 연봉과 훈장으로 자신들에게 얼마나 이득을 가져다줄 것인가를 늘 생각하는 패거리인 것이다. 미쇼 장

236) 콜레타는 나폴리의 장군으로, 공화주의자자 역사학자였다. 그는 『나폴리 왕국사』라는 책에서 영국의 넬슨 제독이 나폴리 왕국을 방위해 주고 그 대가로 시칠리아의 브론데 공국의 군주 자리를 얻었다고 말했다.

군이나 마티스 대령의 높은 덕성과 비교하면 얼마나 천한 동물들인지! 아니다, 후세 사람들은 나폴레옹 전쟁 보고서에 나오는 그 영웅들이 얼마나 아양을 떨어 대는 보잘것없는 인간들이었는지 또한 내가 빈, 드레스덴, 모스크바에서 《모니퇴르》[237]를 받아 보았을 때 얼마나 웃어 댔는지 결코 알지 못하리라. 군대에서는 거짓말을 비웃지 않기 위해 거의 아무도 그 신문을 받아 보지 않았다. 전쟁 보고서는 전쟁의 도구로서 야전 보고서이지 역사적 문서는 아니다.

볼품없는 진실을 위해 다행스러운 일은, 1835년에 귀족원 의원이나 재판관이 된 그런 영웅들이 저지른 극단적인 비겁한 행동이 1809년에 영웅적 행위라고 일컬어졌던 것들의 진상을 후세에 알려 줄 거라는 점이다. 나는 사랑스러운 라살과 에그젤망스[238] 말고는 예외를 인정하지 않는다. 에그젤망스는 나중에……. 하지만 당시 그는 육군 대신인 부르몽 장군[239]을 만나러 가진 않았다. 몽세[240] 또한 천한 짓을 하지 않았던 것 같다. 그러나 쉬세[241]는……. 나는 나이 때문에 반쯤 얼빠지기 전의 위대한 구비옹-생-시르를 잊고 있었다. 그 얼빠진 짓은 1814년으로 거슬러 올라간다. 그 시대 이후 그는 그저 글 쓰는

---

237) 정부 기관지.

238) 둘 다 프랑스의 군인이다. 라살은 바그람 전투에서 전사했고, 에그젤망스는 모스크바 원정에 사단장으로 참전했다.

239) 부르몽 원수. 워털루 전투 사흘 전에 적과 내통해 프랑스를 배반했다.

240) 나폴레옹 밑에서 헌병감을 지내고 원수가 되었다. 왕정복고 후 귀족이 되었으나 정부 방침에는 비판적이었다고 한다.

241) 프랑스의 장군. 몽세에 비해 왕정복고 정부에 충성했다.

재능밖에 지니지 못했다. 또한 나폴레옹 치하의 민간 사회에서 12월 아침 7시부터 다뤼 씨를 귀찮게 하기 위해 생-클루에 온드 바랑트 씨라든가 세바스티아니 장군의 저열한 추종자 다르구 백작 등은 얼마나 야비한 사람들인가!

그런데 도대체 내가 어디까지 이야기했지? 학교 건물 안 라틴어 교실까지.

24장

나는 학우들과 별로 잘 어울리지 못했다. 지금에야 알겠는데, 그 당시 나는 거만함과 놀고 싶은 욕구가 뒤섞인 매우 기묘한 기분을 갖고 있었다. 그래서 학우들의 더할 나위 없이 모진 이기주의에 대해, 에스파냐식의 고귀한 생각으로 반응했다. 그들의 놀이에서 제외되었을 때, 나는 마음이 몹시 아팠다. 더욱 비참했던 것은 내가 그 놀이들을 전혀 알지 못했고, 영혼의 고귀함이라든가 섬세함 같은 것을 내세웠다는 점이다. 그들에게 그것은 완전히 미치광이 짓으로 보였을 것이 틀림없다. 교묘하고 민첩한 이기주의, 요컨대 절도를 모르는 이기주의, 그것이 아이들 사이에서는 성공을 거두는 유일한 것이었다.

성공하지 못한 것을 완벽하게 마무리해 주듯, 나는 교수 앞에서 수줍어했다. 학자연하는 부르주아 선생이 암묵적으로 또는 친절하게 바른 말투로 입에 올린 질책의 말 한마디가 내 눈에 눈물이 고이게 했다. 그런 눈물이 고티에 형제, 아마도 생-페레올, 로베르(현재 파리의 이탈리아 극장 지배인) 그리고 특히 오드뤼 씨 등의 눈에 비겁한 것으로 비쳤을 것이다. 오드뤼는 힘이 무척 세고 성격이 아주 거친 시골 친구로 우리 모두보다 키가 1피트나 더 컸으며, 우리는 그를 골리앗이라는 별명으로 불렀다. 처음에 그는 그 별명을 마음에 들어 했으나, 그 좋지 못한 머리가 우리가 자기를 조롱하고 있다는 것을 마침내 알게 되자, 우리의 머리를 손바닥으로 때리곤 했다.

그의 아버지는 룅뱅(그르노블에서 몽멜리앙까지, 이제르 지역의 감탄스러운 계곡들을 이렇게 부른다. 실제로 그 계곡은 무아랑의 뾰족한 산봉우리까지 펼쳐져 있지만.) 혹은 계곡 안 다른 마을의 부유한 농부였다.

외할아버지는 세라피 이모가 죽은 것을 기회로 삼아 나에게 수학, 화학 그리고 데생 수업을 시켜 주었다.

꽤 허풍을 떨고 매우 익살스러운 부르주아 뒤퓌 씨는 시민들 속에서 그 위세가 가뇽 의사 선생의 일종의 차석 경쟁자였다. 그는 귀족 앞에서 굽실거렸는데, 그가 가뇽 씨에 대해 지니는 유리한 이점은 싹싹함이라든가 그날그날 대화의 양식(糧食)이라 할 수 있는 문예에 관한 지식이 전혀 없다는 점 때문에 상쇄되었다. 뒤퓌 씨는 가뇽 씨가 창립위원의 일원이며 자신의 상급자인 것을 보고 질투해서, 그 운 좋은 경쟁자가 나를 위해 해주는 추천을 받아들이지 않았다. 그래서 나는 오직 내 실력으로 수학 교실에서 나의 위치를 획득했는데, 삼 년 동안 계속 그 실력을 의심받았다. 뒤퓌 씨는 줄곧(결코 지나치게 하지는 않았지만) 콩디야크와 그의 논리학에 대해 말했는데, 그의 머릿속에는 논리학 같은 것은 조금도 없었다. 그는 고상하고 우아하게 말을 했고, 당당한 외모와 매우 예의 바른 태도를 지니고 있었다.

1794년에 그는 참으로 대단한 생각을 해냈다. 1층 교실에 가득 찬 100명의 학생들을 첫 수학 수업 때 5~7명의 조로 나누고 각각의 조에 조장(組長)을 둔다는 생각이었다.

우리 조 조장은 키 큰 아이였다. 다시 말해 사춘기를 넘겼고 키가 우리보다 1피트나 큰 청년이었다. 그는 손가락 하나를 교묘하게 자기 입 앞에 대고 우리에게 침을 뱉었다. 군대에서는 그런 인간을 망나니라고 부른다. 우리는 이름이 레모네였던 것으로 기억되는 그 망나니에 대한 일로 뒤퓌 씨에게 불만을 제기했는데, 뒤퓌 씨는 그 조장을 해임하면서 기품 있고 훌륭한 행동을 보여주었다. 뒤퓌 씨는 발랑스의 청년 포병 사관생도들을 가르쳐 보았기 때문에, (군인의) 명예에 관해 퍽 민감했다.

우리는 브주의 평범한 교과서를 사용했지만, 뒤퓌 씨는 사리 분별이 있어서 클레로에 대해, 그리고 비오 씨(허풍쟁이지만 부지런히 공부하는 사람)가 얼마 전 낸 신판 책에 대해 우리에게 이야기해 주었다.

클레로의 교과서는 브주의 교과서가 영구적으로 막아 두려는 경향이 있는 정신을 열 수 있게 되어 있었다. 브주의 교과서에서는 각각의 명제들이 이웃집 할머니로부터 들은 큰 비밀 처럼 느껴졌다.

데생 교실에서는 제에 씨와 그의 조교 쿠튀리에 씨(코가 떨어져 나간)가 나에게 끔찍하고 부당한 짓을 했다. 제에 씨는 다른 재능은 전혀 없지만 과장하는 재능이 있어서 우리 학생들을 열광시켰다. 제에 씨는 대성공을 거두었는데, 그것은 신부들에게 헐뜯음을 당하던 중앙학교에는 대단히 중요한 일이었다. 그에게는 200~300명의 학생들이 있었다.

그 학생들 모두가 벤치식 걸상마다 7~8명씩 배치되었는데, 매일 새 걸상을 만들어야만 했다. 그런데 견본 작품이라는 것들의 꼴이라니! 그것들은 파주 씨와 제에 씨가 직접 그린 고약한 나체 습작으로, 팔다리를 비롯해 모든 것이 뚱뚱하고 굼떠 보이고 매우 무거운 느낌을 주어서 퍽이나 추해 보였다. 그것은 동생 모로 씨 혹은 이탈리아에 관해 쓴 세 권의 소형본 책에서 미켈란젤로와 도메니키노에 관해 매우 괴상한 말을 한 코셍 씨의 데생이었다.

큰 두상들은 붉은 연필로 데생을 하거나 연필 그림 수법의 판화로 새겨졌다. 인정해야 할 사실은 데생에 대한 완전한 무지 때문에 그렇게 하는 편이 아카데미(나체 습작)보다는 눈에 덜 띄었다는 점이다. 높이가 18인치인 그 두상의 장점은 선영(線影)이 평행으로 참 잘 그려져 있었다는 점이다. 자연을 모방하는 일 같은 것은 문제가 되지 않았다.

물르쟁이라는 이름의 학생이 있었는데, 그는 형편없는 바보이자 거만한 학생으로, 지금은 그르노블의 부자이며 유력한 부르주아가 되었다. 그는 양식(良識)에 대해 가장 냉혹한 적의를 지닌 인간이지만, 그가 붉은 연필로 그린 선영이 완전한 평형을 이루었기 때문에 학교에서 불후의 명성을 남겼다. 그는 나체 습작을 했고, 전에 비욘 씨(리옹의)의 제자였다. 나는 르 루아 씨의 제자였는데, 르 루아 씨는 질병과 파리 사람들의 고상한 취미 때문에 천 무늬 도안가인 리옹의 비욘 씨처럼 협잡꾼이 될 수 없어서 나에게 두상 그리는 것만 허락해 주었다. 당시 그것은 내 감정을 상하게 했지만, 겸손의 교훈을 주었다는 점에서 큰 이득이 되어 주었다.

분명히 말해야 하는데, 나에게는 겸손이 무척이나 필요했으니 말이다. 우리 집 식구들은 자기들이 만들어 낸 작품인 나를 앞에 두고 내 재능에 대해 자랑하고 뻐기곤 했다. 그래서 당시 나는 내가 그르노블에서 가장 우수한 청년이라고 여기고 있었다.

라틴어반 친구들과의 놀이에서 열세였던 일이 내 눈을 뜨게 했다. 두상 그리는 패거리의 걸상 중 나는 망측하게 생긴 구두장이의 두 아들과 아주 가까운 곳에 자리를 배정받았다.(가뇽 씨의 손자에게 얼마나 무례한 짓인가!) 그 걸상은 나에게 죽어 버리든가 그렇지 않으면 성공을 해야겠다는 의지를 갖게 했다.(속도, 악필(의 이유). 1836년 1월 1일. 겨우 2시 밖에 안 됐는데 벌써 열여섯 페이지를 썼다. 추워서 펜이 잘 써지지 않는다. 나는 화를 내는 대신 내가 쓸 수 있는 것을 쓰면서 앞으로 나아간다.)

데생에 대한 내 재능의 역사는 다음과 같다. 늘 분별 있다고 자처한 우리 가족은, 아주 예의 바른 인물인 르 루아 씨에

게 일 년에서 일 년 반 데생 공부를 시킨 뒤, 내가 데생을 아주 잘한다고 결론을 내려 버렸다.

그러나 사실을 말하자면 나는 데생이 자연의 모방이라는 것조차 알아채지 못하고 있었다. 나는 딱딱한 검은색 연필로 반부조(半浮彫) 두상을 데생하고 있었다.(로마의 브라치오 누오보에서 나는 그것이 아우구스투스의 주치의였던 무자의 머리라는 것을 알았다.) 나의 데생은 반듯했고 차가웠다. 아무런 장점도 없는, 여자 기숙생의 데생 같은 것이었다.

우리 집 식구들은 전원의 아름다움이라든가 아름다운 풍경에 관해서는 온갖 미사여구를 동원해 이야기했지만 미술에 관해서는 아무런 감각도 없고 집에 볼 만한 판화작품 한 점 없었는데, 내가 데생을 아주 잘한다고 공언한 것이다. 당시 르루아 씨는 아직 살아 있고 진한 색의 과슈[242)]로 풍경화를 그리고 있었는데 다른 것보다 나았다.

그래서 나는 연필로 그리는 것을 그만두고 과슈로 그리는 것을 허락받았다.

---

242) 아라비아 고무를 물에 녹여 안료와 섞은 불투명 수채화구.

르 루아 씨는 뷔스라트와 생로베르 사이에 있는 방스 다리의 A지점에서 본 풍경을 그려 놓은 바 있다.

나는 생-뱅상으로 가기 위해 일 년에 여러 번 그 다리를 건너곤 했는데, 그 데생을 보고 특히 M지점에 있는 산이 실제와 매우 닮았다는 생각이 들자 깨달음을 얻게 되었다. 무엇보다도 데생은 자연과 닮아야 한다!

이제는 평행을 잘 맞춘 선영을 그리는 것은 문제가 아니었다. 이런 훌륭한 발견을 한 다음, 나는 급속한 발전을 이루었다.

그런데 가여운 르 루아 씨가 어쩌다 그만 세상을 떠났다. 나는 그 일을 애석하게 여겼다. 그렇기는 하지만 그 당시 나는 아직 노예 상태였고, 청년들은 모두 비욘 씨한테 가서 미술을 배웠다. 그는 전쟁과 교수대에 의해 해방 도시로부터 쫓겨난 천 무늬 도안가였다. 해방 도시란 리옹을 말한다. 그 도시가 탈취된 이래 부여된 새로운 이름인 것이다.

나는 아버지에게 과슈에 대한 내 취미를 알렸고(그럴 의도는 없었지만 우연히 그렇게 되었다), 르 루아 부인으로부터 남편의 과슈를 원래 가격의 세 배를 주고 샀다.

나는 두 권으로 된 라 퐁텐의 책을 무척 갖고 싶었다. 지극히 섬세한 묘사가 있고 매우 명료한 삽화가 들어 있는 책이었다.

"그 그림들은 끔찍해요." 르 루아 부인이 하녀처럼 위선적인 아름다운 눈을 하고서 나에게 말했다. "하지만 걸작들이랍니다."

나는 과슈 대금에서 라 퐁텐 책의 대금을 얼버무릴 수 없다는 것을 알아차렸다. 곧 중앙학교가 개교하고 나는 과슈에 대해 더 이상 생각하지 않았으나, 내 발견은 남아 있었다. 자연을 모방해야 한다는 것 말이다. 아마도 그것이 그 멋없는 데생을 모사한 나의 큰 두상 그림들이 형편없어야 했는데 그렇게 되지 않은 이유이리라. 라파엘로의 「벌 받은 헬리오도로스」 속의 분개한 병사가 생각난다. 바티칸에서 그 원화(原畵)를 보면 늘 내 모사화가 떠오른다. 완전히 제멋대로 한 그 연필 데생의 기계적인 묘사 방식은 마땅히 틀렸을 터인데, 투구 위 용(龍)이 있는 부분이 특히 번쩍이고 있었다.

우리가 그림을 웬만큼 그리고 나면, 제에 씨는 학생 자리에 앉아 거창한 말로 논의를 해 가며, 요컨대 이치를 따져 설명하면서 두상 그림을 약간 고쳐 주었다. 그런 다음 그림 뒤에 '결정됨(ne varietur)'의 표시를 해 놓았다. 그 표시가 된 그림은 학년 중간 또는 학년 말에 콩쿠르에 출품이 되는 것이다. 제에 씨는 우리를 열광시켰지만, 아름다운 것에 대해 아주 작은 관념도 갖고 있지 않았다. 그는 평생에 걸쳐 보잘것없는 자유의 여신 그림 한 장을 그렸을 뿐인데, 자기의 아내를 모델로 삼은 그림으로, 그림 속 여신은 키가 작고 땅딸막하며 모양새가 없었다. 그는 그런 단점을 완화하기 위해 그림 전경(全景)에 무덤 하나를 그려 넣고, 자유의 여신을 그 뒤에 무릎까지 숨겨진 모습으로 묘사했다.

학년 말이 다가오자, 심사위원과 현의 관리 한 사람이 참여했다고 생각하는데 그 앞에서 시험을 치렀다.

나는 보잘것없는 이등상을 탔을 뿐이다. 그것도 심사위원장 가농 씨와 역시 심사위원으로 가농 씨의 친한 친구인 도스 씨를 기분 좋게 해 주기 위해서였다고 생각한다.

외할아버지는 그 일을 창피스럽게 생각했고, 더할 나위 없이 세련되고 절도 있는 태도로 그것에 대해 나에게 말했다. 매우 단순했던 외할아버지의 그 말은 나에게 최고의 효과를 미쳤다. 그는 웃으면서 덧붙였다. "너는 우리에게 너의 큰 엉덩이를 보여 줬을 뿐이야!"

수학 교실의 칠판 앞에서 그 사랑스럽지 못한 자세를 보인 것이다.

칠판은 가로와 세로 길이가 6피트와 4피트인 석반석으로 5피트 높이의 매우 단단한 틀이 받치고 있었고, 거기에 오르려면 계단을 세 개나 올라가야 했다.

뒤퓌 씨는 이를테면 빗변의 제곱 같은 명제를 증명하라고 하거나 다음과 같은 문제를 풀게 했다. 어떤 직물 1투아즈[243]의 값이 7리브르 4수 3드니에이다. 직공이 그 직물을 2투아즈 5피트 3인치 짰다. 그러면 그의 수입은 얼마나 될까?

한 학년인 일 년 동안 뒤퓌 씨가 칠판 앞으로 불러내곤 했던 학생들은 귀족인 드 몽발 형제, 귀족이며 과격 왕정주의자인 드 피나 씨, 앙글레스 씨, 귀족인 드 렌빌 씨 등이었다. 나는 한 번도, 아니, 딱 한 번 호출을 받았다.

말똥가리 새 같은 얼굴을 가진, 바보스럽지만 우수한 수학자(학교 용어)인 동생 몽발은 1806년경 칼라브리아에서 비적에

---

243) 옛날의 길이 단위.

게 살해되었다. 그의 형은 폴-루이 쿠리에[244]와 교제했고, 더러운 늙은 자유사상가가 되었다……. 그는 대령이 되었고, 비열한 방법으로 나폴리의 한 귀부인을 파산시켰다. 1830년경 그르노블에서는 찬성했다 반대했다 때에 따라 의견을 바꾸었고, 그것이 들통나자 사람들로부터 경멸을 받았다. 그는 사람들의 그런 경멸 때문에 죽었는데, 당연한 일이지만, 신앙심 깊은 신자들에게는 굉장한 찬양을 받았다.(1832년 혹은 1833년의 《가제트》지를 참조하도록.) 그는 미남자였고, 수단과 방법을 가리지 않고 무슨 일이든 해내는 악당이었다.

드 피나 씨는 1825년부터 1830년까지 그르노블의 시장을 지낸 인물이다. 무슨 일이든 해내는 과격 왕정주의자로, 아홉 명인가 열 명에 달하는 자식들 때문에 청렴에 신경 쓸 겨를 없이 6~7만 프랑의 연수입을 모았다. 그는 음침한 광신자로, 요컨대 무슨 일이든 해내는 악당, 진정한 위선자이다.

앙글레스 씨는 나중에 경찰국장이 된 지칠 줄 모르고 부지런한 사람으로, 질서를 사랑했지만 정치적으로는 못할 일이 없는 악당이었다. 하지만 내 생각으로는 앞의 두 사람보다는 악랄함이 훨씬 덜했다. 앞의 두 사람이 악당 부류 중 내 머릿속에 1위를 점하고 있다.

예쁜 앙글레스 백작부인은 다뤼 백작부인의 친구인데, 나는 다뤼 백작부인의 살롱에서 그녀를 만났다. 멋진 메프레 백작(앙글레스 씨와 마찬가지로 그르노블 출신)이 그녀의 애인이었

244) Paul-Louis Courier(1772~1825). 프랑스의 언론인이자 그리스 문학자.

다. 그 불쌍한 여인은 남편이 대단한 지위에 있는데도 불구하고 몹시 권태로워했던 것으로 생각된다.

그녀의 남편은 유명한 수전노의 아들로, 그 자신도 수전노였다. 한심하기 짝이 없는 짐승 같은 인간으로, 아주 허울뿐인 극히 반수학적(反數學的) 정신의 소유자였다. 게다가 사람들의 빈축을 살 만큼 비겁한 인물이었다. 그의 따귀 때리기와 꼬리 내빼는 이야기는 뒤에 가서 하겠다. 그는 1826년 혹은 1827년경에 경찰국장 자리를 잃고 로안느 부근의 산속에 아름다운 성(城)을 지었는데, 그 후 오래지 않아 그곳에서 아직 젊은 나이에 갑자기 죽었다. 한심한 짐승 같은 자로, 도피네 사람의 나쁜 성품은 모두 갖추어 저속하고 교활하고 빈틈없으며 중요하지도 않은 자질구레한 일에도 몹시 신경을 쓰는 작자였다.

드 렌느빌 씨는 몽발 형제의 사촌으로 미남자였지만 굉장히 바보였다. 그의 아버지는 그르노블에서 가장 더럽고 가장 자부심 강한 사람이었다. 학창 시절 이후로 그에 대한 이야기는 듣지 못했다.

드 시나르 씨는, 성품이 좋은 사람으로, 망명 생활로 거지가 되어 드 발세르 부인의 보호와 지원을 받았는데, 내 친구였다.

교실 칠판 앞에 오르면 O지점에서 칠판에 글씨를 썼다. 증명을 하는 학생의 머리는 족히 8피트는 되는 높이에 있었다. 나는 한 달에 한 번 그 눈에 띄는 자리에 섰지만, 뒤퓌 씨는 내가 증명을 하는 동안 몽발 또는 드 피나 씨에게 이야기를

그림 12. 교실 칠판.

하며 나를 전혀 지원해 주지 않았다. 그런 바람에 나는 주눅이 들어 알아듣기 힘들 만큼 빠르게 말했다. 내 차례가 와서 칠판 앞에 올라 심사위원 앞에 서자 나는 더욱 주눅이 들었고, 그 신사들, 특히 칠판 오른쪽 옆에 앉아 있는 무서운 도스 씨를 보자 정신이 어지러웠다. 나는 정신을 차린 뒤 더 이상 그들을 바라보지 않고 침착하게 계산에만 주의를 기울인 덕분에 그것을 정확하게 해 냈지만, 그들을 지루하게 했다. 1799년 8월에 일어난 일과 얼마나 다른지! 중앙학교 식으로 말해, 내가 수학과 데생에서 두각을 나타낸 것은 내 재능 덕분이었다고 말할 수 있다.

　나는 뚱뚱하고 키가 작았으며, 엷은 회색의 프록코트 차림이었다. 그래서 다음과 같은 비난이 나왔다.

"도대체 넌 왜 상을 타지 못한 거냐?" 외할아버지가 나에게 물었다.

"시간이 모자랐어요."

그 첫 학년에 강의는 겨우 사오 개월 정도만 이어졌다고 생각한다.

나는 여전히 사냥에 미쳐 클레에 갔다. 하지만 아버지의 말을 거역하고 들판을 뛰어다니면서 다음의 말에 대해 깊이 반성했다. "넌 왜 상을 타지 못한 거냐?"

내가 중앙학교를 사 년 다녔는지 아니면 삼 년만 다녔는지 정확히 생각이 나지 않는다. 졸업 시기는 확실하게 기억난다. 1799년 말에 시험이 있었고, 러시아군이 그르노블에 온다고들 했다.

귀족들과 우리 집 식구들은 다음과 같이 말했던 것 같다.

> 오 전원(田園)이여, 언제 너를 만나 볼 것인가![245)]

나는 그르노블에서 나를 벗어나게 해 줄 시험이 어떻게 될까 봐 전전긍긍했다! 언젠가 내가 그곳에 가서, 현 행정에 관한 문서를 찾아보면 중앙학교가 1796년에 개교되었는지 아니면 1797년에 개교했는지 알게 될 것이다.

---

245) 호라티우스의 풍자시에 나오는 구절.

그 당시에는 공화력으로 해를 헤아렸고, 그때는 공화력 5년 또는 6년이었다. 내가 1796년인지 1797년인지를 알게 된 것도, 훨씬 뒤 황제가 어처구니없게 그것을 요구했기 때문이었다. 당시 나는 저간의 사정을 가까이서 보고 있었다.(글씨체. 1836년 1월 1일, 스물여섯 페이지. 어떤 펜도 잘 써지질 않는다. 지독한 추위다. 글씨를 잘 쓰려고 하거나 짜증을 내는 대신, 나는 재빨리 써 버린다. 콜롱 씨는 편지마다 글씨를 졸렬하게 쓴다고 나를 비난한다.)

그 당시 황제는 부르봉 왕가풍의 왕권을 세우기 시작했고, 드 라플라스[246] 씨의 끝없고 절도 또한 없는 비열함에 의해 지지를 받고 있었다. 이상스러운 일은 시인(詩人)들은 용기가 있는데, 이른바 학자라는 사람들은 노예근성이 있고 비겁하다는 사실이다. 특히 퀴비에 씨의 권력에 대한 노예근성과 비열함은 얼마나 대단했는지! 그 일은 현명한 서튼 샤프[247]에게까지 혐오감을 갖게 했다. 퀴비에 남작께선 언제나 참사원에서 가장 비겁한 의견을 갖고 있었다.

레위니옹 훈장이 제정되었을 때, 나는 궁정과 매우 내밀한 관계였다. 퀴비에 씨는 훈장을 얻고자 나에게 와서 울면서 애원했다. 이것이 딱 들어맞는 표현이다. 황제의 답변에 대해서는 때가 되면 내가 이야기할 것이다. 비겁함으로 연금을 받은

---

246) 피에르 시몽 드 라플라스(Pierre Simon de Laplace, 1749~1827). 프랑스의 수학자이자 천문학자.

247) 영국의 변호사로, 스탕달의 교신 상대자.

사람들은 베이컨,[248] 라플라스, 퀴비에이다. 라그랑주[249]는 비겁함이 좀 덜했다고 생각된다.

이 선생들은 자신들이 쓴 것으로 명예를 얻은 사실에 자신감을 갖고, 학자라는 이름 밑에 숨어서 정치가가 되려 했던 것이다. 그들은 금전 문제에 관해서는 특별 배려를 바랄 때와 마찬가지로 실리 쪽을 향한다. 뛰어난 기하학자인 저 유명한 르장드르는 레종도뇌르 훈장을 받자(1836년 1월) 그것을 옷에 달고 거울에 비친 자신의 모습을 바라보며 즐거워서 펄쩍 뛰어올랐다.

그런데 그의 방 천장이 낮았기 때문에 머리를 천장에 부딪혀서 반쯤 죽어 넘어졌다. 잘하면 아르키메데스의 후계자로서 매우 걸맞은 죽음이 되었을 텐데!

과학 아카데미는 1815년에서 1830년에 이르기까지, 그리고 그 후에도 속여서 훈장들을 슬쩍하기 위해 얼마나 저열한 짓들을 했는지! 믿을 수 없는 일이지만, 나는 쥐시외, 에드봐즈, 밀네-에드봐즈 씨들로부터, 그리고 제라르 남작의 살롱에서 그 자세한 이야기들을 알게 되었다. 내가 일일이 기억하지 못하는 추잡한 일들이 많이 있다.

무릇 외교관은 "나는 승진을 하기 위해서는 무슨 일이든 할 것이다."라고 드러내 놓고 말한다는 점에서는 저속함이 덜하다 할 수 있으리라.(1836년 1월 1일, 스물아홉 페이지. 바깥이

248) 프랜시스 베이컨(Francis Bacon, 1561~1626). 영국의 철학자.

249) 조제프-루이 라그랑주(Joseph-Louis Lagrange, 1736~1813). 프랑스의 수학자이자 천문학자.

깜깜해져서 4시 45분에 글 쓰기 중단. 빅토린 비질리옹 다음에 퀴블리 양. 퐁 드 부아. 뒤클로[250]의 비록.)

250) 샤를 뒤클로(Charles Duclos, 1704~1772). 프랑스의 모럴리스트. 신랄한 관찰력으로 자기 시대의 풍속과 비록 등을 썼다.

25장

압제로부터 해방되자 나의 영혼은 얼마간 기력을 차리기 시작했다. 짜증스러운 감정에 끊임없이 괴로워하던 데서 차츰 벗어나게 된 것이다. 그 감정이란 무력한 증오였다.

선량한 엘리자베트 왕이모가 나의 수호신이었다. 왕이모는 거의 매일 저녁 콜롱 부인이나 로마니에 부인 집에 카드놀이를 하러 가곤 했다. 그 훌륭한 자매들에게 부르주아적 특성이라고 할 수 있는 것은 얼마간의 조심성 있는 행동 및 습관을 갖고 있다는 것뿐이었다. 그녀들은 훌륭한 영혼을 지니고 있었는데, 그것은 지방에서는 매우 드문 일이었다. 게다가 그녀들은 엘리자베트 왕이모에게 다정한 애착을 갖고 있었다.

나는 그 선량한 친척들에 대해 충분히 좋은 이야기를 하지 못하고 있다. 그녀들은 크고 고결한 영혼의 소유자들이었고, 그녀들 인생의 중요한 시기에 그런 영혼의 독특한 증거를 보여 주었다.

아버지는 농업과 클레에 대한 열정에 빠져 일주일에 사나흘을 클레에서 보내곤 했다. 아버지는 어머니가 세상을 떠난 후 매일 가농 씨 집에서 점심과 저녁을 먹었는데, 이제는 그곳이 그에게 별로 유쾌한 장소가 아니었다. 아버지는 세라피 이모에게만 마음을 터놓고 이야기를 했을 뿐이다. 엘리자베트 왕이모의 경우, 에스파냐풍 정서 때문에 아버지가 함부로 가까이하지 못했고, 그들 사이엔 대화가 거의 없었다. 매 순간 보이는 한쪽의 도피네풍의 자질구레한 민감함과 기분을 언짢게 하는 수줍음은 다른 한쪽의 고결한 성실성 및 솔직함과 조화를 이루지 못했다. 가농 양은 나의 아버지에게 아무런 흥미도 없었고, 다른 한편으로 나의 아버지는 가농 의사 선생과 대화를 이어갈 힘이 없었다. 아버지는 정중하고 공손했으며, 가농 씨는 매우 예의를 차렸다. 그게 전부였다. 따라서 아버지가 일주일에 사나흘을 클레에 가서 보내도 아무런 지장이 없었다. 아버지가 나를 억지로 클레에 데리고 가서 두세 번 한 이야기가 있다. 자기 나이에 자신의 가정을 가지지 못하는 것은 슬픈 일이라고 말이다.

저녁이 되어 엘리자베트 왕이모, 외할아버지 그리고 나의 두 누이동생과 함께 식사를 하러 돌아와도 나는 엄격한 심문을 겁낼 필요가 없었다. 보통 나는 로마니에 부인과 콜롱 부인 집에 왕이모를 마중하러 갔었다고 웃으면서 말하곤 했다. 사실 나는 그 부인들 집에서 방의 문 앞까지 왕이모를 배웅하고 그런 다음엔 다시 뛰어 내려와 시립 공원의 산책로에서 반시간을 보냈는데 말이다. 그곳은 여름날 저녁 달빛이 비치는 가운데, 높이 80피트의 웅장한 마로니에 나무 그늘에서 시내의 젊고 뛰어난 사람들이 만남을 가지는 곳이었다.

나는 차츰 대담해져서 더 자주 연극을 보러 가게 되었는데, 늘 아래층 뒷자리에 서서 보았다.

퀴블리라고 불리는 젊은 여배우를 바라보는 것에 감미로운 흥미를 느꼈고, 얼마 안 가 그녀에 대한 열광적인 사랑에 빠졌다. 그러나 그녀에게 말 한마디 건네 보지 못했다.

그녀는 날씬하고 키가 꽤 컸으며 매부리코를 가진 귀엽고 멋진 젊은 여자였다. 아직도 어린 시절의 야윈 모습을 지니고 있었는데, 얼굴은 진지하고 자주 우수에 잠긴 모습이었다.

갑자기 나의 모든 사상을 지배해 버린 이상한 광적 열광 속에서 모든 것이 새로워졌다. 다른 관심은 모두 사라져 버렸다. 『신엘로이즈』에 묘사되어 나를 매혹시켰던 감정도 거의 인정하지 않게 되었고, 『펠리시아』의 관능적 쾌락은 더욱 그랬다. 나를 감싸고 있는 모든 것에 대해 갑자기 무관심해졌고 또한 공정해졌다. 그때는 고인이 된 세라피 이모에 대한 나의 증오심이 종말을 맞은 시기였다.

퀴블리 양은 연극에서 연인 역할을 맡았고, 오페라 코미크에서 노래도 불렀다.

진짜 연극이 내 어린 능력에 걸맞은 것은 아니라는 점을 여러분도 잘 알 것이다. 외할아버지는 인간의 마음에 관한 지식이라는 대단한 말을 끊임없이 해서 나를 어지럽게 했다. 하지만 내가 그 인간의 마음에 관해 무엇을 알 수 있었겠는가? 기껏해야 책들, 특히 『돈 키호테』에서 얻어 낸 몇 가지 예언에 그쳤다. 그 책은 내가 경계심을 품지 않은 거의 유일한 책이었다. 다른 책들은 모두 내 압제자들이 권유했다. 외할아버지(개심해 종교에 새로이 귀의했다고 생각한다.)는 아버지와 세라피 이모가 나에게 읽히는 책들에 대해 농담하는 것을 삼가고 있었기 때문이다.

따라서 나에게는 공상적인 연극이 필요했다. 다시 말하면, 음침한 부분이 없고 사랑의 불행은 보이지만 금전상의 불행은 없는 드라마 말이다.(금전의 결핍을 근거로 삼는 어둡고 침울한 드라마는 부르주아적이고 지나치게 사실적이어서 나에게 늘 혐오감을 갖게 했다. 프레빌[251]은 나의 육체는 역시 자연 속에 있다고 어느 작가에게 말했다.)

퀴블리 양은 「플로리앙의 클로딘」[252]에서 뛰어난 연기를 보여 주었다.

몽탕베르에서 여행 중이던 멋쟁이 젊은이의 아이를 가진 젊은 사부아 처녀가 남장을 한 채 어린애를 데리고 토리노의 광장에서 구두닦이를 하고 있다. 그녀는 여전히 사랑하고 있는 그 젊은이를 다시 만나 그의 하인이 되는데, 그 젊은이는 막 결혼을 하려는 참이다.

젊은이 역을 맡은 배우의 이름은 푸시였다고 생각되는

251) 프레빌은 오랫동안 코메디 프랑세즈의 주연 배우였다.
252) 플로리앙이 쓴 『클로딘』이라는 소설을 각색한 3막짜리 산문 희극.

데 — 많은 세월이 흘렀는데도 이 이름이 갑자기 머리에 떠오른다 — 그는 하인이 자신의 미래의 아내에 대해 나쁘게 말하자 "클로드! 클로드!"라고 아주 자연스럽게 하인의 이름을 불렀다. 그 목소리의 어조가 아직도 내 마음속에 울리고 배우의 모습이 눈에 선하다.

그 작품은 수개월 동안 대중으로부터 여러 번 다시 공연해 달라는 요구를 받아, 나에게 더할 나위 없는 생생한 즐거움을 주었다. 일찍이 예술 작품이 나에게 준 가장 생생한 즐거움이라고 할 수 있으리라. 나의 즐거움이라는 것이 퍽 오래전부터 매우 헌신적이고 광적이며 다정한 찬미가 아니었더라면 말이다.

나는 퀴블리 양의 이름을 감히 입에 올리지 못했다. 누가 내 앞에서 그녀의 이름을 말하면, 심장 가까이에 이상한 충동을 느끼고 하마터면 쓰러질 뻔했다. 내 혈관 속에 폭풍우 같은 것이 일어났던 것이다.

반대로 만일 누군가가 '퀴블리 양'이라고 하는 대신 '퀴블리라는 애'라고 말하면, 나는 증오심과 혐오감을 가까스로 억제할 지경이었다.

그녀는 가보(재치가 모자랐고, 수년 후에 미쳐서 죽었다.)의 오페라 「계약 무효」에서는 빈약하고 작은 목소리로 노래를 불렀다.

그 작품으로 음악에 대한 나의 사랑이 시작되었고, 그것은 내 열정들 중에서 아마 가장 강렬하고 가장 값진 것이었을 것이다. 그 열정은 쉰두 살인 지금까지 계속되고 있고, 전보다 더 생생하다. 「돈 조반니」나 「비밀 결혼」을 듣기 위해서라면, 몇

킬로미터인들 걸어서 가지 않았겠는가. 또는 며칠 동안 감옥에 들어가는 것도 감수하지 않았겠는가. 다른 어떤 일을 위해 내가 그런 노력을 불사하겠는가. 하지만 불행하게도 나는 평범한 음악은 몹시 싫어했다.(나에게 평범한 음악이란 좋은 음악에 대한 풍자적인 팸플릿 같은 것이다. 이를테면 어제 저녁 로마 발레 극장에서 공연된 도니제티의 「두려운 사람」 같은.) 이탈리아인들은 나와는 매우 다르게, 오륙 년 된 음악을 견뎌 내지 못한다. 그들 중 한 사람이 120 부인 집에서 나를 앞에 두고 이렇게 말했다. "일 년 이상 된 음악이 아름다울 수가 있겠어요?"

이야기가 본 궤도에서 정말 많이 벗어났다! 다시 읽으면서 원고의 절반을 지워 버리든가 다른 곳에 옮겨야만 할 것이다.(아니다, 쓴 그대로 남겨 두자. 퀴블리 이야기는 쉰 살이 된 파쉬에 같은 자들에겐 지루할지 모른다. 그러나 그와 같은 패거리가 독자들 중 엘리트이다.)

나는 「계약 무효」라고 불리는 그 길고 단속적인, 졸졸 흐르는 적은 양의 식초 같은 것을 암기했다. 얼마나 열광적으로 했는지!

그만하면 괜찮은 배우가 하인 역을 쾌활하게 해냈는데(그가 집에서는 침울한 생각만 하고, 무대에 섰을 때는 역할에 즐겁게 몸을 맡기는 불쌍한 자의 무사태평함을 갖고 있었다는 것을 오늘날 나는 이해한다.), 그 사람이 나에게 희극적이라는 것에 대한 최초의 관념을 심어 주었다. 특히 그가 다음과 같은 말로 끝나는 콩트르당스[253]를 조화시키는 순간에 말이다. "마튀린이 우

253) 무용수들이 서로 마주 보고 도형을 만들면서 추는 춤.

리 이야기를 엿듣고 있었어……."

내가 르 루아 씨 집에서 매입하고 그 당시 즐겁게 모사했던 환어음 크기의 풍경화에는 흑갈색으로 강조된 황색 안료가 특히 왼쪽 전면에 많이 사용되었는데, 나에게는 그것이 희극 배우의 연기와 아주 같다고 생각되었다. 그 남자 배우는 퀴블리 양이 무대에 등장하지 않을 때는 나를 기꺼이 웃게 해 주었다. 그가 퀴블리 양에게 말을 걸면, 나는 감동이 되고 황홀해졌다. 지금도 한 점의 그림이나 한 곡조의 음악이 나에게 같은 느낌을 자주 들게 하는 것은 아마도 거기서 비롯되었으리라. 밀라노의 브레라 미술관에서 나는 그와 같은 일치를 얼마나 여러 번 겪었던가(1814~1821년)!

그것은 진실성과 힘을 갖고 있으나 나는 그것을 쉽게 설명할 수가 없고, 게다가 사람들은 믿기 힘들어할 것이다.

그 두 예술의 결합, 밀접한 일치가 영구적으로 공고화된 것은 내 나이 12~13세 때였다. 사오 개월에 걸쳐서 느낀 가장 생생한 행복 그리고 거의 고뇌에까지 이르는, 일찍이 내가 경험한 가장 강렬한 쾌락에 의해 그렇게 되었다.

지금은 그처럼 리듬이 급격하고 불규칙한, 그처럼 졸졸 흐르는 식초 같고, 그처럼 프랑스적인, 그러나 내가 아직도 암기하고 있는 「계약 무효」 이전부터 내가 음악에 취미를 갖고 있었다는 것을 알겠다.(하지만 이 안다는 것도 로마에서 쉰두 살이 되고 나서이다.) 내가 기억하고 있는 것은 다음과 같은 것들이다. 첫째, 생-탕드레의 종소리, 특히 우리 친척 아브람 말렝(나의 매부 알렉상드르의 아버지)이 선거위원장 또는 그냥 선거인이었던 한 해에 선거를 위해 울리던. 둘째, 저녁에 그르네트 광장에서 하녀들이 긴 쇠막대기로 펌프질해서 물을 퍼낼 때 들리던 펌프 소리. 셋째, 마지막으로 이 중에서 제일 미약한 것이지만, 그르네트 광장에 면한 건물 5층에서 어떤 상인이 불던 플루트 소리.

이런 것들이 일찍이 나에게 즐거움을 주었는데, 그것은 나 자신도 깨닫지 못했지만 사실 음악적인 즐거움이었다.

퀴블리 양은 또한 그레트리의 「마을의 시련」에도 출연했는데, 그것은 「계약 무효」보다 훨씬 나았다. 「크레키의 나으리, 라울」에서는 비극적인 처지가 나를 전율하게 했다. 한마디로 말해 1794년의 보잘것없는 소(小)오페라의 모든 것이 퀴블리 양의 출연 때문에 나에게는 숭고한 것으로 승격된 것이다. 그녀가 출연하자마자 그 무엇도 보통일 수 없고 평범할 수 없었던 것이다.

어느 날, 나는 최고의 용기를 내서 어떤 사람에게 퀴블리 양이 어디에 사느냐고 물었다. 아마도 그것은 내 생애에서 가장 용감했던 행위이리라.

그리고 '클레르 로'라는 답을 얻었다.

그 훨씬 전에, 용기를 내서 그녀에게 애인이 있느냐고 물은 일이 있다. 그러자 질문을 받은 사람은 뭔가 상스러운 표현으로 대답을 했다. 그녀의 생활 방식에 대해 아무것도 모르는 사람이었다.

용기가 가득 찬 날에 나는 클레르 로를 지나갔다. 가슴이 뛰었다. 만약 그녀를 만나기라도 했다면, 아마도 나는 쓰러져 버렸을 것이다. 클레르 로의 끝까지 가서 그녀를 만나지 못하

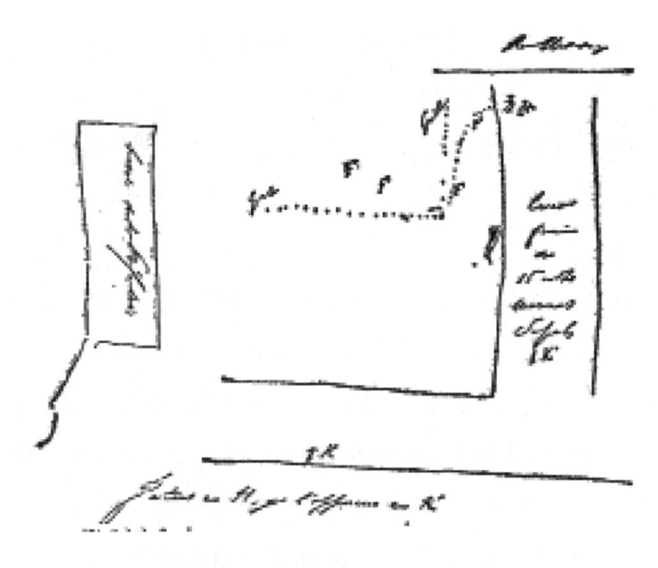

그림 13. 시립 공원의 마로니에 산책로.

는 것이 확실해지자, 나는 해방감에 기분이 가벼워졌다.

어느 날 아침, 나는 시립 공원의 널찍한 마로니에 산책로 끝에서 늘 그러듯이 그녀를 생각하며 혼자 산책하다가, 감독관 저택의 담벼락에 면한 공원의 다른 쪽 끝자락에서 그녀의 모습을 보았다. 그녀는 공원의 동산 쪽으로 오고 있었다. 나는 기절해서 쓰러질 뻔했고, 결국 도망을 치고 말았다. 귀신이라도 들린 듯이 철책을 따라 F선으로 말이다. 그녀는 K'지점에 있었다고 생각한다. 다행스럽게도 나는 그녀의 눈에 띄지 않았다. 여기서 유의해야 할 점은 그녀가 나와 일면식도 없었다는 것이다. 그것은 내 성격의 가장 두드러진 특징 중 하나였으며 늘 그래왔다(그저께까지도). 대여섯 걸음 거리에서 그녀를 본다는 것은 너무나도 엄청난 행복이어서 나는 몸이라도 불사르고 말았을 것이다. 그래서 그 화상(火傷), 지극히 현실적인 고통으로부터 도망을 친 것이다.

이런 이상함은 연애에 있어서 내가 카바니스가 말하는 우울한 기질을 갖고 있다는 것을 스스로 믿게 하기에 충분할 것이다.

사실, 연애는 나에게 항상 가장 큰일이었다. 아니, 유일한 일이었다. 나는 내가 사랑하는 여자가 내 경쟁자를 친밀하게 바라보는 모습을 보는 것 말고는 그 무엇에도 결코 두려움을 느낀 적이 없다. 나는 경쟁자에게 아주 약간 울화가 치밀 뿐이다. 이 친구 일이 잘 풀리는군, 하고 생각할 따름이다. 하지만 나의 고통은 끝이 없고 가슴을 에는 듯했다. 연인의 집 문가의 돌로 된 벤치에 주저앉아 버릴 정도로 말이다. 나는 성공을 거둔 경쟁자의 모든 것에 감탄한다.(밀라노의 아기솔라 궁전에서 기병대 소령 지보리와 마르탱 부인의 관계처럼.) 다른 어떤 슬픔도 나에게 그런 영향을 미치지 않는다.

황제 곁에서 나는 주의 깊고 열성적이었고, 다른 사람들과는 다르게 내 넥타이 같은 것은 전혀 생각하지 않았다.(예: 프리울 공작이 사망한 다음 날인 1813년 어느 날 저녁 7시에 루사티아의 ****에서 했던 싸움)

나는 글을 쓰면서 야유받을 위험을 각오하며, 주저하거나 우울해하지 않는다. (1835년의) 저 두 거물 드 샤토브리앙 씨나 빌맹[254] 씨 중 한 사람에게 배척을 당할 것 같은 문장을

---

254) 아벨 프랑수아 빌맹(Abel-François Villemain, 1790~1870). 프랑스

쓸 때, 나는 용기와 긍지가 가득 차는 것을 느낀다.

아마 1880년에도 오늘날의 그 사람들처럼 능란하고 조심스러운 협잡꾼들이 있을 것이다. 그러나 이 글을 읽고 내가 시기한다고 생각하는 사람이 있다면 난처하다. 시기를 하는 그 멋없는 부르주아적 악습은 내 성격과는 가장 관계없는 것이라고 생각하기 때문이다.

실제로 내가 느끼는 극도의 질투는 내가 사랑하는 여자의 마음에 들려고 수작을 거는 남자들만을 향한다. 그뿐만 아니라, 나보다 십 년이나 전에 그녀의 환심을 사려고 수작을 건 남자까지 질투한다. 예를 들면 (1809년 빈에서) 바베의 첫 연인에 대하여.[255)]

"당신 침실에 그 남자를 맞아들였소?"

"우리에겐 어디든 다 침실이었어요. 우리는 별장에 단둘이 있었고, 그이가 열쇠들을 갖고 있었답니다."

이와 같은 말로 인해 받은 고통을 나는 아직도 느끼고 있다. 하지만 그것은 이십칠 년 전인 1809년의 일이었다. 귀여운 바베의 완벽한 고지식함이 눈에 선하다. 그녀는 나를 바라보고 있었던 것이다.

나는 한 시간 전부터 글을 쓰는 것에, 그리고 그 당시 내가 받은 인상을 정확히 묘사하고자 노력하는 것에 크나큰 즐거움을 느끼는 것 같다. 하지만 도대체 누가 나는(je)과 내가(moi)

문학 연구가. 소르본 대학 교수를 지냈고 프랑스 문예학을 확립했다.

255) 스탕달은 1809년 나폴레옹군을 따라 빈에 가서 수많은 미녀들을 만났는데, 바베는 그 미녀들 중 한 명이었다.

가 과도하게 쌓여 있는 이 책을 순조롭고 철저하게 읽을 용기를 가지겠는가? 이것은 나 자신에게도 눈꼴사나워 보인다. 이런 종류의 저술이 지니는 결점이 있는데, 나는 이런 저술에 협잡질로 간을 맞추는 양념을 쳐서 그 무미건조한 것에 흥취를 돋우는 재주가 전혀 없다.

감히 덧붙여 말해도 좋을까? 루소의 『고백록』처럼이라고 말이다. 아니다, 그래서는 안 된다. 비난이 아무리 터무니없다 해도, 사람들은 내가 부러워서 시기를 한다든가, 아니면 터무니없게도 그 대가의 걸작과 내 글을 말도 안 되게 비교하려 한다고 생각할 것이다.

또다시, 이번에는 정말로 항의를 하겠는데, 나는 파리제 씨, 드 살방디 씨, 생-마르크 지라르댕 씨 그리고 그 외《데바》지에 고용된 위선적이고 현학적인 다른 허풍쟁이들을 지극히 정말로 경멸한다. 그러나 그렇다고 나 자신이 대작가들과 가까이에 있다고 생각하지는 않는다. 나의 재능을 보증해 주는 것은 첫째, 어떤 순간에 꽤 명확히, 내게 보이는 자연을 매우 비슷하게 묘사하는 소질이 있다는 것, 둘째, 진실에 대해 내가 완전한 성실함과 존경의 마음을 품고 있다는 것, 셋째, 내가 글을 쓰는 데서 즐거움을 느낀다는 것이다. 1817년에 나는 광기에 이를 정도로 글 쓰는 즐거움을 느꼈다.(밀라노 자르디노 거리의 페론티 씨 집에서)[256]

---

256) 1817년 페론티 씨 집에서 『이탈리아 회화사』의 마지막 여러 장을 썼다.

26장

아무튼 퀴블리 양 이야기로 돌아가자. 그 당시 나는 욕망으로부터 얼마나 멀리 떨어져 있었는지. 욕망 때문에 비난받을까 봐 두려워한다든가 어떻게든 다른 사람들을 생각하는 것으로부터 얼마나 멀리 떨어져 있었는지! 나를 위한 인생이 시작되고 있었다.

나에게는 이 세상에 단 한 사람, 퀴블리 양뿐이었다. 또 오직 하나의 관심사밖에 없었다. 그녀가 그날 저녁 무대에 오를 것인가 아니면 그다음 날에 오를 것인가?

그녀가 출연하지 않고 공연된 작품이 비극이었을 때의 그 엄청난 실망감이라니!

광고문에서 그녀의 이름을 읽었을 때의 순수하고 다정하고 의기양양한 즐거움이 가져다준 황홀감은 또 어땠는지! 내 눈에는 아직도 그 광고문이 보인다. 그 형태, 그 종이, 그 글자들이.

나는 그 광고문이 내걸린 서너 장소로 그 사랑스러운 이름을 계속 읽으러 가곤 했다. 자코뱅 문으로, 공원의 아치형 천장으로, 외할아버지 집 옆의 모퉁이로. 나는 그녀의 이름만 읽는 것이 아니라, 광고문 전부를 다시 읽는 즐거움을 맛보곤 했다. 그 광고문을 만든 고약한 인쇄소의 조금 마모된 활자들도 나에게는 사랑스럽고 신성한 것이 되었다. 그리하여 오랜 세월 동안 나는 더 아름다운 활자보다 그 활자를 더 좋아했다.

심지어 이런 일까지 생각난다. 1799년 11월 파리에 도착했을 때, 활자의 아름다움이 내 감정을 상하게 했다. 퀴블리 양의 이름을 인쇄했던 그 활자가 아니었기 때문이다.

그녀는 떠났다. 그것이 언제였는지는 말할 수가 없다. 오랫동안 나는 연극 구경을 가지 않았다. 나는 음악을 배우겠다고 말해 허락을 얻어 냈는데, 그것이 쉬운 일은 아니었다. 아버지는 신앙심 때문에 그런 세속적인 예술을 마뜩잖아했고, 외할아버지는 음악에 대해서는 전혀 취미가 없었다.

나는 망시옹이라는 바이올린 선생님을 택했는데, 무척 재미있는 사람이었다. 그에게는 대담함과 사랑이 뒤섞인 오래된 프랑스풍의 쾌활함 같은 것이 있었다. 그리고 몹시 가난했지만 예술가의 마음을 지니고 있었다. 어느 날 내가 보통 때보다 더 서툴게 연주를 하자, 그는 이렇게 말하면서 악보를 덮어 버렸다. "더 이상 레슨을 하지 않겠다."

나는 호프만이라 불리는 클라리넷 선생 댁(본느 로)에 갔다. 선량한 독일사람이었다. 나의 연주는 전보다 좀 좋았다. 왜 그랬는지 모르겠으나, 그 선생을 떠나서 생-루이 로, 우리 집의 구둣방 바르델미 부인의 맞은편에 있는 올르빌 씨 댁으로 갔다. 아주 괜찮은 바이올린 연주자로 귀가 먼 사람이었으나 아주 작은 음부의 잘못을 가려냈다. 그 집에서 포르 씨(오늘 날 상원의원, 재판소장, 1835년 8월의 심판관)와 만났다. 왜 올르빌 씨 집에 가는 것을 그만두었는지 모르겠다.

마지막으로 나는 집에 알리지 않고 성악을 배우러 갔다. 아침 6시에, 생-루이 광장의 아주 훌륭한 가수에게였다.

그러나 아무 소용이 없었다. 내가 내는 첫 소리는 나 자신이 듣기에도 몹시 싫었다.

나는 이탈리아 가곡집을 샀는데, 거기 나온 노래들 중 「아모레(Amore)」인지 혹은 잘은 모르겠으나 「넬치멘토(nel'cimento)」라는 노래가 있었다. 나는 이 노래의 제목을 '시멘트 속에, 회반죽 속에(dans le ciment, dans le mortier)'로 해석했다. 그런 이탈리아 가곡들을 대단히 좋아했지만, 뜻은 전혀 모르고 있었다. 너무 늦게 시작했던 것이다. 나로 하여금 음악에 싫증 나게 하는 무엇인가가 있었다면, 그것은 음악을 배우기 위해 나 자신이 내지 않으면 안 되는 형편없는 소리가 원인이었을 것이다. 집에 피아노라도 있었다면 그런 난관을 면할 수 있었겠지만, 나는 근본적으로 음악적 조화를 이루지 못하는 집안에서 태어난 것이다.

나중에 내가 음악에 관해 글을 썼을 때, 친구들은 음악에 대한 나의 전반적인 무지에 이의(異議)를 제기했다. 하지만 그럴 때도 나는 음악가들의 연주에서 내 친구들이 감지하지 못하는 뉘앙스를 내가 느끼고 있다는 것을 아무런 거드름도 피우지 않고 말할 수 있다. 같은 그림의 모사화들에서 나타나는 특징들의 뉘앙스에 대해서도 마찬가지다. 나는 그런 것들을 마치 크리스털[水晶]을 통해 보는 것처럼 뚜렷하게 보는 것이다. 그런데 어쩌면 좋은가, 이런 이야기를 하면 분명 나를 바보로 여길 테니 말이다!

퀴블리 양이 사라지고 수개월 뒤, 나는 다시 살아났지만 전혀 다른 사람이 되어 있었다.

더 이상 세라피 이모를 증오하지 않았다. 그녀를 잊고 있었다. 아버지에 대해서는 단 하나만 바랐다. 내가 그의 곁에 있지 않는 것. 양심의 가책을 느꼈지만, 내가 그에게 일말의 애정이나 다정함도 갖고 있지 않다는 것을 알게 되었던 것이다.

'따라서 나는 인정머리 없는 놈이다.'라고 생각했다. 오랜 세월 동안 나는 비난에 반론을 제기하게 할 만한 답변을 찾아내지 못했다. 우리 집안에서는 육친에 대한 애정에 관한 말을 역겨운 기분이 들 만큼 끊임없이 입에 올렸다. 그 고지식한 사람들은 오륙 년 전부터 자기들이 나에게 계속 베풀어 준 괴로움을 애정이라고 부른 것이다. 나는 그들이 굉장히 지루해하고 있다는 것을 눈치챘다. 저 잔혹했던 상실의 시기에 그들은 신중하지 못하게도 세상 사람들과의 교류를 끊어 버렸지만 교류를 다시 되살리기엔 자존심이 너무 강했고, 내가 그 지루함을 잊게 해 주는 수단이 된 것을 눈치 채기 시작한 것이다.

하지만 이런 깨달음 뒤 나를 감동하게 한 것은 더 이상 아무것도 없었다. 나는 라틴어와 데생을 열심히 공부했다. 그래서 이 두 과목 중 어느 과목에서였는지 정확하게 기억나지는 않지만 일등상과 이등상을 받았다. 나는 타키투스의 『아그리콜라의 생애』를 즐겁게 번역했다. 라틴어로 인해 어느 정도의 즐거움을 느낀 것은 그때가 거의 처음이었다. 하지만 그 즐거움은 키다리 오드뤼에게 얻어맞는 바람에 불쾌하게(amaregiato) 망가져 버리고 말았다. 오드뤼는 룅뱅 출신의 거칠고 무지한 촌놈으로 우리와 같은 학교에서 공부를 했는데, 아무것도 알아듣지 못했다. 나는 빨간 옷을 입고 다니던 지루와 서로 때리며 심하게 싸웠다. 내 삶의 절반은 아직 어린아이였다.

그렇지만 수개월 동안 나를 사로잡았던 정신적 폭풍우가 나를 성숙하게 했는지, 진지하게 이런 생각을 했다.

'단단히 결심을 하고 이 수렁에서 벗어나야만 해.'

그러려면 수단은 하나뿐이었다. 바로 수학이었다. 하지만 학교에서 해 주는 설명이 하도 바보 같아서 나의 수학 실력은 전혀 향상되지 못했다. 가능한 일인데도 내 동급생들 역시 향상되지 못한 것도 사실이다. 저 대단하신 뒤퓌 선생께서는 우리에게 명제를 가르칠 때 마치 식초 만드는 방법을 설명하듯 설명해 주었다.

다른 한편 브주는 나에게 그르노블에서 벗어날 수 있는 유일한 수단이었다. 하지만 브주(수학자, 그의 『수학 강좌』는 수험 준비의 필독서)는 참으로 어리석었다! 과장이 심한 우리의 뒤퓌 선생과 같은 두뇌의 소유자였다.

외할아버지는 소견머리가 좁은 샤베르라는 이름의 부르주아 한 사람을 알고 있었다. 그 사람은 자택에서 학생들에게 수학을 가르쳤다. 그것은 그 고장의 표현인데, 그 사람에게 딱 들어맞았다. 꽤 힘이 들긴 했지만, 나는 샤베르 씨 집으로 수학을 배우러 다니겠다고 말해 허락을 얻어 냈다. 식구들 모두 뒤퓌 선생의 심기를 거스를까 봐 겁을 냈고 게다가 월 12프랑을 내야 했기 때문이었을 것이다.

나는 중앙학교에서 수학 강의를 듣는 대부분의 학생들이 샤베르 씨 집에 수학을 배우러 다닌다고, 나도 그곳에 다니지 않으면 중앙학교에서 꼴찌가 되고 말 거라고 말했다. 그리하여 나는 샤베르 씨네 집에 다니게 되었다. 샤베르 씨는 옷을 무척 단정하게 입는 부르주아였다. 늘 나들이 옷을 입은 태도로 예복이나 조끼 또는 캐시미어 천으로 된 멋진 황록색 바지를 차려입고 옷차림이 망가지지 않을까 전전긍긍했다. 또한 부르주아다운 꽤 귀여운 얼굴을 갖고 있었다. 그는 생-자크 로(路) 부근 뇌브 로에 살았는데, 부르봉 철물점 거의 맞은편이었다. 부르봉이라는 이름은 나에게 강한 인상을 주었는데, 부르주아적인 우리 가족들이 그 이름을 입에 담을 때 가장 깊은 존경심과 무척 진실된 헌신의 표시를 보이며 발음했기 때문이다. 프랑스의 생명이 거기에 달려 있기라도 한 것처럼 말이다.

하지만 나는 샤베르 씨 집에서도 중앙학교에서 나를 지겹게 한 불운, 즉 칠판에 불려 나가지 못하는 불운을 다시 만났다. 조그만 방 안 밀랍을 칠해 만든 칠판 주위 일고여덟 명의 학생들에 둘러싸여 칠판 앞에 나가게 해 달라고 청하는 것보다 보기 흉한 꼴은 없었다. 즉 네댓 명의 학생이 이미 설명한 것을 다섯 번째 혹은 여섯 번째로 설명하러 가는 것 말이다. 그렇기는 했지만, 때때로 나는 샤베르 씨 집에서 그런 일을 하지 않으면 안 되었다. 그러지 않으면 나를 증명할 기회가 전혀 없었을 것이다. 샤베르 씨는 나를 저능아(minus habens)로 여기고, 그 고약한 생각을 바꾸지 않았다. 이후 내가 수학에서 우수한 성적을 냈다고 그가 말하는 것을 듣는 것만큼 우스꽝스러운 일은 없었다.

하지만 샤베르 씨 집으로 수학을 배우러 간 초기에 우리 집 식구들이 내가 증명하는 능력이 있는지 어떤지, 내가 일주일에 몇 번 칠판 앞에 불려 나갔는지 물어보지 않은 것은 이상한 주의 부족, 더 분명하게 말하면 지혜 부족이었다. 그들은 그런 세세한 일엔 관심이 없었다. 샤베르 씨는 뒤퓌 씨에 대한 깊은 존경심을 공공연히 내보이곤 했으며, 중앙학교에서 칠판 앞에 불려 나가는 아이들만 자기 칠판 앞으로 불러내곤 했다. 귀족이고 몽발 집안과 친척이어서 뒤퓌 씨가 칠판 앞으로 불러내곤 했던 드 렌느빌이라는 아이가 있었다. 바보에 거의 벙어리이고 두 눈만 퀭하니 크게 뜨고 있는 녀석이었다. 뒤퓌 씨와 샤베르 씨가 그런 녀석을 나보다 더 좋아하는 것을 보고, 나는 울화가 치밀어 견딜 수가 없었다.

나는 샤베르 씨를 용서한다. 나는 참으로 건방지고 자존심이 무척 강한 소년이었던 것이다. 외할아버지와 가족들은 내가 신동이라고 공언했다. 그들은 오 년 전부터 나에게 온갖 정성을 들여오지 않았는가?

사실 샤베르 씨는 뒤퓌 씨처럼 무지한 사람은 아니었다. 그의 집에는 오일러[257]의 책이 있었는데, 그 책에는 한 시골 여자가 시장에 달걀을 가져갔는데 어떤 장사꾼이 그 5분의 1을 훔치고 그녀가 그 나머지 중 절반을 땅에 떨어뜨리고 어쩌고 했을 때 남은 달걀의 수를 구하는 문제가 있었다.

그 문제는 내 지성을 열어 주고 대수(代數)라는 도구를 사용한다는 것이 무엇인가를 엿보게 해 주었다. 일찍이 아무도 나에게 그런 것에 대해 가르쳐 주지 않은 것은 끔찍한 일이었다. 뒤퓌 씨는 늘 그것에 관해 과장된 말만 할 뿐, 다음과 같은 단순한 말은 전혀 하지 않았다. 분업이 다 그렇듯, 그것은 경탄할 만한 결과를 만들어 내는 노동의 분업이라는. 또한 지성이 사물의 유일한 측면, 유일한 성질에 전력을 집중할 수 있게 해 준다는.

만약 뒤퓌 씨가 우리에게 다음과 같이 말해 줬다면 우리는 얼마나 달라졌을까. 즉 이 치즈는 부드럽다 또는 딱딱하다. 그것은 희다. 그것은 푸르다. 그것은 오래되었다. 그것은 새것이다. 그것은 내 것이다. 그것은 네 것이다. 그것은 가볍다. 또는 그것은 무겁다! 하지만 이 많은 성질 중에서 오로지 중량만을 생각하자. 그 중량이 어떠하든 간에 A라고 부르자. 이제는 치즈에 대해서는 전혀 생각하지 말고, 우리가 양에 관해 알고 있는 모든 것을 A에 적용하는 것이다, 이렇게 말이다.

그 외딴 시골에서는 이런 단순하기 짝이 없는 것을 아무도

---

257) 레온하르트 오일러(Leonhard Euler, 1707~1783). 스위스의 수학자이자 물리학자.

우리에게 말해 주지 않았다. 그때 이후에 이공과 대학과 라그랑주의 사상이 그 지방에 흘러 들어왔으리라.

그 시대 교육의 걸작품은 녹색 옷에 부드럽고 위선적이며 얌전한 태도를 지닌, 키가 3피트도 안 되는 조그만 녀석이었다. 그 녀석은 선생이 자기가 하는 말을 학생들이 이해하는지 어떤지 신경조차 쓰지 않고 증명해서 가르치는 명제들을 달달 외웠다. 샤베르 씨와 뒤퓌 씨의 이 귀염둥이는 내 기억이 틀림없다면 이름이 폴-에밀 테세르였다. 이공과 대학 입학시험 감독관이자 위대한 기하학자의 동생인 얼간이 루이 몽주[258]는 그 유명한 어리석은 짓을 [『정역학(靜力學)』 서두에] 쓴 인물로, 폴-에밀의 재능이 전부 놀라운 기억력 덕분이라는 것을 알아차리지 못했다.

폴-에밀 테세르는 이공과 대학에 들어갔다. 그는 완전한 위선, 기억력 그리고 계집애 같은 귀여운 얼굴로 그곳에서는 그르노블에서와 같은 성공을 거두지 못했다. 그는 그 학교를 졸업하고 장교가 되었지만, 곧이어 신의 은총을 받고 신부가 되었다. 불행하게도 그는 폐병으로 죽었는데, 그러지 않았다면 나는 그의 운명을 즐거운 마음으로 눈여겨보았을 것이다. 언제이건, 그 친구의 머리를 마음 내키는 대로 마구 때리고 싶다는 터무니없는 욕망을 지닌 채 나는 그르노블을 떠났던 것이다.

---

258) 루이 몽주(Louis Monge, 1748~1827)는 유명한 수학자 가스파르 몽주(Gaspard Monge, 1746~1818)의 동생으로 역시 수학자였다. 사실 『정역학』은 루이 몽주가 아니라 가스파르 몽주의 저서로, 스탕달이 혼동하고 있다.

차분하고 냉정한 기억력으로 어쩔 도리 없이 나를 제압하고 있던 샤베르 씨 집에서, 나는 그에게 선불금을 이미 냈던 것 같다.

그로 말하자면 그 어떤 일에도 결코 화를 내는 법이 없었고, 사방에서 자신에게 쏟아지는 위선자라는 매도도 전적인 냉정함으로 흘려 버렸다. 특히 종교 행렬에서 그 친구가 장미관을 쓰고 천사 역할을 맡았을 때 그 매도는 더욱 심했다.

이 사람이 내가 중앙학교에서 주목한 거의 유일한 성격이다. 그는 뒤부아-퐁타넬의 문학 강의에서 만난 침울한 브누아와는 무척 대조적인 면을 보여 주었다. 브누아는 광인 의사 클라피에에게서 배운 소크라테스적 사랑 속에 숭고한 학문이 존재한다고 주장하는 인간이었다.

나는 한 십 년 정도 샤베르 씨의 일을 잊고 있었다. 사실 샤베르 씨는 뒤퓌 씨보다는 훨씬 덜 편협한 사람이었다는 것이 조금씩 기억난다. 말투가 조금 굼뜬 데다 매우 초라하고 부르주아적인 외관을 지니고 있었지만 말이다.

그는 클레로를 존경했으며, 그 천재를 우리와 연결해 주었다. 덕분에 우리가 평범한 브주로부터 좀 벗어날 수 있었던 것은 대단한 일이다. 그는 보쉬와 마리 신부[259]의 책을 갖고 있었으며, 때때로 그 책들을 통해 우리에게 수학의 정리(定理)를 가르쳤다. 라그랑주가 쓴 약간 초보적인 이론의 원고를 갖고 있기까지 했다. 그런 것은 우리처럼 지적 수준이 낮은 학생들에

---

259) 두 사람 다 그 당시의 수학자로 수학 입문서들을 썼다.

게는 매우 유익했다.

우리는 종이 노트에, 그리고 밀랍을 입힌 칠판에 펜으로 쓰면서 공부를 했던 것 같다.

내가 선생님들에게 사랑받지 못한 것은 모든 일에 영향을 미쳤다. 그런데 그것은 아마도 우리 가족의 서투른 처신 때문이었던 것 같다. 크리스마스 때 샤베르 씨나 그의 누이들에게 칠면조 한 마리를 보내는 것을 잊었던 모양이다. 그에게는 무척 귀여운 누이들이 있었는데, 내가 소심하지만 않았다면 그녀들의 환심을 사려고 했을 것이다. 그녀들은 가뇽 씨의 외손자에게 큰 경의를 품고 있었던 것이다. 게다가 매주 일요일 미사를 드리러 우리 집에 왔다.

우리는 측각기(測角器)와 제도판을 가지고 도면을 작성하러 가곤 했다. 어느 날 부아퇴즈 길 옆 들판을 측량했다. BCDF 들판이었다. 샤베르 씨는 나를 제외한 모든 아이들에게 제도판 위에 선을 긋게 했다. 마침내 내 차례가 왔는데, 순서로 따지면 끝에서 둘째, 나보다 어린 학생 바로 앞이었다. 모욕감이 느껴지고 화가 치밀었다. 나는 펜을 힘껏 누르고 선을 그었다.

그러자 샤베르 씨가 "나는 군에게 선을 그으라고 했는데." 라고 굼뜬 어조로 말했다. "그런데 군이 그린 것은 막대기가 아닌가."

그의 말이 옳았다. 뒤퓌 씨와 샤베르 씨에게 귀여움을 받지 못한 것, 데생 교실에서 겪은 제에 씨의 철저한 무관심 같은 것이 나를 바보가 되지 않게 했다. 나는 그런 것에 대처할 두

드러진 소질을 지니고 있었다. 그런데 완고한 신앙심 때문에 침울한 상태에 빠져 있던 우리 가족들은 끊임없이 공교육을 비난했으며, 오 년 동안 정성을 들여, 아! 너무나도 끈기 있게 열성적인 가정 교육을 한 결과 훌륭한 걸작품을 만들어 냈다고 쉽사리 믿었던 것이다. 그 걸작품이란 바로 나였다.

사실 중앙학교에 가기 전의 일이지만, 어느 날 나는 이런 생각을 했다. '혹시 나는 대제후의 아들이 아닐까? 대혁명에 대해 내가 들은 모든 것, 또 내 눈으로 본 약간의 것들은 모두 『에밀』에서 그렇듯이 나를 교육하기 위해 만들어 낸 이야기가 아닐까?'

왜냐하면, 경건한 결심에도 불구하고 상냥한 대화를 좋아하는 외할아버지가 내 앞에서 『에밀』의 이름을 불러 대고 『사부아 사제의 신앙고백』 등에 관해 말했기 때문이다. 나는 클레에서 그 책을 훔쳐 내 읽어 봤지만 무슨 내용인지 이해할 수 없었다. 첫 페이지에 쓰여 있는 터무니없는 말들조차 알아볼 수가 없어서, 십오 분 후에 덮어 버리고 말았다. 아버지의 좋은 취미를 인정하지 않으면 안 된다. 그는 루소의 열렬한 독자로, 때때로 루소에 대해 이야기하곤 했다. 그럴 때면 세라피 이모가 아이 앞에서 그런 신중하지 못한 이야기를 한다고 아버지를 지청구했다.

27장

나는 매우 귀족적인 취미를 갖고 있었고 지금도 여전히 갖고 있다. 나는 민중의 행복을 위해서라면 무슨 일이든 할 테지만, 누추한 곳에 거주하는 사람들과 생활하기보다는 매달 보름씩 감옥에서 보내는 편이 더 나을 거라 생각한다.

왜 그랬는지 모르겠으나 그 시절 나는 프랑수아 비질리옹과 친했다.(나중에 그 사람은 아내로 인해 난처한 일이 생겼고, 아마도 그 일 때문에 자살을 했다고 생각한다.)

그는 소박하고 자연스러우며 성실한 아이였다. 야심만만한 말을 하거나 자신이 세상일과 여자들 그리고 그 외의 것들을 잘 아는 척하는 얼굴을 하는 법이 결코 없었다. 그렇게 하는 것이 중학교 시절 우리가 가진 큰 야망이자 주된 자만심이었는데 말이다. 그 어린아이들은 각자 친구들에게 나는 여자들을 내 것으로 삼았고 세상일에 대해 다 알고 있다고 믿게 하려고 애썼지만, 선량한 비질리옹에게는 그런 것이 전혀 없었다. 우리는 긴 산책을 했다. 배후에 알프스의 최고봉들이 솟아 있는 에방 쪽이 바라다보이는 웅대한 경관은 무엇보다 우리의 영혼을 고양해 주었다. 라보와 바스티유, 라보는 오래된 탑, 바스티유는 자그마한 집인데, 시의 성벽에 둘러싸인 산 위 서로 다른 높이에 위치해 있었다. 그 성벽은 1795년에는 무척 우스꽝스러웠지만 1836년에는 좋아졌다.

그 산책을 하는 동안 우리는 우리가 막 들어가려고 하는 두렵고 어둡지만 더없이 기분 좋은 숲이 어떻게 느껴지는가에 대해 서로 아주 솔직하게 이야기했다. 그 숲이란 물론 사회와 세상사를 뜻한다.

비질리옹에게는 나보다 훨씬 유리한 점이 있었다.

첫째, 그는 어렸을 때부터 자유롭게 생활해 왔다. 아버지로부터 지나친 사랑을 받지 않았다. 자식을 인형처럼 여기는 즐거움 말고 다른 즐거움을 누릴 줄 아는 아버지를 두었던 것이다.

둘째, 매우 유복한 시골 부르주아인 그의 아버지는 그르노블 동쪽 어느 역참 마을인 생-티스미에에 살았다. 그곳은 이제르 계곡 안 무척 쾌적한 장소에 위치해 있었다. 그 선량한 시골 사람은 술과 맛있는 음식 그리고 싱싱한 시골 아가씨들을 좋아했으며, 그르노블에 작은 방을 하나 얻어 두 아들을 그곳에서 살면서 공부하게 했다. 우리 고장의 관습에 따라 맏이인 장남은 비질리옹이라 부르고 아우는 레미라고 불렀다. 동생 레미는 익살스럽고 기발한 진짜 도피네 사람이었지만 관대한 아이였는데, 당시 비질리옹과 나 사이의 우정을 조금 시기했다.

완전한 성실성에 토대를 둔 그 우정은 보름이 지나자 친밀한 것이 되었다. 비질리옹에게는 학식이 깊은 수도사 삼촌이 있었는데, 퍽 수도사답지 않은 수도사로 생각되었다. 그 수도사는 모를롱 신부로, 아마도 베네딕트파였던 것 같다. 모를롱 신부는 내 외할아버지에 대한 호감 때문에 어린 시절에 나의 고해를 한두 번 들어 준 적이 있다. 나는 그 사람의 부드럽고 예의 바른 거동에 깜짝 놀랐다. 아버지가 돌봐 달라고 나를 너무나 자주 맡기는 맥 빠지고 유식한 체하는 사람, 이를테면 랑보 신부처럼 심하게 학자연하는 태도와는 많이 달랐기 때문이다.

모를롱 신부는 나에게 한 가지 큰 정신적 영향을 주었다. 그는 르투르뇌르가 번역한 셰익스피어의 책을 갖고 있었고, 그의 조카 비질리옹은 나를 위해 아이들에게는 막대한 양인 열여덟 권 내지 스무 권이나 되는 그 총서를 차례로 전부 빌려다 주었던 것이다.

그 책들을 읽으면서 나는 다시 태어난 기분이 들었다. 우선 셰익스피어는 라신과 달리 우리 집 식구들이 칭찬하거나 장려하지 않는다는 크나큰 이점이 있었다. 가족들이 좋다고 칭찬하는 것만으로도 내가 그것을 몹시 싫어하기에 충분했기 때문이다.

아버지는 셰익스피어에 대해 나쁘게 말한 적이 있다고까지 생각되어서 셰익스피어가 내 정신에 큰 영향력을 미치는 데 아무런 부족함이 없을 정도였다.

나는 모든 일에 있어서 가족들이 하는 이야기를 경계했다. 그래서 가족들이 어떤 미술 작품을 칭찬하면, 그 작품이 무척 아름다워도 끔찍한 혐오감을 느끼곤 했다. 지성보다 심정이 훨씬 앞서 나간 나머지, 가족들이 그것을 칭찬하는 것은, 마치 오늘날 국왕(king)이 종교를 찬양하는 것처럼 부차적인 어떤 속셈을 가지고 그러는 것이라고 강하게 느꼈던 것이다. 나는 막연하지만 대단히 강렬하게 그리고 오늘날에는 내가 더 이상 가지지 못한 열정을 가지고, 예술에서 일체의 도덕적 목적, 즉 이해관계를 생각하는 목적은 모든 예술 작품의 생명을 잃게 한다고 느꼈다. 나는 1796년부터 1799년까지 계속 셰익스피어를 읽었다. 가족들이 끊임없이 찬양하는 라신은 평범한 위선자로 느껴졌다. 루이 14세의 배려를 더 이상 받지 못하게 되자 라신이 사망했다는 일화를 외할아버지가 이미 나에게 말해 준 터였다. 게다가 라신의 운문(韻文)은 문장을 길게 늘어놓는 바람에 명확성이 떨어져 나를 싫증 나게 했다. 그리고 말(馬, cheval)이라고 하는 대신 준마(駿馬, coursier)라고 표현하는 것이 나는 질색이었다.

매우 능란한 언어를 구사하는 가족들 한가운데서 외롭게 사는 내가 어떻게 많든 적든 고상한 언어를 느낄 수 있었겠는가? 우아하지 않은 언어를 어디서 들었겠는가?

코르네유는 그리 나쁘지 않았다. 그 당시 내가 미치도록 좋아한 것은 번역서로 읽은 세르반테스의 『돈 키호테』와 아리오스트, 그리고 바로 뒤를 이어 루소였다. 루소는 신부들과 종교를 찬양하고 나의 아버지에게서 찬양받는다는 이중의 결점(drawback)을 갖고 있었다. 나는 라 퐁텐의 『콩트(Contes)』와 『펠리시아』를 즐겁게 읽었다. 그러나 그것은 문학적 쾌락이 아니었다. 그것은 ***부인이 말했듯이, 틈틈이 한 손으로 읽는 종류의 책이다.

1824년 내가 클레망틴에게 반했을 때, 나는 그녀의 매력적인 모습을 바라보며 마음을 빼앗기지 않으려고 애썼다.(어느 날 저녁 뒤 비농 부인이 연 음악회에서 겪은 마음의 투쟁이 기억난다. 그곳에서 나는 유명한 푸아 장군 곁에 있었다. 과격 왕당파인 클레망틴은 그 집에 가지 않았다.) 요컨대 내가 『라신과 셰익스피어(Racine et Shakespeare)』를 썼을 때, 나는 가장하고 거짓말을 하며 어린 시절에 받은 첫인상을 부정한다고 비난을 받았다. 그 당시 나는 말을 하지 않았으나(말해도 믿지 않을 거라는 생각에) 나의 첫사랑이 셰익스피어였으며 그중에서도 특히 「햄릿」과 「로미오와 줄리엣」이었다는 것이 얼마나 진실인지 이것으로 잘 알 수 있을 것이다.

비질리옹 일가는 슈누아즈 로(거리 이름은 확실하지 않다.)에 살았다. 그 거리는 노트르담 성당의 둥근 천장과 기슭에 아우구스티누스파 수도원이 있는 작은 강 사이로 뻗어 있었다. 그 거리에는 유명한 서점이 하나 있었고, 나는 그곳에 자주 가곤 했다. 조금 떨어진 곳에는 오라토리오회의 예배당이 있었는데, (1836년에) 아버지가 나의 가장 오래된 친구인 로맹 콜롱의 아버지 콜롱 씨와 함께 그곳에 며칠 동안 감금된 일이 있었다. 거리 이름은 거의 잊었지만 내가 기억하고 있는 그 거리의 모습은 다음과 같다.

4층의 방에 비질리옹 형제 그리고 그들 형제의 누이 빅토린 비질리옹 양이 살았다. 빅토린 양은 매우 순박하고 귀여운 아가씨였으나 그리스풍의 아름다움은 전혀 없었다. 그녀의 얼굴은 알로브로주풍이었다.[260] 오늘날엔 그런 얼굴을 가진 사람들을 가엘 종족이라고 부르는 모양이다.(에드봐즈 박사와 아드리앵 드 쥐시외 씨를 참조하도록. 어쨌든 나로 하여금 그런 분류를 믿게 한 사람은 후자다.)

빅토린 양은 재치 있고 생각이 깊었다. 그녀는 신선함 자체였다. 그녀의 얼굴 생김새는 두 남자 형제와 함께 사는 방의 십자 모양 창살이 있는 창들과 완전한 조화를 이루었다. 그 방은 4층이고 남향인데도 불구하고, 맞은편 집이 너무 커서 어두웠다. 그 완전한 조화가 나에게 강한 인상을 주었다. 아니, 더 정확히 말하면, 그 효과를 느끼면서도 아무것도 이해하지 못했다.

나는 그들 두 형제와 누이가 저녁 식사를 할 때 동석했다. 그들과 같은 고향 사람이고 그들과 마찬가지로 단순하고 소박한 하녀가 그들에게 음식을 차려 주었다. 그들은 흑빵을 먹었다. 흰 빵만 먹어 온 나로서는 그것이 이해되지 않았다.

그들과 비교할 때 내가 가진 가장 큰 우위가 바로 그런 점이었다. 그들이 보기에 나는 상류 계급이었다. 즉 귀족이자 중

260) 로맹 콜롱은 다음과 같이 말하고 있다. 그녀는 차라리 못생긴 축에 속했다. 그러나 매력 있고 선량한 아가씨였다. 빅토린은 우리가 이성 간이라는 것을 의식하지 않고 함께 놀았다.

앙학교 심사위원인 가농 씨의 자제이고, 그들은 농부에 가까운 부르주아였다. 그렇다고 해서 그들이 그것을 유감스럽게 여기거나 어리석게 감탄했다는 말은 아니다. 다만, 그들은 흰 빵보다는 흑빵을 좋아했고, 흰 빵을 먹고 싶으면 밀가루를 체에 쳐서 빵을 만들면 되었을 뿐이다.

취색 생마포 테이블보를 덮은 호두나무 테이블 둘레에서 우리는 악의가 전혀 없는 순박한 생활을 했다. 형인 비질리옹은 십사 세 또는 십오 세, 레미는 십이 세, 빅토린 양은 십삼 세, 나 십삼 세, 하녀는 십칠 세였다.

그렇게 우리는 아주 젊은 모임을 형성하고 있었다. 나이 든 친척 어른 중 그 누구도 우리를 거추장스럽게 하지 않았다. 부친인 비질리옹 씨가 하루나 이틀 정도 시내를 방문할 때면, 우리는 감히 그가 없었으면 하고 바라지는 못했지만 거북스러워했다.

아마도 우리는 그렇게 지내며 한 살씩 더 나이를 먹었을지 모르나 그 이상은 아니었다. 그르노블에서 보낸 마지막 두 해인 1798년과 1799년에 나는 파리에 간다는 목표를 가지고 수학 공부에 열중했다. 그러니 그때는 1797년, 아니, 정확히 말해서 1796년이었다. 나는 1796년에 열세 살이었다.

당시 우리는 백리향을 뜯어 먹으며 숲속에서 노는 새끼 토끼들처럼 지냈다. 빅토린 양은 살림을 맡고 있었다. 그녀에게는 끈으로 조인 포도잎 안에 담긴 건포도 송이가 있었는데, 그것을 나에게 주곤 했다. 나는 그녀의 얼굴과 거의 마찬가지로 그것을 좋아했다. 때때로 한 송이 더 달라고 했다. 그러면 빅토린 양은 "이제 여덟 개밖에 없는데, 그것으로 일주일을 지내야 돼."라고 말하며 자주 거절하곤 했다.

일주일에 한두 차례 생-티스미에에서 식량이 왔다. 그것은 그르노블의 관습이었다. 부르주아라면 누구나 자기 소유지를 갖고자 하는 열정이 있었다. 몽보노, 생-티스미에, 코랑, 보레프, 생-뱅상 또는 클레, 에시롤, 에방스, 도멘 등등에 있는 자기 소유지에서 오는 4수의 샐러드용 채소를 청과물 시장에서 2수를 주고 사는 같은 샐러드용 채소보다 더 좋아했다. 그 부르주아는 1만 프랑을 5퍼센트 이율로 페리에 일가(1832년에 장관이 된 카지미르의 아버지와 사촌)에게 투자했던 것을, 겨우 2~2.5퍼센트의 이득이 나는 토지에 돈을 투자하고는 대만족을 하는 것이다. 생각건대, 허영심의 충족 그리고 '나 몽보노에 가봐야 되는데.' 또는 '지금 막 몽보노에서 돌아왔어.'라고 거드름 피우면서 말하는 즐거움으로 그 차액을 보상받았다고 여겨진다.

나는 빅토린에게 사랑을 느끼지 않았다. 퀴블리 양이 떠난 일로 인해 아직도 마음에 큰 상처를 입고 있었기 때문이다. 또한 친구 비질리옹에 대한 우정이 하도 끈끈해서 웃음거리가 될까 봐 겁이 나서 간략하게, 내 미친 듯한 열정을 마음먹고 그에게 털어놓았던 것 같다.

그는 그것 때문에 조금도 당황하지 않았다. 그는 무척 선량하고 아주 소박한 사람이었다. 그 가족의 특징적인 양식(良識), 가장 세련된 양식과 잘 합치되는 두 가지 훌륭한 장점이었다. 그 양식은 그의 동생이자 친구인 레미로 인해 더욱 강화되었다. 레미는 민감하지는 않았지만, 유달리 준엄한 판단력의 소유자였다. 오후 내내 입을 열지 않고 보내는 일이 자주 있었다.

그 4층 방에서 나는 인생의 가장 행복한 순간들을 보냈다. 시간이 흐른 뒤 비질리옹 형제는 그 집을 떠나 퐁-드-부아의 언덕에서 살게 되었다. 아니, 정확히 말하면 그 반대, 퐁-드-부아에서 슈누아즈로 옮겨 간 것인지도 모르겠다. 확실히 그 거리는 퐁-생-젬 로와 통하는 길이다. 십자 모양 창살이 붙은 창문 세 개가 있는 방과 퐁-생-젬 로의 위치는 확실하다. 이 글을 쓰면서(1836년 1월 로마에서) 그 어느 때보다 많은 일이 다시 생각난다. 지난 이십 년 동안 그런 일들을 한 해에 여섯 번도 생각하지 않았고 거의 다 잊고 있었다.

부풀어오르기 시작한 그녀 가슴의 아름다움에 이끌린 나머지, 나는 빅토린 앞에서 퍽 수줍어했다. 하지만 나는 속내 이야기를 그녀에게 가리지 않고 털어놓았다. 이를테면 세라피 이모의 박해에서 벗어나기 힘들다는 것 등을 말했다. 그런데 내 기억으로 그녀는 내 말을 믿지 않았다. 그것이 나에게는 죽을 만큼 고통스러웠다. 그녀는 내 성격이 나빠서 그렇다는 뜻을 넌지시 나에게 비쳤던 것이다.

28장

엄격한 레미는 내가 자기 누나의 환심을 사려 하는 것을 매우 불쾌하게 여겼던 모양이다. 비질리옹이 그것을 나에게 넌지시 말해 주었다. 우리 사이는 그 일에 관해서만 완벽하게 솔직하지 못했다. 해 질 무렵 산책을 한 다음 내가 빅토린이 있는 곳으로 올라가려고 하면 서둘러 잘 가라고 인사하는 일이 자주 있어서 나는 퍽 기분이 나빴다. 나는 우정이 필요했고, 솔직하게 이야기하고 싶었다. 옳고 그르고를 떠나, 내가 대상이 된 것이 틀림없다고 생각되는 그와 같은 고약한 태도에 나는 마음속 깊이 상처를 받았다.

고백하건대, 아주 단순한 대화도 남자 형제들과 하기보다는 빅토린과 하고 싶은 마음이 훨씬 컸다. 지금에 와서 생각해 보면 당시의 감정을 알 수 있다. 여자라는 그 끔찍한 짐승, 매우 아름다운 머리카락, 좀 여위긴 했지만 매끈하게 빠진 팔, 날씨가 더워서 조금씩 자주 드러나는 매력적인 가슴, 이와 같은 것들을 지닌 여자를 아주 가까이에서 본다는 것은 믿을 수 없는 일이라는 생각이 들었다. 사실 나는 얌전을 떨려고 빅토린 양과 호두나무 테이블 모서리를 사이에 두고 두 걸음 떨어져 앉아 두 남자 형제들하고만 이야기를 나누었다. 그렇다고 해서 결코 사랑에 빠져들려고 하지는 않았다. 나는 이탈리아어 표현으로 '혼이 나서(scottato)' 사랑이란 진지하고 무서운 것임을 막 겪은 터였기 때문이다. 퀴블리 양에 대한 사랑으로 인해 요컨대 즐거움보다는 고통을 더 많이 받았음을 일부러 생각하진 않았으나 매우 강하게 느끼고 있었던 것이다.

빅토린에 대해 말로 그리고 생각으로 이렇게 순박한 감정을 품고 있는 동안, 나는 남을 증오하는 것을 잊고 특히 남이 나를 증오한다고 생각하는 것마저 잊었다.

누나를 아끼는 레미의 질투심은 시간이 조금 흐르자 가라앉았던 것 같다. 혹은 그가 몇 달 동안 생-티스미에에 가 있었다. 아마도 내가 실제로 진지하게 사랑하지는 않는다는 것을 알아차렸거나 다른 할 일이 생겼던 모양이었다. 우리는 열세 살 또는 열네 살짜리 정치인들이었다. 하지만 도피네 지방에서는 그 정도 나이가 되면 매우 섬세해진다. 파리 아이들처럼 무사태평하거나…… 하지 않다. 그래서 일찍부터 정열에 사로잡히는 것이다. 하찮은 것에 대한 정열이지만, 결국 정열적으로 욕망을 가지는 것은 사실이다.

요컨대 나는 일주일에 다섯 번쯤 해 질 무렵 또는 생-탕드레 성당에서 9시 종을 칠 때, 비질리옹 양 집으로 저녁나절을 보내러 가곤 했다.

나는 우리들 사이의 우정에 대해 전혀 이야기하지 않았는데, 어느 날 가족들과 저녁 식사를 하면서 신중하지 못하게도 그 집안의 이름을 말하고 말았다. 나의 그 경솔함은 가혹하게 벌을 받았다. 가족들의 얼굴에는 표정이 풍부한 무언극처럼 빅토린 가족, 그녀의 오빠와 동생을 경멸하는 태도가 눈에 띄게 드러나 보였다.

"그 집에 여자애 하나 있지 않아? 뭐 시골 아가씨겠지만."

끔찍한 경멸의 말과 그 말을 에워싼 차가운 멸시의 표정이 희미하게 떠오른다. 그러나 그 경멸의 말이 나에게 준 강렬한 인상만은 내 기억 속에 뚜렷이 남아 있다.

아마도 그 태도는 데 자드레 남작이 나의 어머니와 이모에 대해 말하면서 취한 차갑고 냉소적인 경멸의 태도와 전적으로 같았을 것이다.

우리 가족은, 의사와 변호사라는 사회적 지위에도 불구하고, 겨우 귀족 축에 끼는 처지라고 생각했다. 나의 아버지의 자부심은 영락한 귀족의 자부심에조차 다다르지 못하는 성질의 것이었다. 그날 저녁 식사를 하는 동안 우리 가족들이 보여준 경멸은 전부 내 친구의 아버지인 비질리옹 씨가 시골 부르주아라는 사실 그리고 그 사람의 이악스러운 동생이, 생-탕드레에 있는 현 교도소의 소장, 부르주아 출신의 간수라는 사실에 근거를 두고 있었다.

그 집안은 ****년에 생 브뤼노를 그랑드 샤르트뢰즈에 맞아들인 바 있다. 그것은 확실한 사실이다. 그러므로 그 집안은 중세 제후들의 지배를 받던 사스나주 마을의 판사였던 벨 집안보다 훨씬 존경스러운 집안인 것이다. 하지만 향락가이자 호인이며 자기 마을에서 부족함 없이 아주 편안하게 사는 비질리옹 씨는 마르시외 씨나 사스나주 부인 집에서 만찬을 들거나 하지 않았다. 그는 나의 외할아버지를 보면 멀리서부터 달려와 먼저 인사를 했으며, 가뇽 씨에 대해 늘 큰 존경심을 품고 말을 했다.

늘 권태로워하던 우리 가족들에게 그렇게 우월감을 쏟아내는 것은 즐거운 일이었기에, 저녁 식사를 하는 내내 그런 분위기가 계속되었다. 내 친구들이 그런 취급을 받자 나는 입맛이 뚝 떨어졌다. 그러자 가족들은 모두 나에게 무슨 일이냐고 물었다. 나는 오후 아주 늦게 간식을 먹었다고 말했다. 나약함에는 거짓말이 손쉽고 유일한 방편이다. 나는 스스로에게 화가 치밀었다. 맙소사! 나는 내 흥미를 끄는 일을 가족들에게 말할 정도로 바보였단 말인가?

지금에 와서는 그 경멸이 나를 깊은 혼란에 빠지게 한 이유를 잘 알겠다. 바로 빅토린 때문이었다. 내가 매일 저녁 거의 내밀한 담화를 나누며 행복을 느낀 상대는 매우 두렵지만 전적으로 열렬히 좋아했던 그 끔찍한 짐승 같은 여자, 품위 있고 아름다운 바로 그 여자가 아니었던가?

사오 일 동안 지독한 고뇌를 겪은 뒤, 빅토린이 승리를 거두었다. 나는 침울하고 시들어 빠졌으며(이것은 나의 표현이다.) 사람들과 교제하기 싫어하는 우리 가족보다는 그녀가 더 사랑스럽고 비길 데 없는 사람이라고 결론 내린 것이다. 우리 가족은 만찬에 손님을 초대하지 않았고, 사람 열 명이 모이는 살롱에도 결코 가지 않았다. 반면 비질리옹 양은 생-티스미에의 포르 씨 집에서 열리는 모임에 자주 참석했으며, 샤파레양에 있는 세상을 떠난 어머니의 친척들 집에서 열리는 스물다섯 명이나 모이는 만찬에도 참석했다. 1080년에 생브뤼노를 맞이한 일 때문에 그녀의 집안은 우리 집안보다 더 상류 계급에 속했던 것이다.

여러 해가 지난 뒤, 나는 그 당시 내 마음속에 일어났던 일의 메커니즘을 알게 되었고, 달리 좋은 말이 없어서 그것을 결정(結晶) 작용이라고 불렀다.(이 말은 1833년 내무 대신이자 대문학가였던 다르구 백작을 대단히 불쾌하게 만들었고, 클라라 가쥘Clara Gazul[261]이 이 재미있는 장면을 이야기한 적이 있다.)

그 경멸 사건에서 벗어나는 데 꼬박 오륙 일이 걸렸다. 그동안 나는 다른 것은 생각하지 않았다. 모욕적인 일을 그처럼 훌륭하게 극복한 경험으로 인해 퀴블리 양과 내 당시 상태 사이에 새로운 사실이 끼어들었다. 나는 순진해서 그것을 의식하지 못했지만, 그것은 중요한 사실이었다. 우리는 팔이 부러지는 한이 있어도 괴로움과 자기 자신 사이에 새로운 사실을 끼워 넣어야만 하는 것이다.

나는 브주의 훌륭한 판본 한 권을 사서, 공들여 장정하게 했다.(아마 그 책은 그르노블에, 세무서장 알렉상드르 말렝 씨 집에

261) 소설 『카르멘』의 저자 프로스페르 메리메.

아직 남아 있을 것이다.) 나는 그 책에 나뭇잎으로 된 관(冠)을 그려 놨고, 그 한가운데에 대문자 V를 적어 넣었다. 그런 다음 매일 그 기념물을 바라보곤 했다.〔1806년경 그르노블에 돌아왔을 때, 정통한 소식통 한 사람이 빅토린 양이 사랑에 빠져 있다고 나에게 말해 주었다. 나는 그녀의 사랑을 받는 사람을 퍽 부러워했다. 아마도 그 사람은 펠릭스 포르일 거라 상상했다. 얼마 후 다른 사람이 나에게 말했다. "빅토린 양이 자신이 아주 오랫동안 사랑했던 사람에 대해 이렇게 말했답니다. '그 사람은 미남자는 아니었지만, 그가 못생겼다고 나무랄 사람은 아무도 없어요……. 그는 우리 시대의 젊은 남자들 중 가장 재치 넘치고 가장 상냥한 사람이었어요.'라고." 그 사람은 덧붙였다. "한마디로 바로 당신을 말하는 거랍니다." 1836년 1월 10일(브로스를 읽고).〕

세라피 이모가 죽은 뒤, 나는 사랑하고 싶은 욕구에 따라 비로소 가족들과 화해를 할 수 있었지만, 교만한 우월감은 가족들과 나 사이에 무한한 거리를 만들었다. 비질리옹 집안에 어떤 범죄 혐의가 있어서 비난한다면 용서할 수 있었으나, 부르주아라는 이유로 경멸을 하다니! 게다가 나의 외할아버지

는 그런 경멸을 아주 우아하게 표현하는 사람이었기 때문에 효과가 더욱 컸다!

그래서 나는 당시 내가 사귄 다른 친구들인 갈과 라 바예트 군들에 대해 가족들에게 이야기하지 않도록 조심했다.

갈은 미망인의 아들로, 그의 어머니는 오직 아들만을 사랑했다. 그를 가운(家運)을 짊어진 주인공으로 여기고 마음속으로부터 존경했다. 아버지는 늙은 장교였던 것 같다. 내가 보기에 매우 특이했던 그런 모습이 내 마음을 끌고 감상적으로 만들었다. '아! 불쌍한 나의 어머니가 살아 계셨다면!' 나는 속으로 생각했다. '적어도 갈 부인 같은 성격의 친척들이라도 있었다면 내가 그들을 얼마나 사랑했을까!' 갈 부인은 나를 귀하게 여겨 주었다. 무료 진료를 해 주고 수프를 끓여 먹으라고 소고기 2파운드까지 주는 가난한 사람들의 은인 가뇽 씨의 손자라고 나를 퍽 존중해 주었다. 반면 나의 아버지는 별로 알려져 있지 않았다.

갈은 안색이 창백하고 수척했다. 성미가 까다롭고 얼굴에 마마 자국이 있었지만, 성격은 무척 냉정하고 절제심이 있었으며 퍽이나 신중했다. 그는 자신이 얼마 안 되는 집안 재산의 절대적 주인이라는 것, 그리고 그 재산을 잃어서는 안 된다는 것을 느끼고 있었다. 그는 소박하고 성실했으며, 허풍을 떨지 않았고 거짓말도 하지 않았다. 그는 나보다 먼저 그르노블과 중앙학교를 떠나 툴롱으로 가서 해군에 입대한 것으로 생각된다.

모라르 드 알 제독(해군 소장 혹은 해군 중장)의 조카인지 친척인지 했던 상냥스러운 라 바예트 역시 해군에 입대했다.

갈이 높이 평가받을 만한 사람이었던 것처럼, 라 바예트 역시 상냥하고 의젓했다. 그의 작은 방 창가에서 잡담을 하며 보낸 유쾌한 오후를 나는 지금도 기억한다. 새로운 현의 광장으로 향한 집의 4층이었다. 거기서 나는 그의 간식을 함께 나눠 먹었다. 사과와 흑빵이었다. 나는 진지하고 위선이 섞이지 않은 담화에 무척 굶주려 있었다. 라 바예트는 내 친구들이 공유한 두 가지 장점에 감정과 태도의 고상함 그리고 비질리옹처럼 깊은 열정은 아니지만, 표현이 한층 더 우아한 다정한 마음을 갖추고 있었다.(콜롱의 주. 우리는 그의 방에서 각각 5, 6수씩 비용을 내 회식을 했다. 몽 도르 치즈를 그리슈 빵과 함께 먹었다. 그 뒤에 약간의 백포도주를 마셨는데, 매우 맛있었다. 라 바예트는 매력적인 성격의 소유자였다. 그는 애정이 깊고 감정을 많이 드러내는 사람이었다.)

내가 퀴블리 양을 사랑하고 있을 때, 그는 나에게 좋은 조언을 해 주었다. 나 또한 마음먹고 그에게 그 사랑 이야기를 해 주었는데, 그가 성실하고 선량한 사람이었기 때문이다. 우리는 여자들과 관련해서 얻은 작은 경험, 아니, 그보다는 우리가 읽은 소설에서 얻어 낸 자질구레한 지식을 서로 나누었다. 만약 곁에서 들었다면 틀림없이 우스꽝스러웠을 것이다.

세라피 이모가 세상을 떠나고 얼마 되지 않아, 나는 외할아버지가 읽고 있던 뒤클로의 『비록(秘錄)』을 읽고 감탄했다.

나는 수학 교실에서 갈과 라 바예트를 사귀었던 것 같다. 루이 드 바랄에게 우정을 느끼게 된 곳도 틀림없이 그곳이었다.(루이 드 바랄은 현재 나의 가장 오래되고 좋은 친구이자 이 세상에서 나를 그 무엇보다 사랑하는 사람이고, 나 또한 그를 위해 어떤 희생이든 마다하지 않을 생각이다.)

당시 그는 작고 여위었으며, 성미가 까다로웠다. 그는 우리 모두가 지니고 있던 나쁜 습관을 지나치게 많이 갖고 있다는 평판을 얻었는데, 그것이 얼굴에 나타나 있었다. 하지만 그의 얼굴은 훌륭한 공병 중위 제복 때문에 유달리 돋보였다.[262) 아이들은 그를 공병사관보(工兵士官補)라고 불러 댔다. 그것은 부유한 가정들을 대혁명에 묶어 두거나 적어도 그들의 증오감을 완화하는 좋은 방법이었을 것이다.

나중에 앙글레스 백작이 된, 즉 부르봉 왕가 덕분에 부자가 된 경찰국장 앙글레스 역시 공병사관보였다. 지루라 불리던 붉은 머리를 가진 범용한 인간, 나와 자주 싸운 붉은 옷을 입은 지루와는 다른 인물, 또한 공병사관보였다. 나는 금빛 견장을 단 지루를 몹시 놀려 댔지만, 그는 몸집이 나보다 훨씬 컸다. 다시 말해, 나는 열서너 살 된 어린아이였으나 그는 열여덟 살의 청년이었던 것이다. 두세 살은 중학교에서는 대단히 큰 차이로, 피에몬테 지방에서의 귀족과 평민의 차이와 거의 같았다.

처음으로 함께 이야기를 나누었을 때, 바랄은(당시 그의 감독은 역사 선생인 피에르 뱅상 샬베였는데, 그 선생은 자기 누나로부터

---

262) 당시 공병 사관에 결원이 있을 경우, 적격자를 선발해 유급으로 임명했다. 중앙학교의 나이 많은 학생 중에는 그렇게 공병사관이 된 사람이 많았다.

천연두가 옮아서 몹시 앓고 있었다.) 다음과 같은 것으로 나의 마음을 완전히 사로잡았다. 첫째, 그가 입은 옷의 아름다움. 그 옷의 청색이 나에게는 황홀해 보였다. 둘째, 그가 볼테르의 시구를 낭송한 방법. 나는 그 시구를 아직도 기억하고 있다.

> 그대야말로, 하고 그에게 말한다, 존재이자 본질, 꾸밈없는……

바랄의 어머니는 신분 높은 부인으로, 내 외할아버지가 "그 부인은 그롤레 집안 사람이었지."라고 존경스럽게 말할 정도였고, 자기 신분에 걸맞은 옷차림을 한 최후의 여성이었다. 그녀가 공원의 헤라클레스 상 옆에 있던 모습을 나는 지금도 기억한다. 그때 그녀가 입은 옷은 당초무늬 드레스, 다시 말해 꽃무늬가 놓인 하얀 새틴 드레스로, 나의 할머니(B*** 미망인 잔느 뒤페롱)의 옷처럼 주머니 부분이 젖혀져 있었다. 머리칼은 분을 뿌려 틀어 올렸으며, 아마도 작은 강아지를 안고 있었던 것 같다. 어린 개구쟁이들이 감탄하며 멀리서 그 뒤를 따라갔다. 나의 경우에는 충실한 랑베르가 데려다주었다. 아니, 그에게 안겨서 갔다. 그때 내 나이는 서너 살이었을 것이다. 그 상류층 부인은 자신이 속한 계급의 풍습을 따랐다. 그녀의 남편인 전 고등법원 재판소장, 아니, 초대 재판소장인 드 바랄 후작은 국외로 망명하려 하지 않았다. 그래서 우리 가족들은 매우 불명예스러운 일을 저지른 사람처럼 그를 멸시했다.

현명한 데스튀트 드 트라시 씨도 파리에 있었다. 그 역시 같은 생각을 가지고 바랄 씨와 마찬가지로 자리에 있을 수밖에 없었다. 바랄 씨도 대혁명 전에는 드 몽페라 씨, 즉 드 몽페라(몽페라의 '라'를 아주 길게 발음하도록.) 후작으로 불렸다. 트라시 씨는 교육부의 고문이었던 것 같은데 그 직위의 봉급으로 생활할 수밖에 없었다. 바랄 씨는 2만~2만 5000프랑의 수입을 유지했는데 1793년 그 절반 내지 3분의 2를 조국이 아니라 기요틴(단두대)에 대한 공포에 갖다 바쳤다. 그는 아마도 브레몽 부인에 대한 사랑 때문에 프랑스에 머물러 있었고, 나중에 그 여자와 결혼했다. 나는 그의 아들 브레몽 씨를 군대에서 만났는데, 그때 그는 대대장이었던 것 같다. 곧이어 열병(閱兵) 부사열관이 되었는데, 그는 늘 향락주의자였다.

그의 의붓아버지 바랄 재판소장(나폴레옹은 제국 고등법원을 만들고 그를 초대 재판소장으로 임명했다.)은 천재는 아니었지만, 내가 보기에는 내 아버지와 정반대 되는 사람이었다. 그는 현학적인 것과 아들의 자존심을 상하게 하는 것을 너무나 싫어했다. 그래서 집에서 나와 드라크강 변의 방치된 땅으로 산책을 갔을 때, 아버지가 "봉주르(Bonjour, 안녕)"라고 말하면 아들은 "투주르(Toujours, 늘)"라고 대꾸하고, 아버지가 "우아(Oie, 기러기)"라고 말하면 아들은 "랑프루아(Lamproie, 칠성장어)"라고 대꾸했다. 그렇게 산책하면서 각운(脚韻)을 맞춰 시를 짓거나 서로를 당혹스럽게 하면서 지내곤 했던 것이다.

그 아버지는 볼테르의 『풍자시(Satires)』를 아들에게 가르쳐주었다.(내 생각에 그것은 그 대개혁자가 쓴 유일하게 완전한 책이다.)

그런 행동에서 나는 진정으로 점잖은 품위를 엿보았고, 그는 즉시 내 마음을 사로잡았다.

나는 운을 맞춰 가며 자기 아들의 자존심을 섬세하게 배려하는 이 아버지를 음울한 태도로 유식한 체하는 내 아버지와 끊임없이 비교했다. 나는 외할아버지 가뇽 씨의 학식에 대해 매우 깊은 존경심을 품었고, 진심으로 그를 사랑했다. 그러나 다음과 같은 생각까지 하지는 못했다.

'내 외할아버지의 깊은 박식함과 바랄 씨의 밝고 친절하고 자상한 배려심을 한데 모을 수는 없을까?'

하지만 내 마음은, 말하자면, 그런 생각을 예감하고 있었다. 나중에 가서 그 생각은 나에게 기본적인 것이 되었다.

나는 이미 드 발세르 부인이 데 자드레 저택 1층에 다음과 같은 사람들을 모아 놓은 경건한 야회에서 점잖은 품위를 본 바 있지만, 여기서는 신앙심에 의해 거의 왜곡되고 가려져 있었다. 뒤 부샤주 씨(파산한 귀족원 의원), 드 생-발리에 씨(형), 그의 동생 시피옹, 드 피나 씨(전 그르노블 시장, 독실한 예수회 회원이며 8만 프랑의 연 수입과 열일곱 명의 자녀를 둔 사람), 드 시나르 씨와 드 생-페레올 씨, 나, 아름다운 팔(베네치아풍으로 희고 살이 찐)이 나를 몹시 감동시킨 본느 드 생-발리에 양.

셸랑 사제, 바르텔레미 도르반느 씨 또한 모범이 되는 사람들이었다. 뒤크로 신부는 천재의 말투를 갖고 있었다.(당시 천재라는 말은 나에게 편협한 신앙심을 가진 사람들에게 신이라는 말이 뜻하는 것과 같았다.)

29장

당시 나는 바랄 씨를 별로 좋게 보지 않았다. 그는 망명하지 않았다는 이유로 우리 가족들의 미움을 사고 있었다.

필요에 의해 위선자가 된(이후 이 결점을 지나치게 고쳐 버린 탓에, 예를 들면 로마에서 나는 손해를 많이 보았다.) 나는 가족들에게 라 바예트와 바랄 등 내 새로운 친구들의 이름을 댔다.

"라 바예트라! 훌륭한 집안이지. 그 할아버지가 해군 대령이었어. 그리고 그 아이의 삼촌 ***씨는 고등법원 재판소장이었지. 몽페라의 경우는 평범하고……." 외할아버지가 말했다.

여기서 말해 둬야겠는데, 어느 날 새벽 2시에 바랄 씨가 시 경찰들과 함께 당투르 씨를 체포하러 왔다. 그는 전 고등법원 재판관인 삼십 세의 얼간이 같은 사람으로, 2층에 살고 있었다. 그가 하는 일은 자기 손톱을 깨물면서 넓은 객실 안을 거니는 것이었다. 그 불쌍한 인간은 시력을 잃은 데다 나의 아버지처럼 요주의 인물로서 공공연한 감시를 받고 있었다. 광신도처럼 신앙심이 깊었지만, 그것을 제외하면 조금도 나쁜 사람이 아니었다. 사람들은 고등법원 재판소장 시절 자기 밑에서 일했던 재판관을 체포하러 오다니 바랄 씨는 비열한 인간이라고 생각했다.

내가 그것을 이해하기 시작한 때인 1794년경 프랑스의 부르주아는 별나고 이상한 인간들이었다는 사실을 인정해야만 한다. 그들은 귀족들의 교만함을 신랄하게 비판하면서도 자기들 사이에서는 사람을 전적으로 출신 가문에 의해서만 평가했던 것이다. 미덕, 선의, 너그러움 같은 것은 조금도 효과가 없었다. 하지만 어떤 사람이 뛰어날수록 그 사람의 가문이 보잘것없다는 것을 비난한다. 그 가문이라는 것이 도대체 뭐라고 말이다!

1803년경 외삼촌 로맹 가뇽이 파리에 와서 메나르 로의 내 집에 묵었다. 나는 외삼촌을 뇌이 부인 집에 소개하지 않았다. 거기에는 이유가 있었다. 그 부인이 실제로 존재하지 않았던 것이다. 소개가 없었던 것에 감정이 상한 엘리자베트 왕이모는 이렇게 말했다.

"무슨 일이 있었던 게 틀림없어. 그게 아니라면 앙리가 제 외삼촌을 그 부인 집에 틀림없이 데리고 갔을 거야. 그저 그런 집안이 아닌 좋은 가문에서 태어났다는 걸 내세우는 것은 기분 좋은 일이니까 말이야."

그저 그런 집안이 아닌 좋은 가문에서 태어난 사람은 이 경우 바로 나인 것이다.

그래서 끔찍한 추남이며 약제사의 얼굴을 가진, 게다가 실제로 약제사(육군 약제사)였던 우리의 친척 클레가 이탈리아에서 결혼하려 할 때, 어떤 사람이 그의 추한 얼굴에 대해 비난조로 "그 사람은 진짜 개구쟁이(margageat)예요."라고 말하자, 엘리자베트 왕이모는 이렇게 대꾸했다.

"그래요, 하지만 가문이 좋잖아요! 그르노블에서 제일가는 의사의 친척인 것이 아무것도 아니란 말인가요?"

이 고상한 독신 여성의 성격은 지위가 높으면 그에 걸맞게 행동해야 한다(noblesse oblige)는 격언의 눈에 띄는 실례였다. 무척 너그럽고 불편부당(不偏不黨)했던 그녀보다 더 너그럽고 고상하고 까다로운 사람을 나는 알지 못한다. 내가 말을 잘하는 것은 얼마간은 그 왕이모 덕분이다. 내 입에서 저속한 말이 새어 나오면, 그녀는 "오! 앙리!"라고 외쳤다. 이윽고 그녀 얼굴에는 차가운 경멸의 표정이 나타났다. 그 표정에 대한 추억이 내 머릿속에서 떠나지 않았다.(오랫동안 그 생각에 시달렸다.)

나는 우리 가족만큼 말을 잘하는 집안들은 알고 있지만, 더 잘하는 집은 알지 못한다. 그렇다고 해서 우리 가족들이 8~10개쯤 되는 도피네 지방의 틀린 어법을 평소에 쓰지 않았다는 말은 물론 아니다.

그러나 내가 부정확하거나 태깔스러운 말을 하면 곧장 놀림감이 되고 말았다. 그것을 지적하는 외할아버지의 말이 참으로 교묘했다. 그것은 침울한 신앙심의 소유자인 세라피 이모가 그 불쌍한 노인에게 허용하는 유일한 농담거리였기 때문에 더욱 그랬다. 그 재치 있는 인물의 익살스러운 눈길을 피하기 위해서는, 매우 단순한 어법과 적합한 단어를 쓰지 않으면 안 되었다. 그렇지만 저속한 말을 할 생각을 해서는 절대 안 되었다.

나는 파리의 부유한 가정에서 아이들이 장차 고상한 문체를 구사하도록 늘 매우 야심에 찬 어투를 사용하는 것, 그리고 부모들이 그와 같은 과장된 시도에 박수를 보내는 모습을 보아 왔다. 파리의 젊은이들은 말(cheval)이라고 하는 대신 기꺼이 준마(coursier)라고 할 것이며, 따라서 드 살방디, 드 샤토브리앙 씨 등에게 감탄하게 되는 것이다.

그런데 그 당시 열네 살의 도피네 소년에게는 내가 파리 젊은이에게서 결코 보지 못한 깊은 감정과 진실이 있었다. 그 대신 우리는 "나는 파스겡(Pasquin) 씨가 앙베르스(Anvers)에서 칼레스(Calais)까지 한 여행에 관한 한 편의 베르스[vers, 시(詩)]를 읽어 주는 쿠르스(cours, 강의)에 출석했어."라고 말했던 것이다.[263)]

1799년 파리에 가서야 다른 발음이 있다는 것을 알아차렸다. 그 뒤 나는 느릿느릿한 고향 말버릇의 최후 흔적들을 떨쳐내기 위해 유명한 라 리브와 드 뒤가종[264)]의 가르침을 받았다. 이제 나에게는 그 흔적이 두세 단어 정도 남아 있을 뿐이

---

263) 프랑스 표준어에서는 어미의 S를 발음하지 않는데, 여기서는 발음하고 있다.

264) 두 사람 모두 유명한 희극 배우.

다.(작은 비탈이나 언덕을 뜻하는 côte를 코오트라고 하는 대신 코트라고 말한다. 선량한 가텔 신부가 자신이 만든 훌륭한 사전 속에 발음을 기술한 것은 매우 잘한 행동이다. 최근 파리의 한 어리석은 문인이 그것을 비난했지만.) 프랑스 남부 지방의 강렬한 감정, 치열한 애증을 반영하는 강력하고 정열적인 억양이 파리에서는 즉시 이상스러운 것, 거의 우스꽝스러운 것이 되는 것이다.

아무튼 나는 내 친구인 비질리옹, 라 바예트, 갈, 바랄 등과는 쇼오즈(chose)라고 하지 않고 쇼즈, 코오트라 하지 않고 코트, 칼레(calais)라 하지 않고 칼레스라고 발음하며 대화를 나눴던 것이다.

바랄은 매일 아침 라 트롱슈에서 와서 학교의 둥근 천장 밑에 있는 역사 선생 피에르-뱅상 샬베 씨 집에서 낮 시간을 보내곤 했던 것 같다. 그 근처에 참으로 아름다운 좁은 보리수 가로수길이 있었다. 비록 가지치기를 했지만 보리수가 오래되고 울창해서 전망이 좋았다. 나는 매우 가까운 곳에서 온 바랄과 함께 그 길에서 산책을 하곤 했다. 샬베 씨는 창녀들, 나쁜 병, 자기가 만들어 낸 책들에 정신이 팔린 데다 무척 데면데면한 사람이라 바랄이 자기 집에서 마음대로 빠져나오도록 내버려 두었던 것이다.

우리는 그곳에서 산책을 하다가 미슈를 만났다고 생각한다. 미슈는 황소 같은 얼굴을 갖고 있었으나 뛰어난 사람이었다.(1827년경 부패한 여당 당원으로 그리고 왕립 재판소 재판관으로 세상을 떠난 것 말고는 나쁜 짓을 저지른 것이 없다.) 미슈는 청렴이란 개인들 사이의 의무일 뿐이고 정부에서 얼마간의 돈을 교묘하게 낚아채기 위해서는 언제든 시민의 의무 같은 것은 저버려도 좋다고 믿은 사람이었다는 생각이 든다. 나는 그와 그의 친구 펠릭스 포르 사이에는 큰 차이가 있다고 생각한다. 포르는 천한 마음을 갖고 태어나서 그것 때문에 귀족원 의원이 되었고 그르노블 왕립 재판소장이 되었다.

불쌍한 미슈가 어떤 동기로 검찰 총장의 요구에 따라 조국을 배반했는지 몰라도, 1795년경에 그는 우리 친구들 중 가장 선량하고 가장 자연스럽고 가장 영리하면서도 소박한 마음을 가진 친구였다.

미슈는 바랄과 함께 샤방 양의 집에서 읽기를 배웠던 것 같다. 그들은 그 작은 배움터에서 일어난 여러 가지 일에 관해 자주 이야기하곤 했다.(세상을 살면서 겪는 경쟁심, 우정, 증오 등이 이미 거기에도 존재했던 것이다!) 내가 그들을 얼마나 부러워했는지! 나도 샤방 양 집에 가서 읽는 것을 배웠다고 다른 친구들에게 한두 번 어물쩍 거짓말을 하기까지 했다.

미슈는 세상을 떠나기 전까지 나를 좋아했다. 그는 배은망덕한 자를 좋아하지 않았고, 나는 그의 양식과 선량함을 아주 높이 평가했다. 우리는 딱 한 번 서로 주먹질을 하며 싸웠는데, 그가 나보다 몸집이 두 배나 컸던 탓에 나를 때려눕혔다.

나는 그에게 얻어맞은 것을 탓하지 않고, 그의 깊은 선의를 오해한 나의 실수를 탓했다. 나는 재치 있지만 신랄한 말을 해서 사람들에게 종종 얻어맞았다. 이탈리아와 독일에서 군 복무를 할 때는 그런 성격 때문에 뭔가 좋은 대접을 받았는데, 파리의 이류 문학계에서는 격렬한 비판을 받았다.

어떤 말이 떠올랐을 때, 나는 그 말의 좋은 의미만 생각하지, 그 말이 지니는 고약한 의미는 전혀 생각하지 않는다. 그래서 말의 고약한 의미가 미치는 영향의 범위에 대해 늘 놀라는 것이다. 이를테면 앙페르와 A 드 쥐시외는 내가 상놈 같은 라 파스 자작에게 한 말(1831년 또는 1832년 9월 치비타-베키아에서)이 자아낸 효과를 알려 주었다. 나는 그에게 "제가 감히 당신의 성함을 물어봐도 될지요?"라고 말했는데, 후에 그는 그것을 결코 용서하지 않았던 것이다.

요즘에는 신중을 기해 그와 같은 말을 하지 않는다. 최근 돈 필리포 카에타니는 내가 자신이 만난 사람들 가운데 가장 고약하지 않은 사람 중 한 명이라고 공평하게 나를 인정해 주었다. 나는 재치가 뛰어나지만 무척 고약한 데다 부도덕한 인간이라는 평판이 나 있지만 말이다.(부도덕하다는 것은 내가 『연애론(L'Amour)』에 여성에 관해 썼고 본의 아니게 위선자들을 경멸했기 때문이다. 그런데 그 위선자들은 파리에서, 믿을 수 없지만 로마에서보다 더 존경받는 집단인 것이다.)

최근 당베르 부인, 즉 발레 극장의 톨디 부인은 내가 그녀 집을 떠날 때, 카에타니 공작에게 이렇게 말했다.

"어쨌든, 그는 드 스탕달 씨예요. 무척 부도덕하지만 재치가 넘치는 사람이랍니다."

나폴리의 레오폴드 시라쿠사 공에게서 자식을 낳은 여배우가 말이다! 그러자 선량한 돈 필리포는 부도덕하다는 비난에 대해 진지하게 나를 변호해 주었다.

거리에 황색 이륜마차가 지나간 것을 언급하기만 해도 불행하게도 내가 위선자들과 바보들까지도 감정을 상하게 하는 것이 되었다.

하지만 친애하는 독자여, 사실 나는 나 자신이 어떤 인간인지 잘 모른다. 선량한지 고약스러운지, 재치가 있는지 바보인지 말이다. 내가 온전하게 아는 것은 나에게 고통을 주는 것, 나에게 쾌락을 주는 것, 내가 바라는 것, 내가 증오하는 것들이다.

이를테면 나는 벼락부자가 된 지방 사람이 살롱을 열어 사치를 과시하는 것을 증오한다. 그다음으로 증오하는 것은 후작 작위와 레종도뇌르 대훈장을 도덕으로 내세우는 살롱 같은 것이다.

내가 가장 기분 좋게 여기는 곳은 애인을 둔 적이 있는 부인들을 포함해 8~10명이 모이는 살롱, 즐겁고 일화적인 대화를 나누고 밤 12시 30분이 되면 알코올이 들어간 가벼운 펀치를 마시는 살롱이다. 거기에서 내 관심의 중심은 내 이야기를 하는 것보다 다른 사람들의 이야기를 듣는 것이 훨씬 더 좋다는 것이다. 나는 기꺼이 행복의 침묵 속에 빠진다. 만약 그런 자리에서 내가 이야기를 한다면 그것은 입장권 값을 치르기 위해서이다. 이 말이 파리 사교계에서 그런 의미로 쓰이게 만든 것은 바로 나다. 그것은 일종의 장식음(이 말 역시 내가 도입했다) 같은 것으로, 나는 끊임없이 그런 말을 발견하는 것이다. 물론 '결정 작용'(『연애론』 참조)이란 말은 아주 드물게 만난다. 하지만 나는 그것을 조금도 고집하지는 않는다. 같은 의미를 나타내는 더 유사하고 훌륭한 말이 있다면 내가 제일 먼저 박수를 보내고 나 자신도 그것을 사용할 것이다.

30장

오늘날, 내 친구들의 공통적인 자질은 자연스러움이고, 위선적이 아니었다는 것을, 나는 안다. 나는 비뇽 부인과 세라피이모 덕분에 현대 사회에서 성공을 거두게 해 주는 첫째 조건에 대해 혐오감을 갖게 되었다. 그 혐오감은 나에게 많은 해를 끼쳤으며, 생리적인 불쾌감마저 갖게 했다. 즉 위선자와 오랫동안 함께 있으면 뱃멀미를 할 것 같은 기분이 든다.[한 달 전 탈르네 기사(騎士)의 이탈리아어 때문에 상드르 백작부인이 코르셋을 늦춰야만 했듯이. 1835년 11월의 의견.]

비할 데 없이 재치가 있고 뛰어났던 불쌍한 그랑-뒤페는 자연스러움 때문에 그렇게 된 것이 아니었다. 따라서 그는 나의 문학적 친구가 결코 아니었다. 그는 질투심이 가득했고 나는 경계심이 있었다. 그러나 우리 둘은 상대방을 몹시 존경했다.

내가 문예에서 일등상을 탄 해에, 그는 일반 문법에서 일등상을 탔다. 그때가 언제였던가? 1796년? 아니면 1795년? 현청의 기록이 몹시 필요할 듯하다. 어쨌든 그때 우리의 이름이 2절판 종이에 인쇄되어 게시되었다. 시험은 드 트라시 씨의 현명한 의견으로 정해진 원칙(밑에 베껴 쓰는 것)에 따라 매우 성대하게 치러졌다. 조국의 희망과 연관된 것이어서 그랬던 게 아닐까? 그것은 뒤바리 부인의 전제주의의 정신적 산물인 지방 행정인들에게도, 또한 학생들에게도 하나의 교훈이었다.

1796년에 스무 살이 넘은 모든 남자들은 무엇을 해야 했을까? 자기들이 하기 쉬운 해악으로부터 조국을 지키고 그럭저럭 죽음(death)을 기다려야 했을까?

이런 말은 슬프지만 진실이다. 1836년에 오십 세가 넘은 남자들이 전부 저세상으로 가 버린다면, 국가라는 배의 짐이 얼마나 가벼워지겠는가! 물론 국왕과 내 아내 그리고 나를 제외하고 말이다.

어느 부르주아는 1789년에서 1791년에 걸쳐 매달 행해진 수많은 일루미네이션 행사 중 하나 때 다음과 같은 투명 글씨를 내걸었다.

국왕
내 아내 그리고 나
만세

그랑-뒤페는 사 형제 혹은 오 형제 중 맏이로, 키가 작고 살이 거의 없는 것처럼 보일 정도로 몸이 야윈 사람이었다. 머리가 크고, 얼굴이 심하게 얽어 마마 자국투성이인 데다 무척 붉었으며, 눈이 교활하게 반짝이고 멧돼지처럼 불안한 활발함을 갖고 있었다. 그는 용의주도했고, 이야기할 때 결코 경솔한 실수를 저지르지 않았으며, 늘 남을 칭찬하는 데 마음을 썼다. 가능한 한 신중한 표현으로 남을 칭찬했으며, 마치 학사원 회원처럼 말을 했다. 게다가 퍽 예리하고 재치가 있어서 사물에 대한 이해력이 놀랄 만큼 뛰어났고, 게다가 아주 어릴 때부터 야심에 사로잡혀 있었다. 그는 그와 비슷한 성격을 가진 어머니가 애지중지하는(고장의 표현) 맏아들이었다. 거기에는 이유가 없지 않았다. 집안이 가난했던 것이다.

그러니 뒤페가 저 유명한 플루굴름[265](권력에 완전히 매수되어 그 어떤 더러운 부정도 화려하게 얼버무린 차장 검사)처럼 되지 않을 이유가 있겠는가?

그러나 그는 오래 살지 못했다. 그가 1803년경 파리에서 사망한 일에 대해 쓸 때, 나는 내 생애에서 가장 나쁜 감정 중 하나를 자책해야만 하리라. 이 회상록을 계속 쓰는 것을 그 무엇보다 주저하게 하는 감정의 하나이다. 나는 그가 사망한 시기, 그러니까 1803년 또는 1804년 이래 그를 잊고 있었다. 이상하게도 이 회상록을 쓰기 시작한 이래 참으로 많은 일이 새롭게 생각난다. 그 일들이 갑자기 되살아나니, 내가 그 일들을 공평하게 판단하고 있는 기분이 든다. 순간순간, 그 일들이

---

265) 자유주의자에서 나중에 루이 필립 파로 돌아선 변호사.

지금까지보다 더 뚜렷이 보이는 것이다. 하지만 그런 일에 대한 이야기를 누가 끈기 있게 읽어 주겠는가?

내 친구들은 내가 새로 맞춘 옷을 입고 거리에 나오면, 돈 몇 푼을 주고 사람을 시켜 나에게 더러운 물 한 컵을 뿌리게 할 인간들이다. 이렇게 말하면 참 고약하지만 사실이 그렇다.(물론 훌륭한 바랄 백작은 제외하고 말이다. 그는 라 퐁텐과 같은 사람이다.)

'나는(je)'과 '나(moi)'가 넘쳐나는 네다섯 권의 책을 읽고 난 다음 나에게 더러운 물 한 컵은 고사하고 잉크 한 병이라도 던지고 싶지 않을 독자가 어디 있겠는가? 그러나 오, 독자여, 모든 나쁜 것은 다음의 일곱 글자 B, R, U, L, A, R, D에 있다. 이 글자들이 내 이름을 구성하고 내 자만심을 이끄는 것이다. 만약 내가 『베르나르(Bernard)』를 썼다면, 이 책은 『웨이크필드의 목사(Le Vicaire de Wakefield)』[266](고지식함에 있어서 나의 호적수)처럼 그저 일인칭 시점으로 쓰인 소설에 불과할 것이다.

이 유고(遺稿)를 전해 받은 사람은 모든 자질구레한 것들을 그 시대의 아메데 피쇼 씨나 쿠르샹 씨처럼 흔히 만날 수 있는 편집자를 시켜 단축하게 해야 할 것이다. 모름지기 문학 작품(opera d'inchiostro)[267]은 그것이 어디로 가는지 명확하게 알지 못할 때 크게 성공한다고들 한다. 정말로 그렇다면 빅토르

266) 영국 작가 O. 골드스미스의 소설. 스탕달은 "to happy few"라는 표현을 이 소설에서 발견해 자신의 책 말미에 썼다.
267) '잉크로 된 작품'을 뜻하는 이탈리아어.

위고, 다를랭쿠르, 술리에, 레몽 등과 같은 사람들[268]이 말하듯이, 사람의 마음을 묘사하는 이 회상록은 대단히 좋은 작품이 될 것이 틀림없다. 어젯밤(1836년 1월 14일) 로시니의 「모세」를 듣는 동안, '나는(je)'과 '나(moi)'가 내 속에 가득 차 마음을 뒤흔들어 놓았다. 좋은 음악은 나로 하여금 더 많은 힘과 명료함을 가지고 내 마음을 사로잡고 있는 것에 대해 생각하게 해 준다. 그러나 그렇게 되기 위해서는 비판의 시기를 거쳐야만 한다. 나는 아주 오래전(1823년)에 「모세」를 비판했는데, 그 비판 내용이 어떤 것이었는지 잊어버렸다. 이제는 그것에 대해 생각하지도 않는다. 지금 나는 「아라비안 나이트」에 나오는 반지의 노예 같은 신세일 뿐이다.

내 펜 아래에서 추억이 늘어난다. 그러던 중 나와 가장 친했던 친구 한 명을 잊고 있었다는 것을 알아차렸다. 그 친구는 루이 크로제다. 그는 지금은 그르노블의 매우 훌륭한 기사장(技士長)이지만, 자기 아내와 마주 보는 자리에 매장된 남작(루이 드 부아 씨의 희극에 나오는 대사)처럼 묻혀버리고, 아내로 인해 우리 고장(라 뮈르, 코르 또는 부르-두아장) 산속 소도시의 질투심 많은 소부르주아 계급이 지니는 편협한 에고이즘에 빠져 버리고 말았다.

루이 크로제는 파리에서 가장 뛰어난 인물이 될 소질이 있는 사람 중 하나이다. 그가 살롱에 갔다면, 코레프, 파리제, 라

268) 위고와 스탕달은 문학적으로 서로 다른 입장에 서 있었다. 위고 외의 사람들은 심리 분석에 있어 두드러지지 못한 작가들.

가르드, 그리고 이 사람들 뒤에 내 이름을 넣어도 된다면 나까지 포함해 모두를 능가했을 것이다. 그리고 글을 썼다면 『풍습론(L'Essai sur les Moeurs)』을 쓴 뒤클로 풍의 재치를 발휘했을 것이다.(하지만 아마도 그 책은 1880년에는 죽음을 맞이했을 것이다.) 어쨌든 그는 달랑베르가 이르는 특정한 어떤 시기에 가장 재치 있는 인간이었다.

생각해보면, 나는 라틴어에서(당시 우리들은 그렇게 말했다.), 다시 말해 뒤랑 씨 집에서 크로제와 친구 관계를 맺었던 것 같다. 당시 그는 중앙학교에서 가장 추하고 사랑받지 못하는 아이였다. 그는 1784년생이었을 것이다.

그는 얼굴이 창백하고 둥글었으며 천연두 자국이 지독하게 나 있었다. 그리고 아주 예리한 작고 푸른 눈을 갖고 있었는데, 심각한 천연두 때문에 눈꺼풀이 뒤집히고 눈 가장자리에 상처가 나 있었다. 게다가 약간 현학적이고 고약스러운 성미로 그 모든 것을 채웠다. 그는 다리가 휜 사람처럼 제대로 걷지 못했고 평생 동안 우아함과는 정반대의 삶을 살았지만 불행하게도 그 우아함을 추구했다. 게다가 신과 같은 재치(라 퐁텐)를 지니고 있었다.

그는 감정에 따라 움직이는 일이 드물었지만, 그렇게 할 경우 열정적으로 조국을 사랑하는 사람으로, 필요하다면 영웅적 행위도 마다하지 않았을 것이다. 만약 그가 토론회에 나갔다면 햄프턴[269] 같은 영웅이 되었을 것이다. 나로서는 더 이상

---

269) John Hampden(1595~1643), 영국의 정치가. 전제군주제에 반대했으

말할 것이 없다.[그의 증손자인 킹 경(卿) 또는 다크르가 쓴 햄든의 전기를 참조할 것.]

요컨대 그는 비견할 사람이 없는, 도피네 사람들 중 내가 아는 한 가장 재치 있고 총명한 인물이었다. 그리고 파리 사교계에서 빛을 내는 데 필요한 저 수줍음 섞인 대담함을 갖고 있었다. 그는 푸아 장군처럼 이야기를 하면서 열기를 띠는 사람이었다.

그는 총명함이라는 장점으로 나에게 매우 유익한 영향을 주었다. 본래 나에게는 총명함이 전혀 없었는데, 그가 나에게 부분적으로 그것을 불어넣어 주는 데 성공한 것 같다. 내가 '부분적으로'라고 말하는 것은 늘 무리해서 총명함을 지니려고 노력해야 했기 때문이다. 그런 까닭에 나는 무엇인가를 발견했을 때 그 발견을 과장해서 생각하는 경우가 많았고, 오로지 그것만 보곤 했던 것이다.

나는 내 정신의 그러한 결점을 다음과 같이 말하며 변명한다. 극도의 감수성에서 비롯한 필연적이고 필요 불가결(sine qua non)한 결과라고 말이다.

거리를 걷다가 어떤 생각에 지나치게 사로잡히면, 나는 쓰러진다. 예를 들면, 1826년 피유-생-토마 로 부근의 리슐리외 로에서 쓰러졌다. 오륙 년 만에 처음으로 쓰러진 것인데, 다음과 같은 문제 때문이었다. 드 벨렘 씨는 자신의 야심을 위해 국회의원이 되어야만 하는가, 그렇지 않은가? 당시는 경찰 총

며, 찰스 1세의 통치를 끝나게 한 영웅 중 한 명이다.

감이던 드 벨렘 씨(부르봉 왕가의 장자 계보 시대에 유일하게 민중 친화적이었던 행정관)가 국회의원이 되고자 서투르게 애쓰던 시절이었다.

거리 한가운데에서 생각이 떠오르면, 나는 항상 행인과 부딪칠 뻔하거나 쓰러질 뻔하거나 마차에 깔릴 뻔한다. 어느 날 파리의 당부아즈 로에서(많은 예 중 하나일 뿐이지만) 나는 에드봐즈 박사를 빤히 바라보면서도 알아보지 못했다. 다시 말해 두 가지 행동이 있었다. 일단 "저기 에드봐즈 박사가 있군." 하고 분명히 생각했다. 그러나 나 자신의 생각에 너무 몰두해 있어서 "저 사람에게 인사하고 이야기를 나눠야 한다."는 생각을 하지 못했다. 박사는 몹시 놀랐으나 화를 내지는 않았다. 그는 그것을 천재인 척하는 못된 짓거리(프랑스에서 매우 추한 인간인 전 리옹 시장 프뤼넬 씨, 가장 거드름을 피우는 쥘-세자르-부아사, 펠릭스 포르 그리고 나의 많은 지인과 친구들이라면 그렇게 여겼을 것이다.)로 여기지 않았다.

다행히도 나는 1800년에 파리에서 루이 크로제와 자주 만났다. 1803~1806년에 파리에서, 1810~1814년에는 플랑시에서 만났다. 나는 그곳으로 그를 보러 갔으며, 나는 황제가 맡긴 무엇인지 알 수 없는 임무를 띠고 있는 동안 그곳의 숙소에 내 말[馬]들을 맡겨 놓았다. 마지막으로 우리는 1814년 파리가 함락되던 날 밤 같은 방(위니베르시테 로의 오텔 드 앙부르의)에 묵었다. 그는 상심하여 밤에 소화 불량을 일으켰고, 모든 것을 잃은 나는 그 사태를 하나의 구경거리처럼 바라보았다. 게다가 나는 생-발리에 백작이라는 노망 든 노인과 제7사단에 함께 있을 때 바사노 공작과 주고받은 어리석은 편지 때문에 기분이 언짢았다.

창피하지만 내 정신의 결점으로서 고백하는데, 또한 나는 황제가 의회 의원 선출에 관해서 한 행동을 언짢게 여기고 있었다. 그 의회에는 나중에 자작으로 귀족원 의원이 되고 1835년에 사망한 예민하지만 얼빠진 웅변가 레네(보르도의)가 있었고, 냉혹하고 감수성이라곤 전혀 없는 뢰드레르라는 인간도 있었다.

라 퐁텐, 코르네유 또는 셰익스피어 등에 관해 감탄하고 수다를 떨면서 시간을 낭비하지 않도록, 나는 크로제와 함께 우리가 '성격론'이라고 이름 붙인 글을 썼다.(오늘날 나는 그 속에서 성격이 연구된 어떤 사람을 퍽 만나고 싶다.)

그것은 6~8페이지가량의 2절판 책자로, 우리 둘이 알고 있는 누군가(가명을 사용했다)의 성격을 글로 써서 엘베시우스, 트라시, 마키아벨리 또는 엘베시우스, 몽테스키외와 셰익스피어로 구성된 심사 위원에게 보고하기 위한 것이었다. 이들은 그 당시 우리가 존경하던 사람들이었다.

우리는 애덤 스미스와 J-B 세[270]를 함께 읽었다. 그러나 얼마 후 이 학문에는 분명하지 않고 모순된 점이 있다는 것을 깨달았기 때문에 그만두고 말았다. 우리는 수학에서 우등생이었다. 크로제는 이공과 대학에서 삼 년 공부한 뒤 화학에

270) 장바티스트 세(Jean-Baptiste Say, 1767~1832). 프랑스의 경제학자로 자유 무역 이론가.

서 대단한 재능을 보였기 때문에 테나르[271] 씨와 비슷한 지위를 얻었다. 그 사람은 오늘날 귀족원 의원이지만, 그 당시 우리의 눈에는 재능 없는 사람으로 보였다. 우리는 라그랑주와 몽주만을 존경했다. 우리는 라플라스조차도 이해하고 밝혀내는 데는 도움이 되지만 창조하는 데는 알맞지 않은 계몽적 지성으로 여겼다. 크로제와 나는 몽테뉴를 읽었고, (영어를 잘 알긴 했지만) 르투르뇌르가 번역한 셰익스피어를 몇 번인지 모를 정도로 여러 번 읽었다.

우리는 위니베르시테 로의 오텔 드 앙부르에서 커피를 마신 다음, 그런 공부를 하기 위해 대여섯 시간 동안 회합을 가졌다. 거기서는 나중에 저 저속한 부르봉 왕가의 인간들에게 파괴된, 완벽에 가까운 아름다운 건축물인 프랑스 기념물 박물관이 보였다.

앞에서 내가 수학에서 우등생이었다고 말한 것은 아마도 자만심에서 온 말일 것이다. 나는 미분도 적분도 전혀 모른다. 그러나 한때는 방정식 만드는 법을 생각하며 즐겁게 시간을 보냈다. 방정식, 이렇게 말해도 좋다면, 수학의 형이상학 말이다. 나는 수학에서 일등상을 탔다(잘 봐준 특혜는 전혀 없었다. 오히려 선생님들은 나의 교만함을 좋지 않게 보았다.). 내 경쟁자는 여덟 명이었고, 한 달 후인 1799년 말에 모두 이공과 대학에 합격했다.

271) 루이-자크 테나르(Louis-Jacques Thénard, 1777~1857). 프랑스의 화학자이자 이공과 대학 교수.

나는 루이 크로제와 함께 대여섯 시간 동안 맹렬하게 공부하는 회합을 600~800번 가졌다. 눈살을 찌푸리고 진지하게 하는 그 공부, 그것을 우리는 이공과 대학에서 통용되는 말로 기를 쓰고 공부한다고 표현했다. 그 회합은 나에게는 진정한 문학적 교육이 되었고, 우리는 매우 즐겁게 진리 탐구를 모색했다. 그런데 장루이 바세는 그런 우리를 비웃었다.(현재 그는 리슈부르 남작으로 불린다. 그는 감사관이자 전 부지사이고, 부유한 몽모랑시 집안의 여성과 사귄 적이 있다. 재치라곤 하나도 없으면서 거드름을 부리지만 악의는 없는 사람이다.) 바세는 키가 4피트 3인치로 바세(난쟁이)라는 이름에 몹시 가슴 아파했으며 크로제와 함께 오텔 드 앙부르에 묵고 있었다. 내가 인정하는 그의 유일한 장점은 두세 배역을 훌륭하게 해냈고 1835년에 사망한 여배우 뒤셰누아 양(아이고! 내가 또 실없는 소리를 한다.)을 위해 우리가 프랑스 극장 1층 뒷좌석을 점령한 어느 날 일어난 일이다. 그때 그는 가슴 쪽에 총검의 일격을 받았다.

크로제와 나는 함께 공부하면서 서로간에 아무 일도 벌어지지 않았다. 다른 친구들과는 그런 분야에 관해 함께 의견을 나눌 수가 없어서, 허영심 때문에 올바른 방향에서 벗어나지 않을까 늘 겁이 나 있었던 것이다.

그 친구들이란 바세 형제, 루이 드 바랄(나의 절친한 친구이자 크로제와도 절친한 친구), 플라나(현재 토리노의 교수이자 그 나라 모든 아카데미의 회원으로 많은 훈장을 받았다)였다. 크로제와 플라나는 둘 다 내 친구지만 수학에서는 나보다 1학년 아래였다. 내가 삼각법과 대수초보를 배울 때, 그들은 산술을 배웠다.

31장

나의 외할아버지는 뒤부아-퐁타넬 씨를 전혀 좋아하지 않았다. 외할아버지는 세련되고 자존심이 무척 강해, 자신이 좋아하지 않는 많은 사람들에 대해 좋은 말로 이야기하긴 하지만 상류 사회 사람답게 가차 없이 대했다.

외할아버지는 문인으로서 자신이 불쌍한 뒤부아 씨에게 경멸당하고 존경받지 못할까 봐 두려워했던 것 같다. 뒤부아 씨는 비극을 한 편 썼는데, 그 작품 때문에 출판업자가 감옥까지 다녀온 일로 명성이 자자했다. 그것은 「에리시 혹은 베스탈(Éricie ou la Vestale)」이라는 희곡이다. 나는 차가운 재능을 가진 저 모사꾼 라 아르프[272]가 틀림없이 불쌍한 뒤부아-퐁타

272) 장프랑수아 드 라 아르프(Jean-François de La Harpe, 1739~1803).

넬 씨에게서 주제를 도둑질해 「에리시 혹은 수녀 혹은 멜라니(Éricie ou la Religieuse, ou la Mélanie)」를 발표했다고 생각한다. 뒤부아 씨는 무척 가난해서 항상 종이를 많이 사용하지 않기 위해 끔찍하게 가는 글씨로 글을 썼다.

불쌍한 뒤부아 씨는 꽤 젊었을 때 아름다움에 대한 사랑을 품고 파리로 갔다. 그러나 한결같은 가난 때문에 실리를 추구하지 않을 수 없게 되었다. 그는 라 아르프, 마르몽텔 등과 같은 쓸모없는 일류 문사의 대열에 도달하지 못했다. 생계 때문에 《두 다리 신문》에 정치 기사를 쓰지 않을 수 없었고, 설상가상으로 그곳에서 몸집이 크고 뚱뚱한 독일 여자와 결혼을 했다. 그녀는 당시 막스 공이자 프랑스 대령이었던 바이에른 왕 막시밀리안-요제프의 전 애인이었다.

바이에른 왕과의 사이에서 태어난 그녀의 장녀는 르노동 씨라는 남자와 결혼했다. 그 남자는 허영심이 강한 사람으로, 지방 큰 도시의 시장을 할 만큼 특별하게 생겨먹은 인물이었다. 실제로 그는 1800년부터 1814년까지 그르노블의 좋은 시장이었다고 생각되는데, 내 친척이자 바보들의 우두머리인 펠라에게 모욕적으로 오쟁이를 졌다. 그 일로 인해 펠라는 명예를 잃고 그 고장을 떠나지 않을 수 없게 되고, (낭트의) 친절한 프랑세가 세무서에 자리를 마련해 주었다. 프랑세는 황제 치하에서 세력을 떨친 재정가로, 파르니에게도 자리를 하나 마련해 주었다. 나는 1826년경에 제롬이라는 이름의 문인으로 그

프랑스의 극작가. 스탕달이 싫어한 유형의 문인.

사람을 잘 알고 지냈다. 그처럼 재치 있는 모든 사람들은 자신이 야심을 가졌던 분야에서는 성공을 거두지 못하고 부득이한 수단으로 문학을 한 사람들이다. 솜씨 좋은 책략과 정치적인 친구들 덕분에 겉으로 보기에는 성공을 거둔 것 같지만, 사실 그들은 웃음거리를 손에 넣었을 뿐이다. 뢰드레르 씨, (낭트의) 프랑세 씨도 그렇게 보였고, 다뤼 백작조차 「천문학(l'Astronomie)」이라는 시(사후 출판)로 과학 아카데미의 자유회원이 되었을 때 그렇게 보였다. 이 세 사람은 대단히 재치가 있고 섬세하며, 국가 참사관이나 도지사들 사이에서 틀림없이 최고 등급에 속하는 인물들인데, 일개 심의관에 불과한 내가 한 달 전에 고안한 기하학적 그림을 한 번도 본 적이 없었다.

퐁타넬이라 불리는 뒤부아 씨가 파리에 도착했을 때 만일 (1805년경 빈에서 베토벤이 그랬던 것처럼) 글을 쓰는 조건으로 100루이의 연금을 받았다면, 그는 아름다움을 연구했을 것이다. 다시 말해 자연을 모방하지 않고 볼테르를 모방했을 것이다.

그러나 그러는 대신 그는 오비디우스의 『변신』이라든가, 더욱 나쁘게는 영어로 된 책을 번역하지 않으면 안 되었다. 그 뛰어난 사람은 나에게 영어를 배워야겠다는 생각을 갖게 해 주었고, 기번의 책 제1권을 나에게 빌려 주었다.[273] 그 일을 통해 나는 그가 그 책 제목을 '테 이스토리 오브 테 폴(Té istory of ta fall)'이라고 발음하는[274] 것을 알았다. 가난한 탓에 선생

273) 에드워드 기번(Edward Gibbon, 1737~1794)은 『로마 제국 흥망사』를 쓴 영국의 역사학자이다.

274) 기번의 책 『로마 제국 흥망사(The History of the Decline and Fall of

없이 사전만 가지고 영어 공부를 했던 것이다.

나는 훨씬 뒤에 영어를 배웠지만, 『웨이크필드(Wakefield)의 목사』의 첫 네 페이지를 암기하는 방법을 생각해 냈다. 그때가 1805년경이었다고 여겨진다. 스코틀랜드의 어떤 사람도 나와 같은 생각을 했던 것 같다. 물론 이것은 내가 1812년 독일에서 《에든버러 평론(Edinburg Review)》[275] 몇 권을 손에 넣고 나서야 알게 된 사실이다.

뒤부아-퐁타넬 씨는 통풍으로 거의 거동을 하지 못했고, 손톱도 더 이상 제 모습이 아니었다. 그는 예의 바르고 친절하며 남의 일 돌보기를 좋아하는 사람인데, 끊임없는 불운 때문에 그런 성격이 망가져 버렸다.

대혁명군이 《두 다리 신문》을 장악했지만, 이상하게도 뒤부아 씨는 귀족이 되지 않고 프랑스 시민으로 머물러 있었다. 1880년에는 이것이 간단한 일로 보일지 모르나, 1796년에는 그야말로 기적이라고 할 수 있는 일이었다.

내 아버지의 경우를 보자면, 대혁명 때 자신의 재능으로 입신출세를 해서 그르노블 시장의 직권을 갖는 수석 보좌관이 되고 레종도뇌르 5등 훈장 수훈자가 되었지만, 자신을 천한 신분에서 벗어나게 해 준 대혁명을 몹시 싫어했다.

신문사에서 버림받은, 가난하지만 존경스러운 인물 퐁타넬 씨는 뚱뚱한 독일인 아내와 함께 그르노블에 도착했다. 그의

---

the Roman Empire)』를 이렇게 발음했다는 뜻.

275) 1802년에 창간된 영국의 잡지로, 스탕달은 이 잡지에서 많은 영향을 받았다.

아내는 그간의 이력에도 불구하고 행실이 천했고 돈도 없었다. 오죽하면 퐁타넬 씨가 교사가 된 덕분에 숙소가 제공되는 것을 너무 좋아해, 아직 다 짓지도 않은 학교 운동장 남서쪽 모퉁이의 사택에 미리 들어갔을 정도이다.

8절본 켈 판의 훌륭한 볼테르의 책이 있었지만, 그 훌륭한 사람은 그 책만은 아무에게도 빌려 주지 않았다. 그 책에는 그가 쓴 메모가 있었는데, 다행히도 확대경이 없이는 거의 읽기 어려운 잔글씨로 되어 있었다. 그는 나에게 『에밀』을 빌려주었는데, 빌려 주면서 굉장히 걱정을 했다. 왜 그랬는가 하면, 그 책에 나오는 "소크라테스의 죽음은 인간의 죽음이지만, 예수 그리스도의 죽음은 신의 죽음이다."라는 J.-J. 루소의 정신나간 선언 문구에 종이쪽지를 붙이고, 그에 반대되는 의미의, 분별은 있으나 웅변적이지는 못한 잠언을 써 놓았던 것이다.

종이쪽지에 써 놓은 그 글은 내 외할아버지의 눈에도 그의 평판을 해치는 것이었을 터이다. 만일 내 아버지가 그것을 보았으면 어떻게 되었을까? 바로 그때 우리의 친척 드리에(쾌락주의자)가 벨(Bayle)의 사전을 팔기 시작했는데, 아버지는 나의 종교심을 해치지 않으려고 그 사전을 사지 않았고, 그것을 나에게 말해 주었다.

퐁타넬 씨는 불행 때문에 그리고 아내의 고약한 성격 때문에 기가 너무 꺾여 열정을 잃어버렸다. 그에게는 뒤크로 신부가 가진 것 같은 열정의 번득임이 조금도 없었다. 따라서 내 성격에 영향을 주지 못했다.

나는 키 작은 위선자 폴에밀 테세르, 뚱뚱한 마르키(리브 또는 무아랑의 사람 좋은 부자 청년), 브누아 등과 함께 그 강의를 들은 것 같다. 브누아도 사람이 좋은 축으로, 의사 클라피에가 그에게 (클로게르 주교의) 사랑을 가르쳐 주었기 때문에 자신이 정말 플라톤과 같은 사람이라고 믿고 있었다.

우리의 부모들이 그것을 싫어할 거라는 이유로 그것이 우리에게 혐오감을 불러일으키지는 않았지만, 우리는 그것을 알고 놀랐다. 오늘날 내가 알 수 있는 것은 당시 우리가 가졌던 야망은 쾌락이 아니라, 저 끔찍한 동물, 즉 남성의 능력을 심판하는 사랑스러운 여성을 정복하는 것이었다는 사실이다. 우리는 사방에서 쾌락을 발견했다. 침울한 브누아는 개종한 새로운 회원을 한 명도 데려오지 못했다.

나와 좀 친척뻘이 되는 뚱보 마르키는 강의를 하나도 알아듣지 못해, 얼마 안 가 우리를 버려두고 떠나갔다. 프네라는 아이와 고티에 집안 아이 한두 명도 있었는데, 보잘것없는 바보 멍청이들이었다.

그 강의에도 다른 강의와 마찬가지로 학년 중간에 시험이 있었다. 나는 저 키 작은 위선자 폴-에밀보다는 훨씬 우수했다. 하지만 폴-에밀은 무엇이든 암기하고 있었고, 그 점에서 나를 몹시 겁먹게 했다. 나는 암기력이 좋지 못했기 때문이다.

내 두뇌의 크나큰 결점 중 하나는 이런 것이다. 나는 오로지 내가 흥미를 느끼는 것만 끊임없이 되새기고 심사숙고하며 각기 다른 여러 정신 상태에서 관찰한 나머지, 거기서 뭔가 새로운 것을 발견한다. 그런 다음 그 모습을 변화시킨다.

나는 드 트라시 씨가 사용한 이미지에 따라(『논리학』 참조),

망원경의 관들을 온갖 방향으로 늘리고 줄이고 한다.

그 키 작은 망나니 폴-에밀 녀석은 거짓된 감미로운 어조로 나로 하여금 그 시험을 무척 겁먹게 했다. 그런데 운 좋게도 현 행정위원인 비엔의 테스트-르보[276] 씨라는 사람이 나에게 질문을 했다. 나는 답변을 만들어 내야만 했고, 강의 개요를 외우고만 있었던 폴-에밀을 이겼다.

나의 작문에는, J.-J. 루소와 그가 받아 마땅한 찬사에 대한 일종의 견해까지 적혀 있었다.

뒤부아-퐁타넬 씨의 강의에서 배운 것들은 모두 나에게는 형식적인 것이거나 거짓된 학문처럼 생각되었다.

나는 스스로 천재적 재능이 있다고 믿었다 — 도대체 어떻게 해서 그런 생각을 갖게 된 걸까? — 몰리에르나 루소가 가진 직업에 대한 천재적 재능 말이다.

나는 진심으로, 그리고 극도로 볼테르의 재능을 경멸했다. 나는 그가 경박하다고 생각했다. 나는 피에르 코르네유, 아리오스트, 셰익스피어, 세르반테스를 진심으로 존경했고, 대사에서는 몰리에르를 존경했다. 나에게는 대사를 조화롭게 합치시키는 것이 퍽 힘든 일이었다.

문학적 이상미(理想美)에 관한 나의 생각은 근저에 있어서는 1796년과 달라진 것이 없다. 그러나 그 생각은 육 개월마다 개선된다. 아니, 조금 바뀐다고나 할까.

---

276) (낭트의) 고(故) 프랑세 백작부인의 부친.

그것이 내 평생의 유일한 일거리이다.

나머지 것들은 모두 밥벌이 수단에 불과했다. 다른 사람들처럼 돈을 번다는 약간의 허영심과 결합된 밥벌이 수단 말이다. 마르시알[277]이 떠난 후 브라운슈바이크의 경리관 일은 예외다. 그 일에는 신기한 매력이 있었다. 다뤼 씨가 마그데부르크의 경리관에게 비난의 말을 했는데, 당시 그곳의 경리관은 샬롱 씨였다고 생각된다.

내가 생각하는 문학적 이상미는 자신이 글을 쓰는 것보다 오히려 타인의 작품을 즐기고, 그것을 존중하며, 그 값어치를 되새겨 반추하는 것에 있었다.

1794년경, 나는 어리석게도 천재의 순간을 기다리고 있었다. 격렬하게 타오르는 덤불숲에 관해 모세에게 말하는 신의 목소리처럼 말이다. 그 어리석음 때문에 나는 많은 시간을 낭비했다. 그러나 아마도 그런 덕분에 나는 많은 재능 있는 작가들(예를 들면 뢰브-베이마르 씨)처럼 반쪽자리의 범용함에 만족하지 않게 된 것 같다.

일단 글을 쓰기 시작하면 더 이상 문학적 이상미 같은 것은 생각하지 않고, 적어 두고 싶은 사상에 에워싸이고 마는 것이다. 짐작건대 빌맹 씨는 문장의 형태에 에워싸이는 것이리라. 세상 사람들에게 시인이라고 불리는 드릴(Delille)이나 라신 같은 사람들은 시구의 형태에 에워싸였고 말이다.

코르네유는 웅수하는 대사의 형태에 마음 졸이고 불안해

277) 다뤼의 동생.

했다.

이를테면, 에밀이 시나에게 하는 다음의 대사 말이다.

그렇다면 됐소! 그대의 명예를 택하도록. 하지만 나에겐 나의 명예를…….[278]

이처럼 완성에 대한 나의 생각이 육 개월마다 바뀌었기 때문에, 1795년인가 1796년에 내가 제목은 기억나지 않지만 희곡 한 편을 썼을 때 당시의 내 이념이 어땠는지 쓰기가 어렵다. 아마 그 희곡의 주인공 이름은 피클라르였고, 어쩌면 플로리앙으로부터 그 이름을 따왔으리라.

내가 지금도 분명하게 알고 있는 유일한 것은 지난 사십육 년 동안 나의 이상은 파리의 5층 방에서 희곡 또는 책을 쓰면서 사는 것이었다는 사실이다.

한 편의 희곡을 무대에 올리기 위해서는 수많은 저속한 짓을 하고 그에 필요한 처세의 재주를 부려야 한다고 생각하니, 내 뜻과는 달리 희곡을 쓸 수가 없었다. 일주일 전의 일이지만, 나는 그것을 몹시 후회하고 있다. 나는 스무 편 이상의 희곡 초고를 썼는데, 늘 지나치게 상세하고 너무 심오했으며, 1789년 대혁명의 결과 극장 뒷좌석과 칸막이 좌석에 가득 들어차게 된 테르노[279] 씨와 같은 바보스러운 관객들이 이해하기에는 너

278) 코르네유의 희곡 「시나(Cinna)」 5막 2장에 나오는 대사.

279) 윌리엄 루이 테르노(William-Louis Ternaux, 1763~1833). 실업가이자 기조파의 정치인.

무 어려운 것이었다.

시에이예스 신부[280]는 그가 쓴 불후의 정치 팸플릿《제3신분이란 무엇인가? 우리는 무릎을 꿇고 있다. 궐기합시다》로 정치적 귀족에게 최초의 일격을 가했을 때, 자신도 모르게 문학적 귀족을 만들어 냈다.(1835년 11월 콜롱을 화나게 한 브로스의 서문을 쓰면서 나에게 이런 생각이 생겨났다.)

280) 에마뉘엘 조제프 시에이예스(Emmanuel Joseph Sieyès, 1748~1836). 수도사에서 정치가가 되어 삼부회의 제3신분 대표로 선출되었다. 그 후 국민공회 설립에 큰 역할을 했다.

32장

그러니까 1796년 또는 1797년 뒤부아-퐁타넬 씨의 강의를 들을 때 내 머릿속에는 일종의 문학적 미(美)가 존재했는데, 그것은 그의 문학적 미와는 매우 달랐다. 두드러지게 다른 점은 내가 볼테르의 과장된 경박함과 대조적인 셰익스피어의 비극적이고 단순한 진실을 존경하고 있었다는 것이다.

특히 생각나는 것이 있다. 뒤부아 씨는 자신이 쓴 것인지 볼테르가 쓴 것인지 확실하지 않은 어떤 시구를 우리에게 열심히 낭송해 주곤 했는데, 그중에 "상처 속을 단검으로 휘저어"라는 표현이 있었다. 단검이라는 말이 내 기분을 몹시 나쁘게 했다. 왜냐하면 나의 원칙, 단순함에 대한 사랑에 어긋나기 때문이었다. 지금은 그 이유를 안다. 일생 동안 강렬하게 느껴 왔지만, 시간이 많이 흐른 다음에야 그 느낌의 이유를 안 것이다.

바로 어제인 1836년 1월 18일, 성 베드로 대성당의 축제일 4시에 그 성당을 나오면서 그 둥근 지붕을 보기 위해 몸을 돌렸을 때, 나는 난생처음 다른 건물을 보는 기분으로 그것을 바라보았다. 둥근 지붕 밑 원통형 벽에 있는 철제 발코니를 보았다. 나는 혼잣말로 중얼거렸다. "내가 처음으로 있는 그대로를 보는군. 지금까지는 마치 사랑하는 여자를 바라보듯 저 건물을 보았는데"라고. 그 모든 것(회랑과 둥근 지붕)이 내 마음에 들었다. 어떻게 거기서 결점을 찾아낼 수 있었겠는가?

여기서 결국 나는 다른 것, 앞에서 내가 다른 측면에서 이 진정한 이야기 속에 적어 놓은 결점을 다시 보게 된다. 즉 총명함의 결핍 말이다.

이런! 나는 굉장히 빗나가고 있다! 뒤부아 씨의 강의를 들을 때 나는 이미 마음속에 하나의 주장을 갖고 있었으며, 그가 우리에게 말한 모든 것을 다만 유용한 허위로서 배웠을 뿐이다. 특히 그가 셰익스피어를 비난할 때 나는 내심 얼굴이 붉어지곤 했다.

그러나 나는 열광하지 않았기에 그만큼 그 문학 이론을 더 잘 기억했다.

나의 불행 중 하나는 내가 열광했던 사람들(예를 들면 파스타 부인[281]과 드 트라시 씨)의 마음에 들지 않았다는 것이다. 내가 그들의 방식으로 그들을 좋아하지 않고 내 방식으로 좋아

281) 이탈리아의 가수로, 파리에서 활동했다.

했기 때문이다.

마찬가지로, 나는 내가 무척 좋아하는 주장을 표현하는 데 실패하는 경우가 잦다. 사람들에게 반박을 받으면, 눈에 눈물이 차올라 더 이상 말을 하지 못한다. 할 수만 있다면 이렇게 말하고 싶은 심정이다. "아! 당신은 내 가슴을 아프게 찌르고 있어요!"라고 말이다. 퍽 인상적이었던 두 가지 사례가 생각난다.

프뤼동의 일로 코레주를 찬양한 것,[282] 팔레-루아얄에서 마레스트와 이야기했던 일, 그리고 뒤베르지에 드 오란, 사랑스러운 디트메르, 야비한 카베와 피크닉을 갔을 때.

두 번째로는, 1832년경(지진이 일어나 폴리뇨의 한모퉁이가 잘려 나가고 일 년 후) 나폴리에서 돌아와 앙페르, 아드리앵 드 쥐시외, 두 사람과 함께 모차르트에 대해 이야기했을 때.

문학적으로 볼 때, 뒤부아 씨의 강의(나중에 그의 손자 샤를 르놀동이 네 권의 책으로 출판했다.)는 내가 문학이라는 영역 전체를 보는 데 유익했으며, 소포클레스나 오시앙 같은 미지의 부분에 대해 내 상상력이 과장을 하지 않게 해 주었다.

그 강의는 내 허영심에 아주 유용했다. 그것을 통해, 내가 중앙학교에서 일고여덟 명의 수재에 속한다는 의견을 다른 사람들이 결정적으로 확인했기 때문이다. 하지만 그랑-뒤페는 나보다 성적이 더 좋았던 것 같다. 다른 아이들의 이름은 잊어버렸다.

---

282) 프뤼동은 프랑스 화가, 코레주는 이탈리아의 화가로 바로크 회화에 큰 영향을 주었다

퐁타넬 씨의 황금시대, 그가 늘 감상적으로 말하던 시기는 1750년경 그 사람이 파리에 도착했을 때였다. 그 당시 모든 것은 볼테르의 이름과 그가 페르네(그가 이미 페르네에 있었던가?)에서 끊임없이 보내 주는 작품들로 가득 차 있었다.

그 모든 것은 역사 속에서 볼테르의 유치함과 코르네유를 향한 그의 저속한 질투를 몹시 싫어하던 나에게는 효력이 없었다. 그 당시부터 나는 판화가 들어간 코르네유의 아름다운 책에 적힌 볼테르의 주석이 지닌 설교조의 잔소리를 알아차리고 있었던 것 같다. 그 책은 클레 집의 유리창으로 잠긴 아버지의 서가 위칸에 있었는데, 나는 몇 년 전 『신엘로이즈』를 발견했고 나중에 『그랑디송』을 발견한 그 서가의 열쇠를 훔쳐 그 책을 꺼내 클레 집의 3층 다락방에서 감동의 눈물을 흘리면서 읽었다. 그곳에 있으면 안전하다고 생각했다.

제에 씨는 대단한 허풍쟁이에 화가로서 아주 무능했지만, 우리의 마음속에 매우 격렬한 경쟁심을 야기하는 데는 탁월한 재능을 갖고 있었다. 오늘날에 와서 생각해보면 교사의 첫째가는 재능 같다. 그러나 1796년경에는 얼마나 다르게 생각했는지! 나는 천재와 재능을 숭배하고 있었다.

보통 천재가 그러듯이 광신적인 사람이 모든 것을 기분 내키는 대로 했다면, 제에 씨처럼 350~400명의 학생을 모으지 못했을 것이다.

요컨대 그 선생의 강의가 끝나고 우리가 나오면 뇌브 로가 가득 메워졌다. 그것이 선생의 거만하고 과장된 태도를 더욱 배가해 주었다.

학년 중간쯤 되는 때였다고 생각되는데, 제에 씨가 위엄과 온정이 넘치는 태도로 다음과 같이 말해, 가장 힘들고 멋진 승격이라도 한 것처럼 나를 황홀하게 해 주었다.

"자, B***씨, 모사(模寫)를 해야 하니, 화판을 가지고 가서 자리를 잡도록."

'씨(monsieur)'라는 호칭은 파리에서는 흔히 쓰이지만 그르노블에서 아이들을 상대로 쓰는 것은 매우 별난 일이었다. 아무튼 그가 나에게 그 호칭을 써서 나는 무척 놀랐다.

그런 승격이 외할아버지가 제에 씨에게 말 몇 마디를 건넸기 때문인지, 아니면 얼마 전 들어가도록 허용된 나체화 습작 교실에서 내가 선영(線影)을 훌륭하게 해냈기 때문인지 나는 잘 모르겠다. 어쨌든 그 사실은 나와 다른 아이들을 놀라게 했다.

12~15명가량의 모사생(模寫生) 속에 나도 들어가 검고 흰 연필로 니오베와 데모스테네스의 머리(우리는 그렇게 불렀다.)를 그렸는데, 제에 씨는 내 작품을 보고 놀랐다. 그는 내가 다른 학생들과 같은 정도의 재능을 가진 것을 보고 기분이 좋지 않은 것 같았다. 그 교실에서 가장 뛰어난 학생은 엔느몽 엘리(나중에 공증인이 되었다.)였다. 그는 매우 차가운 사람으로, 들리는 말로는 군에 입대했었다고들 한다. 그의 그림은 필립 드 샹파뉴 양식을 띠었다. 하지만 그는 우리와 같은 어린아이가 아니라 어른이었다. 그러니 그를 우리와 같이 경쟁시키는 것은 공평치 못한 일이었다.

얼마 안 가 나는 모사화로 상을 받았다. 우리 중 두세 명이 그 상을 탔는데, 나는 상품 제비뽑기에서 뒤보스 신부의 『시와 회화에 관한 에세이』를 뽑았고, 그것을 아주 즐겁게 읽었다. 그 책의 내용은 내 영혼의 감정에 대응하는 것이었다. 나 자신도 모르던 감정이었다.

물르쟁은 소심한 시골 사람의 전형으로 사상이라곤 전혀 없었다. 또한 퍽 세심한 인간으로, 잘 깎은 붉은 연필로 평행을 이루는 선을 훌륭하게 그었다. 만일 제에 씨의 위치에 유능한 선생이 있었다면 우리에게 물르쟁을 가리키며 이렇게 말했을 것이다. “여러분, 저렇게 해선 안 돼요.” 하지만 물르쟁은 오히려 엔느몽 엘리의 경쟁 상대였다.

제에 씨는 재치 있는 뒤페가 퍽 개성적인 데생을 한다고 말했다. 뒤페는 특히 제에 씨가 우리들 한 사람 한 사람을 차례로 두부 습작(頭部習作)을 위한 모델로 세운다는 훌륭한 생각을 해냈을 때 두드러지게 두각을 나타냈다. 또한 ‘le Bedot(바보, 둔재)’라는 별명을 가진 뚱뚱한 엘리 그리고 수학 과목에서의 특별한 배려가 데생 시간에까지 이어지는 몽발 집안 아이들도 있었다. 우리는 매일 두세 시간을 믿기지 않는 열성과 경쟁심을 갖고 공부했다.

어느 날 학생 두 명이 모델이 되어 포즈를 취하고 있는데 라틴어 반의 키 큰 오드뤼가 방해가 되어 모델이 보이질 않아, 나는 오드뤼를 힘껏 한 대 때렸다. 그런 다음 내 자리인 뒤쪽에 앉으려고 하는데, 오드뤼가 의자를 뒤로 끌어내 내가 엉덩방아를 찧게 했다. 오드뤼는 어른이었다. 나보다 키가 1피트는 더 컸으며, 나를 몹시 미워했다. 나는 고티에 그리고 크로

제 등과 함께 라틴어 교실 계단에 그 키 큰 인간의 등신대 풍자화를 그리고 그 밑에 '오드뤼아스 캉뱅(Odruas Kambin)'이라고 써 놓았다. 그 인간은 '오드뤼아스(Odruas)'라고 부르면 얼굴을 붉혔으며, '캉 비앵(quand bien)'이라고 말해야 할 때 '캉뱅(kambin)'이라고 말했던 것이다.

곧 우리는 권총으로 결투를 하지 않으면 안 되는 상황에 처했다. 다 같이 운동장으로 내려갔다. 제에 씨가 중재를 위해 개입하려 하자 우리는 도망쳤고, 제에 씨는 다른 교실로 돌아갔다. 우리가 밖으로 나가자, 전교생이 뒤를 따랐다. 그 수가 아마 200명쯤 되었을 것이다.

나는 그곳에 있던 디데에게 입회인이 되어 달라고 했다. 나는 무척 동요하고 있었으나 마음속은 열기로 가득했다. 어떻게 해서 그렇게 되었는지는 모르겠으나, 우리는 따라오는 아이들의 행렬에 퍽 방해를 받으면서 그라유 문 쪽으로 갔다. 권총을 손에 넣어야 했는데 쉬운 일이 아니었다. 마침내 나는 길이 8인치짜리 권총을 손에 넣었다. 나에게서 이십 보 떨어진 거리에서 오드뤼가 걸어오는 것이 눈에 띄었다. 그는 나를 향해 욕설을 퍼붓고 있었다. 아이들은 우리가 서로에게 접근하도록 내버려 두지 않았다. 오드뤼가 나를 주먹 한 방으로 죽여 버렸을 테니까.

나는 그의 욕설에 대꾸하진 않았지만, 분노로 부들부들 떨고 있었다. 만일 그 결투가 보통 그렇듯이 아침 6시에 네댓 명의 사람이 마차 한 대에 타고 시내에서 족히 10리는 떨어진 곳으로 가서 냉정하게 행해지는 것이었다면, 내가 공포를 느끼지 않았으리라고는 말하지 못하겠다.

그라유 문의 문지기가 막 무기들을 뺏으려는 참이었다.

우스꽝스럽고 우리를 몹시 불편하게 한 장난꾸러기 아이들은 우리가 뭔가 하려고 멈추면 한술 더 떠 아우성을 쳤다. "저 애들 결투를 할 생각이야, 안 할 생각이야?"라고 떠들어 댔다. 나는 양측 입회인들보다 키가 1피트나 더 큰 오드뤼에게 두들겨 맞을까 봐 무척 겁이 났다. 내 입회인들 중에는 모리스 디데만 기억난다.(그 친구는 평범한 왕당파로 나중에 도멘의 시장이 됐고, 신문에 철자가 엉터리인 왕당파 통신을 기고했다.) 오드뤼는 몹시 화가 나 있었다.

한 시간 삼십 분 동안 우리를 뒤쫓은 뒤 저녁이 되었기 때문에, 장난꾸러기 패거리는 본느 문과 트레-클루아트르 문 사이에서 마침내 우리를 조금 조용히 놓아두었다. 우리는 루이 루아예가 설계한 깊이 10피트인 시의 구덩이 안으로 내려갔다. 혹은 그 구덩이 기슭에 멈춰 섰다.

거기서 권총을 장전하고, 끔찍한 이십 보 거리를 쟀다. 나는 속으로 생각했다. '지금이야말로 용기를 낼 순간이야.' 어쩌다 그렇게 되었는지 모르지만 오드뤼가 먼저 총을 쏘게 되어, 나는 그의 머리 위에 보이는 작은 사다리꼴의 바위를 뚫어져라 바라보았다. 엘리자베트 왕이모의 방 창문을 통해 보면 생-루이 성당 지붕 옆에 보이는 바로 그 바위였다.

그런데 이유는 알 수 없지만 탄환이 발사되지 않았다. 아마도 입회인들이 권총에 탄환을 장전하지 않은 모양이었다. 그래서 나는 조준을 할 필요가 없었던 것 같다. 화해가 선언되었는데, 악수도 없었고 더 나아가 포옹도 없었다. 몹시 화가 나 있던 오드뤼가 나를 두들겨 팼을는지도 모른다.

트레-클루아트르 로를 내 입회인 디데와 함께 걸으면서 나는 그에게 말했다.

"오르뒤가 나를 겨누고 있을 때, 나는 겁을 먹지 않도록 세셍 위에 있는 작은 바위를 바라보았어."

그러자 디데는 "넌 절대 그런 말을 해선 안 돼. 그런 말이 결코 네 입에서 나와선 안 되는 거야."라고 말하며 단호하게 나를 질책했다.

나는 굉장히 놀랐다. 곰곰이 생각해 보았지만, 그 질책에 대해 화가 치밀었다.

그러나 다음 날이 되자, 그 사건이 그런 식으로 타결되도록 한 것에 대해 무척 후회가 되었다. 그것은 내 에스파냐풍의 모든 꿈에 상처를 주었다. 결투도 하지 않고 「르 시드」에 감히 감탄할 수 있겠는가? 아리오스트의 주인공들을 생각할 수가 있겠는가? 감미로운 롤랭의 번역을 통해 그 공적을 알게 된 로마사의 위대한 인물들을 존경하거나 비평하는 것은 또 어떻게 가능하겠는가?

이 일화를 쓰고 있자니, 오래된 상처 자국에 다시 손을 대는 느낌이 든다.

이 결투엔 관해서는, 1809년 빈에서 바베 때문에 랭드르(기병 중대장 또는 경포병 대령) 씨와 했다가 화해로 끝난 또 한 번의 결투 이후 두 번 다시 생각해 본 적이 없다.

그 결투는 내 소년 시절의 크나큰 후회 거리였고, 밀라노에

서 치른 카르동이 입회인이었던 결투에서 내 자만(건방짐에 가까운 오만)의 진짜 이유였다.

오드뤼 사건에서 나는 놀라고 동요되어 다른 아이들이 하는 대로 가만히 있었다. 거인 같은 오드뤼에게 얻어맞을까 봐 겁이 나서 넋이 나간 상태였고, 때때로 공포를 느끼게 되어 있었다. 200명이나 되는 개구쟁이들의 행렬에 두 시간이나 쫓기는 동안, 나는 속으로 생각했다. '거리를 잴 때, 바로 그때가 위험해.' 내가 끔찍하게 여긴 것은 불쌍한 랑베르처럼 내가 사다리 위에 실려서 집에 돌아가는 것이었다. 그러나 단 한순간도 그 사건이 적당히 마무리될 거라고는 생각하지 않았다.

오드뤼가 나를 겨누고 권총이 여러 번 불발된 그 중대한 순간에, 나는 T지점에 있는 작은 바위의 윤곽을 관찰하고 있었다. 나에게는 시간이 전혀 길게 느껴지지 않았다.(내 친구이자 아주 용감하고 훌륭한 장교인 앙드레아 코르네르는 모스크바 강에서의 전투에서 시간이 참으로 길게 느껴졌던 모양이지만.)

한마디로 말해, 나는 전혀 연기를 하지 않고 무척 자연스럽게 굴었고, 허세를 부리지 않고 아주 용감하게 행동했다.

그것이 잘못이었다. 나는 허풍을 떨어야 했다. 나는 정말로 결투를 하려고 결심했었고, 그랬다면 결투를 많이 하는 우리

도시에서 높은 평판을 얻었을지도 모른다. 1836년의 나폴리에서처럼 말이 결투지 죽는 사람이 거의 또는 전혀 없는 그런 것이 아니라, 용감한 남자로서의 결투 말이다. 또한 내가 너무 어렸으니(그때가 1796년이었으니 내 나이 열세 살이었다. 아니, 1795년이었는지도 모른다.), 사람들 앞에 나서지 않는 점잖은 집 아들의 행동 방식과 달리 내가 재치 있고 말을 잘했더라면 훌륭한 평판을 얻었을지도 모른다.

우리 집안과 아는 사이인, 그랑드 로에 사는 이웃 샤텔 씨는 여섯 명을 죽였다. 나의 젊은 시절, 즉 1798년에서 1805년에 이르는 동안에는 내가 알고 지내던 두 사람, 아들 베르나르와 입이 큰 루아예가 결투로 죽었다. 루아예 씨는 해 질 무렵, 나중에 철사로 된 다리가 세워진 곳에서 가까운 드라크강변의 공터에서 마흔다섯 보 거리에서 당했다.

자존심 강한 베르나르[후에 파기원(破棄院) 판사가 되었다고 생각되는, 왕당파에 자존심 강한 또 한 명의 베르나르의 아들]는 카넬 물방앗간에서 상냥한 메프레의 검에 조금 찔렸다.(드 메프레 씨는 총징세관(摠徵稅官)으로, 관대한 드 베리 공작부인의 시녀를 아내로 맞이했고, 그 후엔 운 좋게도 뚱뚱한 부레의 상속인이 되었다.) 베르나르가 죽자, 드 메프레 씨는 리옹으로 도망쳤다. 그 싸움은 거의 계급적이었다. 마레스트가 입회인이었던 것 같고, 그래서 그 일을 나에게 말해 주었다.

어찌 되었든 나는 깊은 자책감에 사로잡혔다.

첫째, 내 에스파냐 정신 때문이었다. 그 결점이 1830년에도 아직 남아 있었다. 피오리도 그것을 인정했고, 투키디데스의 구절을 인용해 이렇게 말했다. "당신은 너무 높이 그물망을 쳐." 라고.

둘째, 허풍을 떨지 않았기 때문이다. 크나큰 위험 속에서 나는 단순하고 자연스러웠다. 스몰렌스크에서 프리울 공작은 그것을 좋은 취향으로 보았다. 나를 좋아하지 않았던 다뤼도 모스크바 퇴각 후 빌나에서인가 자기 아내에게 같은 사연의 편지를 써 보냈다.

그러나 일반 대중에게는 내가 그냥 손만 내밀면 할 수 있는 화려한 역할을 하지 않은 것처럼 보이는 것이다.

곰곰이 생각해 보면 그 싸움은 나의 수학에 대한 열정과 비질리옹을 향한 우정, 빅토린 양을 향한 다정한 우정보다 훨씬 이전인 1795년에 있었던 일 같다.

나는 모리스 디데를 한없이 존경하고 있었다.

첫째로, 그의 어머니와 절친한 친구 사이인 듯한 내 외할아버지가 그를 많이 칭찬했기 때문이다.

둘째로, 나는 그가 포병 제복을 입고 있는 것을 자주 보았다. 그는 몽멜리앙보다 더 먼 부대로 갔다.

셋째로, 특히 그는 레투르노 양을 사랑한다는 명예를 갖고 있었다. 레투르노 양은 아마도 그르노블에서 가장 아름다운 아가씨였고, 그녀의 아버지는 분명코 가장 유쾌하고 가장 근심 걱정 없고 가장 철학적인 사람으로 나의 아버지와 가족들로부터 제일 비난받는 인물이었다. 실제로 레투르노 씨는 우리 가족들과 비슷한 점이 하나도 없었다. 그는 파산한 뒤 보렐이라는 처녀와 결혼한 것 같은데, 그 여자는 1803년 내가 군

직을 버리고 파리로 도망치게 한 원인을 제공한 빅토린 무니에의 모친과 자매지간이었다.

레투르노 양은 둔중한 유형의 미인이었다.(루브르 미술관에 소장되어 있는 티아리니의 「클레오파트라의 죽음」 또는 「앙투안」에 나오는 인물들처럼.) 디데는 나중에 레투르노 양과 결혼을 했는데, 육 년간의 사랑 끝에 불행하게도 그녀를 잃고 말았다. 그런 바람에 얼이 빠져서 도멘의 시골로 은퇴했다는 소문이다.

그 학년 중반에 나는 모사화 대회에서 상을 탔다. 제에 씨의 추종자들, 나보다 선배인 모든 아첨꾼들이 그 일로 눈살을 찌푸렸으나, 아무도 감히 내 수상이 부당하다고 말하지는 못했다. 그 뒤에 내 등급이 우리가 데생반이라고 부르던 반으로 바뀌었다. 나는 상을 타기 위해 열심히 노력해서 학년 말에 상을 받은 것 같다. 그러지 않았다면 그 상을 타지 못한 것에 대한 고통을 기억하고 있을 테니까.

문학에서도 일등상을 타서 갈채를 받았다. 수학에서는 준우수상 또는 이등상을 탔는데, 그 상은 타기가 퍽 힘들었다. 수학 선생인 뒤퓌 씨가 이치를 따지는 나의 까다로운 괴벽을 두드러지게 싫어했기 때문이다.

그는 매일 친근한 말투로 드 몽발 형제 — 우리는 그들을 몽보라고 불렀다 — 를 칠판 앞에 불러냈다. 그들이 귀족이었기 때문이다. 그 자신도 귀족이라고 우겨 댔다. 그는 역시 귀족인 시나르, 생-페레올, 그가 돌봐주는 사람 좋은 아리베르, 상냥한 망트 등도 칠판 앞으로 불러내곤 했다. 나는 아주 드물게만 불러냈다. 그나마 내가 칠판 앞에 불려 나갔을 때 내가

그림 14. 교실 칠판.

하는 이야기를 듣지도 않았다. 반면 다른 아이들에게서는 눈을 떼지 않았기 때문에 나는 모욕감을 느꼈고 퍽 실망스러웠다. 그럼에도 불구하고 수학에 대한 나의 사랑은 진지해져서, H지점에 앉아 있다가 어려운 문제가 나오면 D지점의 커다란 하늘색 팔걸이 의자에 앉아 있는 뒤퓌 씨에게 질문을 했다. 그는 내가 주책없이 하는 질문에 대답을 하지 않으면 안 되었고, 그에게 그것은 괴로운 일이었다. 그래서인지 나에게 교실에서 시간을 낭비하게 한다고 우겨 대며, 늘 나에게 질문할 것이 있으면 개별적으로 찾아오라고 했다.

그는 사람 좋은 시나르에게 내 질문에 답해 주라고 시켰다. 시나르는 나보다 훨씬 실력이 좋았지만, 사람이 좋은 나머지 한두 시간 동안 내 의문을 부정하며 보낸 다음 마침내 그 의문이 무엇인지를 알아내고는 결국 어떻게 답해야 할지 모르겠다고 고백하고 말았다.

망트를 제외하고 그 선량한 친구들은 모두 수학을 단순히 암기의 문제로 여겼던 것 같다. 게다가 뒤퓌 씨는 내가 문학에서 아주 당당하게 일등상을 탄 것에 대해 단단히 화가 난 모양이었다. 내 시험은 다른 시험들과 마찬가지로 현의 행정위원과 심사위원, 그리고 모든 선생님들과 200~300명의 학생들 앞에서 치러졌는데, 이 모든 사람들이 내 답변을 재미있게 들었다. 나는 말을 잘했다. 현 행정위원들은 내 답변이 지루하지 않은 것에 놀라서 나를 칭찬해 주었고 시험이 끝나자 나게 이렇게 말했다.

"B군, 상은 자네가 탈 거야. 하지만 우리를 위해 몇 가지 질문에 더 대답해 주게나."

이 승리는 수학 시험 전에 있었던 것으로 생각되는데, 이 승리를 통해 내가 입지를 다지고 자신감을 갖게 되어서, 다음 해에 뒤퓌 씨가 나를 자주 칠판 앞에 부르지 않을 수 없게 되었다.

언제고 다시 그르노블에 가게 되면 1794년에서 1799년까지의 현청 기록을 찾아보아야 할 것이다. 그러면 이토록 많은 세월이 흐른 뒤에도 그 시상 기록을 통해 나를 즐겁게 하는 그때의 모든 작은 사건들의 날짜를 알게 되리라. 인생의 오르막길에 있던 당시의 나는 얼마나 열렬한 상상력을 가지고 미래의 쾌락을 마음속에 그렸을 것인가! 반면 지금 나는 인생의 내리막길에 있다.

그 8월의 승리 이후, 아버지는 내가 사냥을 좋아하는 것에 대해 더 이상 단호하게 반대하지 않았다. 그는 마지못해 자신의 총, 자신의 매형이자 공증이었던 이미 고인(故人)이 된 레이 씨가 주문해서 만든 군용 총과 같은 구경의 더 단단한 총까지 나에게 쓰게 했다.

레이 아주머니는 아름다운 여성으로, 나는 재판소 안뜰에 있는 아담한 주택으로 그들을 보러 가곤 했다. 아버지는 내가 그들의 둘째 아들인 에두아르 레이와 친하게 지내는 것을 못마땅하게 여겼다. 그는 비열한 악당 패거리와 어울린다는 소문이 자자한 부랑자였다.(그르노블의 검사 네 명을 합친 것보다 더 교활하고 협잡이 뛰어나다고 소문 난 도피네 사람으로, 지금은 포병 대령이다. 또한 부인할 수 없는 오쟁이 진 남편으로, 애교라고는 없는 남자였다. 하지만 자질구레한 일이 많은 포병 부대에서는 틀림없이 훌륭한 대령일 것이다. 1831년에는 알제에서 일거리를 구해 살았던 모양이다. 그는 M. P.의 애인이었다.)

33장

이 회상록을 쓰면서 나는 나 자신에 관해 몇 가지 크나큰 발견을 하고 있다. 이제는 진실을 찾아내고 그것을 말하는 것이 어려운 것이 아니라, 읽어 주는 사람을 만나는 것이 어렵다. 아마도 발견하는 즐거움과 그에 따르는 판단 또는 평가를 하는 즐거움이 나로 하여금 계속해서 이 글을 쓰도록 마음을 다잡게 할 것이다. 이 글이 사람들에게 읽히리라는 생각은 점점 더 사라져 간다. 벌써 501페이지에 이르렀는데 나는 여전히 그르노블에서 벗어나지 못하고 있다!

밀라노에 도착하기 전에 일어난 마음의 변혁에 대한 묘사는 8절판의 두꺼운 책 한 권은 될 것이다. 하지만 그와 같은 객쩍은 이야기를 누가 읽겠는가? 그런 것을 잘 묘사하기 위해서는 마치 화가와 같은 재능을 지녀야 할 것이다. 그런데 나는 월터 스콧의 묘사와 루소의 과장을 거의 비슷한 정도로 싫어한다. 독자들에게는 롤랑 부인 같은 사람이 필요하다. 그러나 그런 독자들마저도 이제르 계곡의 아름다운 나무 그늘 묘사가 없는 것을 보고 이 책을 던져 버릴 것 같다. 정확하게 묘사하는 인내심을 가진 사람에게는 할 말이 얼마나 많겠는가! 무리를 이룬 아름다운 나무들, 참으로 힘차고 무성한 식물들, 언덕 위에 보이는 정말 아름다운 밤나무 숲, 그보다 더 높은 곳에서는 타유페르산의 만년설이 그 모든 것에 매우 대단한 성격을 새겨 준다. 그 아름다운 멜로디에 얼마나 숭고한 베이스(저음)인가!

그해 가을이라고 생각되는데, 나는 둥글고 새하얀 타유페르산 정상 바로 맞은편에 위치한 넓은 농토 위 포도밭의 오솔길에서 티티새를 쏘아 떨어뜨리는 더없이 기분 좋은 즐거움을 맛보았다. 그것은 내가 평생 느낀 가장 큰 행복 중 하나였다. 도야티에르 포도밭을 막 뛰어다니다가 굉장히 높고 무성한 울타리에 둘러싸여 있는, H지점에서 P지점의 넓은 농토로 내려가는 오솔길에 들어섰을 때, 갑자기 커다란 티티새 한 마리가 T'지점의 포도밭에서 작은 외침 소리를 내며, T지점에 있는 잎이 별로 없고 우뚝 솟은 벚나무로 생각되는 나무 꼭대기로 날아 올라갔다.

나는 그 모습을 보았고, 아직 밑으로 내려가지 않았기 때문에 거의 수평 위치에서 총을 쏘았다. 티티새는 지금도 내 귓가에 남아 있는 생생한 소리를 내며 지면으로 떨어졌다. 그리고 나는 즐거움에 취해 오솔길을 내려갔다.

집으로 돌아온 나는 시무룩하지만 사냥 솜씨가 좀 있는 늙

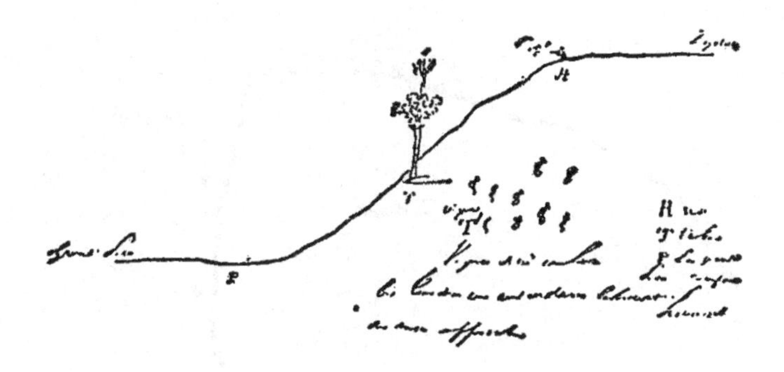

그림 15. 포도밭과 포도나무.

은 고용인에게 말했다.

"바르비에, 당신의 제자는 훌륭해!"

그 사람은 12수짜리 동전을 받는 것을 더 좋아했고, 내가 무슨 말을 하는지 전혀 이해하지 못했다.

감동하면 나는 이내 에스파냐 기질에 빠져 버린다. 그 기질은 "르 시드처럼 아름다워."라고 늘 말하던 엘리자베트 왕이모가 나에게 전달해 준 것이다.

나는 손에 총을 들고 퓌로니에르 부근의 포도밭과 버팀목으로 받쳐 놓은 포도나무 사이를 두루 돌아다니며 깊은 몽상에 빠졌다. 매사에 나를 언짢게 하는 아버지는 사냥을 못 하게 했다. 모질지 못해 간신히 허락해 준 일은 가끔 있었지만, 진짜 수렵꾼과 사냥을 간 일은 거의 없었다.

때때로 나는 우리 집 포도넝쿨의 버팀목을 전지해 주는 조제프 브룅과 콩부아르 바위산으로 여우 사냥을 가곤 했다. 그곳에 가서 자리를 잡고 여우를 기다릴 때, 나는 내 깊은 몽상

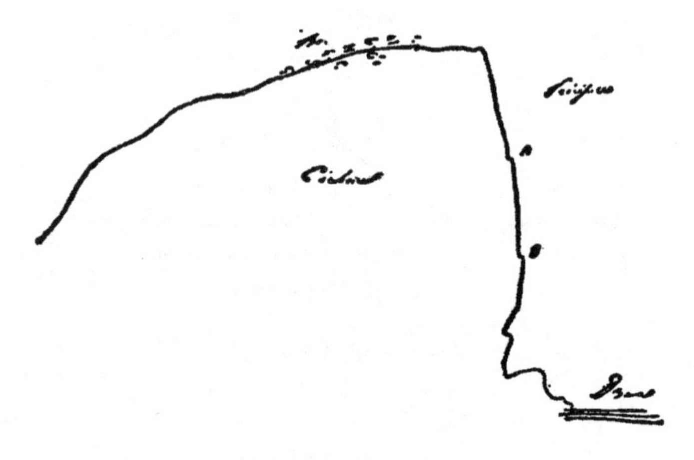

그림 16. 콩부아르 바위산.

을 스스로 나무랐다. 여우가 나타나면 그런 몽상에서 깨어나야만 했기 때문이다. 어느 날, 내 열다섯 보 앞에 여우가 나타났다. 그 동물은 약간 빠른 속도로 내 앞으로 다가왔다. 나는 쏘았다. 그런 다음엔 아무것도 보이지 않았다. 간발의 차이로 놓치고 만 것이다. 그날 드라크강 위에 수직으로 서 있는 절벽이 너무 위험하고 끔찍해 보여서, 나는 돌아갈 때의 위태로움을 무척 걱정하고 있었다. 소리 내며 바위 밑을 흘러가는 드라크강이 내려다보이는 A지점에서 B지점에 걸쳐 둘린 단애 가장자리 위로 모두들 교묘하게 잘 지나갔다. 나와 함께 그곳에 간 시골 사람들(조제프 브룅과 그의 아들, 세바스티앵 샤리에르 등)은 여섯 살이 되자마자 그렇게 급경사진 곳에서 맨발로 양떼를 지켜 온 사람들이었다. 그들은 필요할 때 신발을 벗었지만, 나는 신발을 벗지 않았다. 나는 그 바위산에 기껏 두세 번밖에 가지 않았다.

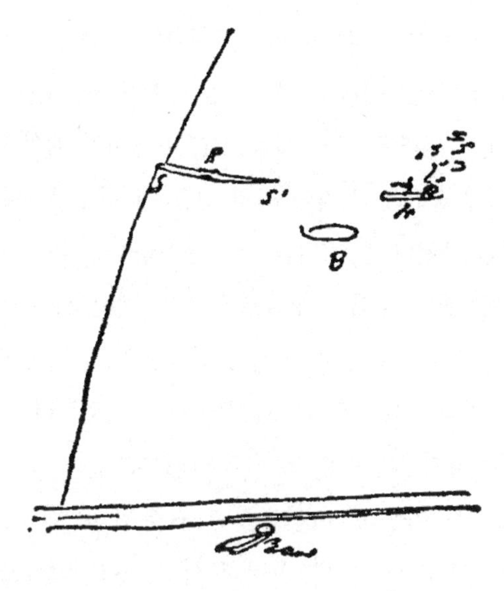

그림 17. 여우를 만난 오솔길.

여우를 놓친 날, 나는 공포심에 온통 사로잡혀 있었는데, 그 공포는 슐레지엔 대마밭에서(1831년의 전투[283] 때) 혼자 카자크 병사 18~20명이 다가오는 것을 보았을 때보다 더 컸다. 콩부아르 바위산에 간 날, 나는 내 금시계를 보았다. 중요한 상황에 처할 때면 정확한 시간을 기억해 둬야 한다고 생각해 늘 그렇게 했다. 드 라발레트[284] 씨는 (부르봉 왕가에 의해) 사

---

283) 나폴레옹군이 모스크바에서 퇴각할 때 용감한 카자크 부대와 싸운 전투.

284) 나폴레옹군의 고관으로, 황후 조제핀의 사촌과 결혼했다. 워털루 전투에서 패한 뒤 사형을 선고받았으나 아내의 도움으로 탈출해 망명했다. 그의 아내는 스탕달이 좋아하는 유형의 여성이었다.

형 선고를 받은 순간 그렇게 했다. 8시였다. 그날 동이 트기 전에 사람들이 나를 깨웠다. 나는 아침나절에는 늘 머릿속이 혼란스러웠다. 아름다운 경치, 사랑, 그리고 돌아갈 때의 위험 같은 것에 대해 꿈꾸듯 생각에 잠겨 있을 때, 여우가 빠른 속도로 나에게 다가왔다. 큰 꼬리를 보고 여우라는 것을 알았다. 처음에는 개로 잘못 보았다. 오솔길은 S지점에서 2피트, S'지점에선 2인치 정도 거리였다. 여우는 S'지점에서 H지점으로 가기 위해 뛰었을 텐데, 내 총소리에 놀라 우리로부터 5, 6피트 아래에 있는 B지점의 덤불 위로 뛰어내렸다.

그 벼랑에는 여우 한 마리조차 겨우 다닐 수 있고 통하는 오솔길들이 매우 드물었다. 사냥꾼 서너 명이 오솔길을 차지하고 다른 한 명이 사냥개들을 풀면, 여우가 어느 사냥꾼 앞에 어김없이 나타나게 되어 있는 것이다.

사냥꾼들은 늘 푀유 드 클레에서 하는 영양(羚羊) 사냥에 대해 이야기했다. 하지만 내 아버지가 절대적으로 금했기 때문에 아무도 나를 거기에 데리고 가지 않았다. 콩부아르 바위산에서 내가 지독하게 겁을 먹었던 것은 1795년의 일이었다고 생각한다.

이윽고 나는 두 번째로 티티새를 잡았는데, 그것은 첫 번째 것보다는 작았다. 우리 집 플리손(우리 집의 플리손 포도밭) 위쪽, 드 라 페루즈 씨 밭의 호두나무 위에 앉아 있던 티티새였다고 기억하는데, 어둠이 내려앉아서 분명히 알아보기가 힘들었다.

세 번째이자 마지막으로, 나는 우리 집 과수원의 북쪽 길에 있는 작은 호두나무 위에 앉아 있던 티티새를 쏘아 맞혔다. 그 조그만 티티새는 거의 내 머리 바로 위쪽에 있었고, 내 얼굴 위로 떨어지다시피 했다. 굵은 핏방울을 흘리며 돌담 위에 떨어져 죽은 그 티티새의 모습이 지금도 눈에 선하다.

그 피는 승리의 표시였다. 1808년 브라운슈바이크에서 비로소 나는 연민 때문에 사냥이 지긋지긋해졌다. 지금은 비인간적이고 역겨운 살해라고 생각되어 모기 한 마리도 필요 없이는 죽이지 않는다. 하지만 최근에 치비타-베키아에서 죽인 메추라기는 불쌍하다는 생각이 들지 않는다. 자고새, 메추라기, 토끼 등은 꼬치구이가 되기 위해 태어난 영계나 마찬가지라는 생각이 드는 것이다.

그것들을 샹젤리제 끄트머리에 있는 이집트식 부화기[285]에서 태어나게 하기 전에 상담을 하면 아마도 꼬치구이 신세를 거절하지 않으리라.

나는 어느 날 아침 동이 트기 전 바르비에와 함께 아름다운 달빛 아래 따뜻한 바람을 맞으며 출발했던 더없이 기분 좋은 느낌을 기억하고 있다. 그 일을 결코 잊은 적이 없다. 그때는 포도 수확기였다. 그날 나는 아버지에게 귀찮게 졸라 대어 우리 소유지에서 농사 잔심부름을 하는 바르비에가 사스나주인지 레 발므인지의 장터에 가는 데 따라가도 좋다는 허락을 억지로 얻어 냈다. 사스나주는 우리 집안의 본거지였다. 그곳

---

285) 당시 메추라기의 인공 부화 및 사육은 프랑스와 이집트에서 중요한 사업 중 하나였다.

에서 우리 집안 사람들은 사법관 또는 B[286]라고 불렸다. 그리고 1795년에는 장자계(長子系)(루이-필립은 우리 종족의 장자라고 말했지만)가 아직 그곳에 살고 있어서, 1만 5000프랑 또는 2만 프랑의 연 수입을 받을 수 있었다. 파종의 달(프랑스 혁명력의 제7월 제르미날) 13일에 발효된 법안이 없었다면 그 재산이 전부 내 손에 들어왔을 것이다. 하지만 그 일로 인해 내 애국심은 조금도 흔들리지 않았다. 그 나이에는 돈이 없어서 먹고살기 위해 마음에 없는 일을 한다는 것이 어떤 것인지 모르는 터라, 나에게 돈이란 그저 갑작스럽게 뭔가 하고 싶은 생각을 만족시켜 주는 것에 불과했던 것이다. 그런데 나는 사교계에 전혀 가 보지 않았고 여자도 만나지 않았기 때문에, 뭔가를 갑자기 하고 싶은 생각도 없었다. 따라서 돈은 나에게 아무것도 아니었다. 기껏해야 2연발 총을 사고 싶었던 것이 고작이다.

그 당시 나는 샤프하우젠 위쪽의 라인강처럼 폭포 속으로 급히 떨어지려는 큰 강과 같았다. 흐름은 아직 조용하지만, 이내 거대한 폭포 속으로 급히 떨어질 참이었다. 나의 폭포는 수학에 대한 사랑이었다. 처음에 수학은 부르주아적인 것, 더 정확히 말하면 구역질 나는 것들의 화신(化身)인 그르노블을 떠나게 해 줄 수단이었다. 그런데 시간이 흐르자 수학 자체에 대한 사랑 때문에 수학이 다른 모든 것을 흡수해 버리고 말았다.

---

286) 'Beyle'이라고 덧붙인 텍스트가 많다. Beyle은 고대 프랑스어로 '행상인' 또는 '반소작인'이라는 뜻이 있다고도 한다. 스탕달의 본명이 Henri Beyle이라는 사실을 주목할 것.

『시골집(Maison Rustique)』을 감동을 느끼며 읽게 하고 뷔퐁의 『동물의 역사(L'Histoire des Animaux)』를 요약하게 한 사냥 — 뷔퐁의 과장은 내 아버지와 교류하는 신부들의 위선과 닮은 것으로 비쳐 어렸을 때부터 나를 불쾌하게 만들긴 했다 — 은 수학에 열정을 갖기 전에 내 영혼이 살아 있다는 마지막 표시였던 것이다.

나는 가능한 한 자주 빅토린 비질리옹 양 집에 갔는데, 그 몇 해 동안 그녀는 시골에 가서 오래 머물렀던 것 같다. 또한 나는 그녀의 오빠 비질리옹, 라 바예트, 갈, 바랄, 미슈, 콜롱, 망트와 많이 만났다. 그러나 마음은 수학에 가 있었다.

또 하나의 이야기가 있는데, 그 일 이후 내 마음은 X와 Y로 가득 채워질 것이다.

그것은 〈우애(友愛)의 나무〉에 대한 음모였다.

왜 내가 그런 음모를 꾸몄는지 모르겠다. 그 나무는 높이가 적어도 30피트에 달하는 아주 날씬하게 자란 어린 참나무였다. 불쌍하게도 그 나무를 그르네트 광장 한가운데로 옮겨 심은 것이다. 내가 다정하게 마음을 쏟아 좋아하던 〈자유의 나무〉 바로 옆쪽 가까이에 말이다.

우애의 나무는 자유의 나무와 경쟁 상대였던 모양인데, 고인이 된 르 루아 씨의 집 창에 면한 밤을 파는 오두막 바로 옆에 심겨 있었다.

어떤 기회에 그랬는지 모르나, 사람들은 우애의 나무에 흰 게시판을 매달아 놓았다. 제에 씨가 그 게시판에 범용한 재주로 노란색 왕관, 왕홀(王笏), 사슬을 그렸는데, 그 위에 게시문이 있어서 그 그림은 정복된 것들의 모습으로 묘사되었다.

그 게시문은 여러 행으로 되어 있었고, 그것에 대해서도 음모를 꾸몄지만, 그 문구는 전혀 기억나지 않는다.

그러한 사실은 작은 정열은 지성을 증대시키고, 큰 정열은 그것을 소멸시켜 버린다는 법칙의 증거가 된다. 우리는 무엇에 반대해 음모를 꾸몄는가? 나는 그것을 알지 못한다. 내가 그나마 막연하게 기억하는 것은 다음과 같은 잠언뿐이다. '증오하는 것을 훼손하는 것은 우리의 의무다. 우리가 그것을 증오하는 한에는 말이다.' 이것 또한 아주 막연하다. 게다가 우리가 증오했던 것, 그리고 그 증오의 동기에 대해 아무런 기억이 없다. 증오했다는 사실의 이미지만 남아 있는데, 그것은 아주 선명하다.

그 음모를 생각해 낸 것은 바로 나였다. 그것을 패거리의 다른 친구들에게 알려야만 했는데 — "경비대가 너무 가까운 데 있어!"라고 말하며 — 처음에 그들은 냉담했다. 그러나 마침내 그들도 나와 함께하기로 결심했다. 음모에 가담한 사람은 망트, 트레아르, 콜롱, 그리고 나, 또 한두 명 더 있었던 것 같다.

내가 왜 권총을 쏘지 않았을까? 알 수 없는 일이다. 권총을 쏜 사람은 트레아르 아니면 망트였던 것 같다.

그 권총을 손에 넣어야만 했다. 그것은 길이 8인치짜리 권총이었다. 우리는 총구 가득 탄약을 장전했다. 〈우애의 나무〉는 30~40피트 높이였고, 게시판은 10~12피트 되는 곳에 매달려 있었다. 나무 둘레에는 울타리가 있었던 것 같다.

C지점의 경비대 쪽에서 위험이 올 수 있었던 것이, 그곳의

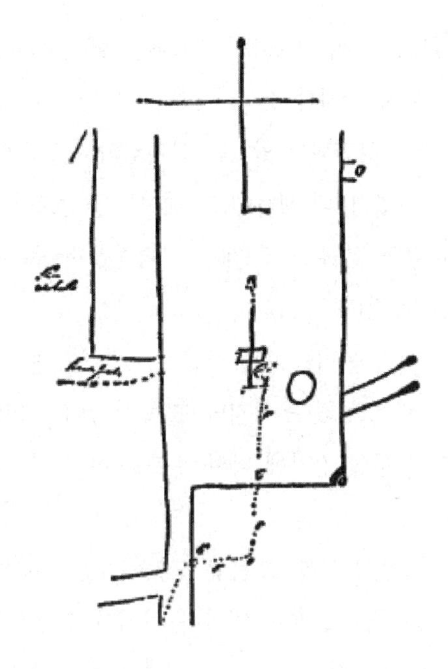

그림 18. 그르네트 광장. 중앙에 펌프가 있다.

병사들이 P에서 P'에 이르는 비포장된 공간을 자주 왔다 갔다 했던 것이다.

몽토르주 거리 또는 그랑드 로 쪽에서 오는 몇몇 행인이 우리를 붙잡을 수도 있어서, 총을 쏘지 않는 네다섯 명이 경비대의 병사들을 지켜보고 있었다. 아마도 내가 가장 위험한 곳을 맡았던 것 같은데, 정확한 기억은 없다. 다른 친구들은 몽토르주 거리와 그랑드 로를 지켜보고 있었다.

저녁 8시경, 주위가 캄캄해졌다. 그다지 춥지 않아서 가을 또는 봄 같았다. 한동안 광장에 정적이 감돌아서, 우리는 태평스럽게 산보를 하며 망트 또는 트레야르에게 신호를 보냈다.

총이 발사되자 끔찍한 소리가 났다. 정적은 깊었고, 권총에는 탄약이 잔뜩 장전되어 있었다. C지점의 병사들이 이내 우리 쪽으로 달려왔다. 내 생각에 그 게시문을 증오한 것은 우리뿐만이 아니었던 것 같고, 그래서 공격받을지 모른다고 여기고들 있었던 것 같다.

병사들은 거의 우리를 따라잡았고, 우리는 내 외할아버지 집의 문 안으로 도망쳤다. 하지만 모든 사람이 우리의 모습을 훤히 보았다. 모두들 창가에 나와 촛불을 아주 가까이 비추었던 것이다.

그르네트 광장에 면한 그 문은 3층의 좁은 통로를 거쳐 그랑드 로에 면한 문으로 통해 있었다. 하지만 그 통로를 모르는 사람은 아무도 없었다.

우리는 거기서 도망을 쳤다. 자코뱅 대문을 통해 도망친 친구들도 몇 명 있었으니, 앞에서 말한 것보다 인원수가 더 많았던 것 같다. 아마 프리에도 우리 패거리에 포함되었던 것 같다.

나 그리고 또 한 친구, 아마도 콜롱 같은데, 우리 두 명이 가장 다급하게 추격을 당했다. 우리는 "이 집으로 들어갔어."라고 바로 곁에서 외치는 소리를 들었다.

우리는 3층 밑의 통로까지 계속 올라가지 않고, 그르네트 광장에 면한, 예전에는 외할아버지의 아파트였지만 당시에는 신앙심이 퍽 깊은 유행품 장사인 늙은 코데 양 자매에게 대여해 주고 있던 2층의 초인종을 격렬하게 눌렀다. 그녀들은 권총

소리에 무척 겁을 먹고 열심히 성경을 읽고 있었다.

우리는 그녀들에게 "쫓기고 있으니 우리가 이곳에서 저녁나절을 보냈다고 말해 주세요"라고 간단히 부탁했다. 그런 다음 자리를 잡고 앉았다. 우리가 앉은 것과 거의 동시에 초인종이 뽑힐 듯 요란하게 울렸다. 우리는 앉아서 코데 양 자매가 성경 읽는 것을 듣고 있었다. 우리 중 한 사람이 성경책을 붙잡고 있었던 것까지 생각이 난다.

경찰들이 들어왔다. 그들이 누구였는지는 전혀 모르겠다. 내가 그들을 전혀 쳐다보지 않았던 모양이다.

경찰이 물었다. "이 시민들(citoyens)은 이곳에서 저녁 시간을 보냈습니까?"

"그렇습니다, 경찰분들(messieurs). 네, 그래요, 시민들(citoyens)." 겁에 질린 불쌍한 신자들이 고쳐 말했다. 그녀들의 오빠인 코데 씨, 사십오 년 동안 병원 직원으로 일한 그 노인도 같이 있었던 것 같다.

그 충직한 경찰 또는 시민들은 통찰력이 몹시 부족했거나 데 자드레 남작에서 싸구려 식당 주인 풀레에 이르기까지 시내의 모든 사람에게 존경받고 있는 내 외할아버지 가뇽 씨에게 호의를 품고 있었거나 둘 중 하나였음이 틀림없었다. 왜냐면 공포로 혼이 나간 믿음 깊은 불쌍한 여인들 한가운데에 우리가 낭패에 빠져 있는 처지는 우리가 이상한 모습을 갖게 하기에 충분했기 때문이다. 아마 우리가 느낀 것과 비슷한 그녀들의 커다란 공포가 우리를 구했을 것이다. 어쨌든 그곳에 있는 사람들 모두가 겁에 질린 얼굴을 하고 있었던 것이 틀림없기 때문이다.

경찰들은 다음과 같은 질문을 두세 번 되풀이했다. "이 시민들이 저녁 나절을 계속 이곳에서 보냈단 말이죠? 권총 소리가 난 후에는 아무도 이곳에 들어오지 않았다는 이야기죠?"

얀센파 신자였던 그 노처녀들이 거짓말을 했다는 사실은 나중에 생각해도 신기했다. 아마도 그녀들은 내 외할아버지에 대한 존경심 때문에 그런 죄를 저지르기에 이른 거라고 생각된다.

경찰들은 우리들의 이름을 적고는 물러가 버렸다.

우리는 그들 자매에게 길게 인사할 틈도 없었다. 귀를 기울이고 있다가, 경찰들의 발소리가 더 이상 들리지 않자 밖으로 나가 계속해서 통로 쪽으로 올라갔다.

우리보다 몸이 더 날쌘 망트와 트레야르는 문 G 안으로 우리보다 먼저 들어갔는데, 다음 날 우리가 들은 이야기로는, 그들이 그랑드 로에 면한 문 G'에 다다르자 두 명의 감시병이 있었다고 한다. 그래서 그들은 자신들과 함께 저녁을 보낸 노처녀들의 친절한 배려에 대해 이야기하기 시작했고, 그 감시병들은 아무 질문도 안 했다. 그래서 도망칠 수 있었다는 것이다.

그들이 한 이야기가 하도 사실처럼 느껴져서, 그 노처녀들의 친절함 대해 이야기하며 그곳을 빠져나온 사람은 콜롱과 내가 아니었는지를 분명하게 말하기 어려울 정도다.

콜롱과 내가 집에 돌아와 삼십 분쯤 되어서 콜롱이 돌아갔다는 것이 더 자연스런 것처럼 생각된다.

재미있는 일은 아버지와 엘리자베트 왕이모가 그 음모의

범인들을 추측하는 논의에 몰두했다는 것이다. 내 편이었던 누이동생 폴린에게 내가 모든 것을 이야기해 준 것 같다.

이튿날 중앙학교에서, 나를 좋아하지 않았던 몽발(나중에 대령이 되었고 멸시를 받았다.)이 나에게 이렇게 말했다. "야! 너와 네 패거리가 '우애의 나무'에 권총을 쏘았지!"

게시판이 어떻게 되었는지 보러 가는 것은 즐거운 일이었다. 그것은 구멍투성이였다.

왕홀과 왕관 그리고 그 외의 패배한 상징들은 남쪽, '자유의 나무'를 마주 보는 방향으로 그려져 있었다. 왕관과 그 외의 것들은 천에 바른 종이 위 혹은 유화용으로 준비한 캔버스 위에 엷은 노란색으로 그려져 있었다.

지난 15~20년 동안 나는 그 사건에 관해 생각해 본 적이 없다. 고백하건대 나는 그 사건이 아주 훌륭했다고 생각한다. 당시 나는 한 문장을 열광적으로 자주 되뇌었다. 그것은 나흘 전에도 되풀이해 암송한 시구, 바로 호라티우스의 시구이다.[287)]

> 알브국이 그대를 지명했고, 나는 더 이상 그대를 인정하지 않아!

그 사건의 행위는 이런 감탄과 딱 일치하는 것이었다.

이상한 일은 내가 권총을 쏘지 않았다는 것이다. 하지만 그것이 비난받아 마땅한 신중함 때문이었다고 생각하지는 않는

287) 코르네유의 비극 「호라티우스」 2막 2장에 나온다.

다. 안개 속에서 보듯 희미하게 생각해 보면, 시골 마을(튈랭이었던 것 같다.)에서 온 트레야르가 우리들 사이에서 부르주아 계층이라는 사실을 드러내기 위해 굳이 한 발 쏘고 싶어 했던 것 같다.

이 글을 쓰고 있자니 '우애의 나무'의 모습이 눈앞에 떠오르고, 그에 따른 여러 가지 일들이 기억 속에 되살아난다. '우애의 나무'는 돌을 깎아 다듬어 만든 2피트 높이의 담으로 둘러싸여 있고, 그 담 위에는 5~6피트 높이의 철책이 있었던 것 같다.

조마르는 나중의 맹그라처럼 망나니 사제였다. 그자는 현청의 간부였던 장인 비엔의 마르탱 씨라는 사람을 독살한 죄로 기요틴에서 목이 잘렸다. 나는 그 고약한 자가 재판을 받고 이어서 기요틴에 목이 잘리는 것을 보았다. 나는 플라나 씨의 약국 앞 보도에서 그 장면을 보았다.

조마르는 수염이 자라도록 내버려 두었고, 존속 살해자의 표시로 붉은 천을 양어깨에 두르고 있었다.

나는 아주 가까운 곳에 있었던 탓에, 처형 후 기요틴의 칼날이 밑으로 떨어지기 전 핏방울이 칼날 가장자리를 따라 맺히는 모습을 보았다. 그 모습에 소름이 끼쳐서, 그 후 아주 여러 날 동안 삶은 (소)고기를 먹지 못했다.

34장

그르노블에 관한 마지막 이야기를 하기 전에 내가 하고 싶은 말은 이것으로 모두 끝마쳤다고 생각한다. 마지막 이야기란 내가 수학에 푹 빠진 일이다.

퀴블리 양은 오래전에 떠났다. 이제 그녀에 관해서는 다정한 추억만 남아 있을 뿐이었다. 빅토린 비질리옹은 시골에 더 많이 머물렀고, 독서에서 나의 유일한 즐거움은 셰익스피어와 당시 일곱 권으로 나와 있던 생-시몽의 『회고록』이었다. 나중에 나는 바스커빌[288] 활자로 된 생-시몽의 열두 권짜리 회고록을 매입했다. 그 책에 대한 열정은 물질적으로는 시금치에 대한 열정처럼 계속되었고, 정신적으로는 쉰세 살이 되었어도

288) 영국의 활자 주조업자. 그가 만든 새 활자가 널리 사용되었다.

열세 살 때와 똑같이 강력하다.

수학을 좋아하면 할수록, 나는 나의 선생인 뒤퓌 씨와 샤베르 씨를 더욱 경멸했다 뒤퓌 씨가 누군가에게 말을 걸 때 과장되고 세련되며 고상하고 우아한 태도를 보이는데도 불구하고, 나는 충분한 통찰력을 갖고 있어서 그가 샤베르 씨보다 훨씬 더 무식하다는 것을 간파했다. 그르노블 부르주아의 사회 계급에서 샤베르 씨는 뒤퓌 씨에 비해 꽤나 하층에 속했지만, 일요일 혹은 목요일 아침에 오일러인가 ****인가의 책 한 권을 손에 들고 어려운 문제를 열심히 풀고 있었다. 그는 늘 훌륭한 처방을 알고 있는 약제사 같은 태도를 취했다. 하지만 그 처방들이 서로 어떻게 연관되어 생겨나는지에 대해서는 전혀 설명하지 못했다. 그의 머릿속에는 아무 논리도 철학도 없었다. 무엇인지 알 수 없는 기계적인 교육법과 허영심 때문인지 혹은 종교심 때문인지, 샤베르 씨는 그런 것들의 명칭까지 증오했다.

이 분 전에, 오늘날의 내 머리로 생각해서, 왜 그런 것들에 대해 대책을 즉시 세우지 않았는지 놀라웠다. 하지만 그것은 무리한 일이었다. 나에게는 의지할 만한 방책이 없었던 것이다. 거의 모든 것을 알고 있던 외할아버지는 허영심 때문에 자기 지식의 유일한 한계인 수학을 싫어했다. 가뇽 씨는 한번 읽은 것은 절대 잊어버리지 않는다고, 그르노블 사람들은 존경심을 갖고 이야기했다. 오직 수학이 외할아버지의 적들에게 반박의 근거를 만들어 주었을 뿐이다. 내 아버지의 경우는 신앙 때문에 수학을 싫어했던 것 같은데, 소유지의 도면을 작성하는 데 도움이 되었기 때문에 그나마 수학에 조금 관대했다. 나는 그가 거래로 재미를 본 클레, 에시롤, 퐁타니외, 셸라(*** 부근의 협곡)의 토지 도면 사본을 늘 그를 위해 만들어 주었다.

나는 브주도 뒤퓌 씨와 샤베르 씨만큼 경멸했다.

중앙학교에는 1797년 또는 1798년에 이공과 대학 입학을 허가받은 대여섯 명의 수재가 있었다. 하지만 그들은 내가 하는 어려운 질문에 답을 해 주지 못했다. 내 질문이 분명치 않았을 수도 있지만, 그보다는 그들이 그 질문에 당황해서 그랬을 것이다.

나는 마리 신부의 8절판 책을 샀던가 상으로 받았던가 했다. 그 책을 소설을 읽는 것처럼 탐독했다. 나는 그 책 속에서 다른 표현으로 진술되는 진리들을 발견했다. 그것은 나를 대단히 즐겁게 해 주고 내 수고를 보상해 주었지만, 새로운 것은 아무것도 없었다.

정말로 새로운 것이 없었다고 말할 수는 없다. 아마도 내가 그것을 이해하지 못했고, 이해할 만큼 충분히 배우지 못했던 것이리라.

좀 더 조용히 생각에 잠기기 위해, 나는 어머니가 수놓은 열두 개의 아름다운 안락의자들이 놓인, 일 년에 한두 번 청소를 하기 위해서만 여는 객실에 들어가 자리를 잡았다. 그 방에 들어가니 정신 집중에 도움이 되었다. 그때까지도 어머니가 살아생전 차려 주었던 즐거운 만찬 장면이 머릿속에 떠올랐다. 10시 정각이 되면 손님들은 불빛이 반짝이는 그 객실을 나와, 커다란 생선 한 마리가 놓여 있는 식당으로 갔다. 그것은 아버지의 사치였다. 아버지는 신앙과 농업 투자로 품위를 떨어뜨리고 있었으며, 그런 사치의 본능을 여전히 간직하고 있었다.

나는 내 앞에 천사라도 나타나기를, 천재의 순간이 나에게 찾아들기를 기대하며 테이블에서 내가 희극이라고 부른 드라마의 1막 또는 5막을 썼다.

아마도 위선에 대한 증오가 내가 수학에 열중하게 된 주된 원인이었던 것 같다. 내가 보기에는 세라피 이모, 비뇽 부인, 그리고 그녀들과 어울리는 신부들이 위선적인 사람들이었다.

내 생각에 수학에서는 위선이 불가능했다. 나는 어린아이의 단순한 마음으로, 수학이 응용되는 과학도 모두 마찬가지라고 생각했다. 그러니 마이너스 곱하기 마이너스는 왜 플러스가 되는지를 아무도 나에게 설명해 주지 못한다는 것을 깨달았을 때, 내 마음이 어떘겠는가?[그것은 대수학(代數學)이라고 불리는 과학의 기초 중 하나였다.]

그들은 그 난해한 의문을 설명해 주지 않는 것보다 더 나쁜 짓을 했다.(그 의문은 틀림없이 설명 가능했을 것이다. 그것이 바로 진리에 이르게 하는 것이기 때문이다.) 설명해 주는 당사자조차도 분명하게 이해하지 못하는 이론에 기반해 나에게 그 의문을 설명했던 것이다.

샤베르 씨는 내 질문에 쫓겨 다급한 나머지, 내가 이의를 제기한 바로 그 설명을 되풀이할 뿐이었다. 그러다 결국에는 나에게 이렇게 말하고 싶어 하는 것 같았다.

"그것은 하나의 관습이야. 모든 사람이 이 설명을 받아들이고 있지. 오일러와 라그랑주도 군과 마찬가지로 분명 재능이 있는 사람들인데 그것을 잘 받아들이고 있다고. 우리는 군이 재능이 많다는 것을 알고 있지만(이 말은 내가 문학에서 일등상을 탔고, 테스트-르보 씨와 현의 심사위원들 앞에서 훌륭하게 답변한 것을 알고 있다는 뜻이었다.), 군은 유별나게 눈에 띄고 싶어 하는 것 같군."

반면 뒤퓌 씨는 나의 조심스러운(그의 과장된 어조 때문에 상대방이 조심스러운 태도를 취하게 되는) 반론을 냉담에 가까운 미소로 다루었다. 그는 샤베르 씨보다 실력이 모자랐지만 샤베르 씨보다 부르주아적이지 않았고, 샤베르 씨보다 편협하지도 않았다. 아마도 그는 자신의 수학 지식을 올바르게 판단하고 있었을 것이다. 만일 오늘날 그 사람들을 일주일 동안 만난다면, 내가 어떤 인간을 상대하고 있는지 즉시 알 수 있을 것이다. 그러나 그 점에 관해서는 늘 다시 언급해야만 하리라.

절망 때문에 더욱 편협해진 육친들에 의해 애지중지 키워지고 다른 사람들과 전혀 접촉하지 못했던 나는 열다섯 살이 되어서야 민감한 감수성을 갖게 되었지만, 다른 아이들에 비해 사람들을 판단하고 그들이 하는 여러 가지 연극을 간파해 알아채는 능력을 아직 갖고 있지 못했다. 따라서 사실을 말하자면, 지금까지 쓴 536페이지에 달하는 내 모든 판단에 대해 나는 깊은 확신을 갖지 못하고 있다. 틀림없는 사실이라는 것은 느낌뿐이며, 제대로 된 진실에 다다르기 위해서는 내 표현에 반음올림표 네 개를 붙여야 한다. 나는 사십 년 동안 얻은 경험을 통해 냉정함과 무디어진 남자의 감각으로 말하고 있는 것이다.

마이너스 곱하기 마이너스에 대한 내 의문을 뛰어난 수재에게 물었을 때 그가 나를 대놓고 비웃었던 것이 분명히 기억난다. 거의 모든 아이들이 폴-에밀 테세르처럼 그냥 암기하고 있었다. 그들은 칠판 앞에 나가서 증명을 마친 뒤, 흔히 다음과 같이 말했다.

"따라서 이것은 분명하다."

나는 '그것보다 분명하지 않은 것은 없어'라고 생각했다. 나에게는 분명한 것, 어쨌든 의심의 여지가 없는 것이 필요했던 것이다.

수학은 사물(그것의 양)의 작은 모서리만을 고찰할 뿐이지만, 그 점에 관해 정확한 것만, 진실만, 거의 온통 진실만 이야기한다는 매력이 있다.

1797년 당시 내 나이 열네 살 때는 내가 전혀 배우지 않은 고등수학이 사물 안에 존재하는 모든 또는 거의 모든 측면을 포함하고 있었기 때문에, 나는 수학을 하면서 앞으로 나아가면 확실하고 의심의 여지가 없는 사물들을 알게 될 것이고 모든 것을 나 자신에게 마음껏 증명할 수 있을 거라고 생각했다.

마이너스 곱하기 마이너스는 플러스가 된다(-×-=+)는 것에 대한 내 의문이 샤베르 씨의 머리엔 결코 들어가지 않으리라는 것, 뒤퓌 씨는 그저 교만한 미소로만 그것에 응답하리라는 것, 그리고 내 질문을 받은 머리 좋은 수재들이 나를 비웃으리라는 것을 납득하기까지 오랜 시간이 걸렸다.

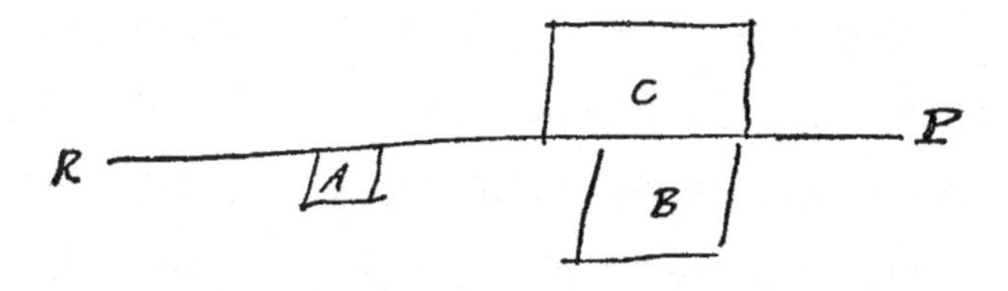

그림 19. 마이너스와 플러스의 개념.

그런 탓에 나는 오늘날에도 다음과 같이 생각할 수밖에 없는 처지이다. 즉 매 순간 그 규칙을 사용해 계산하면 진실하고 의심의 여지 없는 결과에 도달하기 때문에 마이너스 곱하기 마이너스는 플러스라는 것이 진실이라고 말이다.

나를 가장 난처하게 한 것은 다음과 같은 그림이었다.

선 RP는 마이너스와 플러스를 나누는 선이다. 이 선 위 모든 것은 플러스이고 아래는 모두 마이너스이다. 사각형 A를 단위로 해서 사각형 B를 재고, 그 수만큼 B를 취함으로써 어떻게 내가 다른 쪽의 사각형 C의 방향을 바꿔 낼 수 있을까?

서툰 비교, 더할 나위 없이 느릿한 그르노블 사투리 때문에 한층 더 서툴게 느껴지는 샤베르 씨의 비교를 따라, 마이너스 분량을 어떤 남자의 부채라고 하자. 이때 어떻게 부채 1만 프랑에 부채 500프랑을 곱해 그 남자가 500만 프랑의 재산을 갖기에 이른단 말인가?

뒤퓌 씨나 샤베르 씨도 외할아버지 집에 미사를 드리러 오는 신부들과 마찬가지로 위선자들인지? 그리고 내가 좋아하는 수학 또한 하나의 속임수에 불과한 것인지? 나는 어떻게 해야 진리에 도달할 수 있는지를 모르고 있었다. 아! 그 당시의 논리학, 즉 진리를 발견하는 방법에 대해 한마디라도 내가 들을 기회가 있었다면 얼마나 열심히 들었을까! 누가 나에게 드 트라시 씨의 논리학을 설명해 주었다면 얼마나 좋은 기회가 되었을까! 그랬다면 아마 나는 다른 인간이 되었을 테고 더 훌륭한 머리를 갖게 되었으리라.

나는 빈약한 능력으로 다음과 같은 결론을 내렸다. 뒤퓌 씨는 거짓말쟁이일 수 있지만, 샤베르 씨는 자신이 알지 못하는 반대의 의문이 존재한다는 것을 이해하지 못하고 거드름을 피우는 부르주아일 뿐이라고.

나의 아버지와 외할아버지는 디드로와 달랑베르의 2절판 『백과전서』를 갖고 있었다. 가격이 700~800프랑에 달하는 저작물이었다. 지방 사람이 그런 큰돈을 책에 투자했다는 사실로 미루어볼 때, 그 저자들이 대단한 영향력을 가진 것이 틀림없었다. 그래서 오늘날, 나는 내가 태어나기 전에는 아버지와 외할아버지도 전적으로 계몽철학파였음에 틀림없다고 결론을 내리는 것이다.

내가 『백과전서』를 훑어보면 나의 아버지는 늘 괴로운 표정을 짓곤 했다. 하지만 아버지가 그 책을 멀리하고 우리 집에 자주 오는 사제들이 그 책을 단호하게 증오했기 때문에, 나는 그 책을 전적으로 신뢰했다. 보좌 신부이며 주교좌 성당의 참사원인 레는 5피트 10인치의 키에 창백하고 커다란 얼굴을 한 사람인데, 디드로와 달랑베르의 이름을 삐딱하게 발음할 때, 독특한 찌푸린 얼굴을 했다. 그 찌푸린 표정은 나에게 깊고 내밀한 즐거움을 주었다. 지금도 나는 그런 종류의 일에서 매우 즐거움을 느낀다. 1815년에 귀족들이 찌푸린 얼굴로 니콜라 뷔오나파르트[289]는 용기가 없다고 말하는 것을 보고 나는 그와 같은 즐거움을 몇 번 음미했다. 그때는 그 위대한 인물을 그렇게 불렀다. 그렇기는 하지만 나는 1807년 이래 그가 영국을 정복하지 않기를 열정적으로 바라고 있었다. 만약 영국을 정복하면 어디로 망명한단 말인가?

나는 『백과전서』에서 달랑베르의 수학 항목을 참조하고자 찾아보았다. 하지만 그 내용의 자만심 가득한 어조와 진실에 대한 존경심의 결핍이 나에게 큰 충격을 주었다. 게다가 나는 그 내용을 거의 이해할 수가 없었다. 그 당시 나는 진리를 얼마나 열렬히 사랑했던지! 내가 들어가려 하는 세계의 여왕은 진리라고 얼마나 진지하게 믿었던지! 나는 그 여왕의 적은 신부들 말고는 없다고 생각했다.

'-×-=+'라는 명제가 나를 몹시 괴롭혔지만, 저 유명한 몽주의 동생이자 이공과 대학의 고사(考査)를 하러 오기로 되어 있는 루이 몽주의 『정역학(靜力學)』을 공부하기 시작했을 때도 얼마나 어둠에 사로잡혔던지.

기하학의 서두에는 "무한히 연장되면서 서로 결코 만나지 않는 두 선을 평행선이라고 부른다."라고 되어 있다. 그런데 그 각별한 인간 루이 몽주는 『정역학』 서두에 대충 다음과 같이 쓰고 있다. "평행하는 두 선은 무한히 연장하면 서로 만날 수 있다."

---

289) Nicolas Buonaparte. 나폴레옹을 폄하해서 부른 이름.

교리문답, 그것도 매우 서툰 교리문답을 읽고 있는 느낌이었다. 그래서 샤베르 씨에게 설명해 달라고 요청했으나 소용없는 노릇이었다.

"이 사람아." 그는 도피네의 여우에게는 전혀 어울리지 않는 부성애 넘치는 태도로, 에두아르 무니에(1836년의 귀족원 의원) 같은 표정으로 나에게 대답했다. "시간이 지나면 다 알게 될 거야." 그 괴물은 밀랍을 입힌 천으로 된 칠판으로 가서 서로 매우 근접한 평행선 두 개를 긋고,

———————————————

———————————————

그런 다음 나에게 "이제 무한에서는 두 평행선이 서로 만날 수 있다는 것을 잘 알겠지."라고 말했다.

그때 나는 모든 것을 집어치울 뻔했다. 꾀바르고 말 잘하는 고해 신부라면 그때 다음과 같은 도덕 기준을 설명하면서 나를 개종시킬 수 있었을 것이다.

"군이 보듯이 모든 것은 거짓이라네. 아니, 그보다는 진실도 거짓도 없고 모든 것이 관계에 속한다고 말하는 것이 옳겠지. 관습을 받아들이고 세상에서 잘 대우받도록 행동하게나. 하층 계급은 애국자들이고 늘 문제의 이쪽을 더럽힐 걸세. 그러니 자네의 집안 식구들처럼 귀족이 되게나. 그렇게 하면 우리가 자네를 파리로 보내고 세력 있는 부인들에게 추천할 방법을 찾아낼 걸세."

35장

그러한 것이 매혹적으로 이야기되었다면 나는 불한당이 되었을 테고, 1836년 현재에는 거부(巨富)가 되어 있을 것이다.

열세 살 때 나는 뒤클로의 『비록』과 일곱 권으로 된 생-시몽의 『회고록』에만 의거해 세상일을 상상했다. 나에게 최고의 행복은 100루이의 연 수입을 가지고 파리에서 책을 쓰며 사는 것이었다. 마리옹이 말하기를, 아버지가 그 이상의 것을 나에게 물려줄 거라고 했다.

당시 나는 '진짜이건 가짜이건 수학이 나를 구역질 나는 진흙탕인 그르노블에서 탈출하게 해 줄 거야.'라고 생각했던 것 같다.

그런 생각은 당시 내 나이로는 너무 앞서 가는 논리였던 것 같다. 나는 계속 공부를 했으며, 그것을 중단하는 것은 나에게는 너무나 큰 괴로움이었을 것이다. 하지만 나는 극도로 불안하고 침울했다.

결국 나는 우연에 의해 훌륭한 사람을 만났고, 그래서 불한당이 되지 않았다. 여기서 두 번째로 이야기의 내용이 말을 압도한다. 나는 과장에 빠지지 않도록 노력할 것이다.

수학 공부에 열중하던 중, 얼마 전부터 나는 어느 젊은 사람에 대한 소문을 들었다. 그는 굉장한 자코뱅파이자 용감하고 훌륭한 수렵가로, 뒤퓌 씨나 샤베르 씨보다 수학을 훨씬 더 잘 안다는 것이었다. 하지만 그는 수학을 직업으로 삼고 있지 않았다. 너무나 가난했기 때문에, 저 가짜 재사 앙글레스(나중에 백작 작위를 받고 경찰국장을 지냈으며, 공채(公債) 시대에 루이 18세 덕분에 부자가 된 인물.)에게 개인 교습을 해 주었을 뿐이다.

하지만 나는 소심했다. 어떻게 마음먹고 그 사람에게 접근하면 좋을까? 게다가 개인 교습비가 한 번에 12수로 무척 비쌌다. 교습비를 어떻게 치를 것인가?(이 금액은 터무니없어 보인다. 아마 24수나 40수였을 것이다.)

나는 이 모든 것을 진실한 마음으로 가득 차서 선량한 엘리자베트 왕이모에게 이야기했다. 당시 왕이모는 나이가 여든 살쯤 되었을 텐데, 훌륭한 마음과 우수한 머리는 서른 살 먹은 사람과 비슷했다. 왕이모는 나에게 6프랑짜리 화폐를 넉넉하게 주었다. 왕이모는 그 돈을 쓰는 것 때문에 괴로워하진 않았다. 하지만 누구보다 정당하고 자존심이 강한 그녀에게는 내가 아버지 몰래 개인 교습을 받으러 가야만 한다는 것이 얼마나 괴로운 일이었겠는가. 게다가 근거가 있는, 받아 마땅한 비난을 그녀가 받게 되지 않겠는가? 그때 세라피 이모가 아직 살아 있었던가? 죽었다고 말할 수는 없을 것이다. 그렇기는 하지만, 세라피 이모가 죽었을 때 내가 무척 어렸으니 죽은 다음일지도 모른다. 왜 그런가 하면, 내가 부엌에서 그녀가 죽었다는 말을 듣고 신이 그렇게 큰 구원을 나에게 베풀어준 것에 대해 마리옹의 찬장 앞에 무릎을 꿇고 감사 기도를 드렸기 때문이다.

왕이모가 관대하게 돈을 내 준 덕분에, 숨어서 그 지독한 자코뱅으로부터 개인 교습을 받은 대사건은 내가 악당이 되는 것을 영원히 막아 주었다. 나는 그리스인과 로마인의 모범이라 할 수 있는 인물을 만났고, 한순간이라도 그와 같은 인물이 될 수 없다면 차라리 죽는 편이 낫다고 여겼다. 한순간, 단 한순간만이라도.(알피에리)[290]

몹시 소심했던 내가 어떻게 그로 씨에게 접근을 했는지 모르겠다.(벽화의 이 부분이 떨어져 나갔다. 이 부분을 다시 메우려고 한다면, 나는 돈 루지에로 카에타니[291]처럼 평범한 소설가가 되리라. 피사에 있는 캄포 산토 성당의 벽화와 그것의 현 상태에 대한 암시.)

어떻게 해서 거기에 가게 됐는지는 모르나, 시내에서 가장 오래되고 가장 가난한 구역인 생-로랑에 있던 그로 씨의 방에 가 있는 내 모습이 눈앞에 떠오른다. 산과 강 사이에 낀 비

290) 이탈리아의 시인이자 극작가인 비토리오 알피에리(Vittorio Alfieri, 1749~1803)의 희곡 「오레스테」 1막에 나오는 말.

291) 17세기 이탈리아의 전기 소설 작가.

좁고 긴 거리였다. 나 혼자 그 작은 방에 들어간 것은 아니었다. 그렇다면 내 교습 친구는 누구였지? 슈미나드였나? 전혀 기억나지 않는다. 그때 내 정신은 온통 그로에게 쏠려 있었다.[이 훌륭한 인물은 아주 오래전에 세상을 떠났으니, '씨(monsieur)'를 생략해도 될 것이다.]

그는 짙은 금발의 청년으로, 몸집이 무척 비대하지만 대단히 활기가 넘쳤다. 나이는 스물대여섯 살로 보였다. 머리칼이 꽤 길고 무척 곱슬곱슬했으며, 프록코트를 입고 있었다. 그가 우리에게 말했다.

"여러분(citoyens), 어디서부터 시작할까? 여러분이 지금까지 무엇을 배웠는지 알아야겠어."

"우리는 2차 방정식을 배웠는데요."

그는 분별력 있는 사람으로, 방정식을 예를 들어 말하자면 a+b의 제곱부터 설명하고, 이어서 2차 방정식 $a^2+2ab+b^2$에 대해 이야기했다. 방정식의 좌변(左邊)은 제곱수의 시작이고, 그 제곱수의 보수(補數)는 무엇무엇이라고 설명해 주었다.

그와 같은 설명은 우리에게, 적어도 나에게는 마치 하늘이 열린 것과 같았다. 마침내 내가 사물의 원인을 알게 되고, 이제는 하늘에서 내려온 약제사의 처방으로 방정식을 푸는 것이 아니게 되었다.

나는 재미있는 소설을 읽는 것처럼 생생한 즐거움을 느꼈다. 고백하건대, 그로가 2차 방정식에 관해 우리에 말한 것은 천한 브주 안에 존재하는 것과 거의 마찬가지였지만, 우리의 눈은 브주 안에서 그것을 보려 하지 않았다. 브주는 너무 평범하게 설명을 해서, 나로서는 그 설명에 주의를 기울이고 싶은 기분이 들지 않았던 것이다.

세 번째인가 네 번째 교습부터, 3차 방정식을 공부했는데, 그때 그로는 완전히 새로웠다. 그때 그가 우리를 단숨에 학문의 경계에, 극복해야 할 어려운 문제의 정면에, 들어 올려야 할 장막 앞에 옮겨 놓았다는 생각이 든다. 이를테면, 그는 우리에게 3차 방정식의 다양한 해법을 차례로 보여 주었다. 카르다노[292]가 처음에 어떤 방법으로 시도했는지, 그리고 그다음에 그것이 어떻게 진보해서 마침내 현재의 방법에 이르렀는지를.

그가 같은 정리(定理)를 한 사람 한 사람에게 차례로 증명해 주지 않아서 우리는 무척 놀랐다. 그는 하나가 확실하게 이해되면 다음으로 넘어갔다.

그로는 사기꾼 기질이 전혀 없었고, 군대의 지휘관이나 선생에게 매우 필요한 자질을 지니고 있어서 내 마음을 온통 사로잡았다. 나는 그를 열렬히 좋아하고 존경했는데, 아마도 그래서 그의 기분을 상하게 한 모양이다. 나에게는 그런 결과를 가져오는 불쾌하고 놀라운 일이 하도 많이 일어나서, 내 최초의 열렬한 감탄의 대상이었던 그 사람의 경우에도 그랬었다고 생각하지만, 혹시 기억의 착오일지도 모르겠다. 어쨌든 나는 지나치게 열광적으로 감탄을 해서 드 트라시 씨와 파스타 부

---

292) 지롤라모 카르다노(Girolamo Cardano, 1501~1576). 이탈리아의 수학자.

인을 불쾌하게 한 일이 있다.

중요한 소식들이 보도된 어느 날, 우리는 교습 시간을 온통 정치 이야기로 보냈다. 그리고 시간이 다 되자 그는 우리에게 돈을 받지 않으려 했다. 샤베르 씨, 뒤랑 씨 등 도피네 출신 선생들의 치사스러운 짓거리에 하도 익숙해 있던 터라, 그의 그런 순박한 태도에 나의 감탄과 열광은 한층 더 배가되었다. 그 일이 일어났을 때 같이 있던 아이는 총 세 명으로, 아마도 슈미나드, 펠릭스 포르 그리고 나였던 것 같다. 또한 우리 모두 작은 테이블 위에 12수짜리 동전을 놓았던 것 같다.

마지막 이 년인 1798년과 1799년의 일은 거의 기억이 없다. 수학에 대한 열정이 내 시간을 너무 많이 차지해 버려서, 펠릭스 포르가 그 당시 내 머리가 너무 길었다고 말할 정도였다. 나는 머리카락을 자르는 데 걸리는 삼십 분조차 아까웠다.

1799년 여름이 끝나갈 무렵, 이탈리아, 노비, 그리고 그 외의 장소들에서의 패전이 나의 애국심을 아프게 했다. 가족들은 무척 기뻐했으나 거기에는 불안이 또한 섞여 있었다. 좀 더 분별이 있는 외할아버지는 러시아군과 오스트리아군이 설마 그르노블까진 오진 않겠지 하고 희망했을 것이다. 사실 정직하게 말해서 내가 우리 가족들의 소망에 대해 말하는 것은 거의 추측에 의해서일 뿐이다. 당시 나는 곧 가족들을 떠난다는 희망과 수학에 대한 직접적이고 열렬한 사랑에 온통 사로잡혀 있어서, 가족들이 하는 이야기에 거의 주의를 기울이지 않았으니 말이다. 아마도 뚜렷하게 그렇게 생각한 것은 아니지만, 속으로 이렇게 느끼고 있었다 — 지금 내 상황에 저런 허튼소리가 나에게 무슨 소용이 있어!

그러나 곧 공화국 시민으로서 나의 괴로움에 이기적인 걱정이 섞여들었다. 러시아군이 와서, 그르노블에서 시험이 시행되지 않으면 어쩌나 하는 걱정이었다.

보나파르트가 프레쥐스에 상륙했다.[293] 나는 다음과 같은 진짜 욕망을 가졌던 나 자신을 나무란다. 내가 오페라 코미크의 대령 같은 아름다운 청년으로 상상하고 있던 그 젊은 보나파르트가 프랑스의 왕이 되어야만 한다고 했던 욕망 말이다.

왕이라는 단어는 나에게 찬란하고 고귀한 것만 상기시켰다. 그 저속한 오류는 내가 받은 매우 범용한 교육의 결실이었다. 우리 집안 사람들은 왕에 대해서는 마치 하인들 같았다. 왕과 부르봉이라는 말만 들어도, 그들의 눈에는 눈물이 고였다.

그런 속된 감정, 1797년에 우리 가족들이 쉽사리 믿지 않으려 했으며 소식을 듣고 비탄에 잠겼던 로디와 아르콜레 등에서의 승전[294] 소식을 듣고 내가 무척 즐거워하면서 그런 속된 감정을 가졌는지 아니면 1799년 나폴레옹이 프레쥐스에 상륙했다는 소식을 듣고 그랬는지 잘 모르겠다. 내 기억으로는 1797년에 그랬던 것 같다.

적이 접근해 왔고, 그래서 이공과 대학의 시험관 루이 몽주

---

293) 보나파르트 장군은 이탈리아에서의 패전 소식을 듣자 이집트 전선을 포기하고 알렉산드리아 항구를 출발해 1799년 10월 9일 툴롱 동쪽의 항구 프레쥐스에 상륙한 다음 정권을 장악하기 위해 파리로 향했다.

294) 나폴레옹의 프랑스군은 1796년 5월 로디에서, 같은 해 11월 아르콜레에서 오스트리아군을 격파했다.

씨는 그르노블에 오지 않게 되었다. 우리는 모두 "우리가 파리로 가야 될 거야"라고 말했다. 나는 '하지만 어떻게 가족들로부터 그 여행을 허락받을 수 있지?' 하고 생각했다. 열여섯 살 반 나이에 현대의 바빌론으로, 퇴폐의 도시로 혼자 여행을 간다니! 나는 극도로 동요해 있었다. 하지만 뚜렷한 기억은 없다.

뒤퓌 씨가 가르치는 수학 과목의 시험이 있었는데, 그것은 나의 승리로 끝났다.

나는 대부분 나보다 나이가 많고 선생으로부터 더 귀염받는 여덟아홉 명의 동급생들을 제치고 일등상을 탔다. 그 여덟아홉 명은 모두 두 달 뒤 이공과 대학에 합격했다.

나는 칠판 앞에 나가서 이야기할 때 구변이 좋았다. 지난 삼 년 동안 공부한 것 가운데 십오 개월 전부터 내가 열심히 생각해온 것에 대해 이야기했기 때문이다.(중앙학교 1층 교실에서 뒤퓌 씨의 강의가 시작된 이후의 일을 확인할 것.) 박식하고 집요한 도스 씨는 내가 많이 알고 있다는 것을 깨닫고는, 나에게 가장 어렵고 매우 당황스러운 질문을 했다. 그는 무서운 얼굴을 하고 있었으며, 결코 학생을 격려해 주는 사람이 아니었다.(1836년 1월 발레에서 보고 내가 감탄한 명배우 도메니코니를 닮았다.)

주임 기사인 도오쓰 씨는 내 외할아버지의 친구로(그래서 내 시험에 즐겁게 출석했다.), 오일러의 4절판 책 한 권을 일등상에 추가해 주었다. 내가 그 상품을 받은 것은 아마도 1798년으로, 나는 그해 연말에도 수학에서 일등상을 탔다.(뒤퓌 씨 강의는 이 년 때로는 삼 년 과정이었다.)

시험이 끝난, 바로 그 날 저녁, 아니, 내 이름이 명예롭게 게시된 날 저녁("하지만 시민 동지 B*** 군이 정확하고 재치 넘치는 유창함을 지니고 답변했기에……" 뒤퓌 씨는 마지막까지 정치적 노력을 기울였다. 즉 여덟아홉 명의 내 동급생들에게 해를 입히지 않겠다는, 그들의 이공과 대학 입학에 방해가 되지 않게 하겠다는 구실 아래, 그들에게 일등상을 주려고 최대한 노력했다. 하지만 도스 씨가 완강하게 고집을 부려, 앞의 문구를 성적 보고서에 넣어 인쇄하게 했다.) 비질리옹 및 두세 명의 친구와 함께 공원의 헤라클레스 상과 철책 사이 숲속을 걸으며 다 함께 나의 승리에 의기양양해하던 모습이 눈에 선하다. 모두들 내 승리가 당연하다고 생각했고 뒤퓌 씨가 나를 좋아하지 않는다는 것도 잘 알고 있었기 때문이다. 뒤퓌 씨의 강의를 받을 수 있는 유리한 입장인데도 불구하고 자코뱅인 그로에게 교습을 받으러 가고 있다는 소문 때문에 나는 뒤퓌 씨와 화해할 수 없는 처지가 되어 있었다.

나는 숲속을 지나가면서, 우리가 늘 그러듯 복잡한 추리를 하며 비질리옹에게 말했다.

"이럴 때는 적들도 모두 용서해 주고 싶구나."

그러자 비질리옹이 대꾸했다. "그 반대로, 가서 그들을 쳐부숴야 할 거야."

사실 나는 즐거움에 조금 취해서 그것을 감추기 위해 억지소리를 늘어놓고 있었다. 그렇지만 이 대꾸는 나보다 훨씬 현실적인 비질리옹의 깊은 양식을 보여 주는 동시에, 불행하게도 내가 평생에 걸쳐 빠져 버린 에스파냐적 열광을 잘 보여

준다.

그 당시의 상황이 눈앞에 어린다. 비질리옹, 친구들 그리고 나, 우리 모두는 나에 대한 문구가 적힌 게시판을 막 읽고 온 참이었다.

현 행정위원들이 서명한 성적 보고서가 콘서트홀의 둥근 천장 아래 문에 게시되었다.

그 시험에서 승리를 거둔 뒤, 나는 클레로 갔다. 내 건강에는 절대적인 휴식이 필요했다. 하지만 나는 도야티에르의 작은 숲에서, 일로로 가는 길의 덤불 속에서, 드라크강을 따라가면서, 그리고 콩부아르의 45도 비탈길의 덤불 속에서 견딜 수 없는 불안감에 싸여 깊은 생각에 잠기곤 했다.(나는 모양새로만 총을 갖고 있었다.) 내 아버지가 새로운 바빌론으로, 저 부도덕의 중심지로 달려 들어가도록 열여섯 살 반의 나에게 돈을 내 줄까?

여기서도 또한 과도한 열정과 감동이 이 부분에 대한 기억을 온통 지워 버렸다. 어떻게 해서 내가 떠나게 되었는가 하는 것에 대한 기억이 전혀 없다.

뒤퓌 씨의 두 번째 시험을 치르는 것이 문제였다. 나는 과도한 공부 때문에 지쳐서 기진맥진해 있었다. 실제로 체력이 한계에 이르렀다. 새로운 시험을 치르기 위해 산술, 기하학, 삼각법, 대수학, 원추곡선, 정역학을 다시 복습한다는 것은 끔찍한 노역이었다. 정말이지 더 이상은 할 수가 없었다. 12월이 되면 어쩔 수 없이 해야 한다고 예상된 그 노력이 어쩌면 내가 좋아하던 수학을 혐오하게 만들었을지도 모른다. 그러나 다행스럽게도 누아야레의 자기 포도밭의 수확에 바빴던 뒤퓌 씨의 태만이 나의 태만을 도와주었다. 그는 친근하게 말을 놓으며 — 그것은 대단한 호의의 표시였다 — 내가 가진 지식을 자기가 잘 알고 있으니 2차 시험은 필요 없다고 말했으며, 위엄 있는 성직자 같은 모습으로 거짓을 증명하는 훌륭한 증서를 나에게 주었다. 그가 나에게 이공과 대학 입학을 위한 새로운 시험을 치르게 했고, 내가 최고의 성적으로 그 시험에 합격했다는 증서 말이다.

외삼촌이 루이 금화 두 개 또는 네 개를 나에게 주었으나, 나는 거절했다. 훌륭한 외할아버지와 엘리자베트 왕이모도 전별 선물을 주었을 텐데, 아무런 기억도 나지 않는다.

나는 파리에 정착해 있고 그르노블에서 다시 그곳으로 돌아가는 아버지의 지인 로세 씨와 함께 떠나게 되었다.

다음으로 내가 하려는 이야기는 그리 재미있는 이야기가 아니다. 출발하기 직전 마차를 기다리면서 아버지는 시립 공원, 몽토르주 로에 면한 집들의 창문 밑에서 나의 작별 인사를 받았다.

그는 조금 울었다. 그러나 그 눈물에서 내가 받은 인상은 아버지가 몹시 추하다는 것뿐이었다. 독자 여러분이 그런 나를 끔찍하게 생각한다면, 나를 즐겁게 해 주겠다며 억지로 데리고 갔던, 세라피 이모와 함께한 그랑주에의 수없이 많은 억지 산책을 떠올려 보도록. 바로 그런 위선이 나를 가장 화나게 했으며, 나로 하여금 그 악덕을 혐오하게 만들었다.

감동에 차 있었던 탓에. 그르노블에서 리옹 그리고 리옹에서 느무르까지 로세 씨와 함께 여행한 기억은 내 머릿속에 전혀 남아 있지 않다.

그때는 1799년 11월 초순이었다. 파리에서 60~70킬로미터 떨어진 느무르에서, 전날 있었던 공화력 안개달[霧月] 18일(1799년 11월 9일)의 사건[295] 소식을 들었기 때문이다.

우리는 저녁에 그 소식을 들었는데, 나는 그 사건의 의미를 잘 모르고 있었다. 그냥 젊은 장군 보나파르트가 프랑스 왕이 된다는 것을 무척 기쁘게 생각했다. 외할아버지가 필립-오귀스트와 부빈 전투에 대해 자주 열광적으로 이야기해 주었기 때문인지, 나에게 프랑스 왕들은 모두 필립-오귀스트나 루이 14세, 또는 뒤클로의 『비록』 속에 본 향락적인 루이 15세 같은 인물들로 보였다.

내 상상력 속에서 쾌락이란 아무것도 망가뜨리지 않는 것이었다. 파리에 도착해서 내가 하루에 네다섯 번씩 되풀이해서 생각한 것, 특히 해 질 무렵 몽상의 시간에 늘 생각한 것은 퀴블리 양이나 빅토린 양보다 훨씬 더 아름다운 파리 여성이 내 면전에서 쓰러지거나 큰 위험에 처해서 내가 그 여성을 구해 주고, 그 일을 계기로 내가 그 여성의 애인이 되는 것이었다. 내 구실은 사냥꾼의 구실이었다. '나는 그 여성을 열렬히 사랑할 테니, 그런 여성을 찾아내야만 해!'

아무에게도 고백하지 않은 이런 미치광이 같은 생각이 아마 육 년간은 계속되었을 것이다. 그러다가 1806년 11월에 처

---

295) 나폴레옹이 집정 정부를 세운 쿠데타. 부뤼메르 18일.

음으로 내가 출입하게 된 브라운슈바이크 궁정 부인네들의 냉담한 태도 때문에 겨우 그런 생각에서 벗어나게 되었다.

36장

파리

로세 씨는 나를 브르고뉴 로와 생-도미니크 로가 만나는 모퉁이에 있는 한 호텔 앞에 내려 주었다. 그 호텔은 생-도미니크 로 쪽에서 들어가게 되어 있었다. 내가 입학하기로 되어 있던 이공과 대학 부근에 숙소를 잡아 준 것이다.

나는 시간을 알리는 종들이 일제히 울리는 소리에 무척 놀랐다. 파리 근교는 지독히도 추하다고 생각되었다. 산이라곤 하나도 없으니 말이다! 그 혐오감은 날이 갈수록 급속히 증가했다.

나는 돈을 절약하기 위해 그 호텔에서 떠나와, 앵발리드의 5점형으로 나무를 심은 공원에 면한 방 하나를 빌렸다. 나는 지난해에 이공과 대학에 입학한 수학자들의 도움과 인도를 좀 받았다. 그들을 만나러 가지 않으면 안 되었다.

또 친척인 다뤼 씨도 만나러 가야 했다.

그것은 엄밀히 말해, 내 인생에서 첫 방문이었다.

다뤼 씨는 나이가 육십오 세쯤 되는 상류 사회 사람으로, 나의 서투른 행동이 눈에 무척 거슬렸을 것이다. 그 서투른 행동에 애교 같은 것은 전혀 없었던 것이다.

파리에 도착했을 때 나는 여성을 유혹하는 남자가 되겠다는 뚜렷한 계획을 갖고 있었다. 오늘날이라면 그것을 (모차르트의 오페라 제목을 본떠서) 돈 조반니라고 불렀으리라.

다뤼 씨는 오늘날에는 일곱 개의 현으로 이루어진 랑그도크 지방[296]의 지방장관 드 생-프리에스트의 사무총장을 오랫동안 지냈다. 여러분은 음울한 폭군인 저 유명한 바스빌이 1685년에서 아마도 1710년까지 랑그도크의 지방장관을 지냈다는, 아니, 왕 노릇을 했다는 것을 역사책에서 읽었을 것이다. 그곳은 삼부회(三部會)가 설치되었던 지방이다. 따라서 공적 논의와 자유의 흔적이 남아 있었기 때문에, 드 생-프리에스트처럼 대제후와 같은 지방장관 밑에서는 능숙한 사무총장이 필요했다. 아마도 드 생-프리에스트 씨는 1775년부터 1786년까지 그곳의 지방장관을 지냈을 것이다.

다뤼 씨는 그르노블 출신으로, 귀족이 되고자 했다. 그러나 우리 집안 사람들이 모두 그랬듯이, 가난한 부르주아의 자식으로서 자존심 때문에 도둑질하지 않고 자수성가하여, 40만~50만 프랑의 재산을 모았다. 그는 편견이라든가 귀족이나 성직자들

---

296) 지중해에 면한 남부 프랑스 지방으로 몽펠리에가 그 중심이다.

에 대해 가질 수 있는 사랑 또는 증오 등에 눈멀지 않고, 대혁명을 교묘하게 잘 겪어 냈다. 허영심의 실리(實利) 또는 실리의 허영 말고는 그 어떤 정열도 갖지 않는 사람이었다. 나는 너무 밑에서 관찰했기 때문에 둘 중 어떤 것인지 가려낼 수가 없었다. 그는 벨샤스 로 모퉁이 릴르 로 505번지의 집을 사서 마차가 드나들 수 있는 정문 위의 작은 거처만을 사용하며 검소하게 살고 있었다.

뜰 안쪽 2층은 르뷔펠 부인에게 세를 주었는데, 그 부인은 다뤼 씨와 정반대로 마음이 따뜻하고 기개가 있으며 으뜸가는 재능을 지닌 상인의 아내였다. 그 남편 르뷔펠 씨는 다뤼 씨의 조카였는데, 유순하고 붙임성이 있어서 자기 삼촌과 잘 지냈다.

르뷔펠 씨는 매일 아내와 딸 아델을 보러 와서 십오 분쯤 시간을 보냈다. 그 자신은 생 드니 로의 상점에서, 협력 사원이며 정부인 바르브뢰 양과 함께 살고 있었다. 바르브뢰 양은 30~35세의 평범하고 활동적인 여자로, 자기 애인을 업신여기면서 싸움을 걸고 그 사람의 무료함을 풀어 주는 듯한 느낌을 주는 여자였다.

마음씨 좋은 르뷔펠 씨는 마음을 열고 다정한 태도로 나를 대했지만, 아버지 다뤼 씨는 내 외할아버지에 대한 우정과 헌신을 표하는 말을 하며 나를 맞이했다. 그 말들이 마음을 조여와서 나는 아무 말도 하지 못했다.

다뤼 씨는 키가 크고 풍채가 꽤 훌륭한 노인으로, 커다란 코를 갖고 있었다. 그것은 도피네 지방에서는 대체로 드문 일이었다. 또한 한쪽 눈이 약간 사시여서 꽤 교활하게 보였다. 그의 옆에는 무척 시골뜨기 같고 얼굴이 쭈글쭈글한 작은 할머니가 있었는데, 바로 그의 아내였다. 다뤼 씨는 옛날에 그녀가 가진 거액의 재산 때문에 그녀와 결혼했다. 하지만 그녀는 남편 앞에서 감히 그 일에 대해 입을 열지 못했다.

다뤼 부인은 근본이 선량하고 무척 예의 바른 사람으로, 지방 군수 부인에 걸맞은 위엄을 지니고 있었다. 나는 그녀만큼 순수한 열정과 거리가 먼 사람을 본 적이 없다. 이 세상 그 무엇도 고귀하고 너그러운 무엇인가로 결코 그 영혼에게 감동을 주지 못했을 것이다. 그런 부류의 사람들에게서는 매우 이기적인 신중함, 이기적인 것을 자랑으로 삼는 신중함이 노여움이나 너그러운 감정을 일으킬 만한 가능성이나 공간을 완전히 점유해 버리고 마는 것이다.

조심스럽고 현명하지만 재미가 없는 그 기질은 내 인생에 크게 영향을 미친, 나폴레옹의 정무 장관이었던 그녀의 장남 다뤼 백작의 성격을 만들어 냈고, 나중에 드 보르 부인이 된 귀머거리 소피 양의 성격 그리고 현재 드 그라브 후작부인인 르 브룅 부인의 성격을 만들어 냈다. 그녀의 둘째 아들 마르시알 다뤼는 머리가 좋지 않고 재치도 없는 인물이지만, 마음이 선해서 누구에게도 나쁘게 할 줄 모르는 사람이었다.

다뤼 씨 부부의 장녀 캉봉 부인은 고상한 사람 같았으나, 나는 그녀를 한번 힐끗 보았을 뿐이다. 그녀는 내가 파리에 도착한 다음 몇 개월 후에 죽었다.

이 사람들의 성격을 내가 이후에 살펴본 그대로 이처럼 소묘하고 있는 것을 알릴 필요가 있을까? 나에게 진실된 것이라고 생각되는 결정적인 선(線)은 모두 나로 하여금 선행하는 선(데생 용어)을 전부 잊어버리게 한다.

나는 다뤼 씨네 살롱에 처음 들어갔을 때의 이미지만을 기억할 뿐이다.

이를테면, 다섯 살짜리 귀여운 소녀가 입고 있던 붉은 인도사라사 천의 드레스가 지금도 눈에 선하다. 그 소녀는 다뤼 씨의 손녀로, 다뤼 씨는 늙어서 지루해하던 루이 14세가 부르고뉴 공작부인과 시간을 보내며 즐거워했듯이, 그 손녀와 함께 즐겁게 시간을 보내곤 했다. 그 사랑스러운 소녀가 없었다면, 릴르 로의 그 작은 살롱은 자주 음울한 침묵으로 가득 찼을 것이다. 그 소녀는 필셰리 르 브룅 양이다.(지금은 드 브로사르 후작부인이다. 퍽 거만한 여자라는 평판이 있고, 남편인 드롬 현을 지배하는 술통처럼 뚱뚱한 드 브로사르 장군을 자기 뜻대로 엄히 다스리고 있다고 한다.)

드 브로사르 씨는 낭비벽이 심하고, 자신이 비만 왕 루이 6세의 후손으로 최고위 귀족이라고 우겨 대는 인간이었다. 허풍을 잘 떨고, 늘 혼란 상태에 빠져 있는 자신의 재정 상태를 복구하기 위해서는 수단을 가리지 않는 술책가였다. 결론적으로 말해 가난한 귀족의 성격, 그것도 추한 성격으로, 일반적으로 수많은 불행과 결합된 성격인 것이다.(내가 어떤 인간의 성격이라고 말할 때는 그 인간이 행복을 추구하는 습관적 방식을 일컫는다. 더 분명하지만 의미의 깊이는 덜한 표현으로 말하자면, 한 인간의 윤리적 습성의 총체이다.)

그런데 나는 주제에서 벗어나 옆길로 빗나가고 있다. 1799년 12월에 내가 이런 것들을 그렇게 구체적으로 명료하게 본다는 것은 어림도 없는 일이었다. 당시 나는 온통 감동에 사로잡혀 있었고, 그 과도한 감동은 매우 명료한 이미지 몇 개만을 나에게 남겨 주었을 뿐이다. 어떻게, 왜 그랬는지에 대한 설명은 없는 것이다.

오늘날에는 매우 선명하게 보이지만, 1799년에는 아주 막연하게 느꼈던 것이 있다. 다름 아니라, 파리에 도착하자 그동안 열정적으로 바라온 두 개의 크나큰 목표가 갑자기 아무것도 아닌 것이 되어 버렸다는 것이다. 나는 파리와 수학을 열렬히 사랑하고 있었다. 그런데 산이 없는 파리의 모습이 나에게 퍽 깊은 혐오감을 갖게 했고, 거의 향수까지 품게 했다. 수학은 전날 밤 열린 즐거운 축제에서 불꽃을 쌓아 올렸던 토대에 불과한 것이 되어 버렸다.(1802년 토리노에서 성 요한 축제 다음날에 본 것.)

나는 그와 같은 변화에 괴로워했다. 물론 열여섯 살 반밖에 안 된 나로서는 왜 그런지, 어째서 그런지 알 수가 없었다.

사실 내가 파리를 사랑한 것은 그르노블을 몹시 싫어했기 때문이다.

수학으로 말하자면, 하나의 수단에 불과했다. 1799년 11월에는 수학을 좀 싫어하기까지 했는데, 그것이 두려웠기 때문이다. 중앙학교에서 나 다음으로 일등상을 탄 일고여덟 명의 학생은 시험을 치렀지만, 나는 파리에서 시험을 보지 않기로 결심했다. 그들은 모두 합격했다. 그런데 내 아버지가 얼마간

주의를 기울였다면 나로 하여금 억지로라도 시험을 치게 했을 것이며, 나는 이공과 대학에 입학했을 것이다. 그리하여 더 이상 파리에서 희극을 쓰며 생활할 수 없게 되었을 것이다.

내 모든 열정들 중에서, 희극을 쓰는 데 대한 열정만 유일하게 남아 있었다.

모르겠다. 삼십칠 년이 지난 오늘날 이 글을 쓰면서 처음으로 그런 생각이 들었다. 어째서 아버지는 시험을 보도록 나를 강요하지 않았는지 모르겠다. 아마도 내가 대단한 열정으로 수학에 빠져 있는 것을 보고 그것을 믿었던 것 같다. 게다가 내 아버지는 자기 가까이에 있는 것에만 마음이 움직이는 사람이었다. 나는 이공과 대학에 입학하도록 강요받지 않을까 해서 대단히 겁을 먹고 있었기 때문에, 무척 애타는 기분으로 강의가 시작되기를 기다렸다. 엄밀한 학문에서는 세 번째 강의부터 듣는다는 것은 불가능한 것이다.

나에게 남아 있는 인상으로 다시 돌아가자.

돈을 절약하기 위해 빌린 앵발리드 끄트머리 5점형 나무 심은 공원에 면한 방에서 돌봐 주는 사람 없이 홀로 약을 먹고 있는 내 모습이 보인다. 위니베르시테 로의 (5점형 나무 심은 공원 쪽) 끄트머리와 생-도미니크 로 사이, 황제의 세비국(歲費局) 건물에서 매우 가까운 곳이다. 여러 해 뒤, 나는 그 관청에서 이때와는 사뭇 다른 역할을 맡게 되리라.

파리가 그리 아름답지 못한 것을 깨닫고 깊이 실망한 나머지 나는 위장 장애를 일으켰다. 파리의 진창, 산들이 보이지 않는 것, 아는 사람이 아무도 없고 할 일도 없는 내 옆으로 수

많은 사람들이 아름다운 마차를 타고 바삐 지나 다니는 모습을 보는 것은 나를 몹시 슬프게 했다.

의사가 나의 그런 상태를 공들여 검사했다면 그리 심각한 상태가 아니라는 것을 눈치채고는, 구토제를 조금 주고 사흘마다 한 번씩 베르사유나 생-제르맹 교외에 나가라고 처방을 내렸을 것이다.

그런데 나는 엄청난 돌팔이인 데다 아주 무식한 인간에게 걸려들었다. 그는 군대에 소속된 외과 의사였는데, 퍽 메마른 남자로 당시 앵발리드 부근의 매우 가난한 구역에 자리를 잡고 그 역할이란 이공과 대학 학생들의 임질을 치료해 주는 것이었다. 그가 나에게 검은 환약을 주었고, 나는 마치 감옥처럼 천장이 7~8피트나 되고 창은 하나뿐인 방 안에서 홀로 외롭게 그 약을 먹었던 것이다. 바닥에 탕약을 내려놓은 채 그 방의 작은 철제 난로 옆에 처량하게 앉아 있던 내 모습이 눈앞에 떠오른다.

그러나 그런 상태에서 나를 가장 괴롭힌 것은 내 머릿속을 떠나지 않고 맴도는 다음과 같은 생각이었다. '제기랄! 엄청난 오산이야! 도대체 내가 무엇을 바라야 할까?'

37장

내가 느낀 낙담은 매우 깊고 끔찍했다. 게다가 가장 분별력이 적고 감동받기 쉬운 열여섯 살 반이라는 청년기에 그런 낙담을 경험한 것이다!

아무도 믿을 수가 없었다.

세라피 이모와 아버지가 친하게 지내던 신부들이 이러저러한 인간 또는 이러저러한 무리에 속한 인간들을 쉽게 다루는 것에 대해, 즉 속이는 것에 대해 자만하는 것을 전에 들은 적이 있었다.

나에게 종교는 검고 강력한 하나의 기관으로 보였다. 나는 지옥은 아직도 얼마간 믿었지만, 신부들은 전혀 믿지 않고 있었다. 녹색 양피지로 장정된 8절판 그림이 들어 있는 성경과 세상을 떠난 불쌍한 어머니 소유였던 단테의 다양한 판본의 책들 속에서 내가 본 지옥의 그림들은 나를 소름 끼치게 했다. 하지만 신부들은 아무것도 아니었다. 종교란 현실에서 어떤 존재인가. 종교는 강력한 동업조합으로, 거기에 가입하면 사는 데 아주 유리하다는 것을 그 당시 나는 알지 못했다. 그런 사실의 증거로, 내 고향 사람이며 동시대 사람인 어린 즈누는 현의 그랑드 뤼 모퉁이에 있는 카페 즈누에서 양말도 신지 못한 채 나에게 커피를 가져다주곤 했는데, 이십 년 전부터는 파리에서 드 즈누드 씨로 살고 있다.

나는 나 자신의 양식과 엘베시우스[297]의 『정신론(L'Esprit)』에 대한 믿음만을 근거로 삼고 있었다. 특별히 믿음이라고 말하는 것은, 내가 진공 상자 속에서 키워졌고, 야망에 사로잡혔으며, 중앙학교에 다니게 된 뒤 겨우 자유를 얻은 터라, 엘베시우스의 사상은 장래에 내가 만나 경험하게 될 것들의 예언일 뿐이었기 때문이다. 아주 짧은 경험 속에서 작은 예언 두세 가지가 실현되자 그 먼 예언을 신뢰하게 되었다.

나는 대부분의 내 친구들처럼 경계심을 갖고 매우 교묘하게 12수짜리 거래를 할 줄 아는 인간, 교활하고 주의 깊게 농간을 부리는 인간이 아니었다. 나는 이미 일 년 전 파리에 와서 이공과 대학을 다니고 있었고 나와 얼마 전 다시 만난 친구들인 몽발 형제처럼, 하숙집 주인이 제공하는 나뭇단의 나뭇가지 수조차 세어 보지 못했다. 파리의 거리에서는 늘 하늘

297) 클로드 아드리앵 엘베시우스(Claude Adrien Helvétius, 1717~1771). 프랑스의 철학자. 『정신론』은 그 첫 저서이다. 드 트라시와 함께 스탕달에게 깊은 영향을 주었다.

을 바라보며 열정적으로 몽상을 하느라 하마터면 마차에 깔릴 뻔하는 처지에 놓이곤 했다.

한마디로 말해, 나는 일상생활에서 전혀 민첩하지 못한 인간이었다. 따라서 1836년인 오늘 아침 어느 신문에선가 하듯이 형편없는 유치한 사상을 야릇한 문체로 속이려 하는 신문 논조로 말하자면, 그다지 높이 평가받을 수 없는 인간이었다.

만약 내가 자신에 관한 그런 진실을 있는 그대로 보았더라면, 분명 일상생활에서 빈틈없는 사람이 되었을 것이다.

몽발 형제는 하루에 2~3수를 도둑맞지 않을 수 있는 매우 현명한 충고를 나에게 해 주었는데, 나는 그런 충고들이 몹시 싫었다. 틀림없이 그들은 나를 정신병원에나 가야 할 얼간이로 여겼을 것이다. 사실 나는 자존심 때문에 그들에게 마음을 터놓고 이야기하지 않았다. 나에게 저렴한 방과 의사를 소개해 준 사람은 몽보 혹은 일 년 전 이공과 대학에 온 다른 학생이었던 것 같다.

시나르였나? 아니다, 그는 그보다 일 년 전 그르노블에서 폐병으로 죽었다. 아니면 한두 해 뒤에 죽었는지?

그 친구들, 소란스러운 우리들 한 사람 한 사람에게서 정당하게 8수를 벌고 3수를 속여먹어 도합 11수를 버는 하숙집 주인과 하루에 3수를 놓고 다투는 그 분별력 있는 소년들 속에서, — 나는 본의 아닌 황홀경에 빠져 끝없는 몽상에, 끝없는 엉뚱한 생각에 잠겨 있었다 —「드 비니 씨의 샤테르통. 9페이지」(일기에서 거드름을 피우며 말하듯이.)

나는 정열과 싸우는 관계의 목록을 갖고 있었다. 예컨대 사제와 연애, 아버지와 조국애 또는 브루투스[298]이다. 브루투스는 문학에 있어서 숭고함의 열쇠로 내겐 생각이 되었다. 이 목록은 완전히 나의 발명품이었다. 이십육 년 동안 이 목록을 잊고 있었는데, 이것에 대해서는 나중에 다시 이야기해야 할 것이다.

나는 줄곧 깊은 감동에 빠져 있었다. 파리가 내 마음에 들지 않는다면, 대관절 무엇을 사랑해야 한단 말인가? 나는 스스로에게 이렇게 답했다. "아름다운 여성 한 명이 내 열 보 앞에서 쓰러진다. 나는 그녀를 도와 일으켜세워 준다. 그런 다음 우리는 서로 열렬히 사랑하게 될 것이다. 그녀는 내 마음을 알게 되고, 내가 몽보 형제들과 얼마나 다른 사람인지 알게 되리라."

하여간 이 응답은 대단히 진지한 것이었고, 나는 하루에 두세 번씩 이 응답을 되풀이했다. 특히 해 질 무렵에 그랬다. 지금도 해 질 무렵이면 나는 다정한 감동을 느끼는 때로, 눈에 눈물을 머금고 애인을 포옹하고 싶은 기분이 드는 것이다.(애인이 있을 때엔.)

이처럼 당시 나는 끊임없이 감동에 빠져 있었기에, 간혹 화가 치밀어 오를 때를 제외하고는 하숙집 여주인이 나뭇단 값에서 3수를 속여 먹어도 막을 생각을 하지 않았다.

이런 이야기를 해도 괜찮을까? 잘못된 생각일지도 모르지

---

298) 마르쿠스 브루투스(Marcus Junius Brutus, 기원전 85~기원전 42). 로마 공화정 말기의 정치가. 왕이 되려는 카이사르의 야심을 알아채고 그를 암살했다.

만, 당시 나는 시인이었다. 실제로 이삼 년 후에(마레 지구의 프랑-부르주아 로에서) 슈미나드의 소개로 알게 된 저 상냥한 드릴르 신부와 같은 시인이 아니라, 타소 같은, 타소의 백분의 일 정도의 시인 말이다. 자부심을 용서하시도록. 1799년에 나에게는 그와 같은 자부심이 없었고 한 줄의 시도 쓰지 못했다. 1799년에 내가 거의 시인에 가까웠다고 생각하게 된 것은 지금으로부터 채 사 년도 안 된다. 나에게는 뭔가 쓰는 대담성이 없었고, 천재성이 빠져나갈 수 있는 굴뚝도 없었을 뿐이다.

시인 다음에는 천재라는 말이 나오는데, 과장이 지나친 것을 용서하시라.

"그의 감수성이 지나치게 예민해졌다. 그래서 다른 사람들이 가벼운 상처를 받는 것에서 피를 흘릴 정도의 상처를 입었다." 사실 1799년에 나는 이와 같았고, 1836년인 오늘날에도 마찬가지이다. 그러나 일반 대중은 감지하지 못하는 냉소 속에 그 모든 것을 숨기는 법을 터득하고 있을 뿐이다. 그러나 피오리는 그것을 아주 잘 간파했다.

"그의 일생을 보면 애정과 자애로움이 압도적으로 두드러진다. 그런데 균형이 잡히지 않아 과도한 정열이 그를 헤매게 한다. 그리고 너무나도 진심으로 동정을 느끼지만, 그가 측은히 여기는 사람들은 사실 그만큼 고통을 느끼고 있지 않다."

이것은 문자 그대로 나에 대한 말이다.[과장과 잘난 체하는 것을 제외하면 그 일기 그대로이다.]

잘난 체하고 성체(聖體)처럼 뻐기며 어리석은 짓거리를 하는 이 일기와 내가 다른 점은, 사회가 내게서 덕을 보고 있다고 결코 생각한 적이 없다는 것이다. 나는 엘베시우스 덕분에 그와 같은 크나큰 어리석음에서 구제되었다. 사회는 눈에 보이는 봉사에 대해 보상을 해 주는 것이다.

타소의 잘못과 불행은 다음과 같이 발한 것이다. "뭐라고! 이렇게도 돈이 많은 이탈리아가 자기네 시인에게 200스캥(2300프랑)의 연금을 주지 못한다니!"

나는 이것을 그의 서신 하나에서 읽었다.

타소는 엘베시우스를 몰랐기 때문에, 1000만 명 중 오직 100명만 평범한 대중이 이해하는 미(美)의 모방이나 개량이 아닌 미의 개념을 이해한다는 것을, 그리고 그 사람들에 뒤이어 가장 감수성 예민한 2만 명의 사람들에게 그 새로운 미야말로 참된 미라는 것을 납득시키는 데 이삼십 년이 필요하다는 것을 알지 못했던 것이다.

당파심이 개입하면 예외가 생긴다는 점을 지적해 둔다. 드 라마르틴 씨는 평생에 걸쳐 아름다운 시 200편을 썼다. 1818년경 급진 왕당파(이들은 드 라 조바르디에르[299] 씨라고 불렸다.)가 어리석다고 비난받자, 그는 허영심에 상처를 입고 제방을 무너트릴 정도로 비바람이 몰아치는 호수의 기세로 어느 귀족의 작품을 찬양했다.

나는 사람들이 나를 불공평하게 대우했다는 생각은 결코 하지 않았다. 나는 그런 생각을 품고 세르반테스와 타소의 동시대인들을 비난하는 우리나라의 모든 자칭 시인들의 불행이

---

299) 자존심이 가득 찬 '어리석은 인간'이라는 뜻.

더할 나위 없이 우스꽝스럽다고 생각한다.

그 당시 아버지는 한 달에 100프랑 또는 150프랑씩 나에게 보내 주었다. 그것은 보물이었다. 나는 그 돈이 모자란다는 생각을 조금도 하지 않았고, 따라서 돈에 대해 주의를 기울이지 않았다.

나에게 결핍된 것은 하나의 다정한 마음, 한 명의 여성이었다.

창녀들은 나를 소름 끼치게 했다. 오늘날에도 그렇듯이, 물랭 로에서 1루이로 귀여운 아가씨를 손에 넣는 것은 아주 간단한 일이 아닌가?

나에게 루이 금화가 부족한 것은 아니었다. 외할아버지와 엘리자베트 왕이모가 나에게 그것을 주었고, 내가 그것을 다 써 버리지는 않았던 것 같다. 하지만 다정한 마음의 미소는! 빅토린 비질리옹의 눈길은!

당시 내 곁에서 친구 역할을 하던 수학을 공부하는 학생들은 창녀들의 타락과 탐욕에 관해 과장해 가며 음란한 잡담을 하곤 했는데, 그런 이야기가 내 가슴을 아프게 했다.

그들은 우리가 머물고 있던 초라한 집에서 200보 거리의 돌로 된 보도에서 2수로 살 수 있는 매춘부 아가씨들에 대해 이야기했다.

다정한 마음씨, 나에게는 그것이 결핍되어 있었다. 때때로 소렐 씨가 나를 저녁 식사에 초대해 주었고 다뤼 씨 또한 초대해 주었다고 생각하지만, 그들은 내 숭고한 열광과는 너무 거리가 있다고 느껴졌다. 나는 허영심 때문에 너무도 수줍음을 탔고, 특히 여성들이 있으면 말 한마디 하지 못했다.

셰뤼뱅[300]은 "부인이요? 아가씨요?"라고 묻는다. 미모가 빼어나다는 점을 빼면 내가 바로 셰뤼뱅이었다. 나는 머리칼이 무척 곱슬곱슬했고, 보는 사람이 겁먹을 정도로 열정을 내뿜는 눈초리를 갖고 있었다.

"내가 사랑하는 남자 혹은 내 애인은 못생겼어요. 하지만 아무도 그가 못생겼다고 비난하지 못할 거예요. 그는 아주 재치가 뛰어난 사람이니까!" 당시 빅토린 양이 펠릭스 포르에게 이렇게 말한 적이 있다. 펠릭스는 여러 해가 흐른 뒤에야 그 남자가 누구를 뜻하는지 알게 되었다.

어느 날 그는 너무 냉담하게 군다는 이유로 아름다운 이웃인 빅토린 비질리옹 양을 괴롭혔다. 미셸 또는 프레데릭 포르 혹은 펠릭스 자신이 빅토린 양의 마음에 들려고 애를 썼던 것 같다.

펠릭스 포르. 귀족원 의원, 그르노블 왕립 재판소장, 평범한 인간이자 지쳐 빠진 외모를 가진 남자.

프레데릭 포르. 교활한 도피네 사람, 관대함이나 재치라고는 전혀 없었으며 발랑스에서 포병 대위로 죽었음.

미셸. 한층 더 교활한 도피네 사람으로, 어쩌면 용기는 별로 없는 황실 근위대의 대위. 나는 1809년 빈에서 그를 알아보았다. 그르노블 근처 생-로베르의 빈민 수용소 소장(나는 『적과 흑』에서 그를 모델로 삼아 발르노 씨라는 인물을 만들어 냈

300) 보마르셰의 「피가로의 결혼」에 나오는 인물. 베아트리스 디디에는 이 대목에서 스탕달이 아마도 보마르셰보다는 모차르트를 염두에 두었다고 보고 있다.

다.) 비질리옹. 훌륭한 마음씨를 지닌 성실하고 굉장히 검소한 사람. 초심 재판소의 사무국장. 1827년경 아내의 부정을 알아차리고 번민에 빠져 자살했다. 아내에게 화를 내지는 않고 말이다.

나는 1799년 11월 파리에 도착했을 때의 나를 불행한 연인으로도, 그냥 연인으로도 묘사하고 싶지 않다. 당시 나는 세상일 그리고 나에게는 무척 생소한 그 세상에서 앞으로 내가 해야 할 일에 너무도 몰두해 있었기 때문이다.

그 문제야말로 나의 애인이었다. 그러므로 사회적으로 일정한 신분을 획득하기 전 세상에 처음 발을 들여놓았을 때의 연애는 세상일을 잘 알고 있다고 느끼는 사람의 연애만큼 헌신적이고 완전한 것이 될 수는 없다고 나는 생각한다.

그렇기는 하지만, 나는 도피네 지방의 산들에 대해 자주 열광적으로 몽상하곤 했다. 빅토린 양은 매년 그녀의 선조가 1100년에 생-브뤼노를 맞아들인 바 있는 그랑드-샤르트뢰즈에서 수개월을 보냈다. 그랑드-샤르트뢰즈는 내가 알고 있는 유일한 산이었다. 비질리옹과 레미와 함께 이미 그곳에 한두 번 갔던 것 같다.

나는 빅토린 양에 대한 다정한 추억을 품고 있었지만, 파리의 젊은 아가씨가 그녀보다 백배는 더 낫다는 것을 한순간도 의심하지 않았다. 그러나 파리의 첫인상은 더할 나위 없이 나빴다.

그 깊은 불쾌감, 그 환멸이 대단하신 의사와 한데 뭉쳐 나에게 큰 병을 가져다주었던 것 같다. 이제 나는 음식을 먹지도 못하게 되었다.

그렇게 처음으로 병에 걸렸을 때, 부친 다뤼 씨가 나를 돌보아 주었던가?

바크 로에 면한 4층 방에 있던 내 모습이 갑자기 눈앞에 떠오른다. 오늘날엔 말끔하게 단장되고 많이 바뀐 생-마리 통로를 통해 그 거처로 들어가게 되어 있었다. 내 방은 지붕 밑 방으로 형편없는 계단의 꼭대기에 있었다.

당시 나의 병세가 위중했던 것이 틀림없다. 왜냐하면, 부친 다뤼 씨가 유명한 의사 포르탈[301]을 데리고 나를 보러 왔기 때문이다. 그 의사의 얼굴을 보자 나는 겁이 났다. 마치 시체를 보고 체념하는 듯한 표정이었던 것이다. 당시 나를 간병해 주는 여자도 있었는데, 그것은 나에게는 처음 있는 신기한 일이었다.

나중에 안 일인데, 당시 나는 폐기종이 생길 위험에 처해 있었다. 삼 주에서 한 달 동안 침대에 누워 있었고, 정신착란을 일으켜 헛소리도 했던 모양이다.

펠릭스 포르가 나를 보러 왔던 것 같다. 그가 해 준 이야기라고 생각되는데 — 잘 생각해 보면 확실히 그렇다 — 내가 헛소리를 하던 중 검술에 매우 능숙하니까 그가 그르노블로 돌아가서 이공과 대학에 들어가지 않았다는 이유로 우리들을 경멸하는 자들에게 결투를 신청하라고 권고했다는 것이다. 그

---

301) 앙투안 포르탈(Antoine Portal, 1742~1832). 콜레주 드 프랑스의 의학 교수로 루이 18세의 시의(侍醫)가 되었다.

'4월 사건' 죄수들의 재판관을 언젠가 만나 이야기를 나누게 되면, 1799년의 우리 생활에 대해 여러 가지 질문을 해 보리라. 냉정하고 소심하며 에고이스트인 그는 틀림없이 정확한 기억을 갖고 있을 테고, 게다가 1781년생으로 나보다 나이가 두 살이나 위일 것이다.

병에서 회복하던 기간의 두세 가지 이미지가 눈앞에 떠오른다.

간병해 주는 여자가 벽난로 옆에서 고기와 채소를 넣어 끓인 수프를 만들어 주었는데, 나에게는 그것이 천해 보였다. 모두들 감기에 걸리면 안 된다고 나에게 당부를 했다. 병석에 누워 있는 것이 너무도 지루했기 때문에, 나는 그 당부를 지키려고 주의했다. 파리 생활에서 일어나는 구체적이고 세세한 일들이 나에게 충격을 주었다.

병을 앓은 뒤 곧, 다뤼 씨 집 3층의 어느 방에 있던 내 모습이 떠오른다. 릴르 로(부르봉 왕가가있을 때는 부르봉 로) 505번지다. 그 방은 네 개의 정원이 바라다보이는 상당히 넓은 반지붕 밑 방으로, 창 두 개 사이의 ****가 45도 기울어져 있었다.

나는 그 방이 무척 마음에 들었다. 그래서 그 방에서 희극을 쓰기 위해 종이를 철해서 노트를 한 권 만들었다.

그 시기의 일이라고 생각되는데, 나는 어느 서점에서도 발견하지 못했던 카야바의 『희극 작법』을 한 권 사려고 마음먹고 카야바 씨 집으로 향했다. 나는 루브르 부근의 한 방에서 그 늙은 가스코뉴 사람을 찾아냈다. 그는 자신의 책이 잘못 쓰인 것이라고 했지만, 나는 용감하게 부정했다. 모르긴 해도 그는 내가 돌았다고 생각했을 것이다.

나는 그 대단한 책 속에서 하나의 사상밖에 발견하지 못했다. 그것도 카야바 씨의 사상이 아니라 베이컨의 사상이었다. 하지만 한 권의 책에서 하나의 사상을 발견하는 것이 아무것도 아닐 수 있을까? 그 사상은 바로 웃음의 정의에 관한 것이다.

수학과의 열정적인 동거는 나로 하여금 훌륭한 정의(定義)에 대한 열광적인 사랑을 갖게 해 주었다. 훌륭한 정의를 가지지 못하면 대략적인 것밖에 알 수가 없는 것이다.

38장

『희극 작법』을 책상 위에 올려놓은 뒤, 나는 다음과 같은 큰 문제를 진지하게 검토하기 시작했다. 그레트리처럼 오페라 작곡가가 될 것인가? 아니면 희극 작가가 될 것인가?

나는 음표를 거의 알지 못했다.(망시옹 씨는 내가 바이올린을 연주하는 것이 가당치 않다며 나를 돌려보냈다.) 그러나 속으로 음표는 착상을 기록하는 수단이고, 근본적인 문제는 착상을 하는 것이라고 생각했다. 나는 착상 능력이 나에게 있다고 믿었다. 재미있는 것은 지금도 아직 그렇게 믿고 있다는 것 그리고 파리를 떠나 나폴리로 가서 파이시엘로[302]의 하인이 되지

302) 조반니 파이시엘로(Giovanni Paisiello, 1740~1816). 나폴리 악파를 대표하는 이탈리아의 작곡가. 나폴레옹의 부름을 받고 파리에 가서 가곡을 작곡하기도 했다.

못한 것을 가끔 후회하고 있다는 것이다.

나는 순수한 기악에는 전혀 취미가 없다. 시스티나 성당의 음악이라든가 산-피에트로 대성당 내진(內陣)의 성가대 음악조차도 나에게 아무런 즐거움을 주지 않는다.(1836년 1월 18일 산-피에트로 대성당의 날에 그처럼 다시 판단해도.)

오직 성악곡만 천재의 작품처럼 보인다. 멍청이가 아무리 박식한 체해도, 이를테면 오페라 「비밀 결혼」 1막의 아마도 1장에 나오는 「불안해하지 않고 사랑을 즐길 수 있다면(Se amor si gode in pace)」 같은 아름다운 노래를 만들 수는 없다고 생각한다.

천재가 멜로디를 연구하는 데 전념하면, 「비앙카와 팔리에로」(로시니)에 나오는 사중창의 아름다운 기악 편성, 또는 같은 사람이 작곡한 「아르미드」 이중창에 다다르게 된다.

1814~1821년 밀라노에서 음악 애호가로 지내던 아름다운 시절, 나는 새로운 오페라가 공연되는 날 아침이면 라 스칼라 극장에 가서 그 오페라의 대본을 구입해 와서 읽으면서 자신이 곡 전체를 해 보거나 아리아와 이중창을 불러 보지 않을 수 없었다. 그리고 감히 이렇게 말해도 좋을지 모르지만, 때때로 저녁에 공연에 가서 내 멜로디가 마에스트로의 그것보다 더 고귀하고 다정하다고 생각할 때가 있었다.

나는 처음 머릿속에 떠오른 서정적 선율을 잊지 않고 고정해 두기 위해 종이쪽지에 적어 두는 지식이나 방법을 전혀 몰랐고 지금도 모르기 때문에, 나에게 그것은 책을 쓸 때 떠오르는 최초의 착상과 마찬가지의 것이었다. 다시 말해, 다듬고 고친 뒤보다 최초의 착상이 백배는 더 이해하기 쉽다. 하지만 그런 최초의 착상은 범용한 작가에게서는 결코 볼 수 없다. 그들의 가장 강력한 문장도 나에게는 프리아모스가 던진 힘없는 창[303]처럼 느껴진다.

이를테면 나는 라 퐁텐의 다음과 같은 2행 시구에 매력 있는 멜로디를 붙이고, 반주도 생각해 냈다.(노디에[304] 씨는 경건한 마음이 없다고 이 시를 비판했는데, 부르봉 왕가 치하였던 1820년경의 일이다.)

> 죽은 자가 구슬프게 마지막 거처를
> 차지하러 가고 있을 때,
> 사제는 활기 있게 걸어간다,
> 그 죽은 자를 빨리 묻으려고.

이것은 아마도 내가 프랑스어 가사에 붙인 유일한 멜로디일 것이다. '지트(gîte, 거처)'를 '지트으', '비트(vite, 빠르게)'를 '비트으'라고 발음하지 않으면 안 되는 것이 나는 몹시 싫다.[305] 나는 이탈리아 사람들이 놀라울 정도로 무용에 재주가 없는 것

---

303) 베르길리우스의 장편 서사시 「아이네이스」 중 늙은 프리아모스의 죽음 장면을 참고할 것. 네오프톨레모스가 폴리테스를 아버지 프리아모스가 보는 앞에서 죽이자 프리아모스는 네오프톨레모스에게 창을 던지지만 창은 맥없이 그의 방패에 맞고 떨어지고, 네오프톨레모스는 프리아모스의 목을 베어 죽인다.

304) 샤를 노디에(Charles Nodier, 1780~1844). 프랑스의 문인.

305) 프랑스어 단어에서 어미의 모음 e는 산문에서는 발음되지 않지만 운문에서는 [ə]로 발음된다.

과 마찬가지로, 프랑스 사람들은 음악에 두드러지게 재능이 없다고 생각한다.

나 자신을 웃기기 위해, 또한 반대파에게 조롱거리를(자주 나 자신 속에서 반대파를 뚜렷하게 느낀다.) 제공하기 위해, 때때로 일부러 바보 같은 이야기를 자신에게 하면서, 나는 다음과 같이 생각한다 — '어떻게 프랑스인이면서 치마로사[306]풍의 음악적 재능을 가질 수 있단 말인가?'

나는 이 생각에 이렇게 대답한다. 나는 아마도 내가 닮은 어머니 쪽에서 이탈리아인의 피를 이어받은 것이라고. 이탈리아에서 한 남자를 살해하고 아비뇽으로 도망 온 가뇨니라는 사람이 아마도 그곳에서 교황 부특사의 수행원인 이탈리아인의 딸과 결혼한 것 같다.

내 외할아버지와 엘리자베트 왕이모도 매부리코 등 이탈리아인의 외적 특성을 분명히 지니고 있다.

오 년간 로마에 머물면서 로마인들의 신체적 구조를 알게 되어 한층 더 꿰뚫어 보게 된 지금, 나는 외할아버지가 바로 로마인의 키와 머리, 코를 갖고 있었다는 것을 알 수 있다.

뿐만 아니라 나의 외삼촌 로맹 가뇽도 몹시 아름다운 혈색을 제외하면 거의 로마풍의 얼굴을 갖고 있었다.

나는 프랑스인이 만든 아름다운 노래를 한 번도 들어 본 적

---

306) 도메니코 치마로사(Domenico Cimarosa, 1749~1801). 이탈리아의 오페라 작곡가. 팔십 편 이상의 오페라를 작곡했으며, 대표작은 「비밀 결혼」이다.

이 없다. 가장 아름답다고 하는 것도 조잡한 성격, 다시 말해 모든 사람의 마음에 드는 대중가요에 걸맞은 조잡한 성격 이상으로 오르지 못한다. 예를 들면,

> 가자, 조국의 자녀들이여……

루제 드 릴 대위가 스트라스부르에서 하룻밤 사이에 만들어 낸 노래다.

이 노래는 일찍이 프랑스인의 두뇌가 만들어 낸 모든 것보다 지극히 우수해 보이지만, 같은 장르의 노래로 모차르트가 작곡한

> 거기서 서로 손을 맞잡게 되면,
> 그대는 그래요, 라고 나에게 말하리라……[307)]

에 비하면 어김없이 뒤떨어지는 것이다.

사실을 터놓고 말하자면, 나에게는 치마로사와 모차르트의 노래만이 완벽하게 아름다운 것으로 생각된다. 둘 중 어느 하나를 택하겠는가를 나에게 진지하게 묻는다면, 차라리 교수형을 당하는 편이 낫다고 할 정도다.

불행히도 싫증 나게 하는 두 곳의 살롱을 알았을 때는 늘 새로운 살롱이 다른 살롱에 비해 더 거북하게 여겨졌다.

---

307) 모차르트의 오페라 「돈 조반니」에 나오는 이중창.

그런데 모차르트나 치마로사의 음악을 막 듣고 난 다음에는 늘 방금 들은 것이 더 낫게 여겨지는 것이다. 파이시엘로의 음악은 제법 괜찮은 막포도주와 같다. 진짜 포도주가 지나치게 강하게 여겨질 때면 일부러 구하기까지 해서 즐겁게 마신다.

파이시엘로보다 못한 몇몇 작곡가의 아리아 몇 곡에 대해서도 같은 이야기를 할 수 있을 것이다. 예를 들면 피오라반티[308]의 「마을의 여가수」에 나오는 「나리, 저에게서 신랑을 빼앗지 마세요」가 그렇다.(가사는 잘 기억나지 않는다.)

막포도주의 나쁜 점은 얼마 지나지 않아 술맛이 없어진다는 것이다. 따라서 한 잔만 마셔야 한다.

인종(人種)에 관해 글을 쓸 때, 거의 대부분의 저자들은 종교에 매수되어 있다. 극히 소수의 성실한 사람들도 실증된 사실과 가정을 혼동하게 된다. 그래서 나처럼 그런 상황에 놓여 있지 않은 사람이 마음먹고 용기 내어 그것에 대해 말할 수 있는 것은 하나의 학문이 시작될 때인 것이다.

그러므로 사냥개에게 털 많은 삽살개의 지혜를 요구할 수 없고, 삽살개에게 여섯 시간 전 이곳을 지나간 토끼의 흔적을 냄새로 알아내라고 해도 헛수고라는 것을 말하고 싶다.

개별적인 예외는 있을 수 있지만, 일반적 진실은 삽살개는 삽살개대로 사냥개는 사냥개대로 각기 자기 나름의 재능이

308) 발렌티노 피오라반티(Valentino Fioravanti, 1764~1837). 이탈리아의 음악가.

있다는 것이다.

인종 문제에 있어서도 같은 이야기를 할 수 있을 것이다.

나와 콩스탕탱이 관찰해 온 것으로 확실하다고 생각되는 것은 로마 사교계 사람들(1834년 바타시아 120번지에서 본 것으로 생각한다.)은 온통 음악에 몰두해서 로시니의 오페라 「세미라미데」에 나오는 피날레도, 이것보다 더 어려운 노래도 썩 잘 부르는데, 춤의 경우에는 박자 면에서 서투르게 연주되는 카드리유 곡에 맞춰 밤새 왈츠 춤을 춘다는 것이다. 로마인, 그리고 일반적인 이탈리아인들도 춤에는 아주 현저하게 재능이 없다.

1880년의 프랑스인들에게 반감을 사지 않으려고 나는 일부러 앞뒤를 바꿔 말하고 있다. 나는 성악을 평가하고 노래하는 데 있어 1830년대의 그들 선조만큼 재능 없는 사람들이 없었다는 이야기를 감히 프랑스인들에게 하려고 하기 때문이다.

1820년 이후 프랑스인들은 그런 종류의 일에 조예가 깊어졌지만, 근본에 있어서는 여전히 야만적이다. 마이어베어[309]의 「악마 로베르」의 성공을 그 증거로 대면 충분할 것이다.

프랑스인은 모차르트를 제외한 독일 음악에는 그렇게 무감각하지 않다.

프랑스인이 모차르트의 작품에서 음미하는 것은 레포렐로

---

309) 자코모 마이어베어(Giacomo Meyerbeer, 1791~1864). 파리에 정착한 독일의 오페라 작곡가.

가 기사의 입상(立像)을 만찬에 초대할 때 부르는 노래의 신선함이 아니라, 그 노래의 반주인 것이다. 게다가 사람들은 무엇보다도 특히 허영심 강한 인간에게는 저 이중창 또는 삼중창이 숭고한 것이라고 말했다.

지면에서 철이 많이 함유된 바윗덩어리를 발견할 경우, 수갱(竪坑) 또는 깊은 수평 갱도(水平坑道)를 파 들어가면 충분한 양의 금속을 발견할 수도 있고 아무것도 발견하지 못할 수도 있다고 생각하게 하는 것이다.

1799년 음악에 대한 나의 상태가 그와 같았다. 우연히도 나는 내 마음의 소리를 종이에 적어 두려고 했다. 그러나 게으름 때문에 또는 기회가 없어서 음악의 비지능적이고 물질적인 면, 즉 피아노를 치고 착상을 악보로 옮기는 것을 배우지 못한 것이 내가 진로를 결정하는 데 큰 영향을 미쳤다. 만일 음악을 애호하는 삼촌이나 애인이 있었다면, 진로의 방향은 전혀 다른 것이 되었으리라. 열정 자체는 온통 그대로 남아 있다.

잘 연출된 「돈 조반니」를 들을 수 있다면, 내가 세상에서 제일 싫어하는 진창길 30킬로미터라도 걸어갈 것이다. 누군가 「돈 조반니」에 나오는 이탈리아어 한마디를 발음하면, 그 음악의 부드러운 기억이 즉시 되살아나 내 마음을 사로잡는다.

나는 그리 명료하지는 않지만 딱 하나의 반론을 갖고 있다. 음악이 하나의 기호(記號)로서, 다시 말해 젊은 시절 행복의 기억으로서 내 마음에 드는 것인가 아니면 그 자체로서 마음에 드는 것인가?

내 의견으로는 후자이다. (밀라노의 라 스칼라 극장에서) 보놀디[310]가 작은 창가에서 다음과 같이 외치는 것을 듣기 전에 「돈 조반니」는 이미 나를 매혹했다.

> 부인네들을 통과시켜 주세요
> 우리에게 어떤 영광을 베풀어 줄 것인지?

그러나 이 주제는 미묘하다. 매우 열정적이었던 밀라노 체류 기간, 요컨대 내 인생의 꽃이라 할 수 있는 1814년에서 1821년까지의 일을 나중에 글로 쓰면서 예술에 관해 논의할 때, 나는 다시 이것에 대해 이야기할 것이다.

페스타 부인이 부른 「네 개의 벽 사이에서」라는 아리아는 기호로서 내 사랑을 받았는지 또는 작품의 진가 때문인지?

『사기 당한 혼인』의 「매달 너를 위한 한쌍」은 기호로서 내 맘을 사로 잡을 것이 아닌가?

그렇다, 이 두 경우는 기호로서 사랑한 거라고 고백하겠다. 따라서 나는 결코 이것들을 걸작이라고 찬양하지 않았다. 그러나 나는 오데옹 극장에서 바릴리 부인이 부른 「비밀 결혼」을 60~100번 들었는데, 그것은 전혀 기호라고 생각하지 않는다. 그것이 1803년의 일이었던가 아니면 1810년의 일이었던가?

확실히 잉크로 쓰인 그 어떤 작품, 즉 그 어떤 문학 작품도

---

310) 클라우디오 보놀디(Claudio Bonoldi, 1783~1846). 이탈리아의 테너 가수.

「돈 조반니」만큼 나에게 생생한 즐거움을 주지 못한다.

최근인 1836년 1월에 읽은 드 브로스의 개정판 책 십사 페이지가 그것에 꽤나 가까운 즐거움을 주었을 뿐이다.

음악에 대한 나의 사랑의 크나큰 증거는 페도 극장의 오페라 코미크가 나를 화나게 한다는 것이다.

사촌 롱그빌의 칸막이 좌석을 마음대로 사용할 수 있어서 그 극장에 갔지만, 반쯤 듣고 나니 견딜 수가 없었다. 호기심에 못 이겨 이삼 년에 한 번 그 극장에 가지만, 2막에서 나와 버렸다.

자작께서는 화가 치밀어 2막에서 나가 버렸다.

이 부분을 듣다가 그 자작처럼 나도 밖으로 나와 버린 것이다.

그리고 그날 저녁 내내 기분이 상해 있었다.

(프랑스의) 오페라는 1830년에 이르기까지 내 기분을 더 많이 상하게 했고, 1833년에는 누리와 다모로 부인의 출연으로 완전히 싫어하게 되었다.

나는 이야기를 너무 늘려서 상술했다. 무릇 자신이 가진 열정과 취미에 대해서는 옳은 판단을 하지 못하는 법이다. 특히 그 취미가 상류 계급 사람의 것일 때는 더욱 그렇다. 포오브르 생-제르맹의 같잖은 젊은이들은 모두가, 이를테면 드 블랑메닐 씨 같은 사람들은, 자기네가 음악에 홀딱 빠진 것처럼 가장하고 있다. 나는 프랑스의 감미로운 가곡을 끔찍이도 싫어한다. 팡스롱[311] 같은 사람은 나를 분노하게 하며, 내가 열정적으로 좋아하는 것에 대해 증오를 품게 한다.

좋은 음악은 그 순간 내 마음을 사로잡고 있는 것을 기분 좋게 꿈꾸도록 만든다. 1814년부터 1821년까지 내가 라 스칼라 극장에서 즐거운 시간을 보낸 것도 그 때문이다.

311) 오귀스트 마티외 팡스롱(Auguste Mathieu Panseron, 1795~1859). 프랑스의 가곡 작곡가.

39장

다뤼 씨 집에서 묵는 것은 별일 아니었지만, 거기서 식사까지 해야만 했다. 그것이 나를 몹시 괴롭혔다.

파리의 요리는, 그곳에 산이 없는 것과 거의 같은 정도로, 그리고 분명 그것과 같은 이유로 내 마음에 들지 않았다. 나는 돈이 부족하다는 것이 무엇인지 알지 못했다. 이 두 가지 이유 때문에 다뤼 씨의 비좁은 집에서 식사하는 것만큼 나에게 탐탁지 않은 일은 없었다.

앞서 말했듯이, 그 집의 방들은 마차가 드나드는 대문 위에 위치해 있었다.

바로 그 살롱 그리고 그 식당에서였다. 내 가족들이 매우 적절하게도 벗어나게 해 준 바 있는 그 타인들의 교육을 받으면서 심한 고통을 겪은 것이다.

예의를 갖추고 격식을 차리며 모든 예법을 세심하게 완수해 내는 행동 방식은 오늘날에도 나를 소름 끼치게 하고 입 다물게 한다. 거기에 종교적 뉘앙스나 도덕의 대원칙에 관한 미사여구의 과장된 표현을 조금 덧붙이기라도 하면, 나는 죽을 지경이 된다.

1800년 1월, 경험이 전혀 없는 데다 주의력이 과해 한 방울도 흘리지 않고 받아들이는 기관(器官)들에 그 독약이 어떤 효과를 미쳤을지 상상해 보시도록.

나는 5시 30분에 그 살롱에 갔다. 아마 저녁 식사를 하기 위해서였을 것이다. 그곳 식탁에 자리를 잡으면서 소피 양이나 캉봉 부인 또는 르 브룅 부인이나 다뤼 부인에게까지 도움을 줘야만 한다고 생각하면 나는 소름이 끼치곤 했다.

[캉봉 부인은 그때부터 안색이 누렇게 되는 병에 걸려 점점 나빠져 갔다. 르 브룅 부인은 1836년 그라브 후작부인이다. 소피 양도 드 보르 부인이 되었다. 모친 다뤼 노부인과 부친 다뤼 씨는 지금으로부터 퍽 여러 해 전에 세상을 떠났다. 펠셰리르 브룅 양은 1836년 브로사르 후작부인이 되어 있다. 피에르 다뤼 씨와 마르시알 다뤼 씨는 세상을 떠났다. 피에르 씨는 1829년에, 마르시알 씨는 그 이삼 년 전에. 그리고 르 브룅 부인, 전 육군 대신 드 그라브 후작의 부인.]

나는 식탁에 자리 잡고 앉아, 입맛에 맞는 음식 하나도 먹지 못했다. 파리의 음식은 지독히도 내 마음에 들지 않았다. 그렇게 많은 세월이 지난 오늘날에도 여전히 마음에 들지 않는다. 그런 불쾌한 일은 당시 내 나이에는 대단한 것이 아니었으나, 스스로 레스토랑에 갔을 때는 불쾌함을 분명히 느낄 수 있었다.

나를 죽도록 괴롭힌 것은 정신적 속박이었다.

하지만 그것은 그르노블에 살 때처럼 부당한 대접을 받고 있다는 감정이나 세라피 이모에 대한 증오의 감정 같은 것은 아니었다.

그런 종류의 불행으로 끝났다면 얼마나 좋았겠는가! 그보다 더 고약한 것은 당시 내가 하고 싶은 일이 있었는데 그것을 성취하지 못하리라는 감정을 늘 갖고 있었다는 것이다.

내 불행의 폭이 어땠을지 상상해 보도록! 생-프뢰인 동시에 (시골 사람들의 애독서가 된 『클라리스』의 모방인 『위험한 관계』의) 발몽[312]이라고 스스로를 믿고 있던 내가, 무한히 사랑하고 사랑받을 수 있는 기질을 지녔지만 기회가 없었을 뿐이라고 믿고 있던 내가, 침울하고 음산해 보이는 사교장에서 자신이 모든 면에서 뒤떨어지고 서투르다고 느낀 것이다. 만약 그곳이 상냥한 살롱이었다면 어땠을까!

내가 그렇게도 열망했던 파리가 고작 그런 곳이었던가!

무슨 사연으로, 1799년 11월 10일부터 제네바로 출발한 다음 해 4월 20일까지 사이에 어떻게 내가 돌아 버리지 않고 견뎠는지 오늘날에 와서 생각해 봐도 알 수가 없다.

저녁 식사 외에 마찬가지로 점심 식사에도 참석해야만 했

312) 생-프뢰와 발몽 둘 다 정열적이고 순정을 지닌 동시에 멋쟁이로, 돈 후안처럼 여성을 좋아하는 남자들이다.

는지 어땠는지는 기억나지 않는다.

어쨌든 나의 터무니없는 생각을 어떻게 이해시킬 수 있었겠는가? 나는 뒤클로의 『비록』과 그 당시 발행된 생-시몽의 세 권 내지 일곱 권으로 된 책 그리고 소설들을 통해서만 사교계를 상상하고 있었던 것이다.

나는 사교계라는 것을 『위험한 관계』에 나오는 드 메르퇴유 부인의 모델인 드 몽모르 부인 집에서 흘끗 보았을 뿐이다. 당시 그녀는 늙었고, 부자였으나 절름발이였다. 이것은 확실한 기억인데, 정신적으로 그녀는 사람들이 나에게 설탕에 절인 호두를 절반만 주는 것에 반대했다. 내가 슈발롱의 그녀 집에 갔을 때 그녀는 늘 온통 하나의 설탕에 절인 호두를 듬뿍 주었다. "그건 아이들에게는 무척 고통스러운 일이지." 그녀는 이렇게 말하곤 했다. 이것이 내가 그녀의 정신에 관해 목격한 모든 것이다. 드 몽모르 부인은 드르봉 집안의 주택을 빌렸거나 또는 매입했다. 드르봉 집안 사람들은 향락을 즐기는 젊은이들로 나의 외삼촌 가뇽과 친했으며 거의 파산 지경었다.

드 메르퇴유 부인의 모델인 드 몽모르 부인에 대해 여기에 자세히 쓰는 것은 아마도 걸맞지 않은 일이 될 것이다. 나는 설탕에 절인 호두와 관련된 일화를 통해 내가 사교계에 관해 알고 있는 것을 보여 주고 싶었을 뿐이다.

물론 이것이 전부는 아니다. 더 나쁜 것이 있었다. 나는 부친 다뤼 씨처럼 전제적이고 지루해 하는 부르주아 노인 주위를 너무나 자주 지배하는 침묵을 나 자신의 치욕으로, 거의 죄로 생각했다.

바로 여기에 나의 주된 괴로움이 있었다. 내 의견에 따르자면 남자란 열렬하게 사랑해야 하고 자신이 가는 어떤 사교장에서도 즐거움과 활기를 가져다주어야 된다고 생각했던 것이다.

그리고 그 위에 보편적인 즐거움, 모든 사람의 마음에 드는 기술은 모든 사람의 취미와 약점에 아첨하는 기술에 기초를 둔 것이어서는 안 되었다. 나는 그런 식으로 사람들의 마음에 드는 기술은 전혀 생각하지 못했고, 아마도 그런 기술은 나를 몹시 불쾌하게 했을 것이다. 내가 원한 상냥함은 셰익스피어의 희극에 나오는 순수한 즐거움, 아르덴 숲속에 망명한 공작의 궁정에 가득 찬 상냥함이었다.

그런 순수하고 고상한 상냥함을 방종하고 지루해하는 그러나 독실한 체하는 늙은 사무총장 주위에서 구하다니!!!

그 부조리함은 중대한 결과를 초래하진 않았다. 나의 불행은 비록 부조리에 근거를 두고 있기는 했지만 그래도 매우 현실적인 것이었다.

다뤼 씨의 살롱에 있을 때, 그런 침묵은 나를 비탄에 잠기게 했다.

그 살롱에서 나는 어떠했던가? 그라브 후작부인인 르 브룅 부인이 나중에 나에게 해 준 말에 따르면, 나는 전혀 입을 열지 않았던 것 같다. 최근 오레종 백작부인은 나에게 르 브룅 부인이 나에 대해 호의를 갖고 있다고 말해 주었다. 1800년 초 처음으로 다뤼 씨의 살롱에 나타났을 때 내가 어떤 모습이었는지 얼마간 밝혀 달라고 그녀에게 청할 것.

나는 거북스러움과 실망, 나 자신에 대한 불만으로 죽을 지경이었다. 그러니 오 개월 뒤 내 인생에서 가장 큰 즐거움이 위에서 떨어질 거라고 누가 나에게 말해 줄 수 있었겠는가!

떨어져 내린다는 것은 아주 적절한 표현이다. 그것은 하늘에서 나에게 떨어져 내린 것이다. 그러나 그것은 내 영혼에서 온 것으로, 그 영혼이야말로 내가 부친 다뤼 씨의 집에서 사오 개월 사는 동안 의지할 수 있는 유일한 힘이었다.

정원이 내다보이는 내 방에서 혼자 다음과 같이 중얼거릴 때면, 살롱이나 식당에서 느낀 고통은 전부 사라져 버리곤 했다. "작곡가가 될까? 아니면 몰리에르처럼 희극을 쓸까?" 사실 무척 막연한 느낌이긴 했지만, 그런 결심을 하기에는 내가 아직 세상에 대해서도 나 자신에 대해서도 충분히 알지 못한다는 것을 느끼고 있었다.

나는 한층 더 세속적이고 퍽 다급한 문제 때문에 그런 고상한 생각들로부터 벗어나 있었다. 정확한 사람인 다뤼 씨는 내가 왜 이공과 대학에 입학하지 않았는지, 그리고 그해에 합격하지 못했다면 왜 다음 번인 1800년 9월의 시험을 보기 위해 공부를 계속하지 않는지 이해하지 못했다.

그 엄격한 노인은 그 점에 관해 우리 둘 사이에 해명이 필요하다는 것을 매우 정중하고 절도 있는 태도로 넌지시 알렸다. 그때 나는 난생처음 친척으로부터 '무슈'라는 존칭을 들었는데, 그 절도와 정중함이 유별나게 수줍음을 타고 생각이 많았던 나에게는 너무나 낯선 것이어서 나를 난처하게 했다.

지금에 와서는 그때의 사정을 설명할 수 있다. 사실 나는 그 질문이 무엇인지 잘 알고 있었지만, 정중하고 야릇한 채비를 하는 듯한 그의 모습에서 미지의 끔찍한 심연 같은 것이 짐작되었다. 내가 그것에서 빠져나오지 못할 것 같았다. 당시 내가 적절하게 이름 붙이지 못했던 전 사무총장의 빈틈없고 외교적인 태도에, 나는 두려움을 느끼고 있었다. 그 모든 것이 나로 하여금 나 자신의 목소리로 의견을 주장할 수 없게 했다.

나는 고등학교(collège)와 전혀 인연이 없었기 때문에, 사람들과 관계를 갖는 데 있어서 열 살배기 어린아이나 다름없었다. 아내와 장남을 위시해 집안의 모든 식구들을 벌벌 떨게 하는 몹시 위압적인 그 인물이 문을 닫은 채 나를 마주하고 말하는 모습만으로도 나는 두 마디 이상 계속해서 대꾸하지 못했다. 한쪽 눈이 약간 사시인 부친 다뤼 씨의 얼굴은 나에게는, 바로,

> 이곳에 들어오는 자는 모든 희망을 버리도록.[313]

이라는 말과 같았음을, 오늘날 나는 알겠다.

그런 얼굴을 보지 않는 것이 그 얼굴이 나에게 줄 수 있는 최대의 행복이었다.

당시 나는 극도의 혼란에 빠져 있어서 오늘날 아무런 기억도 남아 있지 않다. 아마도 부친 다뤼 씨는 나에게 이렇게 말

---

313) 단테의 『신곡』, 「지옥편」 3장에 나오는 말로 지옥문에 쓰여 있다.

했으리라. "오늘부터 일주일 안에 어떻게 할지 방향을 결정하는 것이 좋으리라 생각하네."

극단적인 소심함, 불안감, 낭패(désarroi, 그르노블에서 그렇게 말했고 그때 나도 그 말을 쓰고 있었다.)에 빠져서 나는 다뤼 씨와 대화할 때 뭐라고 말할지 미리 써 놓았던 것 같다.

나는 그 끔찍한 대화 중 한 부분만 명료하게 기억하고 있다. 그다지 분명하게 표현한 것은 아니지만, 나는 대략 다음과 같은 뜻으로 말했다.

"집안 어른들은 저보고 알아서 결정하라고 합니다."

"그 사실은 너무도 잘 알고 있을 뿐이라네." 다뤼 씨가 감정이 가득 담긴 어조로 대답했다. 늘 절도 있으며 완곡하고 외교적으로 행동하는 사람이 그렇게 감정적으로 말을 해서 나는 강한 인상을 받았다.

하지만 이 말 한마디만 나에게 강력한 인상을 남겼고, 그 외의 것들은 모두 잊어버리고 말았다.

내 방은 릴르 로와 위니베르시테 로 사이의 정원 쪽으로 나 있어 벨샤스 로도 조금 바라다보여서 대단히 만족스러웠다.

그 집은 전에 콩도르세[314]의 소유였다. 콩도르세의 아름다운 미망인은 당시 포리엘 씨(오늘날 학사원 회원으로, 학문을 학문 자체로서 사랑하는 진정한 학자이다. 그 단체에서 그것은 드문 일이다.)와 함께 살았다.

---

314) 니콜라 드 콩도르세(Nicolas de Condorcet, 1743~1794). 프랑스의 수학자, 철학가, 정치가.

콩도르세는 사람들에게 시달림을 당하지 않으려고 나무로 된 좁고 가파른 계단을 만들어 그 계단을 통해 4층의 방으로 오르곤 했다.(내 방은 3층에 있었다.) 그의 방이 바로 내 방 위였던 것이다. 삼 개월 전이라면 그 사실이 나에게 얼마나 강렬한 인상을 주었을까! 내가 열정을 느끼며 두세 번 읽었던 『미래의 진보의 개요(Esquisse des Progrès futurs)』[315]의 저자 콩도르세!

아아! 내 마음은 바뀌었다. 혼자가 되어 안정을 찾고 소심함에서 벗어나자마자, 다음과 같은 깊은 의문이 되돌아온 것이다.

"파리라는 곳이 고작 이런 것뿐인가?"

이 의문에는 다음과 같은 의미가 담겨 있었다. 내가 최고의 선으로서 그렇게도 열망하고 삼 년 전부터 내 생활 전체를 그것에 다 바쳐 온 것이 나를 싫증 나게 하고 있다는 뜻이. 내 마음에 걸린 것은 삼 년간의 희생이 아니었다. 다음 해에 이공과 대학에 들어가야 한다는 것이 두렵긴 했지만, 나는 수학을 사랑했다. 그리고 세상일을 살필 줄 아는 지성을 충분히 가지지 못한 나에게 엄청나게 어려운 문제는 '과연 지상 어디에 행복이 존재하는가?'였고, 때로 내 질문은 다음과 같은 것에 이르렀다. '지상에 행복이라는 것이 과연 하나라도 존재하는 것일까?' 하는.

산이 없다는 사실은 내 눈에 파리의 가치를 전적으로 잃게

315) 콩도르세가 공포정치 시대에 썼고, 그의 사후인 1795년에 간행되었다. 인간 정신 진보의 역사를 개괄하고 있다.

했다.

정원에 전지된 나무가 있다는 것이 그런 감정을 더욱 완전한 것으로 만들어 버렸다.

하지만 오늘날(1836년) 분별해서 생각해 보면, 내가 그 나무들의 예쁜 초록빛에 대해 불공정하지 않았다는 것은 기분 좋게 느껴진다.

물론 뚜렷이 그렇게 생각했다기보다는 그렇게 느꼈을 뿐이다. 즉 그 나무들의 형태는 보잘것없었지만, 그 초록빛은 상상이 노니는 아름다운 미로와 일체를 이루어 더없이 즐거운 기분을 안겨 주었다! 미로에 관한 세세한 부분은 오늘에 와서 생각해 낸 것이다. 당시 나는 그 원인을 뚜렷이 분별하지 못하고 그저 느끼고 있었을 뿐이다. 예민한 분별력은 일찍이 나의 장점이었던 적이 없다. 나에게는 그런 것이 전혀 없었다. 나는 실제로 존재하는 것을 보지 않고 가상의 장애와 위험만을 보는, 겁이 많아 자신의 그림자에도 잘 놀라는 말과 같았다. 그나마 좋은 점은 흥분을 잘한다는 것이었다. 그래서 크나큰 위험에도 불구하고, 용감하게 나아갔던 것이다. 오늘날에도 여전히 그렇다.

산책을 하면 할수록 파리가 마음에 들지 않았다. 다뤼 씨 가족은 나에게 무척 친절했다. 캉봉 부인은 벨벳으로 된 깃이 달린 나의 예술가 스타일 올리브색 프록코트를 칭찬해 주었다.

나에게 "참 잘 어울리네요."라고 말했다.

캉봉 부인은 그 가족들 그리고 고르스 씨인지 고스 씨인지 하는 인물과 함께 나를 미술관에 데리고 갔다. 그 남자는 살이 찐 평범한 청년으로, 그녀에게 조금 수작을 걸었다. 캉봉 부인은 일 년 전 열여섯 살 난 외동딸을 잃은 이후 우울증에 빠져 죽을 지경이었다.

미술관에서 나오사, 그들은 나도 함께 마차를 타고 돌아가자고 했다. 나는 진창 속을 걸어서 돌아갔지만, 캉봉 부인의 호의에 흐뭇해져서 그녀 집으로 들어가 보자는 희한한 생각을 했다. 그녀는 고르스 씨와 단둘이 마주 앉아 있었다.

나는 어리석은 짓을 했음을 전적으로 혹은 일부나마 느꼈다.

"왜 마차를 타지 않았어요?" 캉봉 부인이 놀라서 나에게 물었다.

십 분 뒤 나는 자리를 떴다. 분명 고르스 씨는 나에 대해 나쁘게 생각했을 것이다. 다뤼 가족에게 나는 기이한 골칫거리였음이 틀림없다. 그들의 생각은 '저 애는 미쳤어'와 '저 애는 바보야' 사이를 왔다 갔다 했으리라.

40장

오늘날 드 그라브 후작부인이 된 르 브룅 부인은 당시 그 작은 살롱에 모인 모든 사람들이 내가 입 다물고 아무 말도 하지 않는 것에 놀라워했다고 말했다. 나는 본능적으로 입을 다물고 있었다. 아무도 나를 이해해 주지 않을 거라 느낀 것이다. 내가 브라다만테[316]에 대해 품고 있는 다정한 경탄 같은 것을 그 사람들에게 이야기하려면 어떤 표현을 써야 할까! 나로서는 우연이 가져다준 침묵이 최선의 방책이었다. 그것은 개인적 위엄을 조금이라도 간직할 수가 있는 유일한 수단이었다.

내가 그 재치 있는 부인을 다시 만난다면, 그 당시 내가 어

316) 이탈리아 시인 아리오스트의 영웅 서사시 「광란의 오를란도」의 여주인공.

땠는지 그녀가 이야기해 주도록 여러 가지 질문을 해야만 할 것이다. 사실 나는 당시 내가 어땠는지 알지 못한다. 단지 나라는 그 아무개가 느낀 행복의 정도를 기록할 따름이다. 그때 이후 같은 관념을 계속해서 깊이 천착해 왔지만, 당시 내가 어느 정도였는지를 어떻게 알 수 있겠는가? 그 당시 우물의 깊이가 10피트였는데, 매년 5피트를 덧붙여 현재 190피트에 이르렀다면, 1800년 2월 그 깊이가 10피트밖에 안 되었던 때의 이미지를 어떻게 떠올릴 수 있겠는가?

당시 모두가 나의 친척 뮈르(통상부 국장을 지내다 죽었다.)에게 감탄하고 있었다. 그는 대단히 산문적인 인물이었는데, 밤 10시경 릴르 로 505번지 다뤼 씨 집에 와서는, 파테[317]를 먹으러 다시 가용 사거리로 걸어 나갔기 때문이다.

열여섯 살 난 소년의 그 단순하고 고지식한 식탐은 오늘날 생각해 보면 우스운 일이지만, 1800년의 나는 그것을 보고 무척 놀랐다. 파리의 끔찍한 습기를 몹시 싫어했음에도 불구하고, 어느 날 밤 나도 그 하찮은 파테를 먹으러 따라 나가지 않았다고 말하지는 못하겠다. 그런 행동을 하는 것은 조금은 즐거움 때문이었으나, 명예심 때문인 부분이 컸다. 즐거움은 아무것도 없느니만 못했고, 명예심을 채우는 것 또한 분명하게 마찬가지였다. 내가 그 행동에 전념했다면 평범한 흉내로 보였을 것이 틀림없다. 순진하게 내 행동의 이유를 말할 생각은 조금도 없었다. 그랬다면 나 또한 괴팍하고 세상 물정 모르는

317) 고기나 생선 다진 것을 밀가루 반죽으로 싸서 구운 것.

아이로 여겨졌을 것이고, 밤 10시에 한 나의 무모한 행동은 지루해서 어쩔 줄 모르는 가족들에게 미소를 제공했을 것이다.

의사 포르탈이 생-마리 통로(바크 로)의 내 4층 방으로 올라오게 한 그 병은 대단히 위중한 것이었음에 틀림없다. 내 머리털이 몽땅 빠져 버린 것이다. 나는 가발을 샀다. 그런데 어느 날 저녁 내 친구 에드몽 카르동이 자기 어머니 살롱의 코니스[318] 위에 그것을 던져 버리고 말았다.

카르동은 퍽 여위었고 키가 매우 컸다. 대단히 부자이며 퍽 예의 바르고 거동이 완벽해서 감탄을 불러 일으키는 인형 같은 친구였다. 그의 어머니 카르동 부인은 왕비 마리 앙투아네트의 시녀였다.

카르동과 나의 처지는 얼마나 대조가 되는가! 그럼에도 불구하고 우리는 서로 사귀었다. 마렝고 전투 때도 친구 사이였다. 당시 그는 국방 장관 카르노의 부관이었다. 1804년인가 1805년까지 서로 서신도 교환했다. 그 우아하고 귀족적이고 매력적인 남자는 1805년에 자신과 인척 관계인 네에 원수가 체포되는 것을 보고 권총으로 머리를 쏘아 자살했다. 사실 그는 네에 원수가 한 일과 아무런 연루도 없었는데, 제후이며 원수인 사람과 인척 관계라는 궁정인다운 극도의 허영심에서 비롯한 일시적이고 무분별한 짓으로 그렇게 한 것이다. 1803년 혹은 1804년에 그는 자신을 카르동 드 몽티니라고 부르게 했다. 그는 부자이고 우아하며 말을 약간 더듬는 자기 아내를

---

318) 천장과 벽 사이의 돌림띠 장식.

나에게 소개했다. 그때 그녀는 나처럼 촌스러운 산골 사람의 강력한 정열에 겁을 냈던 것 같다. 선량하고 상냥했던 카르동은 드 몽티니라고 불렸으며 파리 왕립 재판소의 재판관 또는 심시관이었다.

아! 당시 내가 하나의 좋은 조언을 받았다면 얼마나 도움이 되었을까? 그런 조언이 1821년에도 마찬가지로 얼마나 유익했었을까! 하지만 도무지 아무도 나에게 그런 조언을 해 주지 않았다. 1826년경에야 깨달았지만 너무 늦었고, 게다가 그것은 내 습관에 어긋나는 일이었다. 나중에 가서 그것이 파리에서 필수 불가결한 조건(sine qua non)임을 뚜렷이 인식했지만, 만약 그렇게 했다면 내 문학 사상에서 진실성과 독창성이 적어졌을 것이다.

만약 1800년 1월에 다뤼 씨나 캉봉 부인이 나에게 다음과 같이 말해 주었다면 상황은 어떻게 달라졌을까.

“사랑하는 친척이여, 그대가 사회에서 얼마간의 신용을 얻고자 한다면, 스무 명쯤 되는 사람들이 당신에 대해 좋게 이야기할 마음이 들도록 만들어야 해요. 그러니 살롱 한 곳을 선택해 (모임 날이 화요일이라면) 화요일마다 반드시 거기에 가도록 해요. 그리고 그 살롱에 드나드는 모든 사람들 하나 하나에게 상냥하고, 적어도 매우 예의 바르게 행동해야 한다는 것을 명심하도록. 그러면 그대는 사교계에서 주목받는 중요한 사람이 될 것이고, 살롱 두세 곳의 비호를 받게 되면 상냥한 여성의 마음에 드는 일도 기대할 수 있을 거예요. 십 년 동안 끈기 있게 그렇게 하면 그 살롱은, 우리네의 것과 같은 사회적 지위에 속해 있는 것을 선택한 것이라면, 당신을 무슨 지위로라도 승진시켜 줄 수 있을 거예요. 무엇보다 중요한 것은 매주 화요일마다 끈기 있게 얼굴을 내미는 충실한 사람이 되는 거예요."

그런데 나에게 언제나 결핍된 것이 바로 그런 점이었다. 1828년경 《토론》지의 들레클뤼즈 씨가 "당신의 솜씨가 좀 더 능란했더라면!" 하고 부르짖은 이유가 바로 이것인 것이다.

그 성실한 사람이 한 이 말은 진실이 가득했다. 내가 짐짓 하고 난 뒤 나 자신도 놀란 몇 마디 말의 효과가 너무나 커서 그가 굉장한 질투를 느꼈기 때문이다. 이를테면 내가 그의 집에서 한 다음과 같은 말이 그랬다.

"보쉬에[319]…… 그는 무척 진지한 허풍이죠."

1800년 다뤼 가족은 릴르 로를 가로질러 마리 앙투아네트의 시녀였던 카르동 부인의 집 2층으로 올라갔다. 그녀는 군 회계 감사관인 신망 있는 두 관리, 지불 명령관인 다뤼 씨와 단순한 경리관인 마르시알 다뤼 씨의 비호를 받고 있어 무척 만족해 했다. 지금 나는 이렇게 그런 인간관계를 설명하고 있지만, 1800년 당시에는 경험이 전혀 없어 아무것도 판단하지 못했다. 그러니 독자들은 1836년인 지금 내 입에서 나오는 설명을 염두에 두지 말기를. 솔직히 그것은 그럴싸한 소설일 뿐이고, 사실의 역사는 아닌 것이다.

---

319) 자크베니뉴 보쉬에(Jacques-Bénigne Bossuet, 1627~1704). 프랑스의 사제·설교자.

다시 말해, 1800년 1월에 나는 카르동 부인의 살롱에서 무척 환대를 받았다기보다는, 그러했던 것처럼 여겼던 것이다.

그 살롱에서 사람들은 가장을 하고 몸짓 수수께끼 놀이를 하며, 끊임없이 농담을 했다. 불쌍한 캉봉 부인은 그곳에 오지 않았다. 그 무분별한 짓거리가 그녀의 병을 악화시켰고, 몇 달 뒤 그녀는 그 병으로 죽었다.

다뤼 씨(이후 대신이 된)는 『클레오페디(Cléopédie)』라는 예수회 수도사풍의 작은 시집을 막 펴낸 참이었다. 1700년경 예수회 수도사들이 썼던 라틴어 시 양식의 시들이었다. 나에게는 평범하고 가벼운 필치의 시들로 느껴졌으며 지난 삼십 년 동안 읽은 적이 없다.

사실 다뤼 씨는 기지가 넘치는 사람은 아니었는데(이 글을 쓰면서야 그 사실을 깨닫고 있지만), 문학 서클 네 곳의 회장을 맡은 것에 대해 몹시 자만하고 있었다. 1800년에는 그런 종류의 어리석은 짓거리들이 급속도로 늘어나고 있었고, 그것은 오늘날 우리가 생각하는 만큼 무의미한 것은 아니었다. 1793년의 공포정치와 그 뒤에 이어진 몇 년간의 절반의 공포 후에 마침내 사회가 되살아나고 있었던 것이다. 부친 다뤼 씨는 자기 맏아들이 지닌 그런 명예를 다정한 즐거움을 갖고 나에게 알려 주었다.

다뤼 씨가 그런 문학 서클에서 돌아올 때, 젊은 여성으로 변장한 에드몽이 집에서 20보쯤 떨어진 곳에서 그를 멈춰 세우고 붙잡았다. 퍽 재미있는 일이었다. 카르동 부인은 1788년의 쾌활한 유머를 여전히 지니고 있는 여성이었다. 하지만 오늘날인 1836년 점잔을 떠는 우리에게 그와 같은 짓은 빈축을 살 것이다.

다뤼 씨가 집에 도착했고, 여자로 변장한 에드몽은 계단까지 따라와 속치마를 벗었다.

그는 우리에게 말했다. "무척 놀랐어. 우리 동네가 이렇게 타락했다니."

얼마 뒤, 그는 자신이 주재하는 한 문학 서클에 나를 데리고 갔다. 그 서클은 카루젤 광장을 넓히기 위해 허물어 버린 거리에서 모임을 가졌다. 그곳은 새로 생긴 회랑의 부분 쪽으로 면하고 카루젤의 북쪽, 리슐리외 로의 축에 인접해 있으며, 서쪽으로 마흔 보 이상 떨어진 곳이었다.

저녁 7시 30분이었고, 큰 방들에 불이 환히 밝혀져 있었다. 시는 나를 소름 끼치게 했다. 그것은 아리오스트나 볼테르의 작품과는 너무나 달랐다! 그곳에서 듣는 시는 부르주아적이고 평범했지만(나는 이미 매우 훌륭한 유파에 속해 있었다!), 나는 시 한 편을 낭송하는 콩스탕스 피플레 부인의 탐스러운 가슴에 무척 감탄했다. 나중에 나는 그녀에게 그 이야기를 했는데, 시를 낭송할 당시 그녀는 가난한 탈장(脫腸) 전문 외과 의사의 아내였다. 나는 뵈뇨 백작부인 집에서 그녀에게 그 이야기를 했는데, 당시 그녀는 살름디크 공작부인이 되어 있었던 것 같다. 그녀의 재혼에 관해서는 나중에 다시 이야기하겠다. 살름 공작과 결혼하기 전, 그녀는 그의 저택이 자신의 마음에 드는지 어떤지 알고 싶다며 두 달 동안 애인 살름 공작과 함께 그의 저택에서 지냈다. 공작은 전혀 실망하지 않았고, 모든 것을 알고서 그녀가 하자는 대로 따랐다. 그가 옳았다.

나는 루브르 부근의 화가 르뇨의 집에 갔다. 그는 「아킬레스의 교육」을 그렸는데, 훌륭한 베르비크가 그 평범한 그림을 판화로 새겨 놓았다. 나는 그 사람이 운영하는 미술학원의 학생이 되었다. 나는 도화지라든가 의자 등을 빌리기 위해 줘야 하는 팁 같은 것에 무척 놀랐다. 당시 나는 파리의 모든 관습, 그곳에 존재할 수 있는 모든 습관에 완전히 무지했기 때문에 인색한 사람으로 여겨졌을 것임에 틀림없다.

나는 어디에 가든 끔찍이도 실망했다.

최고의 선이라고 생각했던 파리가 평범하고 고약한 곳으로 생각되다니! 모든 것이 마음에 들지 않았다. 나쁜 것의 집합체처럼 생각된 부친 집의 음식이 아니라 파리의 음식까지 싫었다.

어떻게든 이공과 대학 입학시험을 치러야 한다는 두려움에서 벗어나려다 보니, 내가 애지중지하던 수학까지 싫어하게 되었다.

엄격했던 부친 다뤼 씨는 나에게 이렇게 말했던 것 같다. "성적 증명서를 보면, 자네는 입학이 허락된 일곱 명의 동급생들보다 더 우수하기 때문에, 입학만 하면 오늘이라도 강의를 듣고 그들을 쉽게 따라잡을 수 있을 거야."

다뤼 씨는 신망이 있어서 예외적인 조치를 얻어 내는 데 익숙한 사람답게 나에게 그렇게 말했다.

나로서는 다행스럽게도, 다뤼 씨가 수학 공부를 다시 하라고 나를 독려하는 것을 늦추는 데는 사정이 있었다. 우리 가족들이 내가 모든 분야에 신동이라고 말해 놓은 것이다. 훌륭한 외할아버지는 나를 사랑했고, 사실 나는 그 외할아버지가 만들어낸 인간이었다. 수학을 제외한 다른 분야에서 할아버지 이외엔 나에게 선생님이 없었다. 외할아버지는 라틴어 작문을 나와 함께 했으며, 흰 우유 속에서 검은 죽음을 이루는 파리에 대한 시를 거의 혼자서 만들어 주었다.

내가 모방해서 개작한 시의 저자인 예수회 신부의 정신이 바로 그런 것이었다. 내가 숨어서 읽은 책의 저자들이 없었다면, 나는 십중팔구 그런 종류의 정신을 갖게 되었을 것이며, 다뤼 백작의 『클레오페디』나 아카데미 프랑세즈의 정신에 감탄하게 되었을 것이다. 그것은 나쁜 일이었었을까? 그랬다면 나는 1815~1830년에 성공을 거두고 돈과 명성을 얻었을 것이다. 내 작품도 지금보다 훨씬 더 평범하고 썩 잘 쓰였을 것이다. 1860년경 프랑스가 십오 년마다 겪는 정치 혁명에서 벗어나 지적 쾌락에 대해 생각할 수 있는 시간을 갖게 된다면, 1825~1836년의 이른바 글을 잘 쓴다는 부자연스러운 외면치레는 매우 우스꽝스러운 것이 될 거라고 생각한다. 강력하고 과격했던 나폴레옹 정부(나는 나폴레옹의 사람됨을 무척 좋아했다.)는 1800년에서 1815년까지 겨우 십오 년 동안 지속되었다. 저 구역질 나게 하는(베랑제[320]의 샹송들을 참조할 것.) 저능한 부르봉 왕가들의 정부 또한 1815년에서 1830년까지 십오 년

---

320) 피에르 드 베랑제(Pierre de Béranger, 1780~1857). 프랑스의 샹송 시인. 정부와 군대를 풍자하는 샹송을 쓰고 노래하여 투옥되었다.

간 계속되었다. 제3의 정부는 얼마나 오래 계속될까? 더 오래 갈까?

그런데 나는 주제에서 벗어나고 있다. 후손들은 이와 같은 나의 탈선을 허용해 줘야만 할 것이다. 우리는 한 손에 펜을 들고 다른 손에는 검을 들고 있을 것이다.(이 글을 쓰면서 나는 피에스키[321]의 처형과 1836년의 새로운 내각의 소식을 기다리고 있다. 그리고 직책상 아직 이름도 모르는 대신들에게 보내는 세 통의 서한에 막 서명을 한 참이다.)

이야기를 1800년 1월 또는 2월로 되돌리자. 사실을 말하면, 내가 가진 경험이란 아홉 살 어린아이 수준이었고, 자존심은 악마처럼 강했다. 실제로 나는 중앙학교에서 가장 우수한 학생이었다. 그보다 더 가치 있는 것은 내가 모든 것에 대해 올바른 사상을 갖고 있었고, 책을 엄청나게 많이 읽었으며, 독서를 열렬하게 좋아했다는 점이다. 내가 모르던 새로운 책 한 권은 모든 것으로부터 나를 위로해 주었다.

그러나 호라티우스 번역자로서 성공을 거두었음[322]에도 불구하고 다뤼 집안 사람들은 전혀 문학적이지 않았고, 생-시몽이 묘사한 루이 14세의 궁정인들 같은 가족이었다. 그 집안 사람들은 장자인 다뤼 씨가 거둔 성공만 좋아할 뿐, 문학상의 논의는 모두 집안의 명예를 위태롭게 하는 정치적 범죄인 것처럼 생각되었다.

---

321) 주세페 피에스키(Giuseppe Fieschi, 1790~1836). 루이 필립을 저격한 뒤 체포되어 처형당했다.

322) 피에르 다뤼는 1797년에 호라티우스의 작품을 번역했다.

내 성격에 내포된 불행 중 하나는 성공을 망각하고 내가 저지른 어리석은 짓은 매우 잘 기억한다는 것이다. 1800년 2월경, 나는 집에 다음과 같은 편지를 써 보냈다. "캉봉 부인은 정신적인 영역에서 영향력을 발휘하고, 르뷔펠 부인은 감각적인 영역에서 영향력을 발휘하고 있어요." 보름 뒤, 나는 내가 쓴 편지의 문체와 내용에 대해 큰 창피를 느꼈다.

그것은 거짓말이었다. 더욱 나쁜 것은 그것이 배은망덕한 행동이었다는 점이다. 내가 가장 거북함을 느끼지 않고 자연스럽게 있을 수 있는 장소가 있었다면, 그곳은 바로 그 훌륭하고 아름다운 르뷔펠 부인의 살롱이었다. 르뷔펠 부인은 2층에 살았고, 같은 집 3층에 내 방이 있었다. 부인의 살롱 바로 위가 내 방이었다고 생각된다. 외삼촌 가뇽은 자신이 리옹에서 어떻게 해서 그녀의 아름다운 발에 감탄하며 그녀의 마음을 얻어 냈고, 좀 더 잘 볼 수 있도록 그녀로 하여금 트렁크 위에 발을 올려놓게 했는가를 나에게 이야기해 주었다. 한번은, 바르틀롱 씨가 없었다면 르뷔펠 씨가 외삼촌이 좀 수상쩍은 어떤 자세를 하고 있는 것을 알아차렸을 것이다. 나의 친척 르뷔펠 부인에게는 아델이라는 딸이 하나 있었는데, 그 아가씨가 많은 재치를 보여 줄 것 같았다. 그러나 그 예상은 빗나갔던 것 같다. 나와 아델은 서로 조금 사랑했는데(어린아이들의 사랑), 그 어린애 장난이 이어서 증오로, 무관심으로 바뀌었다. 1804년 이래로 그녀는 내 시야에서 완전히 사라졌다. 1835년에 나는 내 왼발에 검으로 일격을 가한 그녀의 어리석은 남편 오귀스트 프티에 남작이 이공과 대학에 다니는 아들 하나를 남기고 세상을 떠났다는 것을 신문을 보고 알았다.

르뷔펠 부인이 그르노블 우리 집안의 지인이자 도피네 지방 발랑스 출신의 매우 뻣뻣한 신사 시에즈 씨를 정부로 삼은 것이 1800년이었던가? 아니면 1803년이었나? 관대하고 재치가 있어 나에게는 언제나 존경스럽고 훌륭한 인물이었던 르뷔펠 씨가 자신의 사업 협력자이며 애인이었던 바르브뢰 양과 함께 운영하는 생-드니 로의 운송업소에서 저녁 식사를 하자고 나를 초대한 것이 1800년이었던가, 1803년이었던가?

만일 외할아버지가 나를 다뤼 씨가 아니라 르뷔펠 씨에게 부탁했다면, 내 처지가 어떻게 달라졌을까! 르뷔펠 씨는 다뤼 씨보다 겨우 일고여덟 살 아래였지만 다뤼 씨의 조카였다. 다뤼 씨는 랑그도크 지방(일곱 개 현으로 이루어진) 전체의 사무총장이라는, 정치적으로 높은 지위라기보다는 행정 관리직에 있었기 때문에 조카 르뷔펠 씨를 완고하게 억누르곤 했다. 르뷔펠 씨가 나에게 말해 준 다뤼 씨와의 대화를 살펴보면, 르뷔펠 씨는 존경심과 확고한 태도를 매우 훌륭하게 조화시키고 있었다. 내가 그의 어조를 J.-J. 루소가 『파리의 대주교 크리스토프 드 보몽에게 보내는 편지(Lettre à Christophe de Beaumont, archevêque de Paris)』에서 취한 어조와 비교했던 것이 기억난다.

우연이 나를 르뷔펠 씨의 지도하에 있게 했었다면 나는 무엇이든 되었을 것이고 한층 더 현명해졌을 것이다. 하지만 내 운명은 모든 것을 검 끝으로 정복하는 것이 되었다. 인생의 그 시기에 특히 나는 얼마나 많은 격렬한 감동을 겪었던가!

나는 지금부터 말하려는 작은 사건 때문에 그와 같은 많은 감동을 받았는데, 그것은 어떤 의미였을까? 내가 열정적으로 원한 것은 무엇이었을까? 전혀 기억이 나지 않는다.

장자인 다뤼 씨(나는 그를 다뤼 백작이라고 부를 것이다. 그는 1809년경에 백작이 되었을 테니 이렇게 부르는 것은 시기적으로 맞지 않지만, 나는 습관적으로 이렇게 부른다.), 이렇게 불러도 된다면 다뤼 백작은 1800년에 국방부 사무국장이었다. 그는 지나치게 일을 많이 해서 건강을 해치고 있었다. 사실을 말하자면, 그는 늘 바쁘다고 말했으며 저녁을 먹으러 올 때 항상 기분이 좋지 않았다. 때때로 부친과 집안 식구들을 한 시간에서 두 시간 정도 기다리게 하는 일도 있었다. 그러고는 두 눈이 붉게 충혈되고 고된 일에 녹초가 돼 버린 황소의 얼굴을 하고 귀가하는 것이다. 저녁에 사무실로 다시 돌아가는 일도 자주 있었다. 모든 것을 재조직할 필요가 있었으며, 비밀리에 마렝고 전투를 준비하고 있었던 것이다.

트리스트럼 섄디[323)]가 말했듯이, 나는 태어날 참이고 독자는 어린애 같은 행동에서 막 빠져나오려 하고 있다.

어느 날, 부친 다뤼 씨가 나만을 따로 불러, 나를 전율케 하며 이렇게 말했다. "내 아들이 자네를 국방부 사무국에 데리고 가서 함께 일을 하게 되었어." 아마도 그때 나는 고맙다는 인사도 못 하고 몹시 겁먹은 얼굴로 사납게 입을 다물고 있었을 것이다.

---

323) 영국 작가 로런스 스턴(Laurence Sterne, 1713~1768)의 대표작 『트리스트럼 섄디』의 주인공.

다음 날 아침 다뤼 백작을 따라 걸어갔는데, 나는 그를 존경했으나 그가 나를 소름 끼치게 해서 친숙해질 수가 없었으며, 그 또한 나와 친숙해질 수 없었던 것 같다. 당시 매우 협소한 일르랭 베르탱 로를 따라 걸어가던 나의 모습이 눈앞에 떠오른다. 하지만 우리가 함께 간 국방부가 어느 언저리에 있었던가?

떠오르는 것은 내 책상 앞의 내 모습뿐이다. 두 개의 책상 중 내가 차지하지 않은 책상 앞에는 라신의 빈약한 모방인 「테제」라는 비극을 쓴 마조이에 씨가 있었다.

41장

정원 끝에는 가지치기를 너무 세밀하게 해서 볼품없어진 보리수가 몇 그루 있었는데, 우리는 그 나무들 뒤로 가서 오줌을 누곤 했다. 그 보리수들은 내가 파리에서 가진 최초의 친구들이었고, 나는 그들의 운명을 동정했다. 그처럼 잘려 있다니! 나는 그것들을 산 한가운데에서 사는 행복을 가진 클레의 아름다운 보리수들과 비교했던 것이다.

그렇다면, 나는 그러한 산속으로 돌아가고 싶어 했단 말인가!

그렇다, 라고 생각했던 것 같다. 아버지를 다시 보지 않아도 되고, 외할아버지와 함께 자유롭게 산다면 말이다.

파리에 대해 내가 가졌던 극도의 열정이 그 정도로까지 식어 버린 것이다. 그리하여 진정한 파리는 내 눈에 보이지 않는다고까지 생각하는 일이 있게 되었다.

국방부의 보리수들은 나무 꼭대기부터 붉어졌다. 마조이예 씨가 베르길리우스의 시구를 나에게 상기시켜 주었다.

지금 봄이 붉어지기 시작하니[324)]

아니, 그렇지 않다. 삼십육 년 후 이 글을 쓰면서 처음으로 그 시구가 생각났다. 우리 집에 몰려와 미사를 드리고 라틴어에 대해 나에게 이야기하던 신부들이 베르길리우스를 옹호했기 때문에, 나는 마음속으로 베르길리우스를 끔찍이도 싫어했다. 이성적으로 아무리 노력해도, 그 고약한 패거리와 함께하면서 느낀 좋지 못한 인상에서 베르길리우스를 벗어나게 하지 못했다.

보리수에 싹이 트고, 마침내 잎이 자라났다. 나는 깊은 감동을 받았다. 파리에도 나의 친구들이 있었던 것이다!

정원 끝에 있는 그 보리수 뒤로 소변을 누러 갈 때마다, 나는 그 친구들의 모습을 보며 마음이 시원해지곤 했다. 삼십육 년 전에 헤어진 뒤인 지금도 여전히 나는 그들을 사랑하고 있다.

하지만 지금도 그 친구들이 남아 있을까? 그 일대에 너무나 많은 건물이 들어섰으니 말이다! 내가 처음으로 공직의 펜을 잡은 관청이 이름 모를 광장에 면한, 지금도 위니베르시테로에 있는 그 관청일까?

---

324) 베르길리우스 시엔 이 구절이 없다고 한다.

그곳에서 다뤼 씨는 나를 사무용 책상에 앉히고 편지를 필사하라고 했다. 지금보다 더 악필이었던 나의 필적에 대해서는 언급하지 않겠다. 그러나 나는 다뤼 씨가 '그것(cela)'이라는 단어를 두 개의 *l*을 사용해 'cella'라고 쓰고 있는 것을 발견한 것이다.

과연 그런 모습이 그르노블에서 온갖 상을 타고 라신의 가치에 대해 이의를 제기했던 재치 있는 문학인이자 고전학자의 모습이란 말인가!

나는 오늘날에 와서야 다뤼 집안 사람들의 친절에 감탄하고 있다. 나처럼 지나치게 자존심 강하고 무지한 짐승 같은 인간을 도대체 어떻게 다뤄야 좋았을까?

사실 나는 마조이에 씨와 논의할 때 라신을 썩 잘 공격했다. 우리 서기들은 모두 네 명이었는데, 내가 마조이에 씨와 접전을 벌이면 다른 두 사람은 내 말을 경청했던 것 같다.

나는 내면의 이론을 하나 갖고 있었다. 그것을 반은 이탈리아어고 반은 라틴어인 '신철학(Filosofia nova)'이라는 제목을 붙이고 글을 쓰려 했다. 나는 셰익스피어에 대해 진실하고 생생하며 열정적인 감탄을 품고 있었다. 비록 르투르뇌르 씨와 그 협력자들의 무겁고 과장된 번역을 통해서만 셰익스피어를 알고 있었지만.

아리오스트 또한 내 마음에 큰 영향을 미쳤다.[드 트레상 씨가 번역한 아리오스트. 드 트레상 씨는 상냥한 대위로 한 집안의 가장이고 클라리넷을 연주하는 사람인데, 내가 읽기를 배우는 데 기여했다. 그는 극도로 평범한 과격 왕당파였

고, 1820년경에 소장(少將)이 되었다.]

다뤼 백작의 『클레오페디』와 그 뒤에 이어 읽은 드릴르 신부의 책에 감탄하는 악취미로부터 나를 막아준 것은 세르반테스, 셰익스피어, 코르네유, 아리오스토의 독서로부터 얻은 진정한 즐거움, 깊고 반성적인 즐거움, 행복에까지 이르는 즐거움에 기초를 둔 내면의 이론, 그리고 볼테르와 그 유파들의 유치함에 대한 증오다. 그 점에 관해 감히 말하자면, 나는 광신적이라 할 정도로 단정적이었다. 나쁜 문학 교육에 망가지지 않은 건전한 사람이라면 누구나 나처럼 생각할 거라고 믿어 의심치 않았기 때문이다. 경험을 통해 내가 배운 것은, 대부분의 사람들은 자연스럽게 예술에 대한 감수성을 갖게 되지만, 유행 작가에 의해 그 감수성을 인도받는다는 것이다. 그 유행 작가는 1788년에는 볼테르였고, 1828년엔 월터 스콧이었다. 그렇다면 오늘날인 1836년에는 누구일까? 다행히 아무도 없다.

1799년 말 파리에 도착했을 때, 나의 문학적 스승은 셰익스피어와 아리오스토, 그리고 그다음으로는 『신엘로이즈』였다. 그들에 대한 사랑은 다뤼 씨와 카르동 씨의 살롱에 유행하고 있던 악취미(상냥함이 모자라는)로부터 나를 구해 주었다. 다뤼 백작은 현재 작품을 쓰고 있는 작가이며 다른 방면에서도 모두가 탄복하는 인물인 데다 나 또한 감탄하는 사람이었기에, 그 악취미는 그만큼 더욱 나에게 위험했으며 더 감염되기 쉬웠다. 당시 다뤼 백작은 마세나 장군의 지휘하에 취리히에서 프랑스를 구한 저 스위스 원정군의 조직 사령관이 된 참이었다. 그래서 부친 다뤼 씨는 마세나 장군이 자신의 장남 다뤼에 관해 모든 사람에게 "그 사람은 내 친구들에게도 적들에게도 소개할 수 있는 인물이오."라고 말했다고 우리에게 끊임없이 되풀이해 말했다.

하지만 내가 아는 마세나는 까치 같은 인간, 즉 본능적으로 도벽이 있는 인간이었다. 그래서 로마에서는 아직도 그에 관해 이야기를 하고 있다.(도리아 가문 성체현시대, 나보나 광장에 있는 성 아그네스 성당에서였다고 생각한다.) 그런데 다뤼 씨는 결코 한 푼도 도둑질한 일이 없다.

참으로 난감한 일이다! 웬 수다인지! 이래서는 아리오스토에 대해 이야기할 순서에 다다르지 못할 것이다. 아리오스토의 작품에 나오는 마부를 연상시키는 완력만 가진 하역 인부 같은 인물들은 오늘날 나를 너무도 싫증 나게 한다. 1796년부터 1804년까지 아리오스토는 나에게 자기 본연의 인상을 주지 못하고 있었다. 나는 그의 작품에 나오는 다정하고 소설적인 구절들을 전적으로 진지하게 받아들이고 있었던 것이다. 그런 구절들이 나도 모르는 사이에 내 영혼이 다다를 수 있는 유일한 길을 터 주고 있었다. 나는 희극적인 구절을 읽은 뒤가 아니면 감동에까지 이르는 마음의 충격을 받지 않는다.

여기서 오페라 부파(opera buffa, 희가극)에 대한 나의 거의 배타적인 사랑이 생겨났고, 푸아투 남작의 영혼(콜롱을 화나게 한 브로스의 책 말미에 쓴 발문 참조) 그리고 코 밑 수염을 기른 자에게만 용기를 인정하는 1830년의 모든 속물들로부터 내 영혼을 갈라놓는 심연이 생겨났다.

이런 연유로 나는 오페라 부파에서만 눈물이 날 만큼 감동을 받는 것이다. 오페라 세리아[opera seria, 정가극(正歌劇)]가 갖는, 사람을 감동시킨다는 자부심은 나에게서 감동할 수 있는 가능성을 당장 끝나게 한다. 현실 생활에서도 불쌍한 외침으로 동냥하는 거지를 보면 나로 하여금 동정심을 느끼기보다는 매우 철학적인 엄격성을 가지고 감옥의 필요성을 생각하게 된다.

나에게 말도 건네지 않고, 로마에서 흔히 보듯이 애처롭고 비극적인 외침을 토해 내지 않는, 내가 일주일 전에 본 앉은뱅이처럼 기어가며 사과를 먹고 있는 거지가 금세 눈물이 나올 만큼 내 마음을 움직인다.

여기서 비극에 대한 완전한 거리감이 나에게 생겨나고, 그 거리감은 운문 비극을 비꼬는 데까지 이르는 것이다.

저 순박하고 위대한 인물 피에르 코르네유는 예외다. 내 생각에 코르네유는 기교와 능숙한 말솜씨로 가득 찬 궁정인 라신보다 훨씬 뛰어난 사람이다. 아리스토텔레스의 법칙들 혹은 그렇다고 일컬어지는 것들은 운문 형식과 함께 이 독창적인 시인에게는 걸림돌이 되고 있다. 라신이 독일인이나 영국인 등의 눈에만 독창적으로 보이는 것은, 그들이 여태껏 루이 14세의 궁정처럼 한 나라의 모든 부자와 귀족들이 베르사유의 살롱에 모여 여덟 시간을 함께 보내는 재치 넘치는 궁정을 아직도 가져 본 적이 없었기 때문이다.

세월이 흐르면, 영국인, 독일인, 미국인, 그 외 돈 있는 사람이나 비논리적인 몽상을 좋아하는 사람들은 라신의 궁정인다운 기교를 이해할 수 있게 되리라. 라신은 쥐니나 아리시 같은 매우 순진한 숫처녀 역까지도 예의 바른 창부의 기교에 젖어 버리게 한다. 그는 드 라 발리예르 부인[325] 같은 여성을 한 번도 창조해 내지 못했지만, 참으로 능란하며 육체적으로는 정결하지만 정신적으로는 절대 그렇지 않은 아가씨를 늘 창조해 온 것이다. 1900년경에 가서는 독일인, 미국인, 영국인들이 라신의 궁정풍 정신을 온전히 이해할 수 있게 되리라. 그리고 아마도 한 세기 후에는, 라신이 결코 라 발리예르 부인과 같은 여성을 창조할 수 없었다는 것을 아마도 느끼게 되리라.

하지만 시력이 약한 그들이 태양에 그렇게 가까이 있는 별을 어떻게 알아볼 수 있겠는가? 그 예의 바르고 인색한 시골뜨기들은 어리석은 부플레르 원수[326](1712년경에 죽었다.)에게까지도 매력적인 겉치레 니스칠을 해 준 문화에 감탄할 뿐, 라신에겐 단순함과 자연스러움이 완전히 결핍되어 있다는 것을 느끼지 못하고 또한 카미유의 다음과 같은 시구도 이해하지 못했던 것이다.

내가 보는 것은 모두가 퀴리아스처럼 여겨졌기에.[327]

---

325) 루이즈 드 라 발리예르(Louise de La Vallière, 1644~1710). 루이 14세의 총애를 받아 자식을 여러 명 낳았지만, 왕의 사랑이 식자 수도원에 들어가 경건한 신앙생활을 했다.
326) 루이 프랑수아 드 부플레르(Louis François de Boufflers, 1644~1711). 콩데 공을 비롯해 여러 사람에게 봉사한 군인. 일반적으로 최고의 군인으로 일컬어지나, 생-시몽은 그를 높이 평가하지 않았다.
327) 코르네유의 희곡 「오라스」 1막 2장에 나오는 대사.

내가 쉰세 살에 이런 글을 쓰는 것은 아무렇지도 않은 일이다. 하지만 1800년에 이런 것을 느꼈다는 사실, 그리고 볼테르와 그의 알지르[328]의 거친 외면치레에 일종의 혐오감을, 종교에 대해서는 증오에 퍽 가까운, 그러나 매우 정당한 경멸을 동시에 갖는다는 사실은 볼테르의 손님으로 페르네에 사흘간 머무른 것을 자랑으로 삼고 있는 가뇽 씨의 문하생인 나를 놀라게 한다. 흑단(黑檀) 받침대 위에 놓인 그 위대한 인물의 작은 흉상 아래에서 교육받은 나를 말이다.

흑단 받침대 위에 있는 것은 나인가, 아니면 그 위대한 인물인가?

요컨대 'cella'라고 쓰던 1800년 2월에 내가 갖고 있던 문학적 입장에 대해 나는 감탄한다.

나 또는 다른 많은 사람들과 비교해 볼 때, 일하는 사람으로서, 법률 고문으로서는 굉장히 우수한 다뤼 백작도, 자존심 강한 이 미치광이의 가치를 추측하는 데 필요한 재치를 갖고 있지 못했다.

내 옆자리에서 일한 서기 마조이에 씨는 2500프랑을 받고 일하는 다른 두 명의 우둔한 서기들보다는 나의 자존심 섞인 광기가 낫다고 생각해 귀찮아하지 않았기 때문에 나를 어느 정도 존중해 주었다. 하지만 나는 그런 것에 관심이 없었

328) 볼테르의 희곡 「알지르」의 여주인공. 약혼자가 죽은 줄 알고 왕과 결혼했으나 나중에 남편인 왕을 살해한다.

다. 나는 라신이라는 이름의 그 능란한 궁정인이자 아첨꾼에 감탄하는 자는 누구든, 내 눈에는 진짜 아름다움으로 보이는 아이모진[329]의 소박함, "안녕하세요, 자신을 스스로 지키는 가난한 집이여."라고 외치는 그 인물의 소박함을 보지도 느끼지도 못한다고 생각하고 있었던 것이다.

1800년에 마조이에 씨가 셰익스피어에게 퍼부은 폭언, 그리고 엄청난 모욕! 그것은 그 위대한 시인에 대해 눈물 날 정도로 측은한 마음을 갖게 해 주었다. 나중에, 뎀보스키 부인을 혹평한 밀라노의 산문적인 인간들의 비평만큼 나로 하여금 그녀를 깊이 사랑하게 한 것도 없다. 그 매력적인 여인의 이름을 대도 괜찮을 것이다. 오늘날 누가 그 여인에 대해 생각하겠는가? 그녀가 세상을 뜬 지 십일 년이 지난 지금, 아마 나 혼자만이 아닐까! 똑같은 생각을 알렉상드린 프티 백작부인에게도 적용하겠다. 이십이 년이 지난 오늘날, 나야말로 그녀의 최고의 친구가 아닐는지? 이 글이 책이 되어 나왔을 때(시간과 종이를 허비하는 것을 두려워하지 않는 출판사가 있다면 말이다!), 이 내가 죽은 후 이 글이 출판된다면, 누가 메틸드와 알렉상드린을 생각하겠는가? 그리고 내가 익히 알고 있듯이, 여성다운 겸허함과 대중에게서 주목받는 것을 싫어하는 기질을 가진 그녀들은 이 책이 출판되는 것을 저세상에서 보고 불편하게 생각할까?

그러나 망각의 먹이가 되어 침묵하는 사람(For who, to dumb

329) 셰익스피어의 희곡 「심벨린(cymbeline)」에 등장하는 인물.

forgetfulness a prey)[330]에게는 오랜 세월이 흐른 뒤 우정을 나눈 친구의 입에서 자기 이름이 불리는 것이 기쁜 일 아니겠는가?

그런데 도대체 내가 어디까지 이야기했지? Cella라고 쓰곤 했던 내가 근무하던 그 사무실에서 말이다.

독자들이 속된 보통 사람의 마음을 조금이라도 가졌다면, 탈선된 이 긴 여담을 cella라고 썼던 것에 대한 수치심을 감추기 위한 것이라고 상상할 것이다. 그러나 그것은 잘못 생각하는 것이다. 즉 지금 나는 그때와 다른 사람이다. 1800년의 잘못은 대부분 이 글을 쓰면서 새롭게 발견한 것들이다. 많은 사건과 오랜 세월을 거쳐 온 뒤 기억하는 것은 내가 사랑했던 여인들의 미소뿐이다. 요전 날, 나는 내가 입었던 제복 하나가 어떤 색깔이었는지 생각이 나지 않았다. 그런데 관대한 독자여, 나폴레옹 군대처럼 한 나라의 주목을 받는 유일한 대상이며 승리로 빛나는 군대의 제복이 어떤 것인지 경험해 본 적이 있는지!

오늘날엔 다행스럽게도 의회의 연단이 군대의 빛을 흐려 놓았다.

내가 처음으로 행정 사무의 펜을 잡은 사무실이 어느 거리에 있었는지는 정말이지 기억이 나지 않는다. 당시 그곳은 정원의 벽에 둘러싸인 일르랭-베르탱 로 끄트머리에 있었다. 1800년의 유명 작가가 말하듯 표현하자면, 벨샤스 로와 릴르

330) 영국 시인 토머스 그레이(Thomas Gray, 1716~1771)의 「시골 묘지의 비가(悲歌)」에 나오는 구절.

로가 만나는 모퉁이 505번지의 집에서 침울하고 추운 아침 식사를 한 뒤, 사무실에 가는 다뤼 백작 곁을 따라 부지런히 걸음을 옮기던 내 모습이 지금도 눈에 선하다.

만약 다뤼 씨가 나에게 이렇게 말해 주었다면, 내가 얼마나 달라졌을까. "편지를 쓰게 되면, 자네가 말하고자 하는 바가 무엇인가를 깊이 생각하도록 하게. 그리고 그 문서에 서명할 대신이 거기에 표현하고자 하는 훈계나 명령의 성향을 깊이 생각하는 것이지. 그런 다음 결심이 서면 대담하게 쓰면 되네."

그렇게 하는 대신, 나는 다뤼 씨의 공문서 양식을 모방하느라 애썼다. 그가 '사실상'이라는 표현을 너무 자주 사용해서, 나의 글도 '사실상'이라는 표현으로 가득 채워졌다.

1809년 빈에서 내가 내 생각대로 쓴 중대한 문서들과는 얼마나 거리가 멀었는지. 지독한 매독에 걸린 상태로 부상자가 4000명인 병원을 돌봐야[새가 날다(l'oiseau vole)][331] 하고, 이미 정복한 정부(情婦) 한 명과 마음속으로 열렬히 사랑하는 정부 한 명을 지닌 채 말이다! 이 변화는 모두 내가 개인적으로 깊이 생각한 결과다. 다뤼 씨는 내가 쓴 문서에서 문장을 삭제하며 골을 내는 것 말고는 달리 의견을 말해 준 적이 전혀 없었다.

사람 좋은 마르시알 다뤼는 늘 기분 좋은 어조로 나를 대해 주었다. 그는 자주 국방부 사무소에 왔는데, 그 사무소는

---

331) 이 병원의 원장 이름이 필립 루아조(Philippe Loiseau)인 데서 착안해 말장난을 한 것.

군 경리관에게는 궁정과 같은 곳이었다. 마르시알은 1800년에 발-드-그라스 병원의 치안 감독권을 갖고 있었던 것으로 생각된다. 다뤼 백작은 1800년 당시 군에서 가장 머리가 좋은 사람이었고(이것은 너무 과장된 말이 아니나.), 예비군의 기밀을 갖고 있었던 것 같다. 군 경리관들은 그들의 직제가 새로 만들어지고 열병 감독관의 제복이 정해진다는 사실에 흥분해 법석을 떨고 있었다. 그 당시 열병 감독 사령관으로 임명된, 나무 의족을 한 올리비에 장군을 본 생각이 든다. 테두리가 둘린 모자와 붉은 제복으로 인해 절정에 다다른 그 허영심은 다뤼 집안과 카르동 집안에서 화제의 기초가 되고 있었다. 에드몽 카르동은 드러내 놓고 다뤼 백작에게 아부를 하던 능숙한 어머니 덕에 육군 감리관의 보좌관 자리를 약속받고 있었다.

선한 마르시알 다뤼는 나도 곧 그 매력적인 제복을 입게 될 거라고 암시해 주었다.

이 글을 쓰고 있자니, 카르동이 목깃과 소매가 금실로 장식된 감청색 제복을 입고 있는 모습이 눈앞에 보이는 것 같다.

이렇게 거리를 두고 생각하면, 허영심(이것은 나에게는 2차적 정념이다.)에 관한 일에선, 상상하던 것과 실제로 본 것이 혼동되어 버린다.

훌륭한 마르시알은 나를 보러 사무실에 왔다가, 내가 '조사 자료'라는 말을 기입한 문서 한 통을 사무국에 보내는 것을 보았다.

그는 웃으면서 나에게 말했다. "이런! 자네가 벌써 그런 문서를 돌리고 있다니!"

그런 일은 사무실의 차장이나 누리는 특권인데, 정원 외 임시직 말단인 내가 부당하게 그 권리를 침해한 셈이 되었던 것 같다.

그 '조사 자료'라는 용어에 관해 말하자면, 이를테면 봉급국에서는 봉급에 관한 조사 자료를 내고 의복국에서는 의복에 관한 조사 자료를 냈는데, 가령 경기병 7연대의 사관이 의복용 천을 부당하게 받아 봉급에서 107프랑을 반환해야 할 의복 사건이 일어났을 경우, 나는 앞에서 말한 2개 국에서 조사 자료를 입수해 문서를 작성한 뒤 다뤼 사무국장의 서명을 받아야 했다.

내가 쓴 문서는 아주 조금만 다뤼 씨에게 갔다고 생각된다. 당시 속물이지만 근면한 서기인 바르토뫼프 씨가 다뤼 씨의 특별 비서(급료는 국방부에서 지불했다.)로서 경력을 시작했다. 그는 다뤼 씨가 글을 쓰는 사무실에 고용되어 자신 및 타인에게 인정머리 없는 가혹한 인물인 다뤼 씨의 이상스럽고 느닷없는 욕설과 그에게 접근하는 모든 자에게 요구하는 과도한 일 등을 견뎌내야만 했다. 다뤼 씨가 유발하는 공포심은 이내 나에게도 감염되었고, 나는 그에 대한 그런 감정에서 결코 벗어나지 못했다. 나는 지나치게 민감하게 태어났고, 다뤼 씨가 하는 말들의 가혹함은 끝도 한계도 없었다.

그렇기는 하지만, 나는 오랫동안 그에게 학대를 받을 만큼 중요한 자리에 있지 못했다. 지금에 와서 분별 있게 생각해 보면, 나는 실제로 그에게서 들볶임을 당한 일이 없다. 포 고등법원의 전 차장 검사인 드 보르[332] 씨가 견뎌낸 괴로움의 백분의 일도 겪지 않았다.(그런 고등법원이 있었나? 치비타-베키아에는 기록된 책이 전혀 없어 그것을 찾아볼 수가 없다. 하지만 잘된 일이다. 이 책은 오직 내 기억으로만 이루어지고 다른 책들과 함께 만들어지는 것이 아닐 것이니까.)

적의 포탄에 떨어져 나간 포가(砲架) 한 조각이 탄환에 타격을 받은 포신(砲身)의 완충물이 되는 것처럼(1800년의 테생강[333] 전투처럼), 다뤼 씨와 나 사이에 그런 완충물이 있었음을 나는 인정한다.

나는 완충물은 주앙빌(오늘날 파리 제1사단의 군 경리관인 주앙빌 남작)이었고, 그다음에는 드 보르였다. 이 대목에서 나는 여태껏 하지 않은 다음과 같은 생각을 품게 된다. 다뤼 씨는 나를 배려해 주었던 것인가? 그랬을 수 있다. 줄곧 끔찍한 공포를 느꼈기에, 1836년 3월에 와서야 내가 이런 생각을 하게 된 것이다.

국방부의 모든 사람이 다뤼 씨의 사무실에 오면 부들부들 떨었다. 나는 사무실 문을 보는 것만으로도 공포를 느꼈다. 아마도 다뤼 씨는 내 눈 속에서 그 공포심을 보았을 것이다. 오

332) 다뤼 백작의 비서.

333) 스위스 취리히와 이탈리아의 밀라노를 연결하는 요충지 생-고다르 언덕의 남쪽 기슭에서 발원해 포 강으로 흐르는 강. 1800년 5월 31일 나폴레옹의 2차 이탈리아 원정 때 뮈라 장군이 인솔한 프랑스군이 이 강을 건너 밀라노로 돌진했다. 스탕달은 이 전투에 참여하지 않았다. 당시 생-베르나르 언덕을 넘어 이탈리아로 갔기 때문이다.

늘날 내가 그에게서 보는 성격(소심한 성격으로 사람들에게 공포심을 일으키고 그것을 방패로 삼는)으로 볼 때, 내 공포심이 그의 마음에 들었을 것이 틀림없다.

바르토뢰프 씨 같은 조잡스러운 인간들은 일에 짓눌려 있을 때 그 성난 황소가 자기에게 접근하는 모든 사람에게 퍼부어 대는 그 이상한 말들에 그리 크게 신경 쓰지 않았을 것이다.

다뤼 씨는 그런 공포심으로 700~800명 되는 국방부 사무실의 직원들을 가동시키고 있었다. 그중 과장으로 임명된 15~20명의 중요한 사람들은 대부분 아무런 재능도 없는 인간들로, 다뤼 씨로부터 호되고 거친 대접을 받고 있었다. 그 인간들은 사무를 간결하게 추리기는커녕, 다뤼 씨에게까지도 사무를 자주 혼란스럽게 해 놓으려고 애썼다.(내 그리스인 비서가 매일 나에게 하듯이.)[334] 책상 왼쪽에 긴급히 답장해야 할 편지 이삼십 통이 놓여 있는 사람을 난처하게 만들기 위해 그렇게 했다는 것을 나는 안다. 또 나는 다뤼 씨의 책상에 지시를 기다리는 편지들이 1피트 높이로 쌓여 있는 것을 자주 보았다. 그 편지들은 "본인은 적시에 각하의 지시를 받지 못해서……."라고 회답하는 것에 매력을 느끼는 사람들이 써서 보낸 것들이다. 쇤브룬[335]에서 태만이 있었다고 말하며 화를 내는 나폴레옹의 모습을 예측하면서 말이다.

---

334) 치비타-베키아 영사관의 서기관이었던 리지마크.를 뜻한다. 그는 1834년 이래 스탕달과 사이가 나빴다.

335) 오스트리아의 프란츠 1세는 빈 교외에 있는 쇤브룬 궁전에서 나폴레옹과 조약을 맺고, 나폴레옹의 대륙 봉쇄 체제에 종속될 것을 재확인했다.

42장

그처럼 1800년 2월 혹은 1월에 시작된 나와 다뤼 씨의 관계는 그가 사망한 1828년 또는 1829년에 가서야 끝이 났다. 다른 수많은 사람을 제치고 나를 우선적으로 써 주었다는 의미에서 그는 내 은인이었다. 하지만 나는 비가 내리던 수많은 날을 과열된 난로 때문에 두통을 느끼며 아침 10시부터 자정 넘어 새벽 1시까지 쓰면서 보내야 했다. 늘 두려워서 끊임없이 화를 내는 분노에 찬 인간의 눈 아래에서 말이다. 그것은 그의 친구 피카르의 '차례로 파급되는 사건들(Ricochets)'[336]이었다. 그는 나폴레옹을 극도로 두려워했고, 나는 그를 극도로 두려워했다.

---

336) 1807년에 발표된 피카르의 희곡 제목이기도 하다.

우리는 1809년 에어푸르트에서 우리 작업의 더할 나위 없는 극치를 보게 된다. 다뤼 씨와 나는 칠팔 일 동안 필생(筆生) 한 명 없이 군 전체의 경리 업무를 보았다. 그때 다뤼 씨는 자신이 하고 있는 일에 감탄한 나머지, 하루에 두세 번밖에 화를 내지 않았다. 그것은 일종의 오락 같은 것이었다. 나는 그의 거친 말에 흔들리는 나 자신에게 화가 치밀었다. 그것은 내 승급에 아무런 영향도 미치지 않았고, 게다가 나는 승진에 열을 올린 적이 한 번도 없었다. 오늘날 회고하건대, 나는 반쯤 닫힌 문이라도 좋으니 가능한 한 그에게서 떨어져 있으려고 애를 썼던 듯하다. 그 자리에 있는 사람 또는 그 자리에 없는 사람들에게 쏟아내는 그의 냉혹한 말들을 견딜 수가 없었던 것이다.

일르랭 베르탱 로 끄트머리 육군성 사무실에서 cela를 l이 두 개 들어간 cella로 쓰곤 했을 때, 나는 다뤼 씨의 화산 같은 욕설이 지니는 가혹함을 아직 잘 모르고 있었다. 그저 놀랄 뿐이었다. 1800년 1월 23일에 막 열일곱 살이 되었으나, 내가 가진 경험은 겨우 아홉 살 난 어린아이의 그것이었다.

나를 당혹스럽게 한 것은 다른 동료 서기들이 끊임없이 맥 빠지는 이야기를 해 대서 내 일을 방해하고 생각을 하지 못하게 만드는 것이었다. 육 주가 넘는 기간 동안 나는 오후 4시가 되면 지쳐서 얼이 빠져 버렸다.

그르노블에서 아주 가깝게 지냈던 친구 펠릭스 포르는 나처럼 사랑과 예술에 대한 미칠 듯한 몽상과 같은 것을 전혀 갖고 있지 않았다. 그런 광기(狂氣)의 부족이 우리 우정의 싹을 잘라 버렸고, 그것은 인생을 살아가면서 맺는 동료 관계에 불과한 것이 되어 버렸다. 현재 그는 귀족원 의원이자 대심원 재판소장이다. 그는 왕의 선서 위반[337]을 생각하면 육 개월 징역형도 지나친 형벌인 4월 혁명의 열광자들을 그리 큰 가책도 없이 이십 년 징역형에 처했고, 제2의 바이[338]인 온건한 모레[339]를 죄가 있는지 모르지만 증거가 없는데도 1836년 3월 19일에 사형에 처했다. 누가 오 분 후에 부정한 일을 하라고 요구한다면 펠릭스 포르는 거절할 것이다. 그러나 만약 왕이 내가 아는 한 가장 부르주아적인 그에게 이십사 시간의 여유를 주고 무고한 사람의 목을 요구한다면, 그는 허영심 때문에 그 요구를 받아들이기 위한 이유들을 찾아내리라. 이기적이며 너그러움의 아주 작은 흔적조차 찾아볼 수 없는 것과 영국풍의 침울한 성격에다 자기 어머니나 누이처럼 미치지 않을까 하는 두려움이 결합되어 내 어린 시절 친구인 그의 성격을 형성하고 있다. 그는 내 친구들 중 가장 평범한 인간인 한편, 가장 출세한 사람이다.

너그러움에서는 루이 크로제나 비질리옹과는 너무도 다르

---

337) 7월 혁명 후 1814년 헌장을 수정해 1830년 헌장이 채택되었고, 루이 필립은 그 헌장을 지키겠다고 선서하고 왕위에 올랐다. 그러나 그는 반대세력에 대항하기 위해 여러 탄압을 자행하며 그 선서를 위반했다.

338) 장 실뱅 바이(Jean Sylvain Bailly, 1736~1793). 프랑스 천문학자이자 정치가. 프랑스 대혁명 때 파리 시장이었고 참수를 당했다.

339) 피에르 모레(Pierre Morey, 1774~1836). 인권파에 속했던 혁명가. 1836년 2월 19일에 참수되었다.(본문에서 스탕달은 3월이라고 말하고 있지만 3월이 아니라 2월이다.)

다! 마레스트도 마찬가지의 행동을 할 테지만, 조금의 환상도 품지 않고 승급을 위해, 이탈리아식으로 할 것이다. 에드몽 카르동이라면 신음소리를 내며, 가능한 한 우아함으로 덮어 가려 가면서 같은 행동을 할 것이다. 다르구라면 자신의 위험을 생각해 두려움을 용감하게 극복하면서 했을 것이다. 루이 크로제[그르노블의 기사장(技師長)]라면 케르소지(나는 이 사람을 한 번도 만난 적이 없다.) 같은 자비심 많은 열광자에게 육 개월 징역형도 심한데 이십 년 징역형을 선고하느니 차라리 용감하게 자신의 몸을 위험에 처하게 했으리라. 콜롱은 루이 크로제보다 한층 더 분명하게 거절했겠지만, 속임수에 넘어갈 수가 있다. 그러니 내 모든 친구들 중에서 제일 평범한 친구는 펠릭스 포르(귀족원 의원)이다. 1800년 1월, 1803년에서 1805년까지, 1810년에서 1815년까지, 그리고 1816년에 나는 그와 친밀하게 지냈다.

루이 크로제는 그 친구의 재능이 간신히 보통 정도에 이른다고 나에게 말했다. 그러나 1797년경 수학반에서 그를 사귀었을 때는, 그가 늘 보이는 침울한 모습이 위엄을 가진 인상을 주었다. 그의 부친은 퍽 가난한 집안 출신으로, 재무행정을 통해 상당한 재산을 모아 생-티즈미에(그르노블에서 6킬로미터 떨어진 바로와 샹베리 도로)에 괜찮은 소유지를 갖고 있었다.

곰곰이 생각해 보니, 사람들은 내가 부러움 때문에 그 평범한 귀족원 의원을 가혹하게 평가한다고 생각할 것 같다. 내가 그 친구와 지위를 바꿔 명예를 얻는 것을 떳떳하게 생각하지 않고 멸시한다고 말한다면 사람들은 믿어 줄까? 하지만 1만 프랑의 연

수입과 장래 내가 쓰게 될 글에 대한 법적 기소를 면제받는 것이 나의 이상(理想)이자 최고의 영달(榮達)임은 진실이다.

펠릭스 포르는 내 부탁을 받고 검술 선생 파비앵을 나에게 소개해 주었다. 파비앵은 카페 코라차 뒤 테아트르 프랑세 근처인 몽팡시에 로 혹은 카브리올레 로의 분수와 몰리에르가 죽은 집이 마주 보이는 통로 부근에 살고 있었다. 나는 거기서, 여러 명의 그르노블 사람들과 함께는 아니지만 같은 방에서 검술을 배웠다.

그중에는 더러운 진짜 악당 두 명(나는 외모를 말하는 것이 아니라 본성을 말하고 있으며, 국가의 공적 영역과 관련된 것이 아니라 사적 영역에서의 파렴치한 짓에 대해 말하고 있다.), 즉 나중에 대신이 된 카지미르 페리예와 1836년에 하원의원의 된 뒤셴이 있었다. 후자는 1820년경 그르노블에서 노름을 하던 중 10프랑을 훔쳤을 뿐만 아니라 그 현장에서 들켰다.

카지미르 페리예는 당시 파리에서 가장 아름다운 청년이었을 것이다. 그는 침울하고 야만스러웠으며, 아름다운 눈에는 광기 같은 것이 나타나 있었다.

내가 광기라고 말하는 것은 본래 뜻 그대로의 광기다. 그의 누이인 유명한 독신자지만 성미가 고약하지는 않은 사부아 드 롤랭 부인은 한때 미쳐서 수개월 동안 아레티노[340]가 할 만한 이야기를 했다. 조금도 숨기지 않고 명료한 말로 떠들

340) 피에트로 아레티노(Pietro Aretino, 1492~1556). 이탈리아의 풍자문학가. 당대 권력자들을 풍자한 글을 많이 썼다.

어 댔다. 참 기묘한 것은, 가정 교육을 잘 받고 신앙심도 깊은 여자가 여기에 감히 쓸 수도 없는 상스러운 말들을 한 다스나 뱉어냈다는 사실이다. 대체 어디서 배웠을까? 다음과 같은 사실이 그런 거침없는 태도를 설명해준다. 내 외삼촌의 친구이자 기지 넘치고 철학적인 도락가 등등의 사부아 드 롤랭 씨가 큰 부자(milord)인 페리에의 딸과 결혼하기 일이 년 전 도락이 너무 지나쳤던 나머지 불능자가 되어 버린 것이다. 그르노블은 우리 집안의 친지인 그 재치 있는 사람에게 '큰 부자'라는 명칭을 부여했다. 그는 마음으로부터 상류 사회를 경멸했고, 모두 다소간 허세가 있으며 바보 아니면 미치광이 기운이 있는 열 명 또는 열두 명의 자식들 각자에게 35만 프랑씩을 남겨 준 사람이다. 그 아이들의 가정 교사는 나의 가정 교사였던 냉담하고 지독한 악당 라얀느 신부였다.

큰 부자 페리에는 돈 이외에 다른 것을 생각하지 않았다. 자신을 퍽 성나게 하는 상류 사회에 대한 그 남자의 청교도적 반항에도 불구하고, 내 외할아버지 가뇽 선생은 그를 좋아했다. 페리에 씨는 어떤 살롱에 들어가면 그곳에 놓인 가구에 돈이 얼마나 들었는지를 첫눈에 매우 정확하게 계산하지 않고는 배겨 내지 못하는 사람이라고 외할아버지가 나에게 말해 주었다. 정통파인 사람들이 모두 그러듯, 외할아버지는 그르노블 상류 사회(1780년경)를 페스트처럼 피하는 큰 부자 페리에에게는 그럴 만한 창피스러운 내막이 있는 거라고 말했다.

어느 날 저녁 외할아버지는 한길에서 그를 만났다.

외할아버지가 "함께 드 캥소나 부인 집으로 갑시다."라고 말하자, 페리에 씨는 "가농 씨, 한 가지 말씀드리겠는데, 한동안 상류 사회에 발을 들이지 않고 품격 떨어지는 계층에 익숙해지니 상류 사회 모임에 가는 것이 맞지 않고 어색하네요."라고 대꾸했다.

페리에 씨처럼 활기찬 정신을 가진 인물의 눈에는 그르노블 고등법원 재판장 부인들인 드 사스나주 부인, 드 캥소나 부인, 드 바이 부인 같은 상류 계층 사람들은 아직도 어느 정도의 불순물과 부자연스러운 외면치레가 있는 사람들로 여겨졌으리라 추측된다. 1745년경 몽테스키외가 두각을 나타내고 있던 조프랭 부인이나 드 미르푸아 부인 집의 사교계에 내가 있었다면 몹시 지루해했을 것이다. 최근 나는 라 브뤼예르(이 작가는 1803년에 나에게 문학을 가르쳐 주었다. 나는 세 권인가 일곱 권으로 된 생-시몽의 책에서 그가 찬양한 것을 보고 읽었다.)의 첫 스무 페이지가 생-시몽이 이른바 무한한 지성이 있다고 하는 것의 완벽한 판박이 복제라는 사실을 발견했다. 그런데 오늘날 1836년에는 그 첫 스무 페이지가 유치하고 공허하게 느껴진다. 어조가 훌륭한 것은 틀림없지만, 쓰일 만큼 그리 큰 값어치가 있는 것은 아니다. 사상을 망가뜨리지 않는다는 면에서 문체가 훌륭하지만, 불행하게 그 사상에는 사람을 끌어당기는 힘(sine ictu)이 없다. 그 스무 페이지는 1789년까지는 아마도 기지로 가득 찬 것이었을 것이다. 그러나 그 감미로운 기지는 그것을 느끼는 사람에게 오래가지 않는다. 훌륭한 복숭아가 며칠이 지나면 맛이 가듯이, 기지도 이백 년이 지나면 빛이 바래고 변해 버리는 것이다. 그리고 한 사회에서 여러 계급간의 관계 속에, 한 사회의 권력의 분배에 혁명이 일어나면, 그보다 더 빨리 변해 버린다.

기지는 대중의 지성을 이루는 사상의 대여섯 단계 위에 있어야 좋다.

여덟 단계 위에 있으면 대중에게 두통을 유발시킨다.(활기 넘칠 때 도미니크[341]의 담화가 지니던 결점이 바로 이것이다)

이 말을 해서 내 생각을 밝혀 버려야겠다. 라 브뤼예르는 드 생-시몽, 드 샤로, 드 보빌리에, 드 슈브뢰즈, 드 라 푀야드, 드 빌라르, 드 몽포르, 드 푸아, 드 레디기예르[노(老)카나플], 다르쿠르, 드 라 로슈기옹, 드 라 로슈푸코, 뒤미에르 등 여러 공작들과 드 맹트농, 드 켈뤼스, 드 베리 등 여러 부인들의 평균적 지성보다 다섯 단계 위에 있었다.

1780년경, 그러니까 리슐리외 공작, 볼테르, 드 보드뢰유 씨, 니베르네 공작(볼테르의 자식이라고 일컬어지는)의 시대, 저 평범한 마르몽텔이 재치 있는 사람으로 통했던 뒤클로와 콜레 등의 시대에 라 브뤼예르는 틀림없이 그들의 지성 수준 정도였을 것이다.

문학 기술에 관한 것, 아니, 문체에 관한 것들을 제외한다면, 라신, 코르네유, 보쉬에 등에 대한 판단을 엄격히 제외한다면, 라 브뤼예르는 오늘날인 1836년에 보니 드 카스텔란 부인 집에 모이는 사교계의 지성, 즉 메리메, 몰레, 코레프, 나, 형 뒤팽, 티에르, 베랑제, 드 피츠제임스 공작, 생트-올레르, 아라

341) 스탕달 자신을 일컫는다.

고, 빌맹 등 여러 사람으로 구성되는 사교계의 지성에 비해 수준이 떨어진다.

요즘 사람들은 정말 기지가 결핍되어 있다. 제각기 세상에서 자기 자리를 갖게 해 주는 직업에만 모든 힘을 쏟는 것이다. 현금으로서의 기지, 말하는 사람조차 예견하지 못하는 기지, 도미니크의 기지는 체면을 지켜야 한다는 사회 통념이 겁을 먹게 한다. 내가 잘못 생각하는 게 아니라면, 기지는 몸가짐 나쁜 부인들 집에서 숨어 버린다. 이를테면 앙슬로 부인 집[이 부인은 드 탈라뤼 부인(첫째인지 둘째인지)보다 연인들이 많진 않지만]이 그런데, 이 부인 집에서 사람들은 더 담대해진다.

나는 1880년의 독자를 위해 참으로 본론에서 벗어난 탈선을 하고 있다! 하지만 그들이 이 '위해'라는 말이 가지는 암시를 이해할 수 있을까? 그러지 못할 것이다. 1880년엔 팸플릿 파는 자들이 왕의 담화문을 사도록 하기 위해 다른 말을 쓸 것으로 생각한다. 분명하게 설명된 암시란 무엇인가? 그것은 샤를 노디에 식의 기지, 지루한 기지인 것이다.

여기에 1835년식 문체의 견본을 첨부해 놓고 싶다. 《르 탕》지에 게재된 고즐랑 씨의 글이다.

우아한 파비앵의 집에서 검술을 배운 저 모든 침울한 그르노블 사람들 가운데 가장 젊고 다정한 사람은 이론의 여지 없이 세자르 파스칼 씨였다. 마찬가지로 상냥한 사람이었던 아버지의 아들인 그는 카지미르 페리에가 대신이 되었을 때 십자훈장을 탔고, 그의 사생아 형제인 싹싹한 튀르캥은 오세르

의 세무관이 되었다. 또 다른 세무관인 발랑스의 세무관 자리는 카지미르의 조카인 카미유 테세르에게 주어졌다.

장사꾼으로서의 카지미르 페리예는 반쯤 사기꾼 짓을 하는 중에도 도피네 사람의 특징을 지니고 있어서, 하고 싶어하는 자신의 의지를 잘 알고 있었다. 하고 싶다는 의시를 약화하고 부식시키는 파리의 숨결이 1800년에는 아직 우리 산악지대에 침입해 들어오지 않고 있었다. 나는 친구들의 예를 충실하게 보아 온 증인이다. 나폴레옹과 피에스키는 파리에서 자란 빌맹 씨, 카지미르 들라비뉴 씨, 파스토레(아메데) 씨 등에게 결핍된 하고 싶다는 의지의 능력을 갖고 있었다.

우아한 파비앵 집에서, 나는 검술에 재주가 없다는 것을 깨달았다. 그의 조수인 침울한 르누비에는 내가 나의 무능을 아주 정직하게 깨닫게 해 주었다. 그는 결투에서 검을 한 번 휘둘러 자신의 가장 친한 친구를 죽인 다음 자살했던 것 같다. 나는 늘 권총으로만 결투를 해서 참 다행이었다. 그러나 1800년에는 그 행운을 예견하지 못했고, 검술에서 늘 너무 늦게 제3자세나 제4자세를 갖추어야 하는 것이 귀찮아서 필요한 경우 철저히 상대방에게 덤벼들기로 결심하고 있었다. 이런 사실은 군대에서 검을 차고 있는 자신을 볼 때마다 나를 거북스럽게 했다. 예컨대 브라운슈바이크에서 나는 내 서투름 때문에 뮌히하우젠 시종장과 함께 천국으로 보내질 뻔했다. 다행스럽게도 그날 그가 용기가 없었거나 아니면 위험한 일에 말려들기를 원치 않아서 화를 면했다. 마찬가지로 나는 바이올린에도 무능했다. 반대로 자고새나 토끼를 쏘는 데는 타고 난 특출한 재능을 갖고 있었다. 브라운슈바이크에서 질주하는 마차를 탄 채 40보 떨어져 있는 까마귀를 권총 한 발을 쏘아 떨어뜨렸는데, 그 일로 매우 예의 바른 사람인 리보 장군[리보 드 라 라피니에르, 뇌샤텔 공(베르티에)에게 미움을 받은 사람으로, 나중에 루앙의 사령관이 되고 1825년경에는 과격 왕정주의자가 되었다.]의 부관들로부터 존경을 받았다.

나는 빈의 프라테르에서 랭드르 씨와 한 결투에서 다행히도 은행에서 발행한 지폐 한 장을 조준해서 맞힐 수 있었다. 랭드르 씨는 경포병 대령 혹은 중대장이었다. 그는 용감한 사람으로 이름 높았지만, 실제로는 전혀 그렇지 못했다!

나는 검을 다룰 줄도 모르면서 평생 몸에 차고 다녔다. 나는 몸이 뚱뚱해서 늘 쉽게 숨이 가빠졌다. 그래서 늘 내가 내린 계획은 다음과 같았다. "자, 됐소?" 하고 곧장 제2자세로 달려드는 것 말이다.

세자르 파스칼, 펠릭스 포르, 뒤셴, 카지미르 페리예 그리고 두세 명의 다른 도피네 사람들과 함께 검술을 배울 때, 나는 큰 부자 페리예를 보러 갔다.(도피네 지방에서는 어떤 사람을 별명으로 부를 때 '씨'를 붙이지 않는다.) 나는 퐈이양(오늘날 카스틸리오네 로 근처의)에 있는 그의 아름다운 집들 중 한 거실에서 그를 만났다. 그는 세를 놓지 않은 거처 한 곳에 살았는데, 참으로 유쾌하고 사람들과 어울리기 좋아하는 수전노였다. 그는 나와 함께 외출을 했는데, 그가 입은 푸른 옷의 늘어진 옷자락에는 직경 8인치의 갈색 얼룩이 있었다.

나는 어떻게 그처럼 상냥한(내 친척 르 뷔펠과 거의 같은 정도로) 사람이 자기 자식 카지미르와 시피옹을 죽을 만큼 굶도록 놓아둘 수 있는지 이해할 수가 없었다.

페리에 상점은 하녀나 수위, 소지주들이 절약해서 모은 돈을 5퍼센트 이자로 빌렸다. 대개 500프랑이나 800프랑 정도였고, 1500프랑은 드물었다. 이후 아시냐가 발행되어 1루이가 100프랑이 되자, 페리에 상점은 그 가난한 사람들에게 상환을 했다. 그중 다수의 사람들이 목을 매거나 투신자살했다.

우리 집 식구들은 그와 같은 소행이 고약한 짓이라고 생각했다. 나는 장사꾼들이 하는 소행에 놀라진 않지만, 수백만의 돈을 벌었다면, 하녀들에게 제대로 상환해 주는 정직한 방법을 왜 찾아내지 못했을까 하는 생각이 든다.

우리 집 식구들은 금전 문제에 있어서는 아주 공정했다. 그래서 친척 한 사람이 로 은행[342]의 수표로 빌린(1793년이었다고 생각된다.) 8000프랑 혹은 1만 프랑을 아시냐로 상환한 것을 쉽게 용서할 수 없었다.

파리의 일들이 나에게 준 인상을 여기에 적고자 한다면, 뒤에 가서 그 인상이 하도 많이 변해 버려서 내가 소설을 지어내야 할 것이다.

342) 스코틀랜드의 경제학자 존 로(John Law, 1671~1729)가 허가를 받고 프랑스에 설립한 은행. 화폐를 남발해서 인플레이션을 일으키고 도산했다.

43장

다뤼 씨가 주재하고 있는 것을 크게 기뻐하는 그 부친의 청에 따라 다뤼 씨가 자기가 주재하는 문학 모임 두세 곳에 나를 데리고 갔다는 것을 앞에서 말했던가? 그 모임에서 나는 불쌍한 탈장 전문 외과 의사의 아내인 피플레 부인의 몸매 그리고 특히 가슴의 아름다움에 경탄했다. 뒤에 그녀가 공작부인이 된 다음, 나는 그녀와 좀 아는 사이가 되었다.

다뤼 씨가 그 모임에서 엄격하고 상기된 얼굴에는 아주 이상하다고 생각되는 착한 표정으로 자신의 시를 낭송하는 바람에, 나는 놀라서 그를 바라보았다. '저렇게 하는 것을 모방해야 해.'라고 생각했지만, 사실 나는 그러고 싶은 흥미를 전혀 느끼지 못했다.

일요일들의 깊은 지루함이 생각난다. 나는 되는대로 발길을 따라 산보를 했다. 이것이 내가 그렇게도 바라고 원했던 파리란 말인가! 파리에 산과 숲이 없다는 사실에 가슴이 찢어질 듯했던 것이다. 숲은 아리오스토의 이야기에서처럼, 나의 다정하고 헌신적인 사랑의 몽상과 친밀하게 연결되어 있었다. 나는 사람과 문학에 대해 품는 생각에 있어서 모든 사람이 산문적이고 평범하다고 생각되었다. 파리에 대한 내 불평을 나는 아무에게도 털어놓고 말하지 않았다. 따라서 파리 중심부에서 한 시간 거리에 왕조 시대에 사슴들이 살던 아름다운 숲이 있다는 것을 알아차리지 못했다. 1800년에 작은 바위들이 얼마간 있는 퐁텐블로 숲, 베르사유 숲, 생-클루 등을 보았다면 내가 얼마나 큰 황홀경에 빠졌을까. 아마도 나에게는 그런 숲들이 지나치게 정원에 가깝다고 여겨졌을 테지만 말이다.

육군 경리관 보좌관의 임명이 있을 거라는 이야기가 돌았다. 카르동 부인이 다뤼 씨 가족 그리고 나에게까지 친절함을 배가한 덕분에 나는 그 사실을 알았다. 어느 날 아침 다뤼 씨는 그 건에 관한 보고서를 대신에게 가지고 갔다.

나는 그 일에 마음이 쓰였기 때문에, 결과를 기다리던 사무실의 모습을 뚜렷이 기억하고 있다. 당시 나는 자리가 바뀌어 있었다. 그 널찍한 사무실 안에 내 책상은 다음과 같이 놓여 있었다. H지점이 내 자리였고, T지점 세 곳은 다른 서기들이 차지하고 있었다. 다뤼 씨는 D……D'선을 따라 대신의 방에서 돌아오며 카르동과 바르토뫼프 씨를 보좌관으로 임명했던 것으로 생각된다. 나는 카르동에게 조금도 시기심을 느끼지 않았다. 그러나 늘 반감을 가지고 있던 바르토뫼프 씨에게

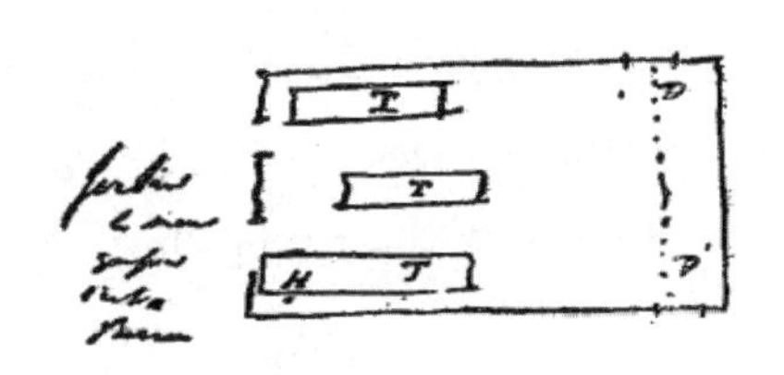

그림 20. 경리관 보좌관 임명을 기다렸던 사무실.

는 큰 질투심을 느꼈다. 결정을 기다리면서, 나는 내 팔 받침대에 대문자로 '고약한 친척'이라고 적었다.

주의해야 할 것은, 바르토뫼프 씨는 다뤼 씨가 거의 모든 문서에 서명을 해 주는 훌륭한 서기였다는 점이다.(다시 말해 다뤼 씨는 바르토뫼프 씨가 제출하는 20건의 문서 중 12건에 서명을 하고, 6~7건은 고쳐서 서명하고, 1~2건은 다시 쓰도록 돌려보냈다.)

내가 쓴 문서는 거의 반도 서명을 하지 않았다. 게다가 그 문서들이란 대단하기 짝이 없는 것들이었다! 바르토뫼프 씨는 식품점 사환 같은 태도와 재능이 있었고, 봉급 규칙을 알고 있는 만큼 정도로만 라틴어 작가들을 아는 것을 제외하고는, 문학과 인간 본성과의 관련성이라든가 인간이 문학에 어떻게 영향을 받는가에 대해서는 한마디도 말하지 못하는 사람이었다. 나는 엘베시우스가 레굴루스를 설명하는 방식[343)]

343) 엘베시우스는 『정신론』에서 로마 장군 레굴루스의 행동을 설명하면서, 로마 집정관 시대에는 어떤 면에서 법이 너무 완전해서 레굴루스가 오직 자신의 이해관계만을 참고하고 관대한 행동을 하지 않을 수가 없었다고 했다. 따라서 그의 영웅적 감정을 인정하지 않았다. 또한 엘베시우스는 한

을 완전하게 이해를 해서, 혼자 수없이 그 방식을 응용했으며, 희극 작법에서 카야바보다 훨씬 앞서 있다는 등의 이유 때문에 내가 바르토뫼프 씨보다 우세하거나 적어도 동등하다고 믿었다.

다뤼 씨는 나를 임명하고 단호하게 나에게 일을 시켰어야 했다. 그러나 우연은 내 생애 중 대여섯 번의 크나큰 기회에 나의 손을 잡고 나를 인도해 주었다. 실제로 나는 운명의 신에게 작은 상(像)을 하나 바쳐야만 할 것이다. 다시 말해, 카르동과 함께 군 경리관 보좌관이 되지 않은 것이 나에게는 굉장한 행운이었던 것이다. 하지만 당시에는 그렇게 생각하지를 않았고, 금실로 수놓인 그의 아름다운 제복, 모자, 검 등을 바라보며 나도 그렇게 하고 싶어 했다. 그러나 질투는 조금도 느끼지 않았다. 나에게는 카르동 부인 같은 어머니가 없다는 것을 아마도 깨닫고 있었던 것 같다. 그 어머니가 매우 침착한 다뤼 씨(피에르)조차도 견디지 못할 만큼 그에게 귀찮게 구는 것을 나는 보았던 것이다. 다뤼 씨는 화를 내지는 않았지만, 멧돼지 같은 눈초리는 그의 심정을 잘 나타내 주고 있었다. 마침내 다뤼 씨는 내 앞에서 "부인, 보좌관 자리가 생기면 댁의 아드님이 그 자리에 가리라는 것을 약속합니다."라고 그녀에게 말했다.

남편이 우편국장인 오기에 부인이 카르동 부인의 언니였던

민족의 역사가 되는 여러 가지 미덕을 설명하는데, 그 원인을 개인적 이해관계를 공공의 이해관계와 일체화시킨 위정자들의 수완에서 찾은 다음, 레굴루스의 행동이 그와 같은 미덕의 증거라고 결론지었다.

것 같고 그 딸들은 당시 시민이었던 오르탕스 보아르네[344]와 친하게 지냈다. 그 아가씨들은 아마도 카르동 부인의 학우이자 친구인 캉팡 부인 집에서 교육을 받았던 것 같다.

나는 오기에 집안 아가씨들과 즐거운 시간을 보냈으며, 1800년에 나의 싹싹함을 보여 주었다. 그 아가씨들 중 한 명이 네 장군과 결혼한 듯하다.

나는 그녀들이 명랑하고 귀여운 사람들이라고 생각했다. 그녀들이 보기에 나는 이상한 인간이었을 것이다. 아마도 그 아가씨들은 내가 이상하지만 평범하지는 않다는 것을 알아볼 만큼의 재치는 충분히 있었으리라. 요컨대, 이유는 모르겠으나 나는 그 아가씨들에게 환영을 받았다. 인간관계를 돈독히 하는 데 얼마나 훌륭한 곳이었던가! 부친 다뤼 씨가 그런 사실을 나에게 이해시켜 줬어야 옳았을 것이다. 그와 같은 진리는 파리 생활에서 기본적인 것이었는데, 나는 이십칠 년이 지나 유명한 산 레모 싸움[345] 후에야 처음으로 그것을 겨우 엿보았던 것이다. 내가 만족스럽게 생각하는 우연은 나로 하여금 매우 유력한 여러 살롱을 드나들 수 있게 해 주었다. 나는 1814년에 큰돈을 벌 수 있는 직위를 거절했고, 1828년에는 티에르 씨(전 외무대신), 미녜 씨, 오베르농 씨, 베랑제 씨 등과 함께 친밀한 교류 관계를 맺었으며 그 살롱에서 높은 평가를 받았다. 오베르농 씨는 지루했고, 미녜 씨는 재치가 없었으며, 티에르 씨는

344) 나폴레옹의 황후 조제핀이 전남편에게서 낳은 딸로, 나중에 나폴레옹의 동생 루이 보나파르트와 결혼, 그가 네덜란드의 왕이 되자 왕후가 되었다.
345) 클레망틴 퀴리알과의 사랑이 파탄에 이른 것을 가리킨다.

뻔뻔스러운 수다쟁이라는 생각이 들었다. 오직 베랑제만 내 맘에 들었지만, 권력에 수작을 거는 것처럼 보이지 않기 위해 그가 감옥에 들어갔을 때 그를 보러 가지 않았다. 그래서 오베르농 부인이 나를 부도덕한 인간으로 보고 집요하게 싫어하는 것도 그냥 놔두었다.

그리고 또 1809년과 1810년에는 베르트랑 백작부인![346] 대단한 야심 부족이라고 할까, 아니면 대단한 태만이었다고 할까!

나는 그 기회를 놓친 것을 그리 후회하지 않는다. 그 기회를 잡았다면 1만 프랑 대신 2만 프랑의 봉급을 받았을 테고, 레종도뇌르 훈장도 5등급이 아니라 4등급으로 받았으리라. 하지만 하루에 서너 시간은 정치라는 이름으로 장식되는 저 범용한 일들을 하고 지냈을 것이며, 절반은 천한 짓거리를 수없이 했을 것이다. 어쩌면 르망의 지사가 되었을지도 모른다.(1814년에 나는 르망의 지사가 될 참이었다.)

내가 아쉽게 생각하는 유일한 것은 파리 체류이다. 하지만 1836년의 파리에는 싫증을 냈으리라. 치비타-베키아의 야만인들 사이에서 고독에 지쳐 있듯이 말이다.

모든 것을 따져 봐도 내가 후회하는 것은 1808년과 1809년에 나폴레옹의 특별 상여금으로 연금을 사지 않은 것뿐이다.

부친 다뤼 씨가 나에게 다음과 같이 말해 주지 않은 것은 역시 잘못 생각한 것이다.

---

346) 베르트랑 백작부인의 남편 베르트랑 백작은 나폴레옹의 여러 전투에 종군했으며, 이탈리아 총독으로도 임명되었다. 나폴레옹 몰락 후에도 그를 모셨으며 그의 유골을 파리로 가져왔다.

"자네는 카르동 부인과 그녀 조카딸인 오기에 양들의 마음에 들도록 노력하는 것이 좋을 걸세. 그녀들의 후원으로 이 년 빨리 군 경리관에 임명이 될 테니까. 다뤼에게는 지금 내가 한 말을 한마디도 해선 안 되네. 자네는 사교계의 도움에 의해서만 승진할 수 있다는 것을 명심하도록. 오전에는 열심히 일하고, 저녁에는 살롱 사람들과 돈독히 지내도록 하게. 내가 할 일은 자네를 인도하는 것이네. 이를테면 늘 부지런히 얼굴을 보인다는 평판을 얻도록 하게. 우선 그것으로 시작하는 것이 좋지. 카르동 부인의 화요일엔 결코 빠져선 안 되네."

그와 같은 수다스러운 이야기가 없었다면 현실 생활보다는 『햄릿』이나 『인간혐오자』를 더 생각하고 있는 미친 녀석은 이해를 하지 못했을 것이다. 실제로 나는 한 살롱에 싫증이 나면 다음 주엔 그곳에 가지 않고 이 주 후에나 그곳에 다시 모습을 드러냈다. 내 눈초리의 솔직함, 그리고 권태로움이 내게 주는 극도의 불행과 능력 쇠약 상태를 생각한다면, 그런 결석으로 인해 나의 성공 진도가 어느 정도 진척되었을지 곧 알 수 있을 것이다! 게다가 나는 바보 같은 인간을 보면 저 사람은 바보야, 라고 말하곤 했다. 그런 괴벽 때문에 수많은 적이 생겼다. 내가 기지를 발휘하고부터(1826년) 수많은 경구가 많이 나왔고, 어느 날인가는 선량한 메리메 부인[347]이 잊어버릴 수 없는 말이라고 할 정도의 말이 내 입에서 나왔다. 나는 열 번이나 죽을 뻔했지만 세 번 부상을 입었을 뿐인데, 그중 두

347) 메리메의 어머니.

번은 찰과상(왼쪽 손과 왼쪽 발)이다.

1799년 12월에서 1800년 4월까지 내가 드나든 살롱은 내가 기억하기로 카르동 부인, 르뷔펠 부인, 다뤼 부인, 르뷔펠 씨, 소렐 부인(이라고 생각한다.)들의 살롱이었다. 소렐 부인의 남편은 내가 파리로 올 때 여행길을 돌봐 준 사람이다. 그들은 상냥하고, 유익하고, 친절했다. 세세한 일까지 나를 돌봐 주었다. 그 당시 다뤼(백작)의 영향력은 이미 눈에 띌 정도로 컸기 때문에, 그들은 나와 돈독하게 지내려고까지 했다. 그러나 그들은 공상적이지 않았고 문학적이지도 않았기 때문에, 나에게는 싫증 나는 인간들이었다. **이 부분은 커트할 것**(cut there). 나는 그들을 있는 그대로 내버려두었다.

내 친척인 마르시알과 다뤼(백작)는 방데 전쟁에서 싸운 바 있다. 그런데 나는 그들만큼 애국심이 결핍된 사람들을 본 적이 없다. 그들은 렌느, 낭트, 그리고 브르타뉴 전체에서 스무 번이나 살해당할 뻔했다. 이런 연유로 그들은 부르봉 왕가를 조금도 숭배하지 않았음에도 불구하고, 불행에 대한 동정 때문에 부르봉 왕가에 대해 존경심을 품고 이야기했다. 카르동 부인은 마리-앙투아네트에 대해 거의 진실에 가까운 이야기를 해 주었다. 즉 그녀는 사람은 좋으나 편협하고, 기품이 높으나 바람기가 있는 여인으로, 상냥한 아르투아 백작[348]과는 너무나 다른, 루이 16세라고 불리는 자물쇠쟁이[349]를 몹시 경멸

348) 루이 16세의 동생으로, 후에 샤를 10세가 되었다.
349) 루이 16세는 자물쇠를 가지고 노는 취미가 있었다.

했던 모양이다. 게다가 페토 왕의 궁전[350]이었던 베르사유 궁전에서는 아마도 루이 16세를 제외하고는 — 그것도 드문 일이긴 했지만 — 누구든 백성들에게 약속을 할 때는 반드시 그것을 파기할 의도를 가지고 했다.

카르동 부인 집에서 그녀의 친구 캉팡 부인이 쓴 『회상록』이 읽혀졌던 일이 생각난다. 그것은 1820년경에 출판된 하찮은 설교집 같은 책과는 매우 달랐다. 새벽 2시가 돼서야 그 집에서 나와 거리로 나서는 일이 여러 번 있었다. 내가 생각하는 문제의 핵심이 논의되는 터라, 나는 생-시몽의 숭배자로서, 늘 하던 어리석은 말이나 흥분과는 대조적인 어조로 이야기를 하곤 했다.

나는 1800년에도 1836년에도 생-시몽을 변함없이 열렬히 사랑한다. 시금치와 생-시몽은 내가 유일하게 오랫동안 지속적으로 좋아하는 것들이다. 파리에서 연수입 100루이로 살면서 책을 쓰는 취미 다음으로 말이다. 1829년에 펠릭스 포르가 1798년에 내가 자기에게 그렇게 말했다고 환기해 주었다.

다뤼 가족은 열병 사열단의 조직 법령 일에 온통 몰두해 있었다. 다뤼 씨(백작)가 그 법령에 자주 수정을 가했던 것 같다. 이어서 다뤼 백작과 마르시알의 임명이 화제가 되었다. 전자는 열병단 단장에 임명되고, 후자는 부단장에 임명되었다. 둘 다 수놓은 모자를 쓰고 붉은 옷을 입었다. 그 아름다운 제복이 군인의 기분을 상하게 했다. 그래도 1800년에 군인은 이

350) 저마다 주인 행세를 하는 무질서한 집안을 뜻한다.

삼 년 후 미덕이 조롱받게 된 시절에 비하면 허영심이 그리 심하지 않았다.

이제 1799년 11월부터 1800년 4~5월까지의 내 첫 파리 체류기의 일은 거의 다 쓴 것 같다. 수다를 너무 많이 떨어서 삭제해야 할 내용이 있을 것이다. 카르동의 아름다운 세복(목깃에 금실로 수를 놓은)과 파비앵의 검술 도장 그리고 국방부 정원 구석의 내 보리수들을 제외하면, 다른 것들은 모두 구름 속의 것처럼 막연하게 기억될 뿐이다. 당시 나는 망트를 자주 만났던 것 같은데, 그 일에 관해 아무런 기억이 없다. 탕플 대로에 면한 카페 유럽에서 그랑-뒤페가 죽은 것이 그때였던가, 아니면 1803년이었던가? 나는 확실하게 말할 수 없다.

국방부에서 바르토뫼프 씨와 카르동 씨는 군 경리관의 보좌관이 되었다. 그래서 나는 몹시 자존심이 상했는데, 그런 모습이 다뤼 씨 눈에는 매우 우스꽝스럽게 보였을 것이다. 왜냐하면 나는 사소한 문서 하나도 쓸 수 있는 상태에 놓여 있지 않았다. 사람 좋은 마르시알은 늘 재미있는 어조로 나를 대해 주었고, 내가 사무직원으로서 상식이 없다는 것을 알아차리지 못했다. 그는 라발레트 부인 그리고 프티에 부인과의 사랑놀이에 푹 빠져 있었다. 분별 있다는 평판을 듣는 그의 형 다뤼 백작은 프티에 부인에게 터무니없는 짓을 했다. 그 고약한 요정 같은 여인을 시로 감동시키겠다고 우겨 댄 것이다. 나는 몇 개월 후에나 그 모든 것을 알게 되었다.

나에게는 무척 새로운 그 모든 것은 나의 문학 사상 또는 정열적이고 로마네스크한 연애 사상을 매우 산만하게 해 주었다. 당시 그 두 가지는 동일한 것이었다. 한편 파리에 대한 내 혐오감은 줄어들었으나, 나는 완전히 미친놈처럼 되어 버렸다. 어느 날에 진실이라고 생각했던 어떤 일이 다음 날엔 거짓으로 보이곤 했다. 내 머리는 마음의 움직임에 좌우되는 완전한 노리개가 되었다. 그러나 적어도 나는 그런 내 기분을 아무에게도 결코 털어놓지 않았다.

우스꽝스럽기 짝이 없던 그 첫 파리 체류기를 나는 적어도 삼십 년 동안 잊고 있었다. 야유받을 일들뿐이라는 것을 대강 알고 있었기 때문에 그것에 대해 생각하지 않았던 것이다. 일주일 전부터 비로소 그 시절의 일을 다시 생각하고 있다. 내가 쓰는 글 속에 만약 편견이 있다면, 그것은 그 시대의 브륄라르에 관한 것이다.

그 첫 파리 체류 중 내가 르뷔펠 부인과 그 딸에게 다정한 눈길을 던졌는지 어쨌는지, 파리에 있는 동안 내가 캉봉 부인을 잃고 괴로움을 느꼈는지 어땠는지 모르겠다. 다만 아델 르뷔펠 양이 나에게 자신의 친구인 캉봉 양의 기묘한 특징에 대해 이야기해 준 것이 기억난다. 캉봉 양은 공화제가 끝날 무렵인 1800년에 2만 5000~3만 프랑이라는 거액의 지참금을 갖고 있었다. 그래서 처지가 지나치게 좋은 사람들이 갖기 마련인 운명을 경험했고, 실로 어리석은 여러 가지 망상에 빠져 있었다. 그녀를 열여섯 살에 결혼시켜야만 했던가. 적어도 많은 운동을 시켰으면 좋았으리라고 나는 생각한다.

예비군에 합류하기 위해 디종으로 떠났을 때의 기억은 전혀 없다. 너무나 즐거워서 모든 것을 흡수해 잊어버리고 말았다. 당시 다뤼 씨(백작)가 열병단 사열관이었고 마르시알 다뤼 씨는 부사열관이었는데, 그들은 나보다 먼저 출발했다.

카르동은 그리 빨리 오지 않았다. 꾀바르고 능란한 그의 모친이 그를 다른 길로 가게 하길 바랐던 것이다. 그는 얼마 후 국방장관 카르노의 부관으로 밀라노에 도착했다. 나폴레옹은 위대한 시민 카르노를 기진맥진하게 만들기 위해 그 직위를 맡겼다.(즉 가능한 한 그의 인기를 떨어뜨리고 우스꽝스럽게 만들려고 했다. 오래지 않아 카르노는 다시 고귀한 빈궁 속으로 떨어졌다. 나폴레옹은 1810년경 더 이상 그를 두려워하지 않게 되고 나서야 그 일을 수치스럽게 여겼다.)

디종에 도착한 일에 대해서도 제네바에 도착한 일에 대해서도 나에겐 아무런 기억도 남아 있지 않다. 당시 내가 가졌던 그 두 도시의 인상은 그 후에 한 여러 여행에서 얻은 완전한 인상 때문에 지워져 버리고 말았다. 틀림없이 나는 좋아서 미칠 지경이었을 것이다. 나는 스테로판 책 삼십여 권을 가지고 갔다. 개량과 새로운 발명이라는 생각 때문에 나는 그런 형태의 책들이 무척 마음에 들었다. 나는 냄새의 감각이 무척 예민했기 때문에, 헌책을 읽고 나면 늘 손을 씻었다. 단테와 돌아가신 어머니가 모은 그 시인의 훌륭한 판본들에 대해 고약한 냄새 때문에 편견을 품고 있었을 정도다. 어머니에 대한 생각은 나에게 늘 귀중하고 성스러운 것으로, 1800년경에도 내 마음속에서 으뜸가는 자리를 차지했다.

제네바에 도착했을 때, 나는 『신엘로이즈』에 푹 빠져 있었다. 그래서 1712년에 J.-J. 루소가 태어난 집으로 곧장 달려갔다. 1833년에 그 집은 실리와 상업을 추구하는 화려한 건물로 바뀌어 있었다.

제네바에는 역마차가 부족했다. 거기서 나는 군대에 혼란이 일어나기 시작하는 것을 목격했다. 내가 통행과 운송을 위해 남아 있던 프랑스의 어느 군 경리관에게 맡겨진 것이다. 다뤼 백작이 병든 말 한 마리를 두고 가서, 나는 그 말이 병에서 회복되기를 기다렸다.

여기서부터 마침내 나의 기억이 되살아나기 시작한다. 출발이 여러 번 지연된 끝에, 어느 날 아침 마침내 나는 내 거대한 여행용 가방을 연한 밤색의 어린 스위스 말에 매달고 로잔 문 밖으로 조금 떨어진 곳에서 그 말에 올라탔다.

태어나서 말을 탄 것이 그때가 두 번째 혹은 세 번째였다. 세라피 이모와 아버지가 내가 말을 타거나 검술을 배우는 것을 사사건건 늘 반대했기 때문이다.

한 달 동안 마구간에서 나오지 않았던 그 말은 스무 발자국쯤 걷다가 날뛰기 시작하더니, 한길을 떠나 호수 방향 버드나무가 심겨 있는 들판으로 뛰어들었다. 여행용 가방이 그 말을 아프게 했던 모양이다.

44장

나는 죽도록 겁이 났지만 희생될 각오는 되어 있었다. 아무리 큰 위험도 나를 멈추게 할 수는 없었다. 나는 말의 어깨를 보고 있었는데, 지면과 나 사이의 3피트 거리가 끝이 보이지 않는 낭떠러지처럼 여겨졌다. 우스꽝스러움의 절정은, 내가 박차를 가하고 있었던 모양이다.

그 어린 말은 힘차게 뛰면서 버드나무들 한가운데로 무턱대고 질주했다. 그때 나를 부르는 목소리가 들려왔다. 뷔렐빌레르 대위의 영리하고 신중한 시종 일꾼이었다. 그는 나에게 고삐를 당기라고 외치며 다가와서는 적어도 십오 분 동안 사방팔방으로 질주를 시킨 다음 마침내 말을 멈추게 했다. 나는 수많은 위험한 일을 예상하며 겁먹고 있었는데, 그중에는 호수에 끌려가 물속에 빠지는 것을 두려워하기도 했던 것 같다.

마침내 그 일꾼이 말을 진정시키자, 나는 "무슨 일이오?" 하고 물었다.

"주인께서 당신에게 할 말이 있는 모양입니다."

즉각 내 권총에 생각이 미쳤고, 누군가 나를 체포하려는 것이 틀림없다고 생각했다. 길에는 통행자들이 가득했다. 하지만 나는 평생 내 생각으로만 보고 현실을 보지 않는 인간이다.(십칠 년이 흐른 뒤 드 트라시 백작은 나에게 이렇게 말했다. "제 그림자에 놀라는 겁 많은 말처럼.")

나는 한길에 친절히 멈춰 서 있는 대위를 향해 거만한 태도로 돌아왔다.

그러고는 권총이라도 한 방 쏠 태세로 그에게 물었다. "무슨 일이신가요?"

대위는 키가 크고 메마른 금발의 중년 남자였는데, 빈정거리는 사기꾼 같은 모습을 하고 있었다. 마음을 끄는 상냥함은 조금도 찾아볼 수 없는 인간이었다. 그는 문을 통과하면서 M***씨가 자기에게 다음과 같이 말했다고 이야기했다.

"저 말을 탄 청년은 군단으로 간다는데, 말을 처음 타는 모양이고 그 군단을 본 적도 없는 것 같소. 그러니 처음 며칠 동안 함께 가주길 부탁하오."

나는 여전히 화낼 채비를 한 채 내 권총을 생각하면서 뷔렐빌레르 대위의 끝없이 길고 일직선인 검을 바라보았다. 그 검은 중기병(重騎兵)의 무기였던 것 같다. 그는 푸른 제복, 은으로 된 단추 그리고 견장들을 볼 때 그랬다.

그 상황이 우스꽝스러웠던 것은 나도 검을 차고 있었던 듯하다는 점이다. 그렇다, 잘 생각해 보니 확실히 그렇다.

내 생각으로 판단하건대, 내가 드 뷔렐빌레르 씨의 마음에 들었던 모양이다. 그는 키다리 망나니 같은 모습이고 아마도 어느 연대에서 쫓겨나 다른 연대에 들러붙으려 하고 있었던 모양이다. 그러나 이 모든 것은 1800년 이전에 내가 그르노블에서 알고 지낸 사람들의 얼굴 생김새에 대한 것과 마찬가지로 짐작일 뿐이다. 어떻게 내가 판단을 할 수 있었겠는가?

드 뷔렐빌레르 씨는 내 질문에 대답을 해 주었고, 말 타는 법도 가르쳐 주었다. 우리는 함께 숙박했고 같이 숙박표를 타러 갔다. 그 동행이 밀라노의 노바 문, 그리고 그 문 왼편에 있는 카사 다다[351]에까지 이어졌다.

나는 행복과 환희에 빠져 완전히 도취해 있었다. 이 시점에서 나의 열광과 완전한 행복의 한 시기가 시작된다. 제6연대의 용기병이 되었을 때에나 나의 환희와 황홀함은 조금 줄어들었을 뿐이었지만, 그것도 일시적인 그늘에 불과했다.

내가 이 세상에서 인간이 만날 수 있는 행복의 정점에 있다는 것을 그 당시에는 생각하지 못했다.

아무튼 사실이 그러했다. 게다가 파리 자체가 결코 행복의 정점은 아니라는 것을 내가 알아차리고 또는 알아차렸다고 믿고 몹시 불행했던 사 개월 뒤에나 그러한 일이 생겼다.

롤르(레망 호수 북쪽 기슭의 스위스 마을)에서 느낀 황홀함을 내가 어떻게 표현할 수 있을까?

---

351) 방이 많은 귀족의 저택.

내 계획과 달리 J.-J. 루소처럼 기교를 부려 거짓말을 해서는 안 되므로, 아마 이 구절을 다시 읽고 고쳐야만 하리라.

목숨을 운명에 맡기겠다는 결심이 전적으로 서 있었기 때문에, 나는 말 위에서 더할 나위 없이 대담했다. 그러나 늘 뷔렐빌레르 대위에게 "이러다 죽는 거 아닙니까?"라고 묻곤 하면서 말이다.

다행스럽게도 내 말은 스위스 말이었다. 스위스 사람들처럼 평화롭고 분별이 있는 말이었다. 만약 그 말이 로마 말이고 뒷발로 차는 말이었다면, 나는 백번쯤 죽을 고비를 겪었을 것이다.

십중팔구 내가 뷔렐빌레르 씨의 마음에 들었던 모양이다. 그러나 그는 매사에 나를 훈련하려고 애썼다. 하루에 16~20킬로미터씩 가는 제네바에서 밀라노에 이르는 여행 중, 그는 훌륭한 양육 담당자가 젊은 왕자에게 취했을 만한 태도를 보인 것이다. 우리는 유쾌한 이야기를 나누며 지냈는데, 거기에 이상한 사건들이 섞이기도 했고, 작은 위험이 끼어들기도 했다. 따라서 겉으로 볼 때 조금도 지루하지 않았다. 나는 나의 몽상이라든가 문학에 대한 이야기를 그런 감동과는 정반대에 있는 것처럼 보이는 스물여덟에서 서른 살쯤 먹은 그 교활한 인간에게 마음먹고 할 생각은 전혀 없었다.

숙박지에 도착하면, 나는 그의 일꾼에게 선물을 잔뜩 주고 내 말을 돌봐 달라고 부탁한 뒤 그의 곁을 떠나 나 혼자 편안히 몽상에 잠길 수 있었다.

롤르였다고 생각된다. 일찍 도착해서 『신엘로이즈』를 읽어서 얻은 행복감과 아마도 롤르를 베베로 착각하고 이제 베베를 지날 참이구나 하는 생각에 도취해 있을 때, 갑자기 롤르 또는 니옹 위쪽 1킬로미터쯤 되는 언덕 위 한 성당의 장중한 종이 크나큰 소리를 내며 울려 퍼졌다. 나는 그곳으로 올라갔다. 눈 래엔 아름다운 호수가 펼쳐지고, 종소리는 황홀한 음악이 되어 내 생각을 반주해 주며 그 생각에 숭고한 모습을 부여해 주었다.

그때야말로 내가 완전한 행복에 가장 가까이 접근했던 때 같아 보인다.

그와 같은 순간 때문에 세상을 살아 온 보람이 있는 것이다.

뒤에 가서 나는 그와 유사한 순간을 이야기하리라. 그 순간에 행복의 근본은 아마 더 현실적이었을 것이다. 그런데 그만큼 감동이 강렬했었는지? 행복의 열광이 그만큼 완전했었는지?

거짓말을 하지 않고, 지어낸 이야기 속에 빠지지 않고 그와 같은 순간을 어떻게 말할 수 있겠는가?

롤르인지 니옹인지, 어디인지 모르겠으나(확인해 볼 것. 여덟 그루 내지 열 그루의 큰 나무에 에워싸인 성당은 쉽게 볼 수 있다.) 바로 롤르에서 내 생애의 행복한 시기가 시작되었다. 그때가 1800년 5월 8일 혹은 10일이었을 것이다.

삼십육 년이 지나 이 글을 쓰면서 내 심장은 지금도 여전히 뛰고 있다. 나는 원고에서 떠나 방 안을 돌아다니다가 다시 돌아와 글을 쓴다. 그런 경우 늘 그러듯이 미사여구를 쓰는 고약한 결점에 빠지기보다는 진실의 한 부분을 빠뜨리는 편이 차라리 낫다.

로잔에서였다고 생각되는데, 나는 뷔렐빌레르의 환심을 샀다. 아직 젊은 나이에 퇴직한 스위스인 대위가 그 고장의 시 직원이었다. 그는 에스파냐 혹은 다른 어느 궁정에서 도망쳐 나온 과격 왕정주의자였는지 무엇인지였다. 그는 프랑스의 무뢰한들에게 숙박권을 나눠 주는 유쾌하지 못한 업무를 맡아 하며 우리와 말다툼을 했는데, 우리가 조국에 봉사하는 명예에 관해 이야기하는 데까지 이르자 그는 "만일 명예라는 것이 있다면……."이라고 말했다.

아마 내 기억이 과장되었는지도 모른다.

나는 검에 손을 대고 빼들려고 했다. 그것으로 미루어 그때 내가 검을 차고 있었다는 것을 알 수 있다.

뷔렐빌레르 씨가 나를 만류했다.

"시간이 너무 늦었어. 시내는 가득 찼고, 숙소를 찾는 것이 문제지." 그가 나에게 말했다. 그래서 우리는 예전에 대위였던 그 시 직원의 언동에 대해 단단히 주의를 준 뒤 밖으로 나왔던 것이다.

다음 날 말을 타고 빌뇌브로 가는 도중에 뷔렐빌레르 씨가 내 검술 실력에 관해 물었다.

내가 실은 검술에 전혀 무지하다고 고백하자, 그는 아연실색했다. 말에게 오줌을 누게 하기 위해 처음으로 멈췄을 때, 그가 곧바로 나에게 경계하는 법을 가르쳐 주었다고 생각된다.

"그래, 저 귀족의 개가 만일 우리와 함께 밖으로 나왔다면 자넨 어떻게 할 작정이었어?"

"그자에게 덤벼들었겠죠."

아마 나는 내가 생각한 그대로를 말했을 것이다.

그 일 이후 뷔렐빌레르 대위는 나를 높이 평가했으며, 나에게 그렇게 말했다.

나는 완전히 순수했고 전혀 거짓말을 하지 않았기 때문에, 다른 경우라면 거친 농담이 되어 버리고 말았을 것이 값어치 있는 것이 되었으리라.

저녁에 숙소에 머무를 때, 그는 대검 쓰는 원칙 몇 가지를 가르쳐 주었다.

"그러지 않으면 ……처럼 찔려 버리고 말 거야."

그가 한 비교의 말을 잊어버렸다.

그랑-생-베르나르 고개의 발치에 있는 마르티니는 나에게 다음과 같은 기억을 남겨 주었다. 감청색 바탕에 하늘빛 수를 놓은 정부 자문관의 정장을 입고 포병대 기지의 군용품을 통과시키는 훌륭한 마르몽 장군의 모습. 하지만 어떻게 해서 그때 그런 정장을 입고 있었을까? 나는 잘 모르겠다. 그러나 그 모습이 지금도 눈에 선하다.

아마도 내가 본 것은 장군복을 입은 마르몽 장군이었는데, 나중에 정부 자문관 복장을 그에게 끼워맞춘 것인지도 모르겠다.(1836년 3월 현재 그는 배반자 라귀즈 공작으로서 이곳에서 가까운 로마에 있다. 십이 일쯤 전 데팡 중장이 내가 이 글을 쓰고 있는 방의 벽난로 앞에서 나에게 한 거짓말에도 불구하고, 그는 배반자이다.)

아침 7시경 마르티니에서 벗어나자마자 길 좌측에 마르몽 장군이 있었다. 그때가 1800년 5월 12일 또는 14일이었을 것이다.

나는 어린 망아지처럼 쾌활하고 활동적이었다. 스스로를 이탈리아에서 전쟁에 참여하는 칼데론[352]처럼 생각했고, 본래는 몰리에르처럼 희곡을 써야 하는 인간으로 되어 있지만 호기심 때문에 견학을 하려고 군대에 파견된 사람으로 자신을 생각하고 있었다. 장래에 내가 직업을 갖는다 하더라도 내 돈으로 세상을 돌아다닐 만큼은 부자가 아니므로 생계를 위한 선택일 것이리라. 나의 바람은 오직 큰 사건들을 보고 싶다는 것뿐이었다.

따라서 제1집정관[353]의 총애를 받는 아름다운 청년 마르몽을 보통 때보다 한층 더 즐겁게 관찰했다.

로잔, 빌뇌브, 시옹 등에서 묵은 집들의 스위스 사람들이 그랑-생-베르나르 고개의 고약한 광경을 우리에게 말해 주었기 때문에 나는 여느 때보다 더 명랑했다. 아니, 명랑했다고 말하면 정확하지 않다. 나는 행복했다. 내 즐거움은 매우 예민하고 너무 내면적이어서 나로 하여금 생각에 잠기게 했다.

나는, 자신도 모르게, 경치의 아름다움에 극도로 민감했다. 아버지와 세라피 이모가 자못 위선적인 인간들답게 자연의 아름다움을 너무 찬양했기 때문에, 나는 반대로 자연을 싫어한다고 생각했다. 누군가 나에게 스위스의 아름다움에 대해

---

352) 페드로 칼데론 데 라 바르카(Fedro Calderón de la Barca, 1600~1681). 에스파냐의 극작가. 이탈리아 전쟁에 종군했다.

353) 나폴레옹을 말한다.

이야기했다면, 나는 토했을 것이다. 나는 루소의 『고백록』이나 『신엘로이즈』에서 자연의 아름다움을 묘사한 부분을 건너뛰고 읽었다. 아니, 더 정확히 말하면, 서둘러서 급히 읽었다. 하지만 그 아름다운 문장들이 나도 모르는 사이에 나를 감동시켰던 것이다.

확실히 나는 생-베르나르 고개를 오르면서 극도의 즐거움을 느꼈을 것임에 틀림없다. 하지만 나에게는 자주 극단적이고 거의 우스꽝스럽게 여겨졌던 뷔렐빌레르 대위의 신중한 조심성이 없었다면 그곳에 첫걸음을 내디디면서 죽음을 맞이했을지도 모른다.

독자들은 내가 받은 우스꽝스럽기 짝이 없는 교육을 떠올려 주기 바란다. 나의 아버지와 세라피 이모는 내가 어떤 위험에도 노출되지 않도록 승마를 못 하게 했고, 될 수 있는 한 사냥도 가지 못하게 했다. 그래서 나는 기껏해야 총을 들고 돌아다닌 정도이고, 굶주림과 비, 극도의 피로 같은 것을 겪는 진짜 사냥을 한 번도 해 본 적이 없다.

게다가 나는 천성적으로 섬세한 신경을 타고나서 피부가 여성처럼 민감했다. 몇 개월이 지난 뒤에도 두 시간 정도 검을 쥐고 있으면 손에 물집이 잔뜩 생겼다. 생-베르나르 고개에서 나는 육체적으로 십사 세 소녀 같았다. 실제 내 나이는 십칠 세 삼 개월이었지만, 대귀족의 어떤 응석받이 아이도 그 이상 유약한 교육을 받지는 않았으리라.

우리 집 식구들은 군인의 용기 같은 것은 자코뱅파의 특징으로 보았다. 그래서 우리 가문의 돈 많은 방계 집안 가장(벨

드 사스나주 대위)에게 생-루이 훈장을 받게 해 준 대혁명 전의 용기만 높이 평가했다.

어쨌든 나는 세라피 이모가 읽지 못하게 한 책들에서 얻어낸 정신력을 제외하고는 완전한 겁쟁이 상태로 생-베르나르 고개에 다다른 것이다. 뷔렐빌레르 씨를 만나지 않았다면, 그래서 혼자 걸어갔다면 나는 어떻게 되었을까? 당시 나는 돈이 있었는데도 뒷바라지를 해 주는 시종을 쓸 생각조차 하지 않았다. 아리오스토와 『신엘로이즈』에 근거를 둔 감미로운 몽상에 얼이 빠져, 신중히 행동하고 조심하라는 사람들의 말이 귀에 들어오지 않았다. 그런 것은 부르주아적이고 속되고 추악하게 보였던 것이다.

필요상 저속한 인물이 어쩔 수 없이 존재해야 하는 희극적 사실에 대한 나의 혐오감, 1836년인 지금까지도 내가 갖고 있는 그 혐오감은 거기서 비롯되었다. 그런 사실이 나로 하여금 공포에 이를 정도의 혐오감을 갖게 했다.

몰리에르의 후계자가 되려고 하는 인간에게는 얼마나 우스꽝스러운 마음가짐인가!

따라서 스위스 숙소의 주인들이 나에게 말해 준 신중한 주의사항들은 내 귀엔 모두 마이동풍이었다.

어느 정도의 높이에 다다르자 추위가 살을 에는 듯했고 스며드는 안개가 우리를 에워쌌다. 길에는 오래전부터 눈이 쌓여 있었다. 돌로만 쌓아 놓은 양쪽 석벽 사이의 오솔길에 눈이 8~10인치 높이로 쌓여 녹고 있었고, 그 눈 밑에는 조약돌들이 있었다.(클레의 조약돌처럼 모서리가 조금 무뎌지고 불규칙한

다각형을 이루는 조약돌이었다.)

때때로 길에 죽은 말이 쓰러져 있어서 내 말이 뒷발로 서게 했다. 더욱 고약했던 것은 오래지 않아 내 말이 뒷발로도 전혀 일어서지 못했다는 점이다. 요컨대 쓸모없는 노마(老馬)였다.

45장

생-베르나르 고개

한 발자국 내디딜 때마다 모든 것이 나빠졌다. 나는 처음으로 위험에 처했는데, 사실 그렇게 대단한 위험은 아니었다. 하지만 그때껏 살아오는 동안 채 열 번도 비에 젖어 본 적이 없는 열다섯 살 난 계집아이 같은 인간에게는!

그러니까 위험은 그리 크지 않았다. 그렇기는 하지만 나 자신 속에 위험이 존재했다. 상황이 사람을 작게 만들었던 것이다.

그것을 인정해도 창피한 일은 아니리라. 나는 줄곧 즐거워했으니까. 내가 꿈을 꾸고 있었다면, 그것은 눈에 덮여 있고 급히 흐르는 커다란 회색 구름에 끊임없이 가려지는 꼭대기가 하늘까지 우뚝 솟아오른 산들을 J.-J. 루소라면 어떤 말로 묘사하겠는가 하는 것이었다.

내가 탄 말은 넘어질 듯 보였다. 대위는 어두운 얼굴로 욕설을 퍼부었고, 나와 친구가 된 그의 조심스러운 일꾼은 매우 창백한 얼굴을 하고 있었다.

습기가 몸속에 스며들었다. 15~20명이 한 무리가 되어 올라오는 병사들이 우리의 전진을 방해했고, 때로 멈추게까지 했다.

그때 내가 엿본 것은 페라귀스나 리날도[354]의 성격에 기초를 두고 육 년간이나 품고 있던 영웅적인 몽상에 따라 그들에게 있다고 상상했던 영웅적인 우정 대신, 분노에 차 있고 고약한 에고이스트들의 모습이었다. 그들은 자기들은 걸어서 가는데 우리는 말을 타고 가는 것을 보고 화를 내며 우리에게 욕설을 퍼부었다. 여차하면 우리의 말들을 강탈했을 것이다.

그와 같은 인간의 본성을 보고 나는 기분이 언짢았지만, 이내 그 기분을 떨쳐버리고 다음과 같이 생각하며 마음을 편히 가졌다. 이것으로 나는 힘든 사건 하나를 목격한 셈이다, 라고.

그런 일들을 모두 기억하고 있진 않다. 그러나 그 후에 겪은 위험한 사건들은 더 잘 기억하고 있다. 1800년에 더 가까운, 이를테면 1812년 말 모스크바에서 쾨니스베르크로 행진 중일 때[355] 일어난 사건.

끝없는 여정이 이어지는 것처럼 보이는 수많은 구불구불한 길을 걸은 다음, 마침내 나는 왼쪽에서 뾰족하고 거대한 두 개의 바위 사이로 지나가는 구름에 거의 덮여 있는 나지막한

---

354) 아리오스토의 서사시 「광란의 오를란도」에 나오는 인물들.

355) 스탕달은 나폴레옹군이 퇴각하던 1812년 10월 16일 모스크바를 떠나 12월 14일에 쾨니스베르크에 도착했다.

집 한 채를 발견했다.

그것은 숙박소였다! 그곳에서 우리도 모든 군인에게 주는 포도주 반잔을 받았다. 그것은 차디찼고, 마치 붉은 탕약 같았다.

나는 포도주만 기억하고 있는데, 틀림없이 빵 한 조각과 치즈 한 조각이 곁들여져 나왔을 것이다.

우리는 그 안으로 들어갔다고 생각된다. 그 숙박소 내부의 인상은 사람들에게서 들은 이야기를 통해 형성되어 삼십육 년 전부터 그것이 현실의 자리를 차지했다.

석 달 전 이 진실의 회상록을 쓰기로 결심한 이래, 나는 바로 이와 같은 대목에서 거짓을 쓸 위험이 있다는 걸 느낀다.

예컨대 산에서 내려온 일은 퍽 또렷이 기억난다. 그러나 오륙 년 뒤 내가 그 산과 무척 비슷한 판화를 본 것을 숨기고 싶지 않다. 다시 말해, 내 기억은 그 판화를 보고 만들어진 것에 지나지 않을 수도 있는 것이다.

바로 여기에 여행 중 본 좋은 그림의 판화를 사는 행위의 위험이 있다. 판화가 기억 전체를 차지하고 진짜 기억을 파괴해 버리는 것이다.

나는 드레스덴에 있는 「산 시스토의 성모」[356] 경우 그런 경험을 했다. 뮐러[357]의 아름다운 판화가 그 그림에 대한 진짜 추억을 파괴해 버렸다. 드레스덴의 같은 화랑에 있는 멩스[358]

356) 라파엘로의 대표적인 그림.

357) 독일의 판화가.

358) 독일의 화가.

의 고약한 파스텔화는 어디서도 그 판화를 보지 못했기 때문에 완전하게 기억하고 있다.

말의 고삐를 잡는 것이 매우 난처한 일이었다는 것을 지금도 잘 기억하고 있다. 산길은 다음과 같이 놓여 있는 부동의 바위들로 형성되어 있었다. A지점부터 B지점까지 3~4피트는 되었을 것이다. L은 얼어붙은 호수로, 그 위로는 죽은 말과 노새 15~20마리가 떨어져 있는 것이 눈에 띄었다. R에서 P까지의 낭떠러지는 내 눈에는 거의 수직으로 보였고, P에서 E까지는 퍽 가팔랐다. 참으로 난감했던 일은, 길을 이루고 있는 바위 두 개가 합쳐지는 직선상 O지점에서 네 다리가 모이자 내가 탄 늙다리 노마는 넘어지려고 하는 것이었다. 오른쪽에는 그리 대단한 것이 없었다. 그러나 왼쪽에는! 내가 그의 말을 잃어버린다면 다뤼 씨가 뭐라고 하겠는가! 게다가 커다란 여행용 의복 가방 속에는 나의 옷가지 대부분과 어쩌면 내 돈의 대부분이 들어 있었다.

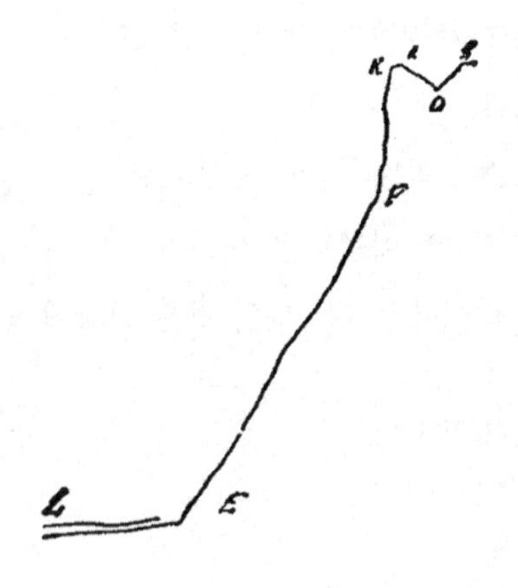

대위는 자신의 둘째 말에게 상처를 입힌 일꾼에게 욕설을 퍼부었고, 자기 말의 머리를 지팡이로 때리고 있었다. 정말이지 난폭한 인간이었다. 요컨대 내 일에 대해서는 관심이 전혀 없었다.

더욱 곤란했던 것은 대포였다. 대포가 와서 지나가는데, 그것을 통과시키기 위해서는 우리의 말들이 길 오른쪽으로 급히 비켜나야만 했던 것이다. 그러나 그 상황이 확실히 그랬다고 단언할 수가 없는 것이, 그것이 판화 속에 있기 때문이다.

얼어붙은 그 고약한 호수 주위를 둥글게 돌아 내려오는 긴 내리받이를 나는 잘 기억하고 있다.

마침내 에트루블 쪽 혹은 에트루블보다 앞에 있는 생-투아옝이라고 불리는 작은 마을 근처에서부터 자연이 온화해지기 시작했다.

그것이 나에게 감미로운 감각을 가져다주었다.

나는 뷔렐빌레르 대위에게 물었다.

"생-베르나르 고개가 겨우 이런 것에 불과한가요?"

그는 화가 나 있었고, 내가 거짓말을 한다고 생각한 모양이다.(흔히 쓰는 용어로 말하면, 내가 자기에게 허풍을 떤다고 말이다.)

그때 그가 나를 신병 취급을 했고 나에게는 그것이 모욕처럼 느껴졌다는 것이 내 기억 속에 어렴풋이 남아 있는 것 같다.

우리가 숙박한 에트루블 혹은 생-투아옝에서 나는 매우 큰 행복을 느꼈다. 그러나 나는 대위의 기분이 좋을 때만 내가 느끼는 것을 솔직하게 이야기할 수 있다는 것을 깨닫기 시작했다.

나는 속으로 이렇게 생각했다. 나는 지금 이탈리아에, 즉 루소가 베네치아에서 만난 줄리에타의 나라, 바질 부인의 고장 피에몬테에 있다고.

이런 생각이 일찍이 루소를 외설스러운 작가로 여긴 듯한 대위에게 한층 더 금지된 생각이라는 것을 나는 잘 알고 있었다.

만일 내가 에트루블에서 바아르 보루까지의 내 인생을 말하려 한다면, 수도원으로부터 도망쳤다는 행복감에 취한 십칠 세 청년이 어떤 기분을 느꼈을 것인가를 상상해 보고 소설을 만들어 내지 않으면 안 되리라.

잊어버리고 말하지 않았는데, 나는 순결한 동정(童貞) 상태로 파리에서 그곳으로 왔다. 밀라노에서 비로소 그 보물을 잃었다. 그런데 묘하게도 상대가 누구였는지 기억나지 않는다.

극도의 소심함과 격렬한 감각이 기억을 완전히 죽여 버린 것이다.

길을 가면서 대위는 나에게 마술(馬術)을 가르쳐 주었다. 그 과정에서 그가 활기를 주기 위해 자기 말의 머리를 지팡이로 때리자 말은 몹시 날뛰었다. 내 말은 무르고 조심스러운 성격의 노마였다. 나는 박차를 크게 가해 말이 활기를 띠게 했다. 다행히 내 말은 힘이 아주 셌다.

나는 터무니없는 상상력 때문에 그 비밀을 대위에게 마음먹고 이야기하진 못했지만, 적어도 마술에 관해서는 대위에게 여러 가지 질문을 했다. 당시 나는 전혀 사려 깊지 못했던 것이다.

"그런데 말이 뒷걸음치거나 해서 깊은 도랑 가까이 가면 어떻게 해야 하지요?"

"뭐라고! 자넨 이제 겨우 말을 타고 있는 처지인데, 승마의 달인도 난감해할 질문을 하는구먼."

이 답변이 내 머릿속에 확실하게 남아 있는 것을 보면, 아마도 뭔가 지독한 욕지거리가 그 뒤를 따랐을 것이다.

내가 그를 귀찮게 했음이 분명하다. 그의 영리한 일꾼이 내 말의 원기를 회복시켜 주기 위해 내가 산 밀기울의 절반을 그의 주인이 자기 말들에게 먹이고 있다고 알려 주었다. 그 일꾼은 내 일꾼 노릇을 하겠다고 제안했다. 그렇게 되었다면 그 일꾼은 끔찍한 뷔렐빌레르에게 거칠게 부림을 당하는 대신 나를 자기 마음대로 다루었을 것이다.

나는 그 그럴듯한 제안에 꿈쩍도 하지 않았다. 당시 내가 대위에게 큰 은혜를 입고 있다고 나는 생각했던 모양이다.

게다가 나는 아름다운 풍경과 아오스타 개선문[359]을 바라보며 너무도 행복해서, 마음속에 품은 희망은 오직 하나뿐이었다. 그것은 이런 생활이 영원히 계속되었으면 하는 것이었다.

우리는 군대가 우리보다 120킬로미터 앞에서 가고 있다고 믿었다.

그런데 갑자기 그 군대가 바아르 보루에 의해 저지된 것을 보았다.

이것이 그 협곡의 대략적인 단면도이다.

---

359) 아오스타 시에 있는 유명한 로마 시대의 기념물.

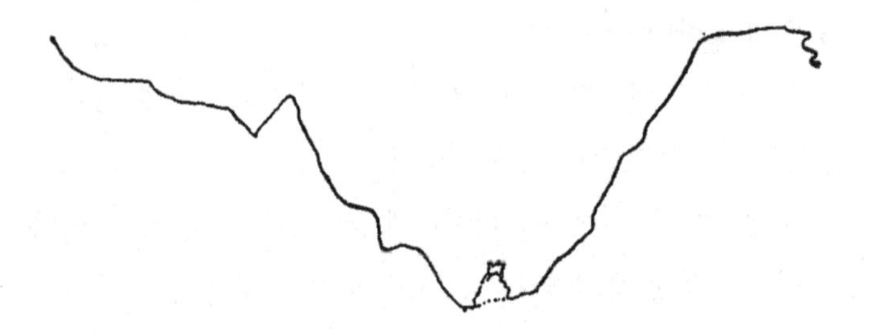

큰길 좌측, 보루로부터 약 2킬로미터 되는 지점에서 야영을 했던 것이 기억난다.

다음 날 아침, 얼굴은 모기에 쏘인 자국이 스물두 군데나 있었고, 한쪽 눈은 퉁퉁 부어 완전히 감겼다.

이 대목에서 사람들로부터 들은 이야기와 기억이 뒤섞인다.

우리는 바아르 보루 아래에 이삼 일 동안 저지되어 있었던 것 같다.

밤이 되면 그 지독한 모기들 때문에 겁이 났다. 그러나 절반은 나아질 시간이 있었다.

제1집정관[360]이 우리와 함께 있었는가?

우리가 그 보루 밑 작은 들판에 머물러 있었을 때, 내 생각처럼 뒤푸르 대령이 보루를 습격해서 점령하고자 했던가? 두 명의 공병이 도개교의 사슬을 절단하려고 했는가? 대포의 바퀴에 밀짚을 둘러싸는 것을 내 눈으로 보았는가, 아니면 내 머릿속에 남아 있는 남에게서 들은 이야기의 추억인지?

---

360) 나폴레옹을 가리킨다. 나폴레옹은 열흘 전쯤 그곳을 지나간 것으로 되어 있다.

매우 좁고 아주 높은 바위들 틈에서 울리는 포성은 무시무시해서, 나는 흥분한 나머지 정신을 잃을 지경이었다.

마침내 대위가 나에게 "우리는 왼쪽에 있는 산을 넘을 걸세."라고 말했다.

나중에 그 산이 알바레도 산이라는 것을 알았다.

약 2킬로미터 전진한 다음, 입에서 입으로 다음과 같은 주의사항이 전달되는 것을 들었다. "말고삐를 오른손 손가락 두 개로만 잡고 있도록. 말이 벼랑으로 떨어질 때 함께 끌려가지 않도록."

'제기랄! 그렇다면 위험하단 말이지!'라고 나는 생각했다.

새롭게 곡괭이로 겨우 만들어 낸, 도로라기보다 오솔길은 C, 벼랑은 D, 요새는 R과 같았다.

우리는 높고 평평한 작은 벌판에 멈춰 섰다.

"아! 적들이 우릴 겨누고 있군." 대위가 말했다.

"우리가 사정권 안에 있나요?" 내가 대위에게 물었다.

"이 친구 벌써 겁을 집어먹은 거 아니야?" 그가 언짢은 기분으로 나에게 말했다. 그 자리에는 사람이 일고여덟 명쯤 있었다.

그 말은 베드로가 들은 수탉 우는 소리와 같았다. 나는 주위를 또다시 살펴보고, 적에게 내 몸을 더욱 드러내기 위해 벌판 가장자리로 접근했다. 그리고 대위가 다시 길을 가기 시작하자, 내 용기를 보여 주기 위해 몇 분 동안 뒤처져 그 자리에 머물러 있었다. 그것이 처음으로 내가 포화(砲火)를 본 상황이다.

그것은 다른 하나의 동정(童貞)과 마찬가지로 나를 괴롭게 한 일종의 동정이었다.

46장

저녁에 그 일을 곰곰이 생각하며, 나는 놀라움에서 벗어나지 못하고 있었다. '뭐야! 이것밖에 안 되나?'라고 나는 생각했다.

조금 어리석은 이 놀라움의 외침은 평생 내게서 떠나지 않았다. 나는 그것이 상상력에 기인한다고 생각한다. 그 사실을 발견한 것은 다른 많은 것들과 마찬가지로, 1836년인 지금 이 글을 쓰면서이다.

여담으로 말하는데, 나는 후회하는 것은 아니지만 자주 이런 생각을 한다. '난 얼마나 좋은 기회들을 놓쳤는가! 난 부자가 되었을 테고, 적어도 편안한 생활을 누릴 수 있었을 텐데!' 하지만 1836년인 지금 내가 깨닫는 것은 나의 가장 큰 즐거움은 꿈꾸는 것이라는 점이다. 하지만 무엇을 꿈꾼다는 것인가?

종종 나를 싫증 나게 하는 것까지도 말이다. 1만 프랑의 연수입을 모으기 위해 필요한 교섭을 활발하게 한다는 것은 나에게는 불가능한 일이다. 게다가 아부를 해야 하고 어느 누구의 기분도 상하게 하지 말아야 하는 등. 그런 의도는 나에게는 거의 불가능한 일이다.

그런데! 캉클로 백작은 나와 마찬가지로 용기병 제6연대의 중위 혹은 소위였다. 그는 술책가이자 빈틈없는 인간이고, 세도가들의 마음에 들 기회가 있으면 절대 그 기회를 잃지 않는 등 목적 없이는 한 걸음도 움직이지 않는 사람이라는 등의 평판이 있었다. 그의 삼촌인 캉클로 장군이 방데 내란을 진압했다고 생각하는데, 그는 신망을 잃지 않고 있었다. 드 캉클로 씨는 연대를 떠나 영사 직책으로 자리를 옮겼다. 아마도 그는 내가 가지지 못한 온갖 장점들을 갖고 있는 것 같다. 지금 그는 니스의 영사이고, 나 또한 치비타-베키아의 영사이다. 그러니 내가 술책가, 적어도 처신에 능숙하고 신중한 사람이 아니라는 사실이 나에게는 위안이 되는 것이다. 나는 일생을 통해 거의 모든 일을 내가 하고 싶은 대로 하는 보기 드문 즐거움을 누렸다. 그런데도 냉정하고 능란한 사람들만큼 진급을 했다. 드 캉클로 씨는 1833년 12월 내가 니스를 지나갈 때 나를 정중하게 대해 주었다. 어쩌면 그는 나보다 재산이 많을 텐데, 아마도 삼촌으로부터 상속을 받은 모양이다. 게다가 그는 나이 든 여인을 아내로 데리고 살고 있다. 나는 바꾸고 싶지 않다. 다시 말해 내 영혼으로 그의 육체에 들어가고 싶지 않다.

그러니 나 자신의 운명에 대해 불평을 해서는 안 된다. 일곱 살에서 열일곱 살까지 나의 운명은 참으로 저주스러웠으나, 생-베르나르산(해발 2491미터)을 넘은 이후 더 이상 운명에 불평할 것이 아무것도 없었다. 그러기는커녕 내 운명에 만족해야 했다.

1804년에 나는 100루이와 내 자유를 열망했다. 1836년인 지금은 6000프랑과 내 자유를 열렬히 바라고 있다. 그 이상의 것은 나의 행복에 그리 크게 상관이 없을 것이다. 말은 그렇게 하지만, 2만 5000프랑을 손에 넣고 자유를 누리면서 탄력 좋은 스프링이 달린 좋은 마차를 갖고 싶지 않다는 것은 아니다. 다만 마부의 도둑질이 아마도 고급 마차의 즐거움보다 더 큰 불쾌감을 나에게 줄 것 같았던 것이다.

나의 행복은 관리할 것이 아무것도 없다는 데 있다. 토지와 가옥으로 연수입 10만 프랑이 있다면 나는 무척 불행할 것이다. 그런 경우 나는 손해를 보고 그것들을 전부 팔든가, 적어도 4분의 3은 팔아서 공채를 살 것이다. 나에게 있어 행복은 아무에게도 명령할 일이 없고 명령을 받지도 않는 것이다. 따라서 리에티 양이나 비도 양과 결혼하지 않은 것은 잘한 일이라고 생각한다. 여담 끝.

에트루블과 아오스타에 도착했을 때 내가 큰 즐거움에 빠져 있었던 것을 기억한다. 나는 '뭐야! 생-베르나르를 넘는 것이 고작 이것밖에 안 되나?'라고 끊임없이 스스로에게 말하곤 했다. 때로는 입 밖에 내어 큰 소리로 말하는 실수를 저질렀다. 나에게 악의가 없는데도 뷔렐빌레르 대위는 그것을 허풍

(허세)으로 생각하고 나를 호되게 나무랐다. 나는 너무나 자주 천진난만하게 굴어서 그런 결과를 불러왔다.

우스꽝스러운 또는 과장에 불과한 말 한마디에 가장 아름다운 것이 못쓰게 되어 비리고 마는 일이 자주 있었다. 예를 들어 바그람 전투에서 대포의 곁에 있었을 때 그곳의 풀에 불이 붙자, 내 동료 중 허풍을 잘 떠는 대령 한 명이 "이것은 거인들의 전투야!"라고 말했다. 그러자 장중한 느낌이 그날 하루 종일 돌이킬 수 없을 정도로 사라져 버리고 말았다.

하지만, 난처한 일이군! 누가 이런 것을 읽겠는가! 그야말로 엄청난 횡설수설이다! 이제 내 이야기로 돌아갈 수 있을까? 지금 독자들은 1800년에 어느 광인이 사회에 처음으로 진출하는 이야기를 읽고 있는지, 아니면 오십삼 세 남자의 분별 있는 회상을 읽고 있는지!

바위산을 떠나기 전, 나는 바아르 보루에서 무서운 소리를 내며 포격이 벌어지는 것을 알아차렸다. 그것은 숭고함이었다. 하지만 위험에 너무 가까웠다. 내 마음은 그것을 순수하게 즐기는 대신 좀 더 반듯하게 견뎌내는 데 몰두해 있었다.

이 글을 읽을 용기가 있는, 어쩌면 단 한 사람일 수도 있는 정직한 사람에게 분명하게 알린다. 이런 대단한 성찰은 모두 1836년 현재의 것이라고. 1800년에는 이런 성찰이 나를 몹시 놀라게 했을 것이다. 엘베시우스와 셰익스피어를 잘 알고 있었다 하더라도 당시의 나는 아마 그런 것을 이해하진 못했을 것이다.

우리를 향해 대단한 화력을 퍼부은 그 성벽에 대한 뚜렷하고 매우 진지한 기억 하나가 나에게 남아 있다. 1836년의 온건한 작가들이라면 그리 말했을 것같이, 신의 섭리에 따라 좋은 위치에 놓인 그 작은 보루의 지휘관은 보나파르트 장군을 저지하고 있다고 믿고 있었던 것이다.

그날 저녁에 묵은 숙소는 어느 사제의 거처였던 것 같다. 그 사제는 뷔렐빌레르 대위와 그의 제자가 오기 이전에 이미 2만 5000~3만 명의 병사들에게 매유 거칠게 시달려 온 터였다. 에고이스트이자 성미가 고약한 대위는 욕지거리를 해 댔다. 나는 그 사제가 불쌍해 보였다. 그래서 그의 공포심을 덜어 주기 위해 그에게 라틴어로 말을 건넸다. 그것은 크나큰 죄였다. 그렇게 하는 것은 워털루 전투 때 저 비열한 망나니 부르몽[361]이 저지른 죄를 축소하는 것과 같은 짓이다. 다행히도 대위는 내가 말하는 것을 듣지 못했다.

사제는 그것을 고맙게 생각했는지, '돈나(donna)'는 여자를 뜻하고 '카티바(cattiva)'는 나쁘다는 뜻이며, 이곳에서 이브레아까지 거리가 몇 마일인지 묻고 싶으면 '콴테 소노 밀리아 디 콰 아 이브레아?(Quante sono miglia di qua a Ivrea?)'라고 해야 한다고 나에게 가르쳐 주었다.

그것이 내 이탈리아어 공부의 시작이었다.

바아르에서 이브레아까지 가면서, 죽은 말들과 군대의 잔해물이 수없이 많은 데 너무 충격을 받은 나머지 나에게는 분

---

361) 프랑스의 장군. 워털루 전투 사흘 전에 적의 진영으로 넘어갔다.

명한 기억이 없다. 그때 나는 내가 나폴레옹군의 한 종대에 속해 있다는, 이후 여러 번 되풀이된 인상을 처음으로 느꼈다. 목전의 감각이 모든 것을 흡수해 버린다. 줄리아[362]가 나를 애인으로 대우해 준 첫날 저녁의 기억과 똑같이 말이다. 나의 추억이란 그런 기회에 만들어진 소설에 불과하다.

조금 오른쪽 2킬로미터 지점에서 만나 본 이브레아의 첫 광경은 지금도 눈에 선하다. 왼쪽 멀리에는 산들이 보였는데, 아마도 몬테로사 산과 비엘레의 산들, 또한 나중에 내가 무척 좋아하게 된 레세고네 데 레코였던 것 같다.

공포에 떨고 있는 주민들로부터 숙박권을 얻어내는 것이 어려운 게 아니라, 병사들이 서너 명씩 도당을 지어 어슬렁거리며 약탈하는 것으로부터 그 숙소를 지켜 내는 것이 어려워졌다. 우리 숙소의 문을 뜯어내 야영 모닥불을 지피려는 엽기병을 쫓아내기 위해 내가 손에 검을 대었던 일이 조금 생각난다.

그날 저녁에 나는 결코 잊을 수 없는 감동을 경험했다.

나는 극장에 갔다. 대위는 나의 어린애 같은 행동, 내가 검술에 대해 무지하다고 비판하고 내 검이 내겐 너무 무겁다고 생각하고 내가 어느 길모퉁이에서 살해가 되지나 않을까 겁을 냈으나 그것에 상관 않고 나는 갔다. 나는 군복도 입지 않았는데, 한 군대의 종대들 사이에서 그것은 더 나쁜 일이

362) 줄리아 리니에리. 1830년 3월 22일 스스로 스탕달에게 몸을 맡겼다.

다…… 등등.

마침내 나는 극장에 갔다. 극장에서는 치마로사의 「비밀 결혼」을 공연하고 있었다. 카롤린 역을 연기하는 여배우의 앞니 하나가 빠지고 없었다. 그것이 그 숭고했던 행복으로부터 나에게 남겨진 기억의 전부다.

그 행복에 관해 자세히 쓰려고 하면 거짓말을 하게 되고 소설을 만들어 낼 것 같다.

내가 해낸 두 가지 위대한 행위, 즉 생-베르나르 고개를 넘은 일과 포화에 휩싸인 일은 사라져 버렸다. 그 모든 것이 조잡하고 저속하게 생각되었다. 나는 롤르 위의 성당에서 느낀 열정과 같은 어떤 것, 하지만 그보다 훨씬 더 순수하고 매우 강렬한 것을 느꼈다. 루소의 책에 나오는 쥘리 데탕주[363]의 현학적인 태도가 나를 거북하게 한 반면, 치마로사의 작품에서는 모든 것이 숭고했던 것이다.

즐거움을 느끼는 동안 나는 이렇게 생각을 했다. '나는 이런 거친 직업에 몸을 던지고 말았어. 내 생애를 음악에 바치지 않고 말이야!'

그에 대한 답변은 언짢은 기분 없이 다음과 같이 말하는 것이었다. '나는 살아가지 않으면 안 돼. 이제부터는 세상일을 보자. 용감한 군인이 되자. 그리고 일 년이나 이 년 뒤에는 내 유일한 사랑인 음악으로 되돌아가는 거야.' 그 같은 과장된 말을 스스로에게 했다.

---

363) 『신엘로이즈』의 여주인공.

내 삶은 새로워졌고, 파리에서의 모든 환멸은 영원히 묻혀 버렸다.

행복이 어디에 존재하는가를 막 분명하게 본 참이었다. 오늘날 생각해보니, 내 최대의 불행은 다음과 같았다. 즉 내가 매우 오래전부터 행복이 있다고 믿었던 파리에서 나는 행복을 발견하지 못했다. 그렇다면 행복은 어디에 있는 것일까? 도피네 지방의 산속엔 정녕 없는 것일까? 그렇다면 우리 집 식구들이 옳았고, 나는 그곳으로 돌아가는 것이 좋을 것이다, 라고 생각하는 것 말이다.

이브레아에서 보낸 그날 저녁은 내 정신 속에 존재하던 도피네 지방을 영구히 파괴해 버렸다. 이브레아에 도착했을 때 본 아름다운 산들이 없었다면 아마도 베를랑이라든가 생-탕주 그리고 타유페르의 산들[364]이 영구히 사라지지는 않았을 것이다.

이탈리아에서 생활하고 그곳의 음악을 듣는 것이 내 모든 생각의 논거가 되었다.

그다음 날 아침 우리가 탄 말들이 평보(平步)로 가는데, 6피트나 되는 대위와 나란히 말 위에서 전진해 가면서 나는 유치하게 내 행복에 대해 그에게 이야기했다. 그러자 대위는 쉽게 나쁜 데로 빠지는 여배우들이 품행에 대한 외설스러운 농담으로 나에게 대꾸했다. 그런데 나는 퀴블리 부인과의 일도 있고 그날 아침 전날 극장에서 본 카롤리나(「비밀 결혼」의)를 몹

364) 도피네 지방의 산들.

시 사랑하고 있었기 때문에, 여배우라는 말은 소중하고 거룩하게 여기고 있었다. 그래서 우리는 다투게 되었고, 그때 내가 결투를 벌일 마음까지 먹었던 것 같다.

당시의 내 광기를 나는 이해할 수 없다. 그것은 저 훌륭한 주앵빌(지금은 파리의 군 경리관인 주앵빌 남작)에게 도전하는 것과 마찬가지였으니 말이다. 당시 나는 군도(軍刀)를 수평으로 받치는 것조차 못 하는 처지였다.

대위와 화해한 다음 우리는 티치노강 전투에 개입을 했던 것 같다. 우리도 그 전투에 섞여 들었지만, 위험하지는 않았던 것으로 생각된다. 더 이상 이야기하면 소설을 만들까 봐 겁이 나니 이야기하지 않겠다. 그 교전 또는 전투에 대해서는 그 한두 달 뒤 기아르데 씨가 무척 상세하게 이야기해 주었다. 그 사람은 1809년경 라이프치히에서 죽은 저 훌륭한 마콩 장군 연대의 제6경기병대 혹은 제9경기병대 대대장이었다. 기아르데 씨는 내가 있는 데서 주앵빌에게 그 이야기를 해 준 것 같은데, 그것은 나의 기억을 보충해 주고 있다. 그래서 내가 그의 이야기로부터 받은 인상을 나 자신의 기억으로 여길까 봐 겁이 나는 것이다.

티치노강 전투를 내 정신 속에서 두 번째로 포화를 목격한 사건으로 쳐도 될지조차 잘 기억나지 않는다. 어쨌든 포화가 맞을 것이다. 우리는 몇 명의 기병과 함께 적에게 끌려가 군도로 베일까 봐 겁을 먹었을 것이다. 포연 또는 일제 사격 외에는 분명하게 떠오르는 것이 아무것도 없다. 모든 것이 혼란스럽다.

이브레아에서 밀라노까지의 일에 관해서는 가장 활기차고 열광적인 행복감 말고는 정말로 할 말이 아무것도 없는 것이다. 눈에 보이는 풍경이 나를 황홀하게 했다. 나는 그 풍경을 아름다움이 현실화된 것으로 보지 않았다. 그러나 티치노강에서 밀라노에 이르기까지 자주 나타나는 수많은 나무들, 생기 넘치는 식물들, 옥수수대라고 생각되는 것까지, 그것들이 있어서, 좌우 100보도 제대로 보지 못했지만, 그것이야말로 진정한 아름다움이라고 생각했다.

나에게 밀라노는 이십 년 동안(1800년부터 1820년까지) 바로 그러했다. 내가 대단히 좋아하는 그 이미지는 지금도 아름다움에서 거의 분리되지 않고 있다. 내 이성은 나에게 이렇게 말한다. 참된 아름다움은 예컨대 나폴리나 포실리프, 또는 드레스덴 부근, 라이프치히의 무너진 성벽들, 알토나에서 렘빌[365] 아래에 흐르던 엘베강, 제네바 호수 등이라고. 그러나 그렇게 말하는 것은 이성이지, 내 마음은 밀라노와 그곳을 둘러싸고 있는 풍요로운 평야만을 느낄 따름이다.

---

365) 대혁명 시기 프랑스의 군인. 함부르크 부근의 경승지 알토나에 특별 요리로 유명한 호텔을 냈다.

47장

밀라노

우리는 매혹적인 어느 봄날의 아침나절, 밀라노에 들어섰다. 얼마나 놀라운 봄날이던지! 이 세상의 얼마나 대단한 고장이던지! 내가 탄 말에서 왼쪽으로 세 걸음 떨어진 곳에 마르시알의 모습이 보였다. 그때의 모습이 지금도 눈에 선하다.

그곳은 포르타 노바 거리가 시작되는 비그리 로(路) 조금 뒤의 자아르디노 거리였다.

마르시알은 파란 승마복에, 가장자리에 선을 두른 부관의 모자를 쓰고 있었다.

그는 나를 만난 것을 퍽 즐거워했다.

"다들 자네가 행방불명된 줄로 생각하고 있었어." 그가 말했다.

"제네바에서 말이 병에 걸리는 바람에 ***날이 돼서야 출발했어요.” 내가 대답했다.

“집을 보여 주지, 바로 옆이야.”

나는 뷔렐빌레르 대위에게 작별 인사를 했다. 그 후 나는 그와 다시 만나지 못했다.

마르시알은 다시 돌아와 나를 앗다 저택으로 데리고 갔다.

앗다 저택의 정면은 아직 완성되지 않은 상태였다. 그 대부분은 피렌체의 산-로렌초 성당처럼 조잡한 벽돌로 되어 있었다. 나는 웅장하고 화려한 안뜰로 들어섰다. 몹시 놀란 채 말에서 내려 모든 것에 감탄했다. 그리고 멋진 계단을 올라갔다. 마르시알의 하인들은 내 의복 가방을 내리고 내 말을 데리고 갔다.

마르시알과 함께 올라가, 곧 거리가 내려다보이는 화려한 살롱으로 들어갔다. 나는 황홀해 하고 있었다. 건축이 나에게 그런 효력을 준 것은 그때가 처음이었다. 얼마 지나지 않아 빵가루를 입혀 만든 맛좋은 커틀릿이 나왔다. 그 후 여러 해 동안 그것은 나에게 밀라노를 떠올리게 하는 요리가 되었다.

그 도시는 나에게 지상에서 가장 아름다운 고장이 되었다. 나는 조국의 매력을 조금도 느끼지 못한다. 내가 태어난 고장은 나에게 육체적 불쾌감(멀미)에 이르게까지 하는 혐오를 불러일으키는 것이다. 밀라노는 1800년에서 1821년까지 내가 한결같이 살고 싶어 한 고장이다.

1800년에 나는 몇 달 동안 그곳에 살았으며, 그것은 내 생애에서 가장 아름다운 시절이었다. 1801년과 1802년에는 브레시아와 베르가모의 요새에 주둔하고 있었기 때문에 가능한 한 자주 그곳에 되돌아왔다. 그리고 마침내 1815년에서 1821년까지 스스로 선택해서 그곳에서 살았다. 1836년인 지금도 오로지 내 이성만이 파리가 더 낫다고 말한다. 1803년 또는 1804년에 나는 마르시알의 서재에 걸려 있는, 멀리 보이는 밀라노의 돔을 묘사한 판화를 보는 것을 피하곤 했다. 옛 추억이 너무 감미로워서 마음이 아팠던 것이다.

내가 앗다 저택에 들어간 것은 5월 말이나 6월 초였을 것이다.(앗다라는 단어는 나에게 신성한 것으로 남아 있다.)

마르시알은 나무랄 데 없는 사람이었고, 나에게 더할 나위 없이 늘 잘해 주었다. 그가 생존해 있을 때 그것을 좀 더 깊이 알아보지 못한 것을 안타깝게 생각한다. 한편 그에게는 놀라울 정도로 세심한 허영심이 있었는데 나는 그 허영심을 건드리지 않으려고 마음을 썼다.

내 속에 싹트기 시작한 사교적 예법에 따라 또는 우정으로 나는 당시 그에게 한 말들을 좀 더 열정적인 우정과 감사의 마음을 품고 그에게 말했어야 옳았을 것이다.

그는 몽상적인 성격이 아니었다. 반면 나는 그런 약점을 광기에 가까울 정도로 밀고 나갔다. 그런 광기가 없는 그가 나에게는 평범한 사람으로 보였다. 나에게 있어서 몽상적인 면은 연애, 용맹함, 모든 것에 두루 퍼져 있었다. 문지기에게 팁을 줄 때도 너무 적게 주는 게 아닐까, 그래서 그의 민감한 성정을 해치는 것이 아닐까 겁을 냈다. 문지기가 몸단장을 말끔하게 하고 있으면, 그를 모욕하는 일이 될까 봐 겁이 나서 맘먹고 팁을 주지 못하는 일도 자주 있었다. 그래서 본의 아니게 인색한 사람으로 여겨졌을 것이다. 이것은 내가 알고 지내던 대부분의 소위들과 반대되는 결점이다. 그들은 팁 1만치아라도 아낄 생각을 했다.

이 시기에 마치 미치광이 같은 완전한 행복의 한 기간이 온다. 그 기간의 일을 이야기하면 틀림없이 헛소리를 좀 지껄이게 되리라. 그러니 지금까지의 선을 지키고 벗어나지 않는 편이 좋을 것이다.

나는 5월 말부터 브레시아와 크레모나 사이의 바놀로인지 로마넹고인지 하는 곳에서 용기병 제6연대의 소위로 입대한 10월 혹은 11월까지 천국처럼 완벽하게 행복한 오륙 개월을 보냈다.

하늘이 태양과 너무 가까우면 분명하게 알아볼 수 없는 것과 마찬가지로, 안젤라 피에트라그뤼아에 대한 사랑을 이성적으로 이야기하기란 무척 힘들 것이다. 그리도 심했던 광기를 어떻게 하면 좀 더 이성적으로 이야기할 수 있을까? 어디서부터 시작해야 할까? 어떻게 하면 읽는 사람이 알기 쉽게 이야기할 수 있을까? 벌써 나는 철자를 바르게 쓰는 것을 잊고 있다. 열정에 빠져 크게 흥분하면 그런 일이 일어나듯이 말이다. 하지만 그것은 삼십육 년 전에 있었던 일이다.

오, 관대한 독자여, 나를 용서해 주길! 아니, 그보다는 만약 당신이 서른 살이 넘었다면, 또는 서른 살이 넘진 않았지만 산문(散文)파라면, 이 책을 덮어 버리도록!

사람들이 믿을 수 있을까. 어쨌든 1800년, 그 해의 내 이야기는 모든 것이 부조리해 보이리라. 그다지도 하늘 같고 그다지도 정열적이었던 그 사랑은, 이 땅에서 나를 온통 뺏어내 공상의 세계로 옮겨 놓았는데, 그 공상이란 마치 이 세상 것이 아닌 듯 무척이나 감미롭고 바라는 대로 모든 것이 이루어지는 공상인데, 그곳으로 나를 옮겨놓은 그 사랑은 그러나 1811년 9월에 와서야 비로소 세상 사람들이 행복이라고 부르는 것에 도달했다.

십일 년 동안 이어진, 충직함이라고 말할 수는 없지만 일종의 끈질김이 부족했던 것을 용서하시도록.

내가 사랑한 여자, 그리고 어떻게 보면 내가 사랑을 받았다고 믿었던 그녀에게는 다른 애인들이 있었다. 그러나 나는 내가 같은 지위라면 아마도 나를 택할 거라고, 나는 생각하고 있었다! 나에겐 다른 정부(情婦)들이 있었다.

(이 문장을 쓰기 전 나는 십오 분쯤 산책을 했다.)

어떻게 하면 그 당시의 일을 차분하게 이야기할 수 있을까? 이 이야기는 후일로 미루는 것이 좋겠다.

내가 이성적인 형식으로만 글을 쓰려고 하면, 나는 내가 하고 싶은 말을 공평하게 할 수가 없을 것이다.

1836년이 돼서야 거의 처음으로 발견한, 당시의 실상에 관해서는 이야기하고 싶지 않다. 다른 한편으로, 1800년에 그 사실들이 나에게 어떤 의미였는지에 대해서도 쓸 수가 없다. 아마도 독자는 이 책을 던져버리고 말리라.

내가 어떤 태도를 취해야 할까? 미칠 듯했던 그 행복을 어떻게 묘사해야 할까?

독자는 일찍이 미칠 듯한 사랑에 빠져 본 적이 있는가? 인생을 통틀어 가장 사랑한 정부와 일찍이 하룻밤을 보내는 행운을 가져 본 적이 있는가?

정말이지 나는 계속 이야기할 수가 없다. 주제가 이야기하는 사람의 힘을 넘어선다.

나 자신이 우스꽝스럽고 오히려 믿을 수 없다는 것을 나는 잘 느끼고 있다. 내 손은 더 이상 쓸 수가 없다. 내일로 미루자.

아마도 그 육 개월의 일을 단호하게 건너뛰는 편이 좋을 것이다.

모든 것이 나에게 준 극도의 행복을 어떻게 묘사할 수 있단 말인가? 나로서는 불가능한 일이다.

이야기를 완전히 중단하지 않기 위해서는 개요만을 이야기할 수밖에 없다.

나는 자기 그림의 한 모서리를 묘사할 용기를 잃은 화가와 같다. 그 화가는 다른 전체를 망가뜨리지 않도록, 자신이 묘사할 수 없는 것의 윤곽을 가능한 한 잘 잡아 소묘하는 것이다.

오, 냉정한 독자여, 나의 기억력을 용서해 주길. 그보다는 차라리 오십 페이지를 건너뛰고 읽어 주길.

다음은 삼십육 년이 흐른 뒤 그것을 몹시 망가뜨리지 않고는 이야기할 수 없는 일의 개요이다.

앞으로 내가 오 년, 십 년, 이십 년, 삼십 년을 지독한 고통 속에 산다 하더라도, 나는 죽어가면서 '되풀이하지 않겠다.'라고 말하지는 않을 것이다.

우선 친척으로 마르시알을 가졌다는 행복. 평범한 사람, 말하자면 평범 이하지만 선량하고 명랑한 사람, 다시 말해 당시 자기 스스로는 행복한 사람이었던 그와 함께, 나는 산 것이다.

이 모든 것은 지금 이 글을 쓰면서 발견한 것이다. 어떻게 묘사해야 좋을지 몰라서 당시 느꼈던 것을 지금 분석하고 있는 것이다.

오늘 나는 무척 침착하다. 날씨는 음산하고 조금 고통스럽다.

내 광기를 막는 것은 아무것도 없다.

과장하는 것을 몹시 싫어하는 성실한 인간으로서 나는 어떻게 해야 좋을지 모르겠다.

나는 늘 모든 것을 로시니가 음악을 쓰듯이 써 왔고, 지금도 그렇게 이 글을 쓰고 있다. 그것을 생각하며 매일 아침 오페라 각본에다 내 앞에 있는 것을 쓰고 있다.

오늘 받은 책[366]에서 나는 다음과 같은 문장을 읽었다.

"이 결과는 그것을 실행하고 경험하는 사람들, 즉 동시대인들에게 반드시 감지되는 것은 아니다. 하지만 거리를 두고 역사적 관점에서 보면, 한 민족이 자기네 성격의 독자성을 어느 시기에 잃는가에 주목할 수가 있는 것이다." 등, 등. (빌맹 씨, 서문 십 페이지)

너무도 다정한 그런 감정은, 상세히 이야기하면 그것을 망가뜨리고 마는 것이다.

366) 『아카데미 사전』 제6판을 위한 빌맹의 서문을 전재한 소책자이다.

작품 해설

스탕달과 자서전

스탕달은 자전적 소설 『앙리 브륄라르의 생애』에서 흥미로운 이야기를 하고 있다. 자기는 사물 바로 그 자체를 묘사하는 것이 아니라 사물이 자신에게 주는 효과를 그리고자 한다는 것이다. 사실주의 문학의 선구자로 평가받는 스탕달이기에, 그와 같은 주장은 특별한 주의를 끄는 표현으로 읽힌다. 그는 이 작품 14장에 외할아버지인 의사(醫師) 가뇽의 심부름꾼인 랑베르의 죽음을 회상하면서 다음과 같이 쓰고 있다.

또 다시 확언하겠는데, 나는 사물 그 자체에 대해 말하는 것이 아니라, 그것들이 나에게 미친 효과만을 묘사하고 있다. 그러니 다음과 같은 단순한 고찰만으로도 그런 진실을 내가 어떻게 믿지 않을 수 있겠는가? 즉 나는 우리 집안 식구들의 얼굴 생김새를 기억하지 못한다. 이를테면 외할아버지의 얼굴 모습을, 나는 그를 그처럼 자주 그리고 야심 찬 아이로서 할 수 있는 온 애정을 가지고 그 얼굴을 바라보았을 텐데 말이다.

스탕달은 가장 이상적인 예술 양식으로 늘 음악을 꼽았다. 마치 로시니가 음악을 쓰듯(편곡하듯) 자신의 글을 쓰고자 했으며, 감각과 기억을 섞어 주는 음악에 그의 글쓰기를 근접시키고자 했다. 과거의 행복한 순간을 환기할 때 찾아오는 즐거움은 하나의 그림, 한 곡의 음악을 감상하며 느끼는 감동과 같다고 생각했다. 스탕달에게 있어서 글쓰기는 지각으로 알기보다는 감각으로 느끼기를 우선하는 것이었다. 심지어 그는 자신이 가진 기억이란 모두 감수성의 기억일 뿐이라고 말하기도 했다.

이는 또한 그가 살고 있었던 시대의 흐름이었다. 18세기 후반 루소에서 비롯된 전기 낭만주의 감성은 19세기까지 이어져 프랑스 낭만주의의 감수성은 문학 운동의 큰 주류를 이루었다. 보편적 진리를 배경으로 한 전통적 가치는 과거의 것이 되고 새로운 가치의 창조에 대한 욕구가 두드러지게 되었다. 그것은 또한 대혁명을 치르고 난 프랑스가 겪어야 하는 정치적, 경제적, 사회적, 대변혁의 정신적 표현으로서 문학이 이루어내야 할 대변혁이기도 했다.

그러나 낭만주의 작가로만 보기에 스탕달은 한층 복합적인 면도 갖고 있다. 그는 정신적으로, 여러 비평가들이 짚어냈듯, 계몽주의와 19세기가 교차되는 지점에 위치해 있었기 때문이다. 외할아버지로부터 가르침을 얻은 계몽주의 철학이 그의 정치적, 사회적 생각을 밝혀 주었다. 순응주의에 대해 그가 어려서부터 품은 혐오감은 19세기의 큰 흐름이었던 강렬한 힘에의 집착과 개인주의에 대한 열망에서 비롯했다. 그의 작품들은 구체적인 실제 사건을 토대로 쓰였다. 모든 인간은 구체적인 시간 속에 있고, 특정한 역사적 배경 안에 살고 있다는 역사의식을 지니고 있었던 것이다. 스탕달의 미학은 변화하는 시대에 걸맞게, 전통적인 미학과는 단절될 수밖에 없었다. 그는 예술이 바뀐 세상의 쇄신된 요구에 적응할 수 있어야 한다고 주장하기에 이른다. 보편성에 근거를 둔, 시공을 초월한 전통적 진리는 더 이상 받아들여지지 않았다. 따라서 규칙, 형식의 속박, 관습 같은 것은 새로운 문학작품에 적용할 수 없게 되었다. 새로운 문학이론이 필요하게 된 것이다.

우리는 『이탈리아 회화사』라는 그의 책에서, 영원하고 추상적이며 보편적인 아름다움에 대한 생각을 이상과 혼동하는 일이 스탕달에겐 없다는 것을 알게 된다. 그는 예술가의 주관주의를 격식에 박힌 아름다움인 추상적이고 공상적인 보편성에 대치시켰다. 스탕달 미학의 중심 관념은 모든 예술은 어느 정도의 변형, 왜곡에 그 기초를 두고 있다는 것이다. 그림의 경우를 빗대어 말했지만, 그의 주장의 핵심은 예술이란 삶의 광경의 재현이 아니라 하나의 세계관의 표현이라는 것이다.

영혼을 고양시키고 영혼을 초인적인 황홀경에 참여케 하는 예술, 그러한 예술이란 에너지와 힘과 성격 및 개인성이라는 요소들을 갖춘 미학을 토대로 하는 예술이어야 한다고 스탕달은 쓰고 있다. 그것이 바로 그가 거듭 말했던 숭고함을 체험하게 해주는 예술인 것이다. 그런 점에서 스탕달은 낭만주의의 지향을 충실히 대변하였다.

그러나 다른 한편, 스탕달은 현재 진행형인 역사를 쓰고자 했기 때문에, 공쿠르 형제가 1864년 10월 24일 일기에 쓴 선언("역사가는 과거를 이야기하는 사람이고, 소설가는 현재를 이야기하는 사람이다.")보다 훨씬 앞서 자기 시대를 표현하는 일이 무엇인가를 그의 작품 속에 구현하고 있다.

스탕달은 현재를 이야기하는 데 독특한 기법을 만들어 낸 작가라 할 수 있다. 그는 과거의 이야기를 자기 시대의 이야기로 함으로써, 즉 16세기 파르네즈 집안의 기원을 말하는 연대기를 19세기로 옮겨 놓음으로써 오늘날에도 크게 읽히는 걸작을 창작했는데, 그것이 바로 『파르마의 수도원』이다. 자기 시대의 연대기인 『적과 흑』에서는 혁명 후의 모든 혼란과 변화에 이어 나폴레옹 몰락 뒤에 크나큰 꿈이 좌절되고 정체된 사회에서 벗어나려고 싸우고 있는 젊은이를 그려냈다. 스탕달은 움직이고 있는 모습, 변화하고 있는 실제 세상을 그리고자 했다. 그는 다가오는 시대와도 연결되어 있었다. 그는 하나의 완성된 그림을 일정한 시간 속에 고착시키는 작가가 아니었다. 지나간 것, 현재 마주하고 있는 것의 묘사에 만족하지 않고, 그는 늘 그 테두리를 벗어나고자 했다. 숭고한 꿈을 현실로 구현하는 문학에서 끊임없이 새로운 현실을 만들고자 했던 것이다.

그의 상상 세계는 앞으로 다가올 시대의 흐름과 그 궤를 함께했다. 『사실주의』라는 책을 쓴 필립 뒤프르는 사실주의자에 대해 다음과 같이 쓰고 있다.

> 사실주의자는 완성된 그림 속에 시간을 고정시키기는커녕 있었던 것을, 나아가 현재 있는 것조차 묘사하지 않으며, 되고 있는 것을 묘사한다. 그는 현실(고정된 이미지)을 베끼지 않는다. 그는 현실의 변형들(움직이는 이미지)을 소묘한다. 그는 과거로 된 자신의 이야기를 통해 동시에 미래를 이야기하는 사람인 것이다.

스탕달의 사실주의는 상상력이 결여된 냉정한 시선을 뜻하는 것이 아니다. 스탕달이 『앙리 브륄라르의 생애』에 응축해 놓은 예술의 의미, 작가의 소명을 들여다보기에 앞서 그의 대표작들을 여기서 한번 일별하며 그가 추구했던 '사실주의적 창작관'이 어떤 결실들을 낳았는지부터 살펴보기로 하자.

우선 『적과 흑』은 실제 사건을 토대로 쓴 작품이다. 1827년 《가제트 데 트리뷔노》라는 신문의 사회면 기사로 보도된 사건이다. 앙투안 베르테라는 신학생이 잘사는 집의 가정 교사로 들어가 안주인과 내밀한 관계를 갖다가 들켜서 쫓겨난다. 그 후 온갖 수단을 강구하여 옛 정부와의 관계를 다시 회복하고자 했으나 실패한다. 절망에 빠진 신학생은 미사가 진행 중인 성당에서 그 여인에게 여러 발의 총을 쏘았다. 또 다른 살인 사건이 그 무렵 일어났는데, 고급 목재가구 세공인인 라파르그라는 젊은이가 자신의 정부를 살해한 사건이었다. 이 두 사건은 생기 없고 무기력한 귀족들이 지배하던 19세기 초의 시대적 분위기에선 매우 놀랍고 충격적인 일이었다. 당시는 망명 귀족들이 혁명 이전의 모든 특권과 관습을 되찾고자 한 왕정복고 시대였다. 그러나 지배층은 힘과 태연함에 집착하면서 느끼는 능력은 잃어가고 있었다. 정열은 그들의 세계가 아닌 다른 곳에서 용솟음쳤다. 엄청난 에너지였다. 그것을, 스탕달은 베르테나 라파르그와 같은 젊은이들 속에서 보았다. 사랑 때문에 살인을 저지른다는 것은 이해타산에 찌든 사회에서는 엄청난 충격이었다.

『적과 흑』의 주인공 쥘리엥 소렐은 그 시대 젊은이들의 전형이었다. 수준 있는 학식, 활발한 상상력, 그리고 극도의 가난 등은 아직 큰 세력을 형성하지 못한 소시민 계급의 특징이자, 앞으로 큰 역할을 하게 될 그들의 원동력이기도 했다. 1830년 7월 혁명으로 정치무대의 전면에 나서서 지배계급으로 상승한 후 권력의 맛에 탐닉하며 말과 행동이 배치되는 태도를 취하고, 시류에 따르는 순응주의자로 전락하기 전의 부르주아, 소시민들의 정열을 말하는 것이기도 했다. 1820년대의 사교계에서는 문학계의 화제나 철학적 조류 같은 것들이 논의되었으나 그것은 사교적인 흥취를 위한 것이었을 뿐, 혁명 이전의 화려한 추억과 품위 없는 사랑 이야기 따위가 대세를 이루었다. 반면 부르주아들이 모이는 살롱에는 순수성을 지닌 자유주의자, 화가, 저널리스트들이 모여 그들의 문학적, 철학적인 사상을 진지하게 토론했으며, 정치적 색깔도 과거지향적이라기보다는 미래지향적이고 공화주의 사상에 기울어 있었다. 그들은 당시 사회의 주인공이 될 수 없었다는 한계점에서 베르테나 라파르그와 같은 부류에 속한다고 할 수 있었다. 젊고 에너지는 넘쳤으나 활동 무대는 없었다는 점에서 서민 계급과 호흡을 함께했다고도 할 수 있다. 쥘리엥 소렐은 그들처럼 느끼고 행동하는 능력을 지닌 그 시대의 기사가 된 셈이었다.

그러나 행동을 하기 위해서는 욕망을 키워줄 꿈이 있어야 했다. 꿈을 꾸기 위해서는 상상력의 힘이 필요했다. 꿈을 승화시켜 어느 경지에 다다르게 하는 것은 상상의 공간이기 때문이다. 쥘리엥이 열광과 행복의 순간에 느끼는 감정은 거의 예술적 감동과 같다고 — 스탕달의 경우 또한 그렇지만 — 할 수 있다. 제재소 집의 아들로서 전도가 막막한 쥘리엥이 큰 도약을 할 수 있는 것, 즉 자신이 처한 위치에서 탈피하여 자신을 바꾸고 웅지를 펼 수 있는 길은 무엇일까? 그것은 행동의 의지를 키울 수 있는 꿈과 그 꿈을 키워주는 상상력뿐이다. 더욱이 쥘리엥이 행복과 도취감에 빠져 자유를 만끽하고 있을 때 그 상태를 글로 쓰는 즐거움을 갖는다는 것은 시사하는 바가 적지 않다. 『적과 흑』 제1권 12장에서 그는 산꼭대기 나무장사꾼 푸케를 찾아가서, 동굴을 발견하고 꿈을 품을 수 있고 자유롭다는 행복감에 도취된다.

> 여기서는 사람들이 나를 해치지 못할 것이다. 그는 기쁨으로 눈을 반짝이며 말했다. 그는 자기 사상을 마음껏 기록해 보고 싶다는 생각이 들었다. 다른 곳에서는 그것은 위험하기 짝이 없는 일이었다. 네모난 돌이 책상 구실을 해주었다. 그의 펜

은 나는 듯이 움직여 나갔다. 주위의 아무것도 그의 눈에 띄지 않았다. 마침내 그는 보졸레의 먼 산 너머로 해가 지는 것을 알았다.

쥘리엥은 절정에 이른 행복의 순간에 글을 쓴다는 즐거움 속에 몸을 맡기고 있다. 쥘리엥에게 있어 행복은 꿈과 불가분의 관계에 있고, 그것은 또한 쓴다는 즐거움과도 연결이 되어 있다. 그러나 그의 생각을 아무 장소에서나 쓸 수 없다는 것은 그가 고독을 즐기고 사람을 피한다는 것보다는 그가 얼마나 어려운 시대를 살고 있는지를 말해주고 있다. 그가 글쓰기에 얼마나 몰두하고 있는지를 설명해주는, 태양이 지는 것을 한참 후에야 본다는 표현은 아주 흥미 있는 묘사 기법이라 하겠다. 어쨌든 『적과 흑』의 주인공은 제재소 아들로서 자신의 신분을 높이고 큰 뜻을 펴기 위해 마을 신부의 도움으로 공부를 하여, 독서와 면학이라는 꾸준한 노력으로 시장 집의 가정교사도 되고 신학교에도 가며 나중에는 파리의 최고 귀족 가문에서 중요한 임무를 띠고 활동하기까지 한다. 물론 거기에는 여성이 큰 역할을 한다. 그는 자신의 신분으로는 상상도 하지 못했던 상류 사회의 여러 단면을 보고 갖가지 체험을 한다. 그러나 꿈 많았던 젊은이는 끝내 사회와 타협하지 못한다. 그 사회란 1814년 나폴레옹 실각 후 찾아온 왕정복고 시대의 사회다. 물론 쥘리엥 소렐은 출세주의자고 위선자이며 야심가인 한편 다정다감한 마음의 소유자라는 면모를 작품 전체에서 보여주고 있다. 다시 말하면 소렐은 하나의 인간형으로 규정하기에는 상당히 모호한 부분들도 지니고 있다. 그런 복합적인 모습 때문에 오히려 쥘리엥이 독자들에게는 더 공감을 사는 것일지 모른다. 한 가지로 구분 지을 수 없는 복합적 성격이 더 현실적 인간들에 부합되기 때문이다. 그러나 그러한 애매함에도 불구하고 부조리와 모순으로 가득 찬 사회에 굴복하거나 타협하지 않았던 면모만큼은 뚜렷하고 참신한 모습이었다. 쥘리엥은 야망에 가득 차 권력과 행운을 찾아 미친 듯 달렸다. 그는 그것에 도달하기 위해 철저히 계획된 구도에 따라 행동하고자 했는데, 그것이 실은 거기에서 벗어나는 것이었다. 마음의 숭고함은 현실적인 영화의 추구에 좌우되는 것이 아니기 때문이었다. 마지막에 이르러 그 젊은이는 진실한 사랑이 무엇인가를 깨닫고 아쉬움 없이 처형을 받아들인다.

그런 의미에서 "그처럼 진실한 예술은 현실에서 인간들을 벗어나게 하고 그 인간들을 변형시키며 그 인간들을 그 자신들에게 드러내주는 힘을 지니고 있다."고 말한 스탕달 연구가 다니엘 르노의 지적은 아주 적절하다.

『적과 흑』과는 여러 면에서 다른 『뤼시엥 뢰벤』의 경우는 비록 미완성작이기는 하지만 우리에게 스탕달의 문학관에 관해 많은 것을 알려주고 있다. 우선 그 소설은 『적과 흑』의 배경이 된 왕정복고의 정부가 1830년 7월 혁명에 의해 무너지고 7월 왕정이라는 부르주아 정권이 성립된 시대에, 바로 그 시대를 배경으로 쓰였다. 이 작품의 주인공 뤼시엥은 『적과 흑』의 쥘리엥과는 그 출생부터 다르다. 뤼시엥은 파리의 부유한 은행가의 아들로 아버지로부터 아낌없는 사랑과 도움을 받고 있었는데 공화주의자들의 시위에 가담하여 교칙 위반으로 이공과 대학에서 쫓겨난다. 그의 부친은 아들의 공화주의를 빈정대면서도 아들의 높은 뜻과 청년만이 갖는 순진함을 사랑한다. 뤼시엥은 시가 한 대 자기 돈으로 사서 피울 주제도 못 되는 자신의 인간적 가치를 시험하기 위해 군에 입대하여 기병 소위로 낭시에 있는 지방 연대로 향한다. 그곳에서 그는 거칠고 말도 통하지 않는 동료들 사이에서 처음으로 고독감과 유배당한 사람의 감정을 갖게 된다. 그런데 어느 날 연대가 낭시 거리를 행진하던 도중 뤼시엥이 말에서 떨어진다. 그때 바닥을 딛고 일어나며 청록색 창 덧문 뒤에서 한 아름다운 여인의 얼굴을 본다. 그녀는 비웃는 듯한 표정으로 뤼시엥을 관찰하고 있었다. 자존심에 상처를 입은 뤼시엥은 끊임없이 그 여인을 생각하고, 끝내 그 여인에게 마음을 빼앗기고 만다. 그 여인이 드 샤스트레르 부인이다. 그녀는 낭시에서 가장 이름난 미인으로 귀족 계급에 속해 있었다. 그 귀족 여인에게 접근하기 위해 정통왕조 지지파들의 살롱 진입을 시도하는 뤼시엥은 자신의 공화주의적 정치 성향을 감추고, 귀족들의 구미에 맞는 행동을 세심하게 꾸며서 갖춘다. 뤼시엥은 마침내 사교계에 받아들여진다. 그러나 천사 같은 드 샤스트레르 부인은 뤼시엥에게 몸을 맡기지 않는다. 낭시의 젊은 귀족들은 타지에서 온 젊은이가 자기들의 뮤즈를 빼앗아가는 것을 두고 볼 수 없었다. 정통왕조 지지파의 뒤 프와리에라는 의사가 주동이 되어, 드 샤스트레르 부인이 마치 다른 애인과 관계를 갖고 아이를 낳은 것처럼 꾸며내자 뤼시엥은 크게 실망하고 낭시를 떠나버리고 만다. 절망한 뤼시엥은 자기 연대를 버리고 한밤중에 파리로 되돌아온 것이다. 파리로 돌아온 뤼시엥은 아버지의 지원으로 내무장관 비서가 되고 참사원 청원위원이 된다. 젊고 뛰어나고 장래가 촉망되는 뤼시엥은 곳곳에서 주목의 대상이 된다. 내무대신인 드 베즈 백작은 그에게 정치계의 저열한 책략을 가르치고 그것을 터득하도록 한다. 뤼시엥은 노르망디 지방의 선거에서 정부에 반대하는 청렴한 인물의 당선을 방해하는 선거간섭의 임무를 맡고, 이 양심에 위배되는 임무를 자신에 대한 존경이 지켜지는 선에서 최선을 다해 수행한다. 그러나 그것은 실패로 끝나고 브루와에선 분노한 민중이 던진 진창으로 엉망이 되어 굴욕의 눈물을 흘린다. 능란하고 막강한 뤼시엥의 부친은 그 영향력으로 국회를 좌우하고 정부를 전복하려고 한다. 그는 앞으로 장관이 될 그랑데의 부인과 자기 아들이 사랑하는 사이가 되도록 꾸민다. 그는 엄청난 재산을 갖고서 국회의원 사십여 명을 매수하여 정부 정책에 조직적으로 반기를 들며 정부를 무력하게 만든다. 그러던 그가 갑자기 죽고 은행은 파산한다. 그러자 뤼시엥은 이탈리아 주재의 외교관 자리에 지원하며 파리를 떠날 준비를 한다.

쥘리엥과 달리 뤼시엥은 타는 듯한 정열은 없지만 쥘리엥이 못 가졌던 돈 많고 인자한 아버지의 사랑을 받는 유복한 가정의 유순한 아들이었다. 그는 사회활동이나 사랑에 있어서도 쥘리엥처럼 전투적이라기보다는 내성적이라고 할 수 있다. 스탕달 연구가 장 프레보는 소설에 있어 정상적인 매력은 크레

센도적 상승곡선(上昇曲線) 속에 존재한다고 주장했는데 『뤼시엥 뢰벤』에서는 『적과 흑』에서 볼 수 있는 거센 상승곡선의 드라마가 결핍되어 있다고 평자들은 이야기한다. 뤼시엥에게 반(反)영웅적 주인공이라는 지칭을 부여하는 비평가들도 있다. 이 작품 속 고프라는 인물은 뤼시엥을 건강과 돈, 그리고 넘쳐흐르는 젊음을 갖고서도 행복하지 못한 바보 같은 사람이라고 지탄하고 있다. 그는 자신이 값어치가 있는 사람인가를 늘 자문하고 있다. 뤼시엥은 자기가 처한 상황 속에서 모순된 행동을 하며 번민하는 모습을 보여준다. 선거간섭에 대한 반성은 그가 숨기고 있는 공화주의 정신의 발로이지만, 무능한 유한청년이라는 비판을 거부하고자 저지르는 경멸스러운 부정한 행동은 그것과 서로 모순되는 것이다. 그러나 그것은 스탕달 자신이 그 정부에 정신적으로 동의하지 않으면서 7월 왕정 정부의 외교관리로 이탈리아의 치비타-베키아 영사로 일했던 경험을 환기시켜 주는 것이기도 하다. 뤼시엥은 경멸스러운 역할을 수행하면서도 그것에 무감각한 것은 아니었다. 그는 정부 관리로서의 의무와 자신의 명예를 지키려는 감수성을 동시에 갖고 행동하고자 했다. 그는 끊임없이 자기를 성찰하며 자기 스스로에 대한 존경심을 찾고자 했으나 실패한 것이다. 경멸스러운 자신의 사회적 위치와 그것이 요구하는 행동, 그러한 것들을 성찰하며 빠지게 되는 윤리적 결벽증. 결벽증과 분열에 시달리는 주인공, 그것은 오늘날 우리가 흔히 보는 현대 소설의 주인공이기도 하다. 그런 점에서 뤼시엥은 아주 현대적인 주인공이라 할 수 있다. 7월 왕정의 특징적 자료를 풍부하게 갖추어 놓긴 했어도 단편적 일화들만을 모은 것처럼 보이는 형식 때문에 시대사를 기술하는 데에는 턱없이 부족한 르포르타주로 취급하며 『뤼시엥 뢰벤』의 중요성을 크게 보지 않는 비평가들도 있다. 발자크의 작품이 완성된 회화라면 스탕달의 이 소설은 소묘에 지나지 않는다고 비유한 비평도 있다. 그러나 문학의 세계에서 진실의 형상화에 이르는 길이 하나만 존재하는 것은 아니다. 자세하고 심도 깊고 광범위하게 한 세대를 아우르는 묘사가 진실에 이르는 길이 있는가 하면, 매우 작은 사건이라 해도, 그 하나의 단면을 묘사하는 일이 한 시대의 깊은 이면에 가장 깊숙이 가 닿는 길도 있다. 스탕달의 모든 작품에서 볼 수 있는 특징적인 기법은, 일일이 설명을 덧붙이기보다는 독자들의 상상력을 부추기는 기법 쪽에 가깝다. 그런 면에서 『적과 흑』은 장(章)과 장 사이의 틈새에 더 많은 이야기가 담겨 있을지 모른다. 뤼시엥의 사랑 이야기 또한 특이한 것으로, 천사 같은 미모의 드 샤스트레르 부인에 대한 묘사 또한 구체적인 그림이 아니다. 드 샤스트레르 부인은 뤼시엥과의 관계, 즉 두 사람의 심리 상태에 대한 복합적인 이야기 속에서만 그 모습이 나타나는 것이다. 뤼시엥은 드 샤스트레르 부인 앞에 서면 말을 더듬고 상대방의 말과 행동을 알아차릴 수 없을 정도로 얼이 빠진다. 그는 과도한 격정과 급격한 결핍이 혼재하는 모순에 빠져, 공포와 수치심과 욕망에 뒤범벅된 채 생각도 제대로 못하고 자신을 드러내지도 못한다. 드 샤스트레르 부인 역시 대담하지 못하고 소심하며 둘이 함께 있을 때보다 떨어져 있을 때 뤼시엥을 절실히 생각한다. 따라서 그들의 사랑엔 상상력이 무엇보다도 큰 역할을 하게 된다. 뤼시엥과 드 샤스트레르 부인이 떨어져 있는 거리는 그들이 서로에 대한 사랑의 꿈을 키우는 데 필수적인, 어쩌면 가장 이상적인 조건일지도 모른다. 뤼시엥은 밤마다 드 샤스트레르 부인의 창가에 와서 촛불에 어른거리는 수놓은 커튼을 멀리서 보며 무한한 기쁨을 느끼고, 드 샤스트레르 부인은 자신의 덧창 뒤에 숨어서 밤의 어둠에 싸인 뤼시엥이 피우는 시가의 불꽃을 보며 미칠 듯한 사랑에 빠지는 것이다. 그들 사이의 거리는 그들을 헤어지게 하기보다는 오히려 더 가깝게 한다. 상상 속에서 연인은 연인에게 더욱 미화되기 때문이다.

> 깊은 어둠 속에, 드 샤스트레르 부인은 때때로 뢰벤의 시가의 불꽃을 식별해 알아보곤 했다. 그러면 그 순간 그녀는 그를 미치도록 사랑하는 것이었다. 그 둘레를 휘감은 깊은 고요 속에서, 만일 뢰벤이 재간을 발휘해서 창 밑으로 다가와 무엇인가 정교하고 참신한 소리를 낮은 소리로 했다면, 예를 들어, "안녕하십니까? 부인, 제 소리를 들으셨다는 표시를 해주시겠습니까?" 라고 했다면, 아마 틀림없이 그녀는 "안녕히 가세요(Adieu. 여기서 아듀(Adieu)란 영원한 이별을 뜻하는 것이다.), 뢰벤 씨." 라고 대답을 했을 것이다. 그 세 마디 말의 억양을 들으면 그것은 아주 요구가 많은 연인이라 해도 아무것도 바라지 못하게 했으리라. 뢰벤 그 사람에게 이야기를 하면서 그의 이름을 입에 담는다는 것이 드 샤스트레르 부인에겐 더할 나위 없는 지고의

쾌락이었을 터인데도 말이다.

『뤼시엥 뢰벤』의 원고 여백에 남긴 메모를 보면 소설을 쓰기 십오 년 전의 경험, 다시 말하면 열렬히 사랑했으나 이루지 못한 메틸드에의 사랑을 토대로 쓴 글임을 알 수 있다. 드 샤스트레르 부인은 뤼시엥의 눈앞에 있어도, 눈앞에 없는 이상적인 존재였고 순수한 천사와 같은 존재였다. 그는 다가서기 어려웠던 메틸드와의 관계처럼 이 지상에서는 이루어지지 못할 절대적인 사랑과 연결지어 마치 천사 같은 초월적인 존재들이 대화를 나누는 것처럼 뤼시엥과 드 샤스트레르 부인을 묘사하고 있다. 스탕달은 이 소설 속에서 자신의 과거를 다시 살고 있는데, 그것은 기억의 감수성이 되살아나면서 이뤄지는 것이다.

『적과 흑』이 베르테 사건과 라파르그 사건을, 『파르마의 수도원』이 이탈리아 고문서 기록의 한 삽화를 출발점으로 삼았듯이, 『뤼시엥 뢰벤』은 쥘르 고티에 부인의 『중위』라는 소설 원고를 기점으로 삼았다. 그러나 소설이 집필되는 과정에서 감각적으로 되살아나 그의 기억에 시종 남아 있었던 것은 십오 년 전 이탈리아에서 만났던 메틸드와의 감미로웠으나 서로 나누지 못한 사랑 이야기였다. 그는 이 소설을 씀으로써 다시 느끼고 다시 살았다. 감각적인 재생은 그의 상상력을 활성화해 주었으며, 그것을 글로 옮김으로써 그는 삶을 창조하는 즐거움을 누렸다. '상상력만으로는 불가능하다(The imagination alone is impossible)'는 그의 말은 여러 가지로 해석될 수 있겠지만, 그가 소설이란 온통 상상력으로만 만들어 내는 것이 아니라 어떤 진실한 사건을 바탕으로 상상력을 발휘하는 것으로 파악하고 있었음은 분명하다. 그리고 그는 객관적인 사건이 아닌 체험적 진실이 무엇보다도 중요하고 유일한 진실이라고 생각했다. 그 체험적 진실을 환기시키는 것이 다름 아닌 감수성의 추억이었다. 진실이란 자신이 겪은 체험이다. 그 체험은 그에게 감각적으로 회상되어 상상력의 터를 마련해 주어 과거의 행복한 순간을 되찾게 해 준다. 그리고 그것을 씀으로써 새로운 삶을 살게 되는 것이다.

자신의 체험을 토대로 자신을 소재로 한 글을 쓰기로 마음을 정한 스탕달에게 『에고티즘 회상기』는 자서전의 첫 시도였다. 이 작품에서 스탕달은 치비타-베키아의 영사로 답답한 관리 생활을 하면서 느끼는 권태로움을 자신에 대한 글을 쓰는 즐거움으로 극복하려 했다. 그는 디 피이오리에게 보내는 편지에서 1821년 6월부터 1830년 11월에 이르는 파리 여행의 이야기를 쓰겠다고 하고 있다. 그러나 그는 두 주일 동안 쓰다가 중단하고 말았다. 중단의 이유를 더위 때문이라고 말하고 있지만, 과거의 기억이 정확하지 않은 데다 그 기억들을 확인할 수단도 없어 중단한 듯싶다. 그 두 주일 동안 그가 쓴 것은 1821년 6월부터 1822년 여름까지의 파리 생활 초기의 기간이었다. 메틸드와의 결별, 그 뒤에 이어지는 괴로운 시절 알렉산드린이라는 여인과의 관계에서 겪은 실패담, 영국 여행, 그리고 그가 미리 준비하는 '살고, 쓰고, 사랑하다'라는 묘비명 등에 대한 이야기들. 그 책의 주조를 이루는 이야기는 실패와 애석함이다. 그렇다면 스탕달로 하여금 자서전을 쓰게 하는 근원적 힘은 실패와 불행, 무엇보다도 실연의 상처가 남긴 허전함과 괴로움이었을까. 다니엘 르노는 그것을 이렇게 설명하고 있다.

> 요컨대 평범한 정신적 삶의 상세하고 일화적인 이야기는 글쓰기에 의해서만 그 뜻을 갖는 것이다. 글쓰기는 정신적 삶을 굴절·변형시키고 조명을 해 준다. 그리고 이번에는 그 글쓰기가 한 영혼의 독창성과 위대함을 드러내주는 것이다.

스탕달도 글쓰기를 통해 과거의 삶을 다시 만들어내고 자신이 원했던 바대로의 모습을 그려냄으로써 현재의 어려움을 극복한 것이 아니었을까. 한 영혼의 독창성과 위대함을 드러내 준 글쓰기의 첫 시도가 『에고티즘 회상기』였으며, 그 작품은 다음에 올 본격적인 자전적 소설인 『앙리 브륄라르의 생애』의 서두라고 해도 지나친 표현은 아닐 것이다.

『앙리 브륄라르의 생애』는 그의 새로운 글쓰기의 면모를 보여주는 결정적인 작품이라 할 수 있다. 이 소설은 스탕달이 나이 오십이 넘어 썼지만 생전에는 발표되지 않고, 사후에 출판되었다. 폴 발레리나 앙드레 지드는 스탕달의 그 어떤 소설보다도 『앙리 브륄라르의 생애』를 사랑한다고 말한 바 있다. 스탕달은 프랑스가 1789년 대혁명이라는 크나큰 전환기를 겪기 직전인 1783년에 태어나서 그 격동기에 어린 시절과 청년기, 장년기를 보낸다. 모든 것이 뒤집히고 다시 뒤집히는 시대를 살았던 그를 평생 사로잡았던 큰 물음은 '나는 무엇인가?'였다. 자신의 존재를 탐구하는 것, 즉 자신을 아는 것이 무엇보다 중요했던 작가가 오십에 이르러 쓰기 시작했던 작품이 바로 『앙리 브륄라르의 생애』였다. 이 작품은 물론 스탕달의 문학 세계를 관통하는 특징들도 모두 품고 있다. 상상 세계와 실존 사이의 끊임없는 왕래, 중심 줄거리에서 벗어난 여담의 즐거움, 그리고 곳곳에서 특별한 작품의 특별한 자양이 되는 작가의 실제 경험들. 그러나 무엇보다도 특별한 사실은 이 작품의 주제가 전적으로 '자기 자신'이라는 것이다. 그리고 그것은 『앙리 브륄라르의 생애』가, 여러 평자들이 지적했듯, 실존의 영역에서 글쓰기에로 옮겨지는 과정을 탐색하며 동시에 표현한 것이기 때문에 그의 문학 사상과 모든 작품을 이해하는 핵심적인 열쇠가 되는 텍스트라는 것이다. 『앙리 브륄라르의 생애』는 1832년 10월 16일 자니콜로 언덕에서 로마의 폐허를 바라보고 자신의 삶과 운명에 대해 생각하는 화자가 다음과 같이 자문하면서 시작된다. 물론 화자 앙리 브륄라르는 작자 앙리 벨, 즉 스탕달이다.

나는 곧 쉰 살이 된다. 이제 나를 알게 될 때이다. 나는 무엇이었나? 나는 무엇인가? 사실 이것을 이야기하는 것은 나를 퍽 난감하게 만들 것이다.

자기 자신을 알도록(Nosce te ipsum)이라는 대 전제는 화자가 젊을 때부터 지녔던 꿈이다. 그는 십팔 세 때부터 일기를 썼다. 그러나 하루하루 생활의 이야기를 쓰는 것에 큰 의의를 못 갖게 되자 얼마 안 가 그것을 중난하고 만다. 하지만 자신을 안다는 대전제는 그의 머리를 떠나지 않았다. 드디어 오십 대에 들어서자 그 전제를 내세우며 화자는 자서전을 쓰기 시작한다. 서두를 그렇게 열면서, 화자는 자신의 생애에 여러 점에서 그 족적을 남길 두 가지 사건을 이야기하고 있다. 하나는 친척인 피종 뒤 갈랑 부인의 빰을 문 사건과 집 베란다에서 실수로 놓친 칼이 말 많은 동네여인 슈느바 부인에게 떨어졌던 사건이다. 그 사건 때문에 그는 고약한 성깔을 가졌다는 비난을 이모로부터 받게 되어 마음의 상처를 입게 되고 노처녀인 그 이모와 너무도 친했던 자신의 부친에 대해서도 평생 불편한 생각을 품게 된다. 그는 너무 일찍 어머니를 여의고, 18세기 계몽사상에 심취해 있는 의사인 가뇽 외할아버지의 사랑을 받으며 외갓집에서 유년 시절을 보냈다. 독실한 카톨릭 신봉자이며 반공화주의자인 그의 부친은 라얀느 신부라는 가정 교사를 통해 교육받는 기회를 그에게 마련해 주었는데, 이 가정 교사에 대해서는 오직 끔찍한 추억만을 갖고 있다.

그리고 프랑스 대혁명 이후 일어난 여러 사건의 소용돌이가 그의 어린 눈에 비쳤던 모습 그대로, 그때 느낀 감동과 더불어 서술되고 있다. 총명한 그는 혁명 후 새로 생긴 중앙학교(Ecole Centrale)에 들어가 과학 정신을 배우는 한편 명석한 논리를 익혀 평생 동안 거짓과 위선을 멀리하고 그것을 물리쳤지만, 그의 섬세하고 과민한 감성과 마음은 어릴 적부터 두드러진다. 그와 같은 서로 상치되는 성격 속에서도 늘 꺼지지 않는 정열은 그를 평생 불행한 연인의 상태 속에 살게 했다. 두뇌 회전은 빨랐으나 상대방의 허세에는 관대하지 못했던 그의 모습이 그의 성장 과정에 이미 엿보인다. 그는 늘 몽상에 빠져 있었으며 현실과 그 꿈의 괴리에서 뜻하지 않은 실수를 수없이 저지르곤 했다. 그는 자신의 기질과는 맞지 않는다고 생각한 그르노블에서 탈출하기 위해 수학 공부에 매달리고, 파리의 이공과 대학에 진학해 고향을 떠나게 된다. 그곳에서 외가 친척인, 나폴레옹 보나파르트 장군의 휘하에 있는 다뤼를 알게 되는데 병이 들어 모든 계획이 중단된다. 화자는 나폴레옹 보나파르트 장군을 따라 이탈리아 밀라노로 가게 되는데, 거기에서 이야기는 끝이 난다. 그곳에서 그는 행복이 무엇인가를 발견했기 때문이다. 그에게 있어 행복을 묘사한다는 것은 너무 힘든 것이다. 일어난 일들의 매력 및 그 황홀함을 어떻게 글로 쓴단 말인가. 자세히 이야기함으로써 격렬했던 감정을 망가뜨리지 않을 수 있겠는가. 마음과 영혼은 분석과 세분화의 대상이 될 수 없다. 소위로 임관되어 이탈리아에서 이 세상 것이 아닌 것 같은 완전한 행복을 느낀 그는 다음과 같은 이야기를 하고 있다.

> 하늘이 태양과 너무 가까우면 분명하게 알아볼 수 없는 것과 마찬가지로, 안젤라 피에트라그뤼아에 대한 사랑을 이성적으로 이야기하기란 무척 힘들 것이다. 그리도 심했던 광기를 어

떻게 하면 좀 더 이성적으로 이야기할 수 있을까? 어디서부터 시작해야 할까? 어떻게 하면 읽는 사람이 알기 쉽게 이야기할 수 있을까? 벌써 나는 철자를 바르게 쓰는 것을 잊고 있다. 열정에 빠져 크게 흥분하면 그런 일이 일어나듯이 말이다. 하지만 그것은 삼십육 년 전에 있었던 일이다.

그의 글쓰기는 모순되게도 지고(至高)의 행복에 대해서 쓰지 못하는 것이 되어 있다. 그러나 그 글쓰기 때문에 그의 감동은 되살아나며, 그로 인하여 삼십육 년 전의 경험을 가슴 두근거리며 다시 살 수 있는 것이다. 다니엘 르노는 다음과 같이 썼다. "쓴다는 것은 다시 산다는 것이다. 글을 쓰는 시간과 추억의 시간, 글을 쓰고 있는 현재의 나와 글로 쓰인 과거의 내가 같은 떨림 속에서 뒤섞인다. 원고는 실질적으로 그 자취를 지니고 있다." 그와 같은 지적은 스탕달의 글쓰기가 갖는 깊은 의미에 대한 정곡을 찌른 표현이라 할 수 있다.

스탕달의 경우는 글을 씀으로써 과거의 나와 현재의 내가 끊임없이 대화하고, 오늘의 나를 발견하게 되는 것이다. 책 서두에서부터 그는 내가 무엇이었으며, 현재의 나는 무엇인가를 끊임없이 자문하고 있었다. 그런데 글을 쓴다는 것은 그에 대한 답변을 하게 해주는 것이다. 그것은 자신을 발견하는 것이 되기 때문이다. 그의 펜이 움직임에 따라서 과거의 추억들이 증가되어 환기되었고 오늘의 자신을 보게 했기 때문이다.

그는 자전적 작품을 쓰면서 자신에 대해 많은 것을 알게 되었다고 말하고 있다. 그리하여 그가 어린 시절에 가졌던 반항의 원인, 그리고 속박이라고 여겼던 그르노블의 분위기에서 탈출, 이어 파리에서 꿈꾸었던 아름다운 여인들과 만나고 그 유혹자가 되겠다는 정열에 대한 야망 그런 것이 『앙리 브륄라르의 생애』에 모두 담겨 있다. 그의 열렬한 공화주의 정신, 어머니에 대한 애절한 추억 같은 것, 다시 말해 그를 다른 사람으로 만든 기억들이 모두 담긴 작품이다. 그는 어떤 의미에서 자신을 다시 만들어내고 있는데 그것은 화자가 서두에서 밝히고 있듯이 다시 태어날 것을 간절히 바라고 있기 때문이다. 그처럼 그의 글쓰기는 그의 실존에 따르는 새로운 글쓰기가 되는 것이다. 그런데 우리가 간과해선 안 될 것은, 스탕달이 자기 시대의 요구에 걸맞은 문학 사상을 받아들여 그 시대의 흐름인 자아의 해방과 감수성의 표현에 토대를 둔 글쓰기를 하는 한편, 독자의 상상력을 크게 자극하는 특이하고 독창적인 기법인 새로운 글쓰기를 통해 독자적인 자전적 소설을 완성함으로써 수세기를 지나 오늘날에도 독자들의 관심을 끌고 있다는 것이다. 『앙리 브륄라르의 생애』에 끊임없이 되풀이되는 내용의 이야기는 책을 마무리하면서 쓴 다음과 같은 글이다.

> 너무도 다정한 그런 감정은, 상세히 이야기하면 그것을 망가뜨리고 마는 것이다.

그가 보여준 자전적 소설의 새로운 글쓰기는 작가 스탕달이 평생 동안 중단 없이 모색한 결실이라 할 수 있다. 그가 혐오했던 세세한 묘사, 다시 말해 상세하고 구체적인 묘사는 당시 시류의 총아가 되다시피 한 월터 스코트식 소설에서 그를 멀어지게 했을 뿐 아니라 소설이라는 장르 자체에 대해서도 생각을 다시 하게 했을 것이다. 그것의 증거가 바로 『앙리 브륄라르의 생애』의 출현인 것이다. 스탕달 연구자인 베아트리스 디디에 교수는 『앙리 브륄라르의 생애』를 통해 열린 스탕달 문학의 새로운 국면을 다음과 같이 정리했다.

> 부분적으로, 스탕달은 자기 스스로에게 정한 얼마간의 반(反)-모델과 금기 같은 것들 덕분에, 텍스트를 구성함에 따라, 그는 자서전에서의 글쓰기의 독창성을 발견하고 그것을 체험하는 것이다.

『앙리 브륄라르의 생애』는 스탕달이 글쓰기에 대해 끊임없는 탐색을 했으며, 나이가 들어서도 글을 쓰며 자신의 글쓰기의 독창성을 발견하고 체험하였다는 것을 증명해주고 있다. 그것은 그가 삶을 얼마나 깊고 강렬하게 살고자 했는지를 알려주는 한편 늘 새로운 글쓰기를 시도함으로써, 자신의 삶을 아주 풍요하게 했다는 것을 보여주고 있다.

2021년 7월
원윤수

작가 연보

1783년　본명은 마리앙리 벨(Marie-Henri Beyle). 1월 23일 그르노블의 비외-제쥣트 거리(Rue des Vieux-Jésuites)에서 태어났다.

1790년　11월 23일 모친이 사망했다.

1791년　외삼촌 로맹 가뇽(Romain Gagnon)과 함께 사부아(Savoie) 지방의 에셸(Echelles)에 체류했다.

1792년　12월 라얀느(Raillane) 신부가 앙리 벨의 가정 교사로 들어왔다. 스탕달이 '라얀느의 횡포(La Tyrannie Raillane)'라고 부르는 가정 교사와의 공부가 1794년 8월까지 계속되었다.

1793년　현의 반혁명 용의자 명단에 올라 있던 부친 셰뤼뱅 벨이 5월 15일 투옥당했다. 그는 두 차례 일시 석방되었다가 재투옥된 후 1794년 7월 24일 완전히 석방되었다.

1796년 11월 21일 그르노블에서 중앙 학교(École Centrale)의 개교와 동시에 그곳에 입학했다.

1799년 수학 경시 대회에서 일등 상을 받는 등 좋은 성적으로 삼 년간의 공부를 마치고 파리로 떠났다.

파리에서 이공과 대학(École Polytechnique) 입학시험에 응시하려던 애초의 계획을 포기한 후, 여러 곳을 전전하다가 병들고 실의에 빠져 12월 말경 친척인 다뤼(Daru)가에 거주한다.

1800년 국방성 고위 관리였던 피에르 다뤼(Pierre Daru)의 주선으로, 국방성의 임시 직원으로 일했다.

10월 23일 제6용기병 연대의 소위로 임관했다.

1801년 2월 1일 미쇼(Michaud) 장군의 부관으로 임명받아 이탈리아 롬바르디아 지방에 체류. 연말경에 병가(病暇)를 얻어 그르노블로 떠났다.

1802년 그르노블에서 빅토린 무니에(Victorine Mounier)란 여자에게 반해 4월에는 파리에서 그녀를 다시 만났다.

6월 군대 사직. 문학에 뜻을 두고서, 이탈리아어 지식을 보완하고 영어 공부를 시작하며 극장에 열심히 드나들고 비극 작품의 습작을 하고, 「라 파르살(La Pharsale)」이란 서사시를 쓸 계획을 세웠다.

1803년 「두 사람(Les Deux Hommes)」이란 희극을 쓰려고 시도하는 동시에 사교 생활을 계속했다.

6월에는 금전적인 궁핍으로 그르노블에 돌아갔다.

1804년 그르노블에 싫증을 내고 다시 파리로 감. 누이동생 폴린과 빈번한 서신을 주고받았다.
새로운 희극 작품 『르텔리에(Letellier)』의 집필을 시작했다. 그의 사상에 지대한 영향을 끼친 데스튀 드 트라시(Destutt de Tracy)의 저작 『이데올로기(Idéologie)』를 발견했다.

1805년 견습 여배우 멜라니 길베르(Mélanie Guilbert)와 사랑에 빠져 함께 마르세유로 감. 그녀와 함께 지내며 무역상에서 일했다.

1806년 행정 감독관 및 참사원 의원으로 임명된 피에르 다뤼와 다시 관계를 맺고 10월 16일 독일로 떠남. 전쟁 감독관 임시 보좌역으로 임명받아 독일 브룬스윅(Brunswick)에서 근무했다.

1807년 빌헬민 드 그리스하임(Wilhelmine de Griesheim)과 연애를 시작했다.
셰익스피어와 골도니(Carlo Goldoni)의 작품을 읽었다.

1808년 『브룬스윅 풍경(Tableau de Brunswick)』과 『스페인 계승 전쟁사(Histoire de la Guerre de Succession d'Espagne)』 집필을 시도했다.

1809년 피에르 다뤼 휘하에서 근무. 피에르 다뤼가 나폴레옹 제국의 백작으로 선임되었다.

1810년 8월 1일 참사원 보좌관으로 임명되었다.
8월 22일 황실 재산 감독관으로 임명되어 관료로서 출세 전망을 갖게 되었다.

1811년	파리에서 사교 생활 영위. 여배우 앙제린 브레이테르(Angéline Bereyter)와 관계를 맺었다. 다뤼 백작이 장관으로 임명되었다. 스탕달은 다뤼 백작 부인에게 사랑을 고백했다. 8월 29일 이탈리아로 떠남. 밀라노에서 십일 년 전에 알던 여인 안젤라 피에트라그뤼아(Angela Pietragrua)와 재회. 이탈리아의 여러 도시를 여행한 후 11월에 프랑스로 돌아왔다. 『이탈리아 회화사(L'Histoire de la Peinture en Italie)』의 집필을 시도하고 『미켈란젤로의 생애(Vie de Michelangelo)』의 초고를 썼다.
1812년	7월 23일 임무를 띠고 러시아로 떠났다. 모스크바 전투를 보고 모스크바에서 한 달간 체류한 후, 퇴각하는 나폴레옹 군대와 함께 러시아를 떠났다.
1813년	1월 31일 파리 귀환. 지사나 참사원 청원 위원으로 승진하지 못한 것에 몹시 실망했다. 독일로 떠나 지방 행정 감독관의 직무를 수행하며 6월과 7월을 독일에서 체류했다.
1814년	나폴레옹 실각의 해. 그르노블에서 도피네(Dauphiné) 지방 방어를 준비하는 작업을 하다가 파리로 가서 연합군의 파리 입성을 목격했다. 부르봉 왕조 복고 후 관직을 기대하다 실망하고, 이탈리아에 정주할 결심으로 7월 20일 밀라노로 감. 향후 칠 년간 밀라노를 본거지로 생활. 안젤라 피에트라그뤼

아와 새로운 사랑에 빠졌다.

1815년 루이알렉상드르세자르 봉베(Louis-Alexandre-César Bombet)란 필명으로 『하이든, 모차르트, 메타스타지오의 생애(Vies de Haydn, de Mozart et de Métastase)』를 파리에서 출판했다.
안젤라와 결별했다.

1816년 밀라노에서 딜레탕트 생활을 계속했다.
4월에는 그르노블에 머물며 바이런(George Byron)을 만났다.

1817년 『이탈리아 회화사』 출간. 드 스탕달 씨(M. de Stendhal)란 필명을 처음 사용하여 『1817년의 로마, 나폴리, 플로렌스(Rome, Naples et Florence en 1817)』를 출간했다.

1818년 3월 메틸드 뎀보우스키(Métilde Dembowski)에 대한 열정적인 사랑이 싹텄다.
『나폴레옹의 생애(Vie de Napoléon)』를 집필했다.

1819년 6월 20일 부친이 사망했다.

1820년 『연애론(De l'amour)』을 탈고했다.

1821년 이탈리아 정부로부터 과격파로 의심받아 밀라노를 떠나게 됨. 메틸드와 이별하고 6월에 프랑스로 귀환했다.

1822년 여러 살롱에 출입하며 사교 생활을 영위했다.
8월 17일 『연애론』을 출간했다.
11월 1일 런던에서 발간되는 《신월간지(New Monthly Magazine)》와 협력을 시작했다.

1823년 『라신과 셰익스피어(Racine et Shakespeare)』 출간. 11월

『로시니의 생애(Vie de Rossini)』를 출간했다.

1824년 이탈리아에서 귀국하여 파리에 거주했다.
클레망틴 퀴리알(Célmentine Curial) 백작 부인과 연애했다.

1825년 12월 『산업인들에 대한 새로운 음모(D'un nouveau complot contre les industriels)』를 출간했다.

1826년 퀴리알 백작 부인과 관계가 단절되었다.
『아르망스(Armance)』를 집필했다.

1827년 2월 『로마, 나폴리, 플로렌스』 제2판 출간.
8월 첫 소설 『아르망스』가 출간되었다.

1828년 군인 연금이 끝나고 영국 잡지들과의 협력도 끝나 극심한 경제적 궁핍을 겪었다

1829년 『로마 산책(Promenades dans Rome)』 집필 완료, 9월에 출간되었다.
알베르트 드 뤼방프레(Alberte de Rubempré)와의 연애 실패로 실의에 빠져 9월 남 프랑스 지방 여행길에 올랐다.
12월 13일 잡지 《파리 리뷰(Revue de Paris)》에 단편 「바니나 바니니(Vanina Vanini)」를 게재했다.

1830년 단편 「미나 드 방젤(Mina de Vanghel)」을 완성했다.
3월 지윌리아 리니에리(Giulia Rinieri)와 연애했다.
5월 '적과 흑'이란 제목이 확정되고 7월까지 집필에 몰두했다.
7월에 프랑스 칠월 혁명이 발발하고 뒤이어 칠월 왕조 성립. 새 정치 체제가 들어서자 9월 25일 트리에스테

(Trieste) 주재 영사로 임명받아 11월 이탈리아의 임지로 떠났다.

11월 『적과 흑』이 두 권으로 출간되었다.

11월 26일에 트리에스테 영사로 부임하나, 당시 이탈리아를 지배하던 오스트리아 정부가 그의 영사 인가장을 거부했다.

1831년 파리의 결정을 기다리며 트리에스테에 거주. 다시 교황령인 치비타베키아(Civitavecchia) 주재 영사로 임명받아 4월 17일에 부임. 교황청은 그의 영사 임명에 동의했다.

1832년 치비타베키아에서 영사 직을 수행하면서 빈번히 로마를 왕래하고 이탈리아의 여러 도시를 여행했다.

『에고티즘의 회상록(Souvenirs d'Égotisme)』을 집필했다.

1834년 『뤼시앵 뢰벤(Lucien Leuwen)』을 구상했다.

1835년 1월 문인의 자격으로 레지옹 도뇌르 훈장을 받았다.

6~9월 『뤼시앵 뢰벤』 구술.(그러나 이 대작은 미완으로 남았다.)

11월 23일 자서전적 에세이 『앙리 브륄라르의 생애(Vie de Henry Brulard)』의 집필을 시작했다.

1836년 11월 『나폴레옹에 관한 회상록(Mémoires sur Napoleon)』 집필을 시작하나, 다음 해 이 저작을 포기했다.

1837년 단편 「비토리아 아코랑보니(Vittoria Accoramboni)」와 「첸치 가문(Les Cenci)」 발표. 『여행자의 회상록 (Mémoires d'un Touriste)』을 집필했다.

1838년 단편 「팔리아노 공작 부인(La Duchesse de Palliano)」 발표. 「카스트로의 수녀(L'Abbesse de Castro)」 집필을 시작했다. 11월 4일부터 12월 26일 사이의 단기간에 대작 『파르마의 수도원(La Chartreuse de Parme)』을 구술하여 완성했다.

1839년 「카스트로의 수녀」를 《두 세계지(Revue des Deux Mondes)》에 2회에 걸쳐 게재. 4월 6일 『파르마의 수도원』 출판. 여러 편의 단편 초고를 쓰고 장편 『라미엘(Lamiel)』을 구상했다.

6월 24일 파리를 떠나 스위스와 이탈리아 여러 곳을 돌아다닌 후 8월 10일에 임지 치비타베키아에 도착했다.

『라미엘』을 집필했다.(이 작품은 미완성으로 남았다.)

1840년 『파르마의 수도원』을 수정하면서 계속 『라미엘』에 관심을 기울였다.

10월 15일 《파리 리뷰(Revue Parisienne)》에 실린 『파르마의 수도원』에 대한 오노레 드 발자크(Honoré de Balzac)의 찬양의 글을 읽었다.

1841년 3월 15일 뇌졸중 발작이 시작되었다.

1842년 파리에서 집필 작업 중 3월 22일 뇌브데카퓌신(Neuve-des-Capucines)거리에서 뇌졸중 발작으로 쓰러졌다. 거처인 호텔로 옮겼으나 의식을 회복하지 못하고 3월 23일 사망했다. 아송프시옹(Assomption) 성당에서 가톨릭 장례 의식을 거친 후 3월 24일 몽마르트르(Montmartre) 묘지에 안장되었다.

세계문학전집 389

앙리 브륄라르의 생애

1판 1쇄 펴냄 2021년 9월 30일
1판 2쇄 펴냄 2024년 7월 18일

지은이 스탕달
옮긴이 원윤수
발행인 박근섭, 박상준
펴낸곳 (주)민음사

출판등록 1966. 5. 19. (제 16-490호)
서울특별시 강남구 도산대로1길 62(신사동) 강남출판문화센터 5층 (우편번호 06027)
대표전화 02-515-2000 팩시밀리 02-515-2007
www.minumsa.com

© 원윤수, 2021. Printed in Seoul, Korea

ISBN 978-89-374-6389-1 04800
ISBN 978-89-374-6000-5 (세트)

* 잘못 만들어진 책은 구입처에서 교환해 드립니다.

민음사 세계문학전집

세계문학전집 목록

51·52 내 이름은 빨강 **파묵·이난아 옮김** 노벨 문학상 수상 작가
53 오셀로 **셰익스피어·최종철 옮김** 서울대 권장도서 100선
54 조서 **르 클레지오·김윤진 옮김** 노벨 문학상 수상 작가
55 모래의 여자 **아베 코보·김난주 옮김**
56·57 부덴브로크 가의 사람들 **토마스 만·홍성광 옮김** 노벨 문학상 수상 작가
58 싯다르타 **헤세·박병덕 옮김** 노벨 문학상 수상 작가
59·60 아들과 연인 **로렌스·정상준 옮김** 《뉴스위크》 선정 100대 명저
61 설국 **가와바타 야스나리·유숙자 옮김** 노벨 문학상 수상 작가 | 서울대 권장도서 100선
62 벨킨 이야기·스페이드 여왕 **푸슈킨·최선 옮김**
63·64 넙치 **그라스·김재혁 옮김** 노벨 문학상 수상 작가
65 소망 없는 불행 **한트케·윤용호 옮김** 노벨 문학상 수상 작가
66 나르치스와 골드문트 **헤세·임홍배 옮김** 노벨 문학상 수상 작가
67 황야의 이리 **헤세·김누리 옮김** 노벨 문학상 수상 작가
68 페테르부르크 이야기 **고골·조주관 옮김**
69 밤으로의 긴 여로 **오닐·민승남 옮김** 노벨 문학상 수상 작가 | 미국대학위원회 선정 SAT 추천도서
70 체호프 단편선 **체호프·박현섭 옮김**
71 버스 정류장 **가오싱젠·오수경 옮김** 노벨 문학상 수상 작가
72 구운몽 **김만중·송성욱 옮김** 서울대 권장도서 100선 | 국립중앙도서관 선정 청소년 권장도서
73 대머리 여가수 **이오네스코·오세곤 옮김**
74 이솝 우화집 **이솝·유종호 옮김** 논술 및 수능에 출제된 책(1998~2005)
75 위대한 개츠비 **피츠제럴드·김욱동 옮김** 《타임》 선정 현대 100대 영문소설
76 푸른 꽃 **노발리스·김재혁 옮김**
77 1984 **오웰·정회성 옮김** 《타임》 선정 현대 100대 영문소설 | 《뉴스위크》 선정 100대 명저
78·79 영혼의 집 **아옌데·권미선 옮김**
80 첫사랑 **투르게네프·이항재 옮김**
81 내가 죽어 누워 있을 때 **포크너·김명주 옮김** 노벨 문학상 수상 작가
82 런던 스케치 **레싱·서숙 옮김** 노벨 문학상 수상 작가
83 팡세 **파스칼·이환 옮김**
84 질투 **로브그리예·박이문, 박희원 옮김**
85·86 채털리 부인의 연인 **로렌스·이인규 옮김**
87 그 후 **나쓰메 소세키·윤상인 옮김**
88 오만과 편견 **오스틴·윤지관, 전승희 옮김** 미국대학위원회 선정 SAT 추천도서
89·90 부활 **톨스토이·연진희 옮김** 논술 및 수능에 출제된 책(1998~2005)
91 방드르디, 태평양의 끝 **투르니에·김화영 옮김**
92 미겔 스트리트 **나이폴·이상옥 옮김** 노벨 문학상 수상 작가
93 페드로 파라모 **룰포·정창 옮김**
94 차라투스트라는 이렇게 말했다 **니체·장희창 옮김** 국립중앙도서관 선정 청소년 권장도서
95·96 적과 흑 **스탕달·이동렬 옮김** 국립중앙도서관 선정 청소년 권장도서
97·98 콜레라 시대의 사랑 **마르케스·송병선 옮김** 노벨 문학상 수상 작가 | BBC 선정 꼭 읽어야 할 책
99 맥베스 **셰익스피어·최종철 옮김** 서울대 권장도서 100선 | 미국대학위원회 선정 SAT 추천도서
100 춘향전 **작자 미상·송성욱 풀어 옮김** 서울대 권장도서 100선
101 페르디두르케 **곰브로비치·윤진 옮김**
102 포르노그라피아 **곰브로비치·임미경 옮김**
103 인간 실격 **다자이 오사무·김춘미 옮김**
104 네루다의 우편배달부 **스카르메타·우석균 옮김**

105·106 **이탈리아 기행** 괴테 · 박찬기 외 옮김
107 **나무 위의 남작** 칼비노 · 이현경 옮김
108 **달콤 쌉싸름한 초콜릿** 에스키벨 · 권미선 옮김
109·110 **제인 에어** C. 브론테 · 유종호 옮김 BBC 선정 꼭 읽어야 할 책
111 **크눌프** 헤세 · 이노은 옮김 노벨 문학상 수상 작가
112 **시계태엽 오렌지** 버지스 · 박시영 옮김 《타임》 선정 현대 100대 영문소설 | 《뉴스위크》 선정 100대 명저
113·114 **파리의 노트르담** 위고 · 정기수 옮김 미국대학위원회 선정 SAT 추천도서
115 **새로운 인생** 단테 · 박우수 옮김
116·117 **로드 짐** 콘래드 · 이상옥 옮김 《뉴스위크》 선정 100대 명저
118 **폭풍의 언덕** E. 브론테 · 김종길 옮김 미국대학위원회 선정 SAT 추천도서
119 **텔크테에서의 만남** 그라스 · 안삼환 옮김 노벨 문학상 수상 작가
120 **검찰관** 고골 · 조주관 옮김
121 **안개** 우나무노 · 조민현 옮김
122 **나사의 회전** 제임스 · 최경도 옮김 미국대학위원회 선정 SAT 추천도서
123 **피츠제럴드 단편선 1** 피츠제럴드 · 김욱동 옮김
124 **목화밭의 고독 속에서** 콜테스 · 임수현 옮김
125 **돼지꿈** 황석영
126 **라셀라스** 존슨 · 이인규 옮김
127 **리어 왕** 셰익스피어 · 최종철 옮김 서울대 권장도서 100선 | 《뉴스위크》 선정 100대 명저
128·129 **쿠오 바디스** 시엔키에비치 · 최성은 옮김 노벨 문학상 수상 작가
130 **자기만의 방 · 3기니** 울프 · 이미애 옮김
131 **시르트의 바닷가** 그라크 · 송진석 옮김
132 **이성과 감성** 오스틴 · 윤지관 옮김
133 **바덴바덴에서의 여름** 치프킨 · 이장욱 옮김
134 **새로운 인생** 파묵 · 이난아 옮김 노벨 문학상 수상 작가
135·136 **무지개** 로렌스 · 김정매 옮김
137 **인생의 베일** 서머싯 몸 · 황소연 옮김
138 **보이지 않는 도시들** 칼비노 · 이현경 옮김
139·140·141 **연초 도매상** 바스 · 이운경 옮김 《타임》 선정 현대 100대 영문소설
142·143 **플로스 강의 물방앗간** 엘리엇 · 한애경, 이봉지 옮김 미국대학위원회 선정 SAT 추천도서
144 **연인** 뒤라스 · 김인환 옮김
145·146 **이름 없는 주드** 하디 · 정종화 옮김
147 **제49호 품목의 경매** 핀천 · 김성곤 옮김 《타임》 선정 현대 100대 영문소설
148 **성역** 포크너 · 이진준 옮김 노벨 문학상 수상 작가 | 퓰리처상 수상 작가
149 **무진기행** 김승옥
150·151·152 **신곡(지옥편 · 연옥편 · 천국편)** 단테 · 박상진 옮김 《뉴스위크》 선정 100대 명저
153 **구덩이** 플라토노프 · 정보라 옮김
154·155·156 **카라마조프가의 형제들** 도스토옙스키 · 김연경 옮김
157 **지상의 양식** 지드 · 김화영 옮김 노벨 문학상 수상 작가
158 **밤의 군대들** 메일러 · 권택영 옮김 퓰리처상 수상 작가
159 **주홍 글자** 호손 · 김욱동 옮김 서울대 권장도서 100선 | 미국대학위원회 선정 SAT 추천도서
160 **깊은 강** 엔도 슈사쿠 · 유숙자 옮김
161 **욕망이라는 이름의 전차** 윌리엄스 · 김소임 옮김
162 **마사 퀘스트** 레싱 · 나영균 옮김 노벨 문학상 수상 작가
163·164 **운명의 딸** 아옌데 · 권미선 옮김

165 **모렐의 발명** 비오이 카사레스 · 송병선 옮김
166 **삼국유사** 일연 · 김원중 옮김 서울대 권장도서 100선
167 **풀잎은 노래한다** 레싱 · 이태동 옮김 노벨 문학상 수상 작가
168 **파리의 우울** 보들레르 · 윤영애 옮김
169 **포스트맨은 벨을 두 번 울린다** 케인 · 이만식 옮김
170 **썩은 잎** 마르케스 · 송병선 옮김 노벨 문학상 수상 작가
171 **모든 것이 산산이 부서지다** 아체베 · 조규형 옮김 《타임》 선정 현대 100대 영문소설
172 **한여름 밤의 꿈** 셰익스피어 · 최종철 옮김 미국대학위원회 선정 SAT 추천도서
173 **로미오와 줄리엣** 셰익스피어 · 최종철 옮김 미국대학위원회 선정 SAT 추천도서
174·175 **분노의 포도** 스타인벡 · 김승욱 옮김 노벨 문학상 수상 작가 | 《타임》 선정 현대 100대 영분소설
176·177 **괴테와의 대화** 에커만 · 장희창 옮김
178 **그물을 헤치고** 머독 · 유종호 옮김 《타임》 선정 현대 100대 영문소설
179 **브람스를 좋아하세요...** 사강 · 김남주 옮김
180 **카타리나 블룸의 잃어버린 명예** 하인리히 뵐 · 김연수 옮김 노벨 문학상 수상 작가
181·182 **에덴의 동쪽** 스타인벡 · 정회성 옮김 노벨 문학상 수상 작가
183 **순수의 시대** 워튼 · 송은주 옮김 《뉴스위크》 선정 100대 명저 | 퓰리처상 수상작
184 **도둑 일기** 주네 · 박형섭 옮김
185 **나자** 브르통 · 오생근 옮김
186·187 **캐치-22** 헬러 · 안정효 옮김 《타임》 선정 현대 100대 영문소설
188 **숄로호프 단편선** 숄로호프 · 이항재 옮김 노벨 문학상 수상 작가
189 **말** 사르트르 · 정명환 옮김
190·191 **보이지 않는 인간** 엘리슨 · 조영환 옮김 《타임》 선정 현대 100대 영문소설
192 **왑샷 가문 연대기** 치버 · 김승욱 옮김 퓰리처상 수상 작가
193 **왑샷 가문 몰락기** 치버 · 김승욱 옮김 퓰리처상 수상 작가
194 **필립과 다른 사람들** 노터봄 · 지명숙 옮김
195·196 **하드리아누스 황제의 회상록** 유르스나르 · 곽광수 옮김
197·198 **소피의 선택** 스타이런 · 한정아 옮김 퓰리처상 수상 작가
199 **피츠제럴드 단편선 2** 피츠제럴드 · 한은경 옮김
200 **홍길동전** 허균 · 김탁환 옮김
201 **요술 부지깽이** 쿠버 · 양윤희 옮김
202 **북호텔** 다비 · 원윤수 옮김
203 **톰 소여의 모험** 트웨인 · 김욱동 옮김
204 **금오신화** 김시습 · 이지하 옮김
205·206 **테스** 하디 · 정종화 옮김 미국대학위원회 선정 SAT 추천도서 | BBC 선정 꼭 읽어야 할 책
207 **브루스터플레이스의 여자들** 네일러 · 이소영 옮김
208 **더 이상 평안은 없다** 아체베 · 이소영 옮김
209 **그레인지 코플랜드의 세 번째 인생** 워커 · 김시현 옮김 퓰리처상 수상 작가
210 **어느 시골 신부의 일기** 베르나노스 · 정영란 옮김
211 **타라스 불바** 고골 · 조주관 옮김
212·213 **위대한 유산** 디킨스 · 이인규 옮김 서울대 권장도서 100선 | BBC 선정 꼭 읽어야 할 책
214 **면도날** 서머싯 몸 · 안진환 옮김
215·216 **성채** 크로닌 · 이은정 옮김
217 **오이디푸스 왕** 소포클레스 · 강대진 옮김 서울대 권장도서 100선
218 **세일즈맨의 죽음** 밀러 · 강유나 옮김
219·220·221 **안나 카레니나** 톨스토이 · 연진희 옮김 서울대 권장도서 100선

222 **오스카 와일드 작품선** 와일드 · 정영목 옮김
223 **벨아미** 모파상 · 송덕호 옮김
224 **파스쿠알 두아르테 가족** 호세 셀라 · 정동섭 옮김 노벨 문학상 수상 작가
225 **시칠리아에서의 대화** 비토리니 · 김운찬 옮김
226·227 **길 위에서** 케루악 · 이만식 옮김 《타임》 선정 현대 100대 영문소설 | 《뉴스위크》 선정 100대 명저
228 **우리 시대의 영웅** 레르몬토프 · 오정미 옮김
229 **아우라** 푸엔테스 · 송상기 옮김
230 **클링조어의 마지막 여름** 헤세 · 황승환 옮김 노벨 문학상 수상 작가
231 **리스본의 겨울** 무뇨스 몰리나 · 나송주 옮김
232 **뻐꾸기 둥지 위로 날아간 새** 키지 · 정회성 옮김 《타임》 선정 현대 100대 영문소설
233 **페널티킥 앞에 선 골키퍼의 불안** 한트케 · 윤용호 옮김 노벨 문학상 수상 작가
234 **참을 수 없는 존재의 가벼움** 쿤데라 · 이재룡 옮김
235·236 **바다여, 바다여** 머독 · 최옥영 옮김
237 **한 줌의 먼지** 에벌린 워 · 안진환 옮김 《타임》 선정 현대 100대 영문소설
238 **뜨거운 양철 지붕 위의 고양이 · 유리 동물원** 윌리엄스 · 김소임 옮김 퓰리처상 수상작
239 **지하로부터의 수기** 도스토옙스키 · 김연경 옮김
240 **키메라** 바스 · 이운경 옮김
241 **반쪼가리 자작** 칼비노 · 이현경 옮김
242 **벌집** 호세 셀라 · 남진희 옮김 노벨 문학상 수상 작가
243 **불멸** 쿤데라 · 김병욱 옮김
244·245 **파우스트 박사** 토마스 만 · 임홍배, 박병덕 옮김 노벨 문학상 수상 작가
246 **사랑할 때와 죽을 때** 레마르크 · 장희창 옮김
247 **누가 버지니아 울프를 두려워하랴?** 올비 · 강유나 옮김
248 **인형의 집** 입센 · 안미란 옮김
249 **위폐범들** 지드 · 원윤수 옮김 노벨 문학상 수상 작가
250 **무정** 이광수 · 정영훈 책임 편집 서울대 권장도서 100선
251·252 **의지와 운명** 푸엔테스 · 김현철 옮김
253 **폭력적인 삶** 파솔리니 · 이승수 옮김
254 **거장과 마르가리타** 불가코프 · 정보라 옮김
255·256 **경이로운 도시** 멘도사 · 김현철 옮김
257 **야콥을 둘러싼 추측들** 욘존 · 손대영 옮김
258 **왕자와 거지** 트웨인 · 김욱동 옮김
259 **존재하지 않는 기사** 칼비노 · 이현경 옮김
260·261 **눈먼 암살자** 애트우드 · 차은정 옮김 《타임》 선정 현대 100대 영문소설
262 **베니스의 상인** 셰익스피어 · 최종철 옮김
263 **말리나** 바흐만 · 남정애 옮김
264 **사볼타 사건의 진실** 멘도사 · 권미선 옮김
265 **뒤렌마트 희곡선** 뒤렌마트 · 김혜숙 옮김
266 **이방인** 카뮈 · 김화영 옮김 노벨 문학상 수상 작가 | 미국대학위원회 선정 SAT 추천도서
267 **페스트** 카뮈 · 김화영 옮김 노벨 문학상 수상 작가 | 국립중앙도서관 선정 청소년 권장도서
268 **검은 튤립** 뒤마 · 송진석 옮김
269·270 **베를린 알렉산더 광장** 되블린 · 김재혁 옮김
271 **하얀 성** 파묵 · 이난아 옮김 노벨 문학상 수상 작가
272 **푸슈킨 선집** 푸슈킨 · 최선 옮김
273·274 **유리알 유희** 헤세 · 이영임 옮김 노벨 문학상 수상 작가

275 **픽션들** 보르헤스 · 송병선 옮김 서울대 권장도서 100선

276 **신의 화살** 아체베 · 이소영 옮김

277 **빌헬름 텔 · 간계와 사랑** 실러 · 홍성광 옮김

278 **노인과 바다** 헤밍웨이 · 김욱동 옮김 노벨 문학상 수상 작가 | 퓰리처상 수상작

279 **무기여 잘 있어라** 헤밍웨이 · 김욱동 옮김 미국대학위원회 선정 SAT 추천도서

280 **태양은 다시 떠오른다** 헤밍웨이 · 김욱동 옮김 《타임》 선정 현대 100대 영문 소설

281 **알레프** 보르헤스 · 송병선 옮김

282 **일곱 박공의 집** 호손 · 정소영 옮김

283 **에마** 오스틴 · 윤지관, 김영희 옮김

284·285 **죄와 벌** 도스토옙스키 · 김연경 옮김 미국대학위원회 선정 SAT 추천도서

286 **시련** 밀러 · 최영 옮김

287 **모두가 나의 아들** 밀러 · 최영 옮김

288·289 **누구를 위하여 종은 울리나** 헤밍웨이 · 김욱동 옮김 노벨 문학상 수상 작가

290 **구르브 연락 없다** 멘도사 · 정창 옮김

291·292·293 **데카메론** 보카치오 · 박상진 옮김

294 **나누어진 하늘** 볼프 · 전영애 옮김

295·296 **제브데트 씨와 아들들** 파묵 · 이난아 옮김 노벨 문학상 수상 작가

297·298 **여인의 초상** 제임스 · 최경도 옮김 미국대학위원회 선정 SAT 추천도서

299 **압살롬, 압살롬!** 포크너 · 이태동 옮김 노벨 문학상 수상 작가

300 **이상 소설 전집** 이상 · 권영민 책임 편집

301·302·303·304·305 **레 미제라블** 위고 · 정기수 옮김

306 **관객모독** 한트케 · 윤용호 옮김 노벨 문학상 수상 작가

307 **더블린 사람들** 조이스 · 이종일 옮김

308 **에드거 앨런 포 단편선** 앨런 포 · 전승희 옮김 미국대학위원회 선정 SAT 추천도서

309 **보이체크 · 당통의 죽음** 뷔히너 · 홍성광 옮김

310 **노르웨이의 숲** 무라카미 하루키 · 양억관 옮김

311 **운명론자 자크와 그의 주인** 디드로 · 김희영 옮김

312·313 **헤밍웨이 단편선** 헤밍웨이 · 김욱동 옮김 노벨 문학상 수상 작가

314 **피라미드** 골딩 · 안지현 옮김 노벨 문학상 수상 작가

315 **닫힌 방 · 악마와 선한 신** 사르트르 · 지영래 옮김

316 **등대로** 울프 · 이미애 옮김 《타임》 선정 현대 100대 영문소설 | 《뉴스위크》 선정 100대 명저

317·318 **한국 희곡선** 송영 외 · 양승국 엮음

319 **여자의 일생** 모파상 · 이동렬 옮김

320 **의식** 노터봄 · 김영중 옮김

321 **육체의 악마** 라디게 · 원윤수 옮김

322·323 **감정 교육** 플로베르 · 지영화 옮김

324 **불타는 평원** 룰포 · 정창 옮김

325 **위대한 몬느** 알랭푸르니에 · 박영근 옮김

326 **라쇼몬** 아쿠타가와 류노스케 · 서은혜 옮김

327 **반바지 당나귀** 보스코 · 정영란 옮김

328 **정복자들** 말로 · 최윤주 옮김

329·330 **우리 동네 아이들** 마흐푸즈 · 배혜경 옮김 노벨 문학상 수상 작가

331·332 **개선문** 레마르크 · 장희창 옮김

333 **사바나의 개미 언덕** 아체베 · 이소영 옮김

334 **게걸음으로** 그라스 · 장희창 옮김 노벨 문학상 수상 작가

335 코스모스 곰브로비치 · 최성은 옮김
336 좁은 문 · 전원교향곡 · 배덕자 지드 · 동성식 옮김 노벨 문학상 수상 작가
337·338 암 병동 솔제니친 · 이영의 옮김 노벨 문학상 수상 작가
339 피의 꽃잎들 응구기 와 시옹오 · 왕은철 옮김
340 운명 케르테스 · 유진일 옮김 노벨 문학상 수상 작가
341·342 벌거벗은 자와 죽은 자 메일러 · 이운경 옮김 퓰리처상 수상 작가
343 시지프 신화 카뮈 · 김화영 옮김 노벨 문학상 수상 작가
344 뇌우 차오위 · 오수경 옮김
345 모옌 중단편선 모옌 · 심규호, 유소영 옮김 노벨 문학상 수상 작가
346 일야서 한사오궁 · 심규호, 유소영 옮김
347 상속자들 골딩 · 안지현 옮김 노벨 문학상 수상 작가
348 설득 오스틴 · 전승희 옮김
349 히로시마 내 사랑 뒤라스 · 방미경 옮김
350 오 헨리 단편선 오 헨리 · 김희용 옮김
351·352 올리버 트위스트 디킨스 · 이인규 옮김
353·354·355·356 전쟁과 평화 톨스토이 · 연진희 옮김
357 다시 찾은 브라이즈헤드 에벌린 워 · 백지민 옮김
358 아무도 대령에게 편지하지 않다 마르케스 · 송병선 옮김
359 사양 다자이 오사무 · 유숙자 옮김
360 좌절 케르테스 · 한경민 옮김 노벨 문학상 수상 작가
361·362 닥터 지바고 파스테르나크 · 김연경 옮김 노벨 문학상 수상 작가
363 노생거 사원 오스틴 · 윤지관 옮김
364 개구리 모옌 · 심규호, 유소영 옮김 노벨 문학상 수상 작가
365 마왕 투르니에 · 이원복 옮김 공쿠르상 수상 작가
366 맨스필드 파크 오스틴 · 김영희 옮김
367 이선 프롬 이디스 워튼 · 김욱동 옮김 퓰리처상 수상 작가
368 여름 이디스 워튼 · 김욱동 옮김 퓰리처상 수상 작가
369·370·371 나는 고백한다 자우메 카브레 · 권가람 옮김
372·373·374 태엽 감는 새 연대기 무라카미 하루키 · 김난주 옮김
375·376 대사들 제임스 · 정소영 옮김
377 족장의 가을 마르케스 · 송병선 옮김 노벨 문학상 수상 작가
378 핏빛 자오선 매카시 · 김시현 옮김
379 모두 다 예쁜 말들 매카시 · 김시현 옮김
380 국경을 넘어 매카시 · 김시현 옮김
381 평원의 도시들 매카시 · 김시현 옮김
382 만년 다자이 오사무 · 유숙자 옮김
383 반항하는 인간 카뮈 · 김화영 옮김 노벨 문학상 수상 작가
384·385·386 악령 도스토옙스키 · 김연경 옮김
387 태평양을 막는 제방 뒤라스 · 윤진 옮김
388 남아 있는 나날 가즈오 이시구로 · 송은경 옮김
389 앙리 브륄라르의 생애 스탕달 · 원윤수 옮김
390 찻집 라오서 · 오수경 옮김
391 태어나지 않은 아이를 위한 기도 케르테스 · 이상동 옮김 노벨 문학상 수상 작가
392·393 서머싯 몸 단편선 서머싯 몸 · 황소연 옮김
394 케이크와 맥주 서머싯 몸 · 황소연 옮김

395 월든 소로 · 정회성 옮김
396 모래 사나이 E. T. A. 호프만 · 신동화 옮김
397·398 검은 책 오르한 파묵 · 이난아 옮김 노벨 문학상 수상 작가
399 방랑자들 올가 토카르추크 · 최성은 옮김 노벨 문학상 수상 작가
400 시여, 침을 뱉어라 김수영 · 이영준 엮음
401·402 환락의 집 이디스 워튼 · 전승희 옮김
403 달려라 메로스 다자이 오사무 · 유숙자 옮김
404 아버지와 자식 투르게네프 · 연진희 옮김
405 청부 살인자의 성모 바예호 · 송병선 옮김
406 세피아빛 초상 아옌데 · 조영실 옮김
407·408·409·410 사기 열전 사마천 · 김원중 옮김 서울대 권장도서 100선
411 이상 시 전집 이상 · 권영민 책임 편집
412 어둠 속의 사건 발자크 · 이동렬 옮김
413 태평천하 채만식 · 권영민 책임 편집
414·415 노스트로모 콘래드 · 이미애 옮김
416·417 제르미날 졸라 · 강충권 옮김
418 명인 가와바타 야스나리 · 유숙자 옮김 노벨 문학상 수상 작가
419 핀처 마틴 골딩 · 백지민 옮김 노벨 문학상 수상 작가
420 사라진 · 샤베르 대령 발자크 · 선영아 옮김
421 빅 서 케루악 · 김재성 옮김
422 코뿔소 이오네스코 · 박형섭 옮김
423 블랙박스 오즈 · 윤성덕, 김영화 옮김
424·425 고양이 눈 애트우드 · 차은정 옮김
426·427 도둑 신부 애트우드 · 이은선 옮김
428 슈니츨러 작품선 슈니츨러 · 신동화 옮김
429·430 세계의 끝과 하드보일드 원더랜드 무라카미 하루키 · 김난주 옮김
431 멜랑콜리아 I–II 욘 포세 · 손화수 옮김 노벨 문학상 수상 작가
432 도적들 실러 · 홍성광 옮김
433 예브게니 오네긴 · 대위의 딸 푸시킨 · 최선 옮김
434·435 초대받은 여자 보부아르 · 강초롱 옮김
436·437 미들마치 엘리엇 · 이미애 옮김
438 이반 일리치의 죽음 톨스토이 · 김연경 옮김
439·440 캔터베리 이야기 초서 · 이동일, 이동춘 옮김
441·442 아소무아르 졸라 · 윤진 옮김
443 가난한 사람들 도스토옙스키 · 이항재 옮김
444·445 마차오 사전 한사오궁 · 심규호, 유소영 옮김

세계문학전집은 계속 간행됩니다.